BRIGITTE RIEBE

Die Prophetin vom Rhein

Roman

Diana Verlag

Verlagsgruppe Random House FSC-DEU-0100
Das für dieses Buch verwendete
FSC®-zertifizierte Papier *Holmen Book Cream*
liefert Holmen Paper, Hallstavik, Schweden.

Vollständige deutsche Taschenbuchausgabe 08/2011
Copyright © 2010 sowie dieser Ausgabe 2011
by Diana Verlag, München,
in der Verlagsgruppe Random House GmbH
Redaktion | Herbert Neumaier
Umschlaggestaltung | t.mutzenbach design, München
Umschlagmotiv | © akg-images / Erich Lessing; HOKA-Archiv
Herstellung | Helga Schörnig
Satz | Leingärtner, Nabburg
Druck und Bindung | GGP Media GmbH, Pößneck
Alle Rechte vorbehalten
Printed in Germany 2011
978-3-453-35499-9

www.diana-verlag.de

*Meiner Großmutter Therese
in Liebe und Dankbarkeit*

Der Himmel auf Erden ist überall, wo ein Mensch von Liebe zu Gott, zu seinen Mitmenschen und zu sich selbst erfüllt ist.

Hildegard von Bingen (1098 bis 1179)

Prolog

DORYLÄUM – HERBST 1147

Warum durfte er nicht endlich sterben?

Der Ritter spürte die kalte Umarmung bereits, und er roch den brandigen Atem, der ihn streifte. Doch der Tod schien entschlossen, ihn zu verhöhnen, denn er kam und ging, wie es ihm gefiel, presste sich nah an ihn und zog sich plötzlich wieder zurück, ganz und gar nicht die mächtige Welle, wie der Ritter es sich stets vorgestellt hatte, etwas Dunkles, Großes, das ihn gnädig einhüllen und weit forttragen würde, bis alle Pein verflogen und jegliche Erinnerung ausgelöscht wäre.

Was er seit Stunden durchlitt, war grell und hart, schmerzvoll und erniedrigend zugleich. Blut, überall Blut, dazu Heerscharen von Fliegen, die sich auf den Wunden niedergelassen hatten – seinen und denen der toten und halb toten Krieger, die neben ihm oder unter ihm lagen, grotesk entstellt durch klaffendes Fleisch oder Gase, die ihre Körper widerlich aufgetrieben hatten. Ab und zu noch ein kraftloses Ächzen oder Stöhnen, sonst war nichts zu hören als das heisere Krächzen der Geier über ihnen, die immer engere Kreise zogen.

Keiner würde seinen Leichnam waschen oder später einmal an seinem Grab weinen. Niemand seinetwegen eine Totenmesse stiften noch für den Leichenschmaus aufkommen. Sein Name sollte einfach verwehen wie lose Spreu im Wind – was für ein schmähliches Ende!

Für einen Augenblick wurde sein Blick klarer, umfasste die trostlose Steppe mit dem staubigen Gestrüpp, in der sie hier gestrandet waren, die blutverschmierten Schwerter ringsumher, weggeworfen wie nutzlos gewordenes Kinderspielzeug. Ein bitteres Lachen stieg auf in seiner Kehle, die so ausgedörrt war, als hätte er humpenweise Staub geschluckt. Was hatte der zornige Prediger ihnen nicht für aufregende Abenteuer in Aussicht gestellt, wie überzeugend all den versammelten Rittern himmlische Vergebung und kostbare Beute in einem ausgemalt!

Stattdessen war er nun am Verrecken, armseliger als jeder Straßenköter, Seite an Seite mit einem blutjungen Franzosen von der Küste, dem der Hieb eines Sarazenenschwertes das vorher hübsche Lärvchen vom Scheitel bis zum Kiefer gespalten hatte. Die Gedanken des Ritters flogen davon, und für den Bruchteil eines Augenblicks tauchten die starken Mauern der heimatlichen Burg vor ihm auf. Dann das Gesicht seiner Frau, bleich und ängstlich, als spüre sie am eigenen Leib, was er soeben durchlitt. Gefolgt vom aufmüpfigen Profil des kleinen Sohns, eines Pferdenarren wie er selbst, der am liebsten schon als Ritter im Sattel gesessen hätte, kaum hatten seine dicken Beinchen das Laufen gelernt. Schließlich schien das Haar seiner Tochter auf einmal zum Greifen nah, dunkel wie Rauch, knisternd vor Jugend und Kraft.

Doch vor all diese sehnsuchtsvollen Bilder schob sich breit und triumphierend das Blecken seines nachgeborenen Bruders, der nun endlich am Ziel seiner kühnsten Träume angelangt war, da der Reichsgraf nie mehr zurückkehren würde.

Verzeiht mir, wollte er den anderen zurufen, dass ich euch ihm ausgeliefert habe! Er wird nicht lange zögern, die Schmach des Zweitgeborenen endlich zu tilgen. Niemals hätte ich euch verlassen dürfen, schon gar nicht wegen dieses sinnlosen Heerzuges gegen die Heiden, der uns nur Hunger und Leid, nichts als Verrat, Tod und Verwüstung gebracht hat.

Doch seine Gedanken trieben ihr eigenes Spiel, ballten sich zusammen, verknoteten sich, um sich schließlich wie klebrige Fäden im unsichtbaren Nichts zu verlieren. War das nun das Ende, um das er seit Stunden so verzweifelt rang?

Es musste fast so weit sein, denn plötzlich ertönten Hufschläge auf harter Erde. Danach eilige Schritte; schließlich beugte sich jemand tief über ihn.

Eine fremde Kraft trieb ihn dazu, die Lider zu öffnen.

Helle Augen schauten auf ihn hinunter, klar und hart wie Gebirgsgletscher. Ein Blick, den man nicht mehr vergaß, wenn er einen nur ein einziges Mal gestreift hatte: der ehrgeizige junge Königsneffe mit dem roten Bart, der selbst von der Krone träumte, wie der Ritter wusste.

Der Sterbende versuchte, einen Arm zu rühren, um anzuzeigen, dass er noch lebte. Verzweifelt strengte er sich an, wenigstens einen Laut hervorzustoßen, doch aus seinen halb geöffneten Lippen floss lediglich ein Schwall dunklen Blutes.

Friedrich von Schwaben betrachtete ihn, zog angewidert die Nase hoch, schüttelte den Kopf und wandte sich ab. In seinem behäbigen Tonfall hörte der Ritter ihn etwas zu seinem Begleiter sagen, dann gingen die beiden Männer weg, saßen auf und ritten davon.

Eine kleine Ewigkeit verstrich.

Irgendwann musste der Tod ihm auf die Brust gekrochen sein, drückte und würgte ihn, als sei er entschlossen, dem unwürdigen Zustand nun doch ein Ende zu bereiten. Beine und Arme spürte der Ritter längst nicht mehr, ebenso wenig wie den präparierten Pfeil, der ihm tief zwischen die Rippen gedrungen war und dort unerbittlich sein Werk verrichtete. Alle Qualen der letzten Stunden hatten sich zu einem einzigen Schmerz vereinigt, der wie mit Feuerzungen sein ganzes Sein erfüllte – beziehungsweise das wenige, was davon noch übrig geblieben war.

Er musste wissen, wie der aussehen mochte, der ihm derart mitleidlos zusetzte, doch nicht einmal seinen Lidern konnte er mehr befehlen. Als er schon längst nicht mehr damit rechnete, gingen sie plötzlich auf.

Der Tod hatte ein hageres bräunliches Gesicht. Seine Nase war gekrümmt. Schwarze Sichelaugen, in denen der Ritter eine Spur von Neugierde zu lesen glaubte. Er hielt den Mund gespitzt und gab fremdartige Töne von sich, die sich zu einer seltsamen Melodie verbanden. Doch wieso hörte er nicht auf, derart an ihm zu zerren und zu ziehen, wo er ihm doch ohnehin wehrlos ausgeliefert war?

Der Ritter spürte, wie sein Kopf leicht angehoben wurde, dann floss etwas unendlich Köstliches durch seine Kehle: Wasser!

Er hatte das Schlucken bereits verlernt, würgte, spuckte. Hustend sank er auf den Boden zurück. Dabei stieß sein Schädel hart gegen einen Stein.

Jetzt, endlich, erlöste ihn das ersehnte Dunkel, tief und grenzenlos.

Erstes Buch
SÄEN

1152 BIS 1155

Eins

BINGEN – SPÄTWINTER 1152

Ein kalter Wind pfiff auf dem Fährschiff, das soeben vom rechten Rheinufer abgelegt hatte. Noch gegen Mittag hatte die Februarsonne ein Weilchen zwischen den Wolken hervorgeblitzt, inzwischen aber war der Nachmittag vorangeschritten, und der Himmel zeigte sich wieder verhangen. Schon drohte der nächste Graupelschauer, der die ständig klammen Umhänge erneut durchnässen würde.

Wie satt Theresa das alles hatte!

Beim Aufspringen auf die rutschigen Planken war Feuchtigkeit durch die löchrigen Sohlen gedrungen, und ihre Füße waren inzwischen zu Eis erstarrt. So durchfroren fühlte sie sich, so hungrig und verloren, dass sie am liebsten geweint hätte. Doch Weinen war strengstens verboten, ebenso wie über einen knurrenden Magen zu klagen oder über Schneeregen, Bettwanzen und schimmelig gewordenes Brot, das sich kaum noch hinunterwürgen ließ. Sie waren auf der Flucht und bettelarm, das hatte die Mutter ihnen eingetrichtert, bis jemand den Oheim zwingen würde, ihnen zurückzugeben, was er ihnen so dreist geraubt hatte.

Allerdings gab es da sehr wohl etwas, auf das Götz von Ortenburg sich in seinem Zorn berufen konnte, etwas Schwerwiegendes, Unaussprechliches, das spürte sogar Gero, ihr kleiner Bruder, der so angestrengt auf das Wasser starrte, als erhoffe er sich Erlösung aus den blaugrünen Fluten. Die Mutter selbst hatte ihrem Schwager den Anlass für sein Handeln geliefert. Und es hätte sogar noch schlimmer ausfallen können, da Götz sehr jähzornig werden konnte, wenn ihm etwas gegen den Strich ging. Deshalb hatten sie sich auch im Schoß der Nacht aus der Burg geschlichen, zwei Pferde aus dem Stall geholt und sich nach Westen durchgeschlagen, um dort Schutz und Hilfe zu erbitten.

Eine endlose Reise allerdings, die ihnen bislang nichts als Enttäuschungen und neuen Kummer gebracht hatte. Theresa hatte von Anfang an nicht recht daran glauben können, dass dieser schwache Herrscher, von vielen im Reich als »Pfaffenkönig« verunglimpft, ihnen helfen würde, und ihr Misstrauen sollte sich schließlich auch bewahrheiten. Zu König Konrad, der ihren Vater in den Tod geschickt hatte, war trotz Bitten und Flehen kein Vordringen gewesen. Er litt, wie man ihnen flüsternd zutrug, an einem südlichen Fieber, mit dem er sich während des gescheiterten Kreuzzuges angesteckt hatte, und war dem Tod näher als dem Leben.

Auch in seiner Umgebung schien keiner daran interessiert, sich ausgerechnet jetzt mit der wirren Geschichte der Witwe eines Reichsgrafen und ihrer unmündigen Kinder zu beschäftigen, die in Not geraten waren. Zu Bamberg jedenfalls, wo die Großen des Landes sich für eine Italienfahrt versammelt hatten, die nun nicht mehr stattfinden konnte, hatte man sie abgefertigt wie lästiges Bettlerpack. Hätte es nicht jenen Ritter gegeben, der mit ihrem Vater gegen die Heiden gekämpft und ihnen einen Beutel mit ein paar Silbermünzen zugesteckt hatte, sie hätten sich unterwegs schon bald nicht einmal mehr die schäbigste Unterkunft leisten können.

Sah man ihnen das Elend inzwischen schon von Weitem an?

Gerade in diesem Moment wünschte sich Theresa aus ganzem Herzen, dass es anders wäre. Ein Blick auf ihre lehmbespritzten Kleider und das rissig gewordene Schuhwerk belehrte sie jedoch eines Besseren. Warum musste sie ausgerechnet in einem so erbärmlichen Zustand auf diesen jungen Mann treffen, der sie wie magisch anzog, seitdem er ihren Weg gekreuzt hatte?

Er war groß und hielt sich gerade, hatte stattliche Schultern und eine dichte, rotbraune Mähne, die der Wind ihm zerzauste. Ein wenig erinnerte er sie an Richard, den Bastard von Onkel Götz, aber vielleicht auch nur, weil beide sich ähnlich geschmeidig bewegten, und Richard der ansehnlichste junge Mann war, der ihr bisher begegnet war. Das Gesicht des Fremden war flächig und hell, mit einem Nest von Sommersprossen auf der Nase und einem Grübchen im Kinn, das man nur bemerkte, wenn man ganz genau hinsah. Sein dicker, brauner Walkumhang sah so wärmend aus, dass Theresa ihn darum beneidete. Was sie aber am meisten faszinierte, waren seine Augen, das rechte so blau wie der Himmel an einem strahlenden Junitag, das linke ein gutes Stück dunkler, fast ins Bräunliche changierend.

Natürlich schaute er nicht zu ihr herüber, und wenn doch, dann lediglich gleichgültig, als nehme er sie bestenfalls zufällig wahr. Was bekam er denn auch schon zu sehen? Nichts als ein armselig gekleidetes Mädchen, das inzwischen viel zu lange von zu Hause fort war, um mit dem Kostbarsten prunken zu können, was die Natur ihm geschenkt hatte. Das dunkle Haar, sonst Theresas größter Stolz, war notgedrungen straff geflochten und unter einer verbeulten Filzkappe verborgen, anstatt wie sonst lockig und knisternd bis zu den Hüften zu fallen.

Jetzt musste ihre Nase noch spitzer wirken, und die Wangen sahen vermutlich so eingefallen aus wie die eines halb verhungerten Kindes. Theresa, die noch vor wenigen Monaten auf ihren vierzehnten Geburtstag hingefiebert hatte, um endlich zu den Erwachsenen zu zählen, schätzte das anziehende männliche Gegenüber auf zwanzig. Eigentlich genau das zu ihr passende Alter. Doch seit sie Ortenburg verlassen hatten, war so viel geschehen, dass sie beide sehr viel mehr trennte als diese paar lächerlichen Jahre.

»Ist Euch nicht gut?«, wandte sich der ältere Mann, der neben dem jungen stand, an die Witwe, und sein singender Tonfall ließ erkennen, dass er wohl nicht in seiner Muttersprache redete. »Ihr seid doch nicht etwa krank?«

Ada von Ortenburg wischte sich mit der Hand über das Gesicht. Dabei verschob sich der Umhang und entblößte ihren gewölbten Bauch.

»Es geht schon wieder.« Schnell zupfte sie den Stoff zurecht. »Wir sind nur schon so lange unterwegs. Und haben leider bislang nicht gerade Glück gehabt.«

Der Blick ihres Gegenübers schien an Schärfe zu gewinnen. Der Mann war mittelgroß und sehnig, hatte grau meliertes Haar und ein markantes Gesicht. Unter einem wild wuchernden, pechschwarzen Brauengestrüpp stachen Augen hervor, blank wie geschliffener Obsidian.

»Frauen ohne männlichen Schutz meiden für gewöhnlich Straßen und Flüsse.« Plötzlich klang er offen missbilligend. »Zumal zu dieser unwirtlichen Jahreszeit. Und dazu haben sie auch jeden Grund. Was sagt denn Euer Gemahl dazu? An ihm wäre es doch zuallererst gewesen, Euch vor solch gefährlichen Abenteuern abzuhalten!«

Geros magerer Rücken schien auf einmal noch steifer geworden zu sein. »Ich kann sie doch beschützen!«, rief er, ohne sich umzudrehen. »Mama und meine Schwester. Auch wenn ich leider noch kein Ritter bin. Doch zu ihrem Schutz fühle ich mich längst groß genug!«

Theresa sah, wie die Mutter den Umhang unwillkürlich enger um sich zog. Lass es bleiben!, hätte sie ihr am liebsten zugerufen. Du kannst es ohnehin nicht mehr verbergen, so viel Mühe du dir auch gibst. Aber natürlich kam nicht ein Laut über ihre Lippen.

»Mein Mann ist tot, und es gibt nur noch eine einzige Zuflucht, die uns geblieben ist. Wir müssen sie unter allen Umständen erreichen, sonst weiß ich nicht, was aus uns werden soll.«

Das Brauengestrüpp schnellte fragend nach oben.

»Wir kommen gerade vom Kloster Eberbach«, fuhr Ada fort, »aber auch dort konnte man uns nicht weiterhelfen.«

Wieso erteilte die Mutter einem Fremden diese Auskünfte, wo sie den Kindern doch eingeschärft hatte, so wenig wie möglich von sich preiszugeben, bis sie ihr Ziel erreicht hätten?

»Der Erzbischof von Mainz ...« Adas Stimme war nur noch ein Flüstern. »Ich hatte so sehr gehofft, ihn in Kloster Eberbach anzutreffen, aber ...«

Sie taumelte, suchte nach einem Halt und lehnte sich in Ermangelung von etwas Besserem an den Weißen, Theresas kreuzbraven Wallach mit der Blesse, die ihm den Namen eingetragen hatte. Das Tier ließ es sich schnaubend gefallen. Es war jetzt ihr einziges Pferd, nachdem das andere vor ein paar Tagen alle viere von sich gestreckt hatte. Was hieß, dass sie nun noch langsamer vorankommen würden.

»Der Erzbischof hat Eberbach verlassen und ist nach Bamberg geritten«, sagte der Mann. »Es scheint ungewiss, wann er wieder an den Rhein zurückkehren wird, so wie die Dinge gerade liegen.« Er sah Ada an und schüttelte missbilligend den Kopf. »Ich beginne mir ernsthaft Sorgen um Euch zu machen. Ihr schwankt ja noch immer und seid kreidebleich! Wollt Ihr Euch nicht ein wenig ausruhen?

Willem, den Hocker und unseren Proviantkorb – und beeil dich gefälligst!«

Der Jüngere lief zu dem Packpferd, das sie mit sich führten. Schon nach wenigen Augenblicken kam er mit einem aufklappbaren Sitzmöbel zurück, auf das Ada sich mit einem Seufzer der Erleichterung sinken ließ.

Gerade noch rechtzeitig, denn das Boot, das bislang ruhig und gleichmäßig unter den Stößen der Fährleute vorangekommen war, geriet in der Strommitte auf einmal ins Trudeln und begann bedenklich zu schwanken. Waren das jene gefährlichen Untiefen im Rhein, vor denen andere Reisende sie so eindringlich gewarnt hatten?

Plötzlich war auch Gero wieder an ihrer Seite. Obwohl er grünlich im Gesicht war, griff er ebenso gierig wie Theresa nach dem weißen Brot. Der geräucherte Fisch dagegen verschwand zögerlicher in seinem Mund.

»Habt ihr denn kein Fleisch?«, sagte er, mit vollen Backen kauend. »Oder wenigstens ein ordentliches Stück Käse? Ich mach mir eigentlich nicht besonders viel aus Wassergetier, müsst ihr wissen.«

»Damit können wir leider nicht dienen.« Die Stimme des Älteren klang plötzlich belegt.

»Verhungern wirst du schon nicht, Kleiner!« Willems breites Lachen entblößte einen abgeschlagenen Schneidezahn, der ihm etwas Jungenhaftes verlieh.

Ada ließ den Kindern den Vortritt und begnügte sich mit ein paar Schlucken Most aus einer bauchigen Lederflasche.

Inzwischen glitt die Fähre wieder einigermaßen ruhig dahin. Waren die beiden Fremden Vater und Sohn? Theresa konnte in den so unterschiedlichen Männergesichtern beim besten Willen keinerlei Ähnlichkeit entdecken.

»Ihr seid sehr gütig«, hörte sie die Mutter nach einer

Weile sagen. »Und zudem offenbar bemerkenswert gut unterrichtet.«

Die Spur eines Lächelns auf dem strengen Gesicht des Älteren.

»Gebietet uns der Glaube nicht, mildtätig und barmherzig zu sein, auch und gerade Fremden gegenüber?« Er deutete eine Verneigung an. »Adrian van Gent, verzeiht mein Versäumnis! Der junge Mann neben mir ist mein geliebter Neffe Willem. Wir sind flandrische Kaufleute, die viel herumkommen.«

»Und die soeben das Glück hatten, einige ihrer Waren am erzbischöflichen Hof anbieten zu dürfen.« In Willems Stimme schwang unüberhörbarer Stolz mit. »Dabei erfuhren wir überaus freundliche Aufnahme. Seitdem ...«

»Das gehört doch nicht hierher, Willem!«, unterbrach Adrian ihn schroff.

Der Neffe wirkte brüskiert, ließ sich aber nicht lange einschüchtern. »Und wer seid Ihr?«, fragte er.

Schaute er dabei nicht einen Augenblick länger zu Theresa, als es eigentlich nötig gewesen wäre? Ihr Herz jedenfalls machte einen freudigen Satz.

»Die Reichsgräfin zu Ortenburg«, erwiderte Ada und sah plötzlich größer aus. »Und diese beiden sind meine Kinder Theresa und Gero.« Plötzlich schien sie es aufgegeben zu haben, sich weiterhin zu verstecken.

Adrian van Gent gelang es, seine Überraschung zu verbergen, trotzdem war ihm anzusehen, dass er mit solch einer Eröffnung niemals gerechnet hatte.

Geros Augen waren bei Willems Worten blank vor Neugierde geworden. »Verkaufst du dem Erzbischof auch Schwerter und Ringelpanzer?«, stieß er aufgeregt hervor. »Damit er wie mein Herr Vater die Heiden zu Jerusalem niederschlagen kann?«

»Wo denkst du hin!« Willem schüttelte den Kopf. »Wir handeln ganz friedlich mit edlen Tuchen, mit Barchant und Seide. Unsere Fuhrwerke mit der jüngsten Lieferung müssten Bingen bereits binnen weniger Tage erreichen.«

»Bingen!«, stieß Ada hervor. »Genau das ist auch unser Ziel. Das neue Kloster auf dem Rupertsberg …« Sie verstummte abermals, als fehle ihr die Kraft weiterzureden.

»Wir könnten Euch dorthin bringen, wenn Ihr wollt«, bot Adrian an. »Am Ufer nehme ich die Kleine auf mein Pferd, und Willem soll den Jungen bei sich aufsitzen lassen.«

»Ich danke für Euer freundliches Angebot!«, sagte Ada, auf einmal wieder Gräfin von Kopf bis Fuß. »Aber warum wollt Ihr das alles für uns tun?« Ihr Tonfall verriet erneut aufflackerndes Misstrauen.

»Wir sind gute Christen«, lautete van Gents Antwort, »die dem Vorbild Jesu nacheifern. Wieso esst Ihr nicht auch ein paar Bissen? Es ist doch mehr als genug für alle da!«

✦

Höre, Tochter, mich, deine Mutter, die ›im Geiste‹ zu dir spricht: Schmerz steigt in mir auf. Der Schmerz tötet das große Vertrauen und die Tröstung, die ich in einem Menschen besaß. Von nun ab möchte ich sagen: Besser ist es, auf den Herrn zu hoffen, als auf Fürsten seine Hoffnung zu setzen. Der Mensch, der so auf Gott schaut, richtet wie ein Adler sein Auge auf die Sonne. Und darum soll man nicht sein Augenmerk auf einen hochgestellten Menschen richten, der wie die Blume verwelkt. Hierin habe ich gefehlt aus Liebe zu einem edlen Menschen …

Hatte sie nicht soeben ein Klopfen gehört?

Hildegard schaute zur Tür, doch draußen blieb alles still. Erneut nahm sie ihre Lektüre wieder auf, die noch heute in ihren Händen zu brennen schien.

Nun sage ich wiederum: Weh mir, Mutter, weh mir, Tochter! Warum hast du mich wie eine Waise zurückgelassen? Ich habe den Adel deiner Sitten geliebt, deine Weisheit und deine Keuschheit, deine Seele und dein ganzes Leben, sodass viele sagten: Was tust du? Jetzt können alle mit mir klagen, die ein Leid tragen, wie ich es trage, die in der Liebe zu Gott dieselbe Liebe in ihrem Herzen und Geist für einen Menschen fühlten, wie ich sie für dich fühlte – für einen Menschen, der ihnen ganz plötzlich entrissen wurde, so wie du mir entrissen wurdest …

Tränen füllten ihre Augen. Sie ließ die Abschrift ihres Briefes sinken, konnte sie nicht vollständig zu Ende lesen. Die Worte brannten ohnehin in ihrem Herzen, waren dort eingeätzt bis zum letzten Atemzug.

Was hatte sie nicht alles in Bewegung gesetzt!

Die Markgräfin und zwei Erzbischöfe zur Unterstützung angerufen, sogar den Heiligen Vater in Rom beschworen, die über alles geliebte Freundin auf den Rupertsberg zurückkehren zu lassen. Ganz zum Schluss dann eben diese Zeilen, in denen sie ihre Seele nach außen gekehrt und den letzten Stolz abgestreift hatte – leider ebenso vergeblich wie all ihre anderen Bemühungen.

Richardis war fort. Nichts und niemand auf der Welt würde sie ihr jemals zurückgeben.

Ihr Bildnis freilich würde Hildegard bis zum Ende aller Tage in sich tragen. Schmale, überraschend energische Hände. Ein Lächeln wie ein Sonnenstrahl, das die Anmut des ernsten Gesichts erst zur Geltung brachte. Dunkles Haar, so widerspenstig, dass es sich kaum unter den Schleier zwingen ließ. Gewitterblaue Augen. Entschlossene Schritte, die Hildegard oft wie ein Tanz erschienen waren. Ein unbestechlicher Kopf, der auch vor riskanten Themen nicht zurückscheute. Und diese nahezu traumwandlerische Sicherheit in Grammatik, Rhetorik, vor allem aber in Latein, die sie immer wieder aufs Neue begeistert hatte! Ohne Richardis' Beistand hätte Hildegard ihr großes Werk »Scivias – Wisse die Wege« niemals so rasch vollenden können.

Alles, *alles* an Richardis hatte sie geliebt!

Der Schmerz, sie verloren zu haben, wucherte wie ein Krebsgeschwür in ihr, stach und wütete, obwohl die junge Nonne den Rupertsberg bereits vor Monaten verlassen hatte. Und wenn auch die anderen frommen Schwestern sich eifersüchtig die Mäuler über sie zerrissen, weil ihre Liebe zu der viel Jüngeren das übliche Maß an Zuneigung unter den Ordensfrauen bei Weitem überstiegen hatte, bis heute donnerte der Hufschlag der Pferde, die Richardis nach Norden getragen hatten, als höllisches Getöse in Hildegard. Noch immer meinte sie, das hilflose Winken zu sehen, mit dem die andere sich im Sattel ein letztes Mal zu ihr umgedreht hatte.

Jetzt war das Klopfen nicht länger zu überhören.

Hildegard wischte sich die Augen trocken, straffte sich. Alle Schwestern auf dem Rupertsberg wussten, wie heilig ihr die knappe Zeit zwischen Non und Vesper war, die sie am liebsten allein in ihrem erst jüngst fertiggestellten Haus verbrachte. Es musste schon etwas Wichtiges sein, was diese Störung rechtfertigte.

»Herein!«, sagte sie und war froh, dass ihre Stimme so gefasst klang.

Hedwigs schmaler Kopf schob sich vorsichtig durch den Spalt. »Josch wäre jetzt da, hochwürdige Mutter«, sagte sie. »Die Entscheidungen wegen der Wingerte lassen sich nicht länger aufschieben. Willst du ihn empfangen?«

Hedwigs prüfendem Blick entging nichts. Weder die verquollenen Augen noch das fleckig gewordene Pergament, das unter einer anderen Abschrift hervorlugte, die Hildegard im letzten Moment darübergeschoben hatte. Eigentlich zur Leiterin des Scriptoriums bestimmt, war sie Hildegard in den zurückliegenden schwierigen Anfangsjahren wegen ihrer ebenso fröhlichen wie zupackenden Art in vielerlei Hinsicht unentbehrlich geworden. Trotzdem würde sie Richardis niemals ersetzen können, in keiner Hinsicht, was beide Frauen wussten, auch wenn keine von ihnen je ein Wort darüber verlor.

Hedwig betrat den kleinen Raum, das Studierzimmer der Magistra, wohin diese sich in ihrem Schmerz am liebsten verkroch.

»Bei Donata hat heute Nacht wieder das Gliederreißen eingesetzt«, fuhr Hedwig schnell fort, als könne sie Hildegards Gedanken lesen. »Sie kann sich kaum aufrichten und humpelt einher, als sei ihr ein böser Wind in den Rücken gefahren. Deshalb hab ich heute Nachmittag auch ihren Dienst an der Pforte übernommen, damit sie in der Krankenstube schnell wieder zu Kräften kommt.«

»Das heißt, sie bleibt vorerst im Bett und bekommt endlich das Geflügel vorgesetzt, nach dem es sie so sehr gelüstet?«

»Nicht allen ist es vergönnt, auf alles stets mit leichtem Herzen zu verzichten. Wir mühen uns redlich darum, mal mit besserem, gelegentlich aber leider auch mit schlechterem Ergebnis.«

Hildegard schenkte ihr einen raschen Blick. Niemals

würde Hedwig eine Mitschwester verpetzen, schon gar nicht die Ärmste, die sich nun quälen und tagelang mit Benignas ätzend riechender Stinkwacholdersalbe einreiben musste, bis sie halbwegs schmerzfrei sein würde. Und doch besaß Hedwig durchaus ein gewisses Geschick, die eigenen Leistungen ins rechte Licht zu rücken.

»Dann bring Josch endlich herein und setzt euch alle beide!« Sie wies auf die Stühle neben sich.

Hedwig zögerte keinen Augenblick. Der hagere Mann dagegen, der sichtlich respektvoll den Raum betreten hatte, sehr wohl.

»Ich weiß, ich störe, *domina*«, sagte er und senkte ehrerbietig den kantigen Kopf. »Doch der Wingert …«

»… gehorcht den Gesetzen der Natur und kann nicht warten«, fiel Hildegard ihm ins Wort. »Was brauchst du von mir, Josch, damit du deine Arbeit fortsetzen kannst?«

Er schluckte, schien nach Worten zu ringen. »Vor allem wünschte ich, Ihr kämt endlich wieder einmal mit mir«, sagte er schließlich. »Um Euch mit eigenen Augen von unseren enormen Fortschritten zu überzeugen.« Ein Räuspern, als strenge er sich an, endlich zur Sache zu kommen. »Die Rodung für den neuen Wingert ist abgeschlossen, das gesamte Gelände mithilfe der fleißigen Männer urbar geworden. Die edle Frau Gepa würde im Himmel lächeln, könnte sie sehen, was wir aus ihrer großzügigen Schenkung gemacht haben.«

»Das meiste davon ist im vergangenen Jahr geschehen.« Hildegards Stimme klang müde. »Und du hattest mir bereits ausführlich darüber berichtet. Sonst noch etwas?«

Der Tadel, den er aus ihren Worten herauszuhören glaubte, schien ihn zu treffen.

»Kein Wein ist richtig trinkbar nach den ersten Ernten«, sagte er. »Es dauert Jahre, bis die veredelten Stöcke schmackhafte Trauben tragen, das wisst Ihr ebenso gut wie ich. Und deshalb bin ich hier. Damit wir keine Zeit vergeuden.«

Sie zog die hellen Brauen nach oben. Jetzt hatte ihr Gesicht den melancholischen Ausdruck von vorhin verloren, wirkte wacher, um einiges jünger.

»Wir sollten baldmöglichst mit dem Rebschnitt im älteren Wingert beginnen.« Josch war nun ganz in seinem Element. »Um die milde Witterung zu nutzen, die ich schon in allen Knochen spüre.«

»Meinst du damit vielleicht den Graupelschauer, der draußen gerade niedergeht?«

»Das Wetter wird umschlagen, vielleicht schon heute Nacht, vielleicht auch erst morgen, das verrät mir mein alter Bruch, der zu jucken begonnen hat, und darauf kann ich mich verlassen. Doch wer kann schon sagen, wie lange das anhalten wird? Es gibt Jahre, wo der Winter nach solch einer kurzen Warmperiode noch einmal mit aller Macht zurückkommt und das Erdreich erneut gefrieren lässt. Daher müssen die abgeschnittenen Triebe so schnell wie möglich klein gehackt und in den Boden eingearbeitet werden, um den Humus anzureichern …« Er hielt inne, starrte auf seine Schuhe.

»Was du sagst, hat Hand und Fuß. Wer oder was könnte dich also davon abhalten?«, schaltete Hedwig sich ein.

»Der Mangel, ehrwürdige Schwester, einzig und allein der Mangel! Denn leider fehlen mir die dazu notwendigen Männer.« Seine Schultern sanken nach unten. »Bischof Heinrichs Kämmerer hat die Bauern ganz kurzfristig zu Arbeiten in den bischöflichen Weinbergen abgezogen. Und das kann dauern. Ihr wisst selbst, wie viele Tagwerk er zu bewirtschaften hat.«

Hildegards Gesicht war unbewegt geblieben. »Erst dann sind sie wirklich Mönche, wenn sie von der Arbeit ihrer

Hände leben. Dieser Satz stammt vom heiligen Benedikt, dem Gründer unseres Ordens. Und gilt nicht für uns Schwestern das Gleiche, was er den Brüdern abverlangt?« Ein feines Lächeln. »Wir werden dir tatkräftige Hände schicken. Kämst du denn mit acht Schwestern ein Stück weiter?«

Josch schien nach den richtigen Worten zu kramen.

»Die Zeit zwischen den Horen ist nicht gerade üppig«, entgegnete er schließlich. »Im Kloster mag das keine so erhebliche Rolle spielen. Dort können die Schwestern ihre Arbeit genau da wieder aufnehmen, wo sie sie zuvor unterbrochen haben. Wenn wir aber im Wingert halbwegs rasch vorankommen wollen …«

»… könnte man die Psalmen ausnahmsweise unter freiem Himmel singen«, vollendete Hildegard seinen Satz. »Dann wäre ein Arbeitstag im Freien ein paar ordentliche Stunden lang. Ist dir damit geholfen, Josch?«

»Wahrhaft ein guter Anfang, *domina*.« Seine Züge hatten sich entspannt. »Soll ich sie dann gleich morgen früh vor der Pforte mit dem Pferdewagen abholen kommen – oder wollt Ihr Euch erst mit Bruder Volmar besprechen?«

»Volmar ist erst gestern in meinem Auftrag zum Disibodenberg geritten«, sagte sie knapp. »Ich denke, die Schwestern haben alle gesunde Beine und können laufen. Sei übermorgen an Ort und Stelle. Dann kann die Arbeit beginnen – vorausgesetzt natürlich, deine überaus optimistische Wetterprognose erweist sich wieder einmal als richtig.« Für sie schien das Gespräch beendet.

»Ich denke, Joschs Idee mit dem Pferdewagen ist gut, hochwürdige Mutter.« Auf Hedwigs hellen Wangen brannten rote Flecken, ihre Stimme aber war fest. »Dann kommen unsere Schwestern ausgeruht am Weinberg an und können abends schon ein wenig rasten, bevor sie mit uns zusammen die Vesper singen.«

Hildegard warf ihr einen unergründlichen Blick zu und erhob sich. Der Mann war ebenfalls aufgesprungen.

»Ich werde Euch auf dem Laufenden halten, Herrin«, sagte er und verbeugte sich tief. »Ihr könnt Euch auf mich verlassen – in allem.«

»Gott segne dich, Josch, und auch deine Frau!«, erwiderte sie. »Ich habe von Benigna gehört, ihr erwartet wieder ein Kind?«

Er begann zu strahlen. »Ja, bald, ganz bald. Und wie froh wir beide darüber sind, wo das Letztgeborene doch nicht einmal ein Jahr alt geworden ist. Eva behauptet zwar, sie sei inzwischen zu alt zum Gebären, aber das hab ich ihr zum Glück wieder ausreden können. Eine Wehmutter muss schließlich mehr von diesem Geschäft verstehen als alle anderen zusammen, oder etwa nicht?«

Kaum hatte sich die Tür hinter ihm geschlossen, wandte sich Hedwig mit bittender Geste an die Magistra: »Verzeih meine Einmischung, Mutter! Aber ich dachte, es sei vielleicht besser, den verbliebenen Schwestern nicht allzu viel abzufordern. Einige murren noch immer über die ungewohnten Zumutungen unseres Umzugs vom Disibodenberg, die sich mit ihrem adeligen Stand nicht vertrügen. Sollten uns noch mehr von ihnen verlassen, so könnte es schwierig werden, unser neues Kloster zu halten.«

Hildegards Gesicht hatte sich verschlossen.

»Wer sein Leben Christus weiht, muss wissen, worauf er sich einlässt. Ehrliche Feldarbeit hat noch niemandem geschadet, schon gar nicht einer Dienerin Gottes. Übermorgen kann Josch mit dem Karren kommen, die folgenden Tage werden sie sehr wohl zu Fuß zum Weinberg gehen.« Jetzt spielte ein winziges Lächeln um ihre Lippen. »Abends mag er sie dann von mir aus mit dem Gefährt zurück ins Kloster bringen. Ich möchte nicht riskieren, dass sie mir in der Vesper aus Erschöpfung einschlafen und womöglich laut zu schnarchen beginnen. Morgen werde ich im Kapitelsaal meine Entscheidung verkünden – auch wenn ich dann nicht nur strahlende Mienen ernte.«

»Sie werden dir gehorchen, Mutter, da kannst du ganz gewiss sein. Selbst wenn es nicht allen gefällt und einige sich wieder heimlich beklagen werden.«

Hildegard strich sich mit der Hand über die Stirn.

»Ich schätze deine Offenheit, Hedwig, von jeher, und das weißt du. Allerdings wünsche ich künftig in Gegenwart von Dritten keine Widerworte mehr. Der erste Grad der Demut ist der Gehorsam. Auch das ist in den Regeln des heiligen Benedikt nachzulesen und gilt ausnahmslos für jede Schwester, für die ich als geistige Mutter zu sorgen habe.«

Hedwig neigte rasch den Kopf, um zu verbergen, wie bitter ihr Mund geworden war. Das dumpfe Geräusch des Schlagbretts erlöste sie, das alle Nonnen zur abendlichen Vesper rief.

Schweigend begaben sich beide Frauen auf den Weg zur Kapelle.

※

Warum hatte die Frau mit dem silbernen Kreuz auf der Brust sie so finster angeschaut?

Sie war die Magistra, die Erste und Oberste des Klosters, die alles zu entscheiden hatte. Ihr hatte die Mutter in fiebrigen Sätzen das ganze Elend entgegengeschleudert, bevor Hildegard die Kinder fast schon barsch aus dem Raum geschickt hatte, um mit der Mutter allein weiterzureden. Dass sie auf der Flucht waren, weil der Oheim sie um das Erbe betrogen hatte. Dass weder König noch Erzbischof ihnen hatten helfen können. Und dass das Kloster auf dem Rupertsberg, wo Base Richardis lebte, für sie die allerletzte Zuflucht war.

Ob die Mutter ihr mehr sagen, *alles* verraten würde, jetzt, wo die beiden Frauen allein und ungestört waren? Theresa bezweifelte es. Und selbst wenn Ada bereit war, dieses Risiko einzugehen, so stand ihre Sache doch denkbar schlecht. Die hochwürdige Mutter wird uns nicht helfen, dachte das Mädchen. Sie mag mich nicht. Das spüre ich ganz genau. Dabei kennt sie mich doch gar nicht!

Theresa ließ den Löffel sinken. Die eingedickte Buchweizensuppe, die sie gerade noch heißhungrig verschlungen hatte, schmeckte plötzlich fade.

»Hast du etwa schon genug?« Gero schielte gierig auf ihren Napf. »Dann könnte ich doch …«

Theresa schob den Napf zu ihm. »Nimm schon«, sagte sie und hoffte, der Stein in ihrem Magen würde sich auflösen.

»Kann ich dein Brot auch haben?«, bohrte er weiter. »Ich meine nur, bevor die Schweine es bekommen?«

»Der arme Kleine muss ja regelrecht am Verhungern sein!« Clementia, die Küchenschwester, riss ihre kugelrunden Augen noch weiter auf und legte kurz die schwielige Hand auf Geros warmen Kopf. »Warte, mein Junge, du kriegst gleich noch einen ordentlichen Nachschlag. Und deine Schwester natürlich auch, wenn sie möchte.«

Eine ganze Anzahl von Nonnen hatte sich um die Kinder geschart, die am Eichentisch in der Klosterküche verköstigt wurden. Allerdings schienen die Sympathien unterschiedlich verteilt. Drei von ihnen umstanden Theresa, während der Rest sich mit teils begeisterter, teils skeptischer Miene um Geros Stuhl gruppiert hatte.

»Habt ihr denn gar kein Fleisch?«, erkundigte Gero sich unbefangen, noch bevor Theresa auch nur einen Mucks machen konnte. »Ich werde nämlich bald ein Ritter sein – und Ritter müssen doch Fleisch essen, weil sie viel Kraft brauchen.«

Einige Schwestern lachten, als habe er einen köstlichen Witz gerissen. Es war zu spüren, wie sehr sie diesen ungewohnten männlichen Besuch in ihrer klösterlichen Abgeschiedenheit genossen, selbst wenn es sich nur um einen Naseweis von gerade mal elf Jahren handelte.

»Weißt du was, Gero? Ich hätte da vielleicht noch ein paar knusprige Hühnerschenkelchen«, sagte Schwester Clementia eifrig. »Eigentlich waren sie ja …«

»… für Donata bestimmt«, fiel Benigna ihr ins Wort. »Und die wird sie morgen auch bekommen. Gib diesem Nimmersatt stattdessen lieber ein Schälchen von deinem weißen Käse. Der macht auch ordentlich satt.« Während der Junge angesichts dieses Vorschlags wenig begeistert das Gesicht verzog, wandte die Nonne sich dem Mädchen zu. »Lässt du dir eigentlich immer von ihm die Haare vom Kopf fressen?«, fragte sie. »So etwas hätte ich meinen kleinen Brüdern niemals erlaubt.«

Theresa schaute sie sorgenvoll an. »Mutter ist immer noch bei der Magistra«, sagte sie. »Ist das ein gutes oder eher ein schlechtes Zeichen?«

Schwester Benigna zog die breite Nase hoch. »Das kann man bei der ehrwürdigen Mutter niemals so genau sagen«, antwortete sie. »Denn sie spricht direkt mit dem göttlichen Licht und hat in allem ihren ganz eigenen Kopf. Seid ihr denn wirklich Verwandte von Richardis? Das würde es vielleicht ein wenig leichter machen.«

»Richardis ist zu uns so eine Art Base«, murmelte Theresa. »Getroffen hab ich sie allerdings noch nie. Sie war schon im Kloster, als ich zur Welt kam, aber ich weiß, dass Mutter und sie sich ab und zu geschrieben haben.«

»Eure werte Base ist aber nicht mehr hier.« Das klang fast triumphierend und kam von Magota, die für die Kleiderkammer zuständig war und alle anderen Schwestern ein gutes Stück überragte. Ihr knochiges Gesicht glich einem Totenschädel, in dem nur die grünlichen Augen lebendig wirkten. »Schon vor Monaten hat sie uns verlassen. Richardis ist jetzt nämlich selber Äbtissin geworden. In Bassum, hoch im Norden. Durch ihren Bruder, Erzbischof Hartwig von Bremen. Seitdem geht es endlich wieder gerechter zu auf unserem schönen Rupertsberg. Sollte sie etwa vergessen haben, euch das zu schreiben?«

Benigna trat ihr unauffällig auf den Fuß, und Magota verstummte, funkelte allerdings erbost zurück. Irritiert schaute Theresa von einer zur anderen. Bislang hatte sie Nonnen stets für entrückte, mehr oder minder körperlose Wesen gehalten, die den ganzen Tag beteten und sangen. Zwischen diesen Frauen jedoch schwelte ein Zwist, der ihr äußerst irdisch vorkam.

Sie schloss die Augen, um sich davor zu schützen, und spürte plötzlich wieder Willems Wärme. Noch immer war er ihr gegenwärtig, und sie hörte seine Stimme in ihrem Kopf.

»Ich möchte lieber mit Euch reiten. Bitte!« Hatte sie das wirklich gesagt?

»Wenn du unbedingt willst.« Sein Lachen, das ihr noch immer das Herz wärmte, wenn sie daran dachte!

Er hatte zu Theresas Überraschung trotz der wütenden Blicke seines Onkels und dem entsetzten Gesichtsausdruck der Mutter ihrem Wunsch sofort entsprochen. Sie saß dann vor ihm, den Rücken an seiner Brust, beiderseits von seinen Armen gehalten, die die Zügel sicher führten. Ob es ihm gefallen hatte, vermochte Theresa nicht zu sagen. Sie aber hätte trotz des erneut einsetzenden Regens stundenlang so weiterreiten können – sogar bis in alle Ewigkeit, wie sie sehnsüchtig dachte. Warum konnte sie jetzt nicht bei Willem sein, in einem schönen Haus, das sicherlich sein Heim war, vor einem prasselnden Feuer, anstatt sich bei diesen zänkischen Weibern in ihren schwarzen Kutten lieb Kind machen zu müssen?

»Du schläfst ja schon halb im Sitzen«, hörte sie die rundliche Benigna sagen. »Komm, ich bring euch zu eurem Lager …«

»Nicht nötig.« Das war die Nonne mit dem schmalen Kopf, die sich in alles einmischte, wie Theresa bereits herausgefunden hatte. Vor Ungeduld wippend, stand Schwester Hedwig in der Tür. »Clementia, wir brauchen sofort einen großen Krug heißen Salbeitee, damit sie uns nicht alle noch krank werden. Und Gunta soll nachsehen, ob wir noch etwas von den Dinkelkeksen übrig haben. Ihr zwei kommt mit mir. Eure Mutter erwartet euch schon.«

Theresa konnte den Fluss hören, als sie wenig später hinter Hedwig ins Freie trat. Sie war auf Böen und Regengüsse gefasst gewesen, aber es war draußen zu ihrer Überraschung trocken, und es schien sogar wärmer geworden zu sein. Hinter schnell ziehenden Wolken zeigte sich ab und zu ein milchiger Vollmond. Schweigend gingen sie den Kreuzgang entlang, und die strenge, schlichte Schönheit der Säulenreihe tat dem Mädchen gut. Das Kirchenschiff an der Längsseite dagegen steckte offenbar noch im Rohbau. Überall Karren, Bretter, Sandhaufen und mehr oder minder sorgfältig aufgeschichtete Steine.

»Ihr lebt wohl noch nicht besonders lang hier«, sagte Theresa, während sie sich bemühte, auf nichts zu treten, was sie hätte zu Fall bringen können. »Das wirkt alles noch so … unfertig. Oder ist euch vielleicht mittendrin das Geld ausgegangen?«

Hedwig blieb stehen. »Kluges, kleines Ding«, sagte sie. »Und scharfe Augen hat sie auch. Wie kommst du darauf, Theresa?«

»Weil es so aussieht, als hätten die Bauleute einfach alles stehen und liegen lassen. Genau wie auf unserer Burg, als mein Vater nach zwei kümmerlichen Ernten nichts mehr besessen hat, um den neuen Turm zu bezahlen, und die Männer sich geweigert haben, auch nur noch einen einzigen Handstreich zu verrichten.«

»Dabei haben wir schon so vieles erreicht! Den Berghang mit einer Mauer zur Nahe hin abgestützt, Küche und Dormitorium fertiggestellt und vor Kurzem nun auch noch das Haus der Magistra. Und wenn erst einmal unsere Kirche fertig sein wird!« Hedwig war so in Fahrt geraten, dass ihre Worte sich fast überschlugen. »Was bedeuten schon ein paar Jahre für ein Haus Gottes?«, fuhr sie fort, während Gero, unversehens der heimeligen Wärme der Küche beraubt, weiterhin verstockt schwieg. »Der Rupertsberg ist ein gewaltiger Neuanfang. Wer so eine Herausforderung bekommt, muss sich bei Gott herzlich bedanken.«

Vor einem niedrigen Gebäude aus Bruchsteinen machte sie halt.

»Unser Gästehaus ist leider auch noch nicht ganz fertig«, sagte Hedwig. »Aber ein Dach hat es schon mal. Und für Decken und Stroh ist ebenfalls gesorgt. Ich denke, so kommt ihr durch die Nacht.«

Mit diesen Worten ließ sie die beiden allein.

Theresa sank das Herz, als die Mutter öffnete und im nächsten Augenblick den Krug so begierig an sich riss, dass sie den Tee fast verschüttet hätte. Adas Gesicht war sogar im Schein der Ölfunzel kalkweiß, als hätte sie gerade einen Hieb erhalten. Das Mädchen brauchte nicht zu fragen, um zu wissen, dass es Schwierigkeiten gegeben haben musste. Gero dagegen schien das nicht weiter zu kümmern. Im Nu hatte er das mitgebrachte Dinkelgebäck verputzt. Er griff sich eine Decke, raffte Stroh zusammen und baute sich ein provisorisches Nest. Ein paar Augenblicke später war er bereits eingeschlafen.

Ada hatte sich in eine Ecke zurückgezogen und dort offenbar etwas in den mitgebrachten Tee gestreut, was schon bald einen unangenehm stechenden Geruch verbreitete. Danach kam sie mit einem vollen Becher zurück und ließ sich auf dem Boden nieder, den Rücken an die Wand gelehnt.

Theresa setzte sich zu ihr.

»Wir müssen bald wieder weg«, murmelte die Mutter. »Spätestens übermorgen. Base Richardis lebt schon lange nicht mehr hier, und die Magistra will uns nicht länger hier haben. Wir gehören nicht in ihr Kloster, hat sie gesagt, weder ein halbwüchsiges Mädchen noch ein wilder Junge und erst recht keine Ehe …« Sie verstummte.

»Sie hat dich nach Vater gefragt?«, wollte Theresa wissen.

Ein Nicken.

»Und was hast du ihr geantwortet?«

»Die Wahrheit, was sonst? Dass Robert vom Kreuzzug nicht mehr nach Hause gekommen ist. Und dass von da an unsere Schwierigkeiten begonnen haben.«

Das ist nicht die ganze Wahrheit, dachte Theresa, doch sie verzichtete darauf, die Mutter zu verbessern. »Und dann hat sie sich nach dem Kind erkundigt«, mutmaßte sie. »Wie es angehen kann, dass du schwanger bist, wo dein Mann doch seit Jahren tot …«

Ada fuhr ihr rasch mit der Hand über den Mund, als könne sie die Tochter damit zum Verstummen bringen.

»Was spielt das jetzt noch für eine Rolle?«, sagte sie müde.

»Am besten wäre es doch, wir beide wären auch nicht mehr am Leben, das Kind in meinem Bauch und ich.«

»So etwas darfst du nicht sagen!« Theresa versuchte, die Mutter zu umarmen, um sie zu trösten, Ada aber machte sich steif und schob sie weg.

»Ich hätte dich niemals mit meinen Albträumen belasten sollen«, murmelte sie, »aber du bist schon so groß, da vergesse ich manchmal, dass du eigentlich noch ein halbes Kind bist. Ich weiß einfach nicht mehr weiter, Theresa – jetzt, wo wir auch hier nicht bleiben können.«

»Es wird eine Lösung geben!«, stieß das Mädchen hervor. »Ganz bestimmt. Morgen werden wir …« Sie wollte nach dem Becher greifen, den die Mutter sich vollgeschenkt hatte, Ada jedoch drängte sie fast grob zur Seite.

»Lass das!«, sagte sie, und es hörte sich an wie ein Befehl. »Du rührst es mir nicht an, verstanden? Leg dich lieber schlafen!«

Theresa gehorchte, streckte sich aus und schlang die Decke um sich. Schlafen sollte sie? Das war leichter gesagt als getan. Das notdürftig ausgestreute Stroh vertrieb weder die Kälte, noch machte es den harten Boden gemütlicher. Ihre Waden waren steif, zwischen den Rippen stach es, und hungrig war sie plötzlich auch wieder. Jetzt bereute sie, dass sie vorhin alles Gero überlassen hatte, der ein Stück entfernt satt und wohlig vor sich hin schnarchte. Irgendwann fielen ihr doch die Lider zu.

In wirren Träumen hetzte sie durch einen Wald, in den kaum Licht fiel, so eng standen die Bäume. Zweige verhakten sich in ihrem Haar, Insektenschwärme umschwirrten sie, unter den nackten Sohlen spürte sie Moos und altes Laub. Immer undurchdringlicher wurde das Dickicht, schwarz wie dick geronnenes Blut, doch sie konnte und durfte nicht rasten, rannte weiter, so schnell, dass ihre Füße den Boden kaum noch berührten. Da kam unversehens eine kleine Lichtung in Sicht …

Theresa fuhr hoch, mit klopfendem Herzen.

Da war ein hohes, durchdringendes Wimmern dicht neben ihr – die Mutter, die sich krümmte und wand, als wäre ihr Beelzebub höchstpersönlich in den Leib gekrochen.

»Was hast du?«, rief das Mädchen angstvoll und sah im trüben Schein der Ölfunzel das Erbrochene, mit dem Ada ihr Mieder beschmutzt hatte. Etwas Grünliches war darin zu erkennen, beinahe wie die jungen Spitzen eines Nadelbaumes, die sie wieder ausgespien haben musste. Der Geruch war so widerlich, dass Theresa schnell zurückfuhr.

Ihre Gedanken überschlugen sich. Wie hatte die Mutter nur in diesen jämmerlichen Zustand geraten können? Gegessen hatte die Schwangere nichts, jedenfalls nicht in ihrer Gegenwart, aber getrunken. Etwas krampfte ihr Herz zusammen. Der Tonbecher war leer getrunken und die Kanne zerbrochen, aber der Fleck, der den Boden dunkel gefärbt hatte, stank abscheulich.

»Kommt das vielleicht von diesem Tee, den du dir heimlich zusammengebraut hast?«

Ada verdrehte die Augen, bis nur noch das Weißliche zu sehen war, und gab ein undefinierbares Gurgeln von sich. Mit dem Rockzipfel wischte Theresa ihr die Mundwinkel sauber. Dann erst bemerkte sie, dass auch der Rock besudelt war. Zuerst dachte sie, die Mutter habe sich vor Schmerzen womöglich eingenässt, doch beim näheren Hinsehen entpuppte es sich als etwas anderes: Vorn entlang zog sich wie eine hässliche Borte eine breite rötliche Spur – Blut!

In Theresas Ohren war auf einmal ein seltsames Rauschen, das immer stärker anschwoll. Keine Schwangere durfte bluten. Sie war längst alt genug, um das zu wissen. Und für eine Geburt war es Monate zu früh. Was sollte sie tun? Die Leidende hier allein zurücklassen oder Gero aufwecken, damit er zu den Schwestern laufen konnte?

Sie lief zu ihm, rüttelte ihn sanft. »Wach auf!«, sagte sie, als er halb die Lider öffnete. »Du musst jetzt ganz tapfer sein. Mama ist sehr krank. Wir brauchen Hilfe.«

»Was ist los?«, murmelte er schlaftrunken. »Bekommt sie das Kind?«

Er wusste besser Bescheid, als sie gedacht hatten! Wer konnte schon sagen, was der Kleine sonst noch alles mitbekommen hatte, das nicht für seine Ohren bestimmt gewesen war?

Nein, ihn schickte sie besser nicht zu den Nonnen!

»Steh auf, setz dich zu ihr und nimm ihre Hand! Das tut ihr bestimmt gut.« Theresa bemühte sich, ruhig zu sprechen, obwohl alles in ihr flatterte. »Und falls ihr wieder übel wird, dann stützt du sie, so gut es geht, und wischst ihr den Mund sauber. Hast du mich verstanden, Gero?«

Er nickte mit großen, erschrockenen Augen.

»Muss sie jetzt auch sterben so wie unser Vater im Morgenland?«, flüsterte er und hielt sich Schutz suchend an seiner Schwester fest. »Dann sind wir beide ja ganz allein!« Plötzlich sah er so hilflos und verschreckt aus wie damals, als er mit sechs Jahren vom Kirschbaum gefallen war und sich das Bein angebrochen hatte. Einen ganzen Sommer lang hatte er nur humpeln können, und noch heute merkte man manchmal die alte Verletzung, wenn er rennen wollte, und sein linkes Bein nicht ganz so mitmachte.

Rührung wallte in Theresa hoch, doch dazu war jetzt keine Zeit. »Red keinen Unsinn!«, entgegnete sie schnell und resolut, obwohl ihr bang zumute war. »Wir sind nicht umsonst in einem Kloster, wo sie sich mit Kranken gut auskennen. Du brauchst keine Angst zu haben. Ich bin gleich wieder zurück.«

Sie lief hinaus, verlor jedoch im Dunkeln zunächst die Orientierung. Zum Glück verzogen sich die Wolken, und das Mondlicht reichte aus, um sich schließlich zurechtzufinden. Hier waren sie zuvor entlanggegangen – der Kirchenrohbau, die Säulen des Kreuzgangs, sie erkannte alles wieder. Plötzlich fühlte sie sich sicherer. Dort drüben befand sich auch der Eingang zur Küche, aber natürlich war zu dieser späten Stunde weit und breit niemand mehr zu sehen.

Theresa blieb stehen, schaute sich um. Wo nur mochten die frommen Schwestern schlafen?

Ihr Blick glitt nach oben. Die mit Schweinsblasen gegen die letzte Winterkälte geschützten Fensteröffnungen im oberen Geschoss waren alle dunkel. Sie durfte nicht zaudern, so schlecht, wie es der Mutter offenbar ging. Sie bückte sich nach einem Stein, hob ihn auf und zielte. Die jahrelange Übung im Ballspiel mit Gero, der dafür allerdings lieber einen Bruder gehabt hätte, zeigte jetzt Wirkung.

Ihr Wurf war kraftvoll und präzise. Die zweite Schweinsblase von rechts hatte auf einmal einen hässlichen Riss.

Von drinnen hörte man einen erschrockenen Aufschrei, dann Gepolter, als wäre etwas Schweres umgefallen.

»Helft mir!«, rief Theresa, als sich nach einer Weile ein Kopf mit langen dunklen Zöpfen zeigte. »Und macht bitte schnell! Meine Mutter – ich hab solche Angst, dass sie uns gleich stirbt!«

✢

Eigentlich wäre es ja Magotas Aufgabe gewesen, über die Steinbrücke nach Bingen zu laufen, wie sie es sonst gerne tat, Magota mit ihren langen, dürren Beinen, mit denen sie viel schneller vorankam, als Clementia es mit ihren strammen Schenkeln, die unter der rauen Kutte bei jedem Schritt aneinanderrieben, je vermochte. Allerdings hatte ein Blick der Magistra genügt, um jede Widerrede im Keim zu ersticken, und so war Clementia eben losgerannt. Sie war Hildegards leibliche Schwester, und dennoch genoss sie keinerlei Vorteile, so wollten es nun mal die Regeln des heiligen Benedikt. Doch jetzt wuchs ihr innerer Unwille bei jedem Schritt, während das Öllämpchen in ihrer Hand bereits gefährlich flackerte. Wenn es erlosch, wovor die allerheiligste Mutter Maria sie bewahren möge, würde sie sich im Finstern weiter durchschlagen müssen.

Natürlich waren die Stadttore nachts geschlossen. Wie sonst hätten sie den Bürgern Schutz und Sicherheit bieten sollen? Wer hinein- oder herauswollte, musste also notgedrungen den Morgen abwarten. So viel Zeit aber blieb den frommen Schwestern nicht, wollten sie das Leben der Fremden retten, das in größter Gefahr schwebte.

Vor einiger Zeit hatte Josch ihnen von einer Nebentür in der Stadtmauer erzählt, durch die Fischer schon vor der Dämmerung das ummauerte Bingen verlassen konnten, um mit ihren Netzen und Reusen ihr Tagwerk zu beginnen. Clementia stieß ein erneutes Stoßgebet zur himmlischen Jungfrau aus. Hoffentlich war Joschs Beschreibung auch präzise genug gewesen!

Keuchend und schwitzend kam die Nonne nach längerem Umherirren an der richtigen Stelle an. Alles war so, wie Josch es geschildert hatte. In die Tür aus rohen Holzbrettern war ein Stein gelegt worden, um das Zufallen zu verhindern.

Clementia zwängte sich durch und lief weiter, vorbei an den Reihen von Holzhäusern, die das Stadtbild prägten, weil nur wenige Wohlhabende sich kostspielige Steinbauten leisten konnten. Sie senkte den Kopf, als versuche sie, sich unsichtbar zu machen, und die breite Liebfrauengass, auf der auch Markt gehalten wurde, erschien ihr unendlich lang. Hoffentlich sah sie keiner. Wie hätte sie auch jemandem erklären können, weshalb zu nachtschlafender Zeit eine der Nonnen vom Rupertsberg ausgerechnet das Haus der Hebamme aufsuchte?

Zu ihrer Überraschung sah sie schon beim Einbiegen in die Salzgasse, in der Josch mit seiner Familie wohnte, im oberen Geschoss seines Hauses Licht, und auch zur ebenen Erde, in der Küche, schienen mehrere Kerzen zu brennen.

Sie atmete tief aus und klopfte an die Tür.

»Schwester Clementia?« Josch hielt einen brennenden Holzspan in der Hand und starrte sie verblüfft an. Er wusste natürlich, wer sie war, und behandelte sie deshalb besonders ehrerbietig. »Ist etwas auf dem Rupertsberg passiert? Aber kommt doch erst einmal herein!«

Er trat zur Seite, ließ sie eintreten. Auf dem Herd brodelte ein großer Topf mit Wasser. Eine junge Frau war damit beschäftigt, ein altes Leintuch in Stücke zu schneiden, eine andere zerstieß etwas in einem Mörser, während die beiden kleinen Söhne mit betretener Miene am Tisch hockten.

»Nachbarinnen, die zum Helfen gekommen sind«, erklärte Josch. »Und meine zwei Rabauken hier sind einfach nicht ins Bett zu kriegen. Jetzt, wo wir bald wieder zu fünft sein werden.«

Von oben hörte man energische Schritte, dann einen lauten, schmerzerfüllten Schrei. Josch nickte den beiden Blondschöpfen beruhigend zu. »Genauso seid ihr auch zur Welt gekommen, erst du, Karl, und dann du, Florin, gute drei Jahre danach.«

»Aber sie kann doch nicht ausgerechnet jetzt kreißen«, stieß Schwester Clementia hervor, die erst in diesem Augenblick verstand, was da vor sich ging.

»Und ob sie kann!«, sagte Josch lächelnd. »Das Wasser ist schon vor einiger Zeit abgegangen, und mühen muss sie sich dieses Mal ganz besonders, denn das Kleine liegt offenbar verkehrt herum mit dem Hinterteil nach unten. Jetzt könnte meine Eva selber eine geschickte Wehmutter gebrauchen, aber sie ist ja die einzige weit und breit.«

Clementias Augen weiteten sich. »Wo ist sie?«, rief sie. »Ich muss sofort zu ihr.«

Sie lief die Treppe hinauf, Josch ihr hinterher. Eva, nur mit einem Hemd bekleidet, das ihr riesiger Bauch fast zu sprengen drohte, lehnte mit der Stirn erschöpft am Pfosten der Bettstatt, während eine ältere Frau ihr sanft den Rücken massierte.

»Es sitzt leider falsch herum«, sagte sie mit einem schiefen Lächeln, als sie die Schwester erkannt hatte, »und muss ungewöhnlich groß sein. Nicht einmal ich hätte es vermutlich von außen wenden können. Aber wieso seid Ihr …« Die nächste Wehe hatte sie erfasst, sie beugte sich nach vorn, biss sich auf die Lippen, schließlich aber schrie sie doch.

»Weshalb gebiert deine Frau nicht im Bett wie jedes anständige Christenweib?«, wandte die Nonne sich empört an Josch.

»Weil es in anderen Stellungen meist sehr viel einfacher ist«, japste Eva, die inzwischen wieder etwas mehr Luft bekam. »Seht Ihr den dicken Kälberstrick, der von der Decke baumelt? Den hat Josch eigens für mich festgemacht, damit ich mich später dranhängen kann, wenn es noch schlimmer kommt.« Sie wischte sich das schweißnasse Haar aus der Stirn. »Was wollt Ihr überhaupt hier, mitten in der Nacht, Schwester? Ist bei Euch auf dem Berg ein Unglück geschehen?«

»Und wenn schon! Du kannst uns ja ohnehin nicht helfen«, sagte Clementia. »Obwohl wir deine Hilfe gerade heute dringend gebraucht hätten.« Sie klang so verzagt, dass Eva trotz ihrer Erschöpfung aufhorchte.

»Lass uns kurz allein!«, sagte sie zu Josch, der sich nur zögernd entfernte und die ebenfalls nur widerwillig weichende Nachbarin mit sich zog. Sie nickte Clementia zu, als die beiden draußen waren. »Also? Und kommt schnell zum Wesentlichen! Ich spür die nächste Wehe nämlich schon.«

Clementia suchte nach Worten. Ihre Züge wirkten verzerrt, so sehr strengte sie sich an.

»Doch nicht eine von Euch Nonnen?«, fragte Eva, als Clementia weiterhin stumm blieb. »Eine heimliche Geburt im Kloster …«

»Nein, nein! Eine Fremde hat bei uns Zuflucht gesucht. Eine schwangere Fremde von weit her. Sie hat …« Die Schwester schien es kaum über die Lippen zu bekommen. Dann nahm sie einen erneuten Anlauf: »Sie hat offenbar heimlich Sadebaumspitzen gegessen.«

»Aih!« Der neuerliche Schmerz trieb Eva das Wasser in die Augen. »Das tun nur die Verzweifeltsten. In welchem Monat ist sie?«, sagte sie keuchend.

»Man sieht noch nicht besonders viel, aber bewegt haben soll sich das Kind schon.«

»Das wird es jetzt sicherlich nicht mehr können, das arme, unschuldige Ding! Der Sündenbaum tötet die Frucht im Mutterleib. Von diesem Teufelszeug ist jedes bisschen zu viel.« Sie legte die Hände auf ihren Bauch, als wolle sie ihn instinktiv schützen. »Sie *muss* das Kind gebären, habt Ihr mich verstanden, Schwester Clementia? Um jeden Preis, sonst stirbt auch sie, denn wenn es drinbleibt, beginnt es in ihrem Leib zu verwesen. Aber so eine Geburt kann schwierig werden, wenn das Kind nicht mehr lebt.« Der Atem wurde ihr erneut knapp.

»Kann man ihr dabei nicht helfen?«

»Mein Kreuz fühlt sich schon jetzt an, als würde es im nächsten Augenblick zerbrechen«, sagte Eva stöhnend. »Dabei geht es vielleicht noch Stunden so weiter, wenn ich Pech habe. Ja, das kann man. Aber die Priester sehen es nicht sonderlich gern.«

»Wenn du etwas weißt, dann musst du es uns sagen!«, bat Clementia. »Die Lage ist auch so schon verworren genug. Und sollte über diese unselige Angelegenheit etwas nach außen dringen, sind wir verloren.«

»Von mir erfährt niemand ein Wort. Den Nachbarinnen werde ich eine gute Ausrede auftischen. Und dass Josch den Mund halten kann, wisst Ihr. Dort drüben – die niedrige Truhe. Öffnet sie und nehmt die erste Lage mit den Kräutern heraus, aber bitte vorsichtig!«

Die Nonne gehorchte, legte das Leinen mit den getrockneten Büscheln des Frauenmantels beiseite. Dann schien sie plötzlich zu stutzen.

»Das ist ja eine Alraune!«, rief sie. »Woher in aller Welt …«

»Vergesst auf der Stelle, was Ihr gesehen habt, sonst vergesse ich augenblicklich alles, was ich jemals gewusst habe!«

Clementia nickte klamm.

»Dann weiter unten, das kleine rote Kästchen«, kommandierte Eva mühsam. »Mein kostbarster Schatz. Habt Ihr es gefunden?«

»Ja. Hier ist es.«

»Gut. Darin liegt die Kornmutter. Nehmt eines von den schwarzen Hörnchen und ein zweites als Reserve – und nur als Reserve, habt Ihr gehört? Wickelt sie in ein dünnes Tuch und übergebt sie Schwester Benigna! Sie soll ein halbes in heißem Wein auflösen und der Gebärenden schluckweise davon zu trinken geben. Das müsste die Geburt zügig vorantreiben. Aber sagt ihr unbedingt, dass sie aufpassen muss! Nur ein wenig zu viel – und man bringt die Schwangere um, anstatt sie beim Kreißen zu unterstützen.«

»Ist das alles?«

»Noch nicht ganz. Den Blutstein, den ich um meinen Schenkel gebunden habe – nehmt den auch mit! Ich komme schon ohne ihn zurecht.«

»Bist du sicher?« Die Nonne zögerte, dann schob sie das Hemd nach oben und löste mit spitzen Fingern das Lederband von der verschwitzten Haut.

Eva stieß einen markerschütternden Schrei aus. Josch stürmte mit wildem Blick in die Stube.

»Genug, Schwester, genug!«, rief er. »Ich schaue nicht länger tatenlos zu. Was immer es auch sein mag, das Ihr von Eva begehrt – geht bitte! Jetzt ist erst einmal mein Weib an der Reihe.«

✣

Das Kind war so klein, dass es ohne Schwierigkeit in eine kräftige Männerhand gepasst hätte, ein Häuflein Mensch, vollständig ausgebildet – aber leblos. Theresa hatte kaum noch zu atmen gewagt, als sie davorstand, dann jedoch hatte sie das Tuch beiseitegeschoben, mit dem Schwester Benigna es bedeckt hatte.

»Ein Junge«, sagte sie und biss sich auf die Lippen, um die Tränen zurückzuhalten. »Ein kleiner, makelloser Bub. Seht doch nur, er hat schon Wimpern! Und winzige Nägel! Aber was ist das seltsame Weiße auf seiner Haut?«

»Die Wehmütter nennen es Käseschmiere. So hast du auch einmal ausgesehen. Jedes Kind wird so geboren.«

»Warum ist die Wehmutter nicht gekommen?«, fragte Theresa weiter. »Sie hätte ihm doch helfen müssen!«

»Weil Eva gerade selber in den Wehen liegt. Und auch

wenn sie rechtzeitig hier gewesen wäre, gegen die teuflische Macht des Sündenbaumes hätte auch sie keine Macht. Er hat dem Kind den Tod gebracht. Da konnte keiner mehr helfen.«

Theresa beugte sich tiefer über das Kind. »Wie schön er ist!«, sagte sie mit einem traurigen Lächeln. »Und er sieht mir sogar ein bisschen ähnlich, findet Ihr nicht? Wann werdet Ihr ihn taufen lassen? Wir müssen noch einen Namen für ihn aussuchen.«

Benigna bedeckte den kleinen Leichnam erneut mit dem weißen Leintuch.

»Taufen? Wie denkst du dir das?«, fragte sie seufzend. »Ein Kind der Sünde. Geatmet hat es auch nicht. Da ist eine christliche Taufe leider ganz und gar unmöglich.«

»Ihr wollt ihn ungetauft begraben lassen? Aber das dürft Ihr nicht! Denn dann wäre ja die Erbsünde nicht von ihm genommen, und er käme geradewegs in die Hölle«, rief Theresa. »Der Kleine kann doch nichts dafür, er am allerwenigsten! Und einen Namen braucht er auch. Wie soll der liebe Gott ihn sonst zu sich rufen?«

»Benigna?« Das war die gebieterische Stimme der Magistra, die alle sofort verstummen ließ. »Bring das Mädchen ins Äbtissinnenhaus! Und dann komm zu mir! Die Reichsgräfin fiebert stark. Wir müssen uns um sie kümmern.«

»Was soll ich denn in Eurem Haus?«, protestierte Theresa. »Hier ist doch mein Platz, bei Mutter und diesem kleinen Bruder!«

»Dem kann niemand mehr helfen, Kind.« Benigna legte ihr mitfühlend einen Arm um die Schulter. »Gero dagegen braucht sehr wohl deine Unterstützung. Was meinst du, wie bang dem zumute sein wird? Außerdem muss deine Mutter ruhen. Also, sei ein großes, kluges Mädchen und geh mit mir!«

Widerstrebend ließ Theresa sich hinausführen.

Ada, mittlerweile bequemer auf Kissen und Decken gebettet, aber noch immer auf dem Boden liegend, weil die Schwestern beim Einsetzen der Wehen nicht gewagt hatten, sie nach drüben in den Krankenbau zu schaffen, schien trotz ihres Fieberwahns jedes Wort mitbekommen zu haben. Kaum hatte sich die Tür hinter Theresa geschlossen, packte sie die Hand der Magistra und zog sie nach unten.

»Schickt die anderen hinaus!«, flüsterte sie, als Hildegard notgedrungen bei ihr kauerte. »Ich möchte die Beichte ablegen.«

»Ich bin kein Priester.« Hildegard wollte ihr die Hand entziehen, doch Adas Griff war zwingend. »Ihr braucht dringend neue Medizin. Euer Fieber macht uns große Sorgen.«

»Soll es mich doch verbrennen, was schert mich das noch? Ihr habt sofort Bescheid gewusst, habt mich verdammt und weggeschickt.«

Die Magistra rang um Fassung. »Hätte ich gewusst, wie verzweifelt Ihr seid …«

»Nichts anderes habe ich verdient. Ich bin eine große Sünderin – Ihr aber seid die Prophetin vom Rhein, die von Gott geliebt wird. Um meiner Kinder willen, Mutter, hört mich an!«

»Also gut«, sagte Hildegard nach kurzem Zögern und versuchte, eine halbwegs bequeme Stellung einzunehmen. »Lasst uns allein!«

Die anderen Schwestern verließen den Raum.

»Es waren seine Blicke«, murmelte Ada. »Warm und voller Bewunderung, über Monate, ohne ein Wort, das alles nur zerstört hätte. Damit hat es angefangen. Ich war schon so lange allein und wusste, das würde auch mein Schicksal bleiben, denn mein Mann würde nie wieder vom Kreuzzug zurückkehren. Mein Schwager Götz dagegen, Roberts jüngerer Bruder, der hat mich angestiert, als wäre ich eine Sau, die reif zum Schlachten ist. Immer wieder hat er mich bedrängt, damit ich doch noch schwach werde, aber ich hab ihn stets zurückgewiesen. Bis dann eines Tages Richard ...«

Sie hustete. Die Magistra stützte ihren Rücken und ließ sie aus einer tönernen Schale Herzwein trinken.

»Ah, in mir lodert wahrlich ein Feuer, das alles Blut aus mir strömen lässt. Ich war mein ganzes Leben lang keusch und treu, bis zu jener Nacht im letzten Herbst, nach dem großen Fest, als sich alle schon zum Schlafen zurückgezogen hatten. Ich war noch durstig, bin zurück in die Küche, und da stand er auf einmal im Halbdunkel...«

Ihre dünnen Lider zuckten.

»Ein Waldgeist, ein Fabelwesen! Erst haben wir uns nur angesehen, dann aber hat er mich auf einmal geküsst, der schöne junge Mann, und ich, ich hab es geschehen lassen. In seinen Augen war so viel Anfang, versteht Ihr, Mutter? Keine Angst, keine Berechnung, nichts als Neugierde und Hoffnung. Sein heißes, festes Fleisch zu spüren! Mit einem Mal war ich selbst wieder jung ...«

»Strengt Euch nicht zu sehr an«, sagte Hildegard, »Ihr müsst jetzt haushalten mit Eurer Kraft!«

»Wozu? Ich sterbe doch ohnehin. Aber zuvor sollt Ihr alles erfahren.«

Wieder benetzte Hildegard Adas Lippen und bettete ihren Kopf bequemer.

»Macht es Euch ärgerlich, dass ich über die Wollust rede?« Jetzt klang Ada wie ein kleines Mädchen.

»Dass Ihr an jenem Abend nicht widerstehen konntet? Ähnliches hab ich schon oft gehört. Als im Paradies nach dem Sündenfall der Strom der Begehrlichkeit über Eva hereinbrach, wurden all ihre Gefäße für den Blutfluss geöffnet. Daher spürt jede Frau ab und an das Stürmen des

Blutes in sich, genauso wie Ihr es gespürt habt. Wenn Ihr nun aber aus reinem Herzen bereut und vor Gott …«

»Dass ich ihm beigelegen bin, Richard, dem Bankert meines Schwagers, mit dem er übler umspringt als mit seinen Hunden? Nein, das bereue ich nicht! Doch welch großes Unheil daraus erwachsen ist, *das* bereue ich zutiefst. Ein Kind? Keiner von uns beiden hat in diesem Augenblick an so etwas gedacht. Und später dann der schreckliche Zorn meines Schwagers, der seinen Sohn hasst und nicht ertragen konnte, dass dieser etwas geschenkt bekam, was ihm verwehrt geblieben war! Eine Hure hat er mich geschimpft, die das Erbe des Verstorbenen verwirkt habe, und er hat behauptet, dass auch Gero niemals Roberts leiblicher Sohn sein könne, sondern auch nur ein Bankert sei, den ich ihm untergeschoben hätte …«

Sie presste die Hände auf den Bauch und schien auf einmal mit ihrem toten Kind zu sprechen.

»Vor allem bereue ich, dass ich mich gemeint, aber dich getötet habe. Vergebt mir, Mutter! Und nehmt Euch meiner lebenden Kinder an! Auch wenn die Menschen weit und breit zu Euch aufschauen und Euch eine Heilige nennen, so seid Ihr zuallererst doch ein Weib aus Fleisch und Blut, mit einem mitfühlenden Herzen …«

Die Tür flog auf. Mit angsterfülltem Blick stand Gero auf der Schwelle.

»Mama!«, rief er. »Mama, was ist mit dir? Ich kann dich doch beschützen, immer beschützen, das weißt du doch!«

»Mein kleiner Ritter!«, flüsterte Ada unter Tränen. »Du musst jetzt ganz tapfer sein.«

»Das hat Theresa auch schon gesagt. Aber ich bin doch tapfer. Und, Mama …«

Schwester Hedwig kam ihm nachgelaufen und zog ihn mit sanfter Gewalt wieder nach draußen.

»Vergebt mir, Mutter!«, murmelte Ada. »Könnt Ihr mir vergeben?«

»Das kann nur ein ungleich Mächtigerer als ich«, lautete Hildegards Antwort. »Deine Seele kennt allein der dreifaltige Gott.«

»Ich bereue und bitte Gott um Vergebung.« Sie war kaum noch zu verstehen.

Hildegard tauchte ihre Finger in das geweihte Öl, salbte Adas Stirn, dann die Augen, Ohren, die Nase, den Mund und schließlich die Hände, die so rastlos auf der Decke hin und her fuhren, als versuchten sie, etwas wegzuwischen.

»Vergib mir, Herr!«, betete die Magistra. »Ich bin kein Priester, der das heilige Sakrament spenden dürfte, sondern nur Deine unwürdige Dienerin. Doch Bruder Volmar ist fort, und das Leid dieser Frau rührt meine Seele zutiefst. Hilf ihr in Deinem unendlichen Erbarmen und steh ihr bei in dieser schweren Stunde. Amen.«

Adas Gesicht hatte sich verändert, wirkte friedlicher nun, doch die Haut war so blass geworden, dass sie fast bläulich schimmerte. Das Luftholen gelang nur noch schnappend. Ab und zu ein Rasseln, dann immer längere Pausen zwischen den einzelnen, mühsamen Atemzügen. Als Hildegard Adas Stirn sanft berührte, schien diese es kaum noch zu spüren. Es war, als sei mit der Beichte auch das Leben aus der Reichsgräfin gewichen.

Benigna und Hedwig lugten durch die Tür. Die Magistra bedeutete ihnen mit einem Nicken, wieder zu gehen. Ada von Ortenburg brauchte keine fiebersenkenden Mittel mehr. Ihre Seele hatte sich bereits auf den Weg zum allmächtigen Schöpfer begeben.

✦

Die Beisetzung fand bei Tagesanbruch statt.

Ein schlichtes weißes Bahrtuch, in das man den Leichnam gewickelt hatte. In den Arm der toten Mutter hatte man das Kind gebettet. Josch hob nach Anweisungen Hildegards das Grab an einer speziellen Stelle aus, eine Entscheidung, die für ihn wieder einmal die ganze Umsicht und Klugheit der Magistra bewies: Nun ruhte der Kopf der Toten in geweihter Erde, während ihr Leib jenseits der Grenze des kleinen Friedhofs neben der alten Rupertskapelle lag.

Volmar, zurück vom Kloster Disibodenberg, sprach am Grab die letzten Gebete. »Vom Staub bist du genommen, zu Staub kehrst du zurück ...«

Theresa mochte nicht hinschauen, weder in das dunkle, feuchte Loch, in das sie ihre Mutter und den Kleinen nun senkten, noch in Geros aschfahles, tränenüberströmtes Gesicht.

»Erde zu Erde, Asche zu Asche ...«

Wieso war der Mönch nicht endlich still? Die beiden waren doch so viel mehr als das gewesen! Wie konnte der Himmel jetzt so klar sein? Und weshalb konnte an solch einem Tag das Rotkehlchen auf einem nackten Ast über ihnen fröhlich zu zwitschern beginnen? Der winzige Vogel steigerte sein Singen zu einem trillernden Tremolo. Er ist bereits aus dem Süden zurück, dachte Theresa unwillkürlich. Der Frühling ist nicht mehr aufzuhalten. Ein Frühling, den Mutter nicht mehr erleben wird.

Kurz darauf sah sie ein zweites Rotkehlchen, das herbeiflog und sich neben dem anderen niederließ. Feurige Jubeltöne schmetterten die beiden, als würde die gegenseitige Nähe sie nur noch weiter anstacheln.

»Herr, was ist der Mensch, dass du dich um ihn kümmerst?«, hörte Theresa den Mönch beten, der ihr geradezu unanständig lebendig vorkam mit seinen breiten Schultern und den starken Armen, viel zu muskulös, um lediglich Gebetbücher zu halten. »Der Mensch gleicht einem Hauch, und seine Tage sind wie flüchtige Schatten …«

Sie war erleichtert, als sie von Schwester Hedwig endlich die kleine Schaufel in die Hand gedrückt bekam. Doch als dann Brocken dunkler Erde auf das helle Tuch klatschten, wäre sie am liebsten nachgesprungen, um die beiden Toten wieder nach oben zu holen. Weshalb bestreute man sie nicht lieber mit bunten Blüten, um ihnen zu zeigen, dass sie noch immer mit den Lebenden verbunden waren? Blüten – jetzt im Februar? Vielleicht war sie bereits dabei, den Verstand zu verlieren, und merkte es nicht einmal.

Unwillkürlich drehte Theresa sich um. Die Kutten der frommen Schwestern bewegten sich im Wind. Einige von ihnen arbeiteten im Weingarten, wie sie zu ihrer Überraschung festgestellt hatte. Die anderen aber kamen ihr in ihrem Habit wie eine Schar schwarzer Krähen vor, obwohl sie doch gerade noch fast engelsgleich gesungen hatten. Nicht zum ersten Mal erschrak Theresa über ihre eigenen Gedanken, und ihr Blick suchte unwillkürlich den der Magistra. Angst hatte sie vor dieser strengen Frau, und gleichzeitig sehnte sie sich nach ihrer Nähe. Inzwischen schien Hildegard die Abfuhr zu bereuen, die sie ihnen zunächst erteilt hatte, und sie hatte offenbar die anderen Schwestern angewiesen, sich um die Geschwister zu kümmern. Doch die Erste des Konvents stand ein ganzes Stück entfernt, gebeugt wie unter einer schweren Last, und schien blicklos auf den Boden zu starren.

Halb benommen von all ihren widersprüchlichen Gefühlen, trabte Theresa schließlich hinter den Schwestern zurück ins Kloster, während Josch sich um ihren Bruder kümmerte und ihn mit in den Wingert nahm, um für ein wenig Abwechslung zu sorgen. Sie war beinahe an der Tür zur Küche angelangt, wo man sie zum Dienst verpflichtet hatte, als Benigna das Mädchen zurückrief.

»Was wollt Ihr?«, sagte Theresa ungehalten. Dass mit Clementia die leibliche Schwester Hildegards der Küche vorstand, überstieg ihr Vorstellungsvermögen. Sie machte sich nichts aus Kochen, und das Schneiden des Spitzkohls, zu dem sie nun verdammt sein sollte, erschien ihr erst recht widerlich. Zu Hause hatte es Mägde gegeben, die solch niedere Arbeiten verrichtet hatten. Von ihr aus hätte es für immer so bleiben können. »Mir ist kalt. Ich will endlich zurück ins Warme.«

»Welches war ihr Lieblingsbaum?«, fragte Benigna lächelnd.

»Woher soll ich das wissen?«, raunzte Theresa zurück.

»Du bist wütend.« Benigna hatte eine außergewöhnliche Stimme, tief und klangvoll wie eine schwere Glocke. Ganz sanft sagte sie: »Der Tod macht uns wütend. Ich kann dich gut verstehen. Wieso verlassen sie uns einfach, ohne uns zu fragen? Und wohin gehen sie? Weißt du auch, Theresa, wie die Antwort darauf lautet? Unser Glaube sagt, sie gehen zu Gott. Doch wissen werden wir es erst, wenn wir selbst an die Reihe gekommen sind.«

»Ja, ich bin wütend!«, rief Theresa. »Und daran ändert auch dein ganzes schlaues Gerede nichts. Wie konnte man die beiden nur einscharren wie räudige Köter? Sie liegen ja nicht einmal auf eurem Friedhof begraben!«

Die zwei kleinen Vögel sangen immer noch um die Wette. Der Wind hatte aufgefrischt, doch die Luft war mild. Ringsherum standen alle Büsche und Bäume noch unbelaubt, aber das neue Leben, das schon unter den nackten Zweigen pochte, war bereits zu spüren.

»Welches war der Lieblingsbaum deiner Mutter?«, wiederholte die Infirmarin. »Komm schon, hör auf zu bocken und verrat es mir!«

»Weshalb sollte ich?«

»Weil wir beide ihn dann gemeinsam auf das Grab pflanzen werden. Und jedes Mal, wenn du kommst, um für sie zu beten oder mit ihnen zu sprechen, wirst du dich daran erfreuen können, um wie viel er wieder gewachsen ist.« Benigna legte Theresa die Hand auf den Arm, und die ließ es geschehen, als hätte sie sich insgeheim bereits danach gesehnt. »Die Toten verlassen uns nicht. Solange wir uns in liebevollem Gedenken ihrer erinnern, bleiben sie bei uns. Vergiss das nicht, mein Mädchen!«

»Ja«, sagte Theresa, aber ihr Herz war leer.

»Also?« Kluge Augen, dunkel wie Schwarzdornbeeren, die sie nicht mehr losließen.

»Kirschen«, murmelte das Mädchen widerwillig. »Pralle rote Kirschen. Davon konnte sie niemals genug bekommen. Den ganzen Winter hat sie darauf gegiert, dass sie endlich wieder reif sein würden.«

»Dann soll sie ihren Kirschbaum haben. Und jetzt lauf! Wir erwarten heute die Delegation des Erzbischofs, da wird jede Hand gebraucht.«

Behände wie ein Junge rannte Theresa los, und Benigna schaute ihr noch eine ganze Weile nach, bevor sie zum Krankenbau ging, um Donata einzureiben.

Doch sie musste feststellen, dass ihre Salbe nahezu aufgebraucht war. Die Aussicht, den Stinkwacholder fein zu zermörsern und aufwendig mit ausgelassenem Fett zu versetzen, stimmte sie nicht gerade fröhlich, erst recht nicht nach dem, was an Furchtbarem hinter ihnen lag. Doch Benigna war eine Frau, die unangenehme Dinge am liebsten sofort erledigte. Also nahm sie ihren kleinen Eimer und begab sich in den Klostergarten.

Schon beim Näherkommen fiel ihr auf, dass etwas anders war. Der Anblick der Pflanzen, ihrer Lieblinge, denen sie so vieles verdankte, war nicht mehr wie bisher.

Einer aus der Reihe fehlte – der Sadebaum!

Es sah aus, als hätte ihn jemand mit großer Wut aus dem Erdreich gerissen. Ein paar Wurzeln ragten noch heraus, einige geknickte Äste lagen verstreut. Der Baum war prächtig gediehen, obwohl sie ihn erst vor drei Jahren gepflanzt hatte, und er war daher nicht einfach zu beseitigen. Benigna musste nur der Schleifspur nachgehen, um zu sehen, wo er gelandet war: direkt auf dem Kompost.

Ihr Herz schlug schneller.

Klostergarten wie auch Krankenstation waren ihre ureigenen Belange, in die keine andere etwas dreinzureden hatte. Selbst die Magistra wusste das zu respektieren. Allen im Konvent war klar, wie viel sie davon verstand und welch kleine Wunder sie mit ihrem umfangreichen Wissen bei der einen oder anderen Krankheit schon hatte bewirken können. Wer also erdreistete sich, ihr unerlaubt derart in die Quere zu kommen?

Benigna war zu aufgebracht, um gleich darauf zu reagieren. Sie wartete die Terz ab, zu der die Schwestern sich in der Kapelle zur kleinen Hore versammelten, und studierte während des Psalmensingens eingehend die Gesichter der anderen.

Steckte etwa die dürre Magota dahinter, die sich schnell zurückgesetzt fühlte und auf alles und jeden eifersüchtig war? Die kleine Gunta, die ihr am liebsten auf Schritt und Tritt gefolgt wäre? Clementia, die ihren Rang als Küchenschwester nur allzu gern durch profunde medizinische Kenntnisse aufgewertet hätte, weil sie ohnehin fand, dass ihr als leiblicher Verwandten Hildegards eigentlich ein höherer Rang zustand? Oder war es wieder einmal Hedwig gewesen, die sich überall einmischte, als habe die Magistra sie damit beauftragt?

So viel Benigna auch grübelte, sie kam zu keinem Ergebnis. Dann fiel ihr Blick auf das Mädchen, das neben den Schwestern stand, die Schultern unter ihrem schäbigen Umhang nach oben gezogen, den Mund trotzig verschlossen.

Theresa?

Die notwendige Größe besaß sie, und anpacken konnte sie auch, das hatte sie in den vergangenen Tagen bereits bewiesen. Doch würde sie es wagen, solch eine Eigenmächtigkeit zu begehen?

Benigna wollte mit ihr reden, um das herauszufinden. Zuvor aber galt es, die hochwürdige Mutter über diesen unerhörten Vorfall in Kenntnis zu setzen.

Das freilich musste sie aufschieben, denn gleich nach dem Psalmensingen traf die Delegation des Bischofs im Kloster ein, mit schier ungeheuerlichen Nachrichten, die sich alsbald wie ein Lauffeuer unter den Schwestern verbreiteten.

König Konrad war tot – in Bamberg dem heimtückischen Sumpffieber erlegen, das er sich auf dem Kreuzzug zugezogen hatte. Jetzt waren alle Großen des Landes unterwegs nach Frankfurt, wo der nächste König gewählt werden sollte. Drei Kandidaten waren aufgestellt: sein Sohn, der minderjährige Friedrich, Herzog Heinrich der Löwe sowie der Staufer Friedrich von Schwaben, der wohl die meisten Fürsprecher auf seine Seite gebracht hatte. Fiel die Wahl auf ihn, wofür etliche Anzeichen sprachen, standen die Zeichen schlecht für den Erzbischof von Mainz, der die Magistra und ihr neues Kloster bislang so tatkräftig unterstützt hatte.

Beim Essen zur sechsten Stunde im Refektorium fand

das ungewohnt üppige Mahl aus gesottenem Karpfen, Entenbraten und eingelegtem Kraut bei Weitem nicht die Beachtung, die es eigentlich verdient hätte. Auch die Lesung, wiewohl von Magota inbrünstig vorgetragen, schien heute an den Ohren der Schwestern vorbeizurauschen. Aller Augen waren ängstlich auf den Kanonikus Hugo von Bermersheim gerichtet, Hildegards Bruder. Er galt als Vertrauter von Erzbischof Heinrich, der den offenen Zwist mit dem Staufer riskiert hatte, indem er für die Wahl des unmündigen Königssohns eingetreten war, dessen Vormund er war. Käme nun Friedrich von Schwaben an die Macht, so wäre es wohl nur eine Frage der Zeit, bis der neue König Anstrengungen machen würde, den Widersacher loszuwerden und einen anderen an seine Stelle zu setzen, der seine Ziele unterstützte.

Doch was würde dann aus dem Kloster Rupertsberg, das seit seiner Gründung um Autonomie rang und noch heute unter der Vormundschaft des Männerklosters vom Disibodenberg stand, das deshalb auch die stattliche Mitgift der frommen Schwestern für sich beanspruchte?

»Ich kann deine Befürchtungen leider nicht zerstreuen, so gern ich das täte«, sagte Hugo, als er schließlich Clementia losgeworden war, die ihn mit tausenderlei kleinen Anliegen bedrängt hatte, und mit seiner jüngsten Schwester im Äbtissinnenhaus zusammensaß. »Niemand kann sagen, ob ein neuer Erzbischof dein Anliegen in gleicher Weise befürworten würde wie unser geliebter Bischof Heinrich.«

Hildegard war blass geworden. Erzbischof Heinrich hatte die neue Klostergründung von Anfang an unterstützt. Doch als sie ihn beschworen hatte, ihr Richardis zurückzugeben, waren seine Ohren taub geblieben, weshalb ihre Gefühle ihm gegenüber durchaus zwiespältig waren.

»Das hieße ja, dass womöglich alle Arbeit umsonst und

jede Mühe vergeblich gewesen wäre!« Sie schlug mit der Hand auf den Tisch und sprang auf. Da war wieder etwas von der alten Wut und Verzweiflung, die jetzt in ihr aufstieg.

»Möglicherweise ja.« Hugo, so kräftig und groß, wie auch ihr längst verstorbener Vater es gewesen war, während Hildegard die zarte Konstitution der Mutter geerbt hatte, machte keinerlei Anstalten, seine Besorgnis zu verbergen. Naheliegend, dass er in diesem Augenblick auch an sein eigenes Fortkommen dachte. »Denn selbst in seiner engsten Umgebung gibt es nicht nur Freunde, auch wenn manche dieser Männer es ihn mit aller Macht glauben machen wollen. Erzbischof Heinrich umgibt sich mit den falschen Ratgebern. Meine Sorgen jedenfalls wachsen von Tag zu Tag.«

»Das kann und darf nicht sein!« Die Magistra ließ sich wieder nieder und ballte die Fäuste. »Mein Auftrag, dieses Kloster zu gründen, entsprang keineswegs weiblicher List, wie einige mir immer wieder bösartig unterstellen. Das lebendige Licht erteilte mir den Auftrag. Du weißt besser als jeder andere, wie hart ich dafür bezahle.«

Von jeher hatte Hildegard immer wieder schwere gesundheitliche Rückschläge einstecken müssen, wenn etwas oder jemand ihre Pläne durchkreuzte. Schon als Kind war sie dünn gewesen und oftmals krank, und doch besaß sie eine Zähigkeit und einen eisernen Willen, die er bewunderte. In diesem Moment empfand er tiefe Zärtlichkeit für seine kleine Schwester. So früh waren sie getrennt worden – aber welch außerordentlichen Weg war sie gegangen!

»Der Erzbischof weiß ebenso wie ich, dass Gott zu dir spricht«, sagte Hugo, und seine Stimme war weich. »Aber wird das ein neuer Kirchenfürst auch so sehen? Manche dieser Herren hegen neuerdings, nun sagen wir, durchaus weltliche Anschauungen.«

»Dann muss Heinrich eben Erzbischof bleiben – egal, welcher König den Thron besteigt«, erwiderte Hildegard mit entschlossener Miene. »Was aber könnte ich unwürdige Dienerin Gottes dazu beitragen?«

Hugos Haltung entspannte sich. Der alte Zwist schien begraben. Sie war auf ihrer Seite. Nichts anderes hatte der Erzbischof sich gewünscht. Heinrich von Mainz würde mehr als zufrieden über dieses Ergebnis sein.

»Ich denke, sehr viel, Hildegard«, sagte ihr Bruder. »Mit deinen Briefen hast du inzwischen einen Grad von Berühmtheit errungen, der weit über die Grenzen unserer Diözese hinausreicht. Wenn du nun an den künftigen König schreibst, dass Erzbischof Heinrich unter allen Umständen ...«

»Ich warte die Wahl ab«, fiel sie ihm ins Wort. So war sie immer schon gewesen: direkt und kompromisslos. Er liebte diese Eigenschaften an ihr, doch ihm war klar, dass beileibe nicht alle so dachten. »Und werde dann nichts anderes zu Pergament bringen als die reine Wahrheit, die direkt aus meinem Herzen strömt. So habe ich es bisher getan – und nicht anders werde ich es auch künftig halten.«

Theresa löste sich von der Wand, an die sie sich gepresst hatte, um zu lauschen. Eigentlich hatte sie gehofft, die Rede würde auf sie und Gero kommen, darauf, was nun aus ihnen werden sollte, da die Mutter tot war. Doch darüber hatten die beiden kein Wort verloren. Nichts als Könige und Erzbischöfe, lauter langweiliges Zeug, von dem sie kaum etwas verstanden hatte. Das Kloster allerdings schien in ernsthaften Schwierigkeiten zu stecken, so viel hatte sie sehr wohl mitbekommen. War es da nicht besser, Gero und sie liefen auf der Stelle davon, anstatt darauf zu warten, wohin man sie stecken würde?

Willem kam ihr wieder in den Sinn, der stattliche junge

Mann mit den ungleichen Augen. Vielleicht war er noch in Bingen. Dann trennte sie nur die Nahe von ihm, die zurzeit ordentlich Wasser führte und laut unterhalb der Klostermauer brauste. Doch ein Stück entfernt gab es zum Glück die große Steinbrücke. Wenn sie die erst einmal erreicht hätten, war es nur noch ein kurzes Stück bis zur Stadtmauer.

Was aber würde Willem sagen, wenn plötzlich ein zerlumptes Mädchen mit seinem Bruder vor ihm stünde, fremde Kinder, die er gerade einmal zuvor gesehen hatte? Und erst der Onkel mit dem stechenden Blick, der sie angefunkelt hatte, als sei sie eine Ausgeburt der Hölle?

Der schöne Traum zerstob so schnell, wie er gekommen war. Sie würde Willem niemals wiedersehen. Adas Tod hatte Geros und ihr Leben verändert. Nun waren sie ganz allein, ohne jegliche Hilfe oder Unterstützung.

Alles in ihr zog sich zusammen zu einem harten Knoten. Theresas Schultern sanken nach vorn. Dieses Kloster war die einzige Zuflucht, die ihnen blieb, genauso wie ihre Mutter es bereits während der Reise stets prophezeit hatte. Etwas Dunkles legte sich über sie, Trauer, gemischt mit einer abgrundtiefen Mutlosigkeit, wie sie sie noch nie zuvor empfunden hatte. Es war, als wären plötzlich alle Farben ausgelöscht, als wäre die ganze Welt matt und grau geworden.

Plötzlich vernahm sie schnelle Schritte hinter sich. Dann legte sich ein weicher Arm um ihre Schultern.

»Es ist schwer, Theresa«, hörte sie Benigna sagen. »Ich weiß, wie schwer es ist.«

Ein Schluchzen stieg in Theresa auf, so stark, dass es ihr fast die Kehle sprengte. Doch noch hielt sie dagegen an, obwohl ihr Körper zu zittern begonnen hatte.

»Die Wut löst sich langsam auf«, fuhr die Nonne fort. »Und dann kommt die Trauer, und die ist oftmals noch sehr viel schwieriger zu ertragen. Doch nur wer sie zulässt, kann seinen Frieden finden und später wieder fröhlich werden.«

»Wie soll ich das hier zustande bringen? Ich hasse dieses Kloster!«, rief Theresa und fuhr herum, um es ihr ins Gesicht zu schreien. »Diese Mauern, diese Kapelle, diesen Friedhof! Und euch hasse ich erst recht – euch alle!«

»Hast du deshalb den Sadebaum zerstört?«

»Ich? Nein, das war doch die Magistra. Mit bloßen Händen hat sie ihn herausgerissen und danach quer durch den Garten geschleift«, sagte Theresa schniefend. »Ich glaube, sie hat es für Mutter getan. Um sich auf diese Weise bei ihr zu entschuldigen.«

Benigna gelang es, ihre Verblüffung vor dem Mädchen zu verbergen. Eine Frau, der das göttliche Licht erschien, rächte sich an einer Pflanze, durch die ein Mensch zu Tode gekommen war! Bei näherer Betrachtung passte es aber zu Hildegard: immer alles auf direktem Weg, ohne den geringsten Kompromiss.

»Komm her!«, sagte sie und hätte beinahe gelächelt, als Theresa tatsächlich einen winzigen Schritt in ihre Richtung wagte. »Sei mutig. Nur noch ein kleines Stück, und schon hast du es geschafft. Lass mich mit dir die Last deines Herzens teilen!«

Der schmale Körper des Mädchens passte gut in ihre Arme. Sie hielt es fest, aber nicht zu eng, spürte die Rippen unter dem schäbigen Stoff und den wilden Herzschlag, der sich allmählich beruhigte.

»Wenn du einverstanden bist, könnte ich dir einiges beibringen«, sagte sie nach einer Weile. »Den Geist mit neuen Dingen zu füllen, ist die beste Methode, mit seinen Gefühlen umzugehen. Das kann man, indem man schreibt und damit Dinge entstehen lässt. Aber auch die Pflanzen wachsen und entwickeln sich, und wir können ihnen dabei zusehen. Sie sind wunderbare Ratgeber, von denen wir vieles lernen können.«

Theresa blieb stumm, schien die Umarmung aber zu genießen. Benigna spürte, wie ihre Schulter immer feuchter wurde, so ungehemmt flossen nun die Tränen, als sei dies der sicherste Platz, sie zuzulassen.

»Es tut so weh«, murmelte Theresa zwischendrin. »Aber ich muss doch tapfer sein, allein schon wegen Gero.«

»Ich weiß«, sagte Benigna leise. »Ich weiß doch, mein großes Mädchen!«

Zwei

BINGEN – 1152

Noch immer versetzte es Hildegard einen jähen Stich, wenn Theresa im Kloster unversehens ihren Weg kreuzte, so sehr erinnerte sie das Mädchen an die junge Richardis. Das Haar, die Augen, das Lächeln, die Art, sich zu bewegen – es war, als wäre die Zeit zurückgedreht und die geliebte Freundin stünde plötzlich wieder vor ihr. Seit das Mädchen die zerlumpten Reisekleider abgelegt und Magota es der Einfachheit halber mit dem hellen Leinengewand einer Novizin ausgestattet hatte, war sein Anblick sogar noch schmerzlicher geworden. Ein wenig besser wurde es, wenn während des Gottesdienstes der strenge Schleier aus Theresa eine von vielen machte. Doch sie schien Kopfbedeckungen zu verabscheuen und riss den Schleier voller Ungeduld wieder herunter, kaum war der letzte Satz des Segens verklungen.

In Adas spärlichem Gepäck hatte Hildegard ein Prunkgewand aus Seide und rotem Samt entdeckt, das ihr nicht mehr aus dem Sinn gehen wollte. Mal trug es in ihrer Fantasie die Tote, dann wieder tänzelte das Mädchen darin leichtfüßig durch den Klostergarten, das Urbild von Sinnlichkeit und Sündhaftigkeit. Dann klang erneut die Beichte der Sterbenden in Hildegards Ohren, in der die Reichsgräfin ihre Niederlage gegen die Wollust eingestanden hatte, und die Magistra betrachtete Theresa erst recht mit argwöhnischen Augen. Schlummerte das Erbe der leichtsinnigen Mutter auch in der Tochter, nur allzu bereit, sich bei passender Gelegenheit zu entfalten? Auf alle Fälle hielt Hildegard den Fund an einem sicheren Ort verwahrt, und falls das Mädchen sich überhaupt an das Kleid erinnerte, so redete es in seiner Gegenwart niemals darüber.

Was wusste sie überhaupt von Theresa? So herzlich wenig, dass es ihr manchmal Angst bereitete. In Richardis' Herzen hatte sie bis auf die allerletzte Zeit, in der die Freundin ihre künftigen Pläne vor ihr verborgen hatte, wie in einem aufgeschlagenen Buch lesen können. Theresa dagegen entzog sich, war spröde, schweigsam, oftmals regelrecht störrisch. Hildegard hätte nicht sagen können, ob ihr der regelmäßige Tagesablauf zusagte oder eher missfiel. Klagen hörte sie sie niemals, weder über die karge Kost während der vorösterlichen Fastenzeit noch über die Horen, die den nächtlichen Schlaf lange vor Anbruch der Morgendämmerung beendeten. Doch rechte Begeisterung schien der Alltag im Kloster bei Theresa auch nicht hervorzurufen. Singen wenigstens schien sie zu mögen. Sie hatte eine hübsche, ein wenig flache Stimme, die sich harmonisch in den Chor einreihte, ein Umstand, der die Magistra beruhigte, wenngleich sie nicht hätte sagen können, weshalb.

Im Scriptorium stellte Theresa sich überraschend unbeholfen an. Die Tochter eines Reichsgrafen – da hatte die Magistra eigentlich einen Wissensgrundstock vermutet, auf den sich leicht aufbauen ließe. Doch das Mädchen hielt den Gänsekiel verkrampft wie eine Anfängerin und schrieb so krakelig, dass man es unmöglich an kostbares Pergament lassen konnte, sondern ihm lediglich Wachstäfelchen zum Üben zuteilen konnte. Auch beim Lesen glänzte es nicht, kam nur langsam voran, stockend, als wären die Buchstaben Feinde, und es schien jedes Mal erleichtert, wenn es endlich wieder damit aufhören konnte.

Schwester Hedwig, die große Hoffnungen auf den Neuzugang gesetzt hatte, war fassungslos. Unter Volmars Anleitung hatten sie seit Kurzem damit begonnen, alle Briefe aus der Feder der Magistra in Serie zu kopieren und zu verschicken, weil die Anfragen von nah und fern unaufhörlich zunahmen. Dafür hätten sie eine kundige Hand gut gebrauchen können.

»Ein so großes Mädchen wie du – worin bist du eigentlich all die Jahre unterwiesen worden?«, fragte sie, als sie auch noch feststellen musste, dass Theresa lediglich ein paar kümmerliche Brocken Latein hervorstottern konnte, aber kaum Bereitschaft zeigte, ihre enormen Wissenslücken aufzufüllen. »Hattest du denn keinerlei regelmäßigen Unterricht?«

Theresa zog die Schultern hoch. »Das meiste hab ich wohl einfach wieder vergessen. Nach Vaters Tod war ich lieber draußen«, sagte sie wegwerfend, als sei ihr die Angelegenheit vollkommen gleichgültig. »Mit Gero, oft aber auch allein. Reiten hat mir am meisten Spaß gemacht. All das andere, das langweilige Frauenzeug, hab ich niemals gemocht.«

Damit meinte sie offenbar Nähen, Sticken, Spinnen und Weben, denn auch hierin versagte sie nahezu vollständig.

»Was sollen wir bloß mit dir anfangen?« Hedwig, sonst selten um eine Lösung verlegen, schien ausnahmsweise ratlos. »Jede der Schwestern hat bei uns im Kloster ganz bestimmte Aufgaben, die sie gemäß ihren Fähigkeiten erfüllt. Es muss doch etwas geben, zu dem du taugst!«

»Am liebsten bin ich bei Benigna. Dann fühle ich mich nicht mehr ganz so allein und muss auch nicht ständig an Gero denken.«

Das ernste Gesicht Theresas erhellte auf einmal ein kleines Lächeln. Bislang hatte sie mit keiner Geste, keinem einzigen Wort zu verstehen gegeben, wie sehr sie ihren Bruder vermisste, der das Kloster verlassen hatte. Es war, als habe sie eine Art unsichtbaren Palisadenschutz um sich gezogen, der allen anderen den Zugang zu ihr verwehrte.

»Lass mich bei ihr sein!«, fuhr sie bittend fort. »Ich mag, wie sie mit ihren Pflanzen umgeht, und dass sie so viel darüber weiß und die Menschen damit wieder gesund machen kann. Was sie mir davon erzählt, kann ich mir schon beim ersten Hören merken.«

Seit sie gemeinsam den Kirschbaum auf Adas Grab gepflanzt hatten, konnte Theresa es kaum erwarten, bis die Blüten aufsprangen. Jeden Tag lief sie zum Friedhof, um nachzusehen, ob es nicht endlich so weit war. Die Vorstellung, dass über der dunklen Erde, die die beiden Toten bedeckte, sich bald ein duftig weißer Blütenhimmel wölben würde, besaß etwas Tröstliches, auch wenn sie wusste, dass diese Pracht äußerst vergänglich war.

Die Magistra zeigte sich einverstanden, als Schwester Hedwig ihr Theresas Bitte unterbreitete.

»Der Mensch hat ja ohnehin Himmel und Erde und die ganze übrige Kreatur in sich«, sagte sie. »Und wenn es unser Klostergarten ist, der sie glücklich macht, umso besser! Hat das Mädchen erst einmal den richtigen Platz gefunden, wird sich auch seine innere Unruhe legen.«

Hildegard behielt für sich, wie viel ihr daran lag, dass Theresa sich gut einlebte und das Kloster als neue Heimat empfand. Natürlich konnte und sollte sie Richardis nicht ersetzen – niemand konnte das –, doch schien es, als sei allein durch ihre jugendliche Präsenz die schmerzliche Lücke ein wenig erträglicher geworden.

Vor allem aber setzte die Magistra auf die Zeit. Gewohnheit war eine starke Kraft, das hatte sie in ihrem eigenen Leben immer wieder erfahren. Gelang es, Theresa nach und nach in den Kosmos des Klosters einzubinden, würde vermutlich ganz von selbst der Wunsch in ihr keimen, sich irgendwann für den Schleier zu entscheiden. So viele andere junge Frauen vor ihr waren diesen Weg schon gegangen, und es erfüllte Hildegards Herz mit tiefer Freude, dass im Novizinnenhaus gleich vier Anwärterinnen auf die Ewigen Weihen warteten.

Sie brauchte solche Freuden dringend, denn noch immer drückten sie schwere Sorgen. Die finanzielle Lage des Klosters war so schwierig geworden, dass der Mut sie manchmal zu verlassen drohte. Nach wie vor gab es keine offizielle Loslösung vom Disibodenberg, obwohl Hildegard von Anfang an unmissverständlich zu verstehen gegeben hatte, dass sie sich auf göttliches Geheiß hin bei ihrer Neugründung einzig und allein dem Erzbischof von Mainz unterstellt fühle. Abt Kuno freilich schien sich nicht darum zu scheren. Trotz mehrfacher Aufforderung machte er keinerlei Anstalten, die noch immer einbehaltene Mitgift der Nonnen herauszugeben. Damit fehlten der Magistra erhebliche Mittel. Mittel, die sie für den Erhalt und Weiterausbau dringend benötigt hätte.

Er dagegen schien bewusst auf Zeit zu spielen. Weil er ahnte oder sogar wusste, dass ihr großer Förderer Erzbischof Heinrich womöglich nicht mehr lange in Amt und Würden bleiben würde?

Denn der neue König, den die Großen des Reichs inzwischen nahezu einstimmig gewählt hatten, hieß Friedrich von Schwaben. Und schon bald nach seiner Ernennung zeigten zahlreiche Edikte, dass und vor allem wie er seine Macht im Reich künftig zu nutzen gedachte. Das war kein frommer Zauderer, wie König Konrad es gewesen war, der stets auf den Rat seiner Bischöfe und hohen Ordensleute gehört hatte, bevor er eine Entscheidung traf.

Friedrich galt als Mann der Tat, der schnell handelte, zu schnell, wie manche monierten, bevor er sie mit Zugeständnissen oder Drohungen mundtot machen konnte.

Vorsorglich hatte Hildegard ihm kurz nach der Wahl ein offizielles Begrüßungsschreiben zukommen lassen, das sie Bruder Volmar in die Feder diktiert und danach noch viele Male umgeschrieben hatte, bevor sie es zur Königspfalz nach Ingelheim schickte.

Der höchste Richter richtet folgende Worte an Dich: Es ist wunderbar, dass der Mensch solch einer Persönlichkeit bedarf, wie Du König sie darstellst …

Nun, o König, treffe eifrig Vorkehrungen! Alle Länder sind von der betrügerischen Menge jener verfinstert, die mit der Schwärze ihrer Sünden die Gerechtigkeit vernichten. Räuber und Umherirrende zerstören den Weg des Herrn. O Du König, mit dem Zepter der Barmherzigkeit weise die trägen, fremdartigen und wilden Verhaltensweisen zurecht! Du trägst nämlich einen ruhmreichen Namen, da Du König in Israel bist. Sehr ruhmreich sei Dein Name …

Damit hatte sie ihm den Respekt erwiesen, den ein König verdiente. Und ihm gleichzeitig geschmeichelt, wie mächtige Männer es gern hatten. Hildegard war zufrieden, denn so war es ihr gelungen, in einem Atemzug den ruhmreichen Namen des Herrschers zu preisen und ihm gleichzeitig mit dem Hinweis auf den höchsten König einen Fürstenspiegel vorzuhalten, der ihn zur Demut aufforderte.

Sieh also zu, dass Du – wenn der höchste Richter Dich betrachtet – nicht angeklagt wirst, Du hättest Dein Amt

nicht recht verstanden, und dann erröten müsstest.
Da sei ferne! Offensichtlich ist es richtig, wenn ein
Gebieter seine Vorgänger im Guten nachahmt. Denn
rabenschwarz ist das Verhalten jener Vorsteher, die
ausgelassen und schmutzig umherlaufen. Davor fliehe,
o König! Sei vielmehr ein bewaffneter Soldat, der dem
Teufel tapfer widersteht, damit Gott nicht vernichtet
und das irdische Reich sich darüber schämt …

Was hätte sie ihm noch alles schreiben können! Eine innere Stimme aber riet ihr, es bei dem zu belassen, was auf dem Pergament stand. Eine Rückantwort stand bis heute aus, doch über Vertraute bei Hof war ihr zugetragen worden, wie wohlwollend Friedrich das Schreiben der berühmten Magistra aufgenommen hatte. Sein Konflikt mit Heinrich von Mainz allerdings hatte sich weiter verschärft, was ihr aus den gleichen Quellen zugetragen worden war.

Der Erzbischof schien zu ahnen, was ihm bevorstand. Müde und blass erschien er ihr, vom Alter gebeugt, das ihm neuerdings sogar einen Stock mit Elfenbeinknauf aufgezwungen hatte, als er zum Osterfest das Kloster aufsuchte, um die wiederhergestellte Kapelle einzuweihen, in der die Gebeine des heiligen Rupert und seiner Mutter Bertha verehrt wurden. Gleichzeitig wurde die Profess der vier neuen Schwestern gefeiert, die sich auf Lebenszeit mit dem himmlischen Bräutigam vermählten.

Die Zeremonie war so feierlich, dass viele der älteren Nonnen vor Ergriffenheit weinten. Auch Theresa hatte mit den Tränen zu kämpfen, was wiederum Hildegard tief berührte.

Es gab noch mehr Anlass zur Freude, denn Heinrich war nicht mit leeren Händen gekommen. Am Nachmittag wurde in Anwesenheit des Notarius und Kanonikus Dudo, der ihn begleitete, eine Urkunde unterzeichnet, die dem Kloster ein Mühlenwehr am Binger Loch nebst umfangreichem Grundbesitz vermachte.

Hildegard empfand unwillkürlich eine Art Abscheu gegenüber diesem wieselflinken Mann, der so eloquent war und gleichzeitig so wenig von sich preisgab. Ihren Bruder Hugo, der den Erzbischof ebenfalls begleitete, spielte er mit wenigen Sätzen mühelos an die Wand.

Sie rief sich selbst zur Ordnung. Wie konnte sie jemanden verurteilen, den sie doch gar nicht kannte? Allein das Gebot der Nächstenliebe verbot solch ein Verhalten. Und dennoch fiel es ihr schwer, ihre Abneigung nicht zu zeigen.

»So werdet ihr nach und nach immer autarker«, sagte Heinrich, als sie nach dem Essen auf seinen Wunsch hin einen kleinen Spaziergang im Klostergarten unternahmen. »Das muss doch ganz in deinem Sinn sein! Jetzt gehören dem Kloster Garten, Wasser und Mühle, genauso, wie es der heilige Benedikt in seinen Regeln festgelegt hat.«

Er blieb stehen, sah sich nach allen Seiten um. »Und wie schön es hier schon geworden ist!«, rief er. »Ihr fleißigen Schwestern habt auf diesem einstigen Stück Ödland wahre Wunder vollbracht!«

Benigna hatte mit Theresas Hilfe alles aufs Beste präpariert. Die Beete waren schnurgerade ausgerichtet, von Unkraut und alten Rückständen befreit und frisch gedüngt worden. Märzenbecher, Huflattich, Buschwindröschen und vieles andere mehr hatten ihre bunten Köpfe aus der Erde gestreckt, Kräuter waren frisch ausgesät worden, Büsche und Bäume kunstvoll gestutzt und mit Kalk bestrichen, damit der Nachtfrost, der noch immer drohte, keine tiefen Risse in die Rinde reißen konnte.

»Unsere Dankbarkeit ist Euch gewiss, Vater«, erwiderte Hildegard und fuhr freimütig fort: »Doch was nützen solch großzügige Geschenke wie eine Mühle, wenn der Grundstock nach wie vor wackelt?«

»Du sprichst vom Abt des Disibodenbergs?«

Die Magistra nickte. »Abt Kuno will nicht anerkennen, was Ihr längst getan habt. Ja, es kommt mir sogar vor, als habe er erneut Oberwasser gewonnen. Jedenfalls hat er uns in derart forschem Ton eine Visite angekündigt, dass ich keinerlei Zweifel an seiner hartleibigen Haltung hege. Jetzt frage ich mich nur, was ihn dazu ermuntert haben könnte. Kann Kuno etwas wissen, das uns noch verborgen ist?«

Heinrich stützte sich schwerer auf seinen Stock. »Dass der König mich hasst, ist kein Geheimnis«, sagte er. »Mich, den einzigen unter seinen Fürsten und Bischöfen, der den Mut besessen hat, ihm einen anderen Kandidaten vorzuziehen. Friedrich weiß genau, wer der rechtmäßige Anwärter auf den Königsthron gewesen wäre, und allein der Gedanke daran macht ihn krank. Daher hat er sich vorsorglich mit lauter Männern umgeben, die ihm nach dem Mund reden, und sogar den Welfen mit großzügigen Schenkungen zum Schweigen gebracht – wenigstens für eine Weile. Friedrich fühlt sich sehr stark. Diese Stärke wird er nun auch mir beweisen wollen.«

Seine dünnen Lider flatterten. Er musste fast zwanzig Jahre älter sein als Hildegard, die zum ersten Mal an diesen Umstand dachte. Trotz der Frühlingssonne, die ihr beim langsamen Gehen den Rücken wärmte, fröstelte sie auf einmal. Ihr Auftrag kam direkt von Gott, daran gab es keinerlei Zweifel. Aber wie würde es sein, ihn in einer Welt voller einflussreicher Männer ohne männlichen Schutz durchzusetzen?

»Ihr müsst Euch schonen!«, bat sie. »Wir brauchen Euch doch so dringend!«

»Ich fürchte, du wirst deinen Kampf bald ohne mich weiterführen müssen, geliebte Tochter. Sogar den Namen meines Nachfolgers glauben einige besonders Schlaue bereits zu kennen: Arnold von Selenhofen, der Kanzler des Königs.« Seine Lippen waren schmal geworden. »Der Sohn eines Ministerialen! Er wird diesen Aufstieg Friedrich niemals vergessen.«

»Das kann der König nicht wagen! Ihr seid ein echter Hirte, habt väterlich über die Klöster gewacht und all die Jahre die Geschicke der Diözese klug und gütig geführt. Niemand darf Euch des Amtes entheben, es sei denn der Heilige Vater in Rom – und welchen Anlass sollte der dazu haben?«

»Unter gewissen Umständen kann man sich den Papst für seine Absichten geneigt machen«, sagte Heinrich. »Das ist schon öfter als einmal geschehen. Aber ich habe nicht vor, den Kopf einzuziehen, geschweige denn vorschnell das Feld zu räumen, meine Tochter, falls du das meinst.« Die Stimme des Erzbischofs hatte sich verändert, klang plötzlich kräftiger, beinahe angriffslustig. »Ich lasse mir sogar eine neue Brünne anfertigen. Für den irdischen Kampf ist der Erzbischof von Mainz also durchaus gerüstet. Dem himmlischen König dagegen wird er sich immer und überall ohne Gegenwehr ergeben.«

Bevor Hildegard sich versehen konnte, hatte er ihre Hand ergriffen.

»Richardis«, sagte er. »Lass uns noch einmal über sie sprechen! Ich weiß, wie sehr dich der Verlust getroffen hat. Steht meine Entscheidung, sie nach Bassum zu entlassen, noch immer zwischen uns?«

Hildegard sah ihn unverwandt an. Schließlich gelang

ihr eine winzige Geste, die er zunächst als Kopfschütteln deutete. Oder hatte sie doch genickt?

Erzbischof Heinrich war sich plötzlich alles andere als sicher.

✣

Fegen ließ er Gero, wieder und wieder die Werkstatt penibel ausfegen, bis auch der winzigste Span auf dem gestampften Boden verschwunden war, als sei der Junge kein Grafensohn aus edlem Geblüt, sondern eine Magd, in deren Hände ein Besen besser gepasst hätte. Es nützte nichts, dabei ein mürrisches Gesicht zu ziehen oder absichtlich schlampig zu arbeiten. Thies, Sarwürker zu Bingen, blieb unbeeindruckt und befahl höchstens, noch einmal ganz von vorn zu beginnen.

Wieso hatte er ausgerechnet hier stranden müssen?

Es gab da durchaus jemanden in der Nähe, bei dem zu leben Gero sich sehr viel eher hätte vorstellen können, wenn er schon nicht zurück auf die väterliche Burg konnte. Doch der hatte ihn offenbar nicht bei sich aufnehmen wollen. War es also reine Einbildung gewesen, dass Josch ihn gern mochte und wie einen Neffen, ja fast schon einen Sohn behandelt hatte? Oder war er wieder einmal zu frech und vorlaut gewesen und hatte dadurch alles verdorben?

So grübelte Gero Nacht für Nacht vergeblich, fand nur mühsam in den Schlaf und erwachte allmorgendlich zerschlagen und missgelaunt. Der Sarwürker, zu dem man ihn abgeschoben hatte, blieb ihm auch noch nach Wochen so fremd wie bei der allerersten Begegnung.

Wie seltsam er schon aussah! Thies war baumlang geraten und mit derart klobigen Gliedmaßen ausgestattet, als entstamme er nicht dem Schoß einer menschlichen Mutter, sondern sei von Riesen aus einem Lehmbatzen geformt worden. Falbes Haar stand büschelweise von seinem Kopf ab. Die Nase hatte einen Knick und war zu weit nach links gerutscht. Zu Geros Schrecken schimmerte das rechte Auge milchig.

»Ein glühender Splint«, lautete die Antwort, weil der Junge nicht aufhören konnte, darauf zu starren. »Bringt unser Handwerk bisweilen eben so mit sich.«

Keiner hatte Gero gefragt, ob er in das schmale Haus ziehen wolle, das sich neben anderen im Schatten von St. Martin duckte. Dabei hatte es für den perfiden Plan der frommen Schwestern vom Rupertsberg durchaus ernst zu nehmende Anzeichen gegeben. Gero war jedoch zu sehr mit seinem Kummer beschäftigt gewesen, um sie richtig zu deuten. Adas Tod hatte ihn in ein tiefes Loch stürzen lassen, aus dem er kaum wieder herausfand. Die Nonnen empfanden Mitleid mit ihm, zumindest hatte er das eine ganze Weile geglaubt, und gaben sich Mühe, ihn aufzuheitern. Deshalb war er auch nicht misstrauisch geworden, als sie begonnen hatten, ihn mit Leckerbissen regelrecht vollzustopfen.

All die Frauenhände, die im Vorbeigehen seinen Kopf gestreichelt hatten! Diese scheinheiligen Blicke, das vertrauliche Zuzwinkern, als sei alles in bester Ordnung, obwohl die Nonnen längst leichtfertig Lügen über ihn verbreiteten – bis zum allerletzten Atemzug würde er keiner dieser schwarzen Krähen je wieder über den Weg trauen.

Bevor er sich noch richtig versah, musste Gero Abschied von Theresa nehmen, die, weil sie ein Mädchen war, auf dem Rupertsberg bleiben durfte, während er diesem ungeschlachten Kerl übergeben wurde, dem die Farbe rostigen Eisens im Lauf der Jahre tief unter die Haut gekrochen zu sein schien.

Thies' Finger freilich waren überaus flink und geschickt. Und die seines Gesellen Laurenz nicht minder. Das wurde Gero spätestens klar, als der Sarwürker ihn eines Tages aufforderte, Besen und Schaufel beiseitezulegen, und ihm ein Wurmeisen reichte, auf das er von nun an Draht zu wickeln hatte.

»Wozu?«, lehnte Gero sich auf, denn Laurenz hatte ihm längst erklärt, zu welchem Zweck die unzähligen Eisenringe dienten, die in Kisten und Säcken entlang der Werkstattwände lagerten. »Da liegen doch genügend Ringe, um bis in alle Ewigkeit …«

»Ordentliches Wurmen hat noch keinem geschadet«, fiel der Geselle ihm ins Wort, dessen Augen schon wieder verdächtig glänzten. Wann immer er Gelegenheit bekam, sprach er Most, Bier oder dem billigen Wein der einfachen Schenken bereitwillig zu. »Nur so kann eines Tages vielleicht doch noch ein guter Sarwürker aus dir werden.«

Als ob er das jemals angestrebt hätte!

Allein die Erwähnung einer Lehrzeit von sechs Jahren hatte ihn sprachlos vor Wut gemacht. Seitdem wartete Gero auf eine Gelegenheit, um wegzulaufen und endlich all das hinter sich zu lassen, was ihn von Tag zu Tag mehr aufbrachte: den vierschrötigen Meister, das falsche Lächeln des Trunkenbolds, den widerlichen Krautgestank, vor allem jedoch die blutjunge Meisterin, deren wachsender Bauch die Erinnerungen an jene furchtbare Nacht im Kloster unweigerlich lebendig hielt.

Das ungewohnte Material forderte seinen Tribut. Auf der väterlichen Burg war Gero körperlich niemals so hart hergenommen worden, nicht einmal in den letzten Monaten unter der Fuchtel seines Oheims Götz. Jetzt aber glühte die Haut unter dem dünnen Leder, mit dessen Hilfe er den Draht führte, weil er ihn trotz aller Ermahnungen beim Spulen zu fest gepackt hielt. Brandblasen bildeten sich, die irgendwann aufplatzten und seine Finger in rohes Fleisch verwandelten.

Noch schlimmer war die Qual, als Thies ihm eines Tages eine Kneifzange in die Hand drückte, damit er Eisenringe aufschnitt. Der Meister hätte doch sehen müssen, wie arg es um Geros Hände bestellt war, doch er verlor kein einziges Wort darüber. Seine Vorführung war wortkarg und konzentriert, als sei damit bereits alles erklärt.

»Wozu?«, murmelte Gero, obwohl er auch diese Antwort längst parat hatte. »Weshalb all dieses umständliche Aufschneiden?«

»Um Zeit zu sparen, wenn wir später daraus einen Sarwat wirken«, hörte er den Meister murmeln. »Und gebe der Allmächtige, dass ein entsprechender Auftrag uns bald von allen Sorgen erlösen möge!«

Wie klein diese Ringe waren – und wie ungemein hinterhältig! Immer wieder flutschten sie Gero aus der Zange in seinen malträtierten Händen, fielen hinunter und kullerten über den Boden. Fluchend kroch er ihnen nach, sehr zur Belustigung von Laurenz, der trotz seiner Trunksucht die gleiche Arbeit in erstaunlicher Geschwindigkeit verrichten konnte.

»Das wird schon!«, rief er, wenn Gero mit hochrotem Kopf wieder nach oben kam, und deutete grinsend auf all die Kisten und Säcke. »Gut Ding will eben Weile haben. An die fünfundzwanzigtausend von ihnen braucht man für ein durchschnittliches Kettenhemd. Wenn die alle erst einmal deine Zange durchlaufen haben, bist du gewiss ein ganzes Stück geschickter.«

»So lange werde ich nicht hier sein«, brummte Gero mit zusammengebissenen Zähnen. »Ich bin nämlich zum Ritter geboren – und nicht zum Eisenbieger!«

Laurenz' Heiterkeit steigerte sich: »Ein Hinkefuß wie du?« Er wand sich vor Lachen. »Ein bettelarmer Bankert, der nicht nach Hause kann, weil die Mutter ihn dem ahnungslosen Vater als Kuckucksei ins Nest gesetzt hat ...«

Er kam nicht weiter, denn Gero hatte die Zange fallen lassen und sich auf ihn gestürzt. Er war kleiner und um einiges schwächer, doch die Wut, die in ihm loderte, verlieh ihm ungeahnte Kräfte. Mit beiden Fäusten schlug er auf den Gesellen ein.

»Ich bin der Sohn des Reichsgrafen zu Ortenburg«, schrie er. »Der einzige und wahre! Und wag du ja nicht, noch ein einziges Mal das Ansehen meiner Mutter in den Schmutz zu ziehen, sonst ...«

Sein Arm wurde jäh nach hinten gezerrt, ein scharfer Schmerz, als reiße ihm jemand die Kugel aus der Schulter.

»So wird das nichts, Junge.« Die Stimme des Meisters klang bleiern. »Ich hab dich aufgenommen, damit du ein anständiger Handwerker wirst. Mit einem jähzornigen Prügelknaben weiß ich nichts anzufangen.«

»Dann wirf mich doch raus!«, japste Gero, dem die Luft immer knapper wurde. »Je eher, desto lieber!«

»Damit du als Bettler im nächsten Straßengraben verreckst? Ich hab der Magistra versprochen, mich um dich zu kümmern. Und ein Thies hält, was er verspricht.«

Er ließ ihn los, Gero schnellte nach vorn und umklammerte japsend seine malträtierte Schulter.

»Und du bist ab jetzt gefälligst ruhig!«, herrschte Thies seinen Gesellen an. »Sonst stopf ich dir dein vorwitziges Maul. Geht der Auftrag des Bischofs an uns vorbei, kann ich dich ohnehin nicht weiter durchfüttern.« Seine schmalen Augen wanderten von einem zum anderen. »Hab ich mich deutlich genug ausgedrückt?«

Er hielt sie mit seinem Blick fest wie mit einer Eisenzwinge, bis beide betreten nickten, erst Laurenz, schließlich auch der Junge.

Ein paar Tage lang nahmen Laurenz und Gero sich zusammen und vermieden weitere Zusammenstöße, doch die Anspannung im Haus ließ nicht nach. Cillie, die Meistersfrau, schien es besonders schwer zu treffen. Ohnehin alles andere als eine begnadete Köchin, misslangen ihr inzwischen sogar die einfachsten Gerichte. Die Grütze war nun jeden Tag angebrannt, das Kraut so sauer, dass man es kaum hinunterwürgen konnte, der Schweinebauch schmeckte ranzig.

»Hast du vor, uns zu vergiften?« Thies versetzte der Krautschüssel angewidert einen Stoß, der sie beinahe vom Tisch gefegt hätte. »Mit der Nadel bist du ja zum Glück einigermaßen geschickt. Aber am Herd? Zum Davonlaufen! Jedes Weib kann kochen – zumindest hat dein Vater das behauptet, als ich um dich gefreit habe.«

»Damals hatte ich aber auch noch nicht das hier in meinem Bauch!« In ihren hellblauen Augen schimmerten Tränen der Empörung. »Dieses dreiste Balg, das mich nach Belieben tritt und boxt, keine Nacht mehr schlafen lässt und so hässlich gemacht hat wie einen Sturzacker.«

Voller Unbehagen starrte Gero auf den wurmstichigen Tisch. Allein die Erwähnung ihres unübersehbaren Zustandes bereitete ihm Übelkeit.

»Aber dich kümmert das alles ja nicht!« Cillie geriet mehr und mehr in Rage und schien mittlerweile ganz vergessen zu haben, dass sie fremde Zuhörer hatten. »Was scheren dich schon deine Frau und dein ungeborenes Kind? Du hast ja deine geliebten Eisenkisten! Nicht einmal ein Fünkchen Trauer würdest du zeigen, müsste auch ich im Kindbett sterben wie deine arme Magdalena vor mir! Dann schwängerst du eben die nächste Dumme, damit sie sich die Hände für dich wund stichelt. So einfach ist das für dich.«

Sie zog die Schultern ein und machte sich klein, als rechne sie mit einem Hieb, doch was sie voller Wut und Verzweiflung hervorgestoßen hatte, schien den Sarwürker nachdenklich gemacht zu haben.

»Dann sollten wir wohl besser die Wehmutter rufen«, brummte er. »Dich einmal gründlich in Augenschein zu nehmen, kann ja nicht schaden, bevor der nächste Auftrag kommt. Und vielleicht hat sie ja sogar ein Mittelchen parat, damit es dir schnell wieder besser geht.« Ein knappes Nicken in Geros Richtung. »Wisch den Löffel ab, Junge, und dann nichts wie ab zur Salzgasse. Das erste Haus, du kannst es gar nicht verfehlen. Richt der Wehmutter aus, dass sie noch heute vorbeikommen soll! Nein, bring sie am besten gleich mit!«

»Ich?« Gero brachte es fertig, dieses eine Wort auf erstaunliche Weise langzuziehen.

»Siehst du vielleicht hier sonst noch irgendwo einen Jungen?«, raunzte Thies zurück. »Und beeil dich gefälligst! Vor uns liegt noch jede Menge Arbeit.«

Widerwillig gehorchte Gero. Seine schlimmsten Blessuren waren langsam am Abheilen, doch dafür fühlten die Beine sich steif an, und der Rücken schmerzte wie bei einem Greis, so viele Stunden hatte er jeden Tag gebückt in der Werkstatt hocken müssen. Die ersten Schritte waren die reinste Qual; vor allem sein linkes Bein war taub und so sperrig, dass ihm Tränen in die Augen stiegen. Doch als er erst einmal in Bewegung gekommen war, wurde es schnell besser. Er spürte seine Muskeln und Sehnen, die sich langsam dehnten, und freute sich, wie gleichmäßig die Sohlen auf dem harten Boden aufkamen. Und dann war es auf einmal wieder beinahe wie früher, als er tagelang über die Felder und durch den Wald gestreift war, ohne irgendjemandem Rechenschaft über sein Treiben ablegen zu müssen. Was spielte es da schon für eine Rolle, dass hier überall Häuser dicht an dicht standen und nur ab und an ein Stück armseliges Grün hervorlugte?

Die Sonne schien, er hörte Vogelzwitschern, und es kam ihm vor, als seien mit einem Schlag die hübschesten Mädchen auf den Gassen unterwegs. Zweien von ihnen, die gemeinsam einen großen Käfig mit gackernden Hühnern vom Markt nach Hause schleppten, pfiff er frech hinterher. Sie drehten sich um, zogen zunächst ein empörtes Gesicht, doch als sie erkannten, dass es nur ein magerer Junge war, der sich ein wenig aufspielen wollte, lachten sie freundlich zurück.

Die kleine Begegnung hatte ihm das Herz gewärmt. Trotzdem wurde er immer langsamer, je näher er der Salzgasse kam. Doch alles Zögern und Zaudern wollte nicht helfen, schließlich stand er doch vor dem Haus der Wehmutter und wollte gerade klopfen, als plötzlich die Tür aufging.

»Josch?« Die Augen des Jungen waren groß geworden, als er erkannte, wer da vor ihm stand.

»Herein mit dir, Gero! Du willst zu mir?«

»Nein«, sagten seine Lippen, während sein Herz das Gegenteil schrie.

Die Tage, die er an Joschs Seite im Wingert verbracht hatte, ragten als helle Spitzen aus dem dumpfen Einerlei der letzten Zeit heraus. Weder Bücken noch Graben hatten ihm da etwas ausgemacht, und trotz der harten Arbeit hatte er einmal nicht dauernd ans Essen denken müssen, so sehr genoss er die Gegenwart des wortkargen Winzers. Warum nur hatte Josch ihn nicht zu sich genommen? Er musste doch gespürt haben, wie inständig Gero sich das gewünscht hatte!

»Ich soll zur Wehmutter«, sagte er schließlich matt. »Etwas Wichtiges ausrichten.«

»Dann komm! Ich bring dich zu ihr.«

Zwei blonde Kinderköpfe fuhren zu ihm herum, als er die Küche betrat, doch darum konnte Gero sich jetzt nicht kümmern. Er folgte dem Mann, der sich mit allergrößter Selbstverständlichkeit im Haus bewegte, und erst als sie schon auf der Treppe waren, die nach oben führte, begriff er, weshalb.

»Sie ist deine Frau?«, brachte er hervor.

»Das will ich meinen!« Josch gab der angelehnten Tür einen kleinen Stoß. »Da will jemand zu dir, Eva!«

Eine blonde Frau saß am Fenster, einen Säugling an der entblößten Brust, der beim Trinken leise Schmatzlaute von sich gab. Mutter und Kind erschienen Gero als Einheit, Bauch an Bauch, einander ganz und gar zugewandt. Die kräftige Rechte der Frau war frei und streichelte behutsam den hellen Flaum des Köpfchens. Als das Kind innehielt und ihren Blick suchte, glitt die Hand vom Kopf und fuhr, den Daumen leicht abgespreizt, unter die volle Brust, bis das Saugen erneut einsetzte.

Der sperrige Eisengeruch des Sarwürkerhauses, den Gero nicht mehr loswurde, so sehr er sich auch schrubbte, schien mit einem Mal verflogen. Stattdessen spürte er etwas Laues, Liebliches, das ihm tief in die Lenden fuhr und ihn seltsam wehrlos machte. Mehrmals musste er heftig blinzeln, weil seine Augen brannten, und die Kehle wurde ihm eng. Gleichzeitig schoss Wut in ihm hoch, ein heißer, scharfer Strahl, der ihn innerlich zu verätzen drohte.

»Johannes, unser Jüngster«, sagte die Frau mit einem Lächeln und schien sich keineswegs vor dem fremden Jungen zu genieren, der da so unvermutet in ihre Schlafkammer geplatzt war. »Ein stattlicher Bursche für seine paar

Wochen, wie du unschwer erkennen kannst – und ständig hungrig.«

»Sarwürker Thies schickt mich«, stieß Gero hervor, der den Anblick dieser friedlichen Szene kaum noch ertragen konnte und gleichzeitig unfähig war, den Blick abzuwenden. »Er hat gesagt, du sollst …«

»Doch nicht etwa das Kind?« Eva sah auf einmal besorgt aus. »Damit hat es doch noch Monate Zeit!«

»Nein, nein!« Auf einmal war es, als seien ihm alle Worte ausgegangen. Josch und sie und der Säugling und seine tote Mutter – das war einfach zu viel auf einmal! »Der Meisterin geht es bloß nicht gut, und da dachte Thies, du …«

»Ich soll also zu ihr kommen«, half Eva ihm weiter. »Am besten sofort und auf der Stelle?« Sie stieß einen Seufzer aus. »Diese Frauen, die ihr erstes Kind erwarten, sie sind doch alle gleich!«

Der Kleine schien seine Mahlzeit inzwischen beendet zu haben. Die Brustspitze war ihm aus dem Mund gerutscht. Er schlief friedlich, die Händchen zu Fäusten geballt.

Eva stand vorsichtig auf und streckte Gero das Bündel entgegen.

»Magst ihn kurz halten?«, fragte sie. »Damit ich mich wieder anziehen kann.«

Verzweifelt schüttelte Gero den Kopf.

Er wollte ihren verdammten Balg nicht! Wieso zeigte sie sich jetzt bei der Meisterin so hilfsbereit, die doch noch aufrecht auf ihren Beinen stehen konnte, während sie Mama einfach hatte sterben lassen?

Wenigstens musste er nicht länger auf ihren bloßen Busen starren, den sie inzwischen glücklicherweise wieder bedeckt hatte. Seinen stummen Widerwillen schien sie gespürt zu haben, denn inzwischen hielt Josch seinen Jüngsten fest im Arm.

»Wieso kommt die Sarwürkerin eigentlich nicht zu uns?«, sagte er halblaut zu seiner Frau. »Wo der Kleine und du doch jetzt eure Zeit miteinander braucht!«

»Weil sie jung und ängstlich ist. Und weil ihr Mann ruhig sehen soll, wie schwer sie es gerade hat. Gib mir Johannes, Josch! Wir beide werden jetzt unseren ersten Spaziergang unternehmen.«

»Und unsere beiden anderen – Karl und Florin?« Joschs Stimme klang auf einmal kläglich. »Du weißt, ich muss dringend zum Rupertsberg …«

»Lethe kümmert sich um sie. Bring die Buben einfach nach nebenan! Ist ja schließlich nicht das erste Mal.«

Der Säugling war wieder aufgewacht und begann kläglich zu wimmern. Eva hielt ihn hoch und schnüffelte.

»Wirst dich allerdings noch ein Weilchen gedulden müssen«, sagte sie zu Gero. »Denn ohne frische Windeln haben wir keine Ruhe. Geh doch inzwischen hinunter zu meinen anderen beiden Buben! Die freuen sich über einen so großen Gefährten wie dich!«

Abermals verstocktes Kopfschütteln.

Musste er sich jetzt auch noch vor Augen führen lassen, wie friedlich diese Familie zusammenlebte, während er zu Thies abgeschoben worden war wie ein Stück Vieh, das keiner mehr haben wollte – nicht im Traum dachte er daran, ihrer Aufforderung nachzukommen! Abermals schien Eva zu erahnen, was in ihm vorging.

»Möchtest du lieber draußen warten?«

Jetzt konnte Gero endlich nicken. Doch in ihm tobte noch immer ein wilder Aufruhr. Ich verabscheue dich, dachte er wütend, aus tiefstem Herzen. Hättest du ihnen beigestanden, Mama und das Kleine könnten noch am Leben sein!

Er drehte sich um, stapfte steifbeinig nach unten, ohne

den beiden Buben, die ihn erneut erwartungsvoll anschauten, auch nur einen Blick zu gönnen. Am liebsten wäre er auf der Stelle losgerannt, um all das Angestaute wieder loszuwerden, das in ihm brannte, doch das wagte er nicht.

Eva kam erst nach einer Weile, das Kind in einem dicken Tuch vor die Brust gewickelt.

»Kannst meinen Korb nehmen«, sagte sie, und es klang nicht wie eine Frage.

Was sie wohl alles darin hatte? Am liebsten hätte Gero das Leinen weggerissen, um nachzusehen, doch dazu ließ sie ihm keine Gelegenheit. Ordentlich schwer war es jedenfalls, was sie ihn da schleppen ließ, als sei er ihr Lastesel. Zu seiner Überraschung ging sie schnell, mit großen, gleichmäßigen Schritten, und dem kleinen Johannes schien diese Art der Fortbewegung zu behagen, denn er schrie auf dem ganzen Weg kein einziges Mal. Keiner von beiden verspürte Lust zu reden, und zunächst war die Stille nicht einmal unangenehm, doch irgendwann bekam sie etwas Lastendes.

Als St. Martin vor ihnen auftauchte, blieb die Hebamme plötzlich stehen.

»Josch hat mir vorhin gesagt, wer du bist«, sagte sie leise. »Sie hätten mich damals gebraucht, deine Mutter und ihr Kleines. Das ist es doch, weswegen du mich jetzt nicht anschauen magst. Aber ich lag selber in den Wehen. Ich konnte nicht kommen, Gero. In jener Nacht hab ich Johannes zur Welt gebracht.«

Trotzig schüttelte er den Kopf, als sei das als Entschuldigung nicht genug.

Was sollte sie ihm noch sagen? Eva fühlte sich auf einmal hilflos. Dass jede Geburt zwar ein Wunder war, aber immer auch eine Angelegenheit von Leben und Tod, selbst wenn das Kind ausgereift war und die Mutter nicht die

Triebe des Sündenbaums missbraucht hatte? Dass es dabei keinerlei Sicherheit gab, nicht einmal, wenn die erfahrenste Hebamme ihre Hände und all ihr Wissen zur Verfügung stellte? Sie kannte ja kaum eine Handvoll gestandener Männer, die das begriffen. Wie sollte da ein tief verletzter Waisenjunge dazu in der Lage sein?

Gero starrte noch immer auf seine Füße und sah dabei so verloren aus, dass sie ihn am liebsten an sich gedrückt hätte. Schließlich bewegte er seine rechte Hand, und sie sah erst jetzt, wie übel zugerichtet diese war. Unwillkürlich streckte Eva den Arm nach ihm aus.

Gero zuckte zurück und ließ den Korb fallen. Dann drehte er sich um und rannte los, als sei der Leibhaftige hinter ihm her, während sie ihm kopfschüttelnd nachstarrte.

Das Laufen half ihm weiterzuatmen. Wie froh war er, endlich ihrer unerträglichen Nähe entronnen zu sein! Und wenn sie ihm nicht folgte, auch egal. Er hatte seinen Auftrag erledigt. Mehr konnte keiner von ihm verlangen. Zum ersten Mal erschien ihm die sonst so verhasste Werkstatt als eine Art Zuflucht. Er riss die Tür auf, stürmte hinein und hielt verdutzt inne, denn da stand ein Fremder, der so gar nicht zwischen Amboss und Werkbank zu passen schien.

Thies bleckte seine schiefen Zähne. In all den Wochen hatte Gero ihn niemals so gut gelaunt gesehen.

»Gero, mein Lehrjunge, geschätzter Notarius«, sagte er und gab dem Jungen einen offenbar freundschaftlich gemeinten Stups, der ihn allerdings fast umgeworfen hätte. »Ab sofort ganz und gar zu Euren Diensten – wie meine ganze Werkstatt.«

Der Mann hüstelte. Neben dem klobigen Sarwürker wirkte er in seinem edlen nachtblauen Wollmantel noch zierlicher, als er ohnehin war. Rotblondes Haar, das wie eine Fellkappe eng am Kopf anlag. Ein blasses, dreieckiges Gesicht und ein spitzes, angriffslustiges Kinn.

Ein Fuchs, dachte Gero unwillkürlich. Ein listiger Fuchs, der im rechten Moment zuschnappen kann.

»Notarius Dudo«, hörte er den Sarwürker ehrerbietig fortfahren. »Kanonikus in Diensten Seiner Exzellenz, des Erzbischofs von Mainz. Verneig dich, Junge! Du hast allen Grund dazu.«

»Ja, denn stell dir nur einmal vor, mit welch einem Anliegen der Notarius sich freundlicherweise zu uns bemüht hat!«, rief Laurenz, ebenfalls über das ganze Gesicht strahlend und offenbar schon wieder alles andere als nüchtern. »Ein neuer Ringelpanzer für Erzbischof Heinrich!«

»Den passenden Gambeson dazu könnte mein Weib schneidern. Aus festem Wollstoff, mit Filz gefüllt und aufgenähten Lederschnallen zum kinderleichten Öffnen. Alles ganz nach Euren Wünschen. Nun, was sagt Ihr dazu?«, rief Thies.

»Diese bleiche Schwangere, der ich vorhin begegnet bin?« Dudos Stimme war gepresst und unangenehm hoch. »Sie hat den Eindruck erweckt, als sei ihr gerade alles andere als wohl.«

»Ach, das gibt sich schon wieder. Und das Kind kommt ohnehin erst in einigen Monaten. Bis dahin ...«

»Niemals!«, fiel der Notarius Thies ins Wort. »Das wird selbstredend in Mainz von Meisterhänden erledigt. Seht ihr hier lieber zu, dass bei der vernieteten Brünne die Qualität stimmt und sie vor allem rechtzeitig fertig wird! Dann sollte es auch mit der Bezahlung keine Scherereien geben.«

Diese wenigen Sätze reichten – und die freudige Stimmung von eben war bereits wieder verflogen.

✣

Versteckt hinter einem blühenden Goldregenbusch, hatte Theresa jedes Wort mitgehört, das die Magistra mit dem Erzbischof gewechselt hatte. Sie war gerade von Adas Grab gekommen, wo endlich die Kirschblüten aufgebrochen waren, und hatte es nicht über sich gebracht, sofort hinter die dicken Klostermauern zurückzukehren, die den Frühling ausschlossen. Sie hatte nicht lauschen wollen. Und dennoch schon wieder Dinge mit anhören müssen, die sie nicht ganz begriff. Was sich dabei vor allem in ihrem Kopf festsetzte, war der Name Kuno. Kuno, der Abt vom Disibodenberg, der auf den Rupertsberg kommen würde, um seine Ansprüche zu bekräftigen.

Ob die Nonnen dann das Kloster räumen mussten und sie mit ihnen? Eine Vorstellung, die Theresa leises Unbehagen bereitete, denn sie fing gerade an, sich an das neue Leben zu gewöhnen. Natürlich gab es nach wie vor vieles, was sie hier störte. Die rauen Kleider zum Beispiel. Dass man mitten in der Nacht aufstehen und auf Knien beten musste. Die langen Stunden, während derer Reden verboten war und man sich nur in dieser lächerlichen Zeichensprache verständigen konnte, die sie vermutlich niemals lernen würde. Das Scriptorium, das ihr schlimmer als das Fegefeuer erschien, weil sie dort öffentlich bloßgestellt worden war. Vor allem aber, dass Gero nicht mehr da war. Jetzt hätte sie gern seine täglichen Unverschämtheiten wieder in Kauf genommen, nur um seine Stimme vorlaut neben sich trompeten zu hören.

Seit sie zusammen mit Benigna im Garten arbeitete, hatte sich einiges verändert. Die Tage wurden länger, die Nächte waren nicht mehr so drückend und schwarz, und das Blühen und Sprießen ringsumher machte auch sie fröhlicher. Die rundliche Infirmarin ließ ihr ohnehin kaum Zeit für trübe Gedanken. Sie hatte Theresa ein Gärtnermesser geschenkt, das diese nun stets bei sich trug, und wies sie unermüdlich auf neue Triebe und Knospen hin. Mit erstaunlicher Geduld machte sie das Mädchen mit den verschiedensten Arbeiten im Freien vertraut und lachte fröhlich, wenn Theresa das Gesicht verzog und sich darüber beklagen wollte, dass ihr Kopf für diesen Tag bereits übervoll sei.

»Dabei hab ich noch nicht einmal richtig angefangen!« Wenn Benigna erst einmal losgelegt hatte, war es schwer, sie zu bremsen. »Du möchtest die Pflanzen verstehen lernen, um die Menschen wieder gesund zu machen? Damit wandelst du in wahrhaft großen Fußstapfen, mein Kind! Unser Ordensgründer hat einst gesagt: ›*Infirmorum cura ante omnia et super omnia adhibenda est, ut sicut revera Christo ita eis serviatur.*‹«

Theresa sah sie stirnrunzelnd an.

»Jetzt siehst du einmal, wozu man Latein braucht!«, rief Benigna. »›Die Sorge für die Kranken muss vor und über allem stehen, damit man ihnen wirklich wie Christus diene.‹ Das bedeuten seine Worte, und ich hab diesem Grundsatz mein Leben geweiht. Wenn du dich nun auch dafür entschließt – nichts auf der Welt könnte mich glücklicher machen.«

Sie drückte Theresa ein Wachstäfelchen in die Hand, auf das sie verschiedene lateinische Pflanzennamen geschrieben hatte, und wies sie an, das Entsprechende im Klostergarten zu pflücken. Die Ausbeute war für einen ersten Versuch gar nicht einmal so übel, doch Schwester Benigna war noch lange nicht zufrieden.

»*Salvia officinalis* alias Salbei gegen Husten und *Rosmarinus officinalis*, als Rosmarin bekannt, der gegen Blähungen hilft und Entzündungen vertreiben kann, hast du ja auf Anhieb gefunden. Ebenso *Glechoma hederacea*, meinen geliebten Gundermann, der den Appetit der Kranken anregt. Doch anstelle des *Allium ursinum*, des Bärlauchs, der die Knochen festigt und das Herz gleichmäßiger schlagen lässt, schleppst du mir hier *Colchicum autumnale* an, giftige Herbstzeitlose, die frisch ausgetrieben hat.«

»Ist doch bloß ein Versehen«, murmelte Theresa beschämt, die eigentlich mit Lob gerechnet hatte.

»In der Medizin darf es kein Versehen geben, kein ›bloß‹ oder ›vielleicht‹, Theresa! Irrtümer können tödlich sein. Deshalb musst du alles daransetzen, sie zu vermeiden.« Sie lenkte ein, als sie sah, wie zerknirscht das Mädchen war. »Doch wir sind Menschen. Manchmal unterlaufen uns eben Fehler. Dann müssen wir versuchen, sie so schnell wie möglich zu korrigieren.«

Beide wurden still, weil sie bei diesen Worten an Adas qualvolles Ende denken mussten.

»Vielleicht sollte ich dich bei Gelegenheit mit der Wehmutter Eva bekannt machen«, sagte Benigna nach einer Weile. »Sie holt manchmal die Kräuter bei mir, die sie für ihre Schwangeren und Kreißenden braucht …«

»Lass mich bloß mit diesem Weib in Ruhe!«, fiel Theresa ihr ins Wort. »Von mir aus kann sie zur Hölle fahren.«

»Du bist schon zu erwachsen, um solchen Unsinn zu reden.« Die Infirmarin klang plötzlich streng. »Eva hat keine Schuld am Tod deiner Mutter, das weißt du ganz genau. Sie verdient vielmehr deinen Respekt, denn als Wehmutter versteht sie sehr viel von den Wirkkräften der Natur.«

Theresa zog die Schultern hoch und schwieg.

Benigna war zu klug, um jetzt weiter in sie zu dringen. Lieber verließ sie sich auf die heilende Wirkung der Zeit. Und auf den Verstand ihrer jungen Schülerin, der ihr wie ein kostbarer Rohstein vorkam, der freilich noch geschliffen und liebevoll poliert werden musste.

Vor allem aber brauchte das Mädchen Abwechslung. Und sie sollte zudem Gelegenheit erhalten, Gero wiederzusehen. Daher wandte sich Benigna an Hedwig, die für alles Organisatorische verantwortlich war. Hedwig wusste es einzurichten, dass Theresa Schwester Magota begleiten sollte, die mit einem speziellen Auftrag nach Bingen entsandt wurde. Trotz des Schweigegebots schien sich unter den Nonnen herumgesprochen zu haben, was Magota jenseits der großen Brücke erledigen sollte. Wangen röteten sich, es gab aufgeregtes Tuscheln und heimliches Gekichere, als rüste man sich zu einem Hochzeitsfest.

Die Hüterin der Kleiderkammer schien wenig erpicht auf Theresas Begleitung und hatte wohl sogar persönlich bei Hildegard vorgesprochen, ob sie nicht doch lieber allein oder wenigstens mit einer anderen Schwester gehen könne. Doch die Magistra hatte abgelehnt.

Und so verließen Magota und das Mädchen an einem warmen Frühlingstag Seite an Seite den Rupertsberg. Die Nonne ging so schnell, dass Theresa sich anstrengen musste mitzuhalten. Die Jüngere trug ein neues Paar Schuhe, das zwar aus einigermaßen weichem Leder gearbeitet war, an den Fersen aber eine wulstige Naht hatte, die schon bald unangenehm zu scheuern begann. Es war nicht weit bis zum Stadttor, und doch lief Theresa der Schweiß in Strömen herab, weil die Sonne schon viel Kraft besaß. Geredet hatten sie unterwegs kaum etwas. Zu deutlich spürte Theresa den Widerwillen der anderen, die ihre Gegenwart regelrecht zu stören schien.

»Reiß dich gefälligst zusammen!«, beendete Magota abrupt Theresas leises Stöhnen, als sie im Strom der Lastkarren und Menschen die Liebfrauengass erreicht hatten, wo heute Markttag war. »Ich hab mich wahrlich nicht danach gedrängt, dich aufgehalst zu bekommen. Benimmst du dich jetzt daneben, war es heute zum ersten und letzten Mal.«

Theresa funkelte trotzig zurück, doch die Nonne bemerkte es nicht einmal. Zielstrebig näherte sie sich einem großen Steinhaus in der Enkersgasse, das dreistöckig in den blanken Himmel ragte. Dem Mädchen fiel auf, dass sie dabei immer aufgeregter wurde. Und weshalb schob sie vor der Tür auf einmal das grobe Holzkreuz, das bislang bei jedem Schritt auf ihrer mageren Brust gehüpft war, unter die raue Kukulle?

»Willst du lieber gleich zu deinem Bruder?«, fragte Magota plötzlich.

So leicht war Theresa nicht abzuschütteln! Jetzt wollte sie erst einmal wissen, was sich hinter dieser Tür verbarg.

»Später«, sagte sie. »Wieso klopfst du nicht endlich?«

Als ihnen nach einer Weile geöffnet wurde, glaubte Theresa ihren Augen nicht zu trauen: Willem!

Einen Augenblick war es Theresa, als fiele sie in tiefes, dunkles Wasser, das sie wirbelnd umschloss. Dann verschwand der Schwindel, und sie konnte wieder einigermaßen klar sehen.

Willem schien von ihrem Anblick dermaßen überrascht, dass er nach Worten rang. Viel Zeit dazu blieb ihm allerdings nicht, denn sein Onkel schob sich ungeduldig nach vorn.

Adrian van Gents Begrüßungslächeln erstarb jäh, als er Theresa erkannte.

»Gott schütze Euch, werter Bruder in Gott«, hörte sie Magota sagen. Dann beugte die Nonne sich zu Theresas Verblüffung vor und berührte Adrians Schultern kurz mit ihrem Gesicht.

Der wich zurück, als sei er zu nah an ein flackerndes Feuer geraten.

»Die Seide führt Euch zu mir, Schwester Magota?«, erwiderte er förmlich. »Die Magistra hat Euch bereits ankündigen lassen.«

Theresa konnte nur noch flach atmen. Sie hielt die Augen auf den Boden geheftet und glaubte trotzdem, am ganzen Körper Willems Blicke zu spüren.

Denk bloß nicht, dass ich Novizin geworden bin, wollte sie ihm zurufen. Ich trage dieses Kleid lediglich, weil meine Sachen von Sturm und Regen verdorben sind. Die Nonnen haben mir Obdach gewährt, doch eine von ihnen bin ich deshalb noch lange nicht.

Ihre Lippen freilich blieben stumm.

»So kommt doch bitte mit in unser Kontor!«, sagte Adrian. »Dort ist alles vorbereitet.«

Die Wände des so bezeichneten Zimmers waren holzgetäfelt, was Theresa noch nie zuvor gesehen hatte. Ein behaglicher Raum, der zudem gut und würzig roch. In der Mitte stand ein großer Kasten mit Beschlägen und Schmucknägeln, dessen Lade geöffnet war. Sonst gab es noch grob gezimmerte Holzbänke, ein Schreibpult mit einem Hocker und zwei kleinere Tische.

Willem hatte sich über die Lade gebeugt und einen Ballen herausgezogen, den er auf einem der Tische ein Stück aufrollte. Ein Sonnenstrahl, der durch das geöffnete Fenster fiel, machte das Weiß noch blendender.

»Allerfeinste Qualität«, sagte Willem. »Seide, so rein und kühl wie frisch gefallener Schnee. Greif ruhig auch einmal hin, Theresa! Es fühlt sich herrlich an, den Stoff anzufassen.«

Er hatte ihren Namen behalten! Wortlos folgte sie seiner Aufforderung.

»Hörst du dieses leise Knirschen? Das nennt man den Seidenschrei. Er allein bezeugt, dass die Ware echt ist.«

Magota schob sich vor und drängte das Mädchen fast grob zur Seite. Andächtig fuhren nun ihre rauen Hände über den schimmernden Stoff.

»Jetzt wird sie endlich zufrieden sein«, rief sie. »Daran wird sogar sie nichts auszusetzen haben. Habt Ihr denn auch die Borten beschaffen können, die sie unbedingt wollte?«

Ganz offensichtlich sprach sie von der Magistra. Aber wieso nannte sie nicht deren Namen oder Titel? Und aus welchem Grund lächelte die fromme Schwester vom Rupertsberg diesen grauhaarigen Mann aus Flandern derart unterwürfig an, dass es ihm peinlich zu sein schien?

»Überzeugt Euch ruhig mit eigenen Augen!« Adrian öffnete eine weitere Lade, und nun ergoss sich ein wahrer Goldregen über den Tisch, Brokatborte, so fein gewebt, dass sie auch für das Gewand einer Königin getaugt hätte.

»Dann hat sie jetzt alles beisammen. Über kurz oder lang bekommt sie immer, was sie will. Und wenn sie dazu krank werden muss, damit die anderen ihren Willen erfüllen.« Magota zeigte ein angespanntes Lächeln. »Falls aber unsereins einmal ein Übel plagt, kann man kein Mitleid von ihr erwarten …«

Er ließ sie nicht ausreden, als sei ihm das Thema zuwider: »Wir sind die besten Stoffhändler weit und breit. Wer uns vertraut, wird niemals enttäuscht.« Seine Züge waren undurchdringlich. »So wird es immer bleiben. Was auch geschieht.«

»Nur der Disibodenberg bereitet ihr weiterhin Schwierigkeiten.« Theresa erntete einen scheelen Blick, und Magota schien plötzlich zu zögern, entschloss sich dann aber schließlich doch zum Weiterreden. »Uns damit leider aber auch, werter Bruder in Gott. Denn schließlich geht es ja auch um meine Mitgift, die damit blockiert ist. Doch Ihr könnt unbesorgt sein. Ich werde halten, was ich der Kirche der Liebe versprochen habe.«

Was ging hier vor? Das Mädchen fühlte sich immer unbehaglicher. Hinter den scheinbar harmlosen Worten Magotas schwang noch etwas mit, das sich bedrohlich anhörte. Und wieso verriet sie einem Fremden Geheimnisse des Klosters?

Unwillkürlich schaute sie zu Willem, und dieses Mal trafen sich ihre Blicke. Du warst in meinen Träumen, flüsterte sie ihm stumm zu, so lange, bis ich es vor Sehnsucht kaum noch aushalten konnte. Ich darf nicht ständig an dich denken. Nicht, solange ich hinter diesen dicken Klostermauern lebe.

Was er dachte, blieb ihr verborgen, aber es konnte nichts Böses sein, denn er schaute sie offen an, so freundlich und weich, dass die Röte ihr ins Gesicht schoss. Abermals begann Theresa zu schwitzen, dieses Mal aus purer Aufregung.

»Wir können gleich mit dem Abmessen beginnen.« Adrians kühle Stimme holte Theresa in die Gegenwart zurück. »Wenn Ihr wollt, hole ich den Zollstock.«

»Wieso siehst du nicht nach deinem Bruder, Theresa?«, wechselte Magota das Thema. »Solch eine günstige Gelegenheit wirst du so schnell nicht mehr bekommen. Also, lauf schon los!«

Sie will mich loswerden, dachte Theresa und war erleichtert, ihrer peinvollen Verlegenheit entfliehen zu können. Zugleich tat es ihr leid, Willem verlassen zu müssen, aber sie beruhigte sich schnell wieder. Sie würde ja zurückkommen. Vielleicht ergab sich dann eine Gelegenheit, ihn allein zu sprechen.

Draußen schnürte sie als Erstes die Schuhe auf und zog sie aus, um die wunden Fersen nicht noch weiter zu quälen. Dann lief sie barfuß weiter. Schon nach wenigen Schritten umhüllte sie das Marktgetöse wie eine Wolke aus Lauten und Gerüchen – welch willkommene Unterbrechung nach den stillen Klosterwochen! Theresa wusste zunächst kaum, wohin sie sich als Erstes wenden sollte. Alles erschien ihr gleichermaßen verlockend und einladend: die Gewürzstände, die Fischhändler mit ihrem frischen Fang vom Morgen, die fettigen kleinen Küchlein, die eine dralle Händlerin ausrief, bis sie heiser war, die Kaninchenkäfige mit ihrem pelzigen Inhalt, all die Hühner und Enten, die um ihr Leben gackerten und schnatterten. Auch ein zaundürrer Akrobat war gekommen und zeigte seine Künste. So geschickt jonglierte er mit seinen bunten Reifen, dass Theresa laut applaudierte.

Irgendwann hatte sie sich sattgesehen und -gerochen. Sie lief weiter, vorbei an St. Martin, bis sie am Haus des Sarwürkers angekommen war. Die Tür zur Werkstatt im Erdgeschoss stand angelehnt, und so schlüpfte sie einfach hinein. Ganz hinten an der Werkbank sah sie einen Jungen, der geschickt mit gleich drei verschiedenen Zangen auf einmal hantierte. War dieser blasse, verhärmte Blondschopf, der vor einem viereckigen Gewirke aus Eisen saß, tatsächlich ihr naseweiser Bruder Gero?

Als sie seinen Namen rief, schaute er kurz auf, und für einen Augenblick zeigte sich sein früheres Lausbubengesicht, dann jedoch verschlossen sich seine Züge erneut, als habe sich eine Maske über sein Gesicht gesenkt.

»Hau ab!«, rief er wütend. »Was willst du hier? Du bist schuld daran, dass sie mich aus dem Kloster geworfen haben. Jetzt brauchst du dich auch nicht mehr um mich zu kümmern!«

»Das ist doch gar nicht wahr.« Theresa machte einen Schritt auf ihn zu, Gero aber schwenkte angriffslustig eine Zange, als wolle er sie im nächsten Moment nach ihr werfen. Außer ihm sah sie niemanden in der Werkstatt, und Mitleid stieg in ihr auf. War er dafür nicht noch viel zu jung? »Musst du denn ganz allein arbeiten?«, fragte sie ungläubig.

»Der Geselle hat sich wieder einmal halb um den Verstand gesoffen, aber was geht dich das schon an?«, schrie er. »Mach du dich doch weiterhin lieb Kind bei deinen schwarzen Krähen, damit sie überall ihre dreisten Lügen über mich verbreiten können! Stammt das mit dem Bankert eigentlich von dir?«

Sie zuckte zusammen, weil hinter ihr plötzlich eine hünenhafte Gestalt aufgetaucht war.

»Du bist doch fleißig bei der Arbeit, Junge?« Eine Stimme wie Donnergetöse. »Denn liefern wir nicht rechtzeitig, wird der Erzbischof sehr ungehalten sein.«

»Bin ich, Meister.« Gero hatte seine Arbeit am Kettengeflecht wieder aufgenommen.

»Ist noch etwas, Mädchen?« Der Sarwürker beugte sich zu Theresa herunter. Seinem ungeschlachten Gesicht auf einmal so nah zu sein, machte sie befangen. »Sonst lass ihn jetzt besser in Frieden! Er macht nämlich gern mal Fehler, dein Herr Bruder, besonders beim Nieten. Fehler, die wir uns nicht leisten können.«

Sie schüttelte den Kopf, drehte sich um und lief hinaus. Zu rasch, um mitzubekommen, dass Gero ihr mit feuchten Augen hinterherstarrte.

Auch Theresa weinte, und je schneller sie rannte, desto heftiger wurde ihr Schluchzen. Sie hatte ihn verloren, genauso wie sie Mutter und das Kleine verloren hatte – und zuvor Vater und die heimatliche Burg. Nichts mehr war so wie einst, als hätte das Schicksal das Unterste zuoberst gestülpt und sie alle wie Lumpenpuppen wahllos umhergeschleudert.

Vor van Gents Haus blieb sie stehen und wischte sich mit dem Rock das Gesicht trocken. In diesem aufgelösten Zustand wollte sie weder Magota unter die Augen treten noch Adrian und erst recht nicht Willem. Unentschlossen umrundete sie das Haus und stieß dabei plötzlich auf eine Art Schuppen, der für alles Mögliche taugen mochte. Erregte Frauenstimmen ließen sie innehalten.

»Und dafür hab ich meinen Johannes bei der Nachbarin gelassen?«, rief die eine. »Zum Eingreifen ist es ohnehin viel zu spät. Das würdest du nicht überleben.«

»Aber du musst es wegmachen, bitte! Wenn es um Geld geht, so könnte ich …«

»Behalt dein Geld! Das ändert nichts an meiner Entscheidung.«

»Ich kann dieses Kind nicht bekommen!« Die zweite, jüngere Stimme schraubte sich verzweifelt in immer schrillere Höhen. »Wenn er erfährt, dass ich schwanger bin, wird er mich …« Die Worte erstarben in wildem Weinen.

»Soll ich einmal mit ihm reden?«

»Nein – niemals! Versprich mir bei allem, was dir heilig ist, dass du das sein lässt!«

»Dann ist nicht er der Vater? Bist du deshalb so verzweifelt?«

»Du hast nichts verstanden – gar nichts! Wir müssen keusch bleiben, ein jeder von uns, denn wer dagegen verstößt, der versündigt sich gegen den guten Gott.«

Theresa hatte plötzlich Gänsehaut am ganzen Körper. Erneut waren sie zurück, die Bilder und Gefühle jener Schreckensnacht, die ihrer Mutter den Tod gebracht hatte. Verfolgte dieses abscheuliche Thema sie neuerdings auf Tritt und Schritt?

»Gott hat uns als Mann und Frau erschaffen.« Das war wieder die erste Frauenstimme, die warm klang und offenbar beruhigen wollte. »Und hätte er nicht gewollt, dass wir uns miteinander in Liebe vereinigen, so wären wir gewiss ganz anders ausgestattet. Also nimm deinen Mut zusammen! Du bist jung und gesund, und wenn es wirklich so weit ist, helfe ich dir gern …«

Drinnen schien etwas umgefallen zu sein. Oder gingen die beiden Frauen etwa aufeinander los?

Theresa machte einen raschen Satz, lief um das Haus herum und klopfte an die Tür. Lange Zeit geschah nichts, dann war es abermals Willem, der ihr öffnete.

Hatte ihr Gesicht verraten, was ihr Herz fühlte? Ein paar kostbare Momente lang sahen sie sich nur stumm an. Schließlich legte er den Finger auf die Lippen.

»Wir müssen leise sein«, murmelte er. »Sie sind noch beim Beten.«

Die Nonne vom Rupertsberg und der Stoffhändler aus Gent?

Theresa hörte Adrians kräftiges Organ durch die Tür. Er sprach ihr Lieblingsgebet, das Vaterunser, langsam und betont, als würde er jedes einzelne Wort sorgfältig abwägen. Ein Gebet, das Ada ihr schon beigebracht hatte, als sie noch ein kleines Kind gewesen war. Seit sie mit den Nonnen im Kloster lebte, betete sie es mehrmals täglich, doch dieses Mal war etwas anders.

»Wieso betet nur er allein?«, flüsterte sie.

Willems rechte Braue ging leicht nach oben, und seine Mundwinkel zuckten.

»Du musst nicht alles verstehen, Theresa«, sagte er. »Manchmal ist es sogar besser, nicht zu viele Fragen zu stellen. Komm, ich bring dich in ein anderes Zimmer!«

»Bleibt ihr jetzt für immer in Bingen?« Wenigstens diese Antwort war er ihr schuldig.

Er lächelte. »Wo denkst du hin! Kaufleute sind ständig

unterwegs, das bringt unser Beruf mit sich. Auch dieses Haus hier ist lediglich eine Zwischenstation, wenngleich schon seit einer Reihe von Jahren. Ab und zu halten wir uns auch in Mainz auf – allerdings nur wenige Wochen im Jahr.«

»Aber irgendwo müsst ihr doch zu Hause sein!«, stieß sie erregt hervor, weil sie spürte, wie er ihr mit jedem Wort mehr zu entgleiten drohte.

»Die Welt ist ein zu düsterer und sündiger Ort, um sich darin wirklich heimisch zu fühlen«, erwiderte Willem. »Unsere wahre Heimat wird eines Tages der Himmel sein. Die Heimat aller guten Christen.«

✢

Wochenlang gingen seine seltsamen Worte Theresa nicht mehr aus dem Sinn und überdeckten nach und nach ihre ursprüngliche Wiedersehensfreude. Zunächst hatte sie Benigna fragen wollen, was sie wohl bedeuten könnten, doch nach einigem Grübeln ließ sie es schließlich lieber bleiben. In Gegenwart der Infirmarin den Namen Willem auszusprechen, ohne sich auf der Stelle zu verraten, erschien ihr unmöglich. So vertraute Theresa auch niemandem an, was sie sonst noch alles in Bingen erlebt hatte – weder das erregte Flüstern der beiden Frauen im Schuppen noch die schmerzvolle Begegnung mit Gero und auch nicht das stumme Gebet der Nonne mit dem Flamen.

Eines Tages hatte ein Fuhrwerk den Rupertsberg erklommen, um die bestellte Seide und die Borten abzuliefern. Seitdem war Magota mit einigen Schwestern dabei, Festkleider zu nähen. Darunter vorstellen konnte Theresa sich allerdings nichts Rechtes, waren die Kutten der Nonnen doch denkbar einfach und rau, und die Schwestern machten keinerlei Anstalten, sie vor der Zeit aufzuklären.

Als Johanni schon eine ganze Weile zurücklag, traf Abt Kuno im Kloster ein. Es gab weder ein üppiges Festessen, noch fiel der Empfang besonders überschwänglich aus. Der Abt tat, als bemerke er nichts davon, rief zunächst Bruder Volmar zu sich und besprach sich lange mit ihm im Kapitelsaal. Danach ließ er sich von der Magistra auf dem Gelände herumführen, mit arrogantem Gehabe, als sei er der Grundherr, für den die frommen Schwestern zu arbeiten hätten. Eingehend inspizierte er dabei auch den Stall, und dort erregte Theresas Weißer sein spezielles Interesse.

»Ich dachte eigentlich, ihr wäret schon ein ganzes Stück weiter«, lautete sein Kommentar, als Hildegard ihn zu einer Erfrischung ins Äbtissinnenhaus bat, die sie von Theresa auftischen ließ.

»Niemand weiß besser als du, weshalb«, lautete die knappe Antwort der Magistra. »Ein Wunder, wie wir das alles überhaupt bewerkstelligt haben!«

»Bei den unzähligen Schenkungen, die euch zuteilwurden? Man sagt, vor allem deine Familie habe euch mehr als großzügig unter die Arme gegriffen – und nicht nur sie.« Er nickte dem Mädchen zu. »Schenk ruhig noch nach!« Der süße Most, den er nahezu unverdünnt trank, schien ihm ausgezeichnet zu munden.

Theresa wartete auf ein Zeichen von Hildegard, um sich zu entfernen, doch es blieb aus. Legte die Magistra es darauf an, dass sie alles mit anhörte?

»So erscheint es mir nur als gerecht, euren Brüdern vom Disibodenberg etwas von all dem Überfluss hier abzutreten«, fuhr Kuno fort.

»Das verlangst du von uns?« Hildegards Hände zitterten. »Anstatt uns endlich zu erstatten, was uns vor Gott zusteht, erhebst du neuerliche Forderungen?«

Sein Lächeln war breiter geworden. »Lass uns die Sache logisch angehen! Wozu braucht ihr ein stattliches Pferd, wo das Kloster doch eure Heimat ist, die ihr ohnehin nicht verlassen dürft? Dieses Tier nebst Sattel und Zaumzeug nehme ich gleich heute mit. Ein Drittel eurer Weinlese könnt ihr dann zum Hauptkloster bringen lassen, sobald alles fertig gekeltert ist.« Er wirkte ausgesprochen zufrieden und ganz im Reinen mit sich selbst. »Für den Rest meiner Ansprüche muss ich erst die Bücher studieren. Lass mir eine Abschrift davon anfertigen. Euer Scriptorium soll ja Erstaunliches leisten, wie man hört.«

Theresa nutzte die vorübergehende Sprachlosigkeit der Magistra, um hinauszuschlüpfen. Natürlich lief sie als Erstes zum Weißen, drückte ihr heißes Gesicht in sein Fell und streichelte ihn.

»Jetzt wirst mir auch noch du weggenommen – das Einzige, was mir von zu Hause geblieben ist!«

Das Pferd schnaubte, als verstünde es ihren Kummer. Theresa entschloss sich, es zur Belohnung zu striegeln. Als sie sich nach der Bürste bückte, rutschte ihr das scharfe Gartenmesser aus dem Gürtel. Erst wollte sie es schon mechanisch zurückstecken, dann jedoch kam ihr plötzlich eine Idee.

»Viel Freude wird der Abt nicht daran haben, uns zu bestehlen«, murmelte sie. »Darauf möchte ich wetten.«

Nach der Non arbeitete sie mit Schwester Benigna wie gewohnt im Garten, wobei die Infirmarin sich allerdings über die ungewohnte Schweigsamkeit ihrer jungen Schülerin wunderte. Dafür widmete sich Theresa dem Unkrautjäten auf einmal mit nie zuvor gekannter Hingabe. Später hatten sich die beiden gerade mit den anderen zur Vesper in der Kapelle versammelt, als plötzlich laute Stimmen die Andacht störten.

»Schnell – der Abt ist zurück! Er hat unterwegs einen Unfall erlitten!«

Sie stürmten hinaus, Hildegard allen anderen voran, und fanden einen windschiefen Bauernkarren vor, in dem Kuno schmerzverzerrt hockte.

»Mein rechter Arm!«, rief er und verdrehte voller Qual die Augen. »Ich kann ihn nicht mehr bewegen.«

Schwester Benigna ließ ihn in das Krankengebäude bringen und diagnostizierte einen Speichenbruch, den sie mit Beinwellsalbe bestrich. Ein mittels Eiklar gehärtetes Dreiecktuch aus festem Leinen sorgte für die Ruhigstellung. Während ein paar Tropfen von Benignas berühmter Mohnmischung den Abt in sanfte Träume schickten, machten bereits die ersten abenteuerlichen Gerüchte die Runde.

Strauchdiebe? Ein Überfall? Ein steigendes Pferd?

Der Weiße jedenfalls, der, wie es flüsternd weitergetragen wurde, satansgleich mit Abt Kuno durchgegangen sei, fand sich am nächsten Morgen lammfromm grasend vor der Klosterpforte wieder. Hildegard ließ ihn zurück in den Stall bringen. Dort unterzog sie den zerschlissenen Zügelrest, der noch am Trensenring hing, einer genauen Prüfung. Ein winziges Lächeln spielte um ihre Lippen. Das sah ihr nicht nach brüchig gewordenem Leder aus, das schließlich gerissen war!

Wieder ernst geworden, trieb sie energisch die zweite und dieses Mal endgültige Abreise Kunos voran, der missvergnügt in Joschs Wagen hockte und jetzt offenbar keinerlei Wert mehr darauf legte, ein derart wildes Pferd mit zu den Brüdern vom Disibodenberg zu nehmen.

Eigentlich hätte sie nun das Mädchen rufen lassen müssen, um die Dinge aufzuklären und sie vor allem zu Reue und Einkehr zu veranlassen. Immerhin war ein Mensch zu Schaden gekommen, und es hätte sogar noch böser kommen können. Dass niemand anderer als Theresa hinter diesem »Unfall« steckte, lag für die Magistra klar auf der Hand.

Doch sie zögerte, ging lange in sich, suchte Trost im Gebet und entschloss sich nach einigen Tagen, die Klärung noch weiter aufzuschieben. Hatte sie Gott nicht immer wieder um ein Zeichen gebeten? Und war Theresa nicht zum ersten Mal leidenschaftlich für die Belange des Klosters eingetreten, wenngleich mit den verkehrten Mitteln?

Offenbar war Ada von Ortenburgs Tochter dabei, sich für den Rupertsberg zu entscheiden, eine Vorstellung, die Hildegards Herz ganz leicht und hell machte. Theresa sollte all die Zeit bekommen, die sie dafür brauchte.

Ermahnungen konnten warten.

✶

Die Kapelle war fast taghell von Kerzen erleuchtet. Weiße Seide, bei jeder Bewegung raschelnd und verheißungsvoll wispernd. Heute trug keine der frommen Schwestern den strengen Schleier der Benediktinerinnen. Die Haare waren gelöst, gebürstet, bis sie glänzten, und mit hauchdünnem Goldgespinst umhüllt, das sie alle wie Bräute aussehen ließ. Diesen Eindruck verstärkten noch die immergrünen Kränze, die sie auf dem Kopf trugen, kunstvoll mit goldenen Kreuzen und dem Zeichen des Lamms verflochten.

Es war nicht das erste Mal, dass die Magistra auf solch spezielle Weise die Liturgie feiern ließ. Gerade das Erntedankfest schien ihr aufs Beste geeignet, um Gott in Weiß und strahlendem Gold zuzujubeln. Der Innenraum der Kapelle glich einem Blütenmeer. Süß und würzig duftete es wild durcheinander, als eiferten Blumensträuße und Kräuterbüsche in liebevollem Wettstreit miteinander.

Zum ersten Mal sangen die frommen Schwestern Hildegards neue Kompositionen, Lieder voll schlichter Schönheit, die direkt ins Herz trafen. Im Mittelpunkt stand dabei die heilige Ursula mit ihrer Jungfrauenschar, und wenn Theresa verstohlen um sich schaute, so kam es ihr vor, als seien diese heiligen Märtyrerinnen heute leibhaftig auf dem Rupertsberg erschienen.

Ihr Latein war noch immer zu lückenhaft, um die Strophen ganz zu verstehen, aber Benignas kluge Lektionen hatten doch gefruchtet, das merkte sie an jeder Zeile. Vielleicht war genau das der Grund, weshalb die Musik sie in einen halb entrückten Zustand versetzte. Theresa glaubte zu schweben, so friedlich und warm war es in ihr geworden. Frei fühlte sie sich, denn das ungewohnte Seidengewand war so leicht, dass es ihren erhitzten Körper wie eine zärtliche Liebkosung berührte. Draußen ging ein Herbstgewitter nieder, das die Bäume bog und sogar einige Äste brechen ließ, drinnen aber schwang die Musik sich zu frohlockenden Höhen auf, die alle ergriffen.

Den klarsten Sopran von allen besaß Schwester Clementia, ein Gottesgeschenk, das seinesgleichen suchte, und ihr jubelndes Gebet zum himmlischen Bräutigam ließ keine der anderen unberührt, die ihr schließlich im Chor antworteten. Immer inbrünstiger wurde der Refrain, so sehnsuchtsvoll, dass es wie ein leidenschaftliches Rufen nach dem innigst Geliebten klang.

Mit einem Mal stand Willems Bild wieder ganz deutlich vor Theresa. Schade, dass er sie nicht sehen konnte, festlich geschmückt wie eine Braut vor dem Altar! Dem Mädchen wurde heiß bei diesem Gedanken. Unauffällig lugte sie nach links und rechts, aus Angst, sich zu verraten, doch alle ringsumher sangen mit so strahlenden Gesichtern, dass ihre Befürchtungen rasch wieder zerstoben.

Eine Einzige freilich hielt den Mund fest geschlossen, als befürchte sie, ihr könne nur ein einziger Ton entschlüpfen: Magota. Auch bei den nachfolgenden Gebeten, die ebenfalls aus Hildegards Feder stammten, blieb sie so stumm wie ein Karpfen im Teich.

Die Seele ist wie der Wind, der über die Kräuter weht,
und wie ein Tau, der auf die Gräser träufelt,
und wie die Regenluft, die wachsen macht.
Genauso ströme der Mensch
sein Wohlwollen aus auf alle,
die da Sehnsucht tragen …

Längst hatte Theresa ihre anfängliche Vorsicht aufgegeben. Während ihr Herz die Worte trank, starrten ihre Augen ungeniert auf die große, knochige Frau, die nicht einmal in blendend weißer Seide sonderlich anziehend wirkte.

Ein Wind sei er, indem er den Elenden hilft,
ein Tau, indem er die Verlassenen tröstet,
und Regenluft, indem er die Ermatteten aufrichtet
und sie mit der Lehre erfüllt wie Hungernde,
indem er ihnen seine Seele hingibt.

Magotas Mund blieb weiterhin eine dünne Linie. Erst als die Magistra das Vaterunser anstimmte und alle anderen lauthals einfielen, öffneten sich auch ihre Lippen, und nun betete sie hörbar mit. Allerdings vollzog sich dabei schon nach Kurzem eine erstaunliche Veränderung mit ihr. Der lange Körper begann zu zittern, die großen Hände fingen an, um sich zu schlagen, während das Lächeln auf dem Gesicht wie eingefroren wirkte. Immer heftiger wurden ihre

Bewegungen, immer wahlloser, als verlöre sie nach und nach jegliche Kontrolle über ihre Gliedmaßen. Schließlich trat weißlicher Schaum vor den Mund, die Augen verdrehten sich.

Magota stürzte vornüber und rührte sich nicht mehr.

Ein Aufschrei wie aus einer einzigen Kehle, dann schoben die Schwestern sich gegenseitig zur Seite, um sich über die Leblose zu beugen. Beherzt wies Benigna zwei der Nonnen an, Magota in das Krankengebäude zu tragen und dort auf ein Bett zu legen.

»Lasst mich mit ihr allein!«, befahl sie. »Ich will versuchen, ihr zu helfen.«

Die ganze Nacht wachte sie bei ihr, flößte ihr einen Tee aus Melisse und Johanniskraut ein, betete dazwischen immer wieder zur Himmlischen Jungfrau und atmete erst wieder auf, als Magotas Haut in den frühen Morgenstunden ihre fiebrige Hitze verlor und sich wieder kühl anfühlte. Als sie hinausgehen wollte, um frisches Wasser zu holen, damit sie die Genesende reinigen konnte, fand sie Theresa vor der Tür kauernd vor.

»Was hat sie? Was ist mit ihr?«, fragte sie angstvoll. »Muss sie jetzt sterben?«

Schwester Benigna zog die Schultern hoch. »Ich denke, sie ist wieder auf dem Weg der Besserung, zumindest äußerlich betrachtet. Eine richtige Krankheit konnte ich bisher nicht ausmachen«, sagte sie. »Mir scheint eher, als habe sich etwas Fremdes in ihrer Seele eingenistet. Etwas, das sie schwach und äußerst anfällig macht. Magota kommt mir oft vor wie eine Tür, die sich nicht mehr richtig schließen lässt. Da ist es für stürmische Winde und Regengüsse ein Kinderspiel, hineinzufahren und sie nach allen Richtungen zu beuteln.«

»Sie hat diese Zustände erst bekommen, als wir das Vaterunser gebetet haben«, sagte Theresa. »Da erst wurde sie so seltsam. Zuvor hat sie ja den Mund nicht aufgemacht.«

»Das hast du beobachtet?« Nun besaß sie Benignas ganze Aufmerksamkeit.

Theresa nickte beklommen.

»Aber das ist doch nicht alles«, fuhr die Infirmarin fort. »Da ist doch noch etwas, das dich bedrückt. Heraus mit dem, was du auf dem Herzen hast, mein Mädchen!«

Theresa wollte keine Verräterin sein, das war ihr deutlich anzumerken. Und doch schien etwas in ihr zu gären, das ihr die Worte förmlich auf die Zunge schob.

»In Bingen hat der Flame, von dem unsere Seide stammt, mit Magota auch das Vaterunser gebetet«, stieß Theresa schließlich hervor. »Aber eines war merkwürdig daran. Ich hab lediglich ihn beten gehört. Magota blieb die ganze Zeit über stumm.«

»Wie hat sie ihn denn angeredet? Kannst du dich daran auch noch erinnern?«

»›Werter Bruder in Gott.‹ Ja, das war es. Sie hat seine Schultern mit ihrem Gesicht berührt, das hab ich noch nie zuvor gesehen. Und loswerden wollte sie mich, so schnell wie möglich. Aber Willem, der hat mit alledem nichts zu schaffen. Das musst du wissen. Er ist ganz anders.«

»Wer ist Willem?«, fragte Benigna.

Theresa senkte den Blick. »Der Neffe des Flamen«, murmelte sie. »Er hat mich damals auf seinem Pferd zum Rupertsberg gebracht und war immer freundlich zu mir.«

»Was sonst hast du noch gehört? Die Wahrheit, Theresa!«

»Magota hat nur noch gesagt, sie würde die Kirche der Liebe niemals enttäuschen. Hast du eine Ahnung, was sie damit gemeint haben könnte?«

»Ich fürchte, ja.« So ernst und entschlossen hatte sie Benigna noch nie zuvor gesehen. »Dabei dachte ich, es seien lediglich dumme Gerüchte. Aber ich habe mich offenbar getäuscht.«

Sie nahm das Mädchen bei der Hand. »Die Krankenwäsche wird nun Gunta übernehmen müssen. Wir beide gehen zur Magistra und berichten ihr, was du gesehen hast. Die hochwürdige Mutter muss erfahren, was in ihrem Kloster vor sich geht.«

»Jetzt?« Theresas Stimme war nur noch ein Wispern.

»Jetzt.« Benigna nickte ihr aufmunternd zu. »Denn was wir tun, geschieht zum Besten von uns allen.«

✤

Inzwischen verfolgten die Kettenhemden Gero schon bis in den Schlaf. Seine Hände, mittlerweile mit dicker Hornhaut bedeckt und trotzdem an einigen Stellen noch immer durch Blasen und Schwielen entstellt, bewegten sich im Traum auf der dünnen Bettdecke, als gelte es, auch während der Nacht das verlangte Pensum zu absolvieren.

Einen Ring öffnen und vier geschlossene Ringe auf ihm einfädeln. Danach den Ring wieder schließen und vernieten. Die Ringe so zurechtlegen, dass der mittlere in eine Richtung zeigt und die anderen vier Ringe jeweils zu zweit auf einer Seite liegen und in die entgegengesetzte Richtung weisen.

Wie oft hatte er Laurenz diese Anweisung sagen hören! Nun war sie ihm auch im Schlaf geläufig.

Den Schritt wiederholen. Einen weiteren Ring öffnen und ihn mit den anderen verbinden ...

Wer hätte gedacht, dass daraus jemals ein dichtes Kettengeflecht entstehen würde, das das Leben seines Trägers schützen sollte? An einer Holzstange aufgehängt, brachte es die ganze Werkstatt zum Leuchten. Erzbischof Heinrich von Mainz konnte sich freuen. Seine Brünne war nahezu vollendet.

Geros Zangen, die stumpfe, kräftige, die er »Ente« getauft hatte, dann die Spitzzange, die den Namen »Specht« trug, und die Nietzange, die er aus einer Laune heraus »Kuckuck« nannte, schienen ihm inzwischen so vertraut wie alte Freunde, auch wenn an manchen Abenden seine Gelenke wund von ihrem anstrengenden Gebrauch waren.

Aber hatte er denn eine andere Wahl?

Kaum kroch die Morgendämmerung ins Zimmer, inzwischen von Tag zu Tag zögerlicher, als wolle ihn der Sommer, von dem Gero bei all der Plackerei kaum etwas mitbekommen hatte, zum Abschied verhöhnen, musste er schon wieder aufstehen. Ein paar Löffel Grütze, ein Krug kaltes Wasser – und dann hatten ihn die endlosen Eisenringe wieder, die ihn innerlich so mürbe machten, dass er kaum noch an Weglaufen dachte.

Einmal hatte er gewagt, sich das Kettengeflecht überzustreifen, und das Gewicht des Eisens auf seinem dünnen Hemd war nahezu überwältigend gewesen. So musste sein Vater sich gefühlt haben, der als Ritter zum Kreuzzug ins Heilige Land aufgebrochen war – oder zumindest beinahe so, denn natürlich hatte Robert von Ortenburg unter dem Eisen einen gefütterten Gambeson getragen.

Die Vorstellung trieb Gero die Tränen in die Augen und ließ ihn schnell wieder aus der Brünne fahren.

Von seinem Traum war er weiter entfernt als jemals zuvor. Was war nur in diesem düsteren Haus aus ihm geworden?

Der Lehrling eines Sarwürkers! Gero ballte die Fäuste vor Wut, was noch immer ein besseres Gefühl vermittelte als das Weinen von eben.

Das Wirken der großen Flächen war seine Aufgabe gewesen, während Laurenz und der Meister, vorausgesetzt, der Geselle war nicht wieder einmal zu betrunken, um überhaupt zur Arbeit zu erscheinen, sich die diffizilen Teile vorgenommen hatten: Kragen, Schultern und Arme. Seltsamerweise ließ Thies den Gesellen fast immer in Frieden, brummte lediglich Unverständliches, wenn es bereits Mittag schlug, bevor Laurenz aus dem Stroh kroch. Der Meister reagierte seine Unzufriedenheit lieber an Gero ab, obwohl der meistens gar nichts verbrochen hatte. Aber er konnte ihn in gewisser Weise verstehen, denn die Dinge standen alles andere als gut im Sarwürkerhaus.

Zwar hatte Cillie inzwischen den erwünschten Stammhalter zur Welt gebracht, doch es war eine schwierige Geburt gewesen, die sich über einen ganzen Tag erstreckte. Es bedurfte zahlreicher Mittelchen zum Wehentreiben wie Salbei und Krokus, bis schließlich ein bläuliches, verschrumpeltes Etwas zwischen ihren Schenkeln herausglitt. Wehmutter Eva musste all ihre Kunstfertigkeit einsetzen, dass der Kleine überhaupt atmete, aber selbst dann hob und senkte sich die winzige Brust noch so krampfhaft, dass man bei jedem Zug befürchten musste, es sei womöglich der letzte.

Auch mit dem Stillen haperte es: Um den winzigen Rochus, wie sie ihn getauft hatten, zu nähren, gaben Cillies Brüste nicht genug Milch her, obwohl Eva die Mutter einer wahren Rosskur unterzog, mit heißen Umschlägen auf dem Busen und Teemischungen aus Fenchel, Kümmel und Anis, die diese nur widerwillig trank. Ein paar hoffnungsvolle Tage später schien verdünnte Ziegenmilch die ideale Lösung zu sein, die die Wöchnerin entlastete, doch dann zwangen massive Darmprobleme des Kleinen zu einem raschen Umdenken.

Seitdem wohnte die Witwe des Flickschusters Jockel mit im Haus, Feme mit den schweren Brüsten, deren kleine Tochter nur wenige Wochen nach der Geburt ganz plötzlich zu atmen aufgehört hatte. Feme, deren unaufhörlich fließende Milch nun dem kleinen Rochus zugutekam.

Alles war anders geworden. Die Männer unterbrachen ihr spärliches Gespräch und glotzten nur noch, wenn Feme den Stoff beiseiteschob und Rochus an die Brust legte. Cillie war noch mürrischer geworden, blieb tagelang in der Schlafkammer, ohne sich die Mühe zu machen, sich anzukleiden, und wäre nicht Eva gewesen, die immer wieder nach dem Rechten schaute, so wäre das Sarwürkerhaus wohl bald in einem Chaos aus Schmutz und vorwurfsvollem Schweigen versunken.

Die Wehmutter sorgte dafür, dass der Säugling gebadet wurde. Sie stieß die Fenster auf, um die frische Herbstluft hereinzulassen, forderte frische Wäsche für Wöchnerin, Amme und Kind und sprach vor allem Thies, der das Glotzen gar nicht mehr lassen konnte, ernsthaft ins Gewissen.

»Deine Cillie darf so bald nicht mehr schwanger werden. Ich hoffe, das weißt du.«

Er gab ein Grunzen von sich, das alles und nichts bedeuten konnte.

»Das heißt aber nicht, dass du dich über die Amme hermachen sollst. Du kannst gerade mal eine Frau und ein Kind ernähren, vergiss das nicht!«

»Wer bist du eigentlich, so mit mir zu reden?« Seine klobigen Gliedmaßen setzten sich langsam in Bewegung.

»Wer ich bin?« Eva stieß ein kurzes Lachen aus. »Muss ich dir das wirklich erst sagen? Die, zu der alle kommen, wenn sie gar nicht mehr weiterwissen. Vor, während und nach dem Gebären. Ganz nebenbei erwähnt, hab ich seit Wochen keinen Kreuzer mehr von dir gesehen. Und trotzdem bin ich immer wieder da. Daran solltest du vielleicht einmal denken.«

Sie nahm ihren Korb, wandte sich zum Gehen.

»Übrigens hast du noch eine weitere Verantwortung«, sagte sie, bereits auf der Schwelle. »Der Junge der Gräfin. Du tust ihm nichts Gutes, wenn du ihn nur drückst und knechtest. Gero ist wie ein wildes Füllen, das eine starke Hand braucht – eine Hand voller Kraft, aber auch voller Liebe.«

»Sonst noch was?« Thies starrte ihr finster entgegen.

»Für heute – nein. Aber du wirst von mir hören, Sarwürker. Darauf kannst du dich verlassen!«

✢

Dass es der Magistra zu schlecht ging, um aus eigener Kraft aufstehen zu können, verbreitete sich blitzschnell unter den Nonnen.

»Sie mutet sich zu viel zu«, raunten die einen.

»Nein, es ist der Ärger mit Abt Kuno«, vermuteten die anderen.

»Das ist wieder das himmlische Licht. Wann immer es sie trifft, muss sie leiden.« Das waren die, die stets alles am besten wussten.

Hedwig und Benigna, Hildegards engste Vertraute, schwiegen zu all diesen Mutmaßungen. Nicht einmal Theresa, die ebenfalls die Neugierde plagte, erfuhr, was sich wirklich zugetragen hatte. Bis die Infirmarin sie plötzlich aufforderte, sie ins Äbtissinnenhaus zu begleiten.

Die Magistra bot ein Bild des Jammers. Unter der Decke schien ihr schmaler Körper eher einem Kind zu gehören als einer starken Frau in der Mitte ihres Lebens. Die Wangen waren eingefallen, die Augen klein und glanzlos.

Beim Eintritt der beiden hob sich ihre Rechte ganz kurz, um dann erneut kraftlos zurück auf die Decke zu sinken.

»Der Brief«, hörte Theresa, die tiefes Mitgefühl erfasste, sie flüstern. »Das Mädchen soll lesen.«

Zwei Pergamente lagen auf dem kleinen Tisch, und in ihrer Aufregung griff Theresa nach dem, das ihr am nächsten war.

Eine penible kleine Schrift, die an den Zeilen buchstäblich zu kleben schien. Theresas Blick überflog das Schreiben, bis er schließlich an einer Stelle hängen blieb.

… mir zu Ohren gekommen, dass eure jungen Frauen an Festtagen mit losen Haaren in der Kirche stehen. Als Schmuck tragen sie glänzende Seidenschleier, die so lang sind, dass sie den Boden berühren. Auch haben sie golddurchwirkte Kränze auf dem Haupt, in die beiderseits und hinten Kreuze eingeflochten sind …

Überrascht schaute Theresa auf. »Das betrifft doch unsere Feier zum Erntedank«, sagte sie überrascht. »Wer schreibt denn so etwas?«

»Texwind, die Magistra von Kloster Andernach«, sagte die Infirmarin. »Ein gutes Beispiel dafür, dass auch unser geliebtes Kloster längst kein so abgeschlossener Ort ist, wie manche von uns gern glauben wollen.«

Sie nahm Theresa das Pergament aus der Hand.

»Du hast den falschen Brief erwischt. Es geht um diesen hier. Er stammt von Erzbischof Hartwig aus Bremen. Lies!«

Diese Schrift war steil und kühn, mit ausgeprägten Unterlängen, die das Pergament regelrecht zu erobern schienen.

Meine geliebte Schwester Richardis lebt nicht mehr.
Gott dem Allmächtigen hat es gefallen, sie nach kurzer,
schwerer Krankheit zu sich zu befehlen. Kloster Bassum
hat nun keine Äbtissin mehr …

»Base Richardis ist tot?«, rief Theresa erschrocken. »Aber sie war doch noch so jung!«

Vom Bett her kam leises Stöhnen. Das Mädchen sprang auf und lief zu Hildegard.

»Du darfst nicht so traurig sein, hochwürdige Mutter!«, sagte sie sanft. »Denn dort, wo Richardis jetzt ist, wird sie viele treffen, die sie und ich sehr geliebt haben: ihre Mutter Richardis, Robert, meinen Vater, ihre Base Ada, meine tote Mutter, und deren kleinen Sohn. Anstatt Tränen zu vergießen, sollten wir uns für sie freuen, meinst du nicht auch?«

Die Magistra lag ganz still. Als sie schließlich ihre Augen öffnete, waren sie klar und groß. Doch nicht Theresa schauten sie an, sie waren fragend auf die Infirmarin gerichtet.

»Wird sie bei uns bleiben, Benigna?«, fragte Hildegard leise.

✢

Am Morgen von Allerheiligen musste Schwester Magota den Rupertsberg für immer verlassen. Die Magistra hatte es so einrichten wollen, dass ihr Weggang möglichst unauffällig geschah, und doch gab es keine einzige fromme Schwester im ganzen Kloster, die nicht darüber Bescheid gewusst hätte.

Eingehende Gespräche und Befragungen, in deren Verlauf die frühere Vorsteherin der Kleiderkammer immer verstockter geworden war, waren dieser ungewöhnlichen Entscheidung vorausgegangen. Schließlich, so jedenfalls ging das Gerücht, das sich wie ein Lauffeuer unter den anderen verbreitete, habe sie Hildegard ins Gesicht geschleudert, dass sie seit Langem ein heimliches Mitglied der Kirche der Liebe sei, die früher oder später ohnehin das Regiment über die ganze Welt führen würde.

Vom Fenster des Novizinnenhauses beobachtete Theresa, wie Magota mit gebeugtem Rücken die Pforte passierte, an der trotz der frühen Stunde Donata Dienst tat. Einmal noch blieb die große Frau stehen, drehte sich um und erhob in einer Drohgebärde, die freilich eher kümmerlich als angsteinflößend wirkte, ihre Faust.

Galt das Theresa? Hatte sie womöglich das Mädchen am Fenster entdeckt?

Unwillkürlich wich Theresa zurück. So konnte sie den Karren nicht mehr sehen, der ein Stück unterhalb der Klostermauer am Fluss auf Magota wartete.

»Nach Bingen«, sagte Magota zu dem bulligen Fuhrmann, der ihn lenkte. »Zum Haus des Flamen in der Enkersgasse. Und beeil dich gefälligst! Dort erwartet man mich bereits.«

Drei

BINGEN – SOMMER 1154

Jetzt war die Zeit der Rosen gekommen. Doch nicht nur sie standen in herrlichster Blüte, sondern mit ihnen waren auch die Knospen des Lavendels, der Margeriten, Madonnenlilien und Lupinen aufgegangen. Der Duft, den eine leichte Brise vom Klostergarten herüber ins Scriptorium trug, brachte Theresa immer wieder dazu, den Griffel sinken zu lassen. Inzwischen stellte sie sich beim Schreiben so geschickt an, dass man ihr gelegentlich sogar die Feder anvertrauen konnte. Auch ihr Latein hatte sich verbessert, wenngleich Praktisches ihrem Wesen nach wie vor mehr entsprach. So hatte sie unter Hedwigs kundiger Anleitung gelernt, aus der Rinde des Schlehdornstrauches Tinte zu gewinnen, ein aufwendiges Verfahren, das oft nur geringe Erträge zeitigte und daher bei vielen Nonnen nicht gerade beliebt war.

Ein warmer, schier endloser Sommer lag über dem Land, auch wenn es viel zu trocken war, was die Schneckenplage zum Glück in Grenzen hielt. Dafür bereitete das Ausstehen des Regens Schwester Benigna Sorgen, die über ihre Pflanzen und Kräuter ebenso unermüdlich wachte wie über die Kranken, die sich in ihrer Obhut befanden. Kaum waren sie versorgt, kam der Garten an die Reihe, der üppig gewässert werden musste. Eine Arbeit, vor der Theresa sich niemals drückte, weil sie es liebte, mit bloßen Füßen Beete und Stauden zu gießen, während hoch über ihr Amsel, Star und Wiedehopf trällerten.

Weit weniger angenehm war der Umgang mit stinkender Brennnesseljauche, doch die kluge Infirmarin hatte es verstanden, Theresa sogar diese ungeliebte Tätigkeit halbwegs schmackhaft zu machen, weil die Flüssigkeit allen Gemüse-, Obst- und Zierpflanzen Kraft verlieh und zum Angießen diverser Setzlinge unverzichtbar war. Jetzt war es wichtig, den Boden im Gemüsegarten zu bedecken, mit Pflanzenabfällen oder anderem Mulch, um die Blätter zu kräftigen und ein zu frühes Abfallen der Frucht zu verhindern. Außerdem galt es, den Raupennestern der Gespinstmotte den Kampf anzusagen, die sich vor allem in den Apfelbäumen einnisten wollte und gegen die ein starker Rainfarnguss das beste Mittel war.

Viele Kräuter waren schon zur Ernte bereit: Salbei, Pimpernell, Minze, Wermut, Beifuß, Liebstöckel, Kresse und Schnittlauch, alles eben, was vor der Blüte geschnitten werden sollte. Als beste Zeit dafür galt der frühe Morgen eines sonnigen Tages. Dann wurde gleich nach dem Schneiden alles locker in Körbe gefüllt, oder man trocknete schonend, was nicht zum Frischverzehr gebraucht wurde. Die Kräuter wurden dabei gebündelt, in der Scheune aufgehängt oder auf sauberem Leinen ausgebreitet, um sie später in Holzschachteln oder Keramikgefäßen für die langen, dunklen Wintermonate zu lagern.

Ach, der kalte, harte Winter – wie unendlich fern schien er allen gerade! Sie hatten von den Scriptoriumfenstern die Schweinsblasen entfernt, und die Sommerluft, die hereindrang, war lau wie eine zärtliche Umarmung. Da fiel es Theresa beinahe so schwer wie ganz zu Anfang, sich auf das Geschriebene zu konzentrieren, obwohl sie wusste, wie viel davon abhing.

Seit Monaten schon arbeitete die Magistra an einem neuen Werk, einem umfangreichen Kompendium der Pflanzen-, Tier- und Edelsteinwelt, das auch viele Rezepte gegen verschiedenste Krankheiten enthielt. Dieses Mal war es nicht das strahlende Licht, das der Prophetin vom Rhein die Worte eingab, die bei »Scivias – Wisse die Wege«, Hildegards erster großer Schrift, noch Richardis in klares, korrektes Latein verwandelt hatte, worauf Bruder Volmar das Ergebnis schließlich auf kostbarem Pergament festhielt. Jetzt bedurfte es mehrerer Mitarbeiter, um ein Ergebnis zu erzielen, das Hildegards hohen Ansprüchen gerecht wurde.

Die kleine Gruppe war aufeinander eingeschworen und gut zusammengestellt: Neben der Magistra gehörten zu ihr Schwester Hedwig, die kluge Leiterin des Scriptoriums, durch deren Hände schon so viele Codices gegangen waren. Ferner Infirmarin Benigna, der kaum eine Pflanze unbekannt schien. Ergänzt wurden die Frauen durch Bruder Volmar, der unter ihnen, wenn es nötig wurde, allein durch eine Geste oder seine sprechende Mimik zu schlichten wusste. Vervollständigt wurde die Gruppe durch Theresa, die überall half, wo es nötig schien. Dass sie hinzugezogen wurde, war eine Auszeichnung, um die andere Schwestern, die in ihr schon die neue Favoritin Hildegards sahen, sie heimlich beneideten. Bisweilen gesellte sich auch Eva dazu, die Bingener Wehmutter, die durch ihren jahrelangen Beistand für Frauen in Kindsnöten Wichtiges beizusteuern wusste.

Ab und zu brachte sie ihren Jüngsten mit auf den Rupertsberg, den kleinen Johannes, einen freundlichen, temperamentvollen Blondschopf, der auf seinen dicken Beinchen im Kreuzgang hin und her tapste und fröhlich zu quietschen begann, sobald jemand ihn einfing und durch die Luft schwenkte. Die frommen Schwestern verwöhnten ihn mit Naschwerk und wetteiferten darin, ihn zu herzen und zu kosen.

Theresa behielt wohlweislich für sich, wie sehr sie inzwischen diesen Besuchen entgegenfieberte, denn Eva kam ihr vor wie die Botin aus einer anderen Welt, zu der sie den Zugang mehr und mehr verlor. Ob Zufall oder doch eher Kalkül, seit dem Vorfall mit Magota hatte sich keine Gelegenheit ergeben, das Kloster zu verlassen, abgesehen von einer einzigen Ausnahme, die schon Monate zurücklag. Damals hatte Theresa einen weiteren Versuch unternommen, Gero wiederzusehen, um das lächerliche Missverständnis zwischen ihnen auszuräumen. Sie war aber bereits an der Tür zur Werkstatt vom Sarwürkermeister unwirsch abgefangen worden.

»Dein Bruder ist gerade nicht da, aber selbst wenn er da wäre, würde er dich nicht sehen wollen. Kapier das doch endlich, Mädchen! Du und er, ihr lebt jetzt in verschiedenen Welten. Je eher das in eure sturen Schädel geht, desto besser für euch!«

Thies schien recht zu behalten mit dem, was er da behauptet hatte, obwohl es Theresa wehtat, denn Gero unternahm seinerseits nichts, um mit ihr in Kontakt zu treten. Nach diesem Zwischenfall, der sie lange beschäftigte, wurde sie niemals mehr nach draußen geschickt, nicht einmal als Begleiterin einer anderen Schwester. Zuerst hatte Theresa dagegen aufbegehrt und in Benignas Gegenwart ihrem Unwillen freien Lauf gelassen. Der Infirmarin aber war es gelungen, sie zu besänftigen, nicht durch Worte, die vermutlich doch nur zu neuem Aufruhr geführt hätten, sondern indem sie die Heranwachsende Arbeiten verrichten ließ, die deren ganze Aufmerksamkeit erforderten.

»Was du machst, das mach auch richtig!« Dieser einfache Satz, den sie so oft von Benigna gehört hatte, war Theresa inzwischen in Fleisch und Blut übergegangen, und irgendwann hörte sie auf, von einem Leben außerhalb der

Klostermauern zu träumen. Gartenarbeit veredelte, was vordem noch rau und unbefruchtet war, setzte allerdings einen äußerst achtsamen Umgang mit der Zeit voraus. Man musste sich nicht nur bücken, sondern auch Geduld aufbringen. Inzwischen war ihr bewusst, dass es vor allem um Beständigkeit – *stabilitas* – ging, vor der man sich nicht davonstehlen durfte. Sie hatte ebenfalls begriffen, dass im kleinsten Samenkorn, wenn es plötzlich aufging, ein großer Zauber liegen konnte, der sprachlos machte. Ihr Verständnis dieser lebendigen Welt, die sich dauernd veränderte, vertiefte sich von Tag zu Tag, von Monat zu Monat und bereitete ihr größere Freude, als sie es je für möglich gehalten hätte.

Eine ganze Weile hatte sie Willem darüber beinahe vergessen – oder sich zumindest weisgemacht, dass es so sei. Doch auch ihr Körper veränderte sich, streckte sich zunächst noch ein ganzes Stück, sodass sie der hochgewachsenen Magistra nun auf gleicher Höhe in die Augen schauen konnte. Dann jedoch verlor sie innerhalb eines Jahres ihre Schlaksigkeit, ihr Körper rundete sich wie eine Frucht, die langsam reift. Irgendwann, ohne dass etwas Konkretes vorgefallen war, hatte Willems Bild sich erneut in ihre Träume geschlichen: ein dunkler, lockender Schatten, der lebendiger wurde, je mehr Raum sie ihm in ihren Gedanken und Sehnsüchten gab.

Ob er noch gelegentlich nach Bingen kam? Vielleicht hatte er ja längst irgendwo ein Weib gefreit und eine Familie gegründet, eine Vorstellung, die Theresa allerdings unerträglich erschien. Ob er ab und zu an sie dachte? Oder hatte er sie längst aus seinen Erinnerungen gestrichen?

Lauter Fragen, die Theresa schwer auf der Seele lagen. Doch mit wem sollte sie darüber sprechen, ohne ihre Sehnsucht preiszugeben? Die frommen Schwestern, die sie mittlerweile als eine der Ihren ansahen, schieden allesamt aus. Als Einzige kam Eva in Betracht, Eva, die das Kloster betreten und wieder verlassen konnte, die als Wehmutter überall herumkam und dabei erfuhr, was in der Stadt geschah.

Es dauerte, bis Theresa den Mut aufbrachte, Eva nach Willem zu fragen. Und als sie es schließlich wagte, während Schwester Benigna bereits vorausgegangen war, um den Grünschnitt der Obstbäume vorzubereiten, der die Bildung neuer Knospen im nächsten Jahr förderte, zitterten ihre Knie, so aufgeregt war sie auf einmal.

Eva hielt inne im Schneiden des Betonienkrauts, als das Mädchen zu reden begonnen hatte, und blickte prüfend zu ihr auf.

»Den jungen Flamen?«, sagte sie mit seltsamer Betonung. »Den hab ich schon eine ganze Weile nicht mehr in der Stadt gesehen. Was willst du denn von ihm?«

»Nichts.« Theresas Stimme war auf einmal höher geworden.

»Nichts?« Eva erhob sich langsam und klopfte die Erde von ihrem Leinenrock ab. Weil es so warm war, trug sie dazu ein locker geschnürtes Mieder, das ihre Weiblichkeit unterstrich, viel mehr als die weiten, schweren Gewänder, die diese den Winter über verhüllt hatten. Plötzlich wünschte Theresa sich auch so ein leichtes Kleid, das die Brüste betonen und sich an den Hüften bauschen würde. Könnte so ein lichtes Blau ihre Augen nicht viel strahlender machen als diese grobe Nonnenkutte aus ungefärbter Wolle, die sie insgeheim längst überhatte?

Was war eigentlich aus dem Festgewand der Mutter geworden, das Ada wider jede Vernunft auf die beschwerliche Reise mitgenommen hatte? Leuchtend rot war es gewesen, aus Samt und Seide, mit goldenen Borten geschmückt, und jedes Mal, wenn sie es getragen hatte, war sie Theresa darin wie eine Königin erschienen. In der Aufregung jener schrecklichen Nacht schien es spurlos verschwunden zu sein.

Sollte sie die Magistra danach fragen?

Eine innere Stimme riet ihr, es lieber bleiben zu lassen. Doch sollte sie Willem eines Tages wiedersehen, so brauchte sie dringend ein neues Kleid, eines, das ihr gut stand und ihm zeigte, dass sie von Kopf bis Fuß zur Frau geworden war.

»Es ist nur … Er war immer sehr freundlich zu mir«, stammelte sie, weil ihre Gedanken sie erschreckten. »Schließlich hat er uns hierhergebracht. Da ist es doch nur natürlich, dass ich …« Sie verstummte.

Evas Blick war noch eine Spur skeptischer geworden.

Theresa wurde immer unbehaglicher zumute. Was redete sie da herum? Warum fasste sie sich nicht endlich ein Herz und fragte die Hebamme nach dem, was sie unbedingt erfahren wollte?

»Ein Tee aus Heilziest beruhigt das Zahnfleisch, hilft gegen Darmentzündungen und macht die Zeit der Monatsblutung weniger schmerzhaft«, sagte Eva und sah sie dabei vielsagend an. »Außerdem vertreibt er böse Träume. Willst du dir nicht auch eine Handvoll davon abschneiden?«

Theresa blieb stumm.

»Um sich allerdings von Liebeswahn zu lösen«, fuhr Eva fort, »muss man sich ein Blatt in jedes Nasenloch stopfen, eines unter die Zunge legen, je eines in die Hände nehmen und unter die Füße stecken – dann erst wird man wieder frei.«

»Verspotte mich nicht!«, fuhr Theresa auf.

»Das tue ich nicht. Aber du solltest dich einmal sehen, Mädchen! Kaum nimmst du seinen Namen in den Mund, beginnt dein Gesicht zu leuchten wie eine Sonnenblume. Wenn ich irgendetwas über diese Welt weiß, dann das, was zwischen Frauen und Männern geschieht. Denn mit dem, was daraus entsteht, kommen sie ja schließlich irgendwann alle zu mir.«

Evas Lächeln war plötzlich erloschen.

»Schlag dir diesen jungen Kaufmann aus dem Kopf! Wer im Dunkeln ist, sucht das Licht. Doch manchmal ist selbst ein starkes Licht nicht mächtig genug, um die Schwärze zu erhellen.«

Theresa mochte nicht hören, was Eva sagte. Und dennoch gab es etwas in ihr, das wusste, dass es keine Lüge war.

»Kennst du ihn denn so gut?«, rief sie barsch, um ihre Betroffenheit zu verbergen. »Und woher? Darf ich das auch erfahren?«

»Gut genug, um zu wissen, dass ein Willem van Gent nichts für dich ist. Vergiss ihn, Theresa! Er würde dich nur unglücklich machen.« Eva legte das Betonienkraut zu den anderen Pflanzen in ihren Korb und breitete plötzlich die Arme aus, als wolle sie den Klostergarten umschließen. »Ein kleines Paradies habt ihr hier«, sagte sie. »Daran solltest du immer denken! Geschaffen von frommen, geschickten Frauenhänden. Eigentlich hast du auf dem Rupertsberg doch alles, was du zum Glücklichsein brauchst.«

Bis auf Willem, wollte Theresa protestieren, doch ihre Lippen blieben geschlossen.

Es war, als habe diese kurze Unterhaltung etwas zwischen ihnen verändert, Theresa glaubte das jedenfalls bei Evas nächstem Besuch zu spüren, nur ein paar Tage später. Die Hebamme kam allein und ungewöhnlich spät ins Kloster, wirkte aufgeregt und bedrückt zugleich. Ihre Lider waren schwer.

Vor Müdigkeit? Oder weil sie heftig geweint hatte?

Theresa bekam keine Gelegenheit, danach zu fragen, denn anstatt sie wie gewohnt freundlich zu begrüßen, nickte Eva ihr nur abwesend zu, dann nahm sie bereits Schwester Benigna in Beschlag. Erst nach einer ganzen Weile entdeckte Theresa die beiden Frauen wieder, die nun eilig zum Scriptorium liefen. Dort wurden sie bereits von Hedwig und ihren Schülerinnen erwartet, die auf allen verfügbaren Tischen Folianten und Codices ausgebreitet hatten.

»Der kleine Johannes fiebert stark und kann kaum noch atmen«, rief eine der Schwestern Theresa zu, die den beiden gefolgt war, um endlich herauszubekommen, was geschehen war. »Dazu dieser furchtbare Husten, der ihn quält! Eva hat schon alles versucht, aber nichts will helfen.«

Johannes, in ein und derselben Nacht geboren, in der ihr namenloser Bruder hatte sterben müssen! Plötzlich war es Theresa, als würde dessen zarter Lebensfaden zum zweiten Mal zerrissen. Zunächst spürte sie lediglich eine große Leere, als sei ihr Kopf zum schwarzen Klumpen geworden, doch dann stieg Widerspruchsgeist in ihr auf, ihre Gedanken begannen sich erneut zu regen.

»Hast du es schon mit Fliedertee versucht?«, fragte sie Eva.

Ein kurzes Nicken.

»Auch aus zerstoßener Rinde?«

Eva nickte erneut. Das Haar hing ihr halb aus der Haube, ihr Schweiß roch nach Angst. Zum ersten Mal fielen dem Mädchen die feinen Linien um die verweinten Augen auf.

»Was ist mit Lindenblüten?« Theresa war entschlossen, nicht lockerzulassen.

»Ja, natürlich. Und leider ebenfalls ohne Ergebnis. Das Gleiche gilt für Süßholz, Spitzwegerich und Wermut. Das meiste spuckt er ohnehin sofort wieder aus. Johannes ist glühend heiß, als würde ein inneres Feuer ihn verbrennen. Eines meiner Kinder liegt schon auf dem Friedhof. Wenn ich ihn nun auch noch verliere …« Eva wandte sich ab, drückte den Rocksaum gegen die Augen.

»So weit ist es dank der Güte des barmherzigen Gottes noch lange nicht.« Das kam von Schwester Benigna, die Blatt um Blatt wendete und sich dabei tief über die Schriften beugen musste, weil ihre Augen seit dem letzten Winter schwächer geworden waren. »Schließlich sind wir ja auch noch da.« Ihr Finger fuhr die Zeilen entlang und hielt plötzlich inne. »Ein Absud aus Hagebutten«, las sie vor. »Stark erhitzt und so heiß genossen wie möglich, ein probates Mittel, das oftmals …«

»Johannes hustet, hab ich vorhin gehört?«, unterbrach sie Theresa, die inzwischen eilig die neuesten Abschriften von Hildegards Naturkunde durchgesehen hatte. »Wie genau? Klingt es rasselnd?«

»Ja, und wenn ich sehe, wie sein kleiner Körper sich dabei aufbäumt, wird mir ganz eng zumute.« Evas Tränen liefen erneut. »Ich muss so schnell wie möglich zu ihm. Josch hat die ganze Nacht bei ihm gewacht, ohne ein Auge zuzutun. Wenn der jetzt auch noch krank wird, weiß ich nicht mehr weiter.«

»Vielleicht könnte dem Kleinen Gundermann helfen«, sagte Theresa plötzlich.

»Das Engelskraut?«, rief Benigna. »Das taugt doch vor allem, um Blase oder Niere anzuregen! So jedenfalls hab ich es stets verwendet.«

»Ja, aber nicht nur. Die Magistra hat mir erst gestern ausführlich über die Gundelrebe diktiert. Sie senkt auch Fieber, bekämpft hartnäckigen Husten und wirkt schleimlösend. Damit hast du es bislang noch nicht versucht, oder, Eva?«

Eva schüttelte den Kopf.

»Dann solltest du aus den Blättern einen Tee brauen, den du gut ziehen lässt. Gib reichlich Honig hinein, sonst wird der Kleine ihn nicht trinken wollen. Einen Teil der Blätter kannst du in Eiklar zerstampfen und auf seine Ohren streichen, dann klingen auch dort die Schmerzen nach und nach ab – so jedenfalls steht es bei Hildegard geschrieben.«

»Worauf warten wir noch?« Auf einmal war Benigna nicht mehr zu halten. »Zum Glück haben wir im Mai genug davon geerntet! Du bekommst, was immer du brauchst, Eva. Lauf damit nach Hause und sieh zu, dass das Kraut bei Johannes anschlägt! Wir wollen sofort Bescheid, wenn eine Besserung eintritt.«

»Und wenn nicht?« Evas Stimme war nur noch ein Flüstern.

»Wie soll der Sohn gesund werden, wenn die Mutter so mutlos ist?«, sagte Benigna ungewohnt streng. »Also nimm dich gefälligst zusammen und bete inbrünstig zur Muttergottes! Und genau das werden auch wir Schwestern gemeinsam für euch tun. Ihre Gnade und unsere Gebete können den Kleinen retten.«

✦

Zweimal schon war Gero weggelaufen und hatte es dabei doch nicht viel weiter als bis zur Stadtmauer geschafft. Es war beinahe, als habe der Sarwürker es im Blut, wenn Gero einen Ausbruch plante. Beim ersten Mal hatte er ihn vor der Dreispforte gestellt und quer durch die ganze Stadt zurück in die Werkstatt geschleift, wo er ihn anschließend verprügelte, so gründlich und mitleidlos, dass Gero über Tage kaum noch sitzen konnte. Beim nächsten Versuch war der Junge sich sehr viel klüger vorgekommen, hatte abgewartet und mit dem Tag nach Johanni einen Zeitpunkt gewählt, der ihm besonders günstig erschienen war, weil die Menschen nach der Feier der kürzesten Nacht des Jahres ausschlafen mussten und der halbe Sommer noch vor ihm lag. Im ersten Morgengrauen hatte er sich zur Schiffsanlegestelle schleichen wollen, um von dort aus an Bord des nächsten Lastkahns stromabwärts zu gelangen. Köln war sein Ziel, die große Stadt, in der man sicher gut untertauchen konnte, ohne aufgespürt zu werden. Doch Thies, sonst nach solchen Gelagen schnarchend, dass die Wände erzitterten, schien ausnahmsweise auf der Lauer gelegen zu haben. Kaum hatte Gero das Haus verlassen, heftete er sich an seine Fersen, ließ ihm zwar zunächst noch einen trügerischen Vorsprung wie die Katze einer Maus, derer sie sich ohnehin gewiss ist, packte aber dann umso zielsicherer zu.

Dieses Mal war es schwieriger gewesen, seine Angst in Schach zu halten. Allein wenn Gero daran dachte, schien die Luft in seiner Lunge weniger zu werden, und seine Haut fühlte sich an, als sei sie plötzlich zu eng für den Körper geworden. Thies hatte sich vor ihm aufgebaut, massig und unbezwingbar wie ein Berg, dabei war der Junge inzwischen ein ganzes Stück in die Höhe geschossen und stolz auf seine langen, beweglichen Glieder.

»Beim nächsten Mal bring ich dich um«, sagte der Sarwürker mit einer so dumpf klingenden Stimme, dass Gero keinerlei Zweifel daran hegte: Er meinte auch, was er sagte. »Ein Thies hält, was er verspricht – und wenn ich dich dafür totmachen muss.« Er nahm einen Lederriemen. »Mit dem Gesicht zu Wand!«, befahl er. »Bück dich! Und nicht einen Ton will ich hören!«

Mit einem Ruck hatte er Geros kurzes Gewand hochgezerrt. Die Schläge trafen das bloße Gesäß des Jungen, seinen Rücken, die Nieren. Irgendwann hörte Gero auf, sie mitzuzählen, er *musste* damit aufhören, denn die Hiebe wurden immer schneller und härter, ein Trommelwirbel aus Hitze und Schmerz, bis sein Rücken sich wie eine einzige offene Wunde anfühlte. Längst war jeder Widerstand gebrochen. Gero heulte, schrie und flennte, um endlich dieser Qual zu entrinnen, doch Thies ließ erst von ihm ab, als dem Jungen so kotzübel war, dass er kaum noch stammeln konnte.

Er erhielt einen letzten groben Tritt.

»Bedeck dich«, sagte Thies. »Die nächsten drei Tage frisst und säufst du mir aus dem Hundenapf, denn nichts anderes bist du: ein treuloser, hinterhältiger Hundsfott!« Seine Hand spielte mit dem Lederriemen, als wolle er diesen erneut auf Gero niedersausen lassen. »Ich bin dein Herr – und du hast zu gehorchen, sonst mach ich dich tot. Vergiss das nicht!«

Als ob der Junge das gekonnt hätte!

In der Küche hatte Cillie schon vor Monaten das Regiment an Feme abgeben müssen, die noch immer im Sarwürkerhaus lebte, obwohl ihre schweren Brüste den kleinen Rochus längst nicht mehr stillten.

Und nicht nur dort herrschte sie inzwischen. Thies hatte sie auch in der ehelichen Schlafkammer einquartiert, wo er Nacht für Nacht ungeniert und lautstark mit ihr hurte, während Cillie in einer engen Kammer die Augen kaum zufallen wollten.

Dass er jetzt zwei Frauen hatte, eine Angetraute und eine Kebse, die er auch noch kurz nacheinander geschwängert hatte, schien den Meister mit Genugtuung zu erfüllen. Nach außen hin war er zu beiden grob, zu Cillie, die ihm auf einmal gar nichts mehr recht machen konnte, allerdings noch um einiges rüpelhafter, während die braun gelockte

Feme mit einem derben Witz oder ihren Kochkünsten wenigstens ab und zu ein Grinsen auf sein missratenes Gesicht zu zaubern wusste.

Ganz Bingen zerriss sich darüber das Maul, und eigentlich hätte Thies' verwerfliches Treiben längst bis zum erzbischöflichen Hof dringen müssen, um dort auf Empörung zu stoßen. Doch nichts davon war bislang geschehen, und der Sarwürker ging umher, als sei alles in bester Ordnung. Im Haus freilich schienen die Wände von Tag zu Tag noch enger zusammenzurücken, und die Luft wurde so dick, dass man sie hätte schneiden können. Wenn Gero an der Werkbank hockte und geschickt die Zangen führte, sodass der Kettenpanzer so schnell und gleichmäßig wuchs, als sei der Lehrjunge kein menschliches Wesen, sondern ein Automat, der einem fremden Willen folgte, gelang es ihm manchmal, alles um sich herum für eine Weile zu vergessen. Arbeit jedenfalls gab es im Überfluss, denn auf Bischof Heinrich, den der König wegen angeblicher Vergeudung von Kirchengut aus dem Amt gejagt hatte und der vor Jahresfrist im Kloster Einbeck gestorben war, hatte als Mainzer Erzbischof Arnold von Selenhofen die Nachfolge angetreten, für den sie gerade eine neue Brünne wirkten.

Mittelsmann und Überbringer des Auftrags war erneut Kanonikus Dudo gewesen, noch eitler herausstaffiert als zu Heinrichs Zeiten, was darauf schließen ließ, dass die Dinge sich für ihn unter dem neuen Herrn alles andere als schlecht entwickelten. Mit seinem hellen, gequetschten Organ tat er seine Forderungen und Ansprüche kund, und er merkte es offenbar nicht einmal, wenn alle ein erleichtertes Kreuzzeichen schlugen, sobald er endlich wieder draußen war.

Nach seinem letzten Besuch allerdings kam Dudo noch einmal zurück, unwirsch und hochrot im Gesicht, weil er ein Messer vermisste, das er in der Werkstatt verloren zu haben glaubte. Er ruhte nicht eher, bis alle auf Knien selbst in die hintersten Winkel gekrochen waren, um danach zu suchen. Gero stellte sich dabei besonders eifrig an, kehrte das Unterste zuoberst und schien unermüdlich, was der Kanonikus trotz seiner Enttäuschung über den Verlust anerkennend registrierte. Doch auch der Junge brachte das verschwundene Messer nicht wieder zum Vorschein.

Kein Wunder – hatte der doch das Messer blitzschnell an sich genommen und mit einem dünnen Lederstreifen an seinem linken Oberschenkel fixiert. Sein Herz klopfte bis zum Zerspringen, bis Dudo die Werkstatt ein zweites Mal verlassen hatte. Dann erst wurde er langsam ruhiger. Die kühle Klinge an seiner erhitzten Haut zu spüren, machte ihn zufrieden, beinahe froh. Jetzt, endlich, war er kein wehrloses Opfer mehr, an dem Thies seine Grausamkeiten ungestraft auslassen konnte!

Ein paar Tage lang hob diese Gewissheit Geros Stimmung, dann jedoch spitzte sich die Lage im Sarwürkerhaus erneut zu. Laurenz grölte so lange betrunken herum, bis Thies ihn wutentbrannt hinauswarf. Gero, der einen kurzen Einwand wagte, erhielt eine Kopfnuss, die ihn taumeln machte.

Feme war gerade auf dem Markt, wo sie von Tag zu Tag ihren wachsenden Bauch stolzer zur Schau stellte, als sei sie bereits die neue Meisterin. Vielleicht brachte Cillie deshalb ausnahmsweise den Mut auf, sich einzumischen.

»Du machst ihn noch zum Krüppel«, keifte sie. »Dann hast du bald gar keinen mehr, auf den du die ganze Arbeit abwälzen kannst.«

Thies fuhr zu ihr herum, als sei er auf eine Schlange getreten. »Halt dich da gefälligst raus!«, schrie er. »Ich mache mit ihm, was ich will, verstanden?«

»Ja, das kannst du, Sarwürker, Schwächere zusammenschlagen und Weiber zur Hure machen ...«

Seine Ohrfeige traf sie am Jochbein, weil sie den Kopf zur Seite gewandt hatte, um dem Schlag auszuweichen. Gero hörte ein dumpfes Knirschen, das ihm durch Mark und Bein ging. Ein Schwall Blut schoss aus Cillies Nase, die ihren Peiniger mit großen, leeren Augen anstarrte.

»Ich kann nicht mehr richtig sehen«, wimmerte sie. »Du hast mich blindgeprügelt!«

Zu allem Unglück kam gerade in diesem Augenblick Rochus in die Werkstatt gestakst, noch immer nicht sonderlich sicher beim Gehen, und brach in jämmerliches Heulen aus, als er seine blutende Mutter sah. Er klammerte sich an ihren Rock und plärrte, sie solle ihn hochnehmen. Cillie aber, die immer panischer wurde, versuchte ihn abzuschütteln. Ihre Wange war dick und rot, das ganze Gesicht wirkte verschoben.

»Bring mich doch gleich um!«, schrie sie. »Dann ist der Weg für euch frei. Was schert dich schon, dass du mich wieder geschwängert hast? Wo du doch jederzeit anderen Weibern neue Kinder machen kannst!«

Thies machte einen Satz nach vorn, als wolle er sich erneut auf sie stürzen. Da stieß Rochus einen spitzen Schrei aus, weil er ihn dabei getreten hatte. Gero packte den Sarwürker am Kittel und hielt ihn von hinten fest.

»Lass sie in Ruhe!«, schrie er. »Sie blutet wie angestochen, das siehst du doch! Und der Kleine stirbt halb vor Angst. Hast du nicht schon genug angerichtet?«

Der Riese schüttelte ihn ab wie einen lästigen Floh.

»Da spricht wohl unser edler Herr Ritter«, zischte er. »Aber das bist du nicht, Freundchen, und wirst es auch niemals werden. Einer wie du, der feige wegläuft, anstatt seinen Mann zu stehen!«

Seine groben Fäuste verfehlten Geros Kopf, so behände war dieser zurückgewichen. Plötzlich schimmerte etwas Silbriges in dessen Hand.

Thies begriff sofort, was es war. »Ach, ein Dieb bist du auch noch, du schmutziger kleiner Bastard? Du hast das Messer des Herrn Kanonikus gestohlen! Ich werd dich lehren, wer hier das Sagen hat! Mit meinem Weib und meinem Sohn verfahr ich ganz nach Belieben, und dann kommst du an die Reihe – jetzt schau einmal ganz genau hin!«

Er packte den Kleinen, riss ihn ein Stück hoch und hielt ihn von sich gestreckt, als würde er ihn im nächsten Moment wie einen Lumpenball durch die Luft schleudern wollen.

Rochus schrie zum Gotterbarmen. Trotz ihrer Schmerzen stürzte Cillie sich auf ihren Mann.

»Lass meinen Sohn los!«, schrie sie. »Du tust ihm doch weh!«

»Halt endlich dein gottverdammtes Maul – oder ich vergesse mich noch!« Thies hob das Knie, um zuzustoßen und sie zum Schweigen zu bringen, doch anstatt die Bewegung auszuführen, sackte er auf einmal langsam in sich zusammen. Gerade noch gelang es Cillie, Rochus aufzufangen, der schluchzend in ihren Armen landete.

Der Sarwürker lag auf dem Boden und gab gurgelnde Laute von sich. Seine Beine zuckten, dann waren sie auf einmal leblos, abgespreizt und fremd, als würden sie nicht mehr zu ihm gehören.

Gero war aschfahl geworden, hatte plötzlich alte Augen in einem zu Tode erschrockenen Kindergesicht. Das Messer steckte noch immer zwischen Thies' Rippen und wirkte dort so unschuldig, dass man kaum begreifen konnte, was es angerichtet hatte.

»Er lebt nicht mehr«, brachte Gero hervor.

»Nein, er ist tot.« Cillies Stimme war erstaunlich ruhig. »Er wird mich und den Kleinen nie wieder grob anfassen.«

»Ich wollte euch doch nur verteidigen! Kein Ritter darf zulassen, dass Schwache gequält werden. Das hat mein Vater mich gelehrt«, flüsterte Gero, »als ich ein kleiner Junge war und er noch bei uns lebte.« Mit einem Mal sah er richtig elend aus, ein trauriges Bündel aus Haut und Knochen. »Was sollen wir jetzt tun?«

»Verschwinde, Gero – schnell!«

»Aber ich kann doch nicht einfach ...«

»Du *musst*, sonst hängen sie dich! Die Metze kommt so schnell nicht vom Markt zurück. Und heute ist ohnehin ihr letzter Tag in meinem Haus. Darauf kannst du wetten!«

»Aber deine Augen ...«

»Das wird schon wieder! Und was Thies betrifft, so hole ich meinen Vater zu Hilfe und sage, ich sei in der Küche gewesen und hätte nichts gehört. Strauchdiebe, die in die Werkstatt eingedrungen sind, um zu stehlen und zu morden. Räuber, Gesindel, was weiß ich. Die ganze Welt ist schließlich voller Halunken.«

Er stand noch immer wie angewurzelt.

»Gero?«, rief Cillie und hielt ihren Kleinen dabei fest an sich gepresst. »Wach auf! Du musst weg!«

Noch konnte er sich nicht rühren. Doch plötzlich gelang ihm der erste Schritt, dann der zweite.

Gero riss die Tür auf – und rannte.

✤

Die Trauben gediehen gut in diesem Jahr, das hatte ihr Josch noch zugerufen, bevor sie aufgestiegen und losgeritten waren. Aber auch, dass sie dringend neue Fässer für die zu erwartende Ernte brauchten. Gleich darauf hatte er seinen Neffen Peter, den Küfer, ins Spiel gebracht, der sich darum kümmern könnte und sicherlich einen günstigen Preis machen würde. Doch sogar dazu fehlte das Geld – wie für so vieles andere, dessen Anschaffung sie schon lange aufgeschoben hatten, weil die Mittel vom Disibodenberg noch immer nicht flossen.

Dass Hildegard das letzte Mal im Sattel gesessen hatte, lag schon eine ganze Weile zurück, und sie musste sich anstrengen, um selbst im Trab das Gleichgewicht einigermaßen zu halten. Noch in der vergangenen Woche war sie schwach und siech daniedergelegen – wie jedes Mal in ihrem Leben, bevor es eine große Aufgabe zu meistern galt. Allein die Gewissheit, dass der König sie in Ingelheim empfangen werde, eine Gelegenheit, die nicht so schnell wiederkehren würde, hatte schließlich all ihre Kräfte mobilisiert.

So sehr sogar, dass sie die Fähre zum anderen Ufer genommen hatten, wo sie schon lange einmal hatte nachsehen wollen, ob sich ihr Traum von einem Tochterkloster nicht doch eines Tages verwirklichen ließe. Der Blick über Wingerte und Äcker gefiel ihr, und auf die Hügel zu spähen, wo es sich, falls Abt Kuno jemals nachgeben würde, erheben könnte, möglicherweise unweit des Konvents der Augustiner, der diese Rheinseite prägte, ließ ihr Herz ganz frei werden.

Bruder Volmar schien zu spüren, was in ihr vorging. Ihn neben sich zu wissen auf dieser Reise mit ungewissem Ausgang, machte sie ruhiger und zuversichtlicher. Von Theresa, die voranritt, als würde der Weiße den Weg bereits kennen, sah sie nur den grünen Rücken, der sich im Rhythmus des Tiers anmutig auf und ab bewegte. Stolz saß sie zu Pferd, die junge Grafentochter, die ihr so ausgelassen schien wie schon seit Monaten nicht mehr und die sich immer wieder zu ihr umdrehte, lächelte oder ihr etwas zurief.

War es doch ein Fehler gewesen, ihr dieses Kleid zu schenken?

Für Hildegard stellte es eine Prüfung dar, von der vieles für sie alle abhing. Sie hatte Gerlin, die Magota im Amt der Kleiderverweserin im Kloster nachgefolgt war, genaue Anweisungen für Farbe und Schnitt gegeben und war mit dem Ergebnis zunächst ganz zufrieden gewesen – bis zu jenem Augenblick, als sie Theresas überschäumende Freude erlebt hatte. Es konnte ihr gar nicht schnell genug gehen, den Habit abzustreifen und in das kühle Leinen zu schlüpfen. Natürlich gab es im ganzen Kloster keinen Spiegel, und doch hatte das betretene Mienenspiel der Mitschwestern Theresa gezeigt, wie anziehend und weltlich sie darin wirken musste. Einige schienen zu erwarten, dass Adas Tochter die fromme Gemeinschaft bald verließ, und es gab durchaus Tage, da neigte die Magistra selbst dieser Ansicht zu.

Dann aber berührte sie erneut die Ähnlichkeit mit Richardis, die ihren Schmerz nicht tilgte, aber doch ein wenig leichter machte; sie freute sich an der Ernsthaftigkeit, mit der Theresa Benigna zur Hand ging, und verfolgte gespannt ihre beständigen Fortschritte im Scriptorium. Und hatte nicht Theresas Aufmerksamkeit erst jüngst dem kleinen Sohn der Wehmutter das Leben gerettet, dem eine Lungenentzündung beinahe den Tod gebracht hätte? Jetzt konnte der kleine Johannes bei seinen Besuchen wieder munter durch den Kreuzgang stapfen, wenngleich seine Wangen schmäler und die Beinchen nicht mehr ganz so drall waren.

Adas Tochter liebte den Garten und seine Pflanzen, daran zweifelte Hildegard keinen Augenblick. Aber war auch ihre Liebe zu Gott groß genug, um bis zum Ende ihrer Tage hinter Klostermauern zu leben? Hildegard wollte endlich Gewissheit haben. Deshalb hatte sie Theresa dieses grüne Gewand geschenkt und darauf bestanden, dass sie es in Ingelheim tragen sollte. Sie hoffte nun die Antwort zu erhalten, um die sie innerlich bangte.

Theresa schien nichts davon zu ahnen. Es war ihr anzusehen, wie sehr sie die Sommerluft genoss, die ihr die Haut wärmte, und das Gefühl, endlich wieder einen Pferderücken unter sich zu spüren. An der Anlegestelle am Rhein, wo sie eine ganze Weile auf die Fähre zum anderen Ufer warten mussten und ihren Durst mit Wasser aus den Lederbeuteln stillten, die Clementia ihnen fürsorglich mit auf die Reise gegeben hatte, verschloss sich Theresas Gesicht auf einmal. Es wurde erst wieder heiterer, als sie drüben weiterreiten konnten und oben auf der Terrasse über dem Rhein schon die königliche Pfalz liegen sahen, einen mächtigen, halbkreisförmigen Steinbau mit sechs Rundtürmen.

An der nächsten Weggabelung zügelte Hildegard ihre Stute.

»Drüben im Ort ist Jakobimarkt«, sagte sie zu Volmar und drückte ihm ein paar Münzen in die Hand. »Ich stoße zu euch, sobald die Audienz beendet ist.«

»Du willst allein zum König?«, fragte er erstaunt. »Wozu hast du mich dann überhaupt mitgenommen?«

»Männlicher Schutz kann niemals schaden«, erwiderte sie. »Vor allem nicht in schwierigen Zeiten.«

Aus der Nähe erschien die Pfalz noch beeindruckender. Gewaltige Bruchsteinmauern, die jedem Feind Widerstand bieten würden, ein großer quadratischer Vorhof, das breite Hauptportal, von Türmen flankiert. An vielen Stellen entdeckte Hildegard Gerüste, die ihr zeigten, dass umfangreiche Bauarbeiten im Gange waren, und sofort kam ihr wieder in den Sinn, was noch alles auf dem Rupertsberg vollendet werden musste.

Sie straffte sich, hob das Kinn. Sie kam als Bittstellerin, doch nicht ohne Würde. Das sollte der König von Anfang an zu spüren bekommen.

Der Stallmeister half ihr vom Pferd. Ein junger Ritter, der den Flaum auf den Wangen noch nicht lange verloren haben konnte, war zu ihrem Begleiter auserkoren. Nach einem gewölbten Gang durchquerten sie zunächst einige hohe, lichtdurchflutete Räume, erbaut, um das Lob des Herrschers zu singen – oder um ein halbes Heer zu beherbergen. In Richtung Westen schloss sich ein rechteckiger Saal an, in den der junge Ritter sie brachte.

Er deutete eine Verneigung an und war plötzlich verschwunden. Verblüfft sah sich Hildegard nach ihm um, als sich in einer weiß gekalkten Nische, in der er offenbar auf sie gewartet hatte, ein Mann erhob.

Sie wusste sofort, dass dies nur der König sein konnte.

Er war kaum größer als sie und hatte einen rötlichen, kurz geschorenen Bart. Sein Hals war kurz und dick, wie auch die ganze Gestalt etwas Gedrungenes hatte, als sei zu viel Kraft in einem mittelgroßen Körper gefangen. Seine schmalen Lippen verzogen sich zu einem Lächeln, doch die Augen blieben unbeteiligt, klar und hart wie Gebirgsgletscher.

»Ich grüße Euch, hochwürdige Mutter«, sagte Friedrich, »und danke der Prophetin vom Rhein, dass sie meiner Einladung gefolgt ist.«

»Wer würde dem Ruf des Königs fernbleiben?«, entgegnete Hildegard. »Nur Krankheit oder Gebrechen könnten dies entschuldigen.«

»Ihr wart krank.« Er machte einen Schritt auf sie zu. »Seid Ihr inzwischen wieder wohlauf?«

Sie ließ die Hand in einer vagen Geste nach oben flattern.

»Und da lass ich Euch einfach so stehen, nach dem anstrengenden Ritt! Kommt mit, nach nebenan! Dort hab ich eine Erfrischung vorbereiten lassen.«

»Meine Seele dürstet nicht nach Speise oder Trank«, sagte die Magistra, »sondern allein nach Gott.«

»Wie schön und überaus treffend habt Ihr das gesagt!«, rief der König. »Ja, der Allmächtige lenkt all unsere Schicksale.«

Plötzlich fühlte sie sich müde. Der Mann, der vor ihr stand, war eitel und herrschsüchtig, das hatte sie im allerersten Moment erkannt. Die Krone bedeutete ihm alles. Und jeder, der es wagen würde, die Hand nach dieser auszustrecken, war sein Todfeind. Deshalb hatte er auch Erzbischof Heinrich aus dem Amt getrieben, den langjährigen Förderer des Rupertsberges. Heinrich, der sein Leben in klösterlicher Verbannung beenden musste, als hätte man ihn eines Vergehens überführt, auch wenn er selbst sich noch immer als rechtmäßiger Erzbischof von Mainz betrachtet hatte.

Jetzt wäre es angebracht gewesen, Friedrich zu schmeicheln, mit süßen Worten und ehrfürchtigen Metaphern, doch dazu war Hildegard nicht in der Lage. Ihr ganzes Leben hatte sie stets klar wissen wollen, woran sie war, eine Frau, die unangenehme Wahrheiten ebenso gut aussprechen wie einstecken konnte.

»Mit Freuden hätten wir auch den König einmal im Kloster Rupertsberg empfangen«, fuhr sie schließlich fort. »Auch wenn es dort trotz unermüdlicher Arbeit noch an vielem mangelt. Erzbischof Heinrich war oft bei uns zu Gast und hat uns über viele Jahre unterstützt. Jetzt lebt er nicht mehr, und unsere Zukunft scheint erneut ungewiss.

Wie sollen wir unter dieser Bürde beten und arbeiten, so wie der heilige Benedikt es uns aufgetragen hat? Wenn nun Ihr, Sire, Euch unserer direkt annehmen würdet? Mit dieser großen, dieser herzlichen Bitte um königlichen Schutz stehe ich heute vor Euch.«

Sie sah, wie er sich auf die Lippen biss. Hatte sie gerade einen unverzeihlichen Fehler begangen? Doch was wie eine bleierne Last auf ihrer Seele lag, hatte endlich herausgemusst.

»Wolltet Ihr nicht allein dem Erzbischof von Mainz untertan sein? Dann solltet Ihr Euch mit Eurem Anliegen auch an den Erzbischof von Mainz wenden!«, lautete Friedrichs Antwort.

»Das habe ich stets getan«, erwiderte sie. »Doch Ihr wisst besser als jeder andere, dass inzwischen nichts mehr so ist, wie es einmal war.«

»Arnold von Selenhofen hat unter meinem Vorgänger treu als Reichskanzler gedient und mir danach in gleicher Funktion«, erwiderte er glatt. »Ich bin sicher, als Erzbischof von Mainz wird er sein Amt trefflich verwalten und Eure Wünsche erfüllen, soweit es in seinen Möglichkeiten steht. Das Wichtigste im Leben, hochwürdige Mutter, ist für mich Treue – zu Gott wie zu den Menschen.«

»Das Gleiche gilt für uns«, sagte sie mit fester Stimme. »Ich spreche hier im Namen aller Schwestern unseres Konvents. Deshalb sind unsere Herzen ja schwer vor Kummer. Wir trauern um Heinrich von Mainz, unseren treuen Freund, der uns sicher durch viele Stürme geleitet hat.«

Der König schien für den Moment genug zu haben. Er ging an ihr vorbei und öffnete eine Tür.

»Ihr müsst mich für einen tumben Tor halten!«, rief er. »Wir reden und reden – und darüber werden noch all die Köstlichkeiten kalt, die unsere Küche für Euch aufgetischt hat. Lasst uns dem Leib geben, was des Leibes ist, und unsere Unterredung anschließend gestärkt weiterführen!«

Das Gewesene zieht die Gegenwart an, ein ewiges Gesetz. Hildegard wusste nicht, warum ihr ausgerechnet jetzt diese Worte in den Sinn kamen, als sie Friedrich notgedrungen folgte, zu einem Festmahl, auf das ihr jeglicher Appetit vergangen war.

✢

Weil das Wasser in ihren Lederbeuteln ausgetrunken war, hatte der Durst Bruder Volmar und Theresa schließlich in eine Schenke getrieben. Der Raum war niedrig und nicht besonders sauber, aber gut gefüllt, weil die Hitze und das Markttreiben die Leute offenbar ebenso durstig gemacht hatten wie sie.

Die Frau, die ihnen zwei Humpen Bier auf den Tisch stellte, entblößte beim Lächeln eine stark gelichtete Zahnreihe.

»Zum Wohl, frommer Vater!«, rief sie. »Und deine hübsche Enkelin soll auch hochleben!« Dabei kam sie Volmar mit ihren schwammigen Brüsten gefährlich nah. »Darf es vielleicht auch noch etwas von der leckeren Blutwurst sein? Wir haben heute frisch geschlachtet – die Sau ist fast noch lebendig.«

Der Mönch hob abwehrend die Hände. »Wir dürfen nichts essen, was von vierbeinigen Tieren stammt«, sagte er matt, wobei ihm anzusehen war, dass ihm dieser Vorschlag sehr wohl Appetit gemacht hatte. »So lautet nun mal unsere Regel.«

»Ach, dürft ihr nicht? Wo ihr Männer doch die meiste Zeit selbst drei steife Glieder habt! Also, stell dich nicht so an, frommer Vater! Frische Blutwurst hat schließlich noch keinem geschadet.« Breitbeinig watschelte sie davon.

Vom Nebentisch ertönte schallendes Gelächter. Theresa wusste vor Verlegenheit kaum noch, wohin sie schauen sollte, während Volmar unsicher auf den Tisch starrte.

»Ich lauf mal schnell nach draußen, ja?«, rief sie plötzlich und war, bevor er noch einen Einwand vorbringen konnte, aus der Tür. »Bin gleich wieder zurück.«

Nur ein paar Schritte, dann war sie mitten im Marktgeschehen. Roh gezimmerte Verkaufsstände und überall Menschen. Vieles erinnerte sie an den Markt zu Bingen, und die Erinnerung an jenen Tag, an dem sie Gero zum letzten Mal gesehen hatte, überflutete Theresa ohne Vorwarnung. Allerdings war alles hier kleiner und einfacher, denn Ingelheim war lediglich ein Marktflecken und besaß kein Stadtrecht wie das stolze Bingen, das eine starke Mauer vor Angreifern schützte.

Viele Bauern boten sommerliches Gemüse an, das sie insgeheim sofort mit den Erzeugnissen des Klostergartens verglich, der inzwischen an die dreißig fromme Schwestern nährte. Ein Gefühl von Stolz beschlich Theresa. Ihr Blumenkohl war größer, und ihr Lauch sah um einiges saftiger aus. Benigna und sie mussten sich mit ihrem Nutzgarten auf dem Rupertsberg wahrlich nicht verstecken!

Zufrieden schlenderte sie weiter, vorbei an einigen Krämern, die Bänder und Borten feilhielten, was sie nicht sonderlich zu fesseln wusste. Da zogen laute Geräusche ihre Aufmerksamkeit auf sich. Nicht nur ihr schien es so zu ergehen. Eine ganze Menschenmenge lief neugierig in Richtung der seltsamen Laute.

Zwei Gestalten, die Gesichter mit tönernen Tiermasken bedeckt, die die Mundpartie freiließen, befanden sich in einem merkwürdigen Zweikampf. Die eine schmetterte dabei wie eine Nachtigall, die andere kreischte pfauengleich, was die Umstehenden zu begeistertem Klatschen und Stampfen veranlasste. Als wäre das noch nicht genug, malträtierte ein dritter Mann dazu seine Fidula, ein altersschwaches Instrument, das seine besten Tage deutlich hinter sich hatte.

Kinder liefen lachend dazwischen, und alles schien friedlich, bis einer der Kämpfer plötzlich mitten ins Publikum sprang, das nächstbeste Weib packte und ein Stück mit sich zerrte. Seine Hände kniffen in ihre Brüste und kneteten derb ihr Gesäß, was die Zuschauer aufjohlen ließ. Sein Kontrahent schien auf die gleiche Idee zu verfallen, griff sich Theresa, die viel zu überrascht war, um sich gleich zu wehren, drückte sie eng an sich und begann, sie überall vulgär zu betatschen.

»Lass mich sofort los!« Sie wand sich vergeblich unter seinem eisernen Griff. »Du stinkst ja wie ein alter Ziegenbock!«

Die Leute grölten vor Vergnügen.

»Du darfst das nicht – denn ich bin schon bald eine Nonne!«, stieß sie wütend hervor.

»Dann solltest du erst recht die Gunst der Stunde nutzen, Goldstück«, schrie ein Dickbauch, den ihre zunehmende Verzweiflung in die rechte Stimmung zu versetzen schien. »Wer weiß, wann du wieder einem echten Kerl unter die Finger kommen wirst!«

Der Angreifer packte umso fester zu und presste nun auch noch seine Lippen auf Theresas Mund. Als sie seine dicke Zunge spürte, die sich dreist einen Weg suchte, überfiel sie Übelkeit. Sie biss so fest zu, wie sie konnte.

Der Kerl ließ von ihr ab und fuhr jaulend zurück, nicht nur weil er ihre spitzen Zähne zu spüren bekommen hatte, sondern auch, weil er von einem kräftigen Blondschopf einen gezielten Schlag in den Rücken erhalten hatte.

»Das wird dich lehren, junge Frauen zu belästigen, die nichts von dir wissen wollen!«, rief der Blonde und schwang angriffslustig seine Fäuste. »Komm her, wenn du dich traust! Zu einem Zweikampf zwischen Mann und Mann bin ich immer bereit.«

Der Maskierte schien zu zögern, machte ein paar unentschlossene Schritte, wurde dann aber vom zweiten Maskenträger am Umhang gepackt und weggezerrt. Der Fiedler folgte ihnen auf den Fersen.

Immer noch heftig atmend, musterte Theresa ihren Retter. Er war groß und hatte hübsche, ein wenig grob gezeichnete Züge, zu denen die braunen Kinderaugen einen reizvollen Kontrast bildeten.

»Geht es wieder?«, fragte er. »Ein Schluck Wein gefällig, um den miesen Gestank dieser Kreatur wegzuspülen?«

Wider Willen musste Theresa lachen.

»So mag ich es.« Sein Grinsen hatte etwas Ansteckendes. »Wenn schöne Mädchen wie du mit der Sonne um die Wette strahlen.«

Jetzt erst bemerkte sie seinen Marktstand. »Du bist Küfer?«, fragte sie, als ihr Blick über all das Holzwerk glitt, das er ausgestellt hatte. Lauter Dinge, die sie auf dem Rupertsberg gut hätten brauchen können.

»Das will ich meinen – Peter, der Küfer, und der Beste seines Handwerks zwischen Bingen und Koblenz!«

Er breitete seine Arme weit aus, eine Geste, die Theresa seltsam vertraut erschien. Aber irgendetwas ließ sie dennoch zurückweichen.

»Wannen, Buttertonnen, Krautfässer, Futterbottiche – und natürlich alle Arten von Weinfässern. Das und noch vieles mehr findest du bei mir.« Er beugte sich zu ihr hinunter. »Hat der Halunke dir wehgetan?«, fragte er leise. »Sei ehrlich!«

Theresa schüttelte den Kopf.

»Dann ist es ja gut! Sonst hätte ich ihm nämlich Hammelbeine gemacht und beigebracht, wie man schöne …«

»Peter, sagst du?«, fiel Theresa ihm ins Wort, die plötzlich begriff, wen sie da vor sich hatte. »Und Küfer bist du? Dann muss Josch dein Onkel sein und die Wehmutter Eva deine …«

»… Tante«, rief er ihr hinterher, da sie einfach losgerannt war, zu einem Markttisch mit Walkwaren, hinter dem ein Mann mit rotbrauner Mähne stand, der ihr verblüfft entgegenstarrte.

✣

Das mit der Geldübergabe fiel Magota noch immer schwer, auch wenn sie es inzwischen schon einige Male widerwillig erledigt hatte. Sei es, dass ihr noch immer die Regeln des heiligen Benedikt im Nacken saßen, nach denen sie so viele Jahre gelebt hatte, sei es, dass sie niemals die Angst ganz verließ, dabei etwas zu verlieren oder falsch zu machen. Schon Tage zuvor überfiel sie starke Übelkeit, die ihr den Magen zuschnürte und die schwarze Galle in ihrem Körper schier überlaufen ließ. Doch wen kümmerte es schon, wenn sie krank war? Adrian van Gent kannte in diesem Punkt wie auch in anderen Dingen kein Erbarmen.

Kaum ein Monat verging, in dem er sie nicht an ihr Versprechen erinnert hätte, dessen Einlösung sie ihm bis heute schuldig geblieben war. In der Kirche der Liebe gab es strenge Hierarchien, denen sich jeder zu unterwerfen hatte, was die ehemalige Nonne ständig zu spüren bekam, und es gab durchaus Augenblicke, in denen sie sich nach ihrem früheren Leben zurücksehnte, das so einfach gewesen war, so klar, so ganz und gar übersichtlich. Jedes Mal, wenn solche Anwandlungen sie überfielen, biss Magota die Zähne zusammen und nahm sich vor, sich noch mehr anzustrengen.

Einmal würde Adrian doch erkennen müssen, welch wertvolles neues Mitglied ihm in ihr erwachsen war! Doch er schien, was das betraf, blind und taub und ganz im Gegenteil bestrebt, ihren Eifer und ihre Ergebenheit durch immer neue Aufgaben wieder und wieder auf die Probe zu stellen.

Den Vertrauten des neuen Erzbischofs, von dessen Verschwiegenheit so viel für die kleine Gemeinschaft abhing, sollte sie auf dem Jakobimarkt zu Ingelheim treffen, wo eine Zusammenkunft im Gewühl nichts Auffälliges haben würde. Wäre es nach Magota gegangen, so hätte sie allerdings einem anderen, ruhigeren Ort den Vorzug gegeben, denn nach den langen Klosterjahren in Stille und Abgeschiedenheit bedeutete es für sie noch immer eine große Überwindung, sich unter vielen Menschen zu bewegen.

Doch Befehl war Befehl. Und sie wollte doch nichts unversucht lassen, um Adrians Gunst zu erringen!

So war sie schon in aller Früh von Bingen aufgebrochen, und sie erreichte den Markt in Ingelheim zur Mittagszeit mit schmerzenden Füßen und ausgedörrter Kehle. Das Gewimmel vor den grob gezimmerten Ständen brachte sie halb um den Verstand. Dazu kam der Geruch nach Vieh und Mensch, der sich in der brütenden Hitze schier unerträglich gesteigert hatte. Magota musste sich sehr zusammennehmen, um nicht auf der Stelle kehrtzumachen. Nach ein paar Schlucken Most, die sie einer Bäuerin um Gotteslohn abgeluchst hatte, fühlte sie sich ein wenig wohler.

Doch wo sollte sie hier Kanonikus Dudo finden, für den die kostbare Last bestimmt war, die sie unter ihrem Kleid trug? Magota schaute sich nach allen Seiten um – vergebens. Da entdeckte sie plötzlich die Magistra und lief, ohne zu überlegen, zu ihr.

»Mutter!«, rief sie aufgeregt, während Hildegard sich zur Seite drehte, als würde sie am liebsten das Weite suchen. »Das muss ein Zeichen des Himmels sein!«

Hildegard musterte sie schweigend.

Magota kannte diesen Blick nur allzu gut, doch heute traf er sie bis ins Mark. Armselig fühlte sie sich, schuldig, sündig von Kopf bis Fuß. Unwillkürlich schielte sie an sich hinunter. Im Nonnenhabit hatte sie wahrlich besser ausgesehen! Sie, die stets mager gewesen war, war in den vergangenen Monaten so dürr geworden, als hätte ein inneres Feuer alles Fleisch auf ihren Knochen weggeschmolzen. Ihr Kleid war staubig und schweißnass, es hing an ihr wie ein Mehlsack. Plötzlich vermisste sie sogar das schwere Holzkreuz auf der Brust, obwohl es ein Symbol des bösen Gottes war, wie Adrian zu sagen pflegte, und daher teuflischer Tand, der nichts mit der Geistwelt des guten Gottes zu tun hatte, zu der sie alle unablässig streben sollten. Es war nicht immer ganz leicht für Magota zu verstehen, was Adrian van Gent mit seinen verwirrenden Begrifflichkeiten genau meinte. Doch war er nicht ein so leidenschaftlicher, geschliffener Redner, dass man einfach glauben musste, was aus seinem Mund kam?

Die Magistra starrte sie noch immer an, als wäre sie ein Wurm, der vor ihr im Staub zu kriechen habe.

Magota wurde langsam wütend. Dazu besaß Hildegard kein Recht! Schließlich war sie keine Nonne mehr, die der Magistra zu gehorchen hatte, sondern eine freie Frau, und zudem hatte sie einen Anspruch auf das, was ihr Vater beim Klostereintritt bezahlt hatte.

»Ich will endlich meine Mitgift zurück!« Die Worte

drängten sich auf ihre Lippen. »Meine Geduld ist am Ende.«

»Da musst du dich schon an Abt Kuno wenden«, sagte Hildegard und machte Anstalten, einfach weiterzugehen.

Magota packte sie am Arm, hielt sie fest. »Muss ich nicht!«, zischte sie. »Ganz zufällig weiß ich nämlich ein paar Dinge, die wohl besser nicht die Runde machen. Bislang hab ich geschwiegen, sogar noch, als du mich wie eine Verbrecherin vor die Tür gesetzt hast. Doch damit ist es jetzt vorbei. Wenn ich nicht umgehend zurückbekomme, was mir gehört, werde ich Erzbischof Arnold von Selenhofen berichten, was sich in jener Nacht vor zwei Jahren wirklich zugetragen hat. Eine heimliche Abtreibung in Kloster Rupertsberg, und die berühmte Prophetin vom Rhein schweigt – was er dazu wohl sagen wird?«

Die Magistra schien nach Luft zu schnappen, was Magota befriedigt registrierte. Außerdem hatte ihr Gesicht endlich diesen hochnäsigen Ausdruck verloren, der andere dazu brachte, sich vor ihr hässlich und klein zu fühlen.

Eine warme Woge der Zuversicht überflutete Magota. Jetzt kam offenbar Bewegung in die vertrackte Angelegenheit. Adrian würde zufrieden mit ihr sein. Und sie ein echtes Mitglied der Kirche der Liebe werden, wonach sie sich schon so lange sehnte.

»Erzbischof Heinrich war ein gütiger Hirte, der selbst bei den schlimmsten Sündern Gnade vor Recht gelten ließ.« Hildegards Stimme war ruhig, ihre Unterlippe aber hatte sie nicht ganz unter Kontrolle. »Arnold von Selenhofen dagegen gilt als Mann, der all jene bis aufs Blut hasst, die vom rechten Glauben abgefallen sind. Man sagt sogar, es gefalle ihm, sie brennen zu sehen.« Mit sehr geradem Rücken schritt sie an Magota vorbei.

Diese starrte ihr nach, Tränen ohnmächtiger Wut in den

Augen. Das ist das letzte Mal, dass du das letzte Wort behältst!, dachte sie zornentbrannt. Ich werde dich Demut lehren, so wahr ich dem guten Gott diene!

✳

Er war ein ganzes Stück größer als in ihren Träumen, männlicher – und er sprühte vor Leben. Der Sommer hatte seine helle Haut leicht gebräunt, was den faszinierenden Farbunterschied der Augen unterstrich. Sein Haar erschien ihr noch dichter, aber sie entdeckte neue, harte Linien um seinen Mund, die sie eher besorgt machten. Wie mochte es ihm ergangen sein? Was hatte er erlebt, während sie hinter Klostermauern begraben gewesen war?

Theresas Herz hämmerte.

Nicht ein Wort würde sie herausbringen! Voller Verlegenheit flogen ihre Blicke über die ausgelegten Waren, keineswegs feines Tuch oder gar raschelnde Seide, wie man hätte annehmen können, sondern grobes Walkzeug, das man für die kalten Monate brauchte.

Willem schien zu erraten, was sie dachte.

»Ein Versuch, viel mehr ist es bislang leider noch nicht«, sagte er und kam hinter seinem Stand hervor. »Kostbare Tuche können sich nur wenige leisten, doch wenn es graupelt und schneit, dann frieren alle und brauchen etwas, das sie wärmt. Bezahlbar muss es schließlich auch noch sein. Vielleicht lässt sich auf Dauer mit Gewalktem ein ordentliches Geschäft aufziehen.« Er hielt inne, musterte sie aufmerksam. »Lebst du denn nicht mehr im Kloster, Theresa?«

Das Kleid!, dachte sie jubelnd, und ihr ganzer Körper war plötzlich vor freudiger Erregung angespannt wie eine Lautensaite. Gerlin und ihr übel riechender Rainfarnsud, dem das Kleid sein blasses Grün verdankt, seien gepriesen! Am liebsten hätte Theresa Willem stundenlang weiter so angesehen, versunken in ihrer eigenen Welt, die er hell und reich machte, ohne es zu ahnen. Aber irgendwann musste sie seine Frage ja wohl beantworten.

»Schon«, sagte sie zögernd. »Doch eine Braut Christi bin ich nicht geworden.«

Willems Mund verzog sich leicht, als ob die Antwort ihm missfalle, was wiederum Theresa verdross. Wieso konnte er nicht weiterhin in ihrem Herzen lesen? Es lag doch offen vor ihm wie ein aufgeschlagenes Buch!

»Seit Langem bin ich wieder einmal einige Zeit in Bingen«, fuhr er fort, als hätte sie gar nichts gesagt. »In dem Haus, das du schon kennst. Wir sind gerade dabei, einen Apparat zu konstruieren, der das Walken einfacher machen soll. Kein ganz leichtes Unterfangen, doch anderen scheint vor uns Ähnliches bereits gelungen zu sein, und wenn wir bald aufschließen, könnte man sicherlich um einiges schneller und billiger produzieren.«

Wieso vertraute er ihr lauter Dinge an, mit denen sie nichts anzufangen wusste? Oder redete Willem nur, weil er die Spannung zwischen ihnen ebenso wenig ertragen konnte wie sie?

Theresa strich sich eine Strähne aus der Stirn. Wäre es nach ihr gegangen, so hätte sie ihr Haar endlich einmal in weichen, offenen Wellen getragen, so wie früher, doch die Magistra hatte auf diese albernen Zöpfe bestanden, die sie wieder zum Kind machten.

»Du bist so erwachsen geworden, Theresa«, hörte sie Willem zu ihrer Überraschung sagen. »Wie alt bist du inzwischen?«

»Sechzehn«, erwiderte sie, beflügelt vom trügerischsten aller Gefühle, der Hoffnung. »Seit diesem Sommer.«

»Sechzehn«, wiederholte er nachdenklich, als würde er sie auf einmal mit anderen Augen sehen.

Erkannte er endlich, wen er da vor sich hatte? Alles in ihr zog sich zusammen zu einem heißen, sehnsuchtsvollen Knoten.

Als hätte Willem gespürt, was in ihr vorging, beugte er sich zu ihr hinunter. Seine seltsamen Augen erschienen ihr wie Hände, die sie liebkosten. Dann ging auf einmal ein Schatten über sein Gesicht, als wäre ihm etwas in den Sinn gekommen, das alles verdüsterte. Jetzt sah er traurig aus, so verloren, dass sie Angst um ihn bekam.

»Sprich mit mir!«, bat sie. »Was bedrückt dich? Lass mich mit dir die Last deines Herzens teilen!«

»Das kann ich nicht.« Ihre Lippen waren nur noch eine Spanne voneinander entfernt. »Es wäre zu gefährlich.«

»Ich bin kein Kind mehr. Was immer es auch ist – bei mir ist es gut aufgehoben, das weißt du.«

Statt einer Antwort spürte Theresa auf einmal seine Finger in ihrem Nacken, die sie sanft näher zogen. Ihre Beine begannen zu zittern, doch sie ließ es geschehen. Sein Mund war ganz nah. Alles um sie herum löste sich auf, der Lärm, die Menschen, die drückende Sommerhitze. Sie hörte das aufgeregte Pochen ihres Herzens und spürte, wie weich und fest zugleich seine Lippen waren, als sie sanft, beinahe schüchtern die ihren berührten.

Eine herrliche Ewigkeit lang gab es nur noch diesen Kuss.

Plötzlich riss jemand sie unsanft auseinander. »Lass sofort das Mädchen in Ruhe!« Die Stimme des jungen Küfers klang aufgebracht. »Sonst kannst du gleich der Nächste werden, dem ich heute Beine mache.«

Willem funkelte Peter an, zog sich zurück, blieb aber stumm.

Was geht dich das an!, wollte Theresa empört rufen,

doch dann verschlug es ihr die Sprache. Im Schatten eines Gemüsekarrens hatte sie eine magere Gestalt entdeckt, die mit finsterem Gesicht in ihre Richtung starrte: Magota, die ihr zwei gespreizte Finger entgegenstreckte – das hässliche Zeichen des Gehörnten.

✢

Die ersten Tage wären nicht einmal so schlecht gewesen, hätte Gero nicht das Grauen im Nacken gesessen. Endlich der muffigen Werkstatt entronnen zu sein! Endlich wieder die Sonne auf der Haut zu spüren und frische Luft zu atmen! Das Wetter blieb heiß und trocken, abgesehen von seltenen Gewittern, die schnell vorbeizogen. Tagsüber lief er, so weit er kam, und sobald die Dämmerung hereinbrach, suchte er sich eine geschützte Stelle für die Nacht. Instinktiv hielt er sich immer nah am großen Fluss, der ihm wie eine Lebensader erschien, die ihn nähren und leiten konnte.

Nachts allerdings überfielen ihn böse Träume, in denen der tote Sarwürker ihm auf der Brust hockte und seinen Hals mit riesigen Pranken umklammert hielt, bis er schweißgebadet hochschoss. Manchmal entdeckte er dann sogar eine Urinpfütze unter sich, was ihn gleichermaßen erschreckte wie beschämte.

An Schlafen war danach kaum noch zu denken. Gero kauerte sich zu einer Kugel zusammen und lauschte ängstlich in die Nacht mit ihren tausenderlei Geräuschen. Dabei kam ihm immer wieder Theresa in den Sinn, ihr Lachen, ihre Stimme, die aufregenden Geschichten, die sie ihm erzählt hatte, als er noch klein gewesen war, und für kurze Zeit gab er sich der verlockenden Vorstellung hin, er könne morgen schon zu ihr zurück, an die Pforte von Kloster Rupertsberg pochen und dort herzliche Aufnahme finden.

Kaum aber zeigte sich das erste Licht, zerstoben alle Illusionen. Er hatte getötet, und wenn sie ihn zu fassen bekamen, war sein Leben verwirkt. Cillies Beteuerung, sie würde eine gute Ausrede auftischen, vermochte er keinen rechten Glauben zu schenken. Wie auch sollte ein schwaches Weib, das sich jahrelang unter der Knute des Sarwürkers gebeugt hatte, auf einmal so viel Verstand und Umsicht an den Tag legen? Wenn sie ihr enger auf den Leib rückten, würde Cillie ihn hinhängen, das stand für Gero fest. Deshalb galt für ihn als oberstes Gebot, sich möglichst weit von diesem Bingen zu entfernen, das ihm nichts als Qualen und Leid beschert hatte.

Sein größtes Problem war und blieb der Hunger. Zwar gab es reichlich Beeren und Pilze, und bisweilen fand sich sogar ein Stall, wo er ein paar Eier mitgehen lassen konnte, die er gierig ausschlürfte. Einmal klatschte ihm eine mitleidige Bäuerin dicken Gerstenbrei in einen Napf, den er anschließend so sauber ausleckte, als hätte man ihn mit einem Tuch sorgfältig blank gerieben. Was hätte er jetzt für Cillies versalzenen Schweinebauch gegeben! Sogar für ihre angebrannte Grütze wäre er stundenlang gelaufen. Stattdessen blieb ihm nur der Weg in die Weinberge, wo er sich mit unreifen Trauben derart vollstopfte, dass ihn anschließend heftiger Durchfall plagte.

Gero spürte, wie ihn langsam die Kräfte verließen. Hunger hielt mittlerweile sein ganzes Denken und Fühlen besetzt, ein dunkler Dämon, gegen den er kaum noch ankam. Seine halbherzigen Versuche, irgendwo nach Arbeit zu fragen, um ein Stück Brot zu bekommen, fruchteten kaum, und als Bettler erntete er von den Bauern allenfalls Spott und Hohn. Trotz seiner Schwäche musste er immer wieder alles daransetzen, zum nächsten größeren Ort zu gelangen, wo sich vielleicht bessere Möglichkeiten auftaten.

Mit bleischweren Knochen schleppte er sich eines Tages vorwärts und spürte, wie vor allem sein linkes Bein nicht mehr recht mitmachen wollte. Inzwischen war die Morgenkühle verflogen, und wieder brannte die Sonne unbarmherzig auf ihn herunter. Immer öfter musste er stehen bleiben, um nach Atem zu ringen. Dabei fiel ihm auf einmal eine Burg auf dem Bergsporn vor ihm auf, die sich stolz und scheinbar unbezwingbar über dem Fluss erhob.

Sehnsüchtig schaute Gero hinauf. Dort oben mussten Ritter leben, die Essen und Trinken in Hülle und Fülle besaßen, während er vor Schwäche kaum noch weiterkonnte. Den Gedanken, als Bettler an ihr Tor zu pochen, verwarf er rasch wieder. Seine Beine waren zu kraftlos für einen Aufstieg in solch schwindelnde Höhe.

Er gelangte an einen Hafen, erstaunt darüber, wie viele Schiffe hier angelegt hatten, beladen mit Weinfässern und Holz, und er sah zu, wie die Fracht von kleineren Kähnen, die das gefürchtete Binger Loch passiert hatten, für die Weiterfahrt auf größere umgeladen wurde. Mit letzter Kraft schleppte er sich weiter in den Ort, wo ein kleiner Markt abgehalten wurde.

Allein der Geruch nach frischem Brot brachte ihn schier um den Verstand. Seine Nase führte ihn direkt zu den Körben einer jungen Frau, denen dieser köstliche Duft entströmte.

»Kann ich ein Stückchen haben?« Seine Zunge schien am Gaumen zu kleben. »Ich sterbe vor Hunger.«

Die Frau musterte ihn von oben bis unten, halb argwöhnisch, halb bedauernd, und an ihrem Gesichtsausdruck erkannte Gero, wie abgerissen er aussehen musste. Dann jedoch schien Mitleid die Oberhand zu gewinnen, sie langte hinter sich und steckte ihm einen Wecken zu.

»Aber sieh zu, dass du weiterkommst! Ich will nicht,

dass mir die Kundschaft durch Lumpenpack vergrault wird.«

Gero humpelte weiter, so schnell er konnte. Der erste Bissen war überwältigend, obwohl er schnell feststellen musste, dass sie ihm Altbackenes gegeben hatte. Er kaute und schluckte, und viel zu schnell war der Wecken in seinem ausgehöhlten Magen verschwunden. Jetzt war sein Hunger fordernder als zuvor. Es blieb ihm nichts anderes übrig, als zum Markt zurückzukehren und sich dort nach neuen Nahrungsquellen umzusehen. Auf einem Holztisch entdeckte er kleine Küchlein, so fetttriefend und honigglänzend, dass sie in der Sonne zu zerlaufen drohten, und die Gier, die ihn bei diesem Anblick erfasste, wurde übermächtig.

Er schaute nach links und rechts und entdeckte, dass er offenbar nicht der Einzige war, der Hunger hatte und nichts, womit er bezahlen konnte. Einige Gestalten wirkten kaum weniger abgerissen als er, und dass sie schon bedenklich nah gekommen waren, gefiel ihm ganz und gar nicht. Schnell musste er tun, was sein Überlebenswille von ihm forderte. Als die Frau hinter dem Tisch sich bückte, um etwas aufzuheben, griff er einfach zu, packte, was in seine beiden Hände passte, und rannte los, so schnell sein linkes Bein es erlaubte.

Ein paar glückliche Momente wähnte er sich in Sicherheit. Er hielt auf den Fluss zu, in der Hoffnung, vielleicht einen Kahn zu finden, der ihn mitnehmen würde. Dann jedoch hörte er hinter sich das Geräusch heranpreschender Schritte, und Gero erkannte am Klang, dass seine Verfolger mindestens zu dritt sein mussten.

Einer bekam ihn zu fassen, riss an seinem Gewand und brachte ihn so zum Stehen. Ein Zweiter stellte sich ihm in den Weg, ein zaundürres, jämmerliches Lumpenbündel mit schwarzen Zähnen, so fürchterlich anzusehen, dass Gero vor Schreck aus der Hand fiel, was er vom Tisch zusammengerafft hatte. Jetzt kam der Dritte ins Spiel, kleiner und besser genährt als seine Kumpane, offenbar für die gröberen Arbeiten zuständig. Er senkte den Kopf und rammte ihn wie ein Stier in Geros Brustkorb. Dem blieb die Luft weg, und als er endlich halbwegs wieder schnaufen konnte, zuckte ein grelles weißes Licht vor seinen Augen: Ein harter Fußtritt hatte ihn genau zwischen den Beinen getroffen. Gero spürte, wie jeder Atemzug, den er tat, als lang gezogenes Stöhnen aus seinem Körper wich. Ein zweiter harter Tritt, diesmal gegen seine Schläfe, ließ das weiße Licht schwarz werden.

✢

Seit sieben Tagen hütete die Magistra das Bett, konnte sich weder rühren noch regen, verweigerte die Nahrung und schwieg. Die Schwestern umstanden sie voller Sorge, ihre ohnehin zarte Konstitution könnte durch einen neuerlichen Rückschlag noch weiter geschwächt werden. Clementia hatte vergebens ihre berühmte Hühnersuppe gekocht und Benigna umsonst Wermut, Schafgarbe und Löwenzahn im Mörser pulverisiert und mit Wein versetzt, um den Appetit anzuregen. Gemeinsam beteten die Nonnen vom Rupertsberg ein Ave-Maria nach dem anderen und flehten die himmlische Jungfrau um Beistand und Heilung an.

Erst als Theresa mit einem bunten Strauß aus Ringelblumen, Eibisch, Eisenhut und Odermenning an Hildegards Bett trat, schien die Magistra aus ihrer Agonie zu erwachen. Gold und Rot und Lila brachten den kleinen Raum zum Leuchten. Fast schien es, als wäre mit der blühenden jungen Frau auch das Leben zur Magistra zurückgekehrt.

Jetzt nahm die Kranke endlich ein paar Löffel Suppe zu sich, schluckte tapfer den bitteren Kräutertrank und bat anschließend, dass die Fenster weit geöffnet wurden.

»Ich kann den Herbst schon riechen«, sagte sie, nachdem sich ihre Lungen mit frischer Luft vollgesogen hatten. »Spätestens im Herbst sollten alle säumigen Angelegenheiten bestellt sein, damit man im Winter guten Gewissens die Türen schließen kann.«

Theresa nickte schweigend.

»Deshalb ist es hilfreich, Fehler einzugestehen, gerade wenn dies mit Scham verbunden ist.« Hildegards Stimme klang wieder kräftiger, und auch ihr Blick bekam seine gewohnte Schärfe zurück. »Du siehst müde aus, Theresa. Plagen dich böse Träume? Oder hast du andere Sorgen?«

Ein schnelles Kopfschütteln, dann starrte Theresa zu Boden.

Natürlich spürte die Magistra, dass die junge Frau etwas vor ihr verbarg, doch die Klärung dessen musste warten, bis sie endlich erledigt hatte, was ihr so schwer auf der Seele lag: der Besuch bei Erzbischof Arnold von Selenhofen.

Gleich am übernächsten Morgen machte sich Hildegard auf den Weg, allerdings nicht zu Pferde, weil sie sich dazu noch zu schwach fühlte, sondern in einem Karren, den Josch für sie lenkte. Sie hatte auf die Begleitung von Bruder Volmar verzichtet, obwohl der sich bereitwillig angeboten hatte, um seinen wenig rühmlichen Besuch in der Schenke zu Ingelheim vergessen zu machen. Leicht angetrunken hatte sie ihn dort vorgefunden, die Augen glasig, der Mund verschmiert von fettigen Blutwurstresten. Seine wortreichen Beteuerungen hatte sie mit einer Geste beiseitegewischt. Dergleichen ging nur seinen Beichtvater etwas an und zählte für sie, wenn überhaupt, zu den lässlichen Sünden. Allerdings hatte Hildegard sich vorgenommen, bald ein ernstes Wort mit Clementia zu reden, die die Essensvorschriften des heiligen Benedikt manchmal ein wenig zu eng auslegte und dadurch bestimmte Gelüste erst weckte. Der Herbst war nicht mehr weit. Wenn es draußen kälter wurde, brauchten auch fromme Schwestern und Brüder reichhaltigere Kost.

Als der Karren das Stadttor erreicht hatte, wurde die Magistra richtig aufgeregt. Ihr Herz klopfte, die Hände waren eiskalt, und in den Ohren schrillte ein hohes Klingeln. St. Martin mit seinen Stiftsgebäuden, vom Rupertsberg nur durch die Nahe getrennt, erschien ihr auf einmal wie eine andere Welt. Der verstorbene Heinrich hatte diesen Stadtsitz geliebt und reichlich Silber in seine Renovierung fließen lassen. So konnte sein Nachfolger nun auch zu Bingen eine Residenz bewohnen, die dem hohen Rang des Mainzers Erzbischofs im Reich angemessen war, ein ganzer Komplex von Wirtschafts-, Keller- und Lagerräumen, die sich um das steinerne Saalgebäude im Zentrum gruppierten.

»Herrin«, sagte Josch, als sie gerade aussteigen wollte, »nichts läge mir ferner, als Euch mit lästigen Anliegen zu behelligen, wo Ihr doch gerade wieder gesund geworden seid. Aber morgens steigen schon die ersten Nebel auf, der Herbst ist nicht mehr fern, und wir bräuchten dringend ...«

»... neue Fässer«, vervollständigte sie seinen Satz, und die Vorstellung eines Zweigklosters rückte wieder einmal in unerreichbare Ferne. »Ich weiß, Josch, und du behelligst mich ganz und gar nicht, sondern forderst lediglich, was du für deine Arbeit brauchst. Bete ein Vaterunser, während ich mit dem Erzbischof spreche. Vielleicht erfüllen sich ja unsere gemeinsamen Wünsche.«

Arnold ließ Hildegard eine ganze Weile in einem Vorraum warten, was sie ihm übel nahm. Als Magistra des Rupertsberges war ihr Platz im Kloster, und es hätte ihm gut angestanden, das mit einem offiziellen Besuch zu respektieren und zu würdigen, wie Heinrich es einige Male getan hatte. Andererseits konnte der neue Erzbischof nicht ahnen, welche Sorgen sie hierhertrieben. Deshalb ermahnte sie sich zu Freundlichkeit und Demut, ein Vorsatz, der allerdings schnell wieder verflog, als Arnold sich schließlich zeigte.

War es seine Haltung oder eine Geste? Noch bevor sie ein Wort miteinander gesprochen hatten, klaffte ein Graben zwischen ihnen. Mit diesem Mann warm zu werden, bedeutete für Hildegard eine Herausforderung, das wusste sie bereits nach dem ersten Augenblick. Dazu kam, dass er sie nicht allein empfing, sondern sich ausgerechnet Kanonikus Dudo zum Begleiter erkoren hatte, der ihr noch von seinem Besuch mit Heinrich auf dem Rupertsberg in äußerst unguter Erinnerung war.

Sie hätte nicht einmal sagen können, was genau sie an diesem Mann eigentlich störte. Eigentlich *alles*, dachte sie, erstaunt über das Maß an Abneigung, das er in ihr auslöste, angefangen von der wieselflinken Gestalt über die gequetschte Stimme bis hin zum beflissenen Gesichtsausdruck, der ihr Gänsehaut verursachte, weil er ihr wie eine verlogene Maske erschien.

Der Erzbischof bat sie beide an einen Tisch, offerierte Wein und Honigkuchen, doch die Magistra lehnte mit dem Hinweis auf ihre Rekonvaleszenz ab.

Dann trat eine lange Pause ein.

»Ich muss Euch um eine Unterredung unter vier Augen ersuchen«, brachte Hildegard schließlich unter heftigem Räuspern hervor. »Es geht um Angelegenheiten des Klosters, die nicht für die Ohren Dritter bestimmt sind.«

Dudos Fuchsgesicht hatte plötzlich einen noch wacheren Ausdruck.

Der Erzbischof dagegen schaute reichlich unbehaglich drein. »Kanonikus Dudo genießt mein unbedingtes Vertrauen ...«

»Bitte, Exzellenz, tut mir den Gefallen!«

»Also gut. Wenn es unbedingt nötig scheint.« Auf sein Nicken hin erhob Dudo sich zögerlich, sichtlich ganz und gar nicht mit dieser Maßnahme einverstanden, und verließ den Raum.

Der Stein auf Hildegards Brust schien an Gewicht zuzulegen. Wieder und wieder hatte sie sich die passenden Worte zurechtgelegt, doch plötzlich schienen sie ihr alle entfallen zu sein. Sie atmete tief aus. Die Wahrheit!, ermahnte sie sich selbst. Einzig und allein die Wahrheit!

»Vor zwei Jahren suchten in einer kalten Februarnacht eine Gräfin und ihre beiden halbwüchsigen Kinder Asyl auf dem Rupertsberg«, begann sie schließlich. »Wir gaben ihnen Brot und ein Dach für die Nacht, doch eine Aufnahme in unseren Konvent konnten wir ihnen leider nicht anbieten.«

Erzbischof Arnold schien zu nicken. Aus Zustimmung oder weil er die Geschichte bereits aus anderer Quelle kannte?

Hildegard redete weiter, obwohl es von Wort zu Wort schwieriger wurde: »Die Mutter war schwanger und offenbar tief verzweifelt. Nur so lässt es sich vermutlich erklären, dass sie sich heimlich Zugang zum Sadebaum in unserem Klostergarten verschaffte und einen Sud von seinen Spitzen einnahm. Damit tötete sie die Frucht in ihrem Leib und schließlich auch sich selbst ...«

»Und ihr seid nicht dagegen eingeschritten? Wie konntet ihr!«, unterbrach Arnold sie.

»Es gab keine Rettung. Wir haben nichts unversucht gelassen – leider vergeblich.«

Seine gelblichen Augen starrten sie misstrauisch an. Plagte ihn ein hartnäckiges Leberleiden? War es womöglich das, was ihn so mürrisch und misstrauisch machte?

»Was habt ihr dann unternommen?«, sagte er.

»Ihnen ein Grab gegeben, der Mutter und ihrem toten Kind.«

»Doch nicht etwa auf dem Klosterfriedhof?«, rief er mit entsetzter Miene.

Wie leicht wäre es jetzt gewesen, ihn mit einer Lüge abzuspeisen, die alles viel einfacher für sie gemacht hätte! Doch Hildegard entschied sich für den steinigeren Weg.

»Ja und nein«, sagte sie. »Der Kopf ruht auf dem Grund unseres Friedhofs, der Rest jenseits der Grenze in ungeweihter Erde.«

Erzbischof Arnold leerte seinen Pokal in einem Zug.

»Wer weiß alles davon?«, fragte er.

»Die Mitschwestern. Bruder Volmar. Josch, einer unserer Winzer, dem ich zutiefst vertraue. Und leider auch Magota von Herrenberg, die ich des Klosters verweisen musste, weil sie sich von Jesus Christus losgesagt hat. Schon seit Längerem verlangt sie ihre Mitgift zurück. Doch über die verfügt nach wie vor Abt Kuno wie über alles, was wir dem Kloster Disibodenberg damals bei unserem Eintritt vermacht haben.«

Der Erzbischof runzelte die dünnen Brauen, die so farblos waren wie sein ganzes Gesicht, wäre da nicht die strenge Falte zwischen den Augen als Beweis für seine allzu rasche Bereitschaft zum Zornigwerden gewesen.

»Ich weiß von eurem Zwist«, sagte er. »Der König hat mir davon berichtet.«

Hildegards Zuversicht sank. Warum hatte sie nicht besser zugehört, als sie Friedrich von Schwaben in Ingelheim besucht hatte? Offenbar hatte er jedes Wort so gemeint, wie er es gesagt hatte.

»Zum Jahreswechsel wird er sich in Rom zum Kaiser krönen lassen«, fuhr Arnold von Selenhofen fort. »Doch bevor es dazu kommen kann, muss auch das Reich diesseits der Alpen wohlbestellt sein. Der König verabscheut alles aus tiefstem Herzen, was auch nur entfernt nach Aufruhr riecht. Darunter fällt natürlich auch das Delikt der Erpressung.«

»Ich lasse mir keine Angst machen«, rief Hildegard, die allmählich genug von den vieldeutigen Belehrungen hatte. »Von nichts und niemandem!«

»Da geht es dir wie mir, geliebte Tochter.« Aus seinem Mund klang es eher wie eine Zurechtweisung. »Deshalb werden wir die Dinge auch so belassen, wie sie sind.« Er erhob sich, als sei für ihn damit alles gesagt.

Hildegard brauchte ein paar Augenblicke, um zu verstehen, was er damit gemeint hatte. Dann jedoch drang die Abfuhr mit spitzen Nadeln in ihr Bewusstsein.

»Kuno bleibt uns also als Abt übergeordnet? Und kann weiterhin ganz nach Belieben über die Mitgift aller Schwestern vom Rupertsberg verfügen?«

Anmutig wie eine Eidechse in der warmen Sonne bewegte der Erzbischof seinen schmalen Kopf.

»Die Menschen verehren dich, weit über die Grenzen der Diözese hinaus, Hildegard«, erwiderte er. »Sie schätzen deine Briefe, dein Wissen, deine tiefe Frömmigkeit. Eine Heilige nennen dich viele, und ich denke, sie haben damit recht. Trotzdem haben sich Begebenheiten im Konvent zugetragen, die dort niemals hätten geschehen dürfen. Unerhörte Begebenheiten, die mir zeigen, dass du in bestimmten Situationen den Überblick verlierst und zu große Unsicherheit zeigt, was die Führung anbelangt. So erscheint es mir sinnvoll, nach wie vor eine ordnende männliche Hand über dem Kloster Rupertsberg zu wissen. Zumindest bis wir heil und gesund aus Italien zurück sind. Danach werden wir weitersehen.«

Die letzten Male waren ihre Tränen stets um Richardis' willen geflossen, Tränen des Schmerzes und der tiefen Trauer. Es gelang der Magistra, sie wenigstens zurückzuhalten, bis sie wieder im Karren hockte.

Dann jedoch weinte sie die bitteren Tränen der Enttäuschung und der Wut, ohne sich darum zu scheren, ob Josch sich zu ihr umdrehte und alles mitbekam.

✣

»Wo bin ich?«, flüsterte Gero.

»Er spricht! Endlich ist er wieder bei uns!«

»Wo bin ich?«, wiederholte Gero. Unter sich spürte er raschelndes Stroh, aber es war weder hart noch stachelig. Man musste weiche Decken darüber gebreitet haben.

»Auf Burg Stahleck«, hörte er eine tiefe Männerstimme sagen. »Wir hatten schon Angst, du würdest niemals wieder wach werden.«

Gero versuchte sich zu bewegen, was ihm nur mühsam gelang. Sein Körper fühlte sich hart und fremd an, als sei er lange irgendwo festgebunden gewesen. Im linken Arm stach ein scharfer Schmerz, der seine Augen feucht werden ließ.

»Nicht der Schwertarm«, murmelte er. »Gott sei Dank!«

»Was murmelt der kleine Strauchdieb da?« Die andere Männerstimme war heller und klang belustigt. »Liegt nackt im Graben, wie Gott ihn schuf, blutet aus tausend Wunden und träumt vom Kämpfen!«

»Ein Ritter ... eines Tages ...« Die Lider wurden Gero erneut schwer. »Kein Sarwürker mehr ... niemals ...«

»He, Junge, bleib gefälligst wach! Du musst anfangen zu essen, damit du etwas Fleisch auf deine Rippen bekommst!«, rief die tiefe Männerstimme. »Wie sonst sollst du gesund werden und künftig als mein Pferdejunge arbeiten, wenn wir mit dem König gen Rom ziehen, damit er dort zum Kaiser gekrönt wird?«

»Der Kleine – dein Pferdejunge?«, spottete der andere. »Jemand, den du halb tot aus dem Straßengraben gefischt hast? Du bist und bleibst ein unverbesserlicher Träumer, Freimut!«

»Offenbar hat er versucht, sich gegen eine Überzahl zu wehren. Die Fußspuren hab ich gesehen. Feige ist er also schon mal nicht. Und ordentlich hinlangen kann er auch. Sind dir seine Hände nicht aufgefallen? Um ein Jüngelchen handelt es sich also nicht. Solche Hände kriegt man nicht von der höfischen Beiz mit dem Falken.«

»Aber du weißt doch gar nicht, wer er ist und woher er stammt. An deiner Stelle hätte ich mir das Silber für den Medicus gespart, der ihm den Arm wieder eingerichtet hat.«

Freimut von Lenzburg beugte sich tiefer über das provisorische Lager. »Das wird er mir schon noch verraten, wenn er wieder zu Kräften gekommen ist«, sagte er. »Jedenfalls mag ich sein freches Gesicht. Es wird einmal stolze Züge haben, ist der Junge erst ausgewachsen, das lässt sich jetzt schon erkennen. Außerdem erinnert er mich an Dietram, unseren jüngsten Bruder, der gerade mal siebzehn wurde, bevor er an einem verrosteten Nagel jämmerlich verrecken musste. Dietram hat mich immer zum Lachen gebracht. Vielleicht besitzt unser kleiner Strauchdieb ja ähnliche Talente.«

Fürsorglich zog seine Hand die Decke höher. Gero stieß ein kurzes Brummen aus, das nach Zustimmung klang.

»Ich denke, mein Silber ist gut investiert.«

✤

Wo war das rote Kleid?

Irgendwo musste die Magistra es ja versteckt haben, wenn sie es nicht schon längst aus Abscheu und Ekel vernichtet hatte. Theresa fühlte sich äußerst unwohl, weil sie heimlich bei Hildegard eingedrungen war. Aber sollte sie die günstige Gelegenheit ungenutzt verstreichen lassen?

Dass sie Willem wiedersehen musste, stand für sie fest. Und beim nächsten Mal sollte er sie in aller Pracht und Schönheit zu sehen bekommen, nicht mehr im fleckig gefärbten, blassgrünen Rainfarnkleid.

Mit fliegenden Händen hatte sie die Truhe in Hildegards kargem Schlafraum durchsucht, stets mit dem Ohr in Richtung Tür, damit niemand sie ertappte. Doch da war nichts gewesen, bis auf die zwei einfachen Gewänder zum Wechseln, genauso wie sie die *regula Benedicti* vorschrieb.

Ratlos erhob sich Theresa. Wo noch konnte sie nachsehen?

Sie hatte gehört, dass das ganze Kloster unterkellert sei. Doch die Schlüssel hingen am Bund von Schwester Clementia, die argwöhnischer als ein Höllenhund darüber wachte. Sie ihr unbemerkt zu stibitzen, erschien Theresa ein Ding der Unmöglichkeit.

Nein, Adas rotes Kleid musste anderswo sein, falls es noch existierte. Sie brauchte nur fest genug nachzudenken, um es herauszufinden. Aufregung hatte sich ihrer bemächtigt, weil sie trotz ihres bisherigen Misserfolgs das Gefühl nicht loswurde, dem Ziel schon ganz nah zu sein. Um ruhiger zu werden, lief Theresa in die Kapelle. Der helle Raum mit seinen bunten Wandbildern aus dem Leben des heiligen Rupert und den schlichten Säulen war für sie von Anbeginn an ein Ort der Zuflucht gewesen. Irgendwann würde der stecken gebliebene Kirchenbau ihn ablösen, eines Tages, wenn endlich das Geld der Nonnen vom Disibodenberg floss. Doch bis dahin war und blieb die Kapelle das Zentrum der Klosteranlage.

Die Tür zur provisorisch eingerichteten Sakristei stand ausnahmsweise offen. Theresa ging langsam hinein. Hier war es dämmrig und kühl, als sei der Atem des Sommers ausgeschlossen. Im hinteren Teil entdeckte sie an der Wand zwei große Truhen. In der ersten fand sie priesterliche Messgewänder, die sie mit ehrfürchtiger Scheu glatt strich, bevor sie den Deckel wieder schloss. In der zweiten strahlte ihr jungfräulich weiße Seide entgegen, und es genügte eine kurze Berührung, um erneut die Erinnerung an jenen Tag in Bingen wieder in ihr lebendig werden zu lassen, als sie das kostbare Gewebe zum ersten Mal berührt hatte.

»Seidenschrei«, so hatte Willem jenes unverwechselbare Knirschen genannt – was würde sie jetzt nicht alles dafür geben, um endlich wieder bei ihm zu sein!

Behutsam tasteten ihre Finger sich weiter, und schließlich entdeckten sie unter all dem Weiß etwas Rotes. Jetzt begann Theresa regelrecht zu wühlen, bis sie fündig wurde. Hier also war Adas Prunkgewand versteckt! Als sie daran zog, glitt es über den Truhenrand wie ein glühender Sonnenuntergang.

Sie holte das Kleid ganz heraus, schüttelte es, um die Falten zu glätten, die es vom langen Liegen bekommen hatte, und hielt es vor sich. Plötzlich wurde die Versuchung übermächtig. Sie schlüpfte aus ihrer Novizinnenkutte und stieg hinein. In ihrer Vorstellung war die Mutter ein ganzes

Stück größer als sie gewesen, doch entweder täuschte sie die Erinnerung, oder sie war noch einmal gewachsen. Das Kleid saß wie angegossen, und der zarte Lavendelduft, den es verströmte, machte es in ihren Augen noch kostbarer. Aufgeregt ging Theresa hin und her, drehte sich, spürte das Gewicht des Stoffes auf der bloßen Haut.

Sie konnte nicht anders, sie musste endlich wieder die Tanzschritte probieren, die Ada ihr beigebracht hatte, als sie kaum zwölf gewesen war, und trotz der langen Zeit, die seitdem verstrichen war, hatte sie keinen einzigen davon verlernt. Sie vergaß den kalten Boden unter ihren Füßen, den engen, klammen Raum, glaubte wieder den Klang der Instrumente zu hören, die Lichter der vielen Kerzen von damals zu sehen – als plötzlich die Magistra in der Tür stand.

»Zieh das sofort aus!« Niemals hatte ihre Stimme so schrill geklungen.

»Weshalb sollte ich? Es war das Kleid meiner Mutter. Und jetzt gehört es mir.«

»Eine Braut Christi trägt nicht solche Kleider«, sagte Hildegard. »Ich dachte, *das* sei dein Weg.«

Etwas Raues kratzte in Theresas Kehle. Doch da gab es auch den wütenden Eigensinn, der sich in ihr breitmachte.

»Nein, ist es nicht. Ich werde den Ewigen Schleier nicht nehmen«, hörte sie sich zu ihrer eigenen Überraschung sagen. »Nicht jetzt – und auch nicht später. Ich kann es nicht. Und will es auch nicht.«

Die Magistra schien wie erstarrt. »Das hast du dir alles gut überlegt?«, brachte sie mühsam hervor. »In der langen Zeit, die du hier bei uns verbracht hast.«

»Ja«, sagte Theresa. »Und bitte verzeih mir! Doch ich muss anders leben. Ich will die Liebe kennenlernen. Das weiß ich jetzt.«

»Die Liebe!« Es klang wie ein Aufschrei. »Was weißt du Kind schon davon? Du hast keine Eltern mehr und auch kein Zuhause. Die Welt da draußen ist hart für eine wurzellose junge Frau, das wirst du bald zu spüren bekommen. Da gibt es Liebe, schlimmer als der Tod. Besinn dich, Theresa! Noch ist es nicht zu spät zur Umkehr.«

Sogar Angst wollte sie ihr einjagen! Mit allen Mitteln versuchte die Magistra, sie zu halten. Wie schmerzhaft musste ihre Entscheidung für sie sein. Und doch hatte sie sie niemals verletzen wollen.

»Mutter, ich ...« Theresa machte einen Schritt auf Hildegard zu, um zu erklären, sie zu beschwichtigen, doch die Magistra streckte voller Abwehr die Arme aus, als könne sie das lockende Rot nicht näher bei sich ertragen.

»Du gehst sofort!« Hildegards Gedanken überschlugen sich. Man würde ihr helfen müssen, doch das brauchte sie nicht gleich zu wissen. »Nach der Vesper hast du Kloster Rupertsberg verlassen. Gott schütze dich, Theresa! Du wirst seinen gütigen Beistand brauchen können.«

Erschrocken starrte Theresa sie an, aber sie entdeckte nicht eine Träne, nicht einmal den Ausdruck des Kummers in Hildegards Zügen. Das Gesicht war weiß und glatt wie polierter Stein.

※

Das Haus in der Enkersgasse war dunkel. Nur im obersten Stockwerk entdeckte Theresa Kerzenschein.

Sie zögerte, dann klopfte sie an die Tür. Eine ganze Weile geschah nichts, schließlich öffnete Willem, ein kleines Öllicht in der Hand.

»Du?« Fassungslos starrte er sie an. »Und was trägst du für ein Bündel in der Hand?«

»Meine Sachen«, sagte Theresa. »Ich hab das Kloster verlassen. Lässt du mich hinein?«

»Jetzt?« Er schüttelte den Kopf. »Das ist ganz und gar unmöglich, Theresa! Du hättest nicht herkommen sollen. Geh zurück zum Kloster! Dort bist du am besten aufgehoben.«

»Niemals!« Sie konnte kaum glauben, was sie gerade gehört hatte. »Wie kannst du das sagen? Es gibt kein Zurück mehr, Willem. Ich werde keine Nonne. Mein Entschluss steht fest.«

Was war mit ihm? Anstatt sie freudig zu begrüßen, führte er sich auf, als sei sie eine Bettlerin. Hatte er den Kuss und all die Sehnsucht der langen Jahre schon vergessen? Die Enttäuschung, die sie in sich aufsteigen fühlte, drohte schier übermächtig zu werden.

»Warum stellst du dich so an?«, fuhr sie lauter fort. »Wenn es wegen der Leute ist …«

»Du kannst nicht bei mir bleiben, Theresa.« Willems Gesicht war schmerzverzerrt. »Selbst, wenn ich wollte – es geht nicht. Bitte, nimm es so hin, wie ich es dir sage!«

»Aber weshalb denn nicht?«

»Frag nicht! Ich kann dir keine Antwort darauf geben.« Seine Schultern waren eingesunken wie die eines alten Mannes. »Jedenfalls keine, die dich befriedigen würde. Geh nun zurück und bitte die Magistra …«

Sie funkelte ihn schweigend an. Dann machte sie auf dem Absatz kehrt und lief davon.

*

Der Mond war schon untergegangen, als Theresa erschöpft an eine andere Haustür klopfte. Stundenlang war sie in den Gassen Bingens umhergeirrt, doch jetzt war ihre Kraft am

Ende, und sie brauchte dringend ein Obdach, weil sie nicht mehr weiterwusste. Tränen rannen über ihre Wangen, die Kehle war wund vom vielen Schluchzen und Weinen.

Nach wenigen Augenblicken stand eine blonde Frau vor ihr, einen kleinen, rundlichen Jungen wie einen Mehlsack halb über der Schulter hängend, was ihm offenbar das Einschlafen erleichtert hatte. Johannes' blonde Locken hingen wirr herunter. Der Mund stand halb offen. Er schnarchte herzerweichend.

Hinter Eva, im Halbdunkel, erkannte Theresa Joschs hohe Gestalt.

Theresa zeigte mit dem Finger nach drinnen, wo sie noch die Glut unter der Herdstelle glimmen sah, unfähig, in ihrer jämmerlichen Verfassung nur ein einziges verständliches Wort herauszubringen. Ein Hort der Wärme und Geborgenheit – und sie, die nichts mehr davon besaß.

Eva schien ihre Gedanken lesen zu können.

»Ich hab schon auf dich gewartet, Theresa«, sagte die Wehmutter und trat einladend zur Seite. »Komm erst einmal ins Haus, mein Mädchen! Danach sehen wir weiter.«

Vier

BINGEN – HERBST 1154

Die geschlechtliche Lust bei der Frau kann mit der Sonne verglichen werden, die milde und leicht und ständig die Erde mit ihrer warmen Glut durchdringt, auf dass sie Früchte hervorbringe. Denn wenn sie die Erde heftig und mit ihren Überschüssen anzünden würde, würde die Frucht mehr geschädigt als gefördert. So ist auch der Geschlechtgenuss bei der Frau milde und still und doch von einem ständigen Glutbegehren, Kinder zu empfangen und zu gebären. Derartig geeignet zur Empfängnis und zum Austragen aber könnte die Frau nicht sein, wenn sie immerfort in der Hitze des wollüstigen Begehrens stecken würde. Wenn sich also die Wollust in der Frau bemerkbar macht, ist sie leichter als beim Mann, weil das gewisse Feuer in ihr nicht so heftig glüht, als dies beim Mann der Fall ist. Denn sowie der Sturm der Leidenschaft sich in einem Mann erhebt, wird er in ihm wie in einer Mühle herumgeworfen. Seine Geschlechtsorgane sind dann gleichsam die Schmiede, in die das Mark sein Feuer liefert …

Schwester Lucilla war plötzlich verstummt. Ihre dichten flachsblonden Brauen verzogen sich schmerzlich.

»Was ist?«, fragte die Magistra. »Wieso liest du nicht weiter? So werden wir niemals schneller vorankommen.«

Jetzt erst fiel ihr auf, dass sich das sonst so blasse Gesicht der jungen Nonne glutrot gefärbt hatte. Sicherlich brannten auch auf ihrem Hals rote Flecken, hätte der Schleier nicht alles züchtig vor fremden Blicken verborgen.

Bruder Volmar hüstelte dezent. Schwester Hedwig, am nächsten Tisch scheinbar ganz in die Abschrift eines kostbaren Kodex vertieft, den sie nicht einmal ihren Lieblingsschülerinnen anvertraut hätte, schaute von ihrem Pergament auf und nickte Lucilla aufmunternd zu.

Dann befördert jene Schmiede die Glut zu den männlichen Geschlechtsteilen, setzte die junge Nonne mit schwankender Stimme erneut an, und lässt sie mächtig aufflammen ...

Es war einfach zu viel für sie. Lucilla sprang auf, stieß dabei ihren Hocker um und rannte hinaus, die Hand vor den Mund gepresst, als müsse sie sich im nächsten Moment übergeben.

»Wir könnten eine andere auswählen«, schlug Hedwig vor, nachdem das Schweigen im Scriptorium unerträglich geworden war. »Ja, genau das sollten wir tun! Selbst wenn das Latein der betreffenden Schwester ein wenig schlechter wäre, denke ich ...«

»Ich bin diese ständigen Kompromisse leid, leid, leid!«, fiel Hildegard ihr ins Wort, und jedem im Raum war klar, was sie damit meinte. »Kann sie sich denn nicht ein wenig zusammennehmen? Die Passagen über das Geschlechtsleben der Menschen gehören nun einmal zu einer ordentlichen Naturkunde. Gott hat uns Menschen aus Leib und Seele geschaffen – und daran gibt es nichts zu rütteln. Wer sich für die Keuschheit entscheidet, soll ruhig wissen, wem er da abschwört, sonst ist der Verzicht ja nichts wert.«

»Sie ist jung und unerfahren«, gab Hedwig zu bedenken und bückte sich ächzend, um den Hocker an seinen Platz zurückzustellen. »Erst vor wenigen Monaten hat sie die Ewigen Gelübde abgelegt. Wenn es also nur um ein wenig Zeit geht, die sie noch braucht ...«

»Außerdem ist sie nicht Theresa«, unterbrach sie Volmar. »Und wird es auch niemals werden.«

Jetzt war die Stille schneidend geworden. Kein anderer hätte es wagen können, diesen Satz auszusprechen. Und sogar ihm zürnte Hildegard deswegen, das verriet der strenge Gesichtsausdruck, der ihre Lippen zur Linie gemacht hatte.

»Wir machen für heute Schluss.« Die Magistra erhob sich so abrupt, dass die Wachstäfelchen aus ihrem Schoß purzelten. »Wir haben Vollmond, und es ist lausig kalt geworden. Vielleicht rührt die allgemeine Reizbarkeit ja daher.«

Der Mönch hielt ihrem aufgebrachten Blick stand, dann verneigte er sich kurz und verließ den Raum. Hildegard wollte ihm schon hinterher, als Hedwigs ruhige Stimme sie zum Innehalten brachte.

»Nichts läge mir ferner, Mutter«, sagte sie, abermals im Bücken, »als mir anzumaßen, dein Tun zu beanstanden. Zudem du mir ja mehrmals deutlich gemacht hast, dass ich nicht nur Gott, sondern auch meiner Äbtissin Gehorsam schulde.«

»Ich mag diese Anrede nicht, und du weißt, weshalb.« Hildegard hatte sich zu ihr umgedreht. »Bis der Disibodenberg uns freigibt, gebührt der Titel Kuno, der noch immer wie ein Löwe um jeden Weinstock, jede Ackerkrume streitet, die eigentlich uns zustehen. Nicht einmal in seinen

Briefen wird er müde, mich darauf hinzuweisen. Leider fehle ihm die Zeit, um uns abermals hier auf dem Rupertsberg zu visitieren, wie es ihm kraft seines Amtes gebühre. Zudem stehe es um seine Gesundheit nicht zum Besten, was ihn am Reisen hindere. Aber in unser Gebet sollten wir ihn und die Brüder trotzdem weiterhin einschließen. Ein Befehl, getarnt als höfliche Bitte – wie leid ich das bin!«

Ihr Tonfall war bitter geworden, dann jedoch fasste sie sich wieder.

Aus Hedwigs Kinn sprossen vereinzelt dunkle Haare, und ihr Mund wirkte eingefallen. Im letzten Winter war der Emmer so knapp geworden, dass sie Brot aus Nussmehl hatten backen müssen, das viele Schalenreste enthielt und nicht nur Hedwig ein paar Zähne gekostet hatte. Es stimmte Hildegard wehmütig, die untrüglichen Zeichen des Alters an der Gefährtin aus jungen Tagen entdecken zu müssen. Wehte der Hauch der Vergänglichkeit sie heute stärker an als sonst?

»Falls wir beide das überhaupt noch erleben, dass der Disiboden uns freigibt«, setzte sie eine Spur versöhnlicher hinzu. »Denn unser neuer Erzbischof, wiewohl ebenfalls kein Jüngling mehr, scheint in diesem Punkt keine Eile zu kennen. Seine Vorstellungen, wer einem Kloster vorstehen darf, sind umso klarer. Dafür haben übel meinende Stimmen gesorgt, die mich zwangen, ihm Einzelheiten über die traurigen Todesumstände der Reichsgräfin von Ortenburg zu offenbaren, bevor sie es tun konnten.«

»Du sprichst von Magotas Drohung?«

Hildegard nickte.

»Eine Schlange, die von Anfang an mit gespaltener Zunge gesprochen hat. Vergiss sie! Die Schwestern haben dich nach Juttas Tod zur Vorsteherin gewählt. Einstimmig.

Und wäre heute wieder Wahl, wir alle würden erneut für dich votieren, denn wir lieben und verehren dich.«

»Was willst du, Hedwig?«

»Dich schützen, geliebte Mutter. Und davor bewahren, den gleichen Fehler noch einmal zu begehen. Du fühlst dich zu Recht enttäuscht. Ich weiß, du hast Theresa gerngehabt und dir schon ausgemalt, welche Pflichten sie einmal bei uns erfüllen könnte. Und jetzt, wo sie noch immer ganz in unserer Nähe lebt, nur durch die Nahe getrennt ...«

»Ich will diesen Namen nicht mehr hören!«

»Sie hat dich gleich an Richardis erinnert, nicht wahr? Deshalb hast du auch dafür gesorgt, dass sie jetzt nicht darben muss, trotz deiner übergroßen Enttäuschung.«

»Schweig!« Noch immer war Theresas Fehlen ein stechender Schmerz, ein Lanzenstoß in die Brust, der Hildegard manchmal in die Knie zwang.

Doch Hedwig redete unbeirrt weiter: »Jeden Tag mehr hat sie dich an sie erinnert, je länger sie bei uns war. Ihr Gang, das Haar, ihre Augen. Sogar entfernt verwandt ist sie ja mit ihr. Und doch war sie nicht Richardis. Selbst wenn sie für immer im Kloster geblieben wäre, sie hätte dir Richardis niemals ersetzen können.« Hedwigs unruhige Hände hatten damit begonnen, Wachskügelchen zu kneten.

»Glaubst du, das alles wüsste ich nicht?« Hildegards Augen waren dunkel geworden. »Es gab nur eine Richardis, eine einzige! Ihre Seele ist jetzt bei Gott. Das allein tröstet mich.« Sie schluckte. »Manchmal. Ein wenig.«

»Es hat eine ganze Weile gedauert, bis die Schwestern dir wieder ganz vertraut haben, weißt du das eigentlich? Der Platz in deinem Herzen, den du Richardis eingeräumt hattest, war zu groß, zu unbedingt, auch noch, als sie nicht mehr bei uns gelebt hat. Da mussten Neid und Missgunst geradezu wuchern, so sind die Menschen nun mal, auch wenn sie hinter hohen Mauern leben und vor dem Altar feierlich Keuschheit, Armut und Gehorsam gelobt haben. Sollten die Mitschwestern nun das Gefühl bekommen, dass Theresas Weggang ein neues tiefes Loch gerissen hat, so ...«

»Was willst du?«, herrschte Hildegard sie an. »Du, die du dich immer auf die Wahrheit berufst: Spuck sie schon aus!«

»Zeig ihnen, wer du bist!«, bat Schwester Hedwig. »Lass sie deine Größe sehen, deinen Stolz atmen, deine Weitsicht spüren. Dein Glanz macht uns alle strahlender. Gott unter der Prophetin vom Rhein zu preisen und zu dienen – was könnte erstrebenswerter sein?«

Sie ließ das sinnlose Kneten endlich bleiben und faltete stattdessen ihre tintenbeschmierten Hände.

»Kuno wird irgendwann klein beigeben müssen, wenn er dich so erlebt, das weiß ich«, fuhr sie fort. »Und auch Erzbischof Arnold kann sich dir und deiner Berufung nicht auf Dauer verschließen. Nacht für Nacht bitte ich den Allmächtigen darum. Dass er ihn sehend mache und sein Herz der grenzenlosen Liebe öffne, die wir von dir empfangen dürfen. Denn was wären wir schon ohne sie?«

Hedwigs bewegende Worte klangen in Hildegards Herzen fort, später, bei der Vesper, als sie gemeinsam das Lob der Gottesmutter sangen und die Magistra Gelegenheit hatte, ihren Blick über all die verschiedenen Gesichter wandern zu lassen. Mehr als vierzig Frauen waren es inzwischen, die auf dem Rupertsberg lebten, und ständig kamen neue hinzu, weil der Ruf des Klosters im ganzen Reich widerhallte. Einige hatten bereits die Mühsal des Neuanfangs mit ihr geteilt, die meisten waren erst eingetreten, als die starken neuen Mauern schon gestanden hatten.

Aber allen war sie schuldig, den Kampf um die Unabhängigkeit des Konvents mit Geist und Herz so lange fortzusetzen, bis sie gesiegt hatten.

Hedwig hatte recht. Die Wunde, die Richardis' Verlust ihr geschlagen hatte, war nicht unbemerkt geblieben. Auch nicht dass Theresas Verrat, wie sie es empfand, die hauchdünne Heilungshaut, die sich gerade darüber hatte schließen wollen, grausam zerstört hatte. Aber sie durfte nichts von außen erwarten, sondern musste lernen, mit ihren Schmerzen und inneren Nöten allein fertigzuwerden, auch wenn sie noch nicht wusste, ob es ihr jemals gelingen würde.

»Nichts ist von Dauer, so lautet der Fluch, mit dem die Menschen zeitlebens geschlagen sind. Zu leben bedeutet auch zu kämpfen.« Beides hatte ihr Bruder Hugo vor langer Zeit zu ihr gesagt und hinzugefügt: »Ich kenne keine, die zu Letzterem besser ausgestattet wäre als du, Hildegard, auch wenn man es auf den ersten Blick nicht vermuten würde.«

Eine warme Woge der Zuneigung durchflutete sie, während sie an ihn dachte. Ja, sie war diejenige, die das Lebendige Licht empfing. Ihm allein wollte sie dienen, ihm zuliebe klaglos Unbill, Krankheit und jeglichen Widerstand ertragen, um sein hohes Lied zu singen.

Anstatt sich schlafen zu legen, bis die Prim erneut die Anbetung Gottes verlangen würde, schritt Hildegard rastlos in ihrer kleinen Schlafkammer auf und ab. Sie hatte eine Kerze angezündet, um die Dunkelheit zu vertreiben. Die Bewegung half ihr, trotz der klammen Kälte, die heuer reichlich früh tief in die Mauern gekrochen war, halbwegs warm zu bleiben, was wiederum den Gedanken neuen Auftrieb gab.

Sorgfältig wog sie alle Argumente gegeneinander ab.

Der König befand sich seit Wochen auf Heerfahrt in Italien, um die aufständischen oberitalienischen Städte zu unterwerfen und sich in Rom von Papst Hadrian zum Kaiser krönen zu lassen. Doch jenseits der Alpen schienen seine Ritter auf unerwartete Schwierigkeiten zu stoßen, allein schon, weil das Heer, das Friedrich gegen die Lombarden aufgeboten hatte, alles andere als groß war. Denn seinem Aufruf waren nicht genügend Fürsten gefolgt, lautete die wichtige Nachricht, die Hugo ihr aus Mainz hatte zukommen lassen. Der Zeitpunkt der Rückkehr des Heeres schien also ungewiss. Als erster der Erzbischöfe und alter Vertrauter verwaltete Arnold von Selenhofen einstweilen die Geschicke des Reiches. Er würde ihrem Anliegen unter diesen Umständen gewiss noch immer kein Gehör schenken.

Keiner von ihnen würde ihr in den nächsten Monaten helfen können, wenn sie nicht sogar noch länger darauf warten musste. Also galt es, Kuno direkt und ohne lange Umschweife anzugehen.

Vielleicht war dafür sogar die beste Gelegenheit seit Langem.

Aus der Kerze leckte plötzlich eine zweite Flamme, die auf halber Höhe ein Loch durch das Wachs fraß, für Hildegard ein Zeichen der Zuversicht. Nicht einmal brennender Schmerz konnte sie brechen. Denn was sie vorhatte, tat sie ja nicht für sich, sondern im Namen des Himmels für alle.

In ihrem Kopf begannen sich bereits die Worte zu formen, die sie Bruder Volmar diktieren würde, sobald es hell genug dafür war. Ein Brief der besonderen Art, den der Abt des Disibodenbergs sein Leben lang nicht vergessen würde:

Wie groß ist die Torheit in dem Menschen, der sich nicht selbst bessert, sondern sucht, was im Herzen des anderen ist, und die Missetaten, die er darin findet, gleich gewaltsam ausbrechenden Wassern nicht zurückhält. Wer so tut, der vernehme die Antwort des Herrn: O Mensch, warum schläfst du und hast an den guten Werken, die vor Gott wie eine Sinfonie erklingen, keinen Geschmack? Warum entsagst du nicht durch Erforschung deines Herzenshauses deiner kecken Angelegenheit? Du schlägst Mir ins Gesicht, wenn du Meine Glieder in ihren Wunden zurückstößt, ohne auf Mich zu schauen, der Ich doch den Irrenden zur Herde zurücktrage ...

✻

Die Kinder im Sarwürkerhaus waren Theresas erste beiden Geburten. Sie arbeitete jetzt bei Eva als Lehrmagd, unterstützt durch den Beitrag, den der Rupertsberg dazu geleistet hatte. Dem kräftigen kleinen Mädchen, von dem sie Cillie entbunden hatten, folgte kurz darauf Femes Bübchen, das so zart und durchscheinend war, dass niemand auch nur einen Kreuzer auf sein Überleben gewettet hätte.

Doch der kleine Vinzent, der seiner Mutter schmerzhafte Wehen von einem Tag und einer Nacht eingebrockt hatte, während derer sie Bingen im Allgemeinen und den toten Sarwürker im Besonderen zur Hölle wünschte, erholte sich rasch. Zwar saß noch immer ein Vogelköpfchen auf seinen jämmerlich dünnen Schultern, und die Gliedmaßen erinnerten eher an geschälte Weidenruten als an die Arme und Beine eines ausgetragenen Säuglings, sein Appetit aber war beachtlich. Sobald seinen gierigen Lippen die mütterliche Brustspitze entglitt, brach er in derart forderndes Brüllen aus, dass Feme alles tat, um ihn so schnell wie möglich wieder richtig anzulegen. War sein Hunger endlich gestillt, kam Cillies Maris an die Reihe, die kaum schrie, sondern zügig trank, weil aus den mageren Brüsten ihrer Mutter schon bald kein Tröpfchen Milch mehr fließen wollte.

Als hätte sie das bereits geahnt, hatte die Sarwürkerwitwe, kaum war sie dem Wochenbett entstiegen, der kreißenden Feme beigestanden, ihr abwechselnd den Rücken gestützt und die aufgesprungenen Lippen mit Wasser benetzt, während Eva und Theresa den schwierigen Austrieb des Kindes überwacht hatten.

Was war nicht alles nötig gewesen, bis sie endlich den ersten Schrei zu hören bekamen! Fenster und Türen hatten sie geschlossen, um jegliche Zugluft auszusperren, und den Körper Femes mit Rosenwasser abgerieben, damit er geschmeidig wurde. Zur Öffnung des Muttermundes, die so quälend langsam vor sich ging, dass sie um das Leben des Ungeborenen fürchteten, hatte Eva zunächst weiße Nieswurz verabreicht, was freilich fehlschlug und sie dazu zwang, mit dem spitzen Nagel ihres kleinen Fingers die Fruchtblase zu öffnen. Als sie der Stöhnenden zudem schwarzes Bilsenkraut an die Schenkel band und ein abgegriffenes Amulett um den Hals hängte, das schon viele schweißnasse Hände umklammert haben mochten, kam allmählich Bewegung in die stockende Geburt. Räucherungen mit Thymian und Wacholder taten ein Übriges, und die laute Anrufung der Heiligen Rochus und Dorothea um Beistand in Kindsnöten durfte nicht fehlen.

Ein Rückschlag erfolgte allerdings, als Theresa unschuldig nach einem Kleidungsstück des Vaters fragte, das Feme anziehen solle, um die Geburt weiter voranzutreiben – ein alter Brauch, den sie noch aus dem heimatlichen Ortenburg kannte. Feme bäumte sich auf und stieß ein Gebrüll aus, so markerschütternd, dass es bis hinaus auf die Gasse zu hören war, während der kleine Rochus sich die Ohren zuhielt und angsterfüllt in einer Kiste verkroch.

Wenn Theresa daran dachte, hatte sie sofort wieder den Geruch nach Schweiß und Blut in der Nase. Er sollte für sie immer untrennbar mit dem Akt des Gebärens verbunden sein. Aber noch etwas anderes hatte in der Luft gehangen, etwas, das sie ebenso stark empfunden hatte, das sich auch nicht mit Händen greifen ließ: die stille, tödliche Feindschaft der beiden Frauen, die nach wie vor im selben Haus lebten.

Sie spürte diese Feindschaft, als Eva und sie die Neugeborenen zur Taufe trugen. Weil es zwei Kinder waren, ganz kurz nacheinander geboren, und die Wehmutter nur ein Paar Arme hatte, durfte Theresa als Lehrmagd ausnahmsweise dieses wichtige Amt versehen, was sie mit tiefem Stolz erfüllte. Plötzlich wünschte sie, Gero könne sie so sehen. Aber ihr Bruder hatte offenbar, wie Cillie ihr unter dem Siegel der Verschwiegenheit anvertraut hatte, just an jenem Tag einen neuerlichen und dieses Mal erfolgreichen Fluchtversuch unternommen, an dem herumziehendes Räuberpack Thies in der Werkstatt erstach.

Was hätte Theresa nicht alles darum gegeben, um dieser Geschichte Glauben schenken zu können! Irgendetwas, das sie nicht genau benennen konnte, hinderte sie daran. Dass Gero etwas mit Thies' Tod zu tun haben könne, schloss sie aus. Die beiden waren wie Goliath und David gewesen, ein mächtiger Stier gegen ein tänzelndes Füllen, das ihm an Kraft und Ausdauer weit unterlegen war. Dagegen wollte ihr die Geschichte mit den Räubern, die scheinbar wie vom Erdboden verschwunden waren, nicht mehr aus dem Kopf gehen. Hatten sie ihren Bruder zum Mitkommen gezwungen? Musste Gero, der sie womöglich bei ihrer grausigen Tat überraschte, sich ihnen anschließen, um sein junges Leben zu retten? Vielleicht war er ihnen auch durch seine aufbrausende Art lästig geworden, und sie hatten nicht gezögert, ihn unterwegs ebenso abzustechen wie seinen Lehrmeister.

Es gab Nächte, da träumte sie von Gero, sah ihn mit offenen Augen leblos und aufgequollen wie eine übergroße Kröte im Rhein treiben, und sie wachte jedes Mal nass geschwitzt und voller Verzweiflung darüber auf, dass sie ihn alleingelassen hatte. Nach dem Tod der Mutter hatten sie beide doch nur noch einander gehabt! Und jetzt war dieses einst so starke Band für immer zerrissen.

Der Pfarrer von St. Martin, dick wie ein Fass, mit wässrig blauen Augen, die herausquollen, als wollten sie ihre Höhlen sprengen, schien direkt in Theresa hineinschauen zu können, was ihr großes Unbehagen verursachte.

»Ich trage das Kind der ehrbaren Witwe Cäcilie«, hörte sie neben sich Eva sagen, deren Stimme dabei so gelassen klang wie immer. »Ein Mädchen. Es soll auf den Namen Maris getauft werden.«

Der Pfarrer stieß einen tiefen Ton aus, der wohl beruhigend wirken sollte. »Der Kindsvater?«, brummte er.

»Sarwürker Thies«, lautete Evas Antwort.

Es gab keinen in Bingen, der nicht über das traurige Schicksal des Sarwürkers Bescheid gewusst hätte. Der Pfarrer nickte. Nun traf sein gestrenger Blick erneut Theresa, der vor Schreck fast der Täufling aus den Armen gerutscht wäre.

»Ich trage das Kind der ehrbaren Witwe Feme«, sagte

sie mit stockender Stimme. »Ein Junge. Er soll auf den Namen Vinzent getauft werden.«

»Der Kindsvater?«, hörte sie den Pfarrer fragen.

Plötzlich war in ihrem Kopf nur noch ein weißes Rauschen und alles, was Feme ihr mühsam eingetrichtert hatte, wie durch Zauberhand verschwunden. Sie versuchte, einen halbwegs vernünftigen Satz hervorzubringen, doch es gab etwas in ihr, das sich dagegen wehrte.

Weil es nicht die Wahrheit war.

Plötzlich wurde Theresa klar, dass sie die vereinbarte Lüge nicht über die Lippen bringen konnte. Eva warf ihr einen besorgten Blick zu. Doch sie zog nur die Schultern hoch – und blieb weiterhin stumm.

Hinter ihnen wurde es unruhig. Der kleine Rochus begann zu quengeln, weil ihm in der eiskalten Kirche alles schon viel zu lange dauerte, Cillie stieß ein scharfes Hüsteln aus, während Feme mit den Füßen scharrte wie ein Ross, das zu fest im Stall angebunden war.

»Flickschuster Jockel haben wir bereits vor mehr als drei Jahren zu Grabe getragen«, sagte der Pfarrer mit sarkastischem Unterton. »Ich selbst hab seine Totenmesse gelesen, das weiß ich noch ganz genau. Falls es sich also nicht um ein Wunder handelt, von dem mir allerdings bislang nichts bekannt wäre, kann er dieses Kind nicht gezeugt haben.«

Jetzt begann Feme hemmungslos zu schreien.

»Umgebracht hat man ihn mir! Feige abgemurkst wie einen tollwütigen Köter. Aber er hat mich geliebt. Weil ich ihm so viel Freude geschenkt habe. Und seinen kleinen Vinz hätte er auch …«

»Ich glaube an Gott, den allmächtigen Vater«, schnitt Evas Stimme ihr das Wort ab, »Schöpfer des Himmels und der Erde. Und an Jesus Christus, seinen eingeborenen Sohn …«

Und mit jedem Wort des feierlich gesprochenen Glaubensbekenntnisses, das das Kirchenschiff erfüllte, kehrte langsam Ruhe zurück. Theresa spürte, dass sich etwas wie Balsam auf ihre Seele legte. Sie brauchte die gesamte Dauer der Zeremonie, bis sie begriffen hatte, was es war.

Diese beiden Winzlinge besaßen etwas, das ihrem toten Brüderchen verwehrt geblieben war. Als Getaufte lebten sie fortan im Segen der Kirche. Selbst wenn sie noch in der Wiege starben, wovor der Allmächtige sie schützen und bewahren möge, die Pforten der Hölle würden sich für sie nicht auftun.

Später, beim Taufschmaus im Sarwürkerhaus, wurde die Stimmung erneut beklommen. Cillie thronte am Tisch, vom Scheitel bis zur Sohle Meisterswitwe, während Feme herumwuselte und darauf achtete, dass alle genug zu essen und zu trinken bekamen. Bier und Metzelsuppe tischte sie auf, eingelegtes Kraut und frische Blutwürste, weil die Nachbarin erst am Vortag eine Sau geschlachtet hatte, Speisen, vor denen Theresa sich inzwischen insgeheim ekelte. Nicht zum ersten Mal sehnte sie sich nach den einfachen, aber wohlschmeckenden Gerichten im Kloster zurück, wo ihr der Verzicht auf das Fleisch von Vierfüßlern schon zur lieben Gewohnheit geworden war.

»Schmeckt es dir nicht?« Femes dunkle Augen waren prüfend auf sie gerichtet.

Pflichtschuldig würgte sie einen Löffel von der süßlichen, überwürzten Suppe hinunter und versuchte zu lächeln.

»Flattere doch nicht die ganze Zeit wie ein aufgeschrecktes Huhn hin und her!«, ermahnte die Wehmutter Feme. »Deine Niederkunft war schwer genug. Solltest dich ruhig noch ein Weilchen schonen, wo du doch gleich zwei Kinder auf einmal zu stillen hast.«

»Sie muss aber fleißig sein«, sagte Cillie mit säuerlichem Unterton. »So und nicht anders lautet nämlich unsere Vereinbarung, wenn sie nicht in der Gosse verrecken will. Denn wer würde eine wie sie noch nehmen – eine stadtbekannte Metze mit einem ledigen Balg?«

»Wollt ihr euch nicht lieber voneinander entfernt halten, nach allem, was geschehen ist?« Eva war besorgt, weil Cillie so abfällig redete. »Sonst geht ihr euch eines schönen Tages vielleicht noch an die Gurgel.«

»Damit ich mir meine Kleine mit wässriger Ziegenmilch verderbe und wir verhungern, jede allein für sich? Ich denke nicht daran!« Mit aufsässiger Miene streckte sie Eva die Hände entgegen. »Da, schau! Stark sind sie und geschickt dazu. Wenn ich wollte, könnte ich ebenso gut die Zangen führen wie mein toter Mann, hab ihm ja oft genug dabei zusehen müssen. Doch das darf ich nicht, weil ich bloß ein Weib bin.« Cillie stieß ein scharfes Lachen aus. »Keiner der hohen Herren würde eine Brünne kaufen, die Frauenhände gewirkt haben, so ist es nun mal, auch wenn sie dreimal so kunstvoll gefertigt wäre. Aber meinen Gambeson tragen, der ihnen den feisten Pelz wärmt, das mögen sie – und genauso werden wir es künftig halten.«

»Ich dachte, Laurenz hätte um dich gefreit«, wandte Eva ein. »Lethe hat so etwas erwähnt.«

»Hat er, hat er, dieser einfältige Tropf!«, rief Cillie. »Wer die Meisterswitwe kriegt, der kann sich ja auch Meister nennen, und genau das wollte er natürlich. Sich in meinem Haus einnisten, saufen, bis ihm der Schädel wegfliegt, und mich den ganzen Tag herumscheuchen, dass mir die Beine abfallen, so hatte der Liederjan sich das bereits vorgestellt. Und mich dann allnächtlich in der Schlafkammer besteigen wie ein brünstiger Bock, damit er sich seine paar elenden Kreuzer für das Hurenhaus auch noch sparen kann.

Träum weiter, Laurenz! Wir brauchen dich hier nicht. Wir brauchen gar keinen Kerl, der uns lediglich herumkommandiert und uns Jahr für Jahr ein neues Kind macht.«

Aus der Doppelwiege, in der die beiden Säuglinge lagen, drang vergnügtes Krähen, das wie Zustimmung klang. Offenbar gefiel es den beiden, die Nähe des anderen zu spüren. Sobald man einen von ihnen herausnahm, begann der zweite loszuplärren. Sogar die brave kleine Maris, die sich sonst kaum muckste, schien dieses Recht für sich zu beanspruchen.

Feme nickte ergeben, während Cillie weitersprudelte: »Sie sorgt für das Haus, kocht, wäscht und hütet die Kinder – und ich erledige die Näharbeiten. Werd mich wohl auf die Anfertigung von Gambesons beschränken, das macht zwar viel Mühe, bringt aber auch gutes Geld. Erst neulich konnte ich dem werten Herrn Kanonikus sein verlorenes Messer zurückgeben, nach dem er sich vergeblich die Augen ausgeguckt hatte. So hocherfreut, wie er darüber war, hat er mir gleich drei dicke Aufträge versprochen. Und das ist erst der Anfang!«

Sie klang so siegessicher, dass Eva vorsorglich den Mund hielt und auch Theresa lieber nichts zu diesem heiklen Thema äußerte. Die Stimmen in Bingen über diesen »Sauhaushalt«, wie die Leute sagten, würden also auch weiterhin nicht verstummen. Den beiden Frauen aber schien das nichts auszumachen, zumindest taten sie nach außen hin so.

Wehmutter wie Lehrmagd atmeten auf, als sie, ohne den Anstand zu verletzen, aufbrechen konnten und endlich wieder das Haus in der Salzgasse erreichten, das seit einiger Zeit auch Theresas Zuhause geworden war. Lethe stand in der Küche und buk Schmalznudeln aus, Florin und Karl kamen sofort zu ihrer Mutter gerannt, und der kleine Johannes, der auf dem Boden selbstvergessen mit seinen Klötzchen gespielt hatte, streckte die dicken Ärmchen gebieterisch nach Theresa aus.

»Resa!«, rief er. »Fliegen!«

Sie tat ihm den Gefallen, hob ihn in die Höhe und spürte dabei, dass er mit jedem Monat, der verstrich, schwerer wurde. Da er unersättlich schien, was dieses Spiel betraf, wiederholten sie es viele Male, bis sie beide außer Atem waren. Theresa presste ihren Mund auf seinen Kopf und sog begierig den warmen Duft nach Unschuld und Leben ein.

Für ein paar Augenblicke vergaß sie alles um sich herum, und ihr seliger Gesichtsausdruck musste diese Empfindungen nur allzu deutlich widergespiegelt haben, denn Eva kam später darauf zurück, als sie nach dem Essen zusammen das Geschirr wuschen und Josch zu seinem Neffen gegangen war, um mit Peters Hilfe ein altes Fass für den Rupertsberg abzudichten.

»Jede Wehmutter sollte selbst geboren haben«, sagte Eva unvermittelt. »Dann erst kennt sie sich richtig aus in diesem Geschäft. Die Schwangeren legen großen Wert darauf. Und ihre Mannsbilder erst recht, damit der Frau bloß nichts passiert. Außerdem gibt es nichts Schöneres auf der Welt: ein Kindlein in den Armen zu wiegen, das aus deinem Leib gekommen ist.«

»Dazu braucht man aber erst einmal einen Mann«, rief Theresa und konnte nicht verhindern, dass ihr dabei die Röte ins Gesicht schoss, weil sie unwillkürlich an Willem denken musste.

Das stattliche Haus in der Enkersgasse schien verwaist, schon seit Monaten. Anfangs war sie immer wieder darum herumgestrichen wie eine hungrige Katze auf der Suche nach Rahm, obwohl die Schmach seiner Abfuhr lange in ihr gebrannt hatte. Doch irgendwann veränderten sich ihre Gefühle ihm gegenüber, wurden weicher, versöhnlicher. Jetzt konnte sie auch wieder sein Bild vor sich aufsteigen lassen, ohne sofort diesen hässlichen Kloß im Magen zu spüren. Willem konnte es nicht so gemeint haben, davon war sie inzwischen nach langem Grübeln überzeugt. Jemand anderer, vielleicht sein mürrischer Onkel, der sie noch nie gemocht hatte, musste ihn dazu veranlasst haben. Sie bedeutete ihm etwas, nicht anders wie er ihr, daran gab es nichts zu rütteln. Sie musste einfach nur Geduld haben, sehr viel Geduld, dann würde eines Tages wahr werden, wonach sie sich so sehr sehnte.

In diesem Bewusstsein war es Theresa nicht weiter schwergefallen, ihre unsinnigen Kontrollbesuche in der Enkersgasse einzustellen. Willem war ja ohnehin nicht in Bingen. Ein untrügliches Gespür verriet es ihr und Lethes Geschwätz dazu, die jeden Klatsch wie ein Schwamm aufsog und munter weitergab.

»Daran würde es ja nicht mangeln.« Evas Ton war unverändert freundlich, ihre Augen aber blieben wachsam auf Theresa gerichtet. »Oder hältst du es etwa für Zufall, dass Peter jetzt ständig vorbeikommt? So viel Aufmerksamkeit hat er für seine kleinen Vettern in all den Jahren zuvor niemals übrig gehabt.«

»Peter, der Küfer? Das bildest du dir nur ein!« Theresas Lachen klang gezwungen. »Ich hab gehört, dass er schon vielen Mädchen schöne Augen gemacht hat. Der meint es nicht so ernst.«

»Hochmut kommt schnell vor dem Fall«, sagte Eva. »Das hab ich schon oft gehört. Was hast du denn gegen unseren Neffen einzuwenden? Er ist ein schmucker Kerl, der zudem sein Handwerk versteht. Die Leute hier an Rhein und Nahe werden immer gern Wein trinken. Und dafür brauchen sie die Kunst des Küfers. Um ein gesichertes Auskommen müsste sich sein künftiges Weib also schon mal keine allzu großen Sorgen machen.«

Was sollte Theresa darauf antworten? Dass sie sein Lachen anfangs sehr gemocht hatte und auch die braunen Augen, die so treuherzig dreinschauen konnten, als sei er noch ein kleiner Junge. Dass sie aber auch schon andere Seiten an ihm wahrgenommen hatte, die sie abgestoßen hatten, etwa ein zorniges, rasches Aufbrausen, bei dem sich wüste Flüche wie ein Sturzbach aus seinem Mund ergossen. Besonders übel nahm sie ihm, dass er sich trotz Bittens und Bettelns nicht davon hatte abhalten lassen, in der Abenddämmerung einen zappelnden Sack im Fluss zu versenken, aus dem das jämmerliche Quieken junger Kätzchen gedrungen war. Da hatte sein Lachen falsch geklungen, fast schon teuflisch.

Sollte sie Eva anvertrauen, dass sie es kaum ertragen konnte, wenn Peter ihr zu nah kam? Sein Schweiß roch so stechend, dass unwillkürlich Ekel in ihr aufstieg und sie nur noch eines wollte: so schnell wie möglich weit, weit weg von ihm. Willem dagegen hatte nach grünen Gräsern gerochen und nach etwas Holzigem, das sie nicht näher bestimmen konnte, das in ihr aber den Wunsch wach werden ließ, ihn zu küssen und zärtlich zu berühren.

»Du hast doch nicht etwa noch den jungen Flamen im Sinn?« Evas Stimme drang unerbittlich in Theresas Gedanken. »Diesen Willem van Gent? Zum Glück hat er Bingen verlassen. Ginge es nach mir, das sag ich dir frank und frei, dann herzlich gern für alle Zeiten!«

»Nein«, sagte Theresa, eine winzige Spur zu rasch. »Den hab ich längst vergessen.«

✢

ITALIEN – WINTER 1154/FRÜHJAHR 1155

Regelmäßig zu essen bekommen hatten sie schon seit November nicht mehr. Damals war das königliche Heer drei Tage lang orientierungslos durch eine regennasse Einöde geirrt und hätte dabei beinahe einen Großteil seiner Pferde verloren, da sie wegen Futtermangel schlichtweg zu verhungern drohten. Was nützte es da, dass Friedrich danach in solche Wut geriet, dass er alle Paveser Geiseln freiließ und stattdessen befahl, die gefangenen Mailänder an die Schwänze von Pferden zu binden und so lange durch den Schmutz zu schleifen, bis sie sich alle Knochen gebrochen hatten?

Ein halbes Dutzend Tote hatte es nach dieser Bestrafungsaktion gegeben, und Gero hatte zu den bedauernswerten Pferdejungen gehört, die sie abschneiden mussten. Den Anblick der geschundenen Körper würde er nicht mehr vergessen, solange er lebte.

Am schlimmsten hatte der ausgesehen, der an einem feurigen Rappen gehangen hatte. Der einst prächtige Gambeson war nur noch ein loses Fetzengewebe, durch das Steine, Dreck und Lehm gedrungen waren, um sich mit der aufgerissenen Haut zu einem hässlichen rotbraunen Matsch zu verbinden. Das Gesicht des Toten war bis zur Unkenntlichkeit entstellt. Doch an den langen, muskulösen Gliedmaßen konnte man sehen, dass der Tote ein junger Mann gewesen sein musste, der die Schwelle zum Erwachsenenalter kaum überschritten hatte. Man ließ die Pferdejungen flache Gräber ausheben, bis sie so durchnässt waren, dass ihnen jeder Faden einzeln am Körper klebte. In den Mulden wurden die Toten dann nach ein paar hastig gemurmelten Worten eines Geistlichen verscharrt.

An jenem Abend hatte Gero freiwillig auf das harte Brot

und den gerade mal faustgroßen Schlag fetten Schweinefleisches verzichtet, der jedem zustand, und sich in einem der provisorischen Zelte, in denen die Knechte untergebracht waren, wortlos in seinen Umhang gewickelt. Der linke Arm tat noch immer nicht ganz so, wie er eigentlich sollte, und die Vorstellung, zum lädierten Bein jetzt auch noch einen verkrüppelten Arm zu behalten, lag Gero zusätzlich wie ein Felsbrocken auf der Seele.

Freimut von Lenzburg musste geahnt haben, was in seinem Pferdejungen vorging, denn er war trotz der späten Stunde noch einmal zu ihm gekommen.

»Das gehört zum Kriegführen nun mal dazu.« Diese geflüsterten Worte waren als Erstes an Geros Ohren gedrungen. Dann spürte er die Wärme des sehnigen Männerkörpers, der neben ihm kniete, und er fühlte sich trotz seiner schlechten Verfassung plötzlich auf merkwürdige Weise geborgen. »Verräter, die man hart bestrafen muss, wenn man selber überleben will. Wer keine Toten sehen kann, hat auf einer Heerfahrt nichts verloren.«

»Sie waren doch bloß Geiseln«, wagte Gero einen Einwand.

»Was macht das für einen Unterschied? Sie mussten sterben, weil ihre Landsleute gegen getroffene Abmachungen verstoßen haben. Wenn wir den Lombarden erlauben, uns auf dem Kopf herumzutanzen, können wir unsere Zelte in Italien besser heute als morgen abbrechen. Doch das wird nicht geschehen. In Monza hat König Friedrich sich zum König des italienischen Reiches krönen lassen. Im Rom wird er zum Kaiser gekrönt. Das ist unser Ziel.« Seine Hand legte sich für einen Augenblick auf Geros Kopf. »Trotzdem kann ich mir vorstellen, wie dir zumute sein muss. War ja selber kaum älter als du, als ich über die ersten Gefallenen gestolpert bin. Keine schöne Angelegenheit!«

Er gab ihm für den nächsten Tag dienstfrei, was sich allerdings als kein großer Akt der Wohltat erwies, denn es goss weiter, als solle die Erde ersaufen, und so musste Gero stumpfsinnig im Zelt hocken bleiben, um nicht abermals bis auf die Haut durchnässt zu werden. Dafür bekam er von Freimut einen alten Gambeson geschenkt, der ihm zwar ein ganzes Stück zu groß war, den er aber dennoch voller Stolz und Freude trug.

Von der Schleifung der Burg Rosate südwestlich von Mailand erfuhr Gero nur aus zweiter Hand. Freimut von Lenzburg gehörte nicht zu dem auserwählten Ritterhaufen, den der König für diese Aufgabe erkoren hatte, und als die Plünderer und Brandschatzer rußig von Kopf bis Fuß ins Lager zurückkehrten, machten schon bald derart übertriebene Erzählungen ihrer Heldentaten die Runde, dass man sie getrost im Reich der Märchen ansiedeln konnte.

Das Heer brauchte dringend Erfolge, das lag auf der Hand, denn die Stimmung in der Truppe war denkbar schlecht. Zwar lief nach vielen Mühen die Versorgung wieder ächzend und knirschend an, doch die Lieferungen von lombardischer Seite kamen trotz aller Drohungen nach wie vor ausgesprochen zögerlich. Vieles von dem, was im Lager ankam, war uralt, ungenießbar oder längst verdorben. Eine heftige Ruhrepidemie war die Folge, die sich schnell ausbreitete und kaum einen verschonte, auch nicht den König, der erst nach Tagen schwankend und sichtlich abgemagert wieder auf die Beine kam.

Was Barbarossa, wie die Italiener ihn wegen seines Feuerbartes nannten, freilich nicht daran hinderte, nun mit noch härterer Hand durchzugreifen. Jeder einheimische Marketender, der seine Waren dem Heer anbieten wollte, wurde derart durchkämmt, dass viele lieber flüchteten, als sich dieser Schikane noch auszusetzen. Auch der Besuch von Hübschlerinnen im Heereslager wurde bei Strafandrohung verboten, und als sich zum Vergnügen der Männer doch eines Nachts ein paar Huren heimlich einschlichen, ließ Arnold von Selenhofen zwei von ihnen zusammen mit ihren Freiern öffentlich teeren und federn, was als Abschreckung für lange Zeit die gewünschte Wirkung erzielte.

Dennoch blieben die sehnlich erwarteten Erfolge weiterhin aus, von einem Durchbruch auf ganzer Linie, wie der König es jüngst seinen Rittern in einer flammenden Rede in Aussicht gestellt hatte, ganz zu schweigen. Bei kleineren Ausfällen wurden zwei Ticino-Brücken bei Turbigo zerstört, danach einige Burgen der Mailänder rings um Novara niedergebrannt. Nach Weihnachten marschierte das Heer über Vercelli und Turin nach Chieri und nach Asti. Beide Städte wurden eingeäschert. Das Ganze aber glich einem Zickzackkurs, der keinen zum Sieger machte, aber viele Verlierer hatte.

Namen und Ereignisse, die Gero kurz hörte, aber in der Eintönigkeit des Lagerlebens ebenso schnell wieder vergaß. Er hielt sich jetzt ständig in der Nähe seines Herrn auf, dem es zu gefallen schien, wie ehrfürchtig der Heranwachsende zu ihm aufsah. Natürlich hatte er weiterhin als Pferdejunge zu arbeiten, aber es gab auch immer mehr Gelegenheiten, bei denen Freimut von Lenzburg ihn beinahe wie seinen Knappen behandelte, zumal er inzwischen wusste, dass Geros Vater Reichsgraf gewesen war und beim Kreuzzug im Heiligen Land gefallen war.

Dem Ritter hatte imponiert, welch sorgfältiger Untersuchung Gero seine alte Brünne unterzogen hatte.

»Ihr tragt ja die denkbar einfachste Ausführung, Herr!«, war Geros erschrockener Aufschrei gewesen. »Lediglich das übliche Vier-in-eins-Geflecht! Wie leicht kann da eine Klinge oder Pfeilspitze durch die Maschen dringen. Ihr braucht dringend einen neuen Panzer, sorgfältig vernietet, am besten aus verzinkten und brünierten Ringen geflochten. Hätte ich nur meine Zangen da, ich könnte Euch rasch aus der Verlegenheit helfen!«

Danach allerdings wurde er rot und verstummte für Stunden, als hätte er zu viel von sich preisgegeben.

Inzwischen kannte der Ritter ein paar Bruchstücke aus Geros Vergangenheit, obwohl sich der Junge zunächst offenbar ebenso geschämt hatte, darüber zu reden, warum er mit Mutter und Schwester die heimatliche Burg hatte verlassen müssen, wie über seine Zeit beim Sarwürker. Jedes Mal, wenn Freimut ihn genauer ausfragen wollte, zog Gero den Kopf ein und verstummte. Für Ersteren Grund zur Annahme, dass der ehemaliger Lehrherr ihn schlecht gehalten, ja womöglich sogar misshandelt hatte. Man hatte ihm zudem berichtet, wie unruhig sein Schützling schlief und dass er nachts oft schreiend hochfuhr. Auch tagsüber war dem Ritter schon öfter eine gewisse Geistesabwesenheit aufgefallen, als sei Gero auf einmal anderswo, unfähig, die einfachsten Antworten zu geben. Doch er beschloss, den Findeljungen nicht mit weiteren Fragen zu peinigen. Es waren schwierige Zeiten, gerade für einen heimatlosen Heranwachsenden. In Gero floss edles Blut, und Freimut hatte es von Anfang an geahnt, allein das zählte.

Das Jahr war erst wenige Wochen alt, da zogen sie vor die Stadt Tortona, die mit der Reichsacht belegt worden war, weil ihre Bewohner ihre Kriegsgefangenen zu spät ausgeliefert und sich geweigert hatten, vor Gericht zu erscheinen, um sich den Beschwerden Pavias zu stellen. Zudem gab es eine Forderung von zehntausend Mark in Silber, die die Stadt aufzubringen habe, wollte sie vor der Zerstörung verschont bleiben. Tortona wollte und konnte diese immense Summe nicht aufbringen. Die Folge war die Belagerung durch Barbarossa und seine Mannen.

Doch keiner im Heerlager hatte mit den Schwierigkeiten gerechnet, die damit verbunden waren. Die Unterstadt im Sturm zu nehmen, war keine große Sache gewesen, und der Ritter, der sich dabei vor allen anderen auszeichnete, war Herzog Heinrich von Sachsen, ein Vetter Friedrichs, ein schlanker Mann mit schwarzem Bart und dunklen Augen, mutig und unerschrocken bis zur Tollkühnheit. Wäre es nach ihm gegangen, hätten sie im gleichen Angriff auch die Oberstadt geschleift, in die die Bewohner sich ängstlich zurückgezogen hatten. Aber es hatte auf deutscher Seite einige Tote und Verletzte gegeben, weshalb der König den Befehl zum Rückzug erteilte, um seine Ritter nicht vorschnell aufreiben zu lassen. Ein grober strategischer Fehler, wie sich im Nachhinein herausstellen sollte, denn die Oberstadt, auf einer Bergkuppe gelegen, verfügte über starke Mauern und befestigte Türme, von denen die Eingeschlossenen nun Pechgeschosse herunterschleuderten, die unter den deutschen Rittern großen Schaden anrichteten, während die Stadt über endlose Wochen uneinnehmbar blieb.

Das Osterfest kam und ging – und alles blieb beim Alten. Sollte sich Friedrich Barbarossa an dieser Stadt die Zähne ausbeißen?

Er, der römischer Kaiser werden wollte, konnte sich solch eine Schmach nicht leisten. Immer ungestümer griffen seine Ritter an, nach wie vor ohne jeglichen Erfolg. Dafür gerieten an den abendlichen Feuern die Spekulationen, wie man die Belagerten zur Kapitulation zwingen könne, immer wilder.

»Wir hungern sie aus«, lautete einer der Vorschläge.

»Wer weiß, was sie alles an Essbarem in ihren Truhen

und Säcken gehortet haben! Das kann noch Monate dauern – und bis dahin haben die Sumpfmücken unser Blut längst ausgesaugt, jetzt wo es von Tag zu Tag immer wärmer wird!«

»Man sollte brennende Lumpenbälle in die Stadt schleudern und die Bewohner wie Ratten ausräuchern«, forderte ein anderer. »Dann müssen sie herauskommen, wenn sie nicht qualvoll ersticken wollen.«

»Steinmauern sind nun mal nicht so einfach in Brand zu setzen«, konterte Ulrich von Lenzburg, Freimuts älterer Bruder, den der König besonders schätzte und bevorzugt mit Sonderaufgaben betraute. »Und dass wir von unten aus die Dächer treffen, ist unwahrscheinlich. So werden wir unser Ziel gewiss nicht erreichen.«

Niemand hatte bemerkt, dass Arnold von Selenhofen auf einmal hinter sie getreten war.

»Vierzig Tage kann der Mensch ohne feste Nahrung leben«, sagte er. »Wie Jesus in der Wüste bewiesen hat. Doch trinken muss er eher. Ohne Wasser stirbt man binnen Kurzem.«

»Wir graben ihnen das Wasser ab, das wird sie mürbe machen.« Herzog Heinrich war aufgesprungen.

»Nein«, sagte der Erzbischof. »Wir vergiften es. Das geht einfacher und schneller.«

»Und womit?« Das war Barbarossas Stimme.

»Eisenhut. Ein paar Handvoll – und sie sterben wie die Fliegen.«

Welch ein Anblick, als das Tor sich nach fünf endlosen Tagen öffnete und die überlebenden Bewohner wie ein Häuflein Elender herauswankten ... Die von ihnen, die noch einigermaßen gehen konnten, schleppten einfache Bahren, auf denen Kranke oder Tote lagen, denn die Kunde, dass die Barbaren aus dem Norden die Zisternen vergiftet hatten, war von vielen Tortonesen zunächst als reine Stimmungsmache abgetan worden. Qualvolle Todesfälle hatten sie rasch eines Besseren belehrt.

Wer noch nicht zu schwach dazu war, warf nun den Besatzern hasserfüllte Blicke zu, und man sah mehr als eine zornig erhobene Faust. Ein kleines Mädchen mit müden Schultern, wie Gero sie bisher nur an Greisen gesehen hatte, spuckte vor ihm aus und traf mitten auf seine Brust. Ihre Augen blitzten auf. Erschrocken wich er zurück und senkte schon im nächsten Moment schuldbewusst den Kopf, da er den Anblick der Verzweifelten und Entkräfteten, der ihr folgte, nicht länger ertragen konnte.

»Ein Ritter schützt die Schwachen« – in einem anderen Leben hatte sein Vater das einst zu ihm gesagt, der Reichsgraf, der doch hätte wissen müssen, welche Grausamkeiten der Krieg allen abverlangt! »Verräter gehören bestraft.« Diese Lektion von Freimut hatte Gero geschluckt und verdaut. Aber konnte das auch für eine ganze Stadt gelten, die nicht genug Silber besaß, um sich freizukaufen?

Der Letzte der Elenden war kaum aus dem Tor, da preschten Friedrichs berittene Männer schon an ihm vorbei, so ungestüm, dass er hart auf das Gesicht fiel und sich nicht mehr regte. Wenig später verdunkelten schwarze Rauchwolken den Frühlingshimmel über Tortona, der auch noch am Morgen darauf sein leuchtendes Blau nicht zurückerhalten hatte. Hielt man pechgetränkte Fackeln nah an Stroh, begann es zu lodern, das hatte Gero inzwischen mehr als einmal erlebt. Und noch etwas lernte er an diesem endlosen Tag dazu: Irgendwann brannten sogar Mauern aus Stein.

✤

Warum behandelte er sie noch immer wie ein Möbelstück, das man nach Belieben herumstoßen konnte? Magotas Verzweiflung wuchs von Woche zu Woche.

Schließlich führte sie Adrian van Gent bereits seit geraumer Zeit den Haushalt, sorgte dafür, dass die Versammlung der Gläubigen, auch wenn er auf Reisen war, abgehalten werden konnte, wusch und kochte, wie ein angetrautes Eheweib es nicht anders hätte machen können. War ihr Äußeres, für das sie sich geschämt hatte, seit sie denken konnte, daran schuld? Damals, bei der Einkleidung, war sie dankbar für den strengen Habit der Benediktinerinnen gewesen, der alles gnädig verhüllte und schöne und hässliche Frauen schlichtweg in eine gleichförmige Schar frommer Schwestern verwandelte.

Doch jetzt war alles wieder wie früher, als läge kein Jahrzehnt dazwischen, das sie in der Gemeinschaft der Nonnen verbracht hatte: Die Blicke der Männer auf dem Markt oder in den Gassen der Stadt peinigten sie, die gleichgültig oder mitleidig über ihre dürre Gestalt glitten, um sich sofort wieder Lohnenderem zuzuwenden.

Das Gefühl, nicht richtig dazuzugehören. Die Angst, den anderen nur lästig zu fallen. Eine Ungeliebte, die nirgendwo angekommen war.

All das kannte sie schon seit frühen Jugendtagen, als der Vater stets die Brüder vorgezogen hatte und die Mutter sie kaum hatte ansehen können, ohne einen verstohlenen Seufzer auszustoßen. Wie erleichtert sie damals doch alle miteinander gewesen waren, als Magota ihren Entschluss verkündet hatte, Nonne zu werden! Plötzlich konnte es nicht schnell genug gehen. Der Vater hatte sich geradezu überboten, Ackerland und Weingärten für ihre Mitgift auszusuchen, die Mutter ihr immer wieder über die mageren Wangen gestrichen und versichert, dass sie sich nichts Schöneres vorstellen könne, als eine Braut Christi zur Tochter zu haben. Sogar Eckehard und Aldarich, ihre unnützen Brüder, hatten plötzlich eine aufgesetzte Freundlichkeit an den Tag gelegt, wozu sie einzig und allein die Vorstellung bewogen haben konnte, die störende Schwester für alle Zeiten loszuwerden.

Bestimmt wussten sie zu Hause inzwischen längst, dass sie aus dem Kloster gewiesen worden war. Und wie sie die Magistra kannte, hatte Hildegard nicht einen Augenblick gezögert, der Grafenfamilie auch den Grund des Ausschlusses zu nennen. Zurück zu den Ihren konnte sie also nicht mehr. Und hätte es auch gar nicht gewollt – wäre alles so gekommen, wie sie es sich in ihren Träumen vorgestellt hatte.

Leider war nichts davon eingetroffen. Zwar lebte sie mit dem Flamen und seinem Neffen unter einem Dach, wenn sich die beiden überhaupt in Mainz aufhielten, sie hätte aber genauso gut auch unsichtbar sein können. Ein einziges Mal hatte sie es gewagt, in Adrians Gegenwart eine vorsichtige Bemerkung darüber zu machen. Sie bereute dies sofort, kaum hatte sie ihre Lippen verlassen.

Er hatte seinen lächerlichen Aufklapplöffel aus Silber sinken lassen, den er ständig mit sich trug, und anstatt die Linsensuppe zu probieren, an die sie stundenlang hingekocht hatte, hatte er sie mit einem scharfen, glitzernden Blick gemustert, der ihr das Blut in den Kopf trieb.

»Mir scheint«, sagte er darauf kühl, »du bist heute leicht verwirrt, werte Schwester in Gott. Sonst würdest du dich sehr wohl daran erinnern, wie fern uns guten Christen fleischliches Begehren ist. All diese Begierden, die den Tod in sich tragen, sind nichts als ein Blendwerk Satans, der freilich nicht müde wird, jeden von uns immer wieder auf die Probe zu stellen.«

Das war eindeutig nicht nur an sie gerichtet, sondern galt auch Willem, der ihm gegenübersaß und rasch das Gesicht abwandte.

»Der Weg zur Vollkommenheit ist lang und dornig. Nur wer ihn mutig und entschlossen geht, wird die Dunkelheit für immer von sich abstreifen und das Licht erringen. So und nicht anders lautet die frohe Botschaft der Kirche der Liebe.«

Wenn er doch nicht immer reden würde, als hielte er gerade eine Predigt! Dabei war es gerade sein Predigen gewesen, das sie anfangs so sehr für Adrian eingenommen hatte. Stundenlang hätte sie ihm zuhören können und die Worte von seinen Lippen saugen, die sie ganz trunken machten. Doch damit war es vorbei. Inzwischen musste sie sich zusammennehmen, um nicht vor Ungeduld mit den Zähnen zu knirschen, wenn er wieder zu einer seiner ellenlangen Ausführungen ansetzte, denn das tägliche Leben im Haus eines Vollkommenen war alles andere als einfach.

Zu fasten und zu beten, machte Magota nichts aus, zumindest war sie davon überzeugt gewesen, bis sie das Kloster verlassen musste. Auf dem Rupertsberg waren die Stunden der göttlichen Anbetung regelmäßig und zudem zeitlich begrenzt gewesen. Außerdem war Hildegard keine Anhängerin übermäßiger Kasteiung und hatte stets dafür gesorgt, dass der Speiseplan vielseitig und abwechslungsreich blieb, dem Wechsel der Jahreszeiten ebenso geschuldet wie der Schwere der Arbeit, die die Schwestern zu verrichten hatten.

Nichts davon fand sie wieder in der Kirche der Liebe, wo das Schweigen Gottes ihr täglich lauter in den Ohren dröhnte, bis sie es kaum noch ertragen konnte. Wäre es nach Adrian van Gent gegangen, er hätte seinen Gläubigen die Aufnahme von Speise und Trank am liebsten wohl gänzlich untersagt, diente beides doch lediglich dazu, den Leib zu stärken, dieses elende Gefäß so vieler verwerflicher Sünden.

Wer satt ist, wird auch faul. Wer faul ist, kommt auf schlechte Gedanken. Schlechte Gedanken aber führen weg vom Licht, zu dem doch alle streben sollen.

Wie oft hatte sie das inzwischen schon gehört!

Hunger quälte Magota trotzdem, maßloser, unbeschreiblicher Hunger, und je mehr sie sich bemühte, die strengen Speisegebote der Kirche der Liebe einzuhalten, desto wütender überfiel er sie. Ins Haus durfte offiziell nichts gebracht werden, was gegen diese Gebote verstieß, weder Milch noch Eier, weder Butter noch Schmalz, ganz zu schweigen von Fleisch, das ganz oben auf der Verbotsliste rangierte, weil in einem getöteten Tier womöglich die Seele eines verstorbenen Gläubigen gefangen sein könnte.

Wie genau Letzteres vonstattengehen sollte, hatte sie allerdings bis heute nicht begriffen, denn Adrian van Gent wurde merkwürdig unpräzise in seinen Ausführungen, fragte jemand näher danach.

Welcher wahre Gläubige hatte überhaupt solch widernatürliche Gelüste? Magota hatte sie. In geradezu erschreckendem Ausmaß, das wusste sie inzwischen. Natürlich wäre es ihr ein Leichtes gewesen, ihnen nachzugeben, wenn Onkel und Neffe auf Handels- beziehungsweise Missionsreise waren. Doch Adrians Schatten war zu mächtig, um den Flamen in seinen eigenen vier Wänden zu hintergehen.

Glücklicherweise hatte sie Schlupflöcher gefunden, winzige Inseln der Seligkeit, die ihr halfen, das ständige

Darben halbwegs zu ertragen. Natürlich achtete sie peinlich darauf, sich dabei nicht erwischen zu lassen.

Nach und nach geriet ihr System immer perfekter. Da waren die kleinen Summen Geldes, die sie hinterzog, wenn sie die Einkäufe machte, hier einen Kreuzer, dort zwei, stets auf der Hut, denn Adrian war misstrauisch und rechnete alles nach. Außerdem suchte sie für ihre Esslust billige Orte aus, um auch ja genug zu bekommen. Der Hafen bot sich dafür besonders an, wo schwere körperliche Arbeit anfiel und Männer auf schnelle, preiswerte Nahrung angewiesen waren. Er wurde zu Magotas bevorzugtem Revier.

Ein Gebände um den Kopf geschlungen, um ehrbar zu wirken, fiel sie in die einfachsten Schenken ein. Ließ sich an Fleisch auf den Teller häufen, was die Küche zu bieten hatte, denn Fisch, den die guten Christen als einzige tierische Nahrung zu sich nehmen durften, verabscheute sie zutiefst. Dann begann sie zu schlingen. Anfangs war ihre Gier stets so groß, dass sie aufs Kauen weitgehend verzichtete, sondern schluckte, was brockenweise durch ihren Schlund passte. Am liebsten hätte sie sogar beidhändig zugegriffen, um endlich in den Genuss zu kommen, wieder einmal vollkommen satt zu werden.

Füllte sich dann der Magen nach und nach, wurde sie langsamer und war endlich in der Lage, einzelne Bissen zu genießen. Manchmal fiel ihr erst dann auf, was sie gerade aß, und je schwerer und fetter es war, mit desto größerer Begeisterung verschwand es in ihrem Mund.

Dann endlich hallte das Schweigen Gottes nicht länger in ihren Ohren, und sie konnte für kurze Zeit vergessen, dass sie eine Verlorene war.

Freilich musste Magota anschließend bitter bezahlen, denn ihr Magen, solcher Kost seit Langem entwöhnt, rebellierte oft, entlud sich in heftigen Kontraktionen, oder es kam zu schmerzhaften Durchfällen, die lange nicht abklingen wollten. Trotzdem machte sie weiter, *musste* so weitermachen, um das Leben einer Gläubigen überhaupt ertragen zu können.

Auf ihren jüngsten Ausflug ins Reich der Sinne hatte sie besonders lange warten müssen. Doch jetzt saß sie im »Roten Salm« vor einer tiefen Schüssel mit Knöcherlsülze, aus der ein gebrühter Schweinekopf ragte, an dem sie voller Gier riss. Endlich wieder fettes, mürbes Fleisch im Mund zu haben, war so überwältigend, dass ihr Tränen der Erleichterung in die Augen schossen. Eine große, tiefe Ruhe senkte sich über sie, und sie wusste, sie würde diesen Platz erst wieder verlassen können, wenn auch die letzte Faser in ihrem Schlund verschwunden war.

Es gab nur noch Schlingen und Schlecken, und gewohnheitsmäßig sah sie dabei kaum auf, wie Hunde es tun, die ihren Napf in einem Satz leeren. Weil ihr warm geworden war, hatte sie den engen Kopfputz ein Stück nach hinten geschoben, und am liebsten hätte sie ihn ganz heruntergerissen, doch die Angst, ihn dabei womöglich mit dem Fett an ihren Fingern zu beschmutzen, hielt sie davon ab.

Plötzlich drang eine Stimme an ihr Ohr, die sie am liebsten nie mehr gehört hätte. Alarmiert schaute sie auf.

Nur zwei Tische weiter saß Kanonikus Dudo, tief ins Gespräch mit einem Mann vertieft, der ihr ebenfalls nur allzu bekannt war: Abt Kuno vom Disibodenberg!

Einem Stein, der in stilles Wasser fällt und nach allen Seiten Wellenringe aussendet, glich die ungeheure Erregung, die Magota erfasste. Sie duckte sich, zog die Schultern ein, machte sich klein.

Die beiden schienen ihre Umgebung vergessen zu haben, jedenfalls wurden ihre Stimmen immer erregter.

»Wie stellt Ihr Euch das vor«, hörte sie den Abt rufen.

»Wo solch ein Brand doch immer auch Menschenleben kosten kann!«

»Er soll ja lediglich Schrecken einjagen, mehr nicht. Eine Scheune, ein kleines Eckchen, das würde bereits genügen.«

»Aus scheinbar harmlosem Schwelbrand sind oft schon die furchtbarsten Feuersbrünste erwachsen.«

»Steht nicht schon in der Bibel über die reinigende Kraft der Flammen geschrieben?«, konterte Dudo. »Sie läutert die Seelen, verbrennt alles Übel. Aus diesem Grund schickt die heilige Kirche schließlich ja auch verstockte Ketzer ins Feuer.«

Magota wünschte sich von ganzem Herzen, unsichtbar zu werden. Doch die beiden waren ohnehin zu sehr mit ihrem Disput beschäftigt, um sie wahrzunehmen.

»Was würde der Erzbischof dazu sagen, der gerade im fernen Italien weilt?«

Dudo lächelte dünn. »Arnold von Selenhofen vertraut mir«, sagte er. »Und dazu hat er jeden Grund.«

Abt Kuno schien noch immer nicht überzeugt. »Sich auf diese Weise die Hände schmutzig zu machen ...«

Dudo ließ ihn nicht ausreden. »Für solche Aufgaben gibt es Handlanger, deren Namen Ihr nicht einmal zu wissen braucht!«, rief er. »Bedenkt doch, welch Vorteile der rote Hahn Euch bringen würde!« Der Kanonikus beugte sich über den Tisch und musterte den Abt eindringlich. »Ihr seid und bleibt Hüter Eurer frommen Schar. Sie dagegen wäre nicht in der Lage, das Unheil abzuwenden – welch Armutszeugnis für die berühmte Prophetin vom Rhein! Als Retter in der Not könntet Ihr den verwirrten Weibern erscheinen. Und keine Einzige würde mehr wagen, diesen Unsinn von einer Mitgift, die zurückgezahlt werden muss, noch einmal in den Mund zu nehmen.«

Ein Vorschlag, der den Abt umzustimmen schien, denn

er griff nach seinem Becher und leerte ihn beherzt. Als er ihn wieder absetzte, war die missmutige Falte zwischen seinen Brauen verschwunden.

Magota starrte mit tiefem Bedauern auf den noch kaum berührten Schweinekopf. Doch in ihr war auf einmal alles wie zugeschnürt. Die beiden Männer waren dabei, eine Brandstiftung auszuhecken, um Hildegard in die Knie zu zwingen – und sie war scheinbar zufällig Zeugin dieses perfiden Plans geworden.

Oder war das etwa Gottes lang vermisste Stimme, die sie auf einmal in dieser schäbigen Schenke vernahm?

✣

BINGEN – HERBST 1155

Es schien, als hätten die Frauen Bingens sich untereinander abgesprochen, möglichst zur gleichen Zeit niederzukommen.

»Jahr für Jahr gibt es im Herbst besonders viele Geburten«, sagte Eva stöhnend, als sie mit Theresa das Haus des Müllers verließ, dessen junge Frau gerade ihr zweites Kind zur Welt gebracht hatte. Dass es ein kräftiger Junge war, hatte alle zum Strahlen gebracht, denn nun war endlich der ersehnte Stammhalter da, auf den man sehnlichst gewartet hatte. Die kleine Hanna, gerade mal drei, ahnte wohl, was nun auf sie zukommen würde, denn sie brach in herzerweichendes Weinen aus, kaum dass ihr Brüderchen den ersten Schrei getan hatte. »Aber so viele wie heuer waren es noch nie. Man könnte meinen, der Sommer rege mehr zum Zeugen an, aber es ist die Kälte, die die Menschen näher zusammenrücken lässt.«

Theresa schien sie gar nicht zu hören. Ein Stück entfernt

hatte sie einen kräftigen Männerrücken in braunem Walkstoff entdeckt, der sich zügig in Richtung Judengass entfernte.

Willem?

Größe und Gang könnten stimmen, doch müsste dann nicht ihre innere Stimme jubilieren und ihr zurufen, dass nur er es sein konnte?

»Theresa?« Eva war stehen geblieben. »Wo bist du nur wieder mit deinen Gedanken? Bestimmt nicht bei der dicken Berthe, die wir nun entbinden müssen.«

Eine Niederkunft, die ihnen schon seit Wochen Unbehagen einflößte, denn Berthes Leib war dermaßen aufgetrieben, als brüte sie nicht nur ein kleines Wesen, sondern gleich ein halbes Dutzend Kinder auf einmal aus. Seit Wochen klagte sie über Atemnot und Kreuzschmerzen, die ihr das Schlafen nahezu unmöglich machten. Außerdem verließ sie das Haus kaum noch, weil sie ständig Wasser lassen musste. Ohnehin rundlich, hatte sie nach anfänglicher Übelkeit die späteren Monate ihrer Schwangerschaft offenbar zum ungezügelten Schlemmen genutzt. Eine der wenigen, die sich in Bingen das überhaupt leisten konnte, denn ihr Ehemann Hermann war Advocatus und damit einer der reichsten und wichtigsten Männer der Stadt. Ihnen gehörte eines der stolzen Steinhäuser an der Liebfrauengass, sie verfügten über Dienstboten und besaßen außerhalb Bingens noch weitere Anwesen. Der halbe Hausstand empfing Wehmutter und Lehrmagd schon aufgeregt an der Tür.

»Oben ist sie«, rief der Advocatus, ein schmaler Mann mit klugen, hellen Augen, die er immer leicht zusammenkniff, als blende ihn etwas. »Und leidet fürchterlich – wenn ich meiner süßen Taube doch nur helfen könnte!«

»Dafür sind ja wir jetzt da.« Eva nickte Theresa kurz zu,

die als Erstes den Mägden angab, was sie alles aus der Küche brauchten, während sie beherzt nach oben stapfte.

In der Schlafkammer erbrach Berthe sich gerade schwallartig in einen Holztrog. »Mit Speien hat alles angefangen«, röchelte sie, als sie schwerfällig wieder nach oben kam, kein einfaches Unternehmen bei ihrem riesigen Leib. »Und mit Speien geht es nun zu Ende. Befrei mich endlich davon! Ich bin der ganzen Last so unendlich überdrüssig!«

»Gemach, gemach!«, rief Eva. »Erst mal raus aus dem Bett mit dir! Wenn du liegen bleibst, verschwinden deine schönen Wehen womöglich wieder. Lauf lieber langsam hin und her, dann geht es einfacher weiter!«

Berthes Blick verriet puren Unglauben, aber sie hielt sich an die Aufforderung und quälte sich gehorsam voran. Von unten hörte man Advokat Hermann krakeelen, der offenbar gerade dabei war, seine Ängste zügig in Wein zu ertränken.

Zwischendrin ließ Eva die Gebärende innehalten und betastete ihren Bauch. »Es liegt nicht richtig«, sagte sie leise zu Theresa. »Es will mit den Füßchen zuerst auf die Welt, als ob es ein ungeborenes Kälbchen wäre. Wird noch einmal eine schöne Extraarbeit für uns.«

Nun kamen immer schneller hintereinander schmerzhafte Wehen. Berthe, inzwischen wieder auf dem Bett, schnaufte, schrie und schwitzte aus allen Poren.

»Ich kann nicht mehr!«, brüllte sie. »Und ich will auch nicht mehr. Hol es endlich! Sonst stürz ich mich aus dem Fenster.«

»Du tust jetzt, was ich dir sage«, verlangte Eva. »Dann hast du es bald hinter dir.« Sie schaute halb über die Schulter zu Theresa. »Und du, schau genau zu! So etwas kann immer mal wieder vorkommen.« Die Wehmutter tauchte ihre Hände in eine Schale mit warmem Wasser. »Das darfst du niemals zuvor vergessen«, sagte sie zu ihrer Lehrmagd. »Sauber und geschmeidig müssen die Hände sein, wenn du etwas zustande bringen willst.«

Dann schob sie ihre Hände so sanft wie möglich in den Muttermund. Die nächsten drei Wehen lang hielt sie die Füßchen kraftvoll zurück. Dann jedoch drückten sie sich unaufhaltsam heraus. Jetzt ließ Eva den Steiß steigen und umfasste den Rumpf.

»Pressen!«, rief sie. »So fest du nur kannst!«

Das Kind kam. Berthe schrie wie um ihr Leben, und Theresa staunte, als sie den dicken Kopf sah, der als letzter Körperteil das Licht der Welt erblickte.

»Du hast einen Riesen geboren!«, sagte sie beeindruckt, nachdem die Nabelschnur durchtrennt und abgeklemmt worden war und sie das Kind gesäubert hatten. Die Nachgeburt war schnell und leicht gekommen. Eva trug sie ans Fenster und unterzog sie dort einer eingehenden Prüfung. Ihrem Knurren war zu entnehmen, dass alles damit in Ordnung schien.

»Einen Riesen mit pechschwarzen Haaren«, sagte sie. »So wie dein Sohn sehen manche ja nicht einmal nach ein paar Wochen aus!«

Der große Kleine, inzwischen auf dem Bauch seiner Mutter, schien genau zu wissen, woher das Leben kam. Die Lippen fest um ihre Brustspitze geschlossen, begann er hungrig zu saugen.

Inzwischen war auch der Advocatus in die Bettkammer gestürzt, die Augen glasig, das schüttere Haar zerzaust.

»Ich bin der glücklichste Mann der Stadt!«, rief er. »Martin soll er heißen, nach unserem Heiligen, der ihn behütet und beschützt hat. Aber kundig aus seiner Mutter geholt hast du ihn. Das werde ich dir niemals vergessen, Wehmutter!«

Abwechselnd küsste er seine Berthe, der die gerade überstandenen Strapazen noch deutlich anzusehen waren, und den Kopf seines neugeborenen Sohnes. Auch Eva bekam ein paar seiner überschwänglichen Schmatzer ab, und nicht einmal Theresa wäre wohl von ihnen verschont geblieben, hätte sie sich nicht rechtzeitig in eine Ecke gedrückt.

Als die Frauen sich auf den Heimweg machten, klimperten in Evas Korb glänzende Silbermünzen.

»Ich glaube, jetzt verliert er bald ganz seinen Verstand«, sagte sie, zog zwei Münzen heraus und hielt sie Theresa hin. »Schon im nächsten Jahr soll seine süße Taube mit einem Mädchen niederkommen, das hat er mir beim Abschied ins Ohr geflüstert. Davor bewahre uns allerdings der Allmächtige! Denn wenn er sie derart weitermästet, werden wir bei der nächsten Entbindung wohl einen Kran brauchen. Ich hab ihm dringend ans Herz gelegt, dass er mit allem erst einmal denkbar langsam machen soll – mit dem ehelichen Beiwohnen ebenso wie mit dem Kindermachen.«

»Aber das ist doch viel zu viel!«, protestierte Theresa, die noch immer auf die Münzen starrte. »Du hast die ganze Arbeit erledigt. Ich war nur deine Handlangerin.«

»Was sich bald ändern könnte, wenn es nach mir geht.« Eva machte keinerlei Anstalten, die Münzen wieder einzustecken. »Du hast Talent und Einfühlungsvermögen und stellst die rechten Fragen zur rechten Zeit. Hast du außerdem nicht erst neulich gesagt, du möchtest dein eigenes Geld verdienen, um dem Kloster zurückzuerstatten, was es mir für dich vorgeschossen hat? Was redest du dann? Wer frei sein will, kann sich keinen dummen Stolz leisten.«

Theresa sagte nichts mehr dazu, nahm das Geld und

blieb auch den Rest des Abends auffallend stumm. Nicht einmal Evas wildem Bubentrio gelang es, sie zum Spielen oder Lachen zu bringen. Kaum hatte Eva ihre Sprösslinge ins Bett gesteckt, schob Peter seinen blonden Schopf herein.

»Will dich einladen auf Martini, Theresa«, kam er schließlich mit seinem Anliegen heraus, nachdem er eine ganze Weile herumgedruckst hatte. »Eine schöne fette Gans wirst du doch nicht verachten, oder? Das Schmalz, das sie hergibt, kannst du dir noch wochenlang auf dein Brot streichen.«

»Mach mir aber nicht besonders viel aus Gänsen und Schmalz«, sagte Theresa rasch, der sein stechender Geruch beim Kirchweihreigen ebenso unangenehm in Erinnerung geblieben war wie sein steifes Glied, das sie fordernd an ihrem Schenkel gespürt hatte. Als wäre sie bereits sein Eigentum.

Mit dem kleinen Wort »nein«, das Theresa jetzt immer öfter zu Peter sagen musste, schien er zunehmend Schwierigkeiten zu haben.

»Ach, komm schon, Theresa!«, rief er auch jetzt. »Sei doch keine Spielverderberin und sag einfach Ja!«

Weil Eva und Josch sie so aufmunternd anstarrten, rang sie sich schließlich doch ein kleines Nicken ab. Sie fühlte sich hundemüde. Die Schultern waren steif vom Wasserschleppen, die Beine schmerzten, weil sie unzählige Male treppauf, treppab gelaufen war. Geburtshilfe war ein anstrengendes Geschäft, das hatte Theresa längst am eigenen Leib erfahren.

Wie mochte es da wohl Eva ergehen, die ein ganzes Stück älter war und die meiste Arbeit leistete? Im Gegensatz zu ihr erschien sie Theresa so munter und ausgeruht, als sei sie gerade erst aus der Bettstatt geschlüpft.

Die Männer zogen sich in eine Zimmerecke zurück und begannen zu würfeln, während die beiden Frauen die Linsen verlasen, aus denen morgen Suppe gekocht werden sollte.

»Mach ihm keine langen Zähne und lass ihn dann im Regen stehen«, sagte Eva unvermittelt. »Das hat unser Peter nicht verdient. Ich hab ihn schon einige Male mit jungen Weibsbildern gesehen. Aber so vernarrt wie in dich war er noch nie.«

»Ich mag ihn ja, und ein guter Küfer ist er sicherlich auch, aber zum Heiraten reicht es trotzdem nicht, fürchte ich. Und wenn euer Neffe das nicht kapieren will, muss ich es ihm eben so oft sagen, bis er es eines Tages doch versteht.«

»Was stört dich eigentlich an ihm?«

Ungestümes Klopfen an der Tür enthob Theresa der Antwort, die ihr äußerst unangenehm gewesen wäre. Josch ging öffnen.

»Ihr müsst leider noch einmal los«, sagte er beim Zurückkommen. »Ein Notfall. Wehen hat sie schon.«

»Wer ist es denn?« Eva war bereits aufgestanden und griff nach ihrem Korb, den sie erneut mit den notwendigen Utensilien aufgefüllt hatte.

Ein weinendes junges Mädchen kam in die Küche gerannt. »Schnell, schnell«, rief sie, »um der Heiligen Jungfrau willen – beeil dich! Das Wasser ist schon abgegangen und ganz grün!«

»Du, Helene?«, rief Eva ungläubig, als sie erkannte, um wen es sich handelte.

Das Mädchen hob abwehrend ihre roten Hände. »Nein, nein, es geht um unsere Gerhild. Aber zu keinem Menschen auch nur ein einziges Wort – sonst geraten Mutter und Kind in allergrößte Gefahr!«

Niemals zuvor hatte Theresa die Wehmutter so schnell aufbrechen sehen, es war beinahe, als hätten Evas Füße auf einmal unsichtbare Flügel bekommen. Theresa musste sich anstrengen, um mit ihr Schritt zu halten. Ein kalter Wind blies ihnen entgegen, vermischt mit harten Regentropfen, die bereits halb in Schnee übergingen, sodass sie den Umhang mit klammen Händen auf der Brust zusammenhielten. Bingen schien wie ausgestorben. An solch einem unwirtlichen Abend würde man nicht einmal einen Köter vor die Tür jagen.

Durchnässt und atemlos erreichten sie schließlich ihr Ziel, ein windschiefes Häuschen nahe der Stadtmauer, dessen Dach nur notdürftig geflickt war.

»Da wohnt Gerhild?«, fragte Eva. »Ausgerechnet bei der alten Bürstenbinderwitwe, die selber kaum was zu beißen hat?«

»Sie musste zusehen, wo sie unterschlüpfen konnte«, sagte Helene. »Große Auswahl gab es leider nicht. Denn als sie damals nach Mainz weggelaufen ist, hat unser lieber Herr Vater sie für alle Zeiten verstoßen.«

Ein strenger Geruch schlug ihnen entgegen, als sie eintraten. Der kleine Raum war rauchig wegen der offenen Feuerstelle und alles andere als sauber. Auf einem provisorischen Bett lag Gerhild mit geschlossenen Augen, leise stöhnend. Eva stellte ihren Korb ab und ging zu ihr. Sie rieb sich die Hände, bis sie halbwegs warm geworden waren. Dann untersuchte sie eingehend Gerhilds Bauch.

»Wann ist das Wasser abgegangen?«, fragte sie die alte Witwe.

Trine zog die knochigen Schultern hoch. »Mag schon ein ordentliches Weilchen her sein«, murmelte sie. »Und gestunken hat es auch. So giftig grün, wie es nun einmal war.«

»Hilf uns!«, flüsterte Gerhild. »Hol mein Kleines gesund auf die Welt – bitte! Du sollst es nicht bereuen.«

»Das Kind muss raus!« Das war an Theresa gerichtet. »Und zwar so schnell wie möglich. Du weißt, was du zu tun hast.«

Theresa nickte. Plötzlich war jede Müdigkeit verflogen. Zum Glück hatte sie die Handgriffe in den vergangenen Wochen immer wieder geübt, sodass heute alles besonders schnell ging. Wasser zum Kochen bringen, saubere Leinenstreifen herauslegen, Evas rotes Schatzkästchen bereithalten, in dem sie ihre Kräuter und Spezialmischungen aufbewahrte, um Kreißende durch die allerschlimmsten Stunden zu bringen.

»Du musst schon fleißig mitarbeiten, Gerhild!« Evas Stimme klang streng. »Sonst machst du deinem Kleinen den Weg in diese Welt schwerer als nötig. Stütz den Rücken deiner Schwester, Helene! Ja, so ist es gut. Und du, Gerhild, lehn dich fest an sie, wenn die nächste Wehe kommt!«

Das widerlich schmeckende Gebräu aus Himbeerblättertee und Mutterkorn, das sie ihr eingeflößt hatten, schien seine Wirkung zu tun, denn Gerhilds Wehen kamen jetzt rascher hintereinander.

»Und der Kindsvater?«, fragte Eva in einer der Pausen, die immer kürzer und damit kostbarer wurden. »Etwa der Schuft, der dich dazu verführt hat, Vater und Mutter zu verlassen und wie er das Heil bei jenen Abtrünnigen zu suchen, die sich in Mainz zusammengerottet haben?«

Gerhilds beredtes Schweigen war ihr Antwort genug.

Die Wehmutter benetzte ihre Hände mit warmem Wasser und begann zu tasten. »Ich kann das Köpfchen schon spüren. Jetzt musst du deinen ganzen Mut zusammennehmen, Gerhild. Pressen – pressen!«

Japsen, Stöhnen, ein lauter Schrei: »Ich kann nicht!«

»Doch, du kannst – weiter, weiter, ja, gut, so fest es geht. Jetzt ist es da!«

Während Gerhild kraftlos nach hinten sackte, schienen Evas Hände auf einmal zu fliegen. Theresa, halb hinter ihr, wusste sofort, weshalb. Das winzige kleine Mädchen war blau angelaufen und hatte die Nabelschnur dreifach um den Hals gewickelt. Eva befreite sie davon und versuchte dann unermüdlich, ihr Atem einzuhauchen, doch noch immer war kein erlösender Schrei zu vernehmen.

Plötzlich schlug jemand von draußen hart an die Tür.

»Aufmachen!«, rief eine Männerstimme. »Wo ist Schwester Gerhild? Ich muss dringend zu ihr.«

Gerhild fuhr auf wie von wütenden Teufeln gehetzt. »Jetzt haben sie mich!«, rief sie und begann haltlos zu weinen. »Sie wollen mein Kind umbringen. Trine, lass sie nicht herein!«

Hatte die Alte sie nicht gehört, oder hatte der Rufer von außen fester gegen das morsche Holz gedrückt – die Tür flog auf einmal auf.

Theresa sah zunächst einen braunen Walkmantel, dann blickte sie in ein breites, sehr blasses Männergesicht. Ein Auge blau, das andere grün, fast schon bräunlich – wie sehr hatte sie sich danach gesehnt!

Gerhild versuchte aufzustehen, was misslang, denn sie war zu schwach. »Mein Kleines!«, schrie sie. »Meine Elsbeth! Überlasst sie ihm bloß nicht!«

»Was willst du hier?« Eva reichte den schlaffen kleinen Körper an Theresa weiter und baute sich schützend zwischen Willem und Gerhilds Kindbett auf. »Das hier ist heute Nacht alles andere als ein passender Ort für einen wildfremden Mann.«

»Ich bin kein Fremder. Mir war zu Ohren gekommen,

die Schwester sei in Not. Außerdem hab ich noch jemanden mitgebracht ...«

Wieder ging die Tür auf, und jetzt schob sich Magotas dürre Gestalt herein.

»Verschwindet!«, schrie Gerhild. »Ihr werdet sie niemals bekommen, niemals! Verstanden?«

Theresa hielt das stille kleine Mädchen ganz ruhig an ihrem Herzen. Wie fein und leicht das Kind war! Kaum mehr als eine Handvoll weicher Federn. Plötzlich zuckte sie zusammen. Hatte sie da nicht soeben ein schwaches Geräusch vernommen, das nur eines bedeuten konnte?

»Sie atmet«, rief sie, allein schon, um diese furchtbare Stille zu füllen. »Ich hab es genau gehört. Elsbeth hat gerade von allein geatmet.« Theresa beugte sich tiefer über das Neugeborene. »Da ist nichts«, sagte sie nach einer Weile. »Leider. Wir haben doch alles probiert. Aber der Allmächtige scheint andere Pläne mit diesem Engelchen zu haben.«

»Du lügst!« Gerhilds Stimme überschlug sich fast. »Meine kleine Elsbeth lebt. Sie muss leben! Wozu sonst hätte ich all diese Schinderei auf mich nehmen sollen?«

»Das tote Kind muss begraben werden«, forderte Willem. »Ich könnte mich seiner annehmen, werte Schwester in Gott. Dann wirst du endlich wieder zur Ruhe kommen.«

»Nein – niemals! Was fällt dir ein? Meine Elsbeth darf nicht so enden wie all die anderen vor ihr. Auf diesem furchtbaren Friedhof der verlorenen Kinder, über den der Wind pfeift.«

Etwas Eisiges kroch in Theresa hoch. Am liebsten wäre sie jetzt weggerannt und hätte alles für immer hinter sich gelassen. Doch irgendetwas zwang sie, stehen zu bleiben, weiterzuatmen und Willem anzusehen, bis er ihren Blick nicht mehr ertragen konnte und den Kopf senken musste.

»Es soll getauft werden.« Theresas Stimme zitterte. »Darauf bestehe ich. Denn gerade hab ich seinen zarten Atem gespürt.«

»Ein totes Kind?« Willem hörte sich auf einmal an wie sein finsterer Onkel Adrian. »Was redest du da, Theresa?«

»Das ist Gotteslästerung«, rief Magota.

»Ja, sie hat recht«, wiederholte Willem. »Gotteslästerung. Der Körper ist doch nichts als eine lästige, sterbliche Hülle. Allein die Seele wird weiterleben.«

»Wie kannst du so etwas behaupten? Gott hat dieses wunderbare Wesen mit Körper und Seele erschaffen. Genau so, wie es ist.« Theresa wich keinen Fingerbreit. Ihre Blicke sprühten Blitze. Auf einmal war es, als trennte sie von ihm ein tiefer Abgrund. »Tauf sie, Eva!«, rief sie. »Sie darf nicht in die Hölle kommen. Das sind wir Gerhilds kleiner Tochter schuldig.«

❖

Das Übel schlug die Magistra schlimmer als jemals zuvor. Gleich nach dem Feuer hatte es sie erreicht, zwang sie ins Bett und ließ sie kein Glied mehr rühren. Dabei war Hildegard in der Brandnacht eine der Eifrigsten gewesen, hatte Eimer geschleppt, Asche weggekehrt, die anderen mit Speis und Trank gestärkt, damit sie länger durchhielten.

Benigna hatte als Erste den dunklen Rauch im Küchentrakt bemerkt, weil sie so schlecht einschlafen konnte, seit Theresa den Rupertsberg verlassen hatte. Sie hatte die anderen sogleich geweckt und eine wohldurchdachte Menschenkette eingerichtet, die sich die Wassertröge zugereicht hatte und die Flammen schließlich ersticken konnte.

Der Schaden war nicht groß. Das meiste konnte Josch ausbessern, den sie zurate gezogen hatten; zusammen mit seinem Neffen Peter mauerte er vorsorglich die Feuerstelle höher, die sie für den Brandherd hielten. Dennoch saß der Schrecken allen tief in den Gliedern, Hildegard wohl am tiefsten, denn nicht anders konnten die frommen Schwestern sich ihre erneute Hinfälligkeit erklären. Sie griffen auf die probaten Mittel zurück, Clementias Kochkunst, Hedwigs Vorlesestunden, Benignas Kräutermischungen – nichts von allem fruchtete. Steif wie ein Brett lag die Magistra da, aß nichts, trank nur, wenn ihr halb zwangsweise etwas eingeflößt wurde, und sprach kein einziges Wort.

Als der bedenkliche Zustand unverändert blieb, ritt Josch im Auftrag der Schwestern nach Mainz und kam zurück mit Hugo von Bermersheim, Hildegards Bruder. Nun saß der Kanonikus am Bett der Schwester, betete, hielt ihre Hand, strich ihr das Haar aus der Stirn, wie die Mutter es bei ihnen getan hatte, wenn sie als Kinder krank gewesen waren.

Aber auch den so ausgeglichenen Mann befiel allmählich Schwermut. »Ich kann ihr Dahinsiechen kaum noch mit ansehen«, sagte er zu Benigna, die unermüdlich mit Wermutwein und diversen anderen Mischungen zur Kräftigung experimentierte, um endlich eine Besserung zu erzwingen. »Es muss ihr etwas Schreckliches auf der Seele liegen, das sie so matt und krank macht.«

»Zwei große menschliche Verluste«, sagte die Infirmarin. »Und das Gefühl von Ohnmacht, das die geliebte Mutter mehr als alles andere verabscheut.«

»Doch nicht etwa immer noch Abt Kuno?«

»In seinen Augen braucht jedes Kloster einen männlichen Abt. Das Lebendige Licht jedoch hat der Magistra eingegeben, dass sie nur dem Erzbischof von Mainz verantwortlich sei.«

»Ich weiß, ich weiß«, rief Hugo. »Seit langen Jahren

zieht sich dieser Streit nun schon hin. Aber soll sie auch noch elend daran zugrunde gehen?« Er lief zurück zu der Kranken, warf sich halb über ihr bescheidenes Lager. »Sprich mit mir, Schwester!«, rief er. »Du musst leben, hörst du – leben! Wir alle brauchen dich doch so sehr!«

Es war, als ginge eine leise Bewegung durch die Kranke. Irgendwann schlug sie die Augen auf.

»Ich hab geträumt, ich muss zu Kuno«, hörte er sie flüstern. »Nur wenn ich diesen Weg beschreite, kann ich wieder gesund werden.«

Drei Tage später brachen sie gemeinsam zum Disibodenberg auf. Der helle Wahnsinn in Schwester Benignas Augen, die die gerade erst Genesende noch lange nicht aus ihrer Obhut entlassen wollte. Doch Hildegard stellte sich taub gegenüber all ihren Vorhaltungen.

»Wenn ich nicht gehe, werde ich sterben«, sagte sie kurz angebunden. »Dann habt ihr erst recht Grund zur Klage.«

Hugo hob sie auf sein Pferd, Bruder Volmar schloss sich ihnen auf dem Weißen an, um Hildegard sicher wieder zurückzubringen. Der Himmel schien ihrem Vorhaben gnädig zu sein, denn seit Tagen hatte es zum ersten Mal aufgeklart, und sogar ein paar zögerliche Sonnenstrahlen zeigten sich. Die Landschaft war schon wintermüde, kaum ein Blatt noch an den Bäumen, die Äcker braun und leer.

Seltsame Gefühle überkamen Hildegard bei diesem gemächlichen Ritt zu dem Ort, der so lange ihr Zuhause gewesen war. Lang vergessene Bilder stiegen in ihr empor: die Gesichter der Eltern, die sie als Vierzehnjährige hierhergebracht hatten, das lebhafte Augenpaar Juttas, die für so lange Jahre ihre verehrte Lehrerin gewesen war. Richardis schließlich, die sie in diesen Mauern kennen und lieben gelernt hatte.

Innerlich sehr bewegt, ließ sich Hildegard schließlich

von ihrem Bruder vom Pferd helfen. Der Mönch an der Pforte erstarrte, als er sie erblickte, dann freilich ging ein Lächeln über sein Gesicht.

»Die Sonne ist zu uns zurückgekehrt«, sagte er, obwohl er Hildegard in all ihren Jahren als Inklusin kaum je gesehen hatte. »Gott sei mit dir, Prophetin vom Rhein!«

Abt Kuno empfing sie in seinem Haus, ein stattliches, zweistöckiges Gebäude mit Räumen, die dreimal so groß waren wie ihre bescheidenen auf dem Rupertsberg.

»Dein Brief«, begann er, »ich hätte längst schon …«

Sie ließ ihn nicht ausreden. »Ich bin zu dir gekommen, Vater«, sagte sie statt einer Begrüßung, »weil ich nicht anders kann. Ich wollte warten, mich weiterhin in Geduld fassen, so wie du es mir viele Male befohlen hast. Doch leider ist das ganz unmöglich. Das Lebendige Licht schlägt mich mit immer neuem Siechtum, wenn ich untätig bleibe. Deshalb stehe ich heute hier, im Namen all der frommen Schwestern, für die ich verantwortlich bin.«

Sie war ein ganzes Stück kleiner als Kuno und beileibe nicht mehr jung. Die Krankheit hatte sie gezeichnet und noch schmaler gemacht, als er sie in Erinnerung hatte. Und doch ging von der Gestalt im schwarzen Habit so viel Kraft und Stärke aus, dass er beeindruckt war.

»Du wirst niemals damit aufhören, nicht wahr?«, entfuhr es ihm. »Hattet ihr nicht erst jüngst ein stattliches Feuer im Kloster zu bekämpfen? Diese betrübliche Nachricht ist bis zu mir gedrungen.«

Hildegard neigte anmutig den Kopf. »Etwas sehr viel Größeres zwingt mich dazu. Ihm sind wir beide untertan – du und ich.« Sie rieb ihre Knöchel. »Es war übrigens kein großer Brand, du kannst ganz beruhigt sein. Dem Kloster ist nichts Schlimmes zugestoßen, und dank der Güte Gottes haben wir niemanden verloren.«

»Dann ist also alles wie gewohnt?«, fragte er lauernd.

»Wenn du so willst. Abgesehen von unserer Dankbarkeit, dass der Schöpfer uns im letzten Augenblick vor Übel und Not bewahrt hat. Die ist noch tiefer geworden.«

Der Abt ließ die Schultern sinken. Einen Augenblick lang fürchtete sie, er werde sich einfach abwenden und sie ohne Antwort stehen lassen.

»Du hast gewonnen«, sagte er nach einer Weile. »Ich werde mit Erzbischof Arnold sprechen, sobald das königliche Heer aus Rom zurück ist, und mit ihm beratschlagen, wie wir die Rückgabe der Mitgift am besten abwickeln. Dann gebührt dir mit Fug und Recht der Titel Äbtissin. Du kannst dich als Siegerin fühlen, Hildegard.«

»Es gibt nur einen einzigen Sieger«, sagte sie ruhig, »wenn du dieses Wort schon gebrauchen möchtest. Das ist Gott, der Allmächtige, der all unsere Wege leitet.«

Sie verbrachte eine kurze Nacht im Gästehaus, da der Rückweg am gleichen Tag zu anstrengend für sie gewesen wäre, und brach nach der Morgenandacht auf. Beim Abschied ergab sich noch ein kurzer Disput mit dem Abt, der plötzlich Volmar nicht mehr gehen lassen wollte, da er ihn angeblich gerade dringend für das hiesige Scriptorium benötige. Schließlich aber durfte der Bruder doch mit Hildegard zurückreiten, allerdings als freundlich gewährte »Leihgabe« auf Zeit, wie Kuno mehrmals beteuerte.

Die unangenehme Szene warf einen Schatten auf Hildegards Seele und ließ den schönen Erfolg vom Vortag wieder verblassen. Hatte sie sich von Kuno blenden lassen? Durch vorgespieltes Entgegenkommen vorschnell einlullen lassen? Wieso gab er auf einmal nach, wo er ihr doch all die Jahre zuvor nicht einen Schritt entgegengekommen war? Schriftliches hielt sie nach wie vor nicht in der Hand, und dass die Meinungen der Menschen wankelmütig waren, hatte sie in ihrem langen Leben oft erfahren. Dazu blies auf einmal ein scharfer Wind, der schon nach Schnee roch. Der Winter war nah und würde hart werden, das verkündeten diese zornigen Böen. Von ganzem Herzen wünschte Hildegard sich, endlich zur Ruhe zu kommen. Doch der Zweifel nagte bereits wieder an ihr.

Müde und reichlich verfroren erreichten sie am frühen Nachmittag den Rupertsberg. An der Pforte begrüßte Donata die Magistra so überschwänglich, dass diese sofort misstrauisch wurde. Und wirklich schob sich plötzlich hinter der kleinen Pförtnerin Magotas magere Gestalt nach vorn.

»Es ist alles gesagt.« Hildegard wandte sich ab. »Donata, wie konntest du sie noch einmal hereinlassen?«

»Hat Jesus nicht gesagt, ein reuiger Sünder sei mehr wert als hundert Gerechte?« In den Augen der alten Nonne schimmerten Tränen. »Sie hat mich so sehr angefleht!«

»Du bereust?« Die Magistra wandte sich zu Magota um.

»Einiges, Mutter. Doch das ist nur für deine Ohren bestimmt.«

Sie würde keinen Schritt weiterkommen, das erkannte Hildegard in diesem Moment. Nicht, bevor sie wusste, was Magota wirklich wollte.

»Lasst uns einen Augenblick allein!«, sagte sie zu Volmar und Donata. »Nun? Ich höre.«

»Ich weiß, wo du warst.« Magota redete schnell, wie im Fieber. »Unsere Mitgift holen, nicht wahr? Wenn ich dein Gesicht so ansehe, dann hast du sie auch bekommen.«

»Was willst du?«

»Das, was mir zusteht. Nicht mehr und nicht weniger.« Magota verschränkte trotzig die Arme vor der dürren Brust.

Ein Windstoß beutelte Hildegards Umhang.

»Sieht so deine Reue aus? Ich hab nicht vor, mir hier eine Lungenentzündung zu holen.« Sie wollte gehen.

»Aber du musst mir die Mitgift zurückgeben«, schrie Magota ihr hinterher. »Ich brauche sie. Für mein neues Leben.«

»Ein Leben ohne Gott ist kein Leben.« Die Magistra hatte sich noch einmal zu ihr umgedreht. »Wer sich wie du von Ihm abwendet, fällt aus Seiner Gnade. Du hast nicht nur mich zu erpressen versucht, Magota, du hast auch den Allmächtigen verraten. Dafür wirst du büßen müssen.«

»Zum Glück aber nicht allein!«, rief Magota. »Du hast ja keine Ahnung – von gar nichts!« Jetzt besaß sie Hildegards ganze Aufmerksamkeit, ein kurzer Triumph, der allerdings rasch wieder verpuffte. »Sonst wüsstest du nämlich, dass dein Herzblatt sich den guten Christen anschließen wird, deine geliebte kleine Theresa!«

»Das ist nicht wahr!«

»Ist es doch.« Magota entblößte ihre großen Zähne. »Hebammendienste leistet sie uns bereits. Und bald wird sie ganz zu uns gehören.«

Hildegard bewegte leicht den Kopf, als wolle sie das soeben Gehörte abschütteln.

»Was ich jetzt zu dir sage, wirst du nur einmal von mir hören«, erwiderte sie. »Danach folgen Konsequenzen. Du hältst dich fern von Bingen. Und zwar für immer.« Ihre Stimme war gefährlich ruhig. »Zusammen mit all deinen Schwestern und Brüdern, wie du sie zu nennen pflegst. Sollte ich noch einmal einen von euch hier zu Gesicht bekommen, werde ich dafür sorgen, dass ihr alle miteinander ins Feuer geht. Hast du mich verstanden?«

Damit ließ sie sie allein.

✢

Die ganze Familie war krank, seit Tagen schon, und auch Theresa fühlte sich fiebrig und matt. Darum hatte Eva darauf bestanden, dass sie zu Hause blieb, anstatt sie zur Entbindung der Bäckerin zu begleiten, deren aufgelöster Mann vorhin bei ihnen angeklopft hatte.

»Wird vermutlich keine große Sache.« Die Wehmutter hatte zuversichtlich geklungen. »Die beiden Ersten jedenfalls waren schnell da.«

»Aber du hast doch gesagt, dass es beim dritten Kind auch ganz anders gehen kann ...«

»Du darfst nicht von deiner Mutter auf andere schließen, Mädchen!« Eva hatte sie fest am Handgelenk gepackt und damit gezwungen, ihr in die Augen zu schauen. »Mechthild hat bestimmt nichts getan, um ihrem Kind zu schaden.«

Doch nun war Eva schon seit Stunden fort, und allmählich begann Theresa, sich Sorgen zu machen. Die Kinder schliefen unruhig, obwohl ihnen Eva ein wenig von dem Schlafmohn in den Abendtee geträufelt hatte. Florin hatte schon zweimal halblaut aufgeschrien, und der kleine Johannes immer wieder die Decke weggestrampelt, die ihn doch wärmen sollte.

Josch, den es am ärgsten von allen getroffen hatte, schnarchte im Obergeschoss laut. Sein Fieber war tagsüber gestiegen, bis Kopf und Glieder glühend heiß geworden waren. Nur langsam schienen Benignas Mixturen, die Eva aus dem Kloster geholt hatte, Wirkung zu zeigen. Seit Neuestem schwor die Nonne auf Akelei, zermörsert und mit Apfelmus eingenommen, die wahre Wunder wirken und schnell wieder einen klaren Kopf machen sollte.

Der Gedanke an die Infirmarin machte Theresa traurig. Und auch den Klostergarten vermisste sie, besonders seit der unerfreulichen Begegnung mit Willem. Als Eva der Kleinen die Nottaufe gespendet hatte, waren er und

Magota wie aufgescheuchte Nachtgeister verschwunden. Das Kind war nicht mehr zu retten gewesen. Doch die Taufe hatte es vor dem Schicksal von Theresas totem Brüderchen bewahrt. Jetzt ruhte Elsbeth auf dem Friedhof, und nichts und niemand konnte ihrer kleinen Seele etwas anhaben.

Was hatte Willem nur Seltsames von sich gegeben?

Eva schien mehr darüber zu wissen, hatte sich aber strikt geweigert, Theresa irgendwelche näheren Auskünfte zu erteilen: »Je weniger du davon erfährst, desto besser für dich. Halt dich künftig fern von ihm! Dieser Mann bringt dir nichts als Unheil. Als ob ich es nicht schon immer gesagt hätte!«

Doch wie sollte Theresa das gelingen, wo sich Willem weder aus ihrem Kopf noch aus ihrem Herzen vertreiben ließ?

Auch jetzt flogen ihre Gedanken wieder zu ihm, und als sie draußen ein Rumpeln hörte, war sie einen schrecklichen, einen herrlichen Moment lang überzeugt, er sei gekommen, um sie zu holen.

»Du?«, sagte sie überrascht, als sie öffnen ging und Peter langsam hereinstolzierte.

»Klingst ja nicht gerade entzückt«, brummte er. Sein Gang war leicht schwankend. Beim Näherkommen stank er noch stechender als sonst. Außerdem roch sie seine Fahne. Er hatte getrunken. Offenkundig mehr, als ihm guttat.

»Hab mich deinetwegen prügeln müssen.« Anklagend streckte er ihr seine Unterarme entgegen, die blutige Schrammen zeigten. Sein rechtes Auge war blau unterlaufen. »Einen Zahn hab ich auch verloren.«

Sie wich zurück, als er den Mund aufmachte.

»Ich bin müde«, sagte Theresa. »Eva ist bei einer Geburt. Die anderen schlafen alle schon.«

Lauter Worte, die sie schon im nächsten Augenblick bereute.

»Was macht es?« Er griff nach ihrem Arm, zog sie näher heran, obwohl sie sich sperrte. »Willst den Grund gar nicht erfahren?«

Sie schüttelte den Kopf und horchte nach oben. Ob Josch erwachen würde, wenn sie schrie?

»Eine Hur haben sie dich genannt. Und behauptet, du hättest es mit dem Flamen. Ich hab ihnen beigebracht, dass das nichts als ein Haufen Mist ist. Du bist *mein* Mädchen. Und damit Schluss.« Er leckte sich über die geschwollene Lippe. »Leider waren sie zu dritt – und ich allein.«

»Lass sie doch reden!« Endlich hatte Theresa sich befreit. »Die Leute brauchen immer etwas, über das sie sich das Maul zerreißen können.«

»Aber nicht über dich!«

Schneller, als sie es für möglich gehalten hätte, war Peter wieder bei ihr. Dieses Mal packte er sie fester, zog sie noch näher zu sich.

»Du tust mir weh«, sagte Theresa. »Lass mich sofort los!«

»Erst, wenn du mich geküsst hast.«

Sie drehte den Kopf zur Seite, um seinem Atem auszuweichen.

»Küss mich!«, verlangte er. »Den anderen hast du doch auch geküsst!« Er kniff ein Auge zusammen. »Oder stimmt etwa doch, was die Leute sagen?«

Er war erregt und wollte mehr, das begriff sie erst jetzt. Sie und er in diesem Haus, die Kinder schlafend, Josch in Fieberträumen. Wie sollte sie ihn nur wieder zur Vernunft bringen?

»Hör zu, Peter«, begann sie energisch, »ich …«

»Ich mag es nicht, wenn deine Stimme so klingt«, unterbrach er sie. »So fordernd, so hart. Als sei ich nur ein dummer kleiner Junge, den du belehren musst. Aber ich bin ein Mann, Theresa. Und genau das werde ich dir jetzt beweisen.«

Es war ihm gelungen, sie bis zum Tisch zu drängen, auf den er sie jetzt stieß. Theresa fiel mit dem Rücken auf die harte Platte und begann zu strampeln, weil sie keinen Boden mehr unter den Füßen hatte. Peter nutzte die Gelegenheit, ihren Rock nach oben zu schieben. Plötzlich spürte sie sein hartes Glied an ihrer Scham.

»Trocken wie ein leeres Flussbett«, hörte sie ihn schimpfen. »Das werde ich ändern!«

Sie hob ein Knie, um sich zu befreien, doch er schien diese Bewegung geahnt zu haben, denn seine Hand verhinderte den Stoß.

»Kleine Wildkatze«, murmelte er. »Aber warte nur – wir beide werden noch viel Spaß miteinander haben.«

Mit seinem ganzen Gewicht nagelte er sie förmlich auf den Tisch. Seine Lippen pressten sich auf ihren Mund. Plötzlich spürte sie seine Zunge, die ihr wie ein eigenes, ganz und gar widerliches Lebewesen erschien, das sich immer tiefer in sie bohrte. Ein Schwall von Übelkeit stieg in ihr hoch. Sie begann sich zu winden. Doch der junge Küfer war zu schwer.

Es gab kein Entkommen.

Sein Stoßen wurde immer ungestümer, bis sie plötzlich einen scharfen Schmerz verspürte, der sie empörte und alle Kräfte in ihr bündelte. Abermals holte sie aus, zu dem einen, dem gezielten Tritt, der sie befreien würde. Da wurde die Last auf ihr plötzlich zur Seite gerissen, und sie konnte wieder frei atmen.

»Peter!«, hörte sie Eva hinter sich rufen. »Was fällt dir ein? Lass sie sofort los!«

»Sie hat mich verführt, dieses kleine Luder ...«
»Verschwinde!« Die Stimme der Wehmutter war eisig. »Aus dem Haus mit dir!«
Peter senkte schuldbewusst den Kopf.
»Und du, Theresa, bedeck dich wieder! Wir beide sprechen uns später.«

Zweites Buch

REIFEN

🙞 1156 BIS 1160 🙜

Fünf

MAINZ – FRÜHLING 1156

Nichts als Ratten, wohin man auch schaute!
Theresa kannte die hässlichen Nager nur zu gut von der heimatlichen Burg, wo sie sich vor allem während der Wintermonate über die eingelagerten Vorräte hergemacht hatten. Auch Kloster Rupertsberg war trotz all seiner klug ausgelegten Giftköder von ihnen heimgesucht worden, was Schwester Benigna zu einigen ihrer seltenen Wutanfälle getrieben hatte, und in Bingen hatte das alljährliche Hochwasser sie oft gleich scharenweise in die Weinkeller und Häuser gespült.

Doch solch eine Invasion, wie sie Mainz nun plagte, hatte Theresa noch nie erlebt. Kaum einen Schritt konnte man tun, ohne nicht schon wieder einen nackten Schwanz davonhuschen zu sehen. Ganze Rattenrudel schienen ihre Scheu mehr und mehr abzulegen. Am helllichten Tag tauchten sie nun auf den Gassen und dem Markt auf; selbst die Gotteshäuser blieben nicht von ihnen verschont. Bald schon machten entsetzliche Gerüchte die Runde: Gefräßige Ratten würden in die Kammern Sterbender eindringen und deren Augen auffressen, sich in den Wiegen der Neugeborenen verstecken, um die zarten Kehlen aufzureißen und junges Blut zu trinken. Ein angeblicher Zeuge trieb es besonders bunt und wollte sogar mit angesehen haben, wie sie auf offener Straße zu Dutzenden einen Mann attackierten, bis der unter ihren Bissen verendete. Dass der übel malträtierte Leichnam dieses Opfers nirgendwo auftauchte, tat nichts weiter zur Sache. Unverdrossen wurden neue Geschichten gesponnen und mit immer noch widerlicheren Einzelheiten ausgeschmückt.

Etwas Dumpfes, Graues lag über der Stadt, die den schlimmsten Winter seit Langem überstehen musste. Schwer ächzte Mainz unter den Auflagen, die Erzbischof Arnold, kaum war seine Fehde mit dem Pfalzgrafen von Stahleck beendet, den Bürgern aufgebürdet hatte.

Der Kaiser hatte nach seiner Rückkehr aus Italien auf dem Reichstag zu Worms beide Kontrahenten mit der Harmschar bestraft, dem öffentlichen Hundetragen über eine Meile. Von dieser ehrverletzenden Strafe war der Erzbischof im letzten Augenblick lediglich aufgrund seines hohen Alters befreit worden; allerdings galt sie auch so als verhängt. Arnolds Ruf hatte ohnehin im Lauf der blutigen Auseinandersetzungen schwer gelitten. Einstmals angetreten, um die Verschwendungssucht seines Vorgängers Heinrich zu beenden und entstandenen Schaden wiedergutzumachen, wurde Arnold von Selenhofen nun sogar bezichtigt, eine kostbare Reliquie zu Gold gemacht zu haben, die schon vor langer Zeit dem Dom des heiligen Martin gestiftet worden war. Reich und Arm begannen, gegen einen Stadtherrn zu murren, der in ihren Augen sein hohes Amt missbrauchte.

Gleichzeitig wuchs die Zahl der Hungrigen in Mainz von Tag zu Tag, manche von ihnen waren inzwischen so verzweifelt, dass ihr Betteln nahezu räuberische Ausmaße annahm. Propst Burchard von St. Peter zeigte schließlich Erbarmen und richtete aus Spendengeldern eine morgendliche Armenspeisung ein, die so regen Zulauf fand, dass sich bereits in der Dämmerung Menschenschlangen vor seinem Kloster bildeten, die um Nahrung anstanden.

Zwar trat eine leichte Besserung ein, als die Rheinschifffahrt im Frühling reger wurde und wieder mehr Männer im Hafen Arbeit fanden, doch für viele blieb das tägliche Leben nach wie vor ein harter, kaum bezwingbarer Kampf.

Jetzt, wo es endlich langsam wärmer wurde, versuchte auch Theresa, die Schrecknisse der vergangenen Monate abzuschütteln. Dass Eva sie nicht länger im Haus hatte haben wollen, war für sie einer Vertreibung aus dem Paradies gleichgekommen. Keiner Bitte war die Hebamme zugänglich gewesen, obwohl Theresa immer wieder versucht hatte, sie doch noch umzustimmen.

»Das Haus der Wehmutter muss ehrbar bleiben. Wenn bekannt wird, dass ich meiner Lehrmagd erlaube, Unzucht zu treiben, kaum habe ich ihr den Rücken zugekehrt – wer wird mich dann noch zu Geburten rufen?«

»Aber Peter war es doch, der mich ...«

»Tu nicht unschuldiger, als du bist! Sein Weib willst du nicht werden, aber unseren Neffen heiß machen, bis er seinen Verstand verliert, das kannst du. Männer denken nun mal mit dem, was sie zwischen den Beinen haben. Eine kluge Frau weiß das und benimmt sich entsprechend.« Evas Blick verriet ihre Empörung. »Hast du bei allem auch nur einen Moment an meine kleinen Söhne gedacht, die oben fiebernd in ihren Betten lagen? Was, wenn die Buben heruntergekommen wären? Hätten sie euch vielleicht zusehen sollen?«

Nachdem das Verhältnis zwischen ihnen so frostig geworden war, dass man förmlich das Eis knirschen hörte, machte die Hebamme eines Tages einen überraschenden Vorschlag. Theresa solle nach Mainz gehen, wo Meline, Joschs entfernte Base, ebenfalls als Wehmutter arbeitete. Meline habe sich einverstanden erklärt, die junge Frau ab sofort als Lehrmagd anzunehmen, allerdings nur unter der Bedingung – dabei wurde Evas Tonfalls drohend –, dass sie sich als fleißig, ehrbar und gehorsam erweise. Theresa hatte nur das Wort »Mainz« gehört und sofort genickt.

Josch ließ sie vor sich auf dem Weißen aufsitzen und brachte sie in die große Stadt. Dass er das alte Pferd vom Kloster ausleihen durfte, bedeutete nichts anderes, als dass die Magistra über alles informiert sein musste, was sich zwischen dem jungen Küfer und der Lehrmagd zugetragen hatte. Ein Gedanke, der Theresa heiße Schamesröte ins Gesicht trieb und sogar die Vorfreude auf ein Wiedersehen mit Willem beträchtlich trübte. Kurz erwog sie, Hildegard einen Brief zu schreiben oder am Rupertsberg vorzusprechen, um klarzustellen, wie es wirklich gewesen war. Doch die beißende Kälte, die selbst mehrere Lagen von Kleidung, die sie als Schutz dagegen angezogen hatte, nicht abhalten konnten, brachte sie schnell wieder zur Vernunft. Die Prophetin vom Rhein hatte schließlich anderes zu tun, als sich ihr Unschuldsgestammel anzuhören!

Außerdem gab es da auch noch diese trotzige Stimme in ihr, die ihr zuflüsterte, dass es der frommen Magistra ganz recht geschehe. Sollte sie von ihr doch denken, was sie wollte! Schließlich war sie es ja gewesen, die Theresa aus dem Kloster gewiesen und damit erst den Weg für all diese Verwicklungen frei gemacht hatte.

Josch schien zu ahnen, was sie in Mainz erwartete, denn kaum waren sie am Ziel angelangt, wollte er möglichst schnell wieder weg. Dass Melines Haus zu eng war, um auch noch ihn als Schlafgast aufzunehmen, kam ihm dabei gerade recht.

»Kopf hoch, Mädchen!« Mit diesen Worten lieferte er Theresa in dem windschiefen Häuschen an der Fischergasse ab. »Base Meline kann manchmal ziemlich derb wirken.

Lass dich davon nicht ins Bockshorn jagen! Im Grunde meint sie es nicht so.«

Und dann hatte sie ihre künftige Lehrherrin zum ersten Mal erblickt: ein dicker grauer Zopf, nachlässig geflochten. Kleid und Umhang aus grünem, schäbigem Wollstoff. Schmale Augen, eng zusammenstehend, die Theresa misstrauisch musterten. Über der Oberlippe stand dunkler Flaum. Meline war klein und drall, und sie hatte ihre Lehrmagd mit einem Knurren empfangen, das alles andere als erfreut klang.

Seitdem hockte Theresa zwischen diesen feuchten Mauern, die wie die ganze Umgebung penetranten Fischgestank angenommen hatten, in den Fängen einer kinderlosen Witwe, die launisch war und ausgesprochen bärbeißig werden konnte, wenn das Reißen sie plagte. Inständig sehnte Theresa sich schon bald nach den behaglichen Abenden bei Eva und Josch, dem übermütigen Krakeelen der Buben, vor allem aber nach den weichen Ärmchen des kleinen Johannes, die sich beim Abschied um ihren Hals geschlungen hatten, als wollten sie sie nie wieder loslassen.

Viel Zeit für solch wehmütige Erinnerungen blieb ihr freilich nicht, denn Meline scheuchte sie, kaum war es hell geworden, herum, bis die Lehrmagd abends todmüde auf ihr Lager sank, in einem winzigen, eisigen Kämmerchen, in dem sie fast mit dem Kopf an die Decke stieß und gerade mal vier Schritte bis zum Fenster machen konnte. In der Nebenkammer, die allerdings um einiges größer und behaglicher eingerichtet war, hauste die Muhme, Melines steinalte Mutter, die das Bett kaum noch verlassen konnte. Das Befehlen aber hatte sie noch nicht verlernt, und das bekam Theresa jeden Tag erneut zu spüren. Kaum größer als ein Kind und klapperdürr, als habe das Alter ihr das letzte Restchen Fleisch von den Knochen geleckt, verfügte die Muhme über eine kräftige Stimme, die durch die dünnen Wände schallte. Theresa musste sie waschen und ihr Nachtgeschirr leeren, was sie nur widerwillig und mit angehaltenem Atem erledigen konnte. Oft verlangte die Muhme auch, von ihr gefüttert zu werden, und blinzelte sie, während erstaunliche Mengen Brei in ihrem nahezu zahnlosen Mund verschwanden, durch spärliche Wimpern dabei listig an.

»Trägst einen heimlichen Schatz in deinem Herzen«, hörte das Mädchen sie eines Tages plötzlich murmeln. »Denkst an ihn Tag und Nacht. Bist jetzt deshalb bei uns?«

Erschrocken fuhr Theresa zurück. Woher konnte die Alte wissen, dass sie sich erst heute wieder am Brand herumgedrückt hatte, wo das stattliche Haus der van Gents stand, wie sie längst herausgefunden hatte?

Seltsame Bauarbeiten mussten da drinnen verrichtet werden; sie hatte Handwerker mit Säcken, Schubkarren und Leitern hinein- und wieder herausgehen sehen. Doch erstaunlicherweise schienen sich weder Adrian noch Willem in Mainz aufzuhalten, denn sie hatte beobachtet, dass Magota, der sie auf ihren Botengängen öfter heimlich gefolgt war, in ihrem Korb so wenig Essbares vom Markt nach Hause trug, dass zwei hungrige Männer unmöglich davon satt werden konnten.

Etwas Seidiges drückte sich an Theresas Wade: die Graue, die sich zu Winterbeginn als dürres Knochenbündel ins Haus gestohlen hatte. Inzwischen hatte sie aber so viele Ratten und Mäuse gefressen, dass ihr Bauch ganz prall war und ihr Fell in der blanken Frühlingssonne wie poliertes Silber schimmerte. Offenbar genoss Theresa ihre ganz besondere Zuneigung, die so weit ging, dass die Katze ihr oft mit hoch erhobenem Schwanz hinterherstolzierte, wenn Meline sie wieder einmal quer durch die halbe Stadt hetzte. Damit die Graue weniger fror und sich nicht ganz so schrecklich einsam fühlte, ließ Theresa sie sogar manchmal mit ins Bett, was das Tier mit dankbarem Schnurren quittierte, das sich bis in Theresas Träume stahl.

»Brauchst nicht gleich ängstlich dreinzuschauen wie ein verirrtes Lämmchen, das nach seiner Mutter blökt!« Die Muhme begann zu kichern. »War ja schließlich auch mal jung und beinahe so schön wie du. Jedenfalls hat mein Schätzlein das damals immer gesagt.« Der knotige Zeigefinger fuhr in einer verschwörerischen Geste zum Mund. »Ihr dort drüben verrat ich doch ohnehin kein Wort – versprochen!«

Mit einem seltsamen Gefühl ließ Theresa die Muhme zurück, sobald die Schüssel leer war. Hatte die Alte nur auf gut Glück gemutmaßt? Oder trug sie ihre Empfindungen derart sichtbar zur Schau?

Sie beschloss, noch vorsichtiger zu sein. Was sie mit Willem verband, ging keinen etwas an. Es war ohnehin schwer genug, all diese Heimlichkeiten und Andeutungen zu ertragen und ihn über endlose Monate nicht zu sehen. Doch irgendwann musste er ja zurückkehren. Und dann konnte niemand auf der ganzen Welt sie daran hindern, endlich mit ihm glücklich zu werden.

Bis es allerdings so weit sein würde, hatte sie weiterhin unter Meline zu buckeln. Zu Geburten hatte die Wehmutter sie bislang nur selten mitgenommen, beinahe, als ob sie Theresa nicht recht traute und sich erst überzeugen wollte, wer ihr da aufgedrängt worden war. Einmal hatten sie zusammen Zwillinge entbunden, ein bildhübsches Pärchen, allerdings Wochen vor der Zeit und daher so winzig, dass beider Leben lange an einem seidenen Faden hing. Doch der kleine Bub und sein noch zarteres Schwesterchen hatten, in dicke Lagen eingewickelt und fleißig gestillt, zu

Theresas Überraschung die kalten Monate bestens überstanden und sahen inzwischen so rosig und gesund aus, dass alle weiteren Sorgen unnötig schienen.

Ein anderes Mal war die Frau schon verbraucht gewesen und hatte die ganze Zeit über geweint, weil bereits fünf Kinder da waren und sie nicht wusste, wovon nun auch noch ein sechstes satt werden sollte. Der Mann hatte beizeiten das Weite gesucht und sich in einer Schenke besoffen, bis alles vorüber war. Meline, der Gebärenden gegenüber kein bisschen ruppig, sondern erstaunlich zartfühlend und geduldig, hatte sie von einem kräftigen Jungen entbunden, der mit einem zornigen Schrei auf die Welt geschossen war.

»Der kleine Racker wollte geboren werden«, sagte die Wehmutter lächelnd. »Schau doch nur, wie schön und stark er ist!«

»Meinethalben!« Erschöpftes Stöhnen. »Doch er muss unser Letzter bleiben. Beim nächsten Blag geh ich ins Wasser, das schwör ich bei allen Heiligen. Ich kann einfach nicht mehr!«

»Gib deinem Alten ein wenig von dem Schlafmohn ins Bier. Das wird deine Nächte ruhiger machen. Und den Kleinen stillst du mindestens zwei Jahre«, flüsterte ihr die Wehmutter zu, während sie die bereitgelegten Münzen einstrich. »Wenn möglich, sogar länger. Dann hast du erst einmal Gelegenheit zum Durchschnaufen. Vielleicht hat die Gottesmutter ja auch ein Einsehen und lässt dir in der Zwischenzeit das lästige Geblüt versiegen – dann kannst du das Wochenbett für immer vergessen.«

Meistens aber zog Meline allein los und weigerte sich regelrecht, Theresa zu Geburten mitzunehmen. Oder sie schickte sie nach nebenan, sobald Frauen an ihre Tür klopften und um Hilfe baten.

»Wie soll ich da etwas dazulernen?«, hatte Theresa schon mehrmals aufbegehrt. »Bei Eva durfte ich immer dabei sein. Und meine Fragen hat sie auch beantwortet – alle!«

»Wieso bist du dann nicht bei deiner heiligen Eva geblieben?« Melines scharfer Tonfall machte Theresa sofort stumm. »Augen zum Schauen hast du, also mach sie gefälligst auf, dann wirst du schon genug lernen! Ich brauch dich eben ab und zu für andere Dinge, die ebenso wichtig sind, damit ich meine Arbeit gut verrichten kann. Eines gleich mal vorab: Eine Wehmutter braucht vor allem Geduld. Das ist das Wichtigste, was erst einmal in deinen Schädel muss.«

So fanden sich Tag für Tag tausenderlei Aufgaben, die Theresa für Meline verrichten sollte.

»Ab zum Winzer, Mädchen!« Wieder einer der Aufträge, die Theresa am wenigsten mochte, weil es ihr unangenehm war, mit dem Leiterwagen, in dem ein volles Fässchen gluckste, durch die Gassen zu laufen und dabei von allen angestarrt zu werden. Doch Meline war dem Rebensaft alles andere als abgeneigt und brauchte offenbar dringend Nachschub. »Kannst auf dem Rückweg auch noch gleich beim Bader vorbeischauen. Er hat versprochen, neues Rattengift zu mischen, mit dem wir diesen widerlichen Biestern dank Eisenhut und seinen hilfreichen Geschwistern endlich den Garaus bereiten können.«

Seufzend machte Theresa sich auf den Weg, schnellen Schritts, weil es bald dunkel werden würde. Sobald die Sonne sank, merkte man erst, wie kühl die Luft noch war. Immer wieder blieb Theresa stehen und zog den Umhang enger über der Brust zusammen. Wenn sie jetzt nur einen der warmen Walkumhänge hätte, mit denen Willem seit einiger Zeit Handel trieb!

Allein der Gedanke daran hob ihre Laune deutlich.

Sie lächelte noch immer, als sie das Nasengässchen erreichte und vorsichtig die schmale Treppe hinabstieg. Bisher hatte sie sich stets gleich nach rechts gewandt, wo die Fässer im Weinkeller in Reih und Glied lagerten. Zu ihrer Überraschung hatte Hennel, der Winzer, jedoch inzwischen zur Linken eine Art Vorraum getüncht und dort ein paar Tische und Bänke aufgestellt, an denen im Schein von Ölfunzeln ein Häuflein Zecher Platz genommen hatte. Der Lautstärke nach zu schließen, schienen sie bereits eine ganze Weile zu trinken. Den Winzer jedoch entdeckte Theresa nirgendwo.

»Wo steckt denn Hennel?«, fragte sie den nächstbesten Gast.

»Oben. Bei seinem Weib. Die Allerärmste muss vorhin wieder einmal bös gestürzt sein.« Der Mann setzte ein anzügliches Grinsen auf und tat, als führe er einen Becher an die Lippen, den er in einem Zug leerte. »Welch ein Unglück! Magst nicht einstweilen mit uns anstoßen, schöne Jungfer?«

Theresa schüttelte den Kopf und zog sich ein paar Schritte zurück. Der Geruch nach Wein und feuchtem Holz erinnerte sie an Peter, von dem sie schon mehrmals geträumt hatte, seit sie bei Meline lebte. Ob er es wirklich wagen würde, sie in Mainz aufzusuchen, wie er es vor ihrer Abreise angedroht hatte? Wenn es nach ihr ginge, brauchte sie ihn niemals mehr im Leben zu sehen. Am liebsten hätte sie auf der Stelle kehrtgemacht, um diese unliebsamen Erinnerungen so schnell wie möglich wieder loszuwerden. Doch wenn sie ohne Wein nach Haus kam, würde sie Melines schlechte Laune ausbaden müssen. Hennel und seine trunksüchtige Frau stören wollte sie aber auch nicht. Sie entschied sich zu warten. Vielleicht hatte sie ja Glück, und der Winzer kam bald zurück.

Die Zecher schienen ihre Anwesenheit vergessen zu haben und unterhielten sich lautstark weiter: »Ja, beinahe hätten sie das ganze Heer versenkt – uns alle und zwar mit Mann und Maus!«, grölte einer. »Diese hinterlistigen Veroneser, die unserem Kaiser einen heimtückischen Hinterhalt gestellt haben. Wie unheimlich diese elende Schiffsbrücke geschwankt hat! Und dann auch noch der Überfall der Berittenen in der Klause, die uns schier die Luft zum Atmen genommen hat. Doch ein braver Ritter hat alle gerettet, Otto von Wittelsbach, der tapfere Pfalzgraf, so war sein Name ...« Der Rest des Satzes ging in zusammenhanglosem Gebrabbel unter.

»Gab aber noch ganz andere Helden, das hab ich mit eigenen Augen gesehen.« Diese Stimme war jünger, frischer und nicht ganz so weinschwer. »Denn beinahe hätte es wenig später auch noch den Kaiservetter erwischt, den schwarzen Herzog Heinrich, der einen Schlag abbekam und über Bord ging. Bis zum Hals im Wasser hat er gesteckt, hat kaum noch schreien und strampeln können, weil er bald ganz starr vor Kälte war. Da sind zwei besonders Tapfere in die eiskalten Fluten der Etsch gesprungen und haben ihn gemeinsam rausgezogen, ein Ritter und sein junger Knappe, ein kühner Blondschopf namens Gero ...«

Theresa, gerade noch ein wenig schläfrig, war plötzlich hellwach. Ihr Herz begann wie wild zu schlagen, die Handflächen wurden feucht. Es kann nicht sein, sagte sie sich. Der Name ist nichts anderes als ein Zufall. Und blonde Jungen gibt es bestimmt Tausende im Heer. Wahrscheinlich ist Gero schon lange nicht mehr am Leben. Und wenn doch – wer weiß, wohin das Schicksal ihn inzwischen verschlagen hat?

Auf einmal war das Bild des verschollenen Bruders wieder ganz lebendig in ihr. Wie sehr sie ihn vermisste – all seine Unverschämtheiten waren längst vergessen.

»Du brauchst neuen Wein?« Breitbeinig baute Hennel sich vor ihr auf. »Schon wieder alles leer getrunken? Hast du wenigstens das alte Fass dabei?«

»Ja, oben. Und der Wein ist für Meline«, sagte Theresa, bevor er noch auf falsche Gedanken kam. »Du kennst diese Männer?« Sie wies zu den Zechern.

»Strolche und Tagediebe«, sagte er wegwerfend. »Doch solange sie ihr Kupfer bei mir lassen, soll es mir gleichgültig sein. Zwei von ihnen waren angeblich Pferdeknechte und brüsten sich jetzt überall damit, im Tross des Kaisers über die Alpen und wieder zurück gezogen zu sein. Was willst du denn von ihnen?«

»Nichts«, sagte sie schnell. »Diese kaiserlichen Pferdeknechte – sind das die beiden neben der Tür?«

»Nein, das sind der Große, der sich so krumm hält, als hätte er etwas Falsches gegessen, und der Jüngere neben ihm mit der breiten Narbe.« Sein Blick bekam etwas Besorgtes. »Was mich angeht, so trau ich keinem von ihnen. Und du solltest das lieber auch nicht tun. Lass dich bloß nicht mit diesem Säuferpack ein, Mädchen!«

»Tu ich schon nicht.« Sie lächelte. »Sind die beiden denn öfter bei dir?«

»Schon möglich. Du willst doch etwas von ihnen!«

»Schon möglich.« Ihr Lächeln wurde breiter. »Trägst du mir jetzt erst einmal das schwere Fässchen nach oben, Hennel? Dann kannst du das leere gleich mitnehmen!«

Bis sie dann allerdings endlich losziehen konnte, dauerte es noch eine ganze Weile, denn das Fässchen musste erst mit Seilen an den Streben des Leiterwagens befestigt werden, damit es unterwegs nicht herunterrollte. Mit gesenktem Kopf machte Theresa sich auf den Heimweg. Inzwischen war es dunkel, und die Gassen von Mainz hatten sich bereits merklich geleert.

Sollte sie wirklich noch das Rattengift beim Bader abholen? Seufzend entschloss sie sich dazu. Leider musste sie dafür bis zum Grabenbach traben, ein stattliches Stück durch die nahezu menschenleere Stadt. Sie hatte ungefähr zwei Drittel der Strecke bewältigt, als sie plötzlich Schritte hinter sich hörte. Unwillkürlich zog sie den Wagen schneller.

Die Verfolger beschleunigten ebenfalls ihre Schritte.

Zwei waren es, und offensichtlich nicht mehr ganz nüchtern, denn ihr Gang war unregelmäßig. Trotzdem schlossen sie immer näher zu ihr auf.

Leiterwagen und Wein einfach stehen lassen und eilig das Weite suchen? Mit ihrer hinderlichen Last hatte sie kaum eine Möglichkeit zu entkommen. Ohnehin war es schon zu spät, um noch zu fliehen. Aus einem plötzlichen Impuls heraus blieb Theresa stehen und drehte sich um.

»Was wollt ihr?«, rief sie. »Wieso schleicht ihr mir heimlich nach?«

»Ja, ihre Augen sind wirklich wie Sterne, du hattest ganz recht.« Die Männer aus dem Weinkeller, jene laut prahlenden Pferdeknechte! Der eine war groß und ungeschlacht, der zweite jünger und sehnig.

»Aber das darunter gefällt mir noch viel besser«, sagte der Große. Dreist stierte er auf ihre Brust, die sich unter dem dünnen Umhang hob und senkte, und er richtete seine Laterne auf sie, damit ihm bloß nichts entging.

»Fang ruhig an!«, rief der mit der breiten Narbe über dem Auge grinsend. »Schließlich bist du der Ältere. Ich bin zufrieden, wenn ich nach dir an die Reihe komme.«

Inzwischen hatte Theresa am ganzen Körper Gänsehaut.

Die nächstliegenden Häuser erschienen ihr dunkel und abweisend. Ob sich auch nur eine einzige Tür öffnen würde, wenn sie laut zu schreien begann? Vielleicht gelang es ihr ja, die beiden abzulenken.

»Ihr wart im Heer des Kaisers?« Ihre Stimme zitterte, doch sie hoffte, man hörte es nicht allzu sehr.

»Und ob!« Der Große kam gefährlich nahe. »Deshalb sind wir ja auch so aushungert, weil der gestrenge Rotbart keine Weiber ins Lager lassen wollte. Doch damit ist jetzt Schluss!« Er schielte zum Wägelchen. »Ein volles Fass hat sie auch gleich dabei. Kann also noch ein lustiger Abend werden!«

»Erzähl mir von dem blonden Knappen, der den schwarzen Herzog gerettet hat!« Verzweifelt redete sie gegen die entsetzliche Angst an, die in ihr aufstieg. »Weißt du denn noch, ob er ein lahmes Bein hatte?«

»Woher soll ich das wissen?« Der Mann packte sie am Arm und zog sie näher zu sich heran, ohne sich um seine Laterne zu kümmern, die Theresas Kleidung in Brand setzen konnte. »Ist doch auch ganz egal. Beine, Knappen, Herzöge – jetzt kommt es auf andere Dinge an.«

»Von mir aus kannst du das Fass haben«, sagte sie schnell. »Ich schenk es dir.«

»Das Fass?« Er grinste. »Das gehört uns doch schon. Genau wie du auch. Pass auf, Kleine: Du kannst dich wehren und uns sehr wütend machen. Du kannst aber auch brav sein. Dann wird dir nichts Schlimmes geschehen. Vielleicht gefällt es dir ja sogar!«

»Lass mich sofort los!«, schrie Theresa.

Verdächtig nah glaubte sie ein hohes Fiepen zu hören. Bis zum Bach war es nicht mehr weit, und dass Ratten Feuchtigkeit liebten, wusste jedes Kind. Warteten sie schon auf sie? Um über sie herzufallen, nachdem die beiden Kerle mit ihr fertig waren? Nicht einmal die Graue war irgendwo zu sehen. Plötzlich fühlte sie sich noch verlorener.

»Nachher, Liebchen, nachher!« Ungeniert begann der Große sie zu betasten. »Arg mager für meinen Geschmack, aber in der Not frisst der Teufel Fliegen, so heißt es doch, oder?«

Der andere lachte dreckig.

Jetzt war der feuchte, schiefe Mund des Mannes ganz nah vor ihrem Gesicht. In ihr zog sich alles zusammen, so widerlich war er ihr, viel widerlicher noch, als Peter es ihr mit seinem rohen Gefingere gewesen war.

Was hatte Ada immer gesagt? Wenn du dich wehrst, musst du es mutig und entschlossen tun! Theresa machte den Zeigefinger ganz steif und stieß ihn dem Mann direkt ins linke Auge.

Er taumelte zurück, ließ die Laterne fallen und drückte die Hand an sein verletztes Auge, das heftig tränte. »Worauf wartest du, Wenzel?«, rief er den anderen herbei. »Hast du nicht gesehen, dass sie mich blind gemacht hat? Beweg deinen faulen Arsch her und zeig diesem kleinen Luder, was passiert, wenn man einem von uns so etwas antut!«

Der mit der Narbe war kleiner und drahtiger. Er umschlang Theresa von hinten und presste sein hartes Glied gegen sie.

»Nicht einen Mucks will ich hören!«, verlangte er, während er ihr den Arm immer weiter auf den Rücken drehte, sodass sie Angst bekam, er würde ihn ihr aus der Schulter reißen. »Und tu gefälligst, was ich sage! Sonst wirst du was erleben!«

Theresa öffnete den Mund und schrie erneut aus Leibeskräften, bis sie plötzlich einen heftigen Stoß erhielt, der sie gegen den Leiterwagen schleuderte. Ein paar Momente fiel ihr das Atmen schwer, weil die Rippen so schmerzten, dann jedoch rappelte sie sich auf.

Ein Dritter war aus dem Dunkel aufgetaucht, kräftig, hochgewachsen, in einen braunen Walkmantel gehüllt. Den mit der Narbe hatte er bereits mit ein paar Faustschlägen zu Boden gestreckt, wo der sich wimmernd krümmte. Jetzt ging er langsam und bedrohlich auf den anderen los.

»Ich sorg dafür, dass dir das Hirn aus dem Schädel spritzt, wenn du sie noch ein einziges Mal anfasst«, sagte er. »Hast du mich verstanden?«

Der betrunkene Pferdeknecht nickte eifrig. »War doch bloß ein kleiner Spaß«, murmelte er. »Mehr nicht …«

»Haut ab!« Die Stimme war eisig. »Alle beide. Und zwar schnell, bevor ich es mir noch einmal anders überlege!«

Der Große half dem anderen auf. Sich gegenseitig stützend, verschwanden die beiden in der Nacht.

Theresa starrte Willem an, unfähig, sich zu rühren. Bislang war er ihr stets scheu und zurückhaltend erschienen, als trage er an einer unsichtbaren Last. Jetzt aber war er für sie eingestanden und hatte gegen eine Überzahl gekämpft, ohne auch nur einen Augenblick zu zögern. Ohne ihn wäre sie verloren gewesen. Doch jetzt war sie in Sicherheit. Alles in ihr wurde hell und klar. Dieser Mann war ihr Schicksal, das wusste sie, entschiedener als jemals zuvor.

»Komm, Theresa!« Er bückte sich nach der Deichsel. »Zu solch später Stunde sollte keine ehrbare Frau mehr allein unterwegs sein. Ich bring dich jetzt nach Hause. Du wirst erst einmal Ruhe brauchen.«

✤

KLOSTER RUPERTSBERG – FRÜHLING 1156

Es ging der Magistra nicht gut, schon seit einigen Wochen. Da war diese wachsende innere Unruhe, gepaart mit zunehmender Schlaflosigkeit und ständiger Gereiztheit, die alle im Kloster zu spüren bekamen.

Kündigte das Lebendige Licht sich wieder an, das sie schon mehrmals zuvor in solch quälende Zustände versetzt hatte? Forderte es etwas von ihr, was sie noch nicht erkennen konnte oder vor dem sie sich drücken wollte, weil es ihr zu schwierig erschien? Abwechselnd betete Hildegard, oder sie rang in endlosen Zwiegesprächen mit Gott. Doch die gebieterische Stimme, die sie schon einmal unaufhaltsam zum Schreiben gedrängt hatte, blieb stumm.

Die frommen Schwestern vermieden nach Möglichkeit alles, was die Magistra noch mehr belasten könnte. Aber so vorsichtig sie sich auch verhielten, Hildegard schien nur noch tiefer in ihren inneren Welten zu versinken, wenn sie nicht gerade wieder einen ihrer Ausbrüche hatte, die vor nichts und niemandem haltmachten.

Besonders im Scriptorium bekamen sie diese Stimmungsschwankungen zu spüren, allen voran Schwester Hedwig, die an manchen Tagen nur stumm die feinen blonden Brauen hob und sich rasch abwandte, um bloß nichts Falsches zu sagen. Auf Dauer fiel es ihr freilich immer schwerer, ihr Temperament zu zügeln, und wäre da nicht Bruder Volmar gewesen, dem es in seiner besonnenen Art immer wieder gelang, rasch aufflackernde Funken niederzuschlagen, hätte es durchaus zu Gezänk kommen können.

Die Arbeit wollte und wollte kein Ende nehmen. Zwar war Hildegards Schrift »Physica« inzwischen abgeschlossen, doch schon mehrten sich die Anfragen anderer Klöster aus nah und fern, die dringend um eine Abschrift baten. Die Magistra hatte das Werk in neun kleinere Bücher unterteilt, die von den Steinen und Metallen bis zur Beschreibung der Fische, Vögel, Reptilien und Säugetiere reichten. Natürlich nahm die Botanik einen besonders großen Raum ein. Gestützt auf die Experimente und jahrzehntelangen Erfahrungen von Schwester Benigna, hatte Hildegard sich nicht auf die Bestimmung und Beschreibung von Pflanzen bis hin zu Bäumen beschränkt, sondern auch deren Eignung zur Heilung in zahlreichen beigefügten Rezepturen und Empfehlungen festgehalten. Ein reiches Kompendium war somit entstanden, das einerseits auf bereits bekannten Erkenntnissen der Medizin beruhte, andererseits aber viele neue, eigenständige Beobachtungen und Gedanken enthielt.

Selbst der Kaiserhof schien an »Physica« interessiert. Rainald von Dassel, seit Jahresbeginn zum Reichskanzler berufen, reihte sich mit einem höflichen Schreiben in die Schar der Bittsteller ein, die eine Abschrift wollten. Falls die Magistra sich dadurch geschmeichelt fühlte, so zeigte sie es nicht. Trotz der Zustände, die sie plagten, verfolgte sie, ebenso unerbittlich gegen sich selbst wie gegen ihre Begleiter, die Fertigstellung auch des zweiten Teils, dem sie den Titel »Causae et Curae« gegeben hatte.

Hierbei war die Naturkunde lediglich Basis ihrer Überlegungen. Im Zentrum stand der Schöpfer, der den Menschen erschaffen hatte, jenes unvollkommene Wesen, das stets nach Höherem strebt, gleichzeitig aber durch seine Sündhaftigkeit zerrissen wird – und dabei trotzdem niemals aus der unendlichen Gnade Gottes fällt.

Wie sehr hatte sie sich dabei verausgabt! Vor allem die ungewöhnlich offen formulierten Passagen über die Bildung des Menschen und sein geschlechtliches Verhalten hatte sie unzählige Male verworfen und von Neuem überarbeitet. Doch bis zum heutigen Tag fanden noch immer nicht alle Stellen Gnade vor ihren kritischen Augen, und selbst der unermüdliche Zuspruch von Hedwig und Volmar vermochte sie dabei nicht wirklich sicherer zu machen.

»Es dürfen sich keine Fehler einschleichen!«, begehrte Hildegard auf, als der Mönch sie dezent darauf hinwies, dass der hintere Teil der Schrift, in dem sie sich über Krankheiten der Seele und des Körpers ausließ, bereits seit Längerem fertig sei. »Alles muss möglichst hieb- und stichfest sein. Sonst werden die, die schon darauf warten, dass ich strauchle, wie ein ausgehungertes Wolfsrudel über mich herfallen und mich abwechselnd der Dummheit oder der Lüge bezichtigen.«

Sie ballte die Fäuste.

»Ein törichtes, unwissendes Weib, das sich anmaßt, über solche Themen zu schreiben! Vor allem diejenigen Männer, die dazu aufrufen, das Fleisch zu kasteien, um die unsterbliche Seele zu retten, werden jeden einzelnen Buchstaben umdrehen, bis sie etwas gefunden haben, das sie gegen mich verwenden können. Dabei ist der Mensch doch vom Schöpfer mit Körper *und* Seele als sein göttliches Abbild erschaffen worden. Deshalb kann es ja auch nicht richtig sein, den Körper zu verachten. Der Kampf gegen das Fleisch führt unweigerlich in die Irre. Nicht einmal die Begehrlichkeit lässt sich dauerhaft damit abtöten.«

Hildegard ging zum Tisch, beugte sich über die frisch geschriebene Seite und begann laut vorzulesen:

Das erste Werden des Menschen entspringt jener Lustempfindung, die die Schlange dem ersten Menschen beim Genuss des Apfels gab, weil damals schon das Blut des Mannes durch Begehrlichkeit aufgewühlt war. Daher ergießt dieses Blut auch einen kalten Schaum in das Weib, der dann in der Wärme des mütterlichen Gewebes zur Gerinnung kommt, wobei er jene blutgemischte Gestalt annimmt; so bleibt zunächst dieser Schaum in dieser Wärme und wird erst später von den trockenen Säften der mütterlichen Nahrung unterhalten, wobei er zu einer miniaturhaften Gestalt des Menschen heranwächst, bis schließlich die Schrift des Schöpfers, der den Menschen formte, jene Ausdehnung der menschlichen Formation als Ganzes durchdringt, wie auch ein Handwerker sein erhabenes Gefäß herausformt.

Ihr Blick glitt zu Volmar und bat um Zustimmung. »Glaubst du, sie werden es verstehen? Oder sind sie eher bereit, mich zu steinigen, wenn sie so etwas zu lesen bekommen?«

»Du schreibst, was zu diesem Thema gesagt werden muss, und du tust es in Offenheit, Klarheit und Schönheit«, erwiderte er. »Das wird jeder anerkennen müssen, der Verstand besitzt.«

»Aber unser heiliges Gelübde der Keuschheit …«, entschlüpfte Schwester Lucilla, die sofort beschämt den Kopf senkte. Endlose Monate hatte Hildegard verstreichen lassen, bevor die junge Nonne wieder an das Pergament durfte. Hatte Lucilla diese mühsam zurückgewonnene Auszeichnung nun in einem einzigen unbedachten Augenblick erneut verspielt?

»Die Keuschheit, mein Kind«, erwiderte die Magistra erstaunlich gelassen, »ist eine Entscheidung, die wir alle freien Herzens getroffen haben. Sie bedeutet keineswegs eine Abwertung des Körpers, das solltest du niemals dabei vergessen. Unser himmlischer Bräutigam heißt Jesus Christus. Für ihn brennen wir in Liebe und verzichten dafür aus innerstem Antrieb auf die Liebe zu einem irdischen Mann.«

»Du sprichst wohl von den Reformern, hochwürdige Mutter?«, fragte Hedwig, kaum waren sie endlich nur noch zu zweit. Sie hatte die anderen vorangehen lassen, weil sie spürte, wie schwer die Last war, die der Magistra auf der Seele lag. »Von jenen neuen Orden, die das Fleisch durch Fasten geißeln und nicht einmal davor zurückschrecken, es mit Eisen zu martern, um es zu bezwingen?«

»Nicht nur von ihnen.« Hildegards Stimme klang matt. »Obwohl es mir nur schwerlich in den Kopf will, zu welchen Exzessen diese frommen Brüder bereit sind, deren Äbte sie als geistliche Führer doch eher in ganz andere Richtungen lenken sollten. Ihr Beispiel strahlt aus, weit über die jeweiligen Klostergrenzen hinaus – und kann ganz und gar falsch verstanden werden. Manchmal entstehen daraus die krudesten Lehren. Das bereitet mir Sorge.«

»Diese ›guten Christen‹ meinst du?«, fragte Hedwig. »Jene Ketzer, die sich auch ›gute Menschen‹ nennen und im Besitz des Heils wähnen, in Wirklichkeit aber Kinder des Bösen sind?«

Die Magistra nickte. »*Cathari* hat der kluge Alanus von Lille sie genannt, und sie sollen bei ihren verbotenen Riten angeblich den Anus einer Katze küssen, da ihnen der Leibhaftige in dieser Form erscheint.« Zwischen ihren dichten Brauen stand eine zornige Falte. »Dass wir unsere Schwester Magota an sie verloren haben, ist möglicherweise nur ein Anfang. Ihre Bewegung wächst unaufhörlich, das haben besorgte Stimmen mir zugetragen, allen voran mein geliebter Bruder Hugo.«

»Aus Bingen hast du sie vertrieben.« Hedwig klang zufrieden. Sie nahm den Krug und schenkte Holunderwein in zwei Becher ein.

»Aus Bingen – ja. Doch was ist mit den anderen Städten? In Mainz kriechen sie wie Ratten aus den Löchern und scheinen sich so schnell wie Ungeziefer zu vermehren, obwohl sie doch den Leib verachten und alles Geschlechtliche strikt ablehnen.«

»Ist das nicht etwas, das der Kaiser wissen sollte?«, fragte Schwester Hedwig. »Schließlich ist er der oberste Hüter und Beschützer seiner Kirche.«

»Friedrich hat zurzeit ganz andere Sorgen«, erwiderte die Magistra. »Hugo hat mir berichtet, wie müde und geschlagen die kaiserlichen Ritter aus Italien zurückgekehrt sind. Kaum hatten sie die Alpen überquert, erhoben sich die lombardischen Kommunen erneut. Friedrich wird abermals gen Süden ziehen müssen, wenn er sie dauerhaft niederschlagen möchte, und das womöglich schon bald. Doch jetzt will der kühne Rotbart ja erst einmal ein neues Weib freien. Am Pfingstfest zu Würzburg. Man sagt allerdings, Beatrix von Burgund sei fast noch ein Kind.«

»Die berühmte Prophetin vom Rhein hat er aber nicht dazu eingeladen. Wäre das nicht ein Akt der Höflichkeit gewesen, der ihm gut angestanden hätte?«

Hildegard nahm einen Schluck und schob den Becher zur Seite, was die andere mit Besorgnis zur Kenntnis nahm. Wenn die Magistra aufgewühlt war, vergaß sie zu essen und zu trinken, egal, welch große Mühe sich Clementia mit ihrer Küche auch gab. Leider ließen dann Anfälligkeit und Schwäche nicht lange auf sich warten.

»Was hätte eine einfache Magistra wie ich bei solch einem fürstlichen Spektakel schon verloren?«, rief Hildegard. »Außerdem hab ich ihm bei unserer Begegnung nicht gerade nach dem Mund geredet. Was dem Kaiser offenbar gar nicht gefallen hat.«

Eine Weile wurde es still im Scriptorium. Draußen hörte man den Wind pfeifen, der den letzten Schnee schon vor einer ganzen Weile geschmolzen hatte und nun von Tag zu Tag mehr Frühling brachte.

»Eigentlich geht es dir doch vor allem um Theresa, nicht wahr?«, sagte Hedwig schließlich und schob den Becher unauffällig wieder in Richtung der Magistra. Sie hatte ihre eigene Methode, auf Hildegard aufzupassen, was meistens hilfreich war, wenngleich nicht immer. »Sie ist es, die dir nicht aus dem Kopf will.«

»Wie denn auch? Sie war doch schon eine von uns – beinahe jedenfalls. Dass das Mädchen nun nicht mehr bei uns lebt, hat nicht nur Benigna trübselig werden lassen, die in Theresa schon ihre perfekte Nachfolgerin gefunden zu haben glaubte.«

»Theresa taugt nicht zur Nonne, das hat sie bewiesen.« Es kostete Hedwig Mut, diese Worte zu sagen, doch sie tat es.

Hildegard nahm den Becher und trank. Und dieses Mal war der Becher leer, als sie ihn wieder abstellte.

»Als ob ich das nicht wüsste! Aber hätte sie nicht wenigstens bei Eva bleiben können, die nah bei uns lebt und uns seit Langem vertraut ist? Doch die Wehmutter wollte das Mädchen um keinen Preis weiterhin im Haus behalten, und du weißt, was das bedeutet, denn du kennst Eva ebenso gut wie ich. Das heiße Blut ihrer toten Mutter – ich hoffe nur, es wird Theresa eines Tages nicht auch zum Verhängnis! Dass sie nun ausgerechnet in Mainz ansässig sein muss, wo ...« Sie verstummte.

Hedwigs tintendunkle Hände vollführten eine anmutige Bewegung. »Weshalb siehst du nicht nach ihr?«, fragte sie. »Du weißt doch, wo sie wohnt. Bei Meline, jener entfernten Base von Josch.«

Die Magistra rührte sich nicht.

»Wolltest du nicht ohnehin den Erzbischof aufsuchen? Damit seine Urkunde endlich schriftlich fixiert, was Abt Kuno uns schon so lange versprochen hat?«

»Damit Arnold von Selenhofen mich erneut demütigt, weil ich als schwaches Weib niemals in der Lage sei, ein Kloster wie den Rupertsberg zu leiten? Darauf kann ich verzichten!«

»Vieles hat sich inzwischen geändert«, gab Hedwig zu bedenken. »Du hast Kunos Wort ...«

»Das er jederzeit wieder brechen kann. Vielleicht kommt der Erzbischof ja irgendwann einmal zu uns. Wäre dann nicht die beste Gelegenheit dazu? Wenn er selbst sieht, was wir alles aus eigener Kraft geschaffen haben – eine Schar schwacher Weiber, die nicht nur dem Untergang getrotzt, sondern auf diesem heiligen Berg etwas ganz Besonderes zustande gebracht hat?«

»Ich fürchte, auf diesen Besuch werden wir vergebens warten. Hat er nicht gerade, wie du mir erst neulich berichtet hast, in Mainz mit seinen aufsässigen Bürgern genug zu tun?«

»Arnold befindet sich zurzeit gar nicht in Mainz. Er wurde von Papst Hadrian nach Rom zitiert, um dort weitere Vorwürfe auszuräumen, die man gegen ihn erhoben hat. Das weiß ich von Hugo.«

»Dann suchst du ihn eben auf, sobald er wieder zurück ist!«

»Solch ein Schritt will gut überlegt sein«, wandte Hildegard ein. »Denn falls Arnold mein Anliegen erneut ablehnt, könnte der Rupertsberg schlechter dastehen als zuvor. Ein Risiko, das ich nicht eingehen werde.«

»Ich denke, du solltest dich trotzdem dazu entschließen. Nur so wird dein Gemüt wieder hell und frei.« Hedwig zögerte kurz, redete dann aber entschlossen weiter. »Und noch etwas, hochwürdige Mutter: Falls du tatsächlich irgendwann nach Mainz reiten solltest, so nimm auf alle Fälle Benigna mit. Sie träumt schon so lange von nichts anderem.«

»Woher willst du das wissen?«

Hedwig lächelte. »Du bist nicht die Einzige, die in die Herzen der Menschen schauen kann«, sagte sie. »Manchmal gelingt das sogar einem alten Bücherwurm wie mir.«

✤

MAINZ – FRÜHSOMMER 1156

Es wurde still im Raum, als Adrian van Gent das Wort ergriff. An die fünfzig Menschen hatten sich zur abendlichen Stunde versammelt, so viele wie noch nie zuvor, Frauen jeden Alters und Männer, ältere und solche, denen der Flaum gerade erst gewachsen war. Zwei Wände hatten sie durchbrechen müssen, um genügend Platz im Erdgeschoss des Hauses am Brand zu schaffen, und noch immer lag der Geruch nach frischem Holz in der Luft, der von den neu gezimmerten Hockern aufstieg.

Seine Stimme war leise und sanft, als er sie zunächst alle freundlich willkommen hieß. Doch der Flame hätte nicht zu Recht als einer der berühmtesten Prediger der guten Christengemeinde gegolten, hätte er nicht über das gesamte Repertoire verfügt, das einen begnadeten Redner auszeichnet. Bald schon hatte sein Tonfall das Schmeichlerische verlassen, war lauter geworden und schärfer, und als er jetzt zu seiner ersten Abrechnung ansetzte, schienen unter seinen Worten alle Anwesenden ein ganzes Stück kleiner zu werden.

»Geistwesen sind wir«, donnerte er, von Kopf bis Fuß in

kostbares schwarzes Tuch gehüllt, das seinen schlanken Körper perfekt zur Geltung brachte. »Vom guten Gott erschaffen und von ihm beschenkt mit einer unsterblichen Seele, die sich nach dem Licht sehnt, ihrer wahren, einzigen Heimat. Jeder von uns verfügt über Einsicht und Willenskraft und wäre folglich sehr wohl in der Lage, den Einflüsterungen des Fleisches zu widerstehen. Und doch fehlen wir und sündigen wir immer wieder aufs Neue – und begeben uns damit auf direktem Weg in die Hände Satans.«

Magota beobachtete, wie blass Willem geworden war, der ausnahmsweise nicht wie sonst in der ersten Reihe saß. Onkel und Neffe hatten sich gestritten, seit Adrian, der neu erwählte Diakon, von seiner jüngsten Missionsreise zurückgekehrt war; mehr als einmal, das hatte sie belauscht, doch niemals zuvor so heftig wie gestern Abend. Um Willems Walkwaren war es wieder einmal gegangen, ein Geschäftszweig, den Adrian ganz und gar nicht billigte und den er am liebsten eher heute als morgen aufgegeben hätte. Geld-, vor allem aber Zeitverschwendung sei es, was der Jüngere sich mit diesem unsinnigen Abenteuer leiste, und er solle die kostbare Zeit besser darauf verwenden, endlich zu einem der Vollkommenen zu werden, wie die ständig wachsende Gemeinde sie so dringend brauche. Doch dieses Mal hatte der Neffe nicht klein beigegeben. Er sei erwachsen, sein eigener Herr und es gründlich leid, stets zu tun, was der Onkel von ihm verlange. Die Herstellung von Walkstoff würde er weiterhin betreiben und sogar ausbauen – so laute sein letztes Wort. Seitdem herrschte Schweigen zwischen den beiden, so abgrundtief und eisig, dass auch Magota sich ganz elend fühlte.

Ihr Blick glitt weiter zu denen, die sie bereits kannte, einfache Gläubige, die wie sie versuchten, nach den strengen Gesetzen der Lehre zu leben, und doch ebenso wie sie immer wieder daran scheiterten. Die allmonatliche Beichte, Pflicht für alle, die sich zu den guten Christen zählten, bot Gelegenheit, solche Verfehlungen öffentlich zu bekennen: Trudi, die es einfach nicht fertigbrachte, ihrem Hanns das eheliche Beilager abzuschlagen, und sich damit besonders sündig machte, denn eheliche Liebe galt als öffentliche Hurerei. Walther, der nicht von seiner falsch geeichten Waage lassen wollte oder konnte, mit der er auf dem Markt ahnungslose Kunden prellte. Irmgart, die vor Kurzem heimlich die alte Meline aufgesucht und sie beschworen hatte, sie so schnell wie möglich von der unerwünschten Frucht zu befreien, die sich in ihrem Bauch eingenistet hatte. Ottl, der spielte und alles versoff, sobald er ein paar Kreuzer in der Tasche hatte – streng verbotene Zerstreuungen für einen Gläubigen. Sie selbst, die den nagenden Hunger in ihrem dürren Leib niemals loswurde, der schier verrückt spielte, sobald er gebratenes Fleisch roch, und auch nicht einen Gedanken daran verschwendete, dass sie damit vielleicht Seelen verschlang, die auf ihrer Wanderung vorübergehend in einem Tierleib gelandet waren. Und schließlich eben Willem, der Neffe des neuen Diakons, der sich am Hafen heimlich mit Theresa traf, wie sie zufällig herausgefunden hatte, als sie wieder einmal auf der Jagd nach verbotenen Genüssen gewesen war.

Welche Geheimnisse mochten erst die Neuen mit sich herumtragen, die heute zum ersten Mal in das Haus am Brand gekommen waren, um öffentlich Beichte abzulegen? Aufgeregt waren alle, das erkannte Magota am unruhigen Scharren der Füße und an ihrer Körperhaltung. Die einen saßen ganz still wie betäubt, während andere es kaum fertigbrachten, ihre Gliedmaßen auch nur einigermaßen ruhig zu halten.

Adrian van Gent war inzwischen bei seinem Lieblingsthema angelangt, auf das er stets zu sprechen kam, wenn die Reue der Versammelten besonders heftig ausfallen sollte: »Wenn ein Mann eine Frau geschlechtlich erkennt, steigt der Gestank dieser Sünde bis zum Himmelszelt, und diese Höllenbrunst verpestet die ganze Welt. Neun Tage muss er danach Buße tun, bei Wasser und Brot, muss beichten und bereuen, um wieder rein zu werden.«

Es stand ihm gut zu Gesicht, wenn er so erregt war. Sein sonst bleiches Antlitz war leicht gerötet, was ihn jünger machte und ihm etwas Verwegenes gab, das Magotas Herz schneller klopfen ließ. Die dunklen Augen funkelten; seine Nase wirkte stolz und kühn. Eine silberne Strähne war ihm in die Stirn gefallen. Plötzlich überkam Magota die Lust, mit beiden Händen durch sein glattes Haar zu fahren und es liebevoll zu zerzausen. Und wie es sich wohl erst anfühlen würde, seine Lippen gebieterisch auf den ihren zu spüren? Bei dieser Vorstellung wurde es Magota erst kalt, dann glühend heiß.

Die ersten Gläubigen hatten sich erhoben und stießen bebend ihr Sündenbekenntnis hervor, lächerliche Kleinigkeiten, kaum der Rede wert, die viel zu sehr aufgebauscht wurden, wie Magota fand.

Alle logen. *Alle.* Trudi, dass sie einen einbeinigen Bettler hungrig habe weiterhumpeln lassen, Walther, dass seine angepriesenen Äpfel alt und schrumpelig gewesen seien. Irmgart bereute öffentlich, wie lieblos sie ihrer alten Mutter geantwortet habe, Ottl, dass er einem Vollkommenen aus Trägheit den verkehrten Gruß entboten habe.

Adrian hielt die Augen geschlossen und beschränkte sich, kaum hatte jeder mit seiner Beichte geendet, auf ein kurzes Nicken. Als die Reihe an Magota kam, ging ein Zittern durch ihren Körper. Welche ihrer Sünden konnte sie preisgeben? Die Liste erschien ihr derart endlos, dass sie kaum wusste, wo sie beginnen sollte.

»Nun, meine Schwester in Gott?« Adrian klang jetzt wieder wie ein besorgter Freund, um Heilung bemüht.

Sie suchte seinen Blick, doch seine Augen schienen durch sie hindurchzusehen, als sei sie gar nicht vorhanden. Eine Welle von Scham erfasste sie. Dass sie heimlich Gebratenes in sich hineinstopfte, sobald sich Gelegenheit dazu ergab, konnte sie nicht öffentlich bekennen. Erst recht durfte der Diakon niemals erfahren, welch verbotene Begierden er in ihr entzündet hatte.

»Ich ... ich hab gelogen«, flüsterte sie schließlich und hatte das Gefühl, für jeden Einzelnen hier zu sprechen. »Aber bloß aus Versehen, weil ich nämlich ...« Sie verstummte.

Die Augen aller schienen auf sie gerichtet.

»Vergebung kann dir nur erteilt werden, wenn deine Reue echt und tief ist«, hörte sie Adrian sagen. »Die Voraussetzung dafür ist allerdings Ehrlichkeit, rein und ohne jeden Vorbehalt. Also? Ich höre.«

»Gelogen hab ich«, wiederholte Magota, so leise, dass man sie kaum verstehen konnte. Ihr Körper kribbelte, als sei sie in einen Ameisenhaufen gestiegen; in den Ohren klingelte es. »Ich hab gesagt, ich hätte ...«

»Die Wahrheit, Schwester!«, unterbrach Adrian sie. »Allein die Wahrheit kann dich retten!«

Lautes Poltern, weil einer der Hocker plötzlich zu Boden fiel. Willem war aufgesprungen, stand einen Augenblick vor seinem Onkel, mit halb geöffneten Lippen, als sei er drauf und dran, ihm etwas zornig entgegenzuschleudern. Dann schüttelte er den Kopf, drehte sich um und stürzte wortlos hinaus.

✢

WÜRZBURG – PFINGSTEN 1156

Das schönste Mädchen, das er jemals gesehen hatte!

Gero konnte kaum noch schlucken, so aufgeregt war er auf einmal. Langes Haar floss ihr bis zur Hüfte, glänzend und dicht, dessen Farbe ihn an ein Kornfeld im Mondlicht erinnerte. Ihr Gesicht war rund und klar, geschmückt mit vollen Lippen und einer kecken kleinen Nase. Das zarte Blau ihres Gewandes ließ die Augen strahlen, während kunstvoll geschnürte Goldbänder die schlanke Taille noch zerbrechlicher wirken ließen.

»Maul zu!«, zischte Freimut von Lenzburg neben ihm. »Du kannst doch die Kaiserin nicht derart unverschämt anstarren!«

»Das soll Barbarossas Braut sein?« Vor Schreck war Gero laut geworden. »Aber er ist doch fast schon ein alter Mann – und sie noch ein Mädchen!«

»Wie unbarmherzig die Jugend ist!«, rief der Ritter. »Wie überheblich in ihrer Gnadenlosigkeit und Kraft!« Er lächelte. »Der Kaiser ist ein Mann in den besten Jahren und die Kaiserin gerade im richtigen Alter, um ihm möglichst viele Erben für seinen Thron zu schenken. Zudem kommt Beatrix von Burgund nicht mit leeren Händen: Mehr als fünftausend Ritter bringt sie mit und Kisten voller Gold, alles Dinge, die er dringend gebrauchen kann – mehr noch als die hohe Geburt der schönen Byzantinerin, die wohl seine erste Wahl gewesen wäre.«

Der starke Regen der letzten Tage war gegen Mittag abgeklungen. Nun strahlte eine leuchtende Sonne über der Bischofsstadt. Alle waren sie gekommen, um die kaiserliche Braut zu bestaunen; auf dem Weg vom und zum Kiliansdom standen die Menschen dicht gedrängt und gafften sich die Augen halb aus dem Kopf.

»Wenn du dich nicht endlich wie ein Edelmann benimmst, schick ich dich sofort zurück ins Lager«, ermahnte der Ritter seinen Knappen, der nicht aufhören konnte, zu starren und zu staunen. »Dann kannst du dort abwarten, bis alles vorüber ist.«

»Aber wir wollten doch zu Herzog Heinrich! Das hattet Ihr mir fest versprochen …«

»Dann weißt du ja jetzt, was du zu tun hast!« Der Tonfall machte unmissverständlich klar, dass jedes weitere Widerwort gefährlich war.

Gero zog den Kopf ein und verstummte. Dafür tobte der Kampf in seinem Herzen umso heftiger weiter. Kommenden Winter würde er sechzehn werden, und er war noch immer kein Ritter, der sein Schwert schwingen und in den Kampf ziehen durfte. In den letzten Monaten war er derart in die Höhe geschossen, dass der alte Gambeson seines Herrn ihm inzwischen perfekt passte. Vom langen Gebrauch war er allerdings zu zerschlissen, um weiterhin getragen zu werden. Deshalb hatte Freimut von Lenzburg ihm einen neuen schneidern lassen, aus blauem wattiertem Stoff, und er führte ihn heute zum ersten Mal aus.

Die Farbe ließ Geros Gesicht frisch und sein Haar noch heller wirken. Doch was nützte das schönste Gewand der ganzen Welt, wo es ihm doch einzig und allein auf Kämpfen und Siegen ankam? Er war diese endlose Warterei von Herzen leid.

»Sein erstes Weib ist der Kaiser offenbar ganz bequem losgeworden«, hörte er im Vorbeireiten eine Alte zu ihrer Nachbarin sagen. »Unfruchtbar soll sie gewesen sein und ihm zudem auch noch Hörner aufgesetzt haben.«

»Das muss sich ein Kaiser wie unser Rotbart nicht bieten lassen!«, rief die andere. »Er hat wahrlich Besseres verdient als eine Ehebrecherin.«

Geros Herz begann zu hämmern. Plötzlich hatte er wieder das Bild der Mutter vor sich, die sich elend und in Agonie auf dem harten Boden jenes kargen Gästehauses auf dem Rupertsberg wälzte. In seinen Augen war es bis heute Ehebruch, was sie begangen hatte, obwohl sein Vater damals vermutlich schon seit Jahren tot gewesen war. Auf alle Fälle hatte Ada sein Andenken beschmutzt, indem sie sich mit dem Bastard des Onkels eingelassen hatte. Welch schreckliche Folgen diese verbotene Liebschaft für die ganze Familie gehabt hatte! Alles hatten sie verloren, den Besitz, ihr geliebtes Zuhause – und schließlich sogar sich selbst.

Zum ersten Mal seit Langem erlaubte Gero es sich, an Theresa zu denken, was er sonst immer schnell wieder wegschob, weil es ihm zu wehtat. Ob sie inzwischen den Ewigen Schleier genommen hatte und eine der frommen Schwestern geworden war und ihn längst vergessen hatte?

»Wir sind am Ziel«, hörte er seinen Herrn neben sich sagen. »Dort drüben und bis hinunter zum Main wird gefeiert. Schau doch nur, eine richtige Zeltstadt! Und überall flattert das kaiserliche Wappen im Wind.«

Eine leichte Brise wehte Musikfetzen zu ihnen herüber, und je näher sie kamen, desto verführerischer roch es. Ochsen drehten sich an großen Spießen, Spanferkel wurden gebraten, Fische steckten an dünnen Ästen über der Glut. Auf langen Tischen stapelten sich Köstlichkeiten wie Schüsseln voller Süßspeisen aus Milch und Gelee, Kuchen und kunstvoll verzierte Marzipanstückchen. Gero gingen schier die Augen über, und er fühlte sich hungrig wie ein junger Wolf.

»So viel, wie es hier gibt, kannst nicht einmal du verdrücken.« Der Ritter schien regelrecht Gedanken lesen zu können. »Du wirst satt, sei unbesorgt! Allerdings nur, wenn du dich weiterhin wie ein junger Edelmann aufführst. Komm, wir beide setzen uns dort drüben hin, zu den anderen Kämpfern!«

»Dort drüben«, das waren die einfacher gedeckten Tafeln, an denen die weniger wichtigen Gefolgsleute untergebracht waren, was Gero augenblicklich registrierte. Es gelang ihm, eine Weile den Mund zu halten, und das wiederum schien seinem Herrn zu gefallen, denn Freimuts Züge entspannten sich, und er sah auf einmal so gelöst aus wie schon lange nicht mehr. Die Männer aßen und tranken ausgiebig, und trotz solch ausgefallener Genüsse wie gesottenem Kapaun, Kalbsbrust, Entenbraten und Pfauenfleisch spürte Gero nach einer Weile die ungewohnte Wirkung des schweren Weins, der in seinem Kopf kreiste. Auf einmal hielt es ihn nicht mehr länger auf der harten Bank. Er sprang auf und wollte weg, in Richtung der Musikanten, die ein Stück entfernt zum Tanz aufspielten. Doch die Hand des Ritters hinderte ihn gebieterisch daran.

Vor ihnen stand der Vetter des Kaisers, Herzog Heinrich von Sachsen, der, wie alle munkelten, binnen weniger Wochen Bayern als zweites Herzogtum zurückerhalten sollte.

»Da sind sie ja, meine kühnen Lebensretter!« Ein Lächeln erhellte sein sonnengebräuntes Gesicht. Der schwarze Bart war säuberlich gestutzt und unterstrich die kantigen Züge. Er verbarg nicht das energische Kinn, das einem als Erstes auffiel. Sein Gambeson war rot und mit Borten geschmückt. Hätte man nicht gewusst, dass Friedrich der Kaiser war, man hätte glatt ihn dafür halten können.

Freimut von Lenzburg erhob sich und verneigte sich tief. Nach einem aufmunternden Schubs tat Gero es ihm nach.

»Stets zu Diensten, Durchlaucht«, sagte der Ritter. »Ich freue mich, Euch hier so wohlauf zu sehen.«

Die dunklen Augen Heinrichs musterten die beiden freundlich.

»Woher könnt ihr eigentlich so gut schwimmen?«, wollte er wissen. »Die Fluten der Etsch waren reißend und kalt. Für mich wären sie um ein Haar zum eisigen Grab geworden. Aber ihr beide habt nicht einen Lidschlag gezögert, euch hineinzustürzen und mich zu retten.«

»Mein Vater hat mir in der Donau das Schwimmen beigebracht«, krähte Gero vorlaut. »Da war ich noch sehr klein. Sogar im Winter sind wir gemeinsam untergetaucht. Nur wer sich das traut, hat mein Vater immer gesagt, muss niemals mehr Angst vor dem Wasser haben.«

»Dein Vater?«

»Reichsgraf Robert von Ortenburg«, erwiderte Gero voller Stolz. »Der im letzten Kreuzzug sein Leben für König Konrad gegeben hat.«

»Euer Knappe ist der Sohn eines Reichsgrafen?«, fragte der Herzog überrascht.

»Die komplizierte Geschichte einer bedauerlichen Familienfehde.« Freimut, der trotz vieler Fragen noch längst nicht alle Einzelheiten aus Geros Vergangenheit kannte, war nicht in der Stimmung, mehr darüber preiszugeben. »Als ich ihn im Straßengraben fand, hatten Räuber ihn halb totgeschlagen und sein letztes Hemd gestohlen. Doch Gero ist ein Kämpfer, und er lernt schnell. Seitdem hat er sich prächtig entwickelt.«

Der Herzog griff nach einem Becher. Sofort eilte ein Page herbei und füllte ihn mit Wein.

»Ich könnte tapfere Männer wie euch gut gebrauchen, die keine Angst vor wildem Wasser haben«, sagte er. »In Bayern, meinem neuen alten Herzogtum. Dort im Süden fließt ein reißender Fluss, den sie Isar nennen. Über den wird in meinem Namen bald eine neue Brücke errichtet werden, die mir ordentlichen Zoll einbringen könnte. Vorausgesetzt allerdings, die Salzfuhrwerke benutzen sie auch in großer Zahl.«

»Warum sollten sie das nicht tun, wenn sie über den Fluss müssen?«, rief Gero. »Fuhrwerke können doch nicht schwimmen!«

Der Herzog lächelte.

»Ich nehme an, weil es nicht weit entfernt davon noch eine andere Brücke gibt«, sagte Freimut. »Die vermutlich einem anderen Zollherrn gehört.«

Der Herzog nickte. »Meinem kaiserlichen Vetter ist sehr daran gelegen, Zoll niederzuschlagen, der zu Unrecht erhoben wird. Bald ist das meiste da unten in Bayern wieder mein Land, also bin ich der Zollherr – und nicht der Bischof von Freising, der bislang den Gewinn einstreicht.«

»Was wollt Ihr von uns, Durchlaucht?«, fragte Freimut. »Dass wir die alte Brücke des Bischofs in Eurem Namen abfackeln?«

Der schwarze Heinrich nahm einen tiefen Schluck. »Ich denke, das wird nicht einmal nötig sein. Aber wenn es gelänge, diese Fuhrwerke ... nun sagen wir, für einen gewissen Zeitraum erfolgreich umzulenken, würdet ihr mir einen großen Gefallen erweisen.«

»Das hört sich nicht gerade einfach an«, sagte der Ritter schließlich. »Sonst hättet Ihr womöglich schon andere damit beauftragt.«

»Für einfache Aufgaben bräuchte ich keine besonderen Männer.« Die Stimme des Herzogs klang gelassen. »Für Sonderaufträge wie diesen dagegen sehr wohl.«

»Aber mein Herr dient doch dem Kaiser«, rief Gero voller Entrüstung. »Wie könnte er da in Eure Dienste treten?«

»Ihr seid der Zweitgeborene aus dem Geschlecht der

Lenzburg?«, sagte der Herzog, und seine straffe Haltung machte deutlich, dass jetzt einzig und allein der erwachsene Mann zählte. »Meines Wissens gehört Euer Bruder Ulrich zu den engsten Vertrauten meines Vetters.«

»Ihr seid gut unterrichtet, Herzog! Mein älterer Bruder hat den Titel, das Land und die Ehre. Deshalb sitzt Ulrich auch an der Tafel des Kaisers. Ich bin lediglich ein einfacher Ritter, der sein scharfes Schwert liebt.«

»Ich mag Männer, die Ungewöhnliches zu leisten imstande sind, und ich belohne deren Erfolge stets großzügig. Mit meinem kaiserlichen Vetter hab ich übrigens bereits gesprochen. Friedrich ist einverstanden, dass meine beiden Lebensretter künftig in meine Dienste treten und für Frieden im Reich sorgen. Seinen Segen haben wir.«

Freimut senkte den Kopf. Als er wieder aufschaute, entdeckte Gero einen neuen, energischen Zug um seinen Mund, der ihm sehr gefiel.

»So sei es«, sagte der Ritter. »Wann werdet Ihr das Zeichen zum Aufbruch erteilen?«

»Gleich morgen nach dem Turnier. Ihr reitet zunächst mit mir nach Braunschweig. Dort werdet ihr andere wackere Kämpfer treffen, die ich speziell für diese Aufgabe ausgewählt habe, unter anderem Hartmut von Sulz, den Mann mit der Adlernase. Er genießt mein Vertrauen und wird den Zug nach Süden anführen.«

Kaum hatte der Herzog sich entfernt, schüttete Gero vor lauter Aufregung einige Becher Wein so schnell hintereinander in sich hinein, als sei es klares Wasser. Sein Herr beobachtete ihn dabei kopfschüttelnd, ließ ihn aber gewähren. Doch als Gero hemmungslos weitersaufen wollte, griff er ein.

»Das ist für heute mehr als genug!«, sagte er und schob den Becher zur Seite. »Sonst kannst du dich morgen ja nicht mehr auf dem Ross halten und ertrinkst mir im nächsten Tümpel.«

»Dann will ich wenigstens die Braut noch einmal sehen!«, verlangte Gero mit schwerer Zunge. »Sie war so hell und wunderschön – wie ein Engel!«

»Die Braut?« Der Ritter lächelte. »Die ist jetzt Kaiserin Beatrix und feiert mit ihrem frisch angetrauten Gemahl. Die braucht dich nicht, mein Kleiner. Die hat den Kaiser zum Mann.«

»Aber ich bin auch ein Mann – ein einsamer Mann! Ich will endlich auch eine Braut haben, ein warmes, weiches Mädchen …«

»Dann komm!« Freimut half ihm auf, packte seinen Arm und zog ihn ein Stück weiter.

»Wohin gehen wir?«, lallte Gero.

»Das wirst du gleich sehen.«

Sie waren gerade noch im Lichtschein der verschwenderisch aufgestellten Fackeln, als Gero plötzlich scheute wie ein Fohlen, vor dem sich eine Natter erhebt. Stocksteif blieb er stehen und klammerte sich an seinen Herrn.

»Da!«, stammelte er. »Seht Ihr denn nicht – der Leibhaftige!«

Ein schlanker, mittelgroßer Mann, dessen rötliches Haar eng wie eine Fellkappe am Kopf anlag, nestelte nur ein paar Schritte vor ihnen umständlich an seinem Gürtel, an dem eine lederne Scheide das stattliche Messer barg.

»Das ist nicht der Teufel, du kleiner Saufbold«, sagte Freimut lächelnd, »sondern Kanonikus Dudo, der Vertreter des Erzbischofs von Mainz. Komm endlich weiter, Gero! Wir haben schließlich nicht die ganze Nacht Zeit.«

Inzwischen war der Kanonikus auf das ungleiche Paar aufmerksam geworden und kam langsam näher.

»Sieh an, der trotzige kleine Hinkefuß aus Bingen!«

Dudo verzog die Lippen zu einem dünnen Lächeln. »Bei den Zelten des Kaisers, wer hätte das gedacht! Warst du damals nicht wie vom Erdboden verschwunden, als man den Sarwürker abgestochen hatte? Was treibst du hier?«

Geros Haut begann zu glühen. Plötzlich hatte er wieder Thies vor sich, der röchelnd zusammensank, die gebrochenen Augen – aber auch all die Schläge und Demütigungen. Würde das neue Leben sich jetzt in Schall und Rauch auflösen und der alte Albtraum erneut beginnen?

Er stieß einen Schrei aus und machte Anstalten, sich auf Dudo zu stürzen. Freimuts kräftige Faust jedoch hielt ihn unerbittlich am Kragen gepackt.

»Der Junge ist alles andere als nüchtern, Notarius«, sagte er entschuldigend. »Hat mit dem Trinken leider noch nicht allzu viel Erfahrung. Morgen wird er sich vermutlich an gar nichts mehr erinnern.«

»Dann schiebt ihn am besten ins Hurenzelt«, sagte Dudo säuerlich. »Damit der Schleier des Vergessens sich möglichst gründlich über ihn senkt.«

Gero hatte sich inzwischen frei gestrampelt und lief einfach los. Die Frau am Zelteingang, die ihn einließ, war schlank und rothaarig.

»Da hat es einer aber eilig!«, sagte sie lächelnd. »Kannst du denn auch bezahlen, Kleiner?«

»Hier!« Freimut warf ihr eine Münze zu, die blitzschnell in ihrem nachlässig geschnürten Mieder verschwand. »Ich hole ihn später wieder ab. Und pass mir besonders gut auf ihn auf! Ist bestimmt sein erstes Mal.«

Alles verschwamm vor Geros Augen, und in den Ohren dröhnte ein Rauschen, das gewaltig anschwoll, als die junge Frau ihn auf ein ebenerdiges Lager drängte und sich kundig an seinen Beinlingen zu schaffen machte. Ein scharfer Geruch drang aus der Mulde zwischen ihren spitzen Brüsten, der ihm direkt in die Lenden fuhr. Er wollte danach greifen, doch sie schob seine Hände weg, als ob jede Berührung ihr widerlich sei.

»Das geht bestimmt schnell«, hörte er sie murmeln. »Ganz, ganz schnell. Lass mich nur machen!«

Ihre Stimme klang so gleichgültig, dass Geros Lust schlagartig erlosch. Ihre Hände ertasteten seine zusammengesunkene Männlichkeit, zogen und kniffen sie noch ein paar Mal lieblos, dann ließ sie mit einem Schulterzucken von ihm ab.

»Hast offenbar zu viel von allem abbekommen, Kleiner«, murmelte sie. »Schade – dann vielleicht ein anderes Mal!«

Hinter Geros Augen brannten Tränen der Enttäuschung, doch er gab keinen Mucks von sich und hielt die Lider so fest geschlossen, als hinge sein Leben davon ab.

Irgendwann spürte er eine leichte, erregende Berührung. Das Blut strömte zurück in seine Lenden, sein Glied reckte sich erwartungsvoll. Kräftige Hände begannen es zu liebkosen, und eine dunkle Stimme murmelte dabei süße Worte.

Etwas unfassbar Weiches stülpte sich sanft über ihn und nahm ihn in sich auf. Vor lauter Seligkeit hatte er Angst, im nächsten Augenblick sterben zu müssen. Behutsam bewegte sich die unbekannte Frau über ihm und mit ihm, bis der aufregende Tanz immer schneller wurde und ihn in bislang unerreichte Höhen trug, die ihm verborgen geblieben waren, wenn er sich nachts heimlich allein gereizt hatte.

Bevor er sich in ihr ergießen konnte, hatte sie sich bereits geschickt von ihm gelöst. Ihre kundigen Hände bargen seine erschöpfte Männlichkeit, wofür er ihr dankbar war. Es war zu dunkel im Zelt, um die Frau richtig sehen zu können, doch er nahm ihren leicht salzigen Geruch wahr und erkannte zumindest, dass sie blondes Haar hatte, volle Brüste und breite weiße Hüften, die sich halb aus einem grünen Kleid geschält hatten. Er hatte kein Mädchen geliebt, sondern eine Frau, die nicht mehr ganz jung war.

Was machte das schon aus? In diesem Augenblick war sie für ihn die Allerschönste.

»Wie heißt du?«, murmelte er.

»Wie soll ich denn heißen?«, fragte sie schelmisch zurück.

»Beatrix.«

»Ausgerechnet Beatrix?« Er hörte, wie sie glucksend lachte. »Du willst, dass ich heute Nacht deine Kaiserin bin? Ganz schön anspruchsvoll für dein Alter, findest du nicht?«

»Küss mich, Beatrix«, bat er. »Küss mich so, als wäre ich dir das Liebste auf der Welt!«

Ihr warmer Mund senkte sich auf seine Lippen und öffnete sie. Er spürte ihre Zungenspitze, die seine Zunge berührte und dann sanft, aber zielstrebig seine Mundhöhle erkundete – und dann vergaß Gero zum zweiten Mal in dieser Nacht der Wunder alles andere um sich herum.

✢

MAINZ – SPÄTSOMMER 1156

»Die Nabelschnur abbinden! Und jetzt den in Öl getauchten Verband anlegen. Nimm sie vorsichtig hoch und leg sie in die Wiege – ja, genau so!«

Die Kleine war winzig und zerknittert wie ein Ahornblatt, das zu früh vom Baum gefallen war, aber sie lebte. Bis endlich ihr erster Schrei ertönt war, hatte Theresa den Atem angehalten, während ihre Hände wie selbstständige

Lebewesen all die notwendigen Tätigkeiten verrichteten, die Meline in strengem Ton angeordnet hatte.

Jetzt lächelte auch die Wehmutter. »Gut gemacht«, sagte sie und schien selbst zu merken, dass es das erste Lob war, mit dem sie ihre Lehrmagd bedacht hatte.

Vom Bett her drang Stöhnen, denn erst jetzt stieß die Gebärende die Nachgeburt aus, die Meline danach am Fenster einer nicht minder gründlichen Untersuchung unterzog, wie Eva es immer getan hatte. Sie verstand ihr Handwerk, das hatte Theresa inzwischen begriffen, auch wenn sie es anders und wesentlich rauer betrieb, als die Wehmutter in Bingen es getan hatte.

»Ist das Wasser im kleinen Trog auch nicht zu heiß?«, fragte Meline barsch, als bereue sie das Lob von vorhin schon wieder.

Theresa schüttelte den Kopf. »Ganz richtig so. Aber die Kleine!«, rief sie nach einem Blick in die Wiege erschrocken. »Sieh doch nur – sie ist ja auf einmal ganz blau im Gesicht!«

Mit zwei Schritten war die Wehmutter bei dem Neugeborenen, massierte sanft, aber entschieden das kleine Herz und hauchte dem Kind ihren eigenen Atem in den Mund. Eine ganze Weile ging das so, bis das Neugeborene wieder zu schreien begann.

»Du musst sie taufen!«, verlangte Theresa. »Am besten sofort! Soll ich dir das Fläschchen mit dem Weihwasser geben?«

»Ihr eigener Atem ist jetzt stark genug.« Schwerfällig richtete Meline sich auf. »Das Baden verschieben wir besser auf morgen. Zum Sauberwerden reicht das allemal. Und mit dem Taufen hat es erst recht noch Zeit.«

»Was aber, wenn die Kleine stirbt, bevor sie getauft ist? Dann müsste sie ja geradewegs in die Hölle!«

Meline schielte zum Bett, wo die erschöpfte Mutter mit geschlossenen Augen lag, und trat dann ihrer Lehrmagd energisch auf den Fuß.

»Kannst nicht noch lauter plärren?«, zischte sie. »Soll der armen Agathe vielleicht vor lauter Schreck auf der Stelle die Milch versiegen?«

Beschämt starrte Theresa zu Boden. Die alte Angst freilich wollte sie dennoch nicht verlassen. Meline von Adas grausamem Schicksal erzählen wollte sie aber auch nicht. Da kniff sie lieber die Lippen zusammen und sagte vorerst kein Wort mehr.

Schließlich traten die beiden gemeinsam den Heimweg an.

»Hätten wir nicht länger bei ihnen bleiben sollen?«, entfuhr es Theresa, kaum waren sie ein Stück weit gegangen. »Mutter und Kind sind mir so schwach und hilfsbedürftig vorgekommen.«

»Alle Kinder müssen lernen, allein zu atmen«, erwiderte Meline überraschend friedlich. »Das mag in deinen Ohren hart klingen, aber so ist es nun einmal. Eine Wehmutter kann dabei nur Hilfestellung leisten. Außerdem hat Agathe eine ältere Schwester, die ich schon dreimal entbunden habe, und die kennt sich bestens aus mit kleinen Würmchen. Ich muss weiter. Man erwartet mich bereits.«

»Jetzt?«, entfuhr es Theresa. »Wo?«

Einer dieser seltsamen Blicke, mit denen Meline sie in letzter Zeit immer wieder streifte. »Versorg du die Muhme«, sagte sie. »Ich komm einstweilen auch ohne dich zurecht.«

Normalerweise hätte Theresa dagegen aufbegehrt, heute jedoch kam ihr diese Antwort gerade recht. Sie flog regelrecht nach Hause, lief in die kleine Küche, goss Wasser und Milch in einen Topf und rührte die Grütze so sämig, wie die Muhme es am liebsten hatte. Während sie die Alte fütterte, schien die Graue Theresas innere Anspannung zu spüren und angelte munter nach ihren Füßen.

»Das Schätzlein wartet schon auf dich«, sagte die Muhme, als die Schüssel leer war. »Mach dich noch schön für ihn! So etwas mögen die Männer.«

Vor Schreck wäre Theresa beinahe der Holznapf aus der Hand gefallen. Wer hatte sie verpetzt? Ihr Treffpunkt am Hafen war ihnen bislang so sicher erschienen!

»Du redest dummes Zeug«, sagte sie resolut und wischte den eingefallenen Mund der Muhme sauber.

»Kann sein«, kicherte die. »Aber ich weiß, was ich weiß.«

Theresa lief in ihre Kammer. Kaum blieb noch Zeit, sich die Hände zu waschen und etwas Wasser ins Gesicht zu spritzen. Sie schaute an sich hinunter. Das blaue Kleid war zerknittert und hatte einige Flecken abbekommen. Sie riss es sich herunter und schlüpfte in ein grünes, das zwar sauber, dafür aber leider schon ziemlich zerschlissen war. Wie nötig hätte sie ein neues Kleid gebraucht!

Einen Augenblick lang war die Versuchung fast übermächtig, doch Theresa gelang es zu widerstehen. Adas rotes Prachtgewand, tief in der Truhe unter altem Leinen verborgen, war für einen besonderen Tag bestimmt. Es sollte ein Fest werden, wenn Theresa es zum ersten Mal trug. Ein Fest, das sie sich noch aufsparen wollte.

Ohne nach links oder rechts zu schauen, verließ sie das Haus und lief in Richtung Hafen, entschlossen, nicht daran zu denken, was den Leuten in den Sinn kommen würde, die sie derart davonstürzen sahen. Es war eine Art Glücksspiel, ob sie Willem auch wirklich antraf. Einige Male hatten sie sich schon verpasst, kaum auszuhalten bei den seltenen Gelegenheiten, die ihnen blieben.

Als sie atemlos bei dem alten Schuppen angelangt war,

konnte sie ihn nirgendwo entdecken. Sofort stieg gallenbitter Enttäuschung in ihr hoch. Bedeutete das, dass sie wieder wochenlang auf ihn verzichten musste?

Mit einem Lächeln trat er plötzlich aus dem Schatten, und Theresa stürzte in seine Arme.

»Liebste!«, flüsterte er, als seine Lippen sich von den ihren gelöst hatten, und strich ihr das dunkle Haar aus dem erhitzten Gesicht. »Ich konnte es kaum noch erwarten.«

»Was glaubst du, wie es mir ergangen ist! Ich dachte schon, Meline würde mich gleich weiter zur nächsten Geburt schleifen, doch dann hat sie es sich offenbar anders überlegt. Möchte wirklich zu gerne wissen, wohin sie immer ganz allein schleicht.«

»Ist das nicht gleichgültig?« Er zog sie näher an sich. »Wo wir beide endlich wieder zusammen sind!«

Eng nebeneinander gingen sie weiter, vorbei an den Schiffen, die be- und entladen wurden. Der Hafen und die dahinterliegenden Auen waren ihnen im Lauf des Sommers zu einer Heimat geworden, die beide lieb gewonnen hatten, nachdem jede andere ihnen verwehrt war. Ein Stück hinter dem Kai wartete eine schattige Wiese auf sie, ihr heimlicher Platz, wo sie ungestört sein konnten. Freilich vermochten weder Theresa noch Willem auf Dauer die Augen zu verschließen: Die Kastanien wurden langsam reif; der Sommer neigte sich dem Ende zu. Was würde im Herbst aus ihnen werden, wenn sie ein sicheres Dach über dem Kopf brauchten, um einander nah sein zu können?

Seit Theresa wusste, dass Willem sie liebte, war alles leichter und schwerer zugleich geworden. Da gab es dieses seltsam schwebende Gefühl in ihr, das sie sehr glücklich machte, ihr aber auch gleichzeitig zeigte, wie allein sie war.

Konnte sie wirklich auf ihn zählen? Wieso zweifelte sie

noch? Waren da nicht seine aufregenden Augen, die zärtlichen Hände, Willems Lippen – aber war das auch genug?

Jetzt wollte sie ihn erst einmal nur noch spüren! Sie sanken ins Gras, ineinander verschlungen, als wären ihre Gliedmaßen miteinander verschmolzen und hätten sie zu einem einzigen Lebewesen werden lassen. Stirn an Stirn schauten sie sich lange an. Dann küssten sie sich, wie sie es inzwischen schon viele, viele Male getan hatten. Und doch war es immer wieder aufregend und neu.

Eine Weile war alles genau so, wie es sein sollte. Das Glucksen des Wassers im Hintergrund, der wachsende Druck seiner Lippen, das wilde Schlagen seines Herzens, so nah bei ihrem. Seine Hände, die ihre Brüste zärtlich kosten, wie sie es ihm inzwischen gestattete.

Dann streifte etwas Seidiges Theresas Knöchel. Sie schrak hoch, musste aber lachen, als sie erkannt hatte, wer sie da mitten im Liebesspiel gestört hatte.

»Graue!«, rief sie. »Was bist du nur für ein seltsames Vieh! Selbst hierher stiefelst du mir nach!«

Willem hatte sich ebenso aufgesetzt, doch seine Miene verriet Empörung. »Jag sie weg!«, verlangte er. »Niemand soll uns stören.«

»Aber sie ist doch ein so liebes Tier«, entgegnete Theresa verdutzt. »Den ganzen Winter über hat sie nicht nur die Ratten im Haus in Schach gehalten, sondern mich auch vor dem Erfrieren bewahrt.«

Als hätte Willem sie gar nicht gehört, begann er, wie wild mit den Armen zu wedeln, als sei die graue Katze eine ernsthafte Bedrohung.

»Ich hasse Katzen!«, rief er. »Widerlich sind sie mir. Ich will das Vieh hier nicht haben! Gute Christen haben mit diesen Tieren nichts zu schaffen, egal, was man ihnen auch nachsagt.«

Plötzlich erschien er ihr so weit weg wie der Mond. Was wusste sie eigentlich von ihm? Nichts. Gar nichts.

Theresa musterte Willem ernst, die Hand auf dem Rücken der Grauen, die laut zu schnurren begann, kaum spürte sie die vertraute Berührung.

»Ich denke, du bist mir einige Erklärungen schuldig«, sagte sie dann. »Was ist mit dir, Willem van Gent? Wer bist du?«

Er drehte den Kopf zur Seite, als könne er ihren Anblick auf einmal nicht mehr ertragen. Als er sie wieder anschaute, waren seine unterschiedlichen Augen dunkel vor Schmerz.

»Du willst es wirklich wissen?«, fragte er.

»Das will ich.« Theresa war stolz, dass ihre Stimme fest klang, obwohl sie innerlich zitterte.

»Dann komm morgen Abend zum Haus am Brand! Dort sollst du alles erfahren.«

✤

Auf dem Bett lag das rote Kleid, doch bevor sie es anzog, hatte Theresa anderes zu tun. Da gab es noch das kleine Tongefäß mit Rosenöl, das Eva ihr eines Tages mit einem Gruß von Schwester Benigna zugesteckt hatte. Eine Kostbarkeit, die bis heute unangetastet geblieben war. Als sie das Wachssiegel aufbrach und den süßen Duft einsog, wurden ihre Augen feucht.

Benigna und Eva – beide Frauen hatte sie geliebt und verehrt und doch verloren. Würde sie mit dem, was sie heute vorhatte, ihren Platz auch in Melines Haus aufs Spiel setzen?

Theresa tupfte sich einen Tropfen Rosenöl auf die Kehle, einen weiteren zwischen die Brüste. Dann schlüpfte sie in das Kleid. Die Seide auf der Haut zu spüren, kam ihr vor wie eine lang vermisste Liebkosung. Der kleine Spiegel, den sie noch aus der Ortenburg gerettet hatte, war inzwischen zu blind, als dass man viel hätte erkennen können. Aber sie mochte den aufregenden Gegensatz zwischen ihrem dunklen Haar und dem leuchtenden Rot, den er ahnen ließ.

Stundenlang hatte sie sich den Kopf darüber zermartert, wie sie der Wehmutter ihre Abwesenheit zur späten Stunde erklären sollte. Doch Zufall oder Schicksal war ihr zu Hilfe gekommen. Meline war zu einem ihrer geheimnisvollen Gänge aufgebrochen, bei denen sie die Lehrmagd nicht dabeihaben wollte.

Theresa war schon halb aus der Tür, als sie die Muhme rufen hörte. Unentschlossen blieb sie stehen. Sich ihr in diesem Kleid zu zeigen, würde alles verraten. Was aber, wenn die hilflose Alte ihre Hilfe dringend brauchte?

Sie betrat die Kammer. Die Muhme lächelte zufrieden, als sie sie erblickte.

»Schönes Kind«, murmelte sie. »Das Schätzlein wird Augen machen!« Sie deutete auf ihren leeren Becher. »Wasser. Und dann lauf schnell zu ihm!«

Wie gern hätte Theresa das getan, freien Herzens und voller Ungestüm, doch zu schwer lastete die Ungewissheit auf ihrer Seele. Was würde sie im Haus am Brand erwarten? Sollten ihre ärgsten Befürchtungen sich bewahrheiten? Ihre Füße wollten ihr auf einmal kaum noch recht gehorchen. Sie musste sich regelrecht zum Weitergehen zwingen.

Als sie schließlich angelangt war und an die Tür schlug, war ihre Kehle vor Aufregung trocken. Eigentlich hatte sie Magotas mürrisches Schafsgesicht erwartet, doch es war Willem, der ihr öffnete, blass und mit schweren Lidern, als habe er geweint.

Sie sah die Überraschung in seinen Augen, als er ihr ungewöhnliches Kleid bemerkte, doch er sagte nichts, sondern führte sie schweigend ins Haus. Im Erdgeschoss gab es einen riesigen Raum, beinahe eine Art Saal, der gut für Feste und zum Tanzen getaugt hätte, beides Vorstellungen, die Theresa so gar nicht mit dem gestrengen Adrian van Gent in Einklang bringen konnte.

»Er ist nicht da«, sagte Willem, als könne er ihre Gedanken lesen. »Natürlich nicht! Sonst hätte ich dich doch niemals hierherbestellt.«

Eine schmale Treppe führte nach oben in einen Gang, an dem mehrere Zimmer lagen.

»Hier lebe ich.«

Er öffnete eine Tür. Die karge Zelle eines Einsiedlers, war das Erste, was Theresa durch den Kopf schoss. Bett, Truhe, Tisch, zwei Stühle, mehr barg der Raum nicht.

»Setz dich!«, bat er, und da auf den Stühlen Pergamente lagen, nahm sie vorsichtig auf der Bettkante Platz.

Willem begann ruhelos auf und ab zu gehen.

»Wir dürfen nicht länger zusammen sein«, begann er unvermittelt. »Ich bin nicht gut für dich, Theresa, ich kann dich sogar in große Gefahr bringen – das Letzte, was ich jemals wollte!«

»Ich liebe dich«, erwiderte sie ruhig. »Und du liebst mich. Was könnte daran falsch sein?«

»Alles! Wir kommen aus Welten, wie sie unterschiedlicher nicht sein könnten ...«

»Die Wahrheit, Willem!«, sagte sie leise.

»Also gut.« Er setzte sich neben sie. »Meine Eltern starben, als ich noch sehr klein war. Räuber erschlugen sie, und hätte mein Onkel Adrian mich nicht barmherzig aufgenommen, ich wäre elend verhungert. Er hat mich erzogen, für mich gesorgt, mich ausgebildet. Ihm verdanke ich alles, was ich bin. Und ich weiß, er erwartet Großes von mir.«

»Was hat das mit uns zu tun?« Theresas Stimme war auf einmal ganz klein.

»Sehr viel! Er war mein Vater, mein Lehrer, mein Gesetz. Adrian ist ein strenger Mann mit einem unerschütterlichen Glauben, den er an mich weitergegeben hat. In diesem Glauben bin ich groß geworden …«

»Glaubst du an uns?«, unterbrach sie ihn. Ihre Hand wanderte zu seinem Herzen. »Das ist das Einzige, was für mich zählt.«

»Du weißt ja nicht, was du da sagst!«, rief Willem. »Meinem Onkel und uns anderen wahren Christen werden die scheußlichsten Dinge vorgeworfen. Man bezichtigt uns des Teufelskults, der Sodomie und anderer Schrecklichkeiten, nur weil wir kein Fleisch essen, nicht schwören und den Krieg ablehnen. Das sind alles stoffliche und damit unreine Dinge, die nichts mit der Welt des Lichts zu tun haben, zu der unsere Seele strebt und aus der sie vom guten Gott erschaffen wurde. Sie sehnt sich nach Schönheit. Nach Frieden und Vollkommenheit.«

»Und du? Was ist mit dir?« Sie hörte sein Herz schlagen. »Woran glaubst du?«

»Mein Leben lang hab ich es so hingenommen, wie man es mir gesagt hat. Doch seit ich dich liebe, ist alles anders geworden. Ich habe zu zweifeln begonnen, Theresa. Ich gehe eigene Wege, was mein Onkel offen missbilligt. Und ich fühle mich scheußlich dabei und halb zerrissen.« Er schlug die Hände vor sein Gesicht. »Einen von euch werde ich verlieren – dich oder ihn, das weiß ich. Und davor habe ich Angst.«

»Ich kann dich gut verstehen«, sagte sie nach einer Weile. »Ganz ähnlich ist es mir ergangen, als ich im Kloster lebte, dieser abgeschlossenen Welt voller Riten und Gebete. Alles schien so klar, so einfach, so wohlgeordnet. Das hat mir eine ganze Weile Kraft gegeben. Ich war voller Dankbarkeit und hätte es am liebsten allen recht gemacht, vor allem Schwester Benigna und der Magistra, aber ich konnte es nicht. Denn da warst du in meinem Kopf, Willem, in meinem Herzen. Meinem Fleisch. Dich liebte ich an erster Stelle – nicht Jesus Christus.«

»Sag so etwas nicht!« Seine Hände flogen zu ihrem Mund. »Das ist Gotteslästerung!«

»Und doch sag ich es, wieder und immer wieder, wenn du es willst ...«

Seine Lippen brachten sie zum Schweigen, und schon bald gaben ihre Körper nach und sanken auf das Bett. Willems Hände waren anders als sonst, wilder, neugieriger, schlüpften unter die Seide, schoben und zerrten, bis Theresa auf einmal die Kühle des Lakens an ihrer bloßen Haut spürte. Irgendwie brachte er das Kunststück zustande, sich dabei auch seines Gewands zu entledigen – und plötzlich traf Haut auf Haut.

Sie spürte den Druck seiner Schenkel und wurde sich der ihren bewusst, wie losgelöst von ihrem Körper. Dann schien er plötzlich zu zögern, aber ihre Arme umschlangen ihn nur umso fester und ließen ihn nicht mehr los.

»Was tun wir hier?«, hörte sie ihn keuchen.

»Du machst mich zu deiner Frau.«

Ein Lachen stieg auf in ihrer Kehle, und als er in sie drang, ungestüm und weniger behutsam, als sie es erwartet hatte, half es ihr, den kurzen heftigen Schmerz zu übergehen, bevor er sich stöhnend in ihr ergoss. Es wurde feucht zwischen ihren Schenkeln, und Theresa wusste, dass auch Blut dabei sein musste, doch das kümmerte sie nicht.

Davon hatte sie viele Nächte lang geträumt.

Später lagen die beiden eng umschlungen in einem wirren Durcheinander aus Gliedern, Decken und Seide, als ein lautes Klopfen sie aufschreckte.

Bevor sie sich richtig bedecken konnten, war die Tür bereits offen. Auf der Schwelle stand Adrian van Gent, in seiner Rechten eine brennende Kerze. Er trug noch den staubigen Reiseumhang, offensichtlich war er gerade erst eingetroffen.

Seine Schultern zuckten in einem lautlosen Gefühlsausbruch. Sein scharf geschnittenes Gesicht war voller Schmerz.

Sechs

RUPERTSBERG – WINTER 1157

»Das silberne Räderwappen des Erzbischofs – er kommt zu uns, auf den Rupertsberg!« Schwester Lucillas helle Stimme überschlug sich beinahe, und ihre runden Wangen brannten vor Aufregung.

»Du hast sein Wappen erkannt?« Hedwig ließ die Feder sinken. Lucilla konnte so scharf sehen wie ein Falke. Aber sie besaß auch eine ausgesprochen lebhafte Fantasie, das hatte die junge Nonne schon mehrmals zu den unpassendsten Gelegenheiten unter Beweis gestellt. Deshalb hatte Hedwig als Leiterin des Scriptoriums sich angewöhnt, lieber einmal zu viel nachzufragen, als vorschnell etwas zu bejubeln, was sich kurz darauf doch als Irrtum herausstellen würde.

Die junge Frau hatte nur Augen für die Magistra, die bislang stumm geblieben war. Lucilla schüttelte so heftig den Kopf, dass ihr schwerer Schleier nach allen Seiten flog.

»Nicht ich«, stieß sie hervor, »sondern Donata! Begleitet von einer Handvoll Reiter, hat sie gesagt und mich sofort zu dir geschickt, hochwürdige Mutter.«

»Dann wird es also endlich wahr«, sagte Hildegard leise. Eigentlich hätte sie jetzt freudig auf diesen unerwarteten Besuch reagieren sollen, auf den sie so lange vergeblich gehofft hatte, doch in ihr blieb alles ruhig und kühl. Für eine anständige Gefolgschaft erscheint ihm der Anlass offenbar zu gering, dachte sie. Außerdem hätte ein geistlicher Hirte von edlem Geblüt sich beizeiten in aller Form angekündigt, erst recht nach dem, was zwischen ihm und mir vorgefallen ist. Es sei denn, er hat womöglich im Sinn, uns bei etwas zu ertappen, das wiederum in Pläne passt, von denen wir nichts wissen – lauter Gedanken, die ihr ganz und gar nicht gefielen.

Bruder Volmar musterte sie besorgt.

»Du arbeitest zu viel«, sagte er. »Seit du wieder mit Visionen beschenkt wirst, gönnst du dir kaum noch Schlaf. Wenn du nicht bald einsiehst, dass es nötig ist, mit den Kräften hauszuhalten, besonders, wenn man älter wird, und sich vor allem zwischendrin auszuruhen, wirst du …«

»Ausruhen? Das kann ich, wenn ich tot bin.« Abrupt hatte die Magistra sich erhoben und war flink wie ein Mädchen schon halb aus der Tür. »Aber bis dahin hat das Lebendige Licht offenbar noch einiges mit mir vor. Worauf wartet ihr? Steht endlich auf und lasst ihn uns anständig in unserem Kloster begrüßen!«

Doch zur Überraschung aller schwang sich nicht die hagere Gestalt Arnolds von einem tänzelnden Rappen, sondern Kanonikus Dudo, in einen weiten, üppig mit Rauchwerk gefütterten Umhang gehüllt, für den sich auch ein Fürst hätte nicht schämen müssen. Seine Begleiter saßen ebenfalls ab, der schlichten Aufmachung nach jüngere Domkanoniker, von denen Hildegard allerdings keinen einzigen kannte.

Hugo, ihr Bruder, befand sich nicht darunter.

Die Enttäuschung darüber schien ihr unübersehbar ins Gesicht geschrieben, denn Dudo kam ihr schnellen Schritts entgegen, ohne sich um den pulverfeinen Schnee zu scheren, den ein eisiger Ostwind ihm entgegentrieb. Seit dem Jahreswechsel hatte der Frost sich tief in den Boden gebissen und die Erde wie mit einem Panzer aus unsichtbarem Eis versiegelt.

»Ich soll Euch herzlich von ihm grüßen«, rief er beschwichtigend und breitete dabei die Arme weit aus, als habe er vor, sie zu segnen oder gar zu umarmen.

Hildegard wich zurück, so ruckartig, dass sie beinahe auf dem glatten Untergrund ausgerutscht und der Länge nach hingeschlagen wäre. Im allerletzten Augenblick gelang es ihr, das Gleichgewicht zu erlangen und auf den Füßen zu bleiben. Das hätte gerade noch gefehlt: vor ihm wie ein Wurm auf der harten Erde zu kriechen! Während ihr Herzschlag sich allmählich beruhigte, spürte sie wieder die Abneigung in sich aufsteigen, die Dudos Gegenwart stets in ihr auslöste.

»Selbstredend wäre Euer lieber Bruder gern an meiner Seite gewesen, doch seine heutige Abwesenheit hat einen triftigen Grund. Seit er zum Domkantor ernannt wurde ...«

»Worüber ich bereits unterrichtet bin.« Hildegard ließ den Besucher nicht ausreden. »Seit Kindertagen könnte unser Kontakt enger kaum sein. Weshalb habt Ihr den weiten Ritt auf Euch genommen – jetzt, mitten im Winter? Es ist doch nichts mit dem Erzbischof ...« Sie verstummte.

Die Zeiten der Vertrautheit mit Heinrich von Mainz waren lange vorbei. Inzwischen hatte sie aufgehört, ihnen nachzutrauern. Man musste die Dinge sehen, wie sie waren, lautete einer ihrer Wahlsprüche, der ihr half, auch nach Rückschlägen immer wieder neuen Mut zu schöpfen. Arnold von Selenhofen hatte sich bislang nicht gerade als Freund des Klosters erwiesen. Was allerdings nicht hieß, dass die noch immer schwebenden Angelegenheiten des Rupertsbergs bei einem Nachfolger besser aufgehoben gewesen wären.

Dudos Fuchsgesicht blieb undurchdringlich.

»Seine Exzellenz wird binnen weniger Tage in Mainz zurückerwartet«, sagte er. »Hoffentlich mit neuen Nachrichten aus Rom. Noch bleibt uns also etwas Zeit. Lasst sie uns zum Besten nutzen!«

Er war erst weiter zum Reden zu bewegen, als sie schließlich zu zweit im Äbtissinnenhaus saßen, während die anderen Männer in der Klosterküche mit einem Imbiss gestärkt wurden. Die Magistra hatte den Kamin im Besucherzimmer schüren lassen, eine Seltenheit in all den Jahren auf dem kargen Berg, doch heute fror sie trotzdem jämmerlich, nicht nur wegen des Windes, der heulend um die Mauern strich. Es ging etwas von ihrem Besucher aus, das sie frösteln machte, eine Kälte, die seinem Innersten zu entströmen schien und sich wie ein eisiger Hauch auf alles legte, das lebte und atmete.

»Nun?«, fragte Hildegard, als er ausgiebig von dem dunklen Holunderwein getrunken hatte, den Clementia eigens auf dem Herd erwärmt hatte. Das honigsüße Dinkelgebäck, offenbar zu schlicht für seinen Geschmack, ließ er unberührt.

»Ihr wisst, weshalb Arnold von Selenhofen bereits im vergangenen Jahr zum Heiligen Vater zitiert wurde?«, konterte er mit einer Gegenfrage.

Ihre Miene versteinerte.

Wollte er sie auf die Probe stellen, um herauszufinden, wie viel Hugo ihr von dem preisgab, was unter den Klerikern im Domkapitel verhandelt wurde? Jetzt bereute sie, dass sie vorher so unüberlegt mit ihrer Vertrautheit herausgeplatzt war.

»Unser Dasein im Kloster ist gottesfürchtig und weltabgewandt«, erwiderte sie nach einer kleinen Pause. »Die Anbetung Christi nach den Regeln des heiligen Benedikt – dafür leben und sterben wir.«

Erstaunlicherweise schien ihm ihre Antwort zu gefallen. »So klar und weise spricht nur die Prophetin vom Rhein«, rief er. »Zu Recht tragt Ihr diesen ruhmreichen Namen. Und ginge es nach mir, so hättet Ihr schon längst die Unabhängigkeit erlangt, nach der Ihr so sehr dürstet.«

Was bildete er sich ein? Der Zwist mit Kuno, dem Abt des Disibodenberg, betraf nur sie und den Erzbischof von Mainz. Niemand war je mit billigen Schmeicheleien bei ihr weitergekommen. Sie brauchte keinen ehrgeizigen Aufsteiger wie diesen Dudo, um zu wissen, wer sie war. Jahre des Gebets und der Demut hatten sie es gelehrt. Dieses allzu durchsichtige Gelaber machte sie nur wütend. Hildegard senkte den Kopf, um ihre rasch aufflammenden Gefühle zu verbergen, was ihr Gegenüber offenbar missverstand und im Gegenteil als Aufforderung auffasste, nur umso eifriger weiterzureden.

»Tiefe Sorge ist es, die mich zu Euch auf den Rupertsberg getrieben hat«, fuhr er fort. »Sorge um das Kloster, die Stadt, die Diözese – und das ganze Reich.«

Jetzt besaß er ihre gesamte Aufmerksamkeit. Hildegards helle Augen musterten ihn prüfend.

»Ihr wisst von den Auseinandersetzungen des Erzbischofs mit dem Grafen von Stahleck, Eurem alten Gönner, der dieses Kloster mit großzügigen Schenkungen bedacht hat«, sagte Dudo, was Hildegard lediglich mit einem knappen Nicken kommentierte. »Der Kaiser hat die beiden Kontrahenten mit der Harmschar bestraft, der Heilige Vater, bis zu dessen Stuhl die Vergehen gedrungen waren, hat anschließend sogar den Erzbischof von Trier mit weiteren Nachuntersuchungen beauftragt. Für den Augenblick scheint alles befriedet. Doch was wird werden, wenn Arnold von Selenhofen wieder in der Stadt weilt?«

»Sagt Ihr es mir«, erwiderte Hildegard ohne die Spur

eines Lächelns. »Deshalb seid Ihr doch mit Eurer kleinen Schar hierhergekommen.«

»Alles Männer, die so denken wie ich«, sagte er. »Und das ist erst der Anfang. Bald schon werden es mehr sein, verlasst Euch darauf!«

Dudo ließ einige seiner Knöchel knacken, ein lautes, widerliches Geräusch, das ihr durch alle Glieder fuhr.

»Ein Stadtherr, der mehr und mehr die Kontrolle über seine Bürger verliert«, fuhr er fort, »darum geht es doch vor allem. Viele Zeichen sprechen dafür, dass es bald schon neuen, womöglich noch heftigeren Aufruhr in Mainz geben wird. Das mächtige Geschlecht der Meingoten ist nicht länger bereit, Arnolds Zurücksetzungen zu ertragen – und sie sind nicht die Einzigen. In grober Willkür hat er wichtige Posten mit seinen Anhängern besetzt, ohne auf deren Eignung zu achten, und dabei andere Kandidaten schmählich übergangen. Schon ertönt der Ruf nach einem neuen Erzbischof, bislang verhalten noch und eher im Geheimen. Was aber, wenn er bald so laut erschallen wird, dass es auf den Plätzen und Gassen von Mainz zu Blutvergießen kommt?«

Eine ganze Weile blieb es still. Das Holz zischte im Kamin. Es war beileibe nicht so trocken, wie Hildegard es bevorzugte. Benigna, die sonst stets für das Brennmaterial sorgte, hatte einige Tage mit Fieber daniedergelegen. Höchste Zeit, dass die Infirmarin wieder auf die Beine kam, um sich um all das zu kümmern. Eine Woge der Zuneigung für alle ihr Anempfohlenen erfasste die Magistra, so heftig und unbedingt, dass sie beinahe über sich selbst erschrak. Schon als Kind hatte sie erfahren, wie leidenschaftlich sie lieben und hassen konnte. Aber sie hatte gehofft, dass die stillen Klosterjahre diese Gefühlsstürme nach und nach besänftigen würden.

Dann aber wurde sie wieder ruhiger. Mochte ihr Herz noch so heiß geblieben sein, ihre innersten Empfindungen gingen nur sie selbst etwas an – und nicht diesen nervösen Emporkömmling, der vor ihr auf seinem Stuhl herumzappelte und auf einmal nicht mehr wusste, wohin mit seinen dünnen Armen und Beinen.

»Stets haben wir den Geschmack des Paradiesapfels im Mund«, erwiderte sie schließlich und genoss das Erstaunen auf Dudos Fuchsgesicht, das ihre Worte auslösten. »Wieso sind die Geschöpfe des Guten in einer guten Schöpfung überhaupt verwundbar? Weil die Sünde uns Menschen mit starker Macht aus dem leuchtenden Land vertrieben hat.«

»Wie wahr Ihr sprecht«, antwortete Dudo mit gezwungener Höflichkeit, obwohl sein mürrischer Gesichtsausdruck etwas ganz anderes sagte. »Wenngleich ich nicht ganz verstehe, was diese Antwort speziell mit Mainz zu tun hat, einer Stadt, in der sich jetzt auch noch eine ruchlose Gruppe Verlorener eingenistet hat, die den Teufel anbeten. Ihre Zahl wächst ständig, doch Arnold von Selenhofen scheint nicht willens oder in der Lage, ihnen Einhalt zu gebieten. Sie leugnen die Sakramente, lehnen das Kreuz ab, erkennen die Autorität des Papstes nicht an, lassen sich lieber töten, als zu schwören oder einen Lehnseid zu leisten. Nach außen hin fromm und keusch, treiben sie Unzucht im Verborgenen. Ihr schlimmstes Vergehen aber ist in meinen Augen, dass sie ...«

»Das reicht!« Hildegard hatte sich erhoben und dem Feuer zugewandt, als könne sie den Anblick des Kanonikers nicht länger ertragen. »Ich will von alledem nichts mehr hören.«

»Aber das solltet Ihr, hochwürdige Mutter!« Nur mühsam gelang es ihm, ein triumphierendes Lächeln zu unterdrücken. »Denn diese Kirche der Liebe, wie sie sich frevlerisch nennt, schreckt vor nichts zurück, um neue Anhänger zu gewinnen. Nicht einmal Klostermauern reichen aus, um sie davon abzuhalten, wie Ihr ja bereits selbst leidvoll erfahren musstet.«

Langsam drehte sie sich zu ihm um.

Er wusste von Magota und ihrem Verrat! Wer konnte ihm davon berichtet haben? Gab es eine Schwester im Konvent, die für ihn spionierte und den heimlichen Zuträger spielte?

»Das Gewebe der Welt hat in letzter Zeit einige unschöne Risse abbekommen, die sich jedoch mit einigem Geschick wieder stopfen lassen.« Dudo kam während seiner Ausführungen immer mehr in Fahrt. »Mir erscheint es nicht sonderlich schwierig, jenen das Handwerk zu legen, die sich gute Christen nennen und mit ihrer Kirche der Liebe protzen. Ein paar Ermittlungen, um die Rädelsführer zu fassen, ein straff geführter Prozess, der ihre Schuld lückenlos beweist, schließlich das reinigende Feuer, um alle schändlichen Ketzerlehren in Rauch aufgehen zu lassen – und der hässliche Spuk wäre für immer vorbei.«

Mit seinen schlanken Fingern rieb er sich nachdenklich das spitze Kinn.

»In letzter Zeit soll sich ihnen sogar eine junge Hebamme angeschlossen haben. Eine Wehmutter, deren Aufgabe es doch wäre, Kindlein ins Leben zu helfen, anstatt sich verderbten Lüsten hinzugeben und an Verbrechen teilzunehmen, vor denen uns graust. Schon erstaunlich, wohin die teuflische Verblendung Menschen manchmal führen kann!«

»Was wollt Ihr?« Hildegards Stimme war plötzlich nicht mehr ganz sicher.

»Eure Fürsprache, Abatissa! Alle Welt schwärmt von

der Spitze Eurer Feder, von der Trefflichkeit Eurer Bilder und der Schlüssigkeit der Vergleiche, die Ihr aufführt. Ein Brief an den Kaiser, ein Schreiben an den Papst, in dem Ihr meine Fähigkeiten empfehlt, ganz nach Eurem Gutdünken. Mainz braucht einen neuen Stadtherrn, jemanden, der in der Lage ist, die vielfältigen Probleme zu lösen, mit denen Stadt und Bistum zu kämpfen haben.«

»Und der wollt Ihr sein?«

Dudos Lippen waren fest aufeinandergepresst. Die Augen schimmerten glasig, als schauten sie in weite Fernen.

»Ja, ich wäre bereit, mich dieser großen Aufgabe zu stellen. Doch dazu brauche ich Verbündete. Verbündete wie Euch. Falls Ihr mir diesen Gefallen erweist, würde ich als Erstes die Unabhängigkeit des Rupertsberges feierlich auf Pergament beurkunden. Dann wäret Ihr frei und hättet zudem in mir den treuesten Freund gewonnen – für alle Zeiten.«

Ein Windstoß stob in den Kamin und ließ das Feuer aufflackern. Es muss lange dauern, bis ein Mensch verbrennt, kam es Hildegard unwillkürlich in den Sinn. Man zählt den Scheiterhaufen zu den schmerzhaftesten Todesarten, es sei denn, der Henker erbarmt sich rechtzeitig und drückt mit beiden Händen fest zu.

Sie musste sich schütteln. Danach waren zu ihrer Erleichterung auch all die hässlichen Gedanken wie ein glühender Funkenregen zerstoben.

»Das Gewebe der Welt ist niemals schadhaft«, erwiderte sie laut. »Denn der Schöpfer hat es ja mit großer Zuneigung gewoben. Und trotzdem findet sich darin jene Stelle, an welcher die Geschöpfe freiwillig ihren Ursprung anerkennen. Hätte Gott diese freie Zuneigung ausgeschlossen, so hätte er statt uns Menschen Willenlose vor sich. Und was bedeutete schon die Liebe von Unfreien?«

Dudo wollte etwas einwerfen, doch Hildegards gebieterisch erhobene Hand verwehrte es ihm.

»Gottes Liebe sehnt sich nach der freien Zustimmung seiner Geschöpfe – und das ist ihre Verletzlichkeit. Grenze ist also nicht die Allmacht, sondern die von innen aufgerichtete Grenze der Liebe. Doch leider sind unter den Menschen auch solche, die anstatt du und ich zu sagen, stets nur ich und ich allein sagen. Die nur nach dem eigenen Wohl trachten, der eigenen Macht, dem eigenen Fortkommen. Ihr Fall wird eines Tages tief und schrecklich sein, so wie der Fall aller Menschen, die sich anmaßend das eigene Gesetz geben, als seien sie ihr eigener Gott.«

»So werdet Ihr mich also unterstützen?« Dudos Blick flehte um Zustimmung. »Ich könnte Euch mein Anliegen nicht inbrünstiger vorbringen!«

Hildegard gelang ein abwehrendes Lächeln.

»Das, was Ihr eben gehört habt, war lediglich eine Kostprobe dessen, was das Lebendige Licht mir zuletzt offenbart hat«, sagte sie. »Seit Wochen spricht es wieder zu mir in neuen Visionen, was mich überglücklich macht, mir gleichzeitig aber auch viel abverlangt. Ich bin nicht mehr jung. Körper und Geist verlangen nach Ruhe. Ihr dürft Euch jetzt zurückziehen, Kanonikus Dudo. Ich bin ganz sicher, wir sehen uns wieder.«

❖

MAINZ – FRÜHLING 1157

Sie lebte in einem neuen Haus, aber sie hatte kein neues Zuhause gefunden. Kein einziger Tag verging, an dem Theresa nicht daran erinnert worden wäre. Die Erfahrung, Willem so nah wie nie zuvor zu sein und ihn doch unerreichbar zu wissen, raubte ihr den Schlaf und legte dunkle Schatten unter ihre Augen. Die karge Kost forderte zudem ihren Tribut. Das dunkle Haar knisterte nicht mehr wie früher, wenn sie es gebürstet hatte; die Haut spannte über den Wangenknochen. Wenn sie sich jetzt in ihrem halb blinden Spiegel betrachtete, den sie heimlich eingeschmuggelt hatte, erschienen ihr sogar die einst so aufmüpfig geschwungenen Lippen weniger voll.

Nach Adrians verstörendem Einbruch in ihre Liebesnacht hatte sie mit allem gerechnet, mit Rasen und Wüten, mit Schimpfkanonaden und sofortigem Hinauswurf.

Doch nichts von alledem war geschehen.

Stattdessen hatte er sie beide nach einer angemessenen Frist, in der sie sich ankleiden und das zerwühlte Bett ordnen konnten, nach unten in den großen Versammlungsraum gerufen, den Kerzen verschwenderisch erleuchteten. Die exakt in sauberen Reihen aufgestellten Hocker starrten sie an wie stumme Vorwürfe. Plötzlich bereute Theresa, dass sie ausgerechnet heute Adas rotes Festkleid trug, das ihr auf einmal zu laut und ganz und gar unpassend erschien.

Dann jedoch straffte sie sich und hob stolz den Kopf. Sie hatten nichts getan, für das sie sich hätten schämen müssen. Und verdiente ihr geliebter Willem nicht die schönste aller Bräute?

Adrian van Gent, wie immer ganz in Schwarz, stand am Fenster, ihnen den sehnigen Rücken zugewandt, in gefasster Haltung, die gleichzeitig ausdrückte, wie viel Kraft sie ihn kostete. Lediglich ein leichtes Zucken seiner Schultern verriet, dass er ihr Eintreten bemerkt hatte.

»Du weißt, in welchem Haus du dich befindest, Theresa?«, begann er, als das Schweigen im Raum unerträglich geworden war. »Ein Haus Gottes. Ein Haus mit eigenen

Regeln. Jeder, der es betritt, hat sich ihnen zu beugen. So lautet unser Gesetz.«

»Gott lebt in jedem Haus«, erwiderte sie furchtlos. »Das weiß ich von meiner verstorbenen Mutter. Und auch die Magistra vom Rupertsberg hat mich in meinen Klosterjahren nichts anderes gelehrt. Außerdem schützt Gott die Liebenden. Und das sind wir, Willem und ich: Liebende. So lautet *unser* Gesetz.«

»Du sagst, du liebst meinen Neffen?« Ganz langsam hatte van Gent sich herumgedreht. In seinen schwarzen Augen glomm ein seltsames Licht.

»Mit jedem Tropfen Blut, der in mir fließt. Und Willem liebt mich. Was also könnte daran falsch sein?«

Wie ein drohender schwarzer Schatten hatte er sich vor dem jungen Mann aufgebaut.

»Hast du deine Zunge verschluckt, Willem?«, sagte er barsch. »Oder lässt du jetzt lieber Weiber für dich reden?«

Willem räusperte sich. »Theresa hat recht«, sagte er stockend. »Mit jedem einzelnen Wort, das sie ...«

»Schweig!« Für einen Augenblick schien Adrian van Gent nah daran, die Beherrschung zu verlieren, doch als er weitersprach, klang seine Stimme wieder erstaunlich gefasst. »Sie soll dir also nah sein, obwohl ich dich stets gebeten habe, deine Keuschheit um unseres Glaubens willen zu bewahren? Du kannst trotz allem, was ich dich seit Kindestagen reinen Herzens gelehrt habe, nicht auf sie verzichten, sondern möchtest, dass sie bei uns lebt, deine kleine Hebamme? Das kann geschehen. Unter einer Bedingung. Du kennst sie, geliebter Neffe.«

»Das ist nicht dein Ernst!« Willem war sehr blass geworden. »Nicht Theresa, bitte, nicht sie! Sie ist noch so jung und könnte doch niemals ...«

Angstvoll flog Theresas Blick von einem zum anderen.

Wovon redeten die beiden? Es hörte sich an, als hätten sie schon viele Male darüber gestritten.

»Die Kirche der Liebe verlangt gewisse Opfer von ihren Gläubigen. Und das müsste Theresa schon werden, wenn sie hier mit uns leben möchte: eine Gläubige.«

Ihr Kopf schien plötzlich selbstständig geworden zu sein und begann langsam zu nicken.

»Die Kleine ist offenbar schlauer als du.« Adrians Stimme war schneidend. »Und dazu bereit, mehr als du aufzugeben. Beides sollte dir zu denken geben!« Sein Blick fiel auf eine dicke Kerze, die schon beinahe heruntergebrannt war. »Geh mit ihr nach nebenan und sag ihr, was wir von ihr erwarten! Und sei offen und klar dabei, das kann ich dir nur raten! Ich gebe dir so lange Zeit, wie diese Kerze noch brennt. Ist sie danach bereit dazu, so kann sie ihre Sachen holen und bei uns leben. Falls nein, werde ich dafür sorgen, dass ihr euch niemals wiederseht.«

An die einzelnen Worte, die angstvoll und zögernd aus seinem Mund gekrochen waren, konnte Theresa sich heute kaum noch erinnern. Niemals aber würde sie Willems zerquältes Gesicht vergessen, das mit jedem Zucken, jedem Lidschlag um Verzeihung bat für das, was er von ihr verlangen musste.

Zuerst glaubte Theresa, nicht richtig verstanden zu haben, so ungeheuerlich erschien ihr das Ansinnen. Als sie dann aber begriff, dass er es tatsächlich so meinte, verstummte sie. Bangigkeit kroch in ihr Herz; Hände und Füße wurden eiskalt. Den quälenden Gedanken an die Mutter und das tote Brüderchen konnte sie gerade noch Einhalt gebieten, dafür aber stand jene stürmische Nacht wieder vor ihr, in der Gerhild mit der kleinen Elsbeth niedergekommen war, so lebendig, als sei es erst gestern gewesen. Ihr unbedingtes Bestreben, das leblose Kind taufen zu lassen, damit es nicht für immer verdammt war. Willems harsche Antwort, die ihr damals wie eine scharfe Klinge ins Herz gefahren war. Theresa hatte niemals mehr gewagt, ihn noch einmal darauf anzusprechen. Weil sie seine Erklärungen aus Angst und Feigheit lieber gar nicht hatte hören wollen?

Das, was man nun von ihr erwartete, erschien ihr wie die bitterste aller Strafen für dieses Versäumnis.

»Ich kann das nicht«, sagte sie schließlich. »Fordere alles von mir, Liebster – nur dieses eine nicht. Außerdem weiß ich so gut wie gar nichts darüber. Ich bin lediglich eine Lehrmagd, noch lange keine kundige Hebamme, wie ihr vielleicht glaubt!«

»Meinst du, das ist mir nicht bekannt?«, fuhr er auf. »Mein Mund hätte diese Worte in deiner Gegenwart nicht einmal aussprechen dürfen. Und doch musste er es. Ich tue dir nicht gut, Theresa. Niemals hätte ich dich berühren dürfen. Das alles hab ich dir schon einmal gesagt, aber du wolltest es nicht hören, und heute ist es gültiger denn je. Geh weg von mir, ich bitte dich! Verlasse dieses Haus, solange es noch möglich ist!«

»Ich hasse es, wenn du so redest«, rief sie. »Hör endlich auf damit! Wir müssen klug sein und nachdenken, dann fällt uns bestimmt eine Lösung ein.«

»Wie könnte die schon aussehen? Adrians Schatten reicht weit.«

»Weglaufen«, sagte sie nach einer Weile. »Das sollten wir tun! Kinder werden schließlich überall geboren. Ich würde schnell wieder Arbeit bekommen. Wir müssten nicht einmal hungern, da bin ich ganz sicher.«

»Und du glaubst, das würde er zulassen – bei seinem einzigen Neffen? Seine Predigtreisen haben ihn berühmt gemacht. Die guten Christen haben inzwischen überall

Anhänger. Adrian würde uns schnell ausfindig machen. Und was dann mit uns beiden geschähe …« Willem barg sein Gesicht in den Händen.

»So sehr fürchtest du ihn?«, fragte sie leise.

»Ich fürchte ihn, und dennoch liebe ich ihn«, stieß er hervor. »Das weißt du doch. Jahrelang war er alles, was ich hatte.«

»Hör auf, dich an die Vergangenheit zu klammern! Jetzt hast du mich, Willem, mich!«, rief sie beschwörend und legte seine Hand auf ihr wild schlagendes Herz.

Er entzog sie ihr.

»Aber doch nur, wenn ich dich dazu bringe, etwas zu tun, das du aus tiefster Seele verabscheust. Ich wünschte, ich wäre tot. Dann hätte ich endlich Frieden – und du auch.«

»Das darfst du nicht einmal denken!«

Sie schlang ihre Arme um ihn und wiegte ihn wie ein Kind. Es war nichts Schlimmes daran, wenn ein Mann Angst hatte und eine Frau ihm Trost zusprach. Nicht anders hatte Ada, ihre tote Mutter, den Vater gehalten, am letzten Abend auf der heimatlichen Burg, bevor er das Kreuz genommen hatte und für immer aus ihrem Leben verschwunden war. Als kleines Mädchen hatte sie damals an der halb geöffneten Tür gestanden und dieses berührende Bild bis heute nicht vergessen. Jetzt lebte keiner mehr von beiden, und sie hatte zudem auch noch Gero verloren.

Einsamkeit sank wie ein schweres Gewicht auf Theresa nieder.

Zurück ins Kloster wollte sie nicht, zurück zu Eva durfte sie nicht, und Meline war ihr nach all den Monaten in Mainz noch immer reichlich fremd geblieben. Wenn sie Willem nun verließ, stand sie ganz allein in der Welt. War es da nicht besser, wenigstens nach außen hin zu den guten Christen zu gehören und dem Anschein nach zu tun, was man von ihr verlangte?

Ein schier unmögliches Opfer hatte Adrian von ihr gefordert, doch vielleicht ließ er sich ja trotz all seiner Schläue überlisten. Sie konnte behaupten, sie habe alles versucht, was in ihrer Macht stand – und sei letztlich doch der Natur unterlegen. Was wussten Männer schon von dem, was im Körper einer Frau vorging? Selbst für erfahrene Wehmütter blieb jede Schwangerschaft ein Mysterium.

»Ohne dich hätte doch alles keinen Sinn«, flüsterte Theresa. »Wie könnte ich so auch nur einen einzigen Tag weiterleben?«

Willem brach in wildes, haltloses Schluchzen aus, während sie ihm über das Haar strich und gut zuredete.

So hatte Adrian sie schließlich gefunden und fragend angesehen. Als Theresa kurz nickte, hatte er die Abmachung seinerseits mit einem knappen Nicken bestätigt.

Damit war der Pakt besiegelt.

Ein paar Wochen lang hatte sie Ruhe. Sie holte ihre wenigen Habseligkeiten bei Meline ab, die zu ihrem Erstaunen ruhig, ja für ihre Verhältnisse fast freundlich reagierte, als sie ihr sagte, wo sie ab jetzt leben werde.

»Der junge van Gent hat es dir also angetan«, brummte sie. »Ein feiner, nobler Herr.«

»Du kennst Willem? Woher?«

»Nicht sehr gut.« Sofort war Meline wieder auf der Hut, wie Theresa es nicht anders von ihr kannte. Erst später fiel ihr auf, dass ihre zweite Frage unbeantwortet geblieben war. Meline sagte lediglich: »Er ist beliebt, im Gegensatz zu seinem Onkel, der als strenger Mann bekannt ist und keine Widerworte mag.« Dann begann sie so eifrig in der Grütze zu rühren, dass die Spritzer flogen. »Mit einer Heirat wird es dann allerdings so schnell nichts werden«, sagte die Hebamme beiläufig. »Nach allem, was man so hört.«

Theresas erstaunten Blick quittierte sie mit einem Schulterzucken.

»Bin nicht so blind und taub, wie du vielleicht glaubst«, fuhr Meline fort. »Wer käme mehr in der Stadt herum als ich? Gibt kaum ein Haus, in dem ich noch nicht gewesen bin. Aber soll mir doch ganz egal sein, was die Leute so tratschen. Zum Reden brauchen sie schließlich immer etwas. Nur deiner heiligen Eva verraten wir vorerst besser nichts. Sonst kommt Vetter Josch ganz flugs auf seinem braunen Gaul angeritten und schleppt dich wieder zurück nach Bingen.«

Sie drückte Theresa ein Kästchen in die Hand, das diese wortlos entgegennahm.

»Schätze mal, es wird dort nicht gerade leicht werden für dich. Vermutlich kannst du das eine oder andere davon brauchen in deinem neuen Leben. Und wenn du etwas nicht verstehst, dann komm besser zu mir und frag!«

Danach schickte sie Theresa zur Muhme, die wie ein verknitterter Waldkauz im Bett hockte und schon auf sie gewartet zu haben schien.

»Pass gut auf dein Schätzlein auf!«, flüsterte die Alte und schien zu Theresas Verblüffung die Bitternis in ihrem Herzen genau zu spüren. »Nicht alle Männer sind Helden, auch wenn sie sich manchmal so aufführen. Kannst immer zurück zu uns, Mädchen. Das werd ich der da drüben schon beibringen.«

Theresa drückte ihr einen Kuss auf die faltige Wange und musste dabei ein Schluchzen unterdrücken.

Zu Theresas Glück folgte ihr die Graue auf dem Fuß. Sie ließ sich aus dem Haus am Brand nicht einmal mehr durch Adrian van Gents Fußtritte verscheuchen, obwohl dort meist nicht einmal ein Schälchen Milch für sie abfiel, weil die guten Christen ja nichts essen duften, was durch einen Zeugungsakt entstanden war.

Ausgerechnet Magota schien das Tier besonders ins Herz geschlossen zu haben, die griesgrämige Magota, die nicht müde wurde, die Graue gurrend zu locken und zu rufen, bis die Katze endlich nachgab und sich von ihr streicheln ließ. Als die Graue sich zum ersten Mal aus freien Stücken an Magotas Knöchel rieb, verschönte ein Strahlen die knochigen Züge.

»Hast du das gesehen?«, rief sie schrill und klappte ihr Fischmaul aufgeregt auf und zu. »Ich glaube, sie mag mich.«

Theresa ließ sie einfach stehen.

Magota war eine bittere Pille mehr, die sie zu allen anderen zu schlucken hatte. Stets lag sie auf der Lauer, beobachtete argwöhnisch jeden von Theresas Schritten, um sofort wie ein Raubvogel zuzustoßen, wenn sie glaubte, wieder einen Verstoß entdeckt zu haben. Von morgens bis abends wurde sie nicht müde, die Jüngere zu belehren, wie sie sich zu kleiden habe, was sie essen dürfe, wie sie die anderen Gläubigen begrüßen solle, vor allem aber, welch tiefen Respekt sie Adrian als Prediger und Diakon der guten Christengemeinde schulde.

»Am liebsten würdest du ihn wohl heiraten«, brach es eines Tages aus Theresa hervor, als ihr Magotas Ehrerbietung endgültig zu viel wurde. »Doch daraus wird leider nichts. Denn Adrian liebt nur eine Einzige: die Kirche der Liebe – und nicht dich.«

Tiefes Rot überflutete Magotas Gesicht.

»Nicht jeden plagen so sündhafte Triebe wie dich, die man wie die allerbilligste Hafenhure aus dem Bett seines frommen Neffen zerren musste«, parierte sie. »Aber damit ist es jetzt vorbei. Wer nicht lernt, auf sich selbst aufzupassen, braucht einen Wächter, hat Adrian gesagt. Und dein Wächter bin ich, Theresa. Bis zum letzten Atemzug werd ich dich im Auge behalten. Was willst du überhaupt noch hier? Spürst du nicht, dass du verloren hast? Willem hat doch längst erkannt, mit wem er sich da eingelassen hat!«

Sein Verhalten schien Magota recht zu geben, das musste Theresa insgeheim einräumen, auch wenn sich das Eingeständnis anfühlte, als würde sie barfuß in einen Scherbenhaufen treten. Wenn er überhaupt zu Hause war, benahm er sich eher wie ein höflicher Fremder auf Durchreise. Sie sprachen wenig miteinander, nur ab und zu geschahen kurze, heimliche Berührungen, die meist von ihr ausgingen. Rasch zog Willem sich danach wieder zurück, als habe er damit bereits eine verbotene Linie überschritten, obwohl es zu mehr als ein paar gestohlenen Küssen nicht gekommen war. Kein einziges Mal hatten sie die unvergessliche Liebesnacht wiederholen können, die damals so abrupt gestört worden war.

Wollte Willem nicht, dass sie tat, wozu sie sich trotz ihrer Zusage doch nicht würde überwinden können? Oder traf Magotas gemeine Unterstellung doch zu?

Theresa wartete und hoffte.

Der Schnee war geschmolzen, der Fluss wieder schiffbar. Der Hafen war zu neuem Leben erwacht. Wein, Salz, Holz, Gewürze und vieles mehr gelangten auf dem Wasser nach Mainz. Überall in den engen Gassen spürte man das Leben kraftvoll pulsieren. Auch Bettler und Spielleute bekamen ein paar Kupfermünzen zugeworfen oder ein Stück Brot zugesteckt, weil alle wieder Hoffnung schöpften.

Jetzt würden bald die großen Messen in Köln und in der Champagne abgehalten, eine Gelegenheit für Adrian, neue Waren einzukaufen und dabei gleichzeitig mit seinen Predigten auf Menschenfang zu gehen. Theresa beobachtete, wie er sich sorgfältig für die anstehende Reise rüstete und dabei nicht davon abließ, Willem überreden zu wollen, ihn zu begleiten.

Der freilich lehnte kategorisch ab. Die Walkmühlen erforderten seine Anwesenheit. Er sei drauf und dran, weitere Neuerungen einzuführen, die den Ausstoß der Ware beträchtlich steigern könnten. Die Auseinandersetzungen zwischen den beiden Männern nahmen an Hitze und Häufigkeit zu; doch jeder von ihnen blieb hartnäckig bei seiner Position.

Am Abend der letzten öffentlichen Beichte vor Adrians Abreise schien eine seltsame Spannung über dem Haus zu liegen. Obwohl die anschließende Brotsegnung winkte, die nur selten stattfand, waren weniger Gläubige als sonst erschienen, was der Prediger mit unwilligem Hochziehen einer buschigen Braue registrierte. Die heruntergeleierten Sündenbekenntnisse erschienen Theresa noch belangloser als sonst. Magota gestand unter Tränen, dass sie der Grauen einen Fischkopf hingeworfen habe, was als Verschwendung galt; ein träger, dicker Mann, wie schwer ihn der Streit mit seinem jüngsten Bruder belaste, der von ihm selbst aus Neid und Eifersucht angezettelt worden war.

Willem schüttelte verstockt den Kopf, als die Reihe an ihm gewesen wäre, und presste die Lippen fest aufeinander, was Theresa zum ersten Mal wahrnahm. Sie selbst durfte stumm bleiben – noch. Bislang hatte Adrian van Gent sie von der Pflicht, vor allen anderen ihre Sünden zu gestehen, befreit, wofür sie fast so etwas wie einen Anflug von Dankbarkeit empfand.

Allerdings war dieses Gefühl rasch wieder vergessen, als er sich nun auf eine junge Frau stürzte, die Theresa bei den Versammlungen bislang lediglich durch ihre Schüchternheit aufgefallen war. Sonst war sie stets in sauberen Kleidern und mit ordentlich geflochtenen Zöpfen erschienen, oft von einer stämmigen Matrone mit strengem Gebände begleitet, die offenbar ihre Mutter war. Heute jedoch schien die Tochter in schlechter Verfassung zu sein: Ihr Gesicht war bleich, das Haar matt und verstrubbelt, als sei sie gerade aus den Federn gekrochen. Sie öffnete den rosigen Mund und schloss ihn wieder, ohne einen Ton herauszubringen.

»Nun, Lyss, was willst du uns allen heute sagen?«, donnerte Adrians Stimme. »Wir warten!«

»Ich …«, begann sie und verstummte abermals, obwohl die Matrone ihr einen ungeduldigen Stoß versetzte.

»Lyss!« Jetzt schrie Adrian beinahe. »Bekenne!«

Blaue Kinderaugen richteten sich flehentlich auf Theresa, als sei sie der letzte Halt in einer untergehenden Welt.

»Den Teufel trag ich im Leib«, flüsterte die junge Frau. »Der gute Gott stehe mir Sünderin bei!«

✣

»Du wirst ihr helfen, es loszuwerden.« Adrian van Gents Augen brannten wie im Fieber, und sein schmaler Schädel erinnerte Theresa an einen Totenkopf. »Dafür durftest du bleiben. Nur deswegen bist du überhaupt bei uns. Ich lasse euch beide jetzt allein, damit du sie untersuchen kannst. Danach stehst du mir Rede und Antwort.«

Es wurde still in Theresas Kammer, als er endlich draußen war. Lyss stand vor ihr wie ein Häuflein Elend, die Augen verweint, das Gesicht so kummervoll verzogen, dass Theresa noch mehr Mitleid mit ihr empfand als vorhin in der Versammlung.

»Willst du dich lieber setzen?«, fragte sie leise.

Kopfschütteln.

»Bist du durstig?«

Abermals ein stummes Nein.

»Was möchtest du dann, Lyss?«

»Tot sein«, brach es aus ihr heraus. »Wenn es nur schon so weit wäre!«

Theresa legte beruhigend eine Hand auf ihren Arm, doch Lyss wich zurück. Ihre Hände waren so klein wie die eines Kindes. Wie ein feines bläuliches Netzwerk konnte Theresa die Adern unter der Haut ihrer Handgelenke sehen. Leben pulsiert kraftvoll darin, dachte sie. So viel junges Leben, während ich ihr den Tod bringen soll.

»Gib mir etwas, damit es ganz schnell geht!«, verlangte Lyss mühsam beherrscht. »Einen Trank, ein Kraut, irgendetwas. Ich will nur nicht mehr daran denken müssen.«

»So einfach ist das nicht«, sagte Theresa und versuchte, mit dem Aufruhr der Gefühle fertigzuwerden, die in ihr tobten. Was sollte sie als Erstes tun? Sie war so verwirrt, dass alles in ihrem Kopf sich nur noch drehte. »Zuerst muss ich einiges über dich erfahren.« Sie strengte sich an, langsam und ruhig zu sprechen, allein schon, um selbst wieder ein wenig gelassener zu werden.

»Wie alt bist du, Lyss?«

»Siebzehn geworden im Januar.«

»Und wann war dein letztes Geblüt?«

»Woher soll ich das wissen?« Lyss zuckte die Achseln. »Irgendwann.«

»Komm schon, streng dich an, so schwer kann es doch nicht sein, dich daran zu erinnern!«

In die verweinten Kinderaugen trat ein Anflug von Trotz.

»Was spielt das jetzt noch für eine Rolle?«, fragte Lyss. »Es muss doch ohnehin sterben – und ich am besten gleich mit dazu!«

»Damit das nicht geschieht, solltest du dich erinnern.« Theresa sprach zu ihr wie zu einer Kranken, und genau genommen war das die junge Frau ja auch, die vor ihr stand: krank vor Angst und Verzweiflung.

Irgendetwas in Theresas Stimme schien Lyss erreicht zu haben.

»Es muss um Lichtmess gewesen sein«, flüsterte sie plötzlich. »Mutter hat es nur gemerkt, weil ich zweimal hintereinander vergessen habe, meine Monatsbinden auf die Leine zu hängen. Die Nachbarin hat genau aufgepasst und sie daraufhin angesprochen. Dann haben die beiden mich so lange ins Verhör genommen, bis ich alles gestanden habe ... von Siman und mir ... Danach ist Mutter sofort zum Diakon gerannt. Den Rest kennst du.«

Zehn, elf Wochen, das war weniger schlimm, als Theresa befürchtet hatte. Von Eva hatte sie gelernt, dass es gerade beim Mondfluss junger Frauen manchmal zu Schwankungen kommen konnte, und Lyss war so schmal und zart, dass sie jünger wirkte, als sie war. Vielleicht gab es ja doch noch die Hoffnung, dass alles sich auf natürliche Weise regeln würde.

»Sind deine Brüste größer geworden?«, fragte sie.

Lyss errötete.

»Ein wenig vielleicht«, sagte sie. »Aber genau kann ich es dir nicht sagen. Ich schau sie ja erst manchmal heimlich an, seitdem Siman gesagt hat, dass er von ihnen träumt. Vorher hab ich beim Baden und Anziehen immer weggesehen. So wie Mutter es mir beigebracht hat.«

»Ist dir häufig übel?«, fragte sie weiter.

Lyss nickte. »Eigentlich immer. Dabei hab ich dauernd Hunger. Aber vor lauter Angst krieg ich kaum noch einen Bissen runter.«

Das klang nicht gut. Theresa rang um weitere Fragen,

die sie wenigstens ein Stück weiterbringen würden. Ihre Verzagtheit wuchs. Warum hatte sie nicht besser aufgepasst, wenn Eva die Frauen über den Beginn ihrer Schwangerschaft ausgefragt hatte? Jetzt bereute sie, dass sie damals so oft von Willem geträumt hatte, anstatt aufmerksamer zuzuhören.

»Und morgens? Ist es da schlimmer, noch bevor du etwas gegessen hast?«

Ein Schulterzucken.

Theresa hatte nichts anderes erwartet. Erst ab der zweiten Schwangerschaft lernten Frauen, ihren Körper zu beobachten, hatte Meline vor einiger Zeit zu ihr gesagt. Beim ersten Mal seien sie meist dümmer als jede Kuh im Stall.

Meline! Sie musste geahnt haben, was ihre Lehrmagd im Haus am Brand erwartete, denn das Holzkästchen, das sie Theresa zum Abschied gegeben hatte, enthielt eine Auswahl verschiedenster Kräuter, die ein Einsetzen der Blutung fördern konnten: *Malva sylvestris*, *Gentiana lutea*, *Centaurium erythraea*, *Veratrum album*, *Byronia alba* und einiges mehr, was Theresa aus Evas Geheimvorrat, den diese ihr einmal ausführlich gezeigt hatte, bereits kannte. Die lateinischen Namen, die ihr angesichts von Malve, Enzianwurzel, Tausendgüldenkraut, weißer Nieswurz, Zaunrübe und all der anderen Pflanzen in dem kleinen Behältnis sofort in den Kopf schossen, ließen das gütige Gesicht von Schwester Benigna und ihren heiß geliebten Unterricht im Klostergarten vor Theresas innerem Auge wieder lebendig werden.

Eine Welle von Scham erfasste sie. Wenn die fromme Schwester ahnen könnte, welch böses Vorhaben mit ihren geliebten Pflanzen in die Tat umgesetzt werden sollte!

Theresa spürte, wie ihre Knie weich wurden.

»Gehört dein Siman eigentlich auch zur Kirche der Liebe?«, fragte sie. »Dann müsste ich ihn ja kennen.«

Das Mädchen schüttelte den Kopf.

»Zimmermann ist er«, sagte sie leise. »Ein ganz Tüchtiger. Und er geht so gern zur Messe! Siman weiß nicht, dass ich schwanger bin. Zuerst wollte ich ihm keine Angst einjagen, weil ich ja nicht sicher war und noch immer gehofft habe, ich hätte mich geirrt. Und später dann hat Mutter mir strengstens verboten, es ihm zu sagen.«

»Liebt er dich?«

»Gesagt hat er es. Und ich liebe ihn auch – so sehr!« Erneut schimmerten Tränen in den blauen Augen. »Aber heiraten darf ich ihn ja ohnehin niemals. Für die guten Christen ist die Ehe öffentlich begangene Unzucht. Das hab ich mindestens tausendmal zu hören bekommen. Deshalb leben meine Eltern ja auch seit Langem nicht mehr als Mann und Frau, sondern nennen sich jetzt Bruder und Schwester.«

Nun verspürte auch Theresa leichte Übelkeit. War das die Zukunft, die ihr mit Willem bevorstand?

»Komm morgen wieder!«, beschied sie der verstörten Lyss. »Ich möchte erst noch Rat einholen, bevor ich dir etwas gebe.«

Draußen stieß sie beinahe mit Adrian zusammen, der sich offenbar vor ihrer Kammer postiert hatte.

»Nun?«, fragte er drohend. »Wirst du ihr helfen können?«

»Ich denke, ja«, sagte sie, um ihn rasch loszuwerden. Inzwischen bedeutete seine Gegenwart für sie reinsten Gräuel. Wenn er nur endlich zu seinen Messen aufbrechen würde! »Aber ich muss noch einmal weg. Bin sicher bald wieder zurück.«

»Das kann ich dir nur raten! Ich werde übrigens nicht eher abreisen, bis du die Angelegenheit in Ordnung gebracht hast«, sagte er barsch, als könne er ihre Gedanken lesen. »Der Keim des Bösen muss ausgemerzt werden, damit alles sauber und rein ist. Nur so kann Satan von unseren Herzen ferngehalten werden.«

Er redete, als ginge es um eine Ladung verdorbener Stoffballen, die ins Waschhaus gehörten. Theresas Abneigung gegen ihn wuchs. Sie presste das Kästchen an ihre Brust und lief los. Die Abendluft war feucht und kühl, doch sie war froh, ihr erhitztes Gesicht in den Wind halten zu können. Obwohl es nur ein paar Ecken waren, erreichte sie das Haus der Wehmutter atemlos.

Bevor sie anklopfen konnte, stand Meline auf der Schwelle.

»Gott sei Dank«, rief sie, als sie Theresa erblickte. »Ich hatte schon daran gedacht, dir eine Nachricht zukommen zu lassen. Weißt du, wer heute nach dir gefragt hat? Peter.«

»Peter, der Küfer? Er war hier?«, fragte Theresa überrascht. »In Mainz?«

»In voller Lebensgröße!« Ein prüfender Blick, der dem Kästchen galt, das Meline sofort erkannt hatte. »Er will wiederkommen, hat er gesagt, sobald er das nächste Mal in der Stadt ist. Dem hast du vielleicht den Kopf verdreht! Zum Glück ist mir gerade noch eine schwer kranke Wöchnerin eingefallen, der du angeblich einige Tage hilfreich zur Hand gehst. Zum Haus am Brand hab ich ihn besser nicht geschickt.«

»Du hast mir neulich deine Hilfe angeboten«, sagte Theresa und schob alles, was Peter anbelangte, erst einmal weit, weit weg. »Und die brauche ich jetzt auch dringend. Kann ich auf dich zählen?«

»Herein mit dir!«, sagte Meline. »Die Muhme freut sich bestimmt, wenn sie dich wieder zu sehen bekommt.«

Plötzlich erschien Theresa die niedrige Stube gar nicht mehr so eng und schmuddelig wie früher. Nicht einmal den Fischgestank, der sie so gestört hatte, nahm sie wahr.

Oder kam das bloß von der scheußlichen Angst, die in ihr saß?

Meline goss gewürzten Wein in zwei klobige Becher und schob ihrer Besucherin einen hin. Dann schaute sie Theresa aufmerksam an.

»Wie weit ist sie?«, fragte sie. »Hat das Kind sich schon bewegt?«

Ihre unverblümte Offenheit nahm Theresa fast den Atem. »Woher weißt du ...«

»Weil ich zwei und zwei zusammenzählen kann. Warum, glaubst du, holen die guten Christen sich ausgerechnet die Lehrmagd einer Hebamme ins Haus? Doch wohl kaum, damit sie ihnen sonntags das Essen brät!« Sie trank einen kräftigen Schluck und rülpste ausgiebig. Man konnte hören, wie sehr es ihr mundete. »Du bist nicht die Erste in der Stadt, zu der sie mit diesem Ansinnen kommen«, fuhr sie fort. »Offenbar halten sie es für das Schlimmste, wenn eine Frau ein Kind empfängt und zur Welt bringt.«

»In ihren Augen wäre das ein Sieg Satans«, murmelte Theresa unglücklich. »Der böse Gott, der, wie sie glauben, alles Fleischliche erschaffen hat. Sonst töten sie ja nicht einmal Tiere, aus Angst, versehentlich die Seelen von Verstorbenen aufzuessen, aber hier ...« Ein plötzlicher Gedanke ließ sie innehalten. »Bei dir waren sie also auch schon. Du hast ihnen geholfen – daher kennst du Willem und seinen Onkel.«

Melines Gesicht war ernst geworden. »Es geht mir dabei nicht um die Männer«, sagte sie. »Den Frauen helfe ich. Ihnen stehe ich bei in Kindsnöten, und wie unterschiedlich die aussehen können, das wirst du auch noch erfahren.«

»Aber du bist doch eine Wehmutter, die Leben schenkt«, beharrte Theresa. »Und genau das wollte ich immer lernen.«

»Ach, Mädchen, was weißt du denn schon!« Die Hebamme war aufgesprungen und ging nun wie ein gefangenes Tier in der kleinen Stube auf und ab. »Das Schicksal kann so grausam sein, gebe Gott, dass du all diese Niederungen niemals am eigenen Leib erfahren musst. Was hab ich nicht schon alles gesehen! Kinder, die durch Notzucht und Gewalt entstanden, Kinder, gezeugt in einer Ehe ohne Liebe oder Hoffnung, Kinder, deren Mütter kurz vor dem Verhungern waren, Kinder, die nichts als Armut, Elend und Verzweiflung erwartete – müssen die wirklich alle mühsam das Licht der Welt erblicken, um wenig später in ebendieser Welt jämmerlich zu krepieren?«

Sie hielt inne, deutete auf das Kästchen und seinen gefährlichen Inhalt.

»Ich weiß, es ist eine schwierige Entscheidung, ein jedes Mal wieder von Neuem. Und ich weiß auch, dass die Pfaffen auf der Kanzel es verdammen und zu den Todsünden zählen. Aber sind sie vielleicht Frauen, die das alles durchmachen müssen? ›Sprich nie von dem Brunnen, aus dem du nicht trinkst!‹ – das würde ich diesen Schwarzröcken am liebsten zurufen, wenn ich sie über weibliche Wollust und ewige Verderbnis geifern höre. Manchmal kann ein kluges Kraut, geschickt eingesetzt, durchaus dazu beitragen, Leid zu verhindern.«

Theresa spürte, wie ihre Kehle eng wurde. »Siebzehn ist sie«, sagte sie leise. »Hell wie ein Sommermorgen und schwer verliebt. Seit zehn oder elf Wochen hat sie nicht mehr geblutet. Ihr Schatz ist ein junger Zimmermann, der nicht zu den guten Christen gehört, und gemeinsam könnten sie doch fortlaufen und irgendwo ein neues …«

»Eigentlich geht es doch um dich, Theresa«, fiel Meline ihr ins Wort. »Adrian van Gent lässt dich nur in seinem Haus bleiben, wenn du es machst. Richtig? Oder habt ihr beiden Turteltäubchen schon einmal überlegt, genau das in die Tat umzusetzen, was du soeben vorgeschlagen hast?«

»Willem ist sein einziger Neffe. Wie weit, meinst du, würde er ihn kommen lassen? Mir tut nur das Mädchen so leid. Ich kann genau spüren, wie sie …«

Meline hatte ihre Handgelenke gepackt.

»Schau mich an!«, verlangte sie. »Und merk dir gefälligst jedes Wort! Du musst lernen, so sachlich wie möglich zu bleiben, egal, ob ein Kind zur Welt kommt oder es eben *nicht* geboren werden soll. Ihr Schicksal ist es, nicht deines. Du bietest lediglich Hilfe an. Nur so kann unser altes Wissen wirksam werden. Hast du mich genau verstanden?«

Theresa nickte beklommen.

»Aber was soll ich jetzt denn nur tun?«, fragte sie. »Ich kenne diese Pflanzen, die du mir gegeben hast, sogar ihre lateinischen Namen könnte ich dir aufsagen, aber ich weiß doch nicht, welche ich nehmen soll und wie viel davon.«

»Eva hat dich nicht unterrichtet?«, fragte Meline knapp.

»Nicht darin. Ich weiß nur, dass sie auch solche Vorräte besitzt.«

»Die heilige Eva – behält alles schön für sich und verrät der Lehrmagd lieber kein Sterbenswörtchen. Das passt zu ihr!«, murmelte die Hebamme. »Dann wird die sündige Meline dir jetzt ein paar Unterweisungen erteilen, die sehr hilfreich sein können.« Sie stieß einen tiefen Seufzer aus und öffnete das Kästchen. »Schade nur, dass du die Kleine nicht mitgebracht hast«, fuhr sie fort. »Ich sehe es immer zuerst an den Augen, ob eine schwanger ist oder nicht.«

»An den Augen? Woran denn da genau?«

»Ich sehe es eben – und basta.« Meline leerte ihren Becher. »Für Petersiliensamen ist es schon zu spät«, fuhr sie fort und hatte plötzlich jenen gesammelten Gesichtsausdruck, den Theresa schon während der Geburten an ihr gesehen hatte. »Das wirkt nur halbwegs sicher in den allerersten Wochen. Und Garantie gibt es ohnehin keine. Das musst du wissen und allen gleich vorab sagen, die dich um Hilfe angehen. Ob nämlich etwas geschieht oder nicht, entscheidet allein Frau Fortuna mit ihrem unbestechlichen Rad.«

Sie tippte auf ein anderes Kraut.

»Dieses hier nimmst du. Als Zäpfchen gezollt, an drei Tagen hintereinander. Sie muss sich unbedingt schonen, das musst du ihr noch sagen. Und wenn alles glücklich überstanden ist, soll sie gefälligst vorsichtiger sein. Das ist keine Prozedur, der man sich ein paarmal hintereinander unterziehen kann, ohne Schaden zu nehmen. Und was dich betrifft, so kannst du mich immer wieder fragen, Mädchen – besser einmal zu oft als einmal zu wenig.«

Theresa brachte es nicht über sich, noch nach der Muhme zu sehen, nicht mit diesem neuen Wissen, das wie ein prall gefüllter Sandsack auf ihr lastete. Wieder zurück im Haus am Brand, wich sie Adrians bohrenden Blicken aus und konnte nicht einmal Willems stummes Fragen ertragen, das sie in seinen Augen las. Schnell zog sie sich in ihre Kammer zurück und fiel irgendwann in einen unruhigen, traumlosen Schlaf.

Als Lyss am nächsten Nachmittag wiederkam, waren die Zöpfe beinahe so ordentlich geflochten wie früher und die Augen nicht mehr ganz so leer. Theresa gab Melines Ratschläge wortwörtlich an sie weiter und zeigte ihr die präparierten Leinenröllchen.

Die Hand des Mädchens zitterte, als sie sie berührte. »Wird es sehr wehtun?«, sagte sie leise.

»Nicht viel mehr als dein gewohnter Mondfluss, aber es kann stark bluten. Darauf musst du dich einstellen. Bleib im Bett, bis es vorüber ist! Und auch danach solltest du eine Weile nichts Schweres heben. Am besten wäre es, jemand würde auf dich aufpassen.«

Ein kurzes, freudloses Lachen. »Keine Angst! Mutter wird mich ohnehin keinen Augenblick mehr aus den Augen lassen. Für sie bin ich jetzt die schlimmste Sünderin auf der ganzen Welt.«

Das Leid der Frauen, hatte Meline gesagt. Gebe Gott, dass es dich nicht selbst einmal trifft! Ihnen helfe ich, nicht den Männern. Doch in den blanken Augen der jungen Lyss las Theresa eher verzweifelte Lebenslust und Angst, für die vor allem einer gesorgt hatte: Adrian van Gent.

»An deiner Stelle würde ich die besorgte Mutter noch einmal auf den Markt schicken«, sagte sie. »Mit vielen Aufträgen, die sie dort recht lange aufhalten.«

Lyss warf die blonden Zöpfe nach hinten. Ihr schien plötzlich heiß geworden zu sein.

»In Bamberg bauen sie an einer großen Kirche«, fuhr Theresa nachdenklich fort. »Sankt Gangolf heißt sie und sie bekommt gerade zwei stattliche neue Türme. Noch Jahre werden sie brauchen, bis alles fertig ist. Mein Bruder Gero hat stets davon geträumt, eines Tages in einer Stadt wie Bamberg zu leben. Leider ist er kein Zimmermann geworden, sonst hätte er in der dortigen Bauhütte sicherlich gut bezahlte Arbeit finden können.«

Lyss sah sie schweigend, aber gespannt an, was Theresa weiter ermutigte.

»Woher weißt du das mit den Türmen?«, fragte Lyss schließlich.

»Wir waren dort, als wir unser Zuhause verlassen mussten«, erwiderte Theresa. »Ich kann mich an alles noch ganz genau erinnern. Und Bamberg liegt vor allem genügend weit weg von hier.«

Kein einziges Mal hatte sie bislang etwas von einer Reise Adrians gehört, die nach Süden führte. Und würde der Diakon der guten Christen überhaupt den Aufwand, der ihm für seinen Neffen Willem sicherlich niemals zu viel wäre, auch wegen eines unbedeutenden Gemeindemitglieds auf sich nehmen?

»Mir ist es früher immer schrecklich schwergefallen, gehorsam zu sein«, fuhr Theresa fort. »Mutter hat deshalb oft mit mir geschimpft. Aber meinem Vater hat es gefallen, wenn ich meinen Willen durchsetzen wollte. ›Mädchen müssen ihren eigenen Kopf haben‹, hat er immer gesagt, ›sonst gehen sie unter in der Welt. Außerdem lernen die Männer dann nicht, dass es außer ihnen noch etwas anderes gibt.‹ Damals wusste ich nichts Rechtes mit solchem Reden anzufangen. Doch jetzt, wo ich älter geworden bin, verstehe ich immer besser, was er gemeint haben könnte. Du auch, Lyss?«

Die rosigen Lippen kräuselten sich sanft. Dann stand die junge Frau auf, bewegte die Hand wie zu einem kurzen Gruß und ging leise hinaus.

Erst als sich die Tür schon eine ganze Weile hinter ihr geschlossen hatte, fiel Theresa auf, dass Lyss etwas vergessen hatte: Die drei getränkten Leinenröllchen auf der Truhe ruhten noch genauso fein säuberlich nebeneinander, wie Theresa sie zuvor für sie hingelegt hatte.

✢

IN DEN WÄLDERN VOR MUNICHEN – SOMMER 1157

Jetzt, da es jeden Tag wärmer wurde, kamen die Mücken. Erst vereinzelt, bald aber schon in Schwärmen fielen sie angriffslustig über die Knappen her, die im Forst zu Ebersberg zur Wache eingeteilt waren. Gero, dessen helle Haut sie besonders zu lieben schienen, traf es am härtesten, sein dunkelhaariger Genosse dagegen bekam kaum etwas ab. Während Sixt seine Stiche an einer Hand abzählen konnte, plagten Gero dicke rote Beulen, die er Nacht für Nacht blutig kratzte, was den Juckreiz bis ins Unerträgliche steigerte.

Entsprechend gereizt war seine Laune. Ein Blick, ein falsches Wort genügten, um die Funken fliegen zu lassen. Schon mehrmals waren die beiden jungen Männer wegen Kleinigkeiten aneinandergeraten, doch bislang waren die Auseinandersetzungen zum Glück stets glimpflich ausgegangen: ein Veilchen, ein paar Schürfungen, manchmal auch schmerzhafte Prellungen, die aber schnell verheilten. Als Sixt freilich einmal Gero einen Krüppel hieß, weil dessen linkes Bein nach langem Stillsitzen manchmal den Dienst verweigerte, verlor Gero die Beherrschung und streckte den anderen mit einem Fausthieb nieder, der diesem fast das Nasenbein zerschmetterte.

Freimut von Lenzburg ging mit seinem streitbaren Knappen streng ins Gericht: »Was wird der Herzog sagen, wenn er erfährt, dass seine Männer sich gegenseitig an die Gurgel gehen, anstatt die Salzfuhrwerke auf einen neuen Weg zu schicken, der ihm wertvollen Brücken- und Marktzoll einbringen soll?«

Gero schwieg, den blonden Dickschädel zu Boden gesenkt. Freimut sah die bläulichen Adern an seiner Schläfe pulsieren und fragte sich zum wiederholten Mal, was es seinen Schützling wohl koste, seinen Jähzorn zu unterdrücken, und was geschehen müsse, damit er ihm wieder freien Lauf ließ. So lange war der Junge, wie er ihn heimlich noch immer nannte, nun schon in seinen Diensten, aber kannte er ihn inzwischen wirklich?

Den einen Tag voller Mut und Tatkraft, konnte der Sohn des Reichsgrafen von Ortenburg schon am anderen Morgen wie ein Häuflein Unglück dahocken, bis zum Rand angefüllt mit schwarzer Galle, die sich über den Nächstbesten ergoss, der ihm versehentlich zu nah kam. Die unselige Warterei in den Wäldern jedenfalls tat Gero nicht gut, ebenso wenig wie ihm selbst, das war Freimut schon vor geraumer Weile aufgegangen. Doch hatten sie eine andere Wahl?

Herzog Heinrich von Bayern und Sachsen verließ sich auf sie. Allein das zählte. Eigentlich hatten sie ihn ja längst in seinem neuen Herzogtum erwartet, und sein Besuch war auch mehrfach angekündigt gewesen, doch nun erwarteten den Vetter des Kaisers erst einmal andere Aufgaben. Nach Polen sollte es an Barbarossas Seite gehen, zu einem Kriegszug, an dem Freimut von Lenzburg liebend gern selbst teilgenommen hätte, anstatt hier im dunklen Grün Fuhrwerke zu einer neuen Route zu zwingen.

Dabei hatte er es nicht einmal so schlecht getroffen. Die neu errichtete Salzburg, wo er mit einigen Männern des Herzogs und einer kleinen Gruppe Bewaffneter aus der Gefolgschaft Ottos des Wittelsbachers einquartiert war, stellte sich als nicht gerade komfortabel heraus, aber sie hatten doch alles, was sie zum Leben brauchten: Schweine und Geflügel, Wälder voller Wild, die zur Jagd einluden, Mehl, trinkbares Wasser aus einer eigenen Zisterne, dunkles Bier, gebraut vom nahen Kloster der Ebersberger Benediktiner – vor allen Dingen aber Salz, das in dicken Rädern in den Gewölben der Burg lagerte. Die Tage ließen sich mit Probeschießen, Würfeln und Zechen halbwegs erträglich verbringen, wäre da nicht diese quälende Langeweile gewesen, die allen zu schaffen machte, während sie auf Fuhrwerke lauerten.

Gero hörte nicht auf, sich darüber zu beschweren. Obwohl Freimut es ihm schon mehrmals erklärt hatte, schien er Sinn und Zweck der im Wald errichteten Schranke, die

die Fuhrwerke am Weiterfahren hinderte, noch immer nicht ganz kapiert zu haben. Der Ritter war sogar mit ihm an die Isar geritten, damit der Junge mit eigenen Augen die neue Siedlung anschauen konnte, die sich nach und nach am Fuß des Mönchsberges ausbreitete.

»Das soll eine Stadt sein?« Angeekelt hatte Gero auf die niedrigen Dächer der Bauernhöfe und Lagerhäuser gestarrt. »Ist ja kaum größer als ein Dorf. Dagegen ist ja selbst das kleine Bingen riesig.«

»Was noch nicht ist, wird aber werden«, hatte Freimuts Antwort gelautet. »Salz, das weiße Gold, besitzt große Macht. Wo immer es gehandelt und gelagert wird, siedeln Menschen sich an, denn ohne Salz könnten wir alle nicht leben. Dieses Munichen wird wachsen, glaub mir! Schon in wenigen Jahren wirst du es kaum mehr wiedererkennen.«

»Warum begnügt der schwarze Herzog sich eigentlich nicht mit einer anständigen Fähre, die ihm doch auch reichlich Geld einbringen würde?«, fragte Gero weiter. »Über den Rhein führen vielerorts Fähren, und keiner, den ich kenne, beschwert sich darüber.«

Er senkte den Kopf, weil ihm dabei Theresa in den Sinn gekommen war. Früher hatte er sie stets im strengen Habit der frommen Schwestern gesehen, wenn er an sie dachte, doch neuerdings wollte ihm das nicht mehr so recht gelingen. Ob sie noch immer im Kloster zu Bingen lebte? Oder hatte das Schicksal inzwischen die Schwester wie ihn hinaus in die Welt geschleudert?

»Weil der Rhein ab seinem Mittellauf zu breit für Brücken ist und die Isar in vielen Monaten zu reißend für einen Fährbetrieb«, erwiderte Freimut geduldig. »Außerdem geht es nicht um den Brückenzoll allein. Auch die Verleihung und Ausübung des Marktrechtes füllt die herzoglichen Truhen.«

»Wäre ich Herzog von Bayern, so würde ich kurzen Prozess machen«, rief Gero, der durstig war, weil die Sonne ihm schutzlos auf den Kopf brannte. »Wieso lässt er uns die Brücke des Bischofs in Feringa nicht einfach niederbrennen? Dann könnten wir endlich diesen verdammten Wald verlassen und als Ritter mit ihm in den Krieg ziehen!«

Freimut wusste, worauf dieser Ausruf abzielte: auf die Schwertleite, auf die Gero hinfieberte wie kaum auf etwas anderes in seinem jungen Leben. Der Ritter war längst entschlossen, Herzog Heinrich bei passender Gelegenheit darum zu bitten. Doch dazu mussten er und sein Knappe erst einmal unter Beweis stellen, wie sehr er auf sie bauen konnte.

Der Rückritt in den Forst wäre um vieles unerquicklicher für Freimut gewesen, hätte er geahnt, dass Gero längst vor der bischöflichen Brücke in Feringa gestanden war. Skeptisch hatte der Knappe die einfache Konstruktion von allen Seiten beäugt.

So ein schwaches, hölzernes Ding! Ein prasselndes Feuer, am besten von beiden Seiten zugleich gelegt – und schon wäre die leidige Angelegenheit aus der Welt. Sollte er dem schwarzen Herzog diesen Gefallen erweisen? Feuerstein und Zunder trug er immer bei sich, und trockenes Holz zu finden, war an diesen sommerlichen Tagen ein Kinderspiel. Gero war schon kurz davor, sich zu bücken und einen Haufen zusammenzutragen, als er plötzlich die dunklen Augen des Herzogs vor sich sah.

Streng sei er, hatten die Männer Otto von Wittelsbachs erzählt, gerecht, aber äußerst eigen in seinen Entscheidungen. Treue vergesse er niemals, doch wer sich ihm nur ein einziges Mal widersetze, bleibe sein Feind bis in alle Ewigkeit.

Gero drehte sich um, ging zu seinem Wallach und saß auf.

Die nächsten Tage waren so brütend heiß, dass die kleinste Bewegung zur unerträglichen Anstrengung wurde. Sogar der Wald, der bislang kühlen Schutz geboten hatte, lud sich mit Wärme auf und schien sie nachts regelrecht zu speichern. Die Männer ließen in großen Mengen Bier durch die durstigen Kehlen fließen; einige von ihnen offenbar entschlossen, gar nicht mehr richtig nüchtern zu werden. Damit das kostbare Nass nicht ausging, hatte Hartmut von Sulz den Wagen seiner Männer, der neue Vorräte bringen sollte, am Vormittag zum Kloster Ebersberg eskortiert.

Inzwischen war die Luft an der Schranke träge und sirrend. Grillen zirpten. In der Ferne hörte man den Ruf des Wiedehopfs.

Gero war halb weggedöst, als Geräusche ihn hochschrecken ließen. Mit einem Schlag war seine Müdigkeit verschwunden – da näherte sich ein schwer beladener Wagen!

Doch wo blieben die Rauchzeichen, die Sixt jedes Mal schicken sollte, sobald ein Fuhrwerk in Sicht kam? Und waren die Männer, die nach Ebersberg aufgebrochen waren, schon wieder zurück in der Salzburg?

Gero fehlte die Zeit, um sich davon zu überzeugen.

»Salz!«, schrie er aus Leibeskräften, die Hände vor dem Mund zum Trichter geformt, wie Freimut es ihm beigebracht hatte. »Salz!«

Das Knirschen der Räder auf dem unebenen Weg wurde lauter. Noch immer war kein Hufschlag aus Richtung der Salzburg zu hören. Gero nahm den Bogen, der neben ihm an einem Baum gelehnt hatte, zog einen Pfeil aus dem Köcher und spannte.

Langsam trat er dem Fuhrwerk in den Weg.

Drei Männer sah er auf dem Bock, das war das Übliche. Was ihn verwunderte, war der grimmige Ausdruck, mit dem sie ihm entgegenstarrten. Unter den Salzsendern hatte sich wohl inzwischen herumgesprochen, dass sie auf der bislang befahrenen Route mit Schwierigkeiten rechnen mussten. Entsprechend hatten sie wohl ihre Fuhrleute ausgewählt.

»Hier geht es nicht weiter«, sagte Gero, heilfroh darüber, dass seine Stimme endlich tief blieb und nicht mehr unversehens kiekste wie noch im vergangenen Jahr. »Fahrt dort drüben entlang, wenn ihr heil über die Isar kommen wollt!«

»Halt's Maul, Bürschchen!«, rief der Fuhrmann, ein bulliger Mann mit kurzem dunklem Haar. »Das hier ist unser Weg. Bringt ihn zur Vernunft, Männer!«

Wie auf ein Stichwort erhoben sich seine Begleiter und zwei weitere Kerle auf dem Wagen, die sich bislang zwischen den Fässern versteckt gehalten hatten. Die Männer sprangen herunter, mit Mistgabeln und Dreschflegeln bewaffnet, die sie Gero drohend entgegenhielten.

»Haltet ein!« Da war sie, die Stimme, auf die er sehnlichst gewartet hatte.

Nur, wo blieben die anderen? Gero sah nur zwei Gefolgsleute des Wittelsbachers, die Freimut zögernd zu Fuß folgten. Der Ritter musste sich in höchster Eile auf sein Pferd geschwungen haben, denn er trug zwar den ledernen Gambeson, aber keine Brünne, als sei die Zeit zu kurz gewesen, sie anzulegen. Im Sonnenlicht sah Gero die bestickte Scheide an seiner Linken glänzen. Wenigstens sein Schwert führte er mit sich!

»Im Namen von Heinrich, Herzog von Bayern und Sachsen, fordere ich euch auf, Frieden zu wahren!«, rief Freimut. »Nehmt den anderen Weg! Dann wird euch nichts geschehen.«

»Im Namen des Bischofs von Freising: Räumt sofort diese Sperre beiseite!«, schrie der Fuhrmann. »Unser Weg geht nach Feringa, wo schon das Bier aus Weihenstephan auf uns wartet. Dort werden wir die Isar überqueren – und sonst nirgendwo.«

»Euer Weg führt durch herzogliches Gebiet«, wandte der Ritter ein. »Den Schutz vor Räubern erwartet ihr von eurem Landesherrn. Gebührt ihm da nicht mit Fug und Recht auch der Brücken- und Marktzoll? Einen besseren Herrn als Herzog Heinrich findet ihr nirgendwo. Nehmt also die neue Isarbrücke bei Munichen! Der kleine Umweg lohnt sich.«

»Er scheint etwas mit den Ohren zu haben.« Ein riesiger Blonder mit breiten Schultern, den Dreschflegel bedrohlich schwingend, näherte sich Freimuts Stute. Ein Zweiter tat es ihm nach. »Vielleicht, weil er so hoch oben sitzt, während er mit uns spricht?« Der Blonde grinste breit. »Was sich ändern lässt.«

Sie hieben zur gleichen Zeit zu. Die Stute stieg und stieß dabei ein schmerzerfülltes Wiehern aus. Nun schlugen die Dreschflegel von beiden Seiten auf den Ritter ein. Als sie ihn trafen, klang es wie ein Bersten. Freimut konnte sich nicht länger im Sattel halten und stürzte zu Boden. Sofort war der blonde Riese über ihm.

»Die Mistgabel!«, schrie er und dachte dabei an die prallen Brüste der Salzsenderstochter. Wenn sie den Wagen heil nach Feringa brachten, würde Mariann mit ihrem Vater reden, das hatte sie ihm hoch und heilig versprochen. Die große Gelegenheit für ihn, die niemals im Leben wiederkam! Dafür war er noch zu ganz anderen Dingen bereit, als einem frechen Ritterlein beizubringen, dass er unrecht hatte. »Macht schon! Damit halt ich ihn noch ein Weilchen hier unten. Und ihr räumt einstweilen diese verfluchten Zweige und Stämme aus dem Weg!«

Die Fuhrleute schienen bestens vorbereitet. Jeder Handgriff saß. Im Nu flog trockenes Holz durch die Luft. Noch stand die Schranke, aber sie wurde zusehends wackeliger.

Die groben, schmutzstarrenden Zinken zielten direkt auf Freimuts ungeschützten Hals. Seine Hand tastete nach dem Schwert, doch als das Eisen sich tiefer in seine Haut grub, ließ er es bleiben.

Geros erster Pfeil traf den Riesen in den Arm. Der jaulte auf, ließ die Mistgabel fallen, griff verwundert in sprudelndes Blut.

»Lass den Ritter los!« Geros Stimme war eisig. »Auf sie!«, schrie er den anderen Männern aus der Salzburg zu, die wie erstarrt die Szene beobachtet hatten. »Packt sie und zerrt sie zur Seite! Worauf wartet ihr?«

Der Riese bewegte seinen breiten Nacken wie ein wütender Ochse. »Das hättest du nicht tun sollen, Bürschchen!«, brüllte er. »Jetzt hast du mich erst richtig zornig gemacht.«

Der zweite Pfeil erwischte seinen Schenkel. Mit einem Schrei riss der Riese das Geschoss heraus. Seine Bruche färbte sich dunkel. Schwankend kam er hoch, taumelte auf Gero zu.

Der machte einen Bogen und lief zu Freimut, dem inzwischen der Fuhrmann mit groben Stiefeln wütend in die Rippen trat. Gero sprang den Mann an, ohne sich um sein linkes Bein zu kümmern. Beide fielen zu Boden, und plötzlich funkelte die silbrige Klinge eines Messers über Gero. Der packte die Hand seines Gegners und biss fest zu. Der Fuhrmann schrie auf und versetzte ihm eine Ohrfeige, die seinen Kopf zur Seite schleuderte.

Brüllender Schmerz erfüllte Gero, der seine Gedanken wild durcheinanderwirbeln ließ. War Thies aus seinem Grab auferstanden, um ihn erneut zu schinden? Wo steckten sie, die anderen? Wieso half ihm keiner? Und wer kümmerte sich um Freimut, seinen Herrn …

Wie auf dicker Milchsuppe trieben einzelne Halbsätze sinnlos in seinem Schädel umher. Hörte er da nicht Pferdehufe? Und raue Männerstimmen, die ihm seltsam vertraut erschienen?

Er wollte sich hochrappeln, doch ein schwerer Leib hinderte ihn daran. Wieder sah er die Messerklinge über sich, doch dieses Mal fand sie ihr Ziel. Sie traf sein rechtes Ohr und schlitzte es der Länge nach auf. Fast gleichzeitig raubte ihm ein wütender Tritt gegen den Brustkorb den Atem.

Er glaubte, Thies' höhnisches Gelächter zu hören. Dann umfing ihn Dunkel, rabenschwarz. Endlos.

✢

Als er wieder zu sich kam, war er auf ein Strohlager gebettet. Jeder Atemzug stach, als sei seine Lunge gespickt mit kleinen Messern. Das rechte Ohr brannte wie die Hölle.

»Es musste der Länge nach genäht werden. Bruder Willibald, der diese Kunst im Morgenland erlernt hat, war so freundlich, sich deiner anzunehmen.« Freimuts Stimme klang erleichtert. »Noch sieht es aus wie ein dicker Rollbraten, aber das gibt sich wieder, hat er mir versprochen, sobald der Zwirn gezogen ist.« Er legte seine Stirn in komische Falten. »Ich konnte doch nicht zulassen, dass du für den Rest deiner Tage als Verbrecher gebrandmarkt bist, mein tapferes Schlitzohr!«

»Wo bin ich?«, flüsterte Gero, sein Mund eine Wüste, die Lippen rissig und aufgesprungen.

»Bei den Ebersberger Benediktinern. Zwei Tage und zwei Nächte lagst du in tiefem Schlaf, als wolltest du niemals wieder aufwachen. Inzwischen haben die frommen

Brüder mit tausenderlei verschiedenen Kräutern gegen dein Wundfieber gekämpft, und sie waren schließlich siegreich. Weißt du, dass ich große Angst um dich hatte?«

»Müsst Ihr nicht.« Allmählich konnte Gero halbwegs scharf sehen. »Ich komm schon wieder auf die Beine. Aber was ist mit Euch? Der Riese hat …«

»… mir als Andenken ein paar gebrochene Rippen hinterlassen. Die nächsten Wochen muss ich kürzertreten. Bis der Riese sich allerdings von den Küssen deines Bogens erholt haben wird, kann es Winter werden. Zum Glück waren unsere Männer doch noch rechtzeitig zur Stelle. Dank der tatkräftigen Argumente ihrer Waffen hat der Fuhrmann schließlich eingesehen, wo es ab jetzt über die Isar geht. Das werden auch die anderen Salzsender kapieren. Solche Geschichten machen schnell die Runde.« Freimut klang plötzlich sehr ernst. »Du hast dein Leben für mich aufs Spiel gesetzt. Die Jauchezinken am Hals zu spüren, hat keinen Spaß gemacht. Das war sehr mutig von dir, Gero.«

»Das würde jeder Ritter tun«, flüsterte Gero, dem das Sprechen noch nie so schwergefallen war wie heute. Doch was sein Herz bewegte, musste schließlich ja auch auf seine Zunge gelangen. »Für seinen besten Freund.«

»Dann sollte solch ein wackerer Mann nicht mehr allzu lange auf die Schwertleite warten.« Ein rötlicher Bart schwebte über Gero.

Der riss die Augen auf und blinzelte verwirrt.

Der Kaiser? Aber wie konnte das sein? Barbarossa befand sich doch gerade auf Heerfahrt in Polen, zusammen mit Herzog Heinrich und vielen anderen Großen des Reichs.

»Majestät …«, murmelte er trotzdem pflichtschuldig. »Ihr! Ist der Krieg denn schon vorbei?«

Ein tiefes, schallendes Lachen.

»Vorerst musst du leider mit mir vorliebnehmen, junger Mann«, rief Otto von Wittelsbach. »Eigentlich sollte ich mich ja durch diese Verwechslung geschmeichelt fühlen. Den roten Bart werde ich stehen lassen. Dann kann gleich jeder von fern erkennen, wie viel mich mit dem großen Friedrich verbindet.«

✜

MAINZ – HERBST 1157

O Vater, das Lebendige Licht gab mir folgende Worte an dich: Warum verbirgst du dein Antlitz vor mir, als wäre dein Herz vor Zorn verwirrt? Wegen der geheimnisvollen Worte, die ich nicht aus mir sage, sondern so wie ich sie im Lebendigen Licht schaue? Oft wird mir gerade das gezeigt, wonach mein Herz nicht verlangt und mein Wille nicht sucht. Häufig sehe ich gegen meinen Willen. Doch bitte ich Gott, dass Seine Hilfe dir nicht fern sei und deine Seele so in reiner Erkenntnis sich darbiete, dass du in den Spiegel des Heils schaust.

Und du wirst leben in Ewigkeit …

Das hellstrahlende Licht der Gnade Gottes möge von dir nicht abgeschnitten werden, sondern die Barmherzigkeit Gottes dich schützen, damit der alte Nachsteller dich nicht betrüge. Nun aber lebe dein Auge in Gott, und die Lebenskraft deiner Seele verdorre nicht. Das Lebendige Licht sagt zu dir: Warum bist du nicht stark in der Furcht vor Mir? Warum eiferst du, als wolltest du den Weizen hochworfeln, dass du dich dadurch wegschleuderst, was dir zuwider ist? Doch das will ich nicht. Richte dich also zu Gott empor, denn deine Zeit kommt schnell!

»Du hast dir schon wieder den Brief vorgenommen?« Schwester Benignas Ton klang besorgt. Um für Abwechslung zu sorgen, holte sie Brot aus dem Proviantkorb, brach ein Stück davon ab und reichte es Hildegard. Die nahm nur ein winziges Stück, und auch von den Trauben, die die Infirmarin ihr anbot, zupfte sie sich lediglich eine Handvoll ab.

»Ich musste es tun«, erwiderte die Magistra, nachdem sie gegessen hatten, faltete die Abschrift sorgfältig zusammen und steckte sie zurück unter die Kutte. »Nicht eine Antwortzeile, seit Erzbischof Arnold ihn erhalten hat. Und das liegt inzwischen Monate zurück.«

»Immerhin hat er dich nach Mainz eingeladen«, gab Bruder Volmar zu bedenken, der die beiden Frauen in die Bischofsstadt begleitete. »Ist das etwa keine Antwort? Vergiss nicht, du hast ihm mit deinem Schreiben ordentlich zugesetzt! ›Richte dich also zu Gott empor, denn deine Zeit kommt schnell!‹ Vielleicht hat er den Schlusssatz in die falsche Kehle bekommen, bei all den Schwierigkeiten, mit denen er ohnehin ständig kämpfen muss.«

Benigna blinzelte fröhlich in die Sonne. Seitdem sie wusste, dass ein Wiedersehen mit ihrer früheren Schülerin auf sie wartete, war ihre Laune ungetrübt. Natürlich war sie nicht mit leeren Händen aufgebrochen. Ein zweiter Korb, der von ihrem Sattel baumelte, enthielt einen üppigen Herbstgruß aus dem Klostergarten.

»Wollen wir nicht weiterreiten?«, schlug sie vor. »Sonst muss der Erzbischof noch auf uns warten.«

»Es ist doch eher die Vorfreude auf Theresa, die dich so ungeduldig macht«, sagte Hildegard beim Aufsteigen. »Aber lass uns reiten, meinetwegen! Sollte mir recht sein, wenn du das Mädchen heiter und glücklich antriffst.«

Nach langem innerem Ringen hatte sie ihre Sorgen um die junge Hebamme für sich behalten. Vielleicht waren Dudos Andeutungen ja nichts als ein hakenbewehrter Köder gewesen, der ihr die Eingeweide aufreißen sollte, um sie für seine Zwecke gefügig zu machen. Es gab keine Spionin im Kloster, davon war sie inzwischen überzeugt, sonst hätte sie diese längst entdeckt. Er musste eine andere Quelle für seine Informationen aufgetan haben. Vor Ort würde sie sich davon überzeugen, ob seine Behauptungen überhaupt zutrafen. Hugo, dem sie sich vorbehaltlos anvertraut hatte, hatte sie darin bestärkt und gleichzeitig ausdrücklich vor dem ehrgeizigen Kanonikus gewarnt.

»Eine Kröte ist er, jemand, der überall Gift spuckt, um seine Ziele zu erreichen.« Selten hatte sie ihren sonst so ausgeglichenen Bruder derart aufgebracht gesehen. »Dudo spinnt einen schändlichen Plan. Doch bislang geht er so raffiniert dabei vor, dass niemand ihn belangen kann.«

»Mich hat er unverhohlen aufgefordert, ihn schriftlich beim Kaiser oder beim Heiligen Vater als künftigen Erzbischof zu empfehlen, was ich natürlich unterlassen habe. Besonders raffiniert erscheint mir das nicht gerade.«

»Ich wette, es gab keine Zeugen für euer Gespräch. Habe ich recht?«, fragte Hugo, was Hildegard bejahen musste. »Im Zweifelsfall könnte er immer noch behaupten, du hättest alles ganz falsch verstanden. Dudo findet immer eine Möglichkeit, um sich herauszureden.«

»Aber der Erzbischof! Hast du Arnold von Selenhofen denn nicht vor ihm gewarnt?«

»Immer und immer wieder! Doch der will nichts hören und nichts sehen, fast als sei er begierig, in sein eigenes Unheil zu rennen.«

Würde die Audienz ihr helfen, diese verworrene Angelegenheit zu klären? Hildegard hatte nicht einmal einen richtigen Plan. Natürlich ging es um die Zukunft des Rupertsbergs, doch die lag nun schon so lange im Ungewissen, dass sie sich beinahe daran gewöhnt hatte. Aber das durfte sie nicht, schalt sie sich selbst, denn das Lebendige Licht hatte ja etwas anderes von ihr gefordert.

Ihre innere Unruhe wuchs, als sie sich der Stadt näherten. Die Herbstluft war kühl und klar wie frisches Wasser. Noch wärmte die Sonne, doch man spürte, wie sie von Tag zu Tag mehr an Kraft verlor. Helles Nachmittagslicht fiel auf die stattlichen hellen Mauern, die Mainz umgaben, auf die Türme und Palisaden, die eine stetig wachsende Bürgerschaft vor feindlichen Angriffen schützen sollten.

»Schön wie das himmlische Jerusalem!«, rief Schwester Benigna begeistert aus, was Hildegard mit einem feinen Lächeln quittierte. Was wusste ihre treue Infirmarin schon, die das Kloster seit Jahren nicht mehr verlassen hatte! Wenn wahr war, was sie insgeheim befürchtete, waren sie gerade dabei, eine Schlangengrube voller Lug und Trug zu betreten.

Sie passierten das nahe am Rhein gelegene Mühlentor. Von hier aus konnte es nicht mehr weit bis zur Fischergasse sein, das wusste Hildegard von Josch, der seltsam herumgedruckst hatte, als sie ihn vor der Abreise nach Theresa gefragt hatte.

»Base Meline ist keine schlechte Frau, das müsst Ihr wissen, Herrin! Nur, eine Eva ist sie eben nicht.«

Was immer sie alle auch zu reden hatten – jetzt war es an ihr, sich ein eigenes Bild zu machen.

Innerlich bereits gewappnet, erschrak Hildegard doch, wie niedrig und heruntergekommen das Haus der Wehmutter war. Dazu überfiel sie stechender Fischgeruch, der sie zwang, ganz flach zu atmen. Unauffällig sah sie sich um. Eine ärmliche Gegend, in die sie da geraten waren. Ein paar schmutzige Kinder zankten sich um einen Lumpenball. Ein dreibeiniger Köter humpelte die Gasse entlang. Gegenüber keifte eine betrunkene Frau mit ihrem Mann.

Wie anders wohnten da Eva und Josch in Bingen! Wäre das Mädchen bei ihnen nicht um vieles besser aufgehoben gewesen?

Jetzt musste sie zusehen, wie sich das Beste aus der Situation machen ließ. Bruder Volmar hatte sie bereits als Vorhut zum Domstift vorausgeschickt. Schwester Benigna aber war kaum noch zu halten. Fast stürzte sie vornüber, so eilig hatte sie es auf einmal, aus dem Sattel zu kommen. Die rundliche Nonne rannte los, den Korb für Theresa fest unter dem Arm, und klopfte ungeduldig.

Eine ungepflegte Frau mit grauem Zopf und mürrischem Gesicht öffnete. Ihr Ausdruck veränderte sich, als sie die beiden Nonnen vor sich sah. Jetzt wirkte sie auf einmal erschrocken.

»Du bist Meline, die Wehmutter?«, fragte die Magistra. »Wir sind hier, um nach Theresa zu sehen, deiner Lehrmagd.«

»Komm schon, hol das Mädchen geschwind her!«, rief Benigna aufgeregt und schwenkte ihren Korb. »Seit Wochen freue ich mich schon auf diesen Augenblick!«

»Theresa? Das geht nicht.« Melines grobe Züge schienen plötzlich in Unordnung zu geraten. Sie zog das Schultertuch enger um sich, als friere sie.

»Was soll das heißen?«, fragte Hildegard. »Sie ist doch nicht etwa krank?«

»Krank? Nein, das ist sie meines Wissens nicht.« Meline verstummte. »Theresa ist nicht hier«, fügte sie nach einer Weile hinzu und kniff die schmalen Lippen unter dem dunklen Flaum darüber fest zusammen, als sollte ihnen kein einziges Wort mehr entschlüpfen.

»Dann werden wir eben warten.« Benigna setzte ihren Korb ab. »Wenn sie etwas für dich zu besorgen hat, muss sie ja irgendwann wiederkommen. Vielleicht erfrischst du uns einstweilen mit einem Becher Wasser. Der Ritt war lang und staubig.«

Die Hebamme rührte sich nicht von der Stelle.

»Wasser könnt Ihr gern haben«, sagte sie schließlich. »Auch etwas zu essen, wenn Ihr wollt. Nur das mit der Warterei wird nichts bringen, das müsst Ihr wissen.«

»Weshalb?« Hildegard wurde langsam ungeduldig. »Wo ist Theresa denn?«

»Das kann ich Euch nicht sagen.«

»Das wirst du aber müssen.« Wenn sie wütend wurde, wirkte die Magistra größer. »Heraus mit der Sprache! Du verbirgst doch etwas vor uns. Wo steckt Theresa?«

»Nicht hier. Und sie wird auch nicht zurückkommen.«

»Aber warum denn nicht?«, fragte Benigna, die vor Aufregung ganz bleich geworden war. »Hör doch endlich auf, in Rätseln zu reden! Geht sie inzwischen einer anderen Wehmutter zur Hand? Dann sag uns, wo wir sie finden können! Und schon hast du wieder deine Ruhe.«

Unmerkliches Kopfschütteln.

»Was macht sie dann?« Die Stimme der Magistra hatte einen drohenden Unterton angenommen. »Diese Auskunft bist du mir schuldig. Theresa war und ist Schutzbefohlene unseres Klosters. Ich bin die Magistra vom Rupertsberg und habe ein Recht zu erfahren, wo sie sich aufhält.«

»Glaubt mir, Mutter«, sagte Meline nachdrücklich, »das wollt Ihr gar nicht wissen. Theresa ist nicht mehr hier. Belasst es einfach dabei! Zu Eurem eigenen Wohl. Mehr hab ich nicht dazu zu sagen.«

Die Tür schlug zu.

»Das gibt es doch gar nicht!« Benigna war wie vor den Kopf geschlagen. »Das Mädchen muss ihr doch von uns erzählt haben! Und sie fertigt uns ab, als wären wir lästiges Bettlerpack.« Sie hob die Faust und schlug mehrmals gegen die Tür. »Mach auf!«, rief sie. »Mach sofort auf. Ich will wissen, wo mein Mädchen ist.«

»Lass sie!«, sagte Hildegard und unterlag endgültig dem mulmigen Gefühl, das schon auf dem ganzen Ritt nach Mainz wie eine dunkle Wolke über ihr geschwebt hatte. »Mag sein, dass sie gute Gründe hat, sich so zu verhalten. Ich weiß jemanden, der uns mehr darüber erzählen kann: Kanonikus Dudo. Er wartet schon auf uns.«

✤

Magota musste vergessen haben, die Tür abzuschließen, wie sie es sonst immer tat, wenn Adrian eine Brotsegnung im Haus am Brand anberaumt hatte. Nur so war es zu erklären, dass die Magistra auf einmal wie ein Racheengel im großen Versammlungsraum stand.

Hildegard war älter geworden, hatte tiefere Falten um Mund und Augen und erschien Theresa knochiger, als sie sie in Erinnerung hatte. Doch nie zuvor hatten ihre hellen Augen derart zornig geblitzt. Obwohl sie zunächst stumm blieb, flogen die Blicke aller Anwesenden zu ihr. Sie dagegen schien nur eine Einzige in der Menge zu suchen. Magota übersah sie geflissentlich, als sei sie gar nicht vorhanden, doch als sie ihre frühere Schülerin unter den Sitzenden entdeckt hatte, entfuhr ihrem Mund ein kurzer klagender Laut.

Theresa errötete und fühlte sich auf einmal, als läge ein Teppich von glühenden Kohlen vor ihr, den sie zu überqueren habe.

Adrian van Gent ließ das Brot sinken, das er gerade hatte einritzen wollen. Falls er erstaunt oder sogar erschrocken war, verbarg seine gefasste Miene es perfekt.

»Seid gegrüßt, Schwester in Gott!«, sagte er glatt. »Bei unseren frommen Zusammenkünften ist jeder Gast herzlich willkommen.« Er wies auf einen freien Hocker. »Nehmt Platz und brecht das Brot mit uns, so wie Jesus es mit seinen Jüngern getan hat.«

»Was habt Ihr mit ihr gemacht, van Gent?«, sagte die Magistra. »Heraus damit – ohne Umschweife! Denn freiwillig befindet sich eine junge Adelige wie Theresa von Ortenburg ja sicherlich nicht in solch einem Haus des Teufels.«

Sein Mund verzog sich schmerzlich. »Es betrübt mein Herz zutiefst, Euch so sprechen zu hören«, erwiderte er. »Eure harten Worte verraten mir, wie sehr man uns noch immer verkennt. Dabei sind wir nur Gottes Volk, Abatissa, gute Christen, die streng und ehrbar nach seinen Geboten leben.«

Hildegard schien ihn gar nicht zu hören. Noch immer sah sie nur Theresa an.

»Steh auf!«, verlangte sie. »Hol deine Sachen und komm mit mir. Ich werde dich von hier fortbringen, an einen sicheren Ort, wo man sich deiner annehmen wird. Du musst keine Angst haben. Er kann dir nichts mehr tun.«

Hildegard klang so ernst, so ruhig, so sehr gewohnt zu befehlen, dass Theresa beinahe wie früher gehorcht hätte. Einfach aufstehen und alles hinter sich lassen – welch überaus verlockende Vorstellung! Seit der geglückten Flucht von Lyss und Siman aus Mainz hatte sich Adrians Abneigung ihr gegenüber in blanken Hass verwandelt; das ließ er sie jeden Tag deutlicher spüren. Noch immer hatte man die beiden nicht gefunden. Nicht mehr lange, und das erste Kind der beiden würde zur Welt kommen. Theresa hatte sie gerettet, wenngleich sie selbst noch immer auf Rettung hoffte. An diesen tröstlichen Gedanken klammerte sich Theresa, wenn es unerträglich wurde.

»Geh, wenn du willst, Theresa!«, hörte sie auf einmal Willem sagen. »Sie hat recht. Du gehörst nicht hierher, und hast es niemals getan. Geh mit ihr und vergiss uns, so schnell du nur kannst!« Seine Stimme brach beinahe.

Wie könnte sie ihm das antun? Ein Herz aus Stein müsste sie haben, ihn so leiden zu lassen! Wenn sie die guten Christen verlassen würde, dann nur zusammen mit ihm. Die passende Gelegenheit dazu würde kommen, Theresa war sich plötzlich ganz sicher. Vielleicht konnte sie bis dahin noch ein paar Schwangeren helfen, ihre Kinder zu behalten. Sie war kein Feuer, das schon erlosch, wenn es nur ein paar Tropfen abbekam. Sie war starkes, loderndes Feuer, das auch im Wasser brannte.

»Niemand hat mich zu etwas gezwungen oder mir gar etwas angetan.« War das wirklich ihre eigene Stimme, so klar und fest? Später im Bett würde sie wieder ihren Handrücken blutig beißen, doch jetzt spielte das keine Rolle. »Ich bin aus freien Stücken hier. Weil ich es will. Ich brauche keine Hilfe. Und niemanden, der mich irgendwohin bringt. Ich bin genau da, wo ich hingehöre.«

»Du weißt ja nicht, was du da sagst.« Die Magistra schien nicht bereit, so schnell aufzugeben. Damit hätte Theresa eigentlich rechnen müssen. »Ein Ketzerhaus ist es, in dem ich dich finde. Bei Verdammten, die die Heilige Schrift so lange verdrehen, bis sie in ihr krankes Gedankenspiel passt. Bischof Arnold wird diesem Treiben nicht länger tatenlos zusehen, das musst du wissen. Wenn man sie dann ergreift, und du bist unter ihnen, gehst du mit ihnen zugrunde.« Jetzt klang sie bittend. »Komm mit mir! Dann wird alles gut. Noch ist Zeit dazu.«

»Die Heilige Schrift verdrehen?« Adrian war aufgesprungen. »Ganz im Gegenteil! Wir berufen uns auf sie, Wort für Wort. ›Alles ist durch das Wort geworden, und ohne das Wort ist nichts geworden, was geworden ist.‹ Steht das so bei Johannes geschrieben – oder etwa nicht? Dieses Nichts ist die Welt. Sie fürchten wir zu Recht und sehnen uns nach dem geistigen Reich Gottes wie viele fromme Christen vor uns. Was könnte daran falsch oder sündhaft sein?«

»Nichts«, riefen die Gläubigen vorn an der Tafel wie aus einem Mund. »Nichts«, fielen auch die weiter hinten ein. Der Diakon erntete viele dankbare Blicke.

»Wir lassen uns nicht einschüchtern«, rief eine ältere Frau. »Von niemandem!«

»Unseren Glauben kann keiner uns nehmen«, schrie ein Mann aus der letzten Reihe.

»Für ihn leben und für ihn sterben wir«, setzte Magota triumphierend hinzu.

»Wer mit dem Teufel isst, der braucht einen langen Löffel«, sagte die Magistra. »Daran solltet Ihr denken, van Gent, wenn Euch demnächst die Büttel in den Kerker schleppen. Und all ihr anderen mit dazu, die ihr jetzt so eifrig mit einstimmt.« Ihr Blick war eisig. »Theresa?«, fragte sie noch einmal leise.

Theresa schüttelte den Kopf, obwohl ihr Herz dabei so hart gegen die Rippen schlug, dass sie fürchtete, jeder im Saal könnte es hören. Als Hildegard sich umdrehte und wortlos hinausging, wurde ihr leicht schwindelig, als sei alles Blut auf einmal aus dem Kopf gewichen. Ihre Hände tasteten nach einem Halt und fanden doch keinen anderen als die harte Kante des Tisches, den sie und Magota zuvor stundenlang mit Sand blank gescheuert hatten. Dann aber war der Anfall vorbei, so schnell, wie er gekommen war.

Jetzt schaute sie hinüber zu Willem, der sie anstarrte, als hinge sein Leben von ihr ab.

Ihm schenkte sie ein winziges, brüchiges Lächeln.

✣

Hildegards Herz schlug bis zum Hals, als sie die Residenz des Bischofs erreicht hatte, so schnell war sie gegangen. Von Volmar und Benigna, die nicht wussten, wo sie soeben gewesen war, keine Spur. Sicherlich hatte der Kanonikus dafür gesorgt, dass die beiden in einem entlegenen Trakt bewirtet wurden.

»Ihr seht ja aus, als wäret Ihr soeben dem Leibhaftigen begegnet!«, rief Dudo, als er sie erblickte. »Was ist geschehen? Ich hätte Euch doch lieber nicht allein gehen lassen sollen.«

»Ihr habt recht gehabt. Mit allem. Danke, dass Ihr so offen wart!« Japsend zog Hildegard sich einen Stuhl heran. »Und danke, dass Ihr mir jenes Haus genannt habt, auch wenn der Anblick fürchterlich für mich war. Ja, Theresa ist bei ihnen. Und Magota, die unser Kloster lange vor ihr verlassen hat, ebenfalls. Ich konnte das Mädchen nicht zum Gehen bewegen. So tief ist das Gift schon in sie eingedrungen.«

Dudo hatte einen Diener herangewinkt, der Wein und Wasser servieren sollte, doch Hildegard wehrte ab.

»Ich will zuerst den Erzbischof sprechen«, verlangte sie. »Er muss diesem teuflischen Treiben Einhalt gebieten. Auf der Stelle! Es geht nicht an, dass Menschen wie dieser ...«

»Arnold von Selenhofen ist leider unpässlich.« Dudos Worte trafen sie wie ein Schlag. »Seine Exzellenz bedauert zutiefst und lässt sich für heute entschuldigen. Eine Nierenkolik. Wieder einmal. Der Medicus wird ihn später zur Ader lassen.«

Hildegard sprang auf und schüttelte energisch den Kopf. »Damit bringt er ihn vielleicht um! Ich bin mit meinen Getreuen doch nicht den weiten Weg nach Mainz geritten, um vor einem Toten zu stehen. Bringt mich zu ihm! Sofort! Wenn es sein muss, auch direkt in sein Schlafgemach.«

»Das ist doch nicht Euer Ernst!« Dudo erhob die mageren Arme abwehrend.

»Und ob es das ist!« Hildegard machte ein Gesicht, als wolle sie sich im nächsten Moment auf ihn stürzen.

Als er merkte, wie entschlossen sie war, gab er plötzlich nach. »Aber vergesst nicht, was ich Euch gesagt habe!«, flüsterte er, als sie unerschrocken vorwärtsstrebte. »Mainz braucht einen neuen Stadtherrn. Und das ist gewiss nicht der Mann, vor dem Ihr gleich stehen werdet.«

Beinahe hätte sie ihm recht gegeben, als sie Arnold von Selenhofen erblickte, der sich mühsam in seinem Sessel aufrecht hielt. Er, der niemals ein Hüne gewesen war, erschien ihr erheblich geschrumpft. Das Haar auf seinem knochigen Schädel war gelichtet, die Augen lagen unter dünnen Brauen tief in den Höhlen. Sein Gesicht schimmerte gelblicher denn je. Zu ihrer Überraschung forderte er Dudo nicht auf, bei ihrem Gespräch dabei zu sein.

Weil er ahnte, was jener insgeheim plante?

»Du triffst mich in denkbar schlechter Verfassung an, geliebte Tochter«, krächzte er mühsam. »Früher die Leber, nun nach all den mühsamen Reisen auch noch die Nieren! Ich werde langsam alt. Und hätte doch so vieles zu erledigen.«

Hatte sie etwa mit ihrem Brief seinen schlechten Zustand mitverschuldet? Im Augenblick schien es Hildegard eher, als hätte er ihr Schreiben gar nicht erhalten oder längst wieder vergessen.

»Ein gutes Maß an Zeit ist vergangen, seit wir uns zum letzten Mal gesehen haben, Exzellenz«, sagte sie so freundlich, wie es ihr nur irgend möglich war. »Vielleicht seid Ihr inzwischen zu der Überzeugung gelangt, dass auch Frauen ein Kloster zum Besten derer leiten können, die darin leben.«

»Der Rupertsberg.« Seine magere Gestalt sank in sich zusammen. »Ah, diese Nierensteine bringen mich noch um den Verstand!«

»Die Nieren waschen unser Blut und sorgen dafür, dass Schlechtes und Unbekömmliches aus dem Körper gespült wird«, sagte Hildegard. »All dieses kann sich aber auch verfestigen, und dann bereitet es uns große Schmerzen.«

»Als ob ich das nicht wüsste! In meinem Körper muss es ein halber Berg sein, der auf diese Weise entstanden ist.«

»Dann lasst mich Euch helfen! Ein wenig verstehe ich ja von der Heilkunde. Ich könnte es zumindest versuchen.«

»Eines deiner vielen Talente. Ich habe bereits davon gehört. Ja, wenn das in deiner Macht läge, dann wäre ich froh.«

Hildegard riss die Tür auf. »Hol Schwester Benigna her!«, befahl sie dem nächststehenden Diener. »Sie wird dringend hier gebraucht.«

Es dauerte nicht lange, und die Gesuchte wirbelte mit ihrem prall gefüllten Korb herein. Der Krankengeschichte des Erzbischofs hörte sie aufmerksam zu. Dann erhellte ein strahlendes Lächeln ihr Gesicht.

»Glück gehabt, Exzellenz, großes, großes Glück!«, rief sie. »Denn ausgerechnet *Boberella*, im Volksmund auch Judenkirsche genannt, befindet sich unter meinen Schätzen.

Ein warmer Breiumschlag daraus, außerdem ausreichend Flüssigkeit zu Euch genommen – und die Steine werden Eure Nieren schneller verlassen, als Ihr es für möglich haltet.« Seinem skeptischen Blick schickte sie ein glucksendes Lachen entgegen. »Soll ich mich am besten gleich selber daranmachen?«

Er nickte kraftlos.

»Dann fasst Euch für kurze Zeit in Geduld!« Mit diesen Worten ließ sie sich in die Küche bringen.

»Wenn ihr das gelingt, sollst du die Urkunde, die du dir so sehr wünschst, bald in der Hand halten«, sagte Arnold plötzlich. »Die bischöfliche Kanzlei wird ihre Ausstellung vornehmen.«

»Wir werden endlich unabhängig vom Disibodenberg sein?«, fragte Hildegard ungläubig. »Nach all den langen Jahren?« Hatte er ihr das alte Vergehen inzwischen vergeben? Jedenfalls schien er nicht erpicht, noch einmal darauf zurückzukommen.

»Das werdet ihr«, sagte er. »Die eingebrachten Mitgiften der frommen Schwestern sollen ungekürzt dem Kloster Rupertsberg überschrieben werden. Außerdem wird für alle Zeiten die freie Wahl der Äbtissin garantiert. Bist du nun zufrieden, meine Tochter?«

Tausend Antworten wirbelten durch Hildegards Kopf.

Für den Moment, ja, hätte sie am liebsten gerufen. Eine kleine Ewigkeit hab ich auf diesen Augenblick gewartet. Doch dort draußen spaziert noch immer dieser Mann herum, der lieber heute als morgen Euren Ring trüge. Und nur ein paar Ecken weiter wütet Satan ungestraft in einem Haus, der sein Gift auch in ein Kind geträufelt hat, das mir sehr am Herzen liegt. Ich kann mich nicht weiterhin im Kloster vergraben, wenn ich solchem Treiben wehrhaft entgegentreten will. Reden muss ich, öffentlich predigen, die Menschen befragen, um zu erfahren, was sie in ihren Herzen bewegt ...

Jämmerliches Stöhnen brachte sie in die Gegenwart zurück. Arnold sah so fahl und elend aus, als würde er kaum noch den nächsten Tag erleben.

»Dein Schreiben ...«, flüsterte er. »Sie nennen dich die Prophetin vom Rhein. Hast du mein Ende schon gesehen? Dann sag es mir! Ich will darauf vorbereitet sein.«

Jetzt bekam sie plötzlich Angst. So kurz vor dem Ziel durfte es keinen Rückschlag geben! Arnold sollte wieder gesund werden, nur darauf kam es jetzt an. Alles andere hatte vorerst Zeit.

»Haltet durch!«, sagte sie leise. »Was ich Euch schrieb, hat mir das Lebendige Licht gezeigt, und es spricht meist in Bildern zu mir. Benigna wird Euch gleich erlösen. Sie besitzt das, was man heilende Hände nennt. Das werdet Ihr gleich selbst erfahren.«

»Bin schon wieder zurück«, hörte Hildegard die Infirmarin fröhlich vor der Tür trompeten. »Aus dem Weg – die Linderung für den Erzbischof ist da!«

Die Magistra trat mit einem unhörbaren Seufzer zur Seite und ließ Benigna ihr Werk tun.

✠

Sieben

MAINZ – FRÜHLING 1159

Die Angst saß Theresa im Nacken – und wollte sie nicht mehr loslassen. Mal fühlte sie sich wie in den Krallen eines Raubvogels, dann wieder glaubte sie spitze Marderzähne zu spüren, die sich tief in ihr Fleisch gruben. Wann würden sie kommen, um sie zu holen und anzuklagen, jetzt, wo Erzbischof Arnold zurück in Mainz war? Jeden Tag fürchtete sie, die Drohungen der Magistra könnten sich aufs Schlimmste bewahrheiten.

Es nützte nichts, dass die anderen im Haus am Brand sie zu beschwichtigen versuchten. Willem tat es mit freundlichen Worten und der Versicherung, dass ihm seit Kindertagen nichts Böses zugestoßen sei, obwohl sie schon oftmals in Gefahr geschwebt seien. Adrian berief sich auf sein Gottvertrauen, riet ihr, selbst fester im Glauben zu werden, und bot ihr an, sie zu diesem Zweck persönlich zu unterweisen, was Theresa entsetzt ablehnte. Seine Gegenwart wurde ihr immer unerträglicher. Kam er ihr zu nah, begann sie innerlich zu zittern, und ihr Magen zog sich abwehrend zusammen. So gut es ging, vermied sie deshalb jede Begegnung mit ihm. Zum Glück war Adrian in den vergangenen Monaten häufig auf Reisen gewesen, was es etwas einfacher gemacht hatte.

Erstaunlicherweise zeigte ausgerechnet Magota keinerlei Anzeichen von Furcht, sondern trat derart selbstbewusst auf, dass Theresa sich fragte, was genau sie eigentlich so sicher machte. Die ehemalige Nonne hasste Hildegard aus tiefstem Herzen, das wusste sie. Und auch die Magistra hatte aus ihrer Abneigung gegen Magota niemals einen Hehl gemacht. Aber weshalb rechnete sie dann nicht damit, dass Hildegard die guten Christen früher oder später an den Erzbischof verraten würde – oder es schon längst getan hatte?

»Weil wir unter mächtigem Schutz stehen«, brach es eines Tages aus Magota heraus, als Theresa zum wiederholten Mal in sie drang. »Ein Schutz, der freilich nicht gerade billig ist. Doch solange unsere Gemeinde bezahlt, wird ihr nichts geschehen.«

»Woher willst du das wissen?«

»Weil ich höchstpersönlich einige Male die Überbringerin der Gelder gewesen bin. So uneingeschränkt schenkt Adrian mir sein Vertrauen – ganz im Gegensatz zu dir, von der er bis heute nicht recht weiß, was er von ihr halten soll.«

Zuerst konnte Theresa nicht glauben, was sie da zu hören bekam, doch Magota beharrte darauf, während sie den Brotteig kräftig mit den Handballen knetete, bevor er zu runden Laiben geformt und in den bereits seit dem Morgengrauen angeheizten Ofen geschoben wurde.

»Ähnlich wie bei den Juden, die auch einen Schutzbrief kaufen müssen, der erst dann verlängert wird, wenn sie erneut bezahlt haben?«, fragte Theresa verblüfft. »Und doch hat man sie immer wieder angegriffen, verjagt und sogar grausam getötet. Am Silber allein kann es also nicht liegen.«

Magota bückte sich über den Backtrog und drückte ihre Fingerspitzen in den Teigrest, der am Boden klebte.

»Welch unmöglicher Vergleich!«, rief sie empört. »Die Kinder Israels haben Jesus Christus ermordet. Ihr Testament ist die Schrift Satans. Wie kannst du uns mit ihnen in einem Atemzug nennen? Den guten Christen wird nichts zustoßen, gar nichts, denn der gute Gott liebt uns!«

Wieder eine dieser merkwürdigen Ansichten, die gegen all das verstieß, was Theresa von Kindesbeinen an gelernt hatte. Sie wusste nicht viel über das Alte Testament, aber sie hatte die aufregenden Geschichten gemocht, die die Mutter ihr manchmal daraus erzählt hatte. Ada hatte der Tochter beigebracht, Altes und Neues Testament gleichermaßen zu achten, weil das eine, wie sie stets zu sagen pflegte, die starke Wurzel war, aus der ein prachtvoller Baum erst hatte sprießen können. Um keinen neuen Streit heraufzubeschwören, beschloss Theresa, lieber den Mund zu halten.

»Gib mir den Rest!«, sagte sie stattdessen. »Ich will noch einen Zopf backen.«

Widerwillig gehorchte Magota.

»Dann bezahlen wir an Arnold von Selenhofen?«, fragte Theresa weiter, während ihre Hände den Teig geschickt zu Würsten formte, sie mit Mehl bestäubte und glatt rollte, bis Länge und Dicke passten. Erst dann begann sie mit dem Flechten. »Er ist es also, der seine Hand über uns hält.«

»Ja und nein.« Magota wiegte bedenklich den Kopf. »Dieser Arnold sitzt nicht so fest auf seinem Stuhl, wie es ihm vielleicht lieb wäre. Hätten die Mainzer Bürger sonst gewagt, gegen ihn aufzustehen, als er die Heeressteuer von ihnen forderte? Die Rädelsführer hat er hart bestrafen lassen und damit scheinbar wieder für Ruhe gesorgt, aber in der Stadt schwelt es noch immer. Wenn du mich fragst, es könnte jeden Tag wieder losgehen! Doch sollte er tatsächlich stürzen, so folgt ihm ein neuer Erzbischof. Und dann wird uns erst recht nichts passieren.«

Theresa schob sich eine Haarsträhne hinters Ohr.

»Was du nicht alles wissen willst! Wieso hat die Magistra uns dann mit ihm gedroht?«

»Weil sie immer und überall das letzte Wort haben muss«, keifte Magota. »Und sich einbildet, die ganze Welt warte nur auf das, was an angeblicher Weisheit aus ihrem Mund fließt. Seherin lässt sie sich nennen und Prophetin vom Rhein, dass ich nicht lache! Eine Heilige schon zu Lebzeiten will sie sein und ist doch in meinen Augen nichts als eine eitle, geldgierige Heuchlerin, die nach wie vor auf meiner Mitgift hockt und nicht begreifen will, dass ihre Zeit vorbei ist.« Sie biss sich auf die Lippen, als habe sie zu viel verraten.

Über ihren Zornesausbruch musste Theresa nachdenken, als sie zum Einkaufen auf den Markt ging. Magota, die sich sonst immer um diese Tätigkeit riss, hatte über Kopfschmerzen geklagt und ihrer Konkurrentin den Korb wortlos ausgehändigt. Die wenigen Zutaten für den kargen Speiseplan waren schnell beisammen: einige Frühlingskräuter, um den Getreidebrei würziger zu machen, Gemüse für die Suppe, ein Töpfchen Honig für das harte Gebäck, das ohne die Zutaten Milch und Eier trotz aller Sorgfalt bei der Zubereitung nahezu ungenießbar war. Theresas Körper schrie geradezu nach Abwechslung. Sie, die sich nie besonders viel aus Essen gemacht hatte, träumte inzwischen manchmal von saftigen Braten, fetttriefenden Eierkuchen und frischem Brot, dick mit Schmalz bestrichen.

Unwillkürlich hatte sie ihre Schritte zu den Fischständen gelenkt. Sie war spät dran, und das Angebot war dementsprechend mager, aber nach einigem Suchen erstand sie zwei stattliche Barben, drei kleine Stinte, deren silbrige, durchscheinende Körper fast zu schade zum Essen waren, sowie einige Brachsen, die im Sonnenlicht wie Blei glänzten. Adrian würde die Hände über dem Kopf zusammenschlagen ob dieser maßlosen Verschwendung – aber er musste ja auch nicht mit knurrendem Magen schwere Backtröge stemmen.

Die warme Sonne schien auf ihren malträtierten Rücken, die Fischersfrau machte einen kleinen Scherz, und Theresa lachte leise, da zupfte sie auf einmal jemand grob am Tuch.

Sie fuhr herum – Peter!

Hatte er immer schon so ausgesehen, so plump, aufgeschwemmt und verschwitzt? Das wäre dann ihre Zukunft gewesen, durchfuhr es sie. Oder hatte erst ihre Abfuhr ihn zu dem gemacht? Ob er inzwischen ein Weib gefreit hatte, fragte sie lieber erst gar nicht, denn so, wie er vor ihr stand, konnte die Ehe ohnehin nicht glücklich sein. Sein Gesicht verriet üppigen Weinkonsum, die Wangen wirkten teigig, unter den Augen hatte er kleine schlaffe Beutel, und eine rötliche Knollennase kündigte sich an. Dinge, die Theresa wehmütig stimmten, hatte es doch durchaus Zeiten gegeben, da sein Anblick ihr Herz erfreute.

Theresa nahm ihren Korb und wollte möglichst schnell die noch immer gut besuchten Stände hinter sich lassen, wo, wie sie vermutete, neugierige Ohren bereits auf Lauschposition gingen.

»Jetzt hab ich dich also endlich!« Peter musste weit ausholen, um mit ihr Schritt zu halten, so schnell ging sie.

»Das hattest du noch nie, mein Lieber. Wieso lauerst du mir auf?« Ihre Stimme war ruhig, aber sie konnte nicht verhindern, dass ihr Herz auf einmal hart gegen die Rippen schlug.

»Um mit eigenen Augen zu sehen, ob es stimmt, was die Leute in Bingen sagen: dass du ein Ketzerliebchen geworden bist. Eine, die ungeniert mit dem Neffen des Tuchhändlers herumhurt – oder vielleicht sogar mit allen beiden.«

Theresa ging noch rascher. Er ebenfalls.

»Eva lässt dir schöne Grüße ausrichten«, begann er erneut, und obwohl Theresa wusste, dass er log, um ihr wehzutun, wünschte sie sich doch für einen Augenblick, dass es genau so wäre. »So eine törichte Lehrmagd wie dich hatte sie allerdings noch nie: Lässt sich lieber öffentlich zur Hure machen, anstatt eine anständige Hebamme zu werden!«

Theresa blieb stehen. »Es ist mir gleichgültig, was du über mich denkst«, sagte sie. »Und die Meinung der anderen, die ich nicht kenne, interessiert mich erst recht nicht. Lass mich doch einfach in Ruhe, Peter! Mehr will ich gar nicht.«

Langsam hob er seine rechte Hand, berührte kurz ihr Haar. »Gefallen tust du mir noch immer«, sagte er, »trotz allem. Dafür kann ich nichts. Ich krieg dich einfach nicht aus meinem Schädel. Das ist das, was mich so ärgert. Und wenn du nur wolltest, Theresa ...«

Sie schüttelte den Kopf, setzte ihren Weg fort, ohne nach links oder rechts zu schauen.

»Ich könnte dich zwingen.« Er war ihr hinterhergerannt, packte ihren Arm und hielt sie fest. »Und noch zu ganz anderen Dingen! Manche Henker lassen einen hinunter ins Loch, wenn man nur genug dafür bezahlt. Dort kann man dann alles mit denen machen, die auf den Scheiterhaufen kommen. Denn das steht dir bevor: Brennen wirst du, brennen bei lebendigem Leib ...«

Sie rannte davon. Peter blieb ihr auf den Fersen. Der Korb schlug hart gegen ihre Waden, und natürlich wäre sie um einiges schneller gewesen, hätte sie die Last einfach zurückgelassen. Aber was hätte Adrian dazu gesagt?

Theresas Vorsprung wurde vorübergehend größer. Sie hatte ein paar Haken geschlagen, die Peter offenbar verblüfften, denn er kannte sich im Gassengewirr deutlich schlechter aus als sie. Schwer atmend blieb sie stehen und versuchte, sich zu orientieren. Dort drüben – der Flachsmarkt! Am Rand des kleinen Platzes standen die lang gestreckten Lagerhäuser der van Gents.

Eine grobe Faust riss sie nach hinten.

»Weshalb eigentlich noch bis zum Scheiterhaufen warten?« Peters schweißnasses Gesicht war auf einmal gefährlich nah. »Wo ich doch jetzt schon haben kann, was mir seit Langem zusteht …«

Es hatte sie schon einmal gerettet. Es musste auch ein weiteres Mal gehen: Theresa hob das Knie und stieß zu, genau zwischen seine Beine.

Peter jaulte auf, presste die Hände gegen seinen Schritt.

Sie rannte los, auf den nächsten Eingang zu.

»Aufmachen!« Mit den Fäusten trommelte sie gegen das Holz. »Hilfe, Hilfe! Er will mich …«

Sie stürzte nach vorn, als die Tür aufgerissen wurde, direkt in Willems Arme.

»Theresa!«, rief er. Er musterte ihr Gesicht. Dann streifte sein Blick ihre Brust, die sich unter dem Umhang schnell hob und senkte. »Was ist geschehen? Hat man dir etwas getan?«

Aus den Augenwinkeln sah sie, wie Peter bei Willems Anblick davonschlich.

»Nur ein räudiger Köter«, sagte sie mit einem verunglückten Lächeln. »Kann ich mich kurz bei dir ausruhen?«

Er nickte und ließ sie los. Doch in seinem Gesicht las sie, dass ihn etwas bedrückte.

»So rede schon!«, sagte Theresa. »Was hast du?«

»Was will dieser Küfer von dir? Ich hab ihn sofort wiedererkannt. Bist du ihm noch etwas schuldig?«

»Nein«, sagte sie wegwerfend. »Mit Peter und mir ist es längst aus und vorbei. Das weißt du doch! Ich habe keinerlei Geheimnisse vor dir.«

»Wieso schleicht er dir dann noch immer nach?«

Er klang so hart plötzlich, so abweisend, dass sie wütend wurde.

»Das kann ich dir verraten, wenn du es unbedingt hören willst«, sagte Theresa. »Deine Hure hat er mich genannt. Und die deines Onkels. Ganz Bingen zerreißt sich bereits das Maul über uns. Und bald wird es in Mainz nicht anders sein.« Ihre Stimme wurde brüchig. »Ich hab solche Angst, Willem. Was ist bloß mit uns geschehen?« Ihre Augen füllten sich mit Tränen.

»Aber das bist du nicht!« Er zog sie nah zu sich heran, und sie spürte seinen warmen Atem auf ihrer Haut. Zärtlich nahm er ihre Hand. »Du bist das Beste in meinem Leben. Meine wunderschöne Braut. Alles, was ich habe. Alles, was mich ... von der Schwärze trennt.«

»Welcher Schwärze, Willem?« Beunruhigt hob sie den Kopf. »Was quält dich? Sag es mir!«

Anstatt einer Antwort spürte Theresa seine Lippen auf ihrem Mund, fordernder und leidenschaftlicher denn je zuvor. Seine Hände schälten sie aus dem Umhang, dann schoben sie sich unter ihr Kleid. Wie warm und groß sie waren! Sie wünschte sich, sie überall zu spüren, ohne den störenden Stoff, der nur noch im Weg war. Willem schien ihre Gedanken erraten zu haben, denn er löste sich von ihr.

»Nichts«, hörte sie ihn murmeln. »Wenn du bei mir bist, ist alles genauso, wie es sein sollte. Aber was wir jetzt brauchen, ist ein besonderes Hochzeitslager. Ich weiß auch schon, was es sein muss. Warte einen Augenblick!«

Sie sah ihn nach nebenan laufen, in einen zweiten Raum mit vielen Truhen und rohen Brettern, die an den Wänden befestigt waren, bestückt mit sorgsam in dickes Sackleinen eingerollten Stoffballen. Sie hörte, wie er schwer atmete.

Das Hochzeitslager zu bereiten, schien eine anstrengende Sache zu sein.

Wenig später tauchte Willem wieder auf, mit gerötetem Kopf, über das ganze Gesicht strahlend.

»Komm!«, rief er. »Beeil dich! Alles wartet schon auf dich.«

Theresa hatte kaum Zeit, sich umzusehen, so ungestüm zog er sie zu sich herab.

»Spürst du, wie weich es ist? Und wie fest zugleich?«, flüsterte er, während er ihr half, Ober- und Unterkleid abzustreifen. Dann riss er sich ungeduldig Tunika und Beinlinge vom Leib. »Das ist unsere Zukunft, Theresa!«

Er küsste ihre Brüste, sog ihren Duft ein. Was hätte sie jetzt für Benignas Rosenöl gegeben, doch Willem schien es nicht zu vermissen. Er selbst roch anziehend, kräftig und erdig, und da war noch etwas Fremdes, Herbes, das sie als leicht störend empfand, aber sie schob die Wahrnehmung schnell wieder zur Seite. Ihn so nah bei sich zu spüren, bereitete ihr solches Glück, dass sie kaum noch atmen konnte. Nach schier endlosem Streicheln und Kosen öffnete er ihre Beine und küsste ihren geheimsten Teil.

Nicht!, wollte sie rufen, weil sie sich plötzlich schämte, doch die Empfindungen, die sie dabei durchströmten, waren zu überwältigend. Dann kam er zu ihr, feurig und sehnsuchtsvoll, bewegte sich in ihr mit großer Leidenschaft und schien trotzdem in seiner Lust auf einmal unendlich weit entfernt.

Theresa wollte ihn warnen, ihm sagen, dass er unbedingt aufpassen müsse, doch dafür war es schon zu spät. Mit einem Stöhnen ergoss Willem sich in ihr und sackte danach wie vom Blitz getroffen auf ihr zusammen.

Irgendwann mussten auch ihr die Lider zugefallen sein, denn als sie wieder erwachte, dämmerte es bereits. Willem lag neben ihr, hatte seinen Arm um sie geschlungen und lächelte sie an. Er hatte ein paar Kerzen entzündet, die das Lager in warmes Licht tauchten. Und doch streifte sie ein Gefühl von Angst. Sie hätten niemals so unvorsichtig sein dürfen! Dann aber schob sie die Bedenken sofort wieder weg. Willem so nah zu sein, war der Himmel gewesen – der Himmel auf Erden!

»Hungrig?«, fragte er und äugte nach ihrem Einkaufskorb.

Sie schüttelte den Kopf.

»Nur nach dir«, sagte sie und küsste ihn.

»Siehst du das hier?« Er deutete auf die Truhen und Regale. »Tuche, Tafte, Barchant, Damast, Seiden, alles, womit wir handeln, und doch nichts als Hüllen, um das menschliche Fleisch zu verbergen. Selbst ihr im Kloster habt Gott in weißer Seide angerufen, damit er euer Fleisch nicht sehen musste.«

Auf einmal hellwach geworden, setzte sie sich auf.

»Da irrst du dich, Willem«, sagte sie. »Das Fleisch, von dem du sprichst, das sind wir – du und ich. Hier!« Sie packte seine Hand und legte sie auf ihren Körper. »Haut. Brüste. Schoß. Und ganz tief drinnen ist meine Seele. Lieben tun dich beide, Körper und Seele, denn sie sind eins: ich, Theresa!«

»Wie kannst du da so sicher sein?« Er hörte sich schon wieder verzagt an.

»Weil ich es spüre. Und weil ich es weiß. Vertrau mir, Willem! Wenn du diesen fürchterlichen Kampf in dir endlich beendest, wird es dir viel besser gehen.«

»Ich wünschte so sehr, ich könnte dir glauben.« Unruhig fuhren seine Hände auf dem Stoff hin und hier. »Weißt du eigentlich, worauf du liegst?«

»Sag du es mir.«

»Das Tuch der armen Leute – so hat man Walkstoffe früher genannt, aber das ist zu einseitig gedacht. Dieses Gewebe hält warm, schützt vor Nässe und lässt sich mithilfe der neuen Apparaturen auch in großer Menge zu gutem Preis herstellen. Anfangs hatten wir viel zu viel Ausschuss, bis ich nach langem Suchen herausgefunden habe, was das Geheimnis des Walkstockes ist: die Rundung in den Löchern! Sie muss so gearbeitet sein, dass die eingelegten Tücher beim Walken nicht zu Schaden kommen. Wir haben sie jetzt mit Kupferblech ausgelegt, verstehst du, Theresa, und wenn ich dazu noch einen Bach oder kleinen Fluss finde, der mehr Wasser führt, so könnte ich anderswo eine neue Mühle bauen ...«

Von seiner leidenschaftlichen Erklärung schien sie nur den allerletzten Teil gehört zu haben. »Anderswo, ja! Geh weg mit mir!«, bat sie mit großen Augen. »Lass uns zusammen irgendwo glücklich werden! Nichts auf der Welt wünsche ich mir mehr.«

»Vielleicht«, murmelte Willem und zog sie wieder an sich. »Eines Tages. Wir werden sehen.«

✦

BAMBERG – FRÜHLING 1159

Sie waren ruhig geworden und hörten ihr zu. Endlich!

Plötzlich jedoch zerschnitt ein zorniger Schrei die Stille. Vergeblich versuchte die junge Mutter, das kleine Kind auf ihrem Arm durch Wiegen und Streicheln zu beruhigen, aber es brüllte nur umso lauter, bis sein Köpfchen krebsrot angelaufen war. Unter den Menschen, die auf dem Domplatz den Worten der Magistra lauschten, kam immer mehr Unruhe auf.

Hildegard spürte, wie ein Anflug von Zorn sie streifte. Kurz danach wünschte sie, schon im nächsten Augenblick zwischen den Ritzen des unebenen Pflasters zu verschwinden. Diese schrecklichen Jahre, wo solche Stimmungsschwankungen an der Tagesordnung gewesen waren, gehörten zum Glück der Vergangenheit an, das rasch aufbrausende Temperament jedoch hatte sie bis heute behalten. Schwester Hedwig, inzwischen ihre Begleiterin auf den Predigtreisen, weil ein böses Knie Bruder Volmar die Lust am Reiten vergällt hatte, schien zu merken, was in Hildegard vorging, und sah sie bittend an. Dabei zog sie ein derart drolliges Gesicht, dass die kurze Anwandlung sofort wieder verflog. Spontan entschloss sich die Magistra, das Erlebte mit in die Predigt einzubeziehen.

»In uns Menschen sind nun mal Wasser, Erde, Feuer und Luft, und aus ihnen bestehen wir«, rief sie. »Vom Wasser haben wir das Blut, von der Erde unseren Körper, vom Feuer die Wärme und von der Luft den Atem – wie uns dieses kleine Wesen mit seinem kräftigen Organ gerade anschaulich vorgeführt hat, das mich beinahe in eine wütende Furie verwandelt hätte.«

Einige lachten, und sogar die giftigen Blicke, die gerade noch Mutter und Kind gegolten hatten, wurden wieder freundlicher.

»Die Seele ist die grünende Lebenskraft des Fleisches, da ja der Körper durch sie wächst und vorwärtskommt, wie die Erde durch die Feuchtigkeit fruchttragend wird«, fuhr Hildegard mit fester Stimme fort.

Inzwischen war das Schreien des Kindes in Weinen übergegangen, was zumindest um einiges leiser war.

»Deshalb müssen wir die Seele hegen wie einen blühenden Garten, der eines Tages gesunde, wohlschmeckende Früchte tragen soll. Ich beschwöre euch: Stöbert alles Ungeziefer auf und vernichtet es! Umgebt eure Seele fürsorglich mit einem hohen Zaun, der zudringliche Diebe und arglistige Räuber abschreckt! Aber vergesst dabei nicht, ihn mit einer Tür auszustatten, durch die ihr geladene Gäste einlassen, freundlich aufnehmen und bewirten könnt.«

Noch einmal holte sie tief Luft, denn nun kam der schwierigste Part: die Abrechnung mit einer unfähigen, bisweilen sogar korrupten Priesterschaft, die in der Führung ihrer Gemeinde versagt hatte.

»Ihr werdet sie schnell erkennen, denn sie singen nicht das Gotteslob«, rief Hildegard, »sondern lassen sich von der Habsucht verschlingen und sehen die Wunden nicht, mit denen sie selbst bedeckt sind. Der Heiligen Schrift gegenüber, die zu ihnen spricht, sind sie taub. Solche Priester werden euch nicht zum Heil führen!«

Als die Menschen sich später langsam zerstreuten, blieb eine blonde Frau auf dem gepflasterten Domplatz stehen und wartete auf Hildegard. Die rundliche Kleine auf ihrem Arm hatte sich inzwischen wieder beruhigt, aber noch immer rann Rotz aus dem Näschen, und die großen Augen schimmerten feucht.

»Ich weiß genau, wovon Ihr sprecht«, sagte die junge Frau, »und Ihr tut es so treffend, als wäret Ihr die Posaune Gottes.« Ihr Mund zuckte, und ihre Züge wirkten auf einmal verhärmt. »All das hab ich selbst erlebt und in all der Zeit nicht einen einzigen Priester gefunden, der mir beigestanden wäre. Schrecklich war es, hoffnungslos, und glaubt mir, es hätte mir beinahe den Tod gebracht – und nicht nur mir.«

Schwester Hedwig, nicht zum ersten Mal, seit sie unterwegs waren, mit Menschen konfrontiert, die vor allem das eigene Schicksal bewegte, hatte sich bereits schützend vor der Magistra aufgebaut, obwohl Hildegard sie um einen halben Kopf überragte.

»Die Posaune Gottes ist heute sehr müde, gute Frau«, sagte Hedwig. »Langes Reden strengt die Magistra an. Hinter jeder Ecke kann der nächste Strauchdieb lauern, die Straßen scheinen nur noch aus Löchern und Pfützen zu bestehen, und was erst das Essen in Herbergen betrifft ...« Ihr Arm beschrieb eine Kurve, die irgendwo im Nichts erlosch.

»Die guten Christen hatten mich beinahe schon so weit.« Die Blonde ließ sich nicht abhalten. Inzwischen streckte sie ihr Kind der Magistra entgegen, als erwarte sie deren Segen oder eine Art Schutz. »Meine Seele besaß leider keinen schützenden Zaun. Das Böse war tief in mich eingedrungen, dafür hatte auch meine Mutter gesorgt, die ebenfalls davon befallen war. Und wäre da nicht eine mutige junge Frau gewesen, so gäbe es meine kleine Theresa heute gar nicht. Ihr habt über die Seele gesprochen, was aber wäre sie, wenn der Leib sie nicht schützend umhüllte? Also kann der Leib doch so schlecht gar nicht sein, wie man es mir so lange weismachen wollte.«

»Theresa?« Hildegard schien plötzlich ihre Erschöpfung vergessen zu haben. »Dein Kind heißt Theresa?«

»Ihre Namenspatin weiß nichts davon«, sagte die junge Frau. »Aber sie hat uns das Leben gerettet. Uns allen dreien.«

Inzwischen war ein Mann hinter sie getreten. Seinen kräftigen Schultern und der gegerbten Haut sah man den Handwerker an, der auch im Freien zu arbeiten gewohnt war. Einige Späne auf dem groben Stoff seiner Tunika verrieten den Beruf.

»Zimmermann Siman«, stellte er sich lächelnd vor. »Und das ist meine Frau. Hat Lyss schon verraten, dass sie wieder schwanger ist? Nach Johanni soll unser zweites Kleines zur Welt kommen.«

»Was tut das hier zur Sache?« Lyss warf den dicken blonden Zopf nach hinten, als würde er sie auf einmal stören.

»Eine ganze Menge! Denn seit das neue Kind in deinem Bauch wächst, schmeckt Theresa die Milch aus deinen Brüsten nicht mehr, und deshalb plärrt sie auch ständig los. An Ziegenmilch aber will sie sich einfach nicht gewöhnen.« Er grinste. »Die Sturheit muss sie von ihrer schönen Mutter geerbt haben.«

»Ihr zwei stammt nicht zufällig aus Mainz?«, mutmaßte Hildegard, die plötzlich spürte, wie die feinen Härchen auf ihren Armen sich aufrichteten, als hätte ein kalter Hauch sie gestreift.

»Nein«, riefen beide wie aus einem Mund. Jetzt schaute sogar der eben noch so selbstbewusste Zimmermann unbehaglich drein. »Da sind wir noch nie gewesen«, fügte er schnell hinzu und starrte zu Boden.

»Schade!« Plötzlich schien die Magistra vor Erschöpfung zu taumeln. »Denn in Mainz kannte ich eine junge Wehmutter namens Theresa mit ungewöhnlichen Talenten …«

»Du kannst sie einfach nicht vergessen«, sagte Schwester Hedwig später besorgt, als ihre Rösser die Steigung des Kaulberges nahmen, von dem aus das neu errichtete Kloster St. Maria und St. Theodor hinunter auf die Stadt an der Regnitz schaute. »Aber das solltest du, geliebte Mutter! Es macht dich doch nur traurig, alte Erinnerungen wieder und wieder hervorzukramen. Theresa hat ihre Entscheidung getroffen. Mit allen Konsequenzen. Damit wirst du dich abfinden müssen.«

Blass und erschöpft wandte die Magistra sich ihr zu. »Wozu, glaubst du, nehme ich das alles auf mich, diese

Strapazen und ja, auch die Enttäuschungen, die dabei leider nicht ausbleiben, während ich doch jeden Morgen friedlich und geschützt auf dem Rupertsberg aufwachen könnte? ›Das Weib schweige in der Kirche‹ – glaubst du nicht, ich könnte nach dem Gebot des großen Paulus sehr viel ruhiger und ausgeglichener leben?«

Ihre Hand streichelte die weiche Kruppe des Pferdes.

»Aber ich *muss* mich einmischen, damit Menschen wie Theresa und andere dem Bösen nicht erliegen, dazu hat das Lebendige Licht mich auserwählt. Es geht nicht an, dass Verblendete wie diese guten Christen – allein der Name ist ein einziger Hohn! – die Wahrheit unseres heiligen Glaubens antasten! Du siehst ja, welches Leid sie damit über die Menschen bringen.«

»Und wenn diese Frau Theresa gar nicht gekannt hat – *unsere* Theresa?«

»Sie hat gelogen, hast du das nicht bemerkt? Sie kennt Theresa, aber eingestehen würde sie das niemals, so groß ist noch immer ihre Angst. Um jede einzelne Seele geht es, um die, die bereits vom Weg abgekommen ist, genauso wie um die, die in Gefahr schwebt, es zu tun. Deshalb habe ich mich aufgemacht, um öffentlich aufzurütteln und den Finger auf die Wunden zu legen, die andere lieber zugedeckt lassen würden. Und ich werde damit fortfahren, das schwöre ich bei Jesus Christus, unserem Herrn, solange dieser müde, alte Körper es mir gestattet.«

Beide schwiegen. Gestern hatten sie auf dem Michelsberg Quartier genommen, wo seit Kurzem dem großen Benediktinerkloster eine kleine Klause mit einem Dutzend frommer Schwestern angegliedert war. Hildegard wusste, dass Hedwig dort auch heute gern wieder die Nacht verbracht hätte, aber es gab gewichtige Gründe, die sie ins Zisterzienserinnenkloster führten. An der Pforte von St. Maria und St. Theodor übergaben sie ihre Pferde einer Schwester im weißen Habit, die die Tiere in den Stall brachte und dort versorgte. Ohnehin war Eile angesagt, wollten sie noch rechtzeitig zur Vesper kommen.

»Noch viel einfacher als früher bei uns auf dem Disibodenberg«, flüsterte Hedwig, als sie die schmucklose Kirche betraten, die weder Wandbilder hatte noch größere Verzierungen aufwies. »Damals, als alles noch unfertig war und wir nur von der Chorempore aus am Gottesdienst der Brüder teilnehmen konnten. Erinnerst du dich? Wie vieles hat sich inzwischen in unserem Leben verändert!«

Die gewisperten Sätze ließen vor Hildegard sofort Jutta von Sponheim wieder lebendig werden, ihre geliebte Mentorin, die sie als Kind unterrichtet und später als junges Mädchen ins Klosterleben eingeführt hatte. Stark im Glauben war Jutta gewesen, hatte vor Liebe zu Jesus gebrannt und ihre Hingabe auch anderen durch Reden und Tun zu vermitteln gewusst. Dann aber schoben sich vor diese hellen Szenen aus glücklichen Tagen dunkle Erinnerungen, die bis heute bestürzend und verwirrend geblieben waren. Das kalkweiße, von Schmerzen gezeichnete Gesicht Juttas, das selbst im Tod vergeblich nach Erlösung zu schreien schien. Die blutverkrustete Stachelkette, die sie aus dem abgemagerten Leichnam hatten schneiden müssen, so tief war sie mit dem Fleisch verwachsen gewesen – wie viele Jahre mochte Jutta sich heimlich damit gemartert haben?

»Und es muss sich noch sehr viel mehr ändern«, nahm Hildegard den Faden wieder auf, als sie zwischen den Schwestern im Refektorium saßen und eine mit Mehl angedickte, aber leider nahezu salzlose Gemüsesuppe mit steinhartem dunklem Brot verzehrten, die Clementia niemals auf den Tisch gebracht hätte. »Da, sieh doch nur! Weder Fleisch oder Fisch noch Butter oder Käse wirst du hier zu essen bekommen – alles im Namen des Heiligen Geistes. Doch der Körper ist kein Feind, den es zu bekämpfen gilt. Nicht nur die guten Christen sehen das falsch, auch große Gläubige vor ihnen haben sich schon auf diesen Irrweg begeben.«

Ihr Blick fiel auf eine ältere Frau, die nicht weit von ihnen saß.

»Gertrud von Stahleck, die sich für den Rest ihrer Tage für dieses karge Leben entschieden hat. Ihr Halbbruder war ein Kaiser, ihr Mann ein Pfalzgraf, der sein Leben mit Kampf, Machtspielen und Hurerei verbracht hat, von gelegentlichen Schenkungen an den Rupertsberg einmal abgesehen, die sein Seelenheil gewiss befördert haben. Erst kurz vor seinem Ende entschloss er sich zur entscheidenden Wende, und er wurde Mönch. Seitdem trägt auch sie den weißen Schleier der Zisterzienserinnen. Wieso ist sie nicht zu uns auf den Rupertsberg gekommen? Die Regeln des heiligen Benedikt bedürfen keiner Verbesserung!«

»Sie ist so dünn wie ein Halm, der in der Erde verdorrt«, flüsterte Hedwig. »Sogar unsere Eselchen auf dem Rupertsberg bekommen mehr in ihre Futterkrippe.«

»Der Körper ist ein Freund, sonst hätte Gott uns doch nicht damit beschenkt. Wie das Himmlische und das Irdische untrennbar verbunden sind, so sind es auch Körper und Seele. Wer das infrage stellt, hat nichts von seiner Schöpfung verstanden.«

Sie war so laut geworden, dass eine junge Nonne sie erschrocken anstarrte. Die Magistra lächelte kurz zurück.

Die Kleine hatte dunkle Brauen und leuchtende Augen wie Richardis und Theresa, aber ein breites bäuerliches Gesicht mit roten Flecken, das ein wenig einfältig wirkte. Hildegard fühlte sich plötzlich leicht schwindelig. In all den langen Klosterjahren hatte sie nur zweimal eine Gefährtin gefunden, die ihre Seele berührte. Die eine hatte sie an den Tod verloren. Würde sie die andere für immer den Einflüsterungen der Ketzer überlassen müssen?

Kaum war das Essen vorüber, setzte das große Schweigen ein, das bis zur Matutine, dem ersten Gebet in der Nacht, andauern würde. Schwester Hedwig verabschiedete sich nach kurzem Nicken und strebte wenig begeistert dem Dormitorium zu, dessen Betten, wie man allgemein wusste, bei den Zisterziensern lediglich aus hölzernen Planken bestanden, auf denen man sich in eine dünne Decke hüllte.

Hildegard dagegen wurde ins Äbtissinnenhaus geführt, wo bald Gertrud von Stahleck zu ihr stieß.

»Für dieses Wiedersehen, hochwürdige Mutter«, sagte sie mit großer Wärme, »begehe ich meine heutige Sünde, das große Schweigen zu brechen, gern. Und wie wohl ich Euch vorfinde! Das stimmt mich erst recht glücklich. Ich grüße die Harfe des Heiligen Geistes, wie viele Euch zu Recht nennen!«

»Euch scheint das einfache Leben zwischen Klostermauern aber auch bestens zu bekommen«, erwiderte Hildegard. »Wenngleich Ihr mehr essen solltet. Der Körper braucht Kraft, um dem Höchsten zu dienen. Macht also nicht jedes strenge Fasten mit, das tut Euch nicht gut!«

Gertruds schmale Hände flatterten wie aufgeregte Vögelchen. »In ganz Bamberg spricht man von Euch, und die Kunde Eurer Predigten ist bis zu uns heraufgedrungen. Die Prophetin vom Rhein, die öffentlich auftritt und an vielen Orten zu den Menschen spricht! So etwas hat es noch nie zuvor gegeben.«

Hildegard ließ sich auf einen harten Stuhl sinken. Plötzlich spürte sie, wie müde sie war.

»Ich hatte keine andere Wahl«, sagte sie. »Denn das

Heer der Glaubensfeinde wächst von Tag zu Tag. Eine ganze Weile hatte ich gehofft, Arnold von Selenhofen wäre der tapfere Ritter, der mit seinem geistlichen Schwert diesen Drachen mutig tötet. Doch es scheint, als hätte ich mich getäuscht.«

»Er hat meinem verstorbenen Mann große Schwierigkeiten bereitet«, sagte Gertrud. »Wenngleich mein Hermann zu Lebzeiten kaum eine Sünde ausgelassen hat. Gegen Ende seiner Tage ist er freilich fromm geworden. Ich hab meinen Frieden mit ihm gemacht, ihn bestattet und folge ihm nun auf dem geistlichen Weg, das macht mich froh.« Sie zog sich einen Stuhl heran und setzte sich neben die Magistra. »Weshalb hadert Ihr mit Arnold?«, fragte sie. »Denn das tut Ihr doch.«

»Der Erzbischof könnte ein Exempel statuieren, aber was unternimmt er?«, rief die Magistra aufgebracht. »Nichts! Namen und Versammlungsorte der guten Christen in Mainz sind längst aufgedeckt. Ebenso das, wozu sie sich geradezu aufsässig bekennen. Wieso macht er ihnen nicht den Prozess? Soll diese anmaßende Gotteslästerung direkt vor seinen Augen denn niemals ein Ende finden?«

»Verhält es sich nicht so, dass einige Verschwörer ihn nach seiner Rückkehr vom Italienfeldzug nicht mehr zurück in seine Stadt lassen wollten?«

Für eine weltabgewandte Zisterzienserin war die frühere Pfalzgräfin bemerkenswert gut unterrichtet. Darauf hatte die Magistra gehofft. Deshalb war sie heute Abend hier.

»Der Erzbischof musste all diesen Männern die Exkommunikation androhen«, sagte Hildegard. »Erst dann waren sie zum Einlenken bereit.«

Für sie stand fest, dass für den Aufstand nur einer verantwortlich sein konnte: Kanonikus Dudo. Wahrscheinlich war er es auch gewesen, der allen anderen voran die

Mainzer Bürger dazu aufgewiegelt hatte, ihrem Stadtherrn die Heeressteuer für den Kaiser zu verweigern. Doch bevor sie keine schlagkräftigen Beweise in der Hand hielt, würde diesbezüglich nicht ein Wort über ihre Lippen kommen.

»Da habt Ihr doch Eure Antwort, hochwürdige Mutter!« Gertrud schien plötzlich zu frösteln. Nicht einmal dieses Haus war geheizt, und obwohl die Sonne täglich mehr Kraft bekam, waren die Abende und Nächte noch immer empfindlich kühl. »Das alles muss Arnold bewältigen, wenn der Bischofsring weiterhin an seiner Hand funkeln soll. Denn der Kaiser, der mit seinem Heer in Italien liegt, duldet während seiner Abwesenheit keinerlei Unruhen im Reich. Das weiß ich aus sicherer Quelle. Mit jedem, der dagegen verstößt, wird der Staufer hart ins Gericht gehen. Da bleibt es dann gewiss nicht beim Hundetragen.«

Sie lächelte und hatte plötzlich wieder das Gesicht der jungen Frau, die vor langen Jahren so zuversichtlich in ihre Ehe gegangen war, ohne zu ahnen, was sie erwarten würde.

»Immerhin hat er Eure Urkunde ausstellen lassen«, setzte sie hinzu. »Damit ist der Rupertsberg endlich unabhängig – wie lange und hart musstet Ihr dafür kämpfen!«

Gab es denn nichts, was Gertrud nicht wusste? Hildegard starrte sie neugierig an, doch die feinen, kaum gealterten Züge blieben freundlich und glatt.

»Jetzt untersteht das Kloster keinem männlichen Abt mehr, der die frommen Schwestern weiterhin bevormunden könnte«, erwiderte die Magistra schließlich und wog dabei jedes Wort ab. »Es kann seine eigene Äbtissin wählen und ist unmittelbar dem Erzbischof von Mainz unterstellt. Deshalb ist es so entscheidend für den Rupertsberg, welcher Mann dieses Amt innehat – und wie lange.«

»Ihr rechnet mit einem Wechsel?« Für einen Moment

hörte es sich so an, als sei Gertrud diese Vorstellung äußerst angenehm.

»Ein solcher ist möglich«, sagte Hildegard ausweichend. »Aber darum geht es jetzt nicht. Diese Ketzer müssen zu Fall gebracht werden, damit ihre giftige Saat nicht weiterhin aufgehen kann.«

Eine ganze Weile blieb es still.

»Die Angelegenheit liegt Euch wohl persönlich sehr am Herzen«, sagte Gertrud. »Das kann ich aus Euren Worten heraushören.«

»Das tut sie«, lautete die knappe Erwiderung.

»Aber Ihr wollt mir nicht verraten, weshalb, richtig?«

Hildegard schüttelte den Kopf.

»Dann würde ich an Eurer Stelle einen Eurer berühmten Briefe verfassen«, sagte Gertrud. »Beispielsweise an das Domkapitel zu Mainz, was meint Ihr? Sollten die frommen Männer um Arnold nicht als Erste erfahren, was in ihrer Stadt vor sich geht?«

Sie senkte ihre Stimme.

»Schlag sie mit deinen Waffen, geliebte Schwester!«, flüsterte sie. »Dem Feuer der Taube kann sich auf Dauer niemand entziehen.«

✢

MAINZ – SOMMER 1159

Angefangen hatte alles damit, dass er sie beim Essen erwischt hatte. Der Heißhunger nach Fleisch hatte Magota wieder einmal überfallen, so heftig und fordernd, dass sie gar nicht anders konnte, als ihm nachzugeben und das streng Verbotene ausnahmsweise sogar mit ins Haus am Brand zu schleppen. Sie hatte sich vorgenommen, gründlich zu kauen, um möglichst lange etwas davon zu haben, doch die Gier zwang sie, wie ein Hund zu schlingen. Während sie hingebungsvoll einen gebratenen Kapaun verspeiste, so saftig und kross, dass sie sich schon halb im Himmel wähnte, betrat auf einmal Adrian ihre Kammer.

Sein eisiger Blick ließ ihr den Bissen im Hals stecken bleiben.

»Es ist nicht so, wie du denkst«, rief sie mit vollem Mund und versuchte krampfhaft, alles auf einmal zu schlucken, was aber misslang und in einen wüsten Hustenanfall mündete. Plötzlich schienen ihre farblosen Augen aus den Höhlen treten zu wollen. Sie presste sich die Hand vor den Mund und sprang auf. Die Reste des gebratenen Vogels rutschten von ihrem Schoß und fielen auf den Boden.

Adrian stand stocksteif da und starrte sie an.

Inzwischen hatte ihr Gesicht einen ungesunden Rotton angenommen. Die Augen quollen noch stärker hervor. Verzweifelt deutete Magota auf ihren Rücken, und endlich begriff Adrian. Mit seinen schmalen Händen holte er aus und drosch dann so kräftig auf sie ein, dass sie Angst bekam, ihre Rippen würden brechen.

Sie begann zu würgen. Ein kleiner, blasser Knochen schoss aus ihrem Mund.

Erschöpft sank sie zu Boden. Adrian beugte sich über sie.

»Ich dachte eben, ich muss sterben«, flüsterte sie. »Danke, dass du mich erlöst hast!«

»So schnell stirbt man nicht«, sagte er. »Schon gar nicht jemand wie du, eine von der ganz zähen Sorte. Das hab ich sofort erkannt.«

Magota schloss die Lider. Am liebsten wäre sie vor Scham und Angst in den Erdboden versunken.

Aber was tat er da?

Es war alles andere als eine zärtliche Geste, mit der Adrian plötzlich ihr grobes Gewand hochzerrte. Dann fiel er über ihre Brüste her, quetschte und knetete sie. Sie wollte schreien, aber er hatte ihren Mund gefunden und erstickte sie fast mit seiner Zunge. Adrian trieb ihr die Kiefer auseinander, dass sie schon fürchtete, er könnte sie ausrenken. Als ihre Beine in verzweifelter Abwehr zu zappeln begannen, bekamen sie harte Tritte ab.

»Mit deiner sündhaften Wollust hast du mich dazu getrieben, Weib«, keuchte er. »Wer Fleisch frisst, der kann auch huren. Jetzt stell dich gefälligst nicht so an!«

In wütender Hast drang er in sie ein.

Magota hatte nicht mit diesem Schmerz gerechnet, diesem reißenden, spitzen Schmerz, der durch ihr Innerstes fuhr. Sie zuckte zusammen und schrie.

Kurz danach schrie auch Adrian auf, dann sank er auf sie, als wäre er bewusstlos.

Erst nachdem er sie verlassen hatte, merkte Magota, dass sie stark blutete. Sie säuberte sich steifbeinig, danach wusch sie das besudelte Kleid aus, bis ihre Hände vom kalten Wasser fast taub waren. Ein blasser, bräunlicher Fleck blieb dennoch auf dem hellen Leinen zurück.

In den Folgezeiten war Adrian immer wieder zu ihr gekommen, in unregelmäßigen Abständen, stets ohne Ankündigung oder gar Frage. Offenbar genoss er ihr Erschrecken, gefolgt von der Hoffnung, die sich gleich anschließend in ihre fahlen Züge stahl. Sie sprachen nicht, während er ihr beiwohnte, und wenn doch, so waren es lediglich seine knappen Befehle, damit sie wusste, was zu tun war, um ihn zu erregen.

»Beweg dich nicht!«, raunzte er. Oder: »Auf die Knie mit dir!« – was ihn offenbar am meisten erregte.

Sobald der seelenlose Akt vorüber war, ordnete er seine

Kleider und ging hinaus, als wäre nichts geschehen. Im Alltag und vor anderen verhielt er sich wie bisher: streng, unnahbar, tief in seinem Glauben versunken. Es war, als ob es sich um zwei verschiedene Männer handelte, die einander nicht einmal kannten. Manchmal dachte Magota, der eine sei lediglich eine verstörende Traumgestalt. Doch wenn sie nach seinen unregelmäßigen Besuchen die verräterischen Flecken auf dem Laken sah und ihr übel zugerichtetes Fleisch kühlen musste, damit es schneller heilte, wusste sie, dass er brutale Realität war.

Allmählich gewöhnte sie sich daran. Und eine Zeit lang bildete sie sich sogar ein, Adrian durch das gemeinsame Geheimnis beherrschen zu können, auch wenn sie nicht genau wusste, wie sie das anstellen sollte. Doch dann kam der Tag, an dem ihr auffiel, dass ihr Mondfluss ausgeblieben war.

Plötzlich schmerzten auch die Brüste, waren empfindlich und hart. Der Gedanke fuhr in sie wie ein Blitz. Es konnte, es *durfte* nicht sein!

Magota nahm ihre Finger zu Hilfe, rechnete und rechnete. Schließlich ließ sie die Hände erschöpft sinken: An Pfingsten hatte sie zum letzten Mal geblutet.

Was sollte nun aus ihr werden? Alles würde sie verlieren – alles!

Adrian würde sie verachten und nie mehr berühren, ja wahrscheinlich sogar aus dem Haus jagen. Und wenn nicht, dann hatte sie sich in die Hände dieser Theresa zu begeben, ihr beinahe so verhasst wie die Magistra vom Rupertsberg, die sie zu einer Bettlerin gemacht hatte. Nein, diesen Triumph sollte Willems eingebildetes Liebchen nicht auskosten!

Heimlich besorgte sie sich ein Fässchen Rotwein und trank ausgiebig davon, wann immer sich eine Gelegenheit fand. Sie rannte die Treppen in wilder Hast hinauf und sprang, mehrere Stufen auf einmal nehmend, hinunter. Schließlich bereitete sie sich im Schuppen ein Bad, so glühend heiß, dass sie sich fast die Haut verbrühte.

Nicht ein Tropfen Blut.

Nacht für Nacht wisperte sie ihre Ängste der Grauen ins Ohr, die nach ihrem üblichen Nickerchen in Theresas Kammer regelmäßig bei ihr vorbeischaute. In ihrer Verzweiflung schleppte sie sich schließlich zu dem Ort, den alle in der Gemeinde nur flüsternd erwähnten, wenn sie den Namen überhaupt in den Mund nahmen, denn diese Stätte des Unheils drohte ihr, wenn es wirklich so schlimm kam, wie sie inzwischen befürchtete. Dazu musste sie das Münstertor passieren und auch den Judensand hinter sich lassen. Außerhalb der Stadtmauer, wo dünnes Gestrüpp wuchs und der Wind fast zu allen Jahreszeiten über die unbebaute Fläche fegte, lagen auf einem brach liegenden Acker scheinbar zufällig hingewürfelt einige Gesteinsbrocken. Einem zufälligen Betrachter fiel daran nichts auf, und genauso war es auch gedacht.

Magota aber wusste, dass jeder Stein für ein Kind stand, das, bevor seine Zeit auf Erden überhaupt angebrochen war, hatte sterben müssen, um den Kreislauf des verfluchten Fleisches nicht weiter fortzusetzen. »Friedhof der verlorenen Kinder«, so nannten die guten Christen diesen unheilvollen Ort, der alles in ihr gefrieren ließ, obwohl es ein so warmer, sonniger Tag war.

Sie legte die Hände auf ihren Bauch, als könnte sie damit schützen, was darin wuchs. Die Vorstellung, dieses keimende Leben zu zerstören, wie das Gebot der Gemeinde es forderte, erschien ihr plötzlich unmöglich. Sie sank auf die Knie und sprach inbrünstig das Vaterunser, wieder und immer wieder.

Es dauerte, bis sie sich kräftig genug für die Rückkehr fühlte. Und auch dann musste sie einige Unterbrechungen einlegen, weil die Beine ihr den Dienst zu versagen drohten. Scheinbar zufällig führte der Weg, den sie eingeschlagen hatte, am Hohen Dom vorbei, und obwohl dies den guten Christen strengstens verboten war, öffnete sie die schwere Bronzetür und betrat mit einem Seufzer das Gotteshaus.

Es erschien ihr riesig und so hoch, dass sie sich zunächst noch verlorener vorkam. Doch schenkte ihr nach einer Weile das große Kruzifix vorn am Altar ein unerwartetes Gefühl von Schutz und Geborgenheit, für das sie sich eigentlich hätte schämen müssen. In einer kleinen Nebenkapelle, die leer war, warf sie sich vor der schlichten Holzstatue, die Maria mit dem Jesuskind darstellte, bäuchlings auf den Boden.

Gegrüßet seist du, Maria, voll der Gnade; der Herr ist mit dir …, betete sie stumm. Plötzlich waren sie wieder da, die altvertrauten Worte des Ave Maria, die sie früher mehrmals täglich in der Kapelle auf dem Rupertsberg gemurmelt hatte. Und weiter betete sie: Vergib mir meine Sünden und rette mich! Ich bitte dich um ein Wunder, heilige Muttergottes: Mach, dass ich nicht schwanger bin – ich bitte dich, erhöre mich!

Lange Zeit verharrte Magota so, bis sie spürte, dass sie wieder ein wenig leichter atmen konnte. Dann machte sie sich langsam wie ein altes Weib zurück auf den Weg zum Haus am Brand.

Drei Tage später verspürte sie ein starkes Ziehen im Unterleib, das gegen Abend zunahm. Als sie sich mit einem Becher Kamillentee in ihre Kammer flüchtete, um Linderung zu finden, hatte die Blutung bereits eingesetzt.

Sie war noch einmal davongekommen.

Und niemals wieder sollte die Sünde der Wollust von ihr

Besitz ergreifen, das schwor Magota sich in diesem Augenblick. Sie warf sich auf das schmale Bett, an dessen Fußende die Graue schon schnurrend auf sie wartete, strich über das seidige Fell und begann haltlos zu schluchzen.

✤

MAINZ – HERBST 1159

»Sie kommen, sie kommen!« Mit wehenden Gewändern stürzte Domkantor Hugo von Bermersheim in das Arbeitszimmer des Erzbischofs, wo er zu seiner Verblüffung Kanonikus Dudo vor einem Haufen eng beschriebener Pergamente vorfand. »Im Dom wüten sie bereits, die Häuser vieler unserer Kanoniker werden gerade gestürmt. Bald werden sie hier sein!«

Dudos Lippen verzogen sich zu einem schmalen Lächeln. »Seine Exzellenz ist gestern nach Würzburg zur Bischofskrönung abgereist«, sagte er. »Viel Zeit haben sie wahrlich nicht vergeudet.«

»Ist das alles, was Ihr dazu zu sagen habt?«, rief Hugo. »Die halbe Stadt brennt, auf den Straßen schlagen die Menschen sich gegenseitig die Köpfe ein, unsere Brüder vom Domkapitel bangen um ihr Leben – und Ihr sitzt ruhig und kalt da!«

»Ich bin nicht sonderlich überrascht.« Dudo erhob sich, ging mit energischen Schritten zum offenen Fenster und spähte hinunter, doch im Innenhof war alles ruhig wie gewohnt. »Hab ich den Erzbischof nicht oft davor gewarnt, zu hohe Steuern zu erheben und es sich vor allem nicht mit den mächtigen Geschlechtern der Stadt zu verderben? Und hat er je auf mich gehört? Ihr kennt ihn ja!« Er zuckte die Schultern und kehrte langsam zum Tisch zurück.

Eine Silberplatte mit Schinken und Trauben, weißes Brot, ein Weinkrug, ein voll geschenkter Pokal, in dem der Rote schimmerte – es war nicht zu übersehen, wie gut der Kanonikus es sich ergehen ließ.

Hugos schweißnasses Gesicht lief noch dunkler an.

»Was habt Ihr überhaupt hier zu suchen?«, rief er. »Wo der Stellvertreter des Erzbischofs doch …«

»Seine Exzellenz war so freundlich, seine Meinung kurz vor der Abreise noch einmal zu ändern, und hat nun eben mich zum Stellvertreter bestellt«, unterbrach ihn Dudo. »An mir ist es, während seiner Abwesenheit für Recht und Ordnung zu sorgen.«

»Dann handelt!« Hugo stampfte zornig auf. »Worauf wartet Ihr? Ruft die Wachen, lasst Waffen austeilen, tut irgendetwas!«

Dudo schüttelte den Kopf. »Dieses cholerische Temperament scheint bei Euch in der Familie zu liegen«, sagte er mit süffisantem Lächeln. »Ich würde dringend einen Aderlass empfehlen, damit die Säfte in Euch nicht noch weiter hochkochen und womöglich zum Schlagfluss führen.«

Mit der Hand wischte der Kantor sich über das erhitzte Gesicht. »Ich hätte klüger sein sollen«, murmelte er, »und eher auf meine Schwester hören. Ihr Schreiben an die Domkanoniker hat uns alle vor Monaten vor Euch gewarnt – schon vor Monaten!«

»Meint Ihr das hier?« Dudo wedelte mit einem abgegriffenen Pergament. »Ein Schriftstück, das mir schon viel Freude geschenkt hat.«

Die Magister und Prälaten haben die Gerechtigkeit Gottes verlassen und schlafen …

Sein Finger fuhr ein paar Zeilen weiter.

Ich habe euch eingesetzt wie die Sonne und die übrigen Lichter, so der himmlische Vater, damit ihr den Menschen leuchtet durch das Feuer der Liebe, damit ihr glänzt durch euren guten Ruf und die Herzen brennen macht ...

»Woher habt Ihr das?«, rief der Kantor. »Das war nicht für Eure Augen bestimmt.«

»Ich komme an alle Nachrichten, die wichtig für mich sein könnten«, erwiderte Dudo, und seiner Miene war anzusehen, welche Genugtuung diese Worte ihm bereiteten. »Das solltet Ihr Euch merken. Etwas auf Dauer vor mir verheimlichen zu wollen, ist nahezu ein Ding der Unmöglichkeit.«

Er blickte Hugo herausfordernd an.

»Schreiben kann sie, unsere Prophetin vom Rhein«, sagte er. »Ihre Worte treffen wie Pfeile. Ein paar Zeilen weiter erwähnt sie die Ketzer in Mainz, die man dringend unschädlich machen müsse, und seht Ihr, in diesem speziellen Punkt spricht sie mir voll und ganz aus dem Herzen.«

Hugo funkelte ihn zornig an. »Dann ist Euch ja sicherlich auch das Ende des Schreibens bekannt«, zischte er. »Die Partie, in der von Euch die Rede ist:

Er ist die Nacht, die die Finsternis aushaucht, kein Halt für die Kirche. Niemals darf er den Ring des Bischofs tragen. Denn das wäre unser aller Ende.«

Er beugte sich vor.

»Weshalb habt Ihr eigentlich keine Angst?«, fragte er. »Weder lodernde Feuersbrünste noch die plündernden Rotten da draußen scheinen Euch zu schrecken. Verratet mir den Grund! Weil Ihr und kein anderer der heimliche Drahtzieher dieses Aufstands seid und Ihr deshalb sicher sein könnt, dass Euch nichts zustoßen wird?«

»Ihr entschuldigt mich.« Dudo sprang auf und drängte ihn mit seinem schmalen Körper zur Tür. »So vieles, das noch dringend erledigt werden muss. Das erwartet Arnold von Selenhofen von seinem Stellvertreter.«

Er lehnte seine Stirn an das Holz der Tür, nachdem der Bruder der Magistra endlich draußen war. Es war alt und gut abgelagert, aber noch immer entströmte ihm ein würziger Duft, den der Kanonikus einsog.

»Jetzt kommt es darauf an«, flüsterte er, als er zurück zum Tisch ging, sich den Pokal mit Wein vollschenkte und ihn in einem Zug leerte. »Alles könnte endlich gelingen!«

Er griff zur Klingel.

»Du läufst mir auf der Stelle zum Haus am Brand«, befahl er, als der Diener mit einer Verbeugung eingetreten war. »Ich will Adrian van Gent sprechen. Unverzüglich!«

»Aber dort draußen brennt es doch überall«, stammelte der Mann. »Und die aufgebrachte Meute wird jeden aufspießen, der aus der Bischofspfalz kommt!«

»Dann zieh eben einen Bauernkittel an und schwärz dir das Gesicht! Irgendetwas wird dir schon einfallen, sonst zieh ich dir die Nase lang«, raunzte Dudo. »Lauf zu! Die Angelegenheit duldet keinerlei Aufschub.«

*

CREMA – WINTER 1159/60

Der Krieg gegen die lombardischen Städte war noch grausamer geworden. Hatte der Kaiser sich bei der Belagerung von Tortona damit begnügt, den Bewohnern durch einen vor der Stadtmauer aufgestellten Galgen vor Augen zu führen, was sie im Fall einer gewaltsamen Einnahme erwartete, wurden in Crema während der Scharmützel gemachte Gefangene als Reichsfeinde konsequent schon nach wenigen Tagen aufgeknüpft. Die Cremasken ihrerseits, die auch ahnen konnten, was sie bei einer Kapitulation erwartete, antworteten mit der Hinrichtung ihrer Gefangenen. Der

Widerstand nahm fanatische Züge an. Im strömenden Regen harrten Tag für Tag vermummte Frauen auf der Stadtmauer aus und schmetterten Schmählieder gegen Barbarossa und seine Ritter.

Inzwischen konnten die Katzen bis an den Stadtgraben vorrücken, fahrbare Schutzdächer aus Holz auf riesigen Rollen, die es den Pionieren aus dem Reich erlaubten, sich ungehindert durch feindlichen Beschuss den Befestigungen Cremas zu nähern. Eiligst wurden aus Lodi Hunderte erdgefüllter Fässer herangekarrt, um den Graben aufzufüllen und mithilfe zusätzlicher Bohlen eine halbwegs brauchbare Fahrbahn zu schaffen.

Sieben Monate dauerte die Belagerung nun schon. Jetzt sollte sie endlich ein Ende finden.

Langsam und zäh schob die Katze sich über den Graben. Ihr folgte der Turm, eine meterhohe Holzkonstruktion mit mehreren Stockwerken, in denen Pfeilschützen postiert waren. Im obersten Geschoss hatte man Kriegsgefangene und Geiseln als menschliche Schilde an die groben Balken gekettet, um die Verteidiger vom Schießen abzuhalten. Nachts wurden die Beklagenswerten gezwungen, brennende Kerzen in den Händen zu halten, damit sie sichtbar blieben. Wer die Kerze fallen ließ, dem drohte der Strick, auch wenn der Missetäter noch ein unmündiges Kind war.

Doch der Plan misslang.

Die Cremasken schossen dennoch; einige Geiseln wurden getötet oder schwer verletzt. Kaiser Friedrich ließ den Turm zurückfahren und die Geiseln losbinden. Die unmissverständliche Antwort Cremas bestand in der grausamen Hinrichtung weiterer Gefangener aus dem kaiserlichen Heer.

Nach einigen Tagen rückte der Turm abermals vor, dieses Mal gepanzert mit Tierhäuten und Fellen, und nun hielt er dem Beschuss stand. In seinem Schatten war die Katze bereits an den Fuß der Stadtmauer vorgezogen worden. Herzog Heinrich von Bayern und Sachsen leitete diesen entscheidenden Einsatz; unter seinen Männern waren auch Freimut von Lenzburg und sein Knappe Gero.

Dünner Regen fiel von einem bleiernen Himmel und hatte alles durchnässt. Die Brünnen schienen doppelt so schwer wie sonst auf den Schultern zu lasten. Viele Männer klagten über Übelkeit und Durchfall; seit ein paar Tagen gab es erste ernsthafte Fälle von Ruhr. Gesprochen wurde nur das Nötigste. Die Aufmerksamkeit aller konzentrierte sich auf den Rammbock, der im Inneren der Katze an Ketten vom Dach herabhing und besonders weit geschwungen werden konnte.

»Jetzt!«, rief der Herzog. »Ausfahren und zustoßen!«

Die Männer strengten sich so an, dass die Adern auf ihrer Stirn hervorquollen. Ein gewaltiger Schlag war zu hören – dann stürzte ein Stück der Mauer ein, und eine breite Bresche tat sich auf. Bevor allgemeiner Jubel ausbrechen konnte, erkannte Gero als Erster die neue Gefahr. Er warf sich auf den Herzog und riss ihn zu Boden.

»Hast du den Verstand verloren?«, schrie Heinrich, verstummte aber, als er sah, dass das Dach der Katze brannte und herabfallende Balken schon einige Ritter getroffen hatten, die sich vor Schmerzen wanden.

Später im Zeltlager, nachdem die Verletzten geborgen und versorgt worden waren, so gut es ging, nahm Freimut nach dem kargen Abendessen Gero zur Seite. Es hatte Panchetta, Zwiebeln und verschimmeltes Brot gegeben – das Murren der Männer wuchs von Tag zu Tag, und auch der Knappe aß nur noch, um den schlimmsten Hunger zu stillen.

»Ein Held ist nicht unbedingt der Mann, der seinen Kopf um jeden Preis aufs Spiel setzt«, sagte Freimut in strengem Ton. »Einem Ritter steht es gut an, erst zu denken und dann zu handeln. Das solltest du dir merken.«

»Aber genau das hab ich doch getan!«, begehrte Gero auf. »Ich musste schnell sein. Hätte ich vielleicht seelenruhig dabei zuschauen sollen, wie Herzog Heinrich bei lebendigem Leib verbrennt?« Mit beiden Händen fuhr er sich durch die zerzausten Haare. »Er hat sein Versprechen wahr gemacht und uns aus diesen verfluchten bayerischen Wäldern erlöst. Das werd ich ihm nicht vergessen, solange ich lebe!«

»Du hast schließlich eine Zunge. Die kannst du sonst ja auch ganz gut gebrauchen. Und außerdem weißt du schon, was ich meine.« Freimut begann zu schmunzeln. »Ich komme übrigens gerade aus seinem Zelt. Der Herzog hat angeordnet, dass die nächste Schwertleite für Pfingsten angesetzt wird. Hohe kirchliche Festtage eignen sich seiner Ansicht nach am besten dafür.«

Geros Kinnlade sank nach unten. »Das ist ja noch ein halbes Jahr …«

»Mit zwei Ausnahmen.« Jetzt grinste Freimut. »Der kleine Hartenberger und du. Ihr beide müsst euch nur noch bis zum Stephanstag gedulden.«

Nun begann Gero, die Tage bis zum Christfest zu zählen, die auf einmal besonders zäh zu verstreichen schienen. Beide Parteien hatten einen wackligen Waffenstillstand vereinbart, der von Cremasker Seite immer wieder gebrochen wurde, was die Beweglichkeit der Belagerer schwer einschränkte. Bei jedem falschen Schritt mussten sie damit rechnen, von einem feindlichen Pfeil getroffen, mit siedendem Wasser oder Öl begossen zu werden oder plötzlich einen schweren Stein an den Kopf zu bekommen. Dazu kam das nasse, trübe Wetter, das allgemein auf die Stimmung drückte. Besonders die Kämpfer, die schon seit fünfzehn Monaten in Italien stationiert waren, zeigten sich verdrossen und gerieten beim kleinsten Anlass aneinander. Keiner verspürte Lust, sich mit einem übermütigen Knappen abzugeben, der ungeduldig dem Morgen seiner Schwertleite entgegenfieberte.

Die Ankunft des Mainzer Erzbischofs im Heerlager brachte ein wenig Abwechslung. Doch wer von den Rittern gehofft hatte, Arnold von Selenhofen würde mit neuen Männern kommen, um die müden Truppen aufzufrischen, der hatte sich getäuscht. Er war einzig und allein angereist, um seine Beschwerden vor den Kaiser zu bringen – und derer gab es viele. Barbarossa berief eine große Versammlung der Ritter ein, um dem Kirchenmann entsprechendes Gehör zu verschaffen, ließ den Erzbischof aber gleichzeitig wissen, dass ihm auch die Standpunkte der Gegner durchaus gegenwärtig seien.

Schließlich jedoch entschied er zur Überraschung vieler zu Arnolds Gunsten: Die Aufständischen, die im Herbst Mainz verwüstet hatten, mussten Wiedergutmachung leisten, alles Geraubte zurückgeben und, was das Wichtigste war, sich ohne Wenn und Aber dem Gericht Arnolds unterwerfen.

»Und was geht uns das alles an?«, maulte Gero, als Freimut ihm diese Neuigkeiten berichtete. »Ich will endlich Ritter sein – alles andere ist mir egal!«

»Mehr, als du denkst«, erwiderte Freimut. »Diese aufsässigen Mainzer werden sich nicht freiwillig fügen, wahrscheinlich ist mit Gegenwehr zu rechnen. Deshalb hat der Erzbischof die anwesenden Fürsten um Hilfe gebeten, und Herzog Heinrich erklärte sich bereit, sie ihm zu gewähren, falls es sich als notwendig erweisen sollte.« Seine Hand fuhr zum Schwert. »Seine besten Männer wird er ihm schicken, hat der Herzog versprochen. Und jetzt rate einmal, wer damit gemeint sein könnte!«

»Ich hoffe nur, dort gibt es keine unwegsamen Wälder«, seufzte Gero. »Und vor allem keine Salzfuhrwerke, die dringend auf eine neue Route gebracht werden müssen!«

»Die Sache in Bayern ist doch gut ausgegangen, sonst wären wir nicht hier! Der Bischof von Freising und der Herzog haben sich inzwischen geeinigt, dafür hat der Kaiser gesorgt. Jetzt teilen sie sich die Einnahmen der Salzbrücke, jedenfalls so lange, bis erneut Streit darüber ausbricht.«

Arnold hielt die Weihnachtsmette, doch trotz der zahlreichen Kerzen, die die Dunkelheit erhellten, und seiner warmen, aufmunternden Worte wollte die rechte Stimmung sich nicht einstellen. Gero kämpfte seit der letzten Nacht mit einem Grimmen in seinen Eingeweiden, das immer schlimmer wurde.

Je näher die Schwertleite rückte, desto elender fühlte er sich.

»Ein Dämon ist mir in den Bauch gekrochen«, murmelte er, als er sich zum aberdutzendsten Mal übergab und zur Latrine schleppte, wo er zahlreiche andere Leidensgenossen vorfand, denen es kaum besser ging. »Und sticht mich dort mit tausend glühenden Nadeln. Aber übermorgen werde ich zum Ritter geschlagen – und wenn es das Letzte ist, das ich erlebe!«

Freimut verbarg seine Besorgnis vor ihm, traf aber heimlich einige Abmachungen mit dem Herzog. Heinrich zeigte sich damit einverstanden, dem ohnehin Geschwächten das Fasten, ein reinigendes Bad in der Quelle und die sonst stets verlangte Nachtwache vor dem Kreuz zu erlassen.

»Wird er denn durchkommen?«, fragte Heinrich. »Ihr kümmert Euch doch um ihn!«

»Das wird er, Sire, denn er ist kräftig und zäh«, erwiderte Freimut. »Gero ist mir inzwischen beinahe so nah wie mein jüngerer Bruder, den ich vor Jahren verloren habe. Oder wie der Sohn, den ich niemals hatte.«

Der Herzog schenkte ihm einen seltsamen Blick.

»Um ein Weib zu freien und einen Sohn zu zeugen, habt Ihr noch genügend Zeit«, sagte er. »Macht Euch daran, sobald wir alle das hier dank Gottes unendlicher Güte lebend überstanden haben.« Er beugte sich erneut über seine Pergamente.

Der Stephanstag brach kalt, aber trocken an. Nebel hing zwar zäh im Westen, im Osten aber ging eine blasse Wintersonne auf. Gero war inzwischen so geschwächt, dass Freimut ihm beim Ankleiden helfen musste.

»Hatte ich mir anders vorgestellt«, murmelte er, während Freimut ihm wie einem hilflosen Kind schwarze Beinlinge überstreifte, deren Farbe den Tod symbolisierte, mit dem ein Ritter stets rechnen sollte. Der gefütterte Gambeson war rot und stand für das Blut, das um der gerechten Sache willen zu vergießen er bereit sein musste, ein schneeweißer Gürtel für die Reinheit des Körpers. Gero schnupperte an sich und verzog angewidert das Gesicht. »Bah! Ich stinke, als hätte jemand mich aus dem Schweinekoben gezogen. So kann ich doch nicht vor den Herzog treten.«

»Er soll dich ja auch nicht küssen, sondern zum Ritter schlagen.« Freimut legte Gero die Sporen an, übergab ihm den Waffengürtel und das Schwert, das er ab jetzt tragen durfte. Danach versetzte er ihm einen aufmunternden Stoß. »Und das hier ist mein Geschenk für deinen besonderen Tag.«

Der Helm war fein ziseliert und passte vorzüglich. Gero wandte sich rasch ab, so feucht waren seine Augen auf einmal geworden.

Freimut musste ihn eher zum Kirchenzelt schleppen, als dass er ihn hätte führen können. Drinnen wartete bereits Aldo von Hartenberg, der ebenfalls zum Ritter geschlagen werden sollte, und rückte mit gerümpfter Nase demonstrativ ein ganzes Stück zur Seite, als Gero sich neben ihn quälte.

»Wird es denn gehen?«, fragte der Herzog besorgt. »Du siehst zum Fürchten aus!«

»Natürlich, Sire«, murmelte Gero mit zusammengebissenen Zähnen. »Sterben werde ich garantiert erst danach, das gelobe ich Euch.«

Heinrich verschwendete keine Zeit. Er ließ den jungen Mann mit der grünlichen Gesichtsfarbe kurz niederknien, was diesem nur mühsam gelang, und versetzte ihm dann mit der flachen Schwertseite einen leichten Schlag auf den Rücken.

»Zu Ehren des allmächtigen Gottes schlage ich dich zum Ritter und nehme dich hiermit auf in die Gesellschaft der christlichen Streiter«, sagte er mit lauter Stimme. »Und jetzt sofort zurück ins Zelt!«, setzte er leiser hinzu. »Dass du das Zeug dazu hast, hast du bereits unter Beweis gestellt. Jetzt musst du vor allem wieder gesund werden. Also beeil dich gefälligst!«

»Aber mein Eid!« Gero hatte die Augen weit aufgerissen. Seine Lippen zitterten. Die Stirn war schweißnass. »Ohne Eid ist es doch gar nicht richtig.«

»Der ist für heute entschieden zu lang. Das hältst du niemals durch. Warte!« Der Herzog schien zu überlegen. Dann erhellte ein Lächeln seine Züge. »Da gibt es noch etwas Kürzeres aus alten Zeiten. Sprich mir nach: ›Zu Gottes und Mariä Ehr – diesen Schlag und dann keinen mehr.‹«

Gero gehorchte, danach sank er kraftlos zusammen.

»Kümmert Euch um den jungen Ritter!«, befahl der Herzog Freimut. »Er soll alles haben, was er braucht. Ich wünschte nur, wir hätten mehr von seinem Schlag.«

✦

MAINZ – WINTER 1160

Bloß kein Aufsehen erregen!, hatte Adrian van Gent allen eingeschärft, und die ganze Mainzer Gemeinde duckte sich gehorsam unter seinem Befehl. Die monatlichen Beichten wurden ausgesetzt, es gab keine Brotsegnung mehr; wenn gute Christen sich nun auf der Straße begegneten, wandten sie rasch den Kopf zur Seite, als seien sie einander fremd. Seit den Unruhen im Herbst hatte die geforderte Schutzsumme sich nahezu verfünffacht, ein stattlicher Betrag, der nur mit großer Mühe aufzubringen war, obwohl etliche Reiche für die weniger Wohlhabenden einsprangen.

»Ihr hungert uns regelrecht aus«, hatte Adrian sich bei Dudo beklagt, der darauf bestand, dass der Flame ihm das Verlangte persönlich in der Bischofspfalz ablieferte, die er seit Arnolds erneuter Abreise nach Italien schon ganz als seine eigene Residenz zu betrachten schien. »Seht Euch vor, Kanonikus: Einem nackten Mann kann man nichts mehr aus der Tasche ziehen.«

»Bis auf das Leben«, hatte dessen kühle Abfuhr gelautet. »Unser wertvollstes Gut. Und genau das riskiert Ihr, van Gent, und das all Eurer Leute mit dazu, wenn Ihr nicht reibungslos mit mir zusammenarbeitet. Wie lange ich Euch allerdings noch halten kann, weiß der Ewige allein. Jetzt, wo es auf einmal zwei gewählte Päpste gibt. Vielleicht bringt ja das Konzil zu Pavia in wenigen Wochen eine Klärung, vielleicht schreibt es aber auch vor, alle Ketzer auf der Stelle zu töten.« Er verzog die schmalen Lippen. »Dann könnte nicht einmal ich Euch mehr helfen.«

Theresa wusste von dieser Unterhaltung, weil Willem sie auf ihre Nachfragen hin widerwillig eingeweiht hatte. Zu ihrem Erstaunen schien sein Zwist mit Adrian plötzlich beendet; in Zeiten der Not müssten eben alle näher zusammenrücken, so hatte er sich ausgedrückt.

»Lass uns zusammen fortgehen, Willem, und anderswo unser Glück suchen!« Unzählige Male hatte sie ihn schon darum gebeten, er aber fand immer wieder neue Argumente, warum dies gerade jetzt besonders ungünstig sei.

An Lichtmess hatte Theresa endgültig genug.

Im Kloster auf dem Rupertsberg war dieser Tag in weißen Festgewändern und einem wahren Lichtermeer begangen worden. Aber weil die guten Christen die Leiblichkeit Jesu leugneten und damit auch die Reinigung Mariä im Tempel, gab es im Haus am Brand weder geweihte Kerzen, noch war der sonst übliche Kirchgang erlaubt, um sich den Blasiussegen abzuholen, der vor allem Kranken und Menschen in Bedrängnis helfen sollte.

Plötzlich fühlte Theresa sich wie in einem Gefängnis. Die Wände schienen immer näher zu rücken. All die vielen ungesagten Worte hingen drückend über ihr wie durchgebogene Balken. Sie griff nach ihrem Umhang und lief hinaus. Draußen sog sie die scharfe Luft tief in die Lunge. Die Kälte, die rasch durch die Kleidung drang, machte sie mit einem Mal lebendig. Schlagartig war auch die seltsame Übelkeit verflogen, die sie seit Neuestem plagte.

Meline schien sich zu freuen, als Theresa an ihre Tür klopfte.

»Du brauchst Unterstützung?«, sagte sie statt einer Begrüßung. »Dann herein mit dir!«

»Ich muss einfach mal wieder vertraute Gesichter sehen!«, sagte Theresa. »Wie geht es der Muhme?«

»Überzeug dich selbst!«

In der Kammer fand sie am Bett von Melines Mutter ein pausbäckiges Mädchen vor, das gerade dabei war, die Alte zu füttern.

»Die neue Lehrmagd«, flüsterte die Muhme mit spitzbübischer Miene, während das Mädchen Schüssel und Löffel hinüber in die Küche trug. »Dir kann sie allerdings bei Weitem nicht das Wasser reichen.« Ihr eben noch wässriger Blick wurde plötzlich scharf. »Müde siehst du aus, Theresa«, sagte sie. »Und ein wenig traurig. Wette, daran ist dein Schätzlein schuld. Muss ich denn mit ihm schimpfen?«

»Er hat es auch nicht gerade leicht«, wehrte Theresa mit bedrücktem Lächeln ab.

»Er soll dich glücklich machen«, beharrte die Muhme. »Dazu ist er schließlich da.«

Meline erteilte der jungen Magd zahlreiche Aufträge, die sie für Stunden quer durch die Stadt hetzen würden. Zumindest daran hatte sich also nichts geändert. Dann stand sie auf und begann am Herd zu hantieren.

»Ich könnte Lisbeth nach Hause schicken«, sagte sie plötzlich, ohne Theresa anzusehen, »für den Fall, dass du es dir inzwischen anders überlegt hast und doch lieber zurückkommen möchtest. Wenn du rechtzeitig Bescheid sagst, ließe sich das durchaus einrichten.«

»Wie kommst du denn darauf!«, rief Theresa.

»Weil ich doch sehe, wie sehr es dich jedes Mal quält, wenn du mich wieder wegen der geheimen Mittel um Rat fragen musst. Eine Weile dachte ich, du hättest dich vielleicht halbwegs daran gewöhnt. Aber da habe ich mich wohl geirrt.«

»*Daran* werde ich mich nie gewöhnen.« Theresa musste sich plötzlich räuspern.

Der seidene Faden, an dem ihr ganzes Glück hing – wie zerschlissen war der inzwischen! Gestorben war wenigstens noch keine dabei, das war das einzig Tröstliche, woran sie sich klammern konnte. Bislang waren es drei Frauen gewesen, weniger, als sie zunächst befürchtet hatte, aber noch immer zu viele. Das Gros der guten Christen schien sich an das strenge Gebot der Keuschheit zu halten. Anscheinend taten diese gefallenen Weiber all das, was Adrian von ihnen verlangte: öffentliche Beichte, Reue, dann der Besuch bei Theresa; sie sollte sie von der ungewollten Frucht befreien, die den Irrweg der Seele im verdammten Fleisch nur unnötig verlängern würde.

Aber was ging wirklich in diesen Frauen vor, während sie darauf warteten, dass die heimlichen Kräuter ihre Wirkung zeigten? Nach außen hin machten sie ein demütiges Gesicht, als besäßen sie keinen eigenen Willen. Später zeigten sie sich dann erleichtert, dass die Gemeinde sie wieder gnädig aufnahm. Sogar den schrecklichen Weg zu jenem verlassenen Friedhof traten sie ohne Murren oder Klagen an. Ihre wahren Gefühle jedoch hatte bislang keine von ihnen Theresa gegenüber offenbart.

Unauffällig lockerte sie ihren Gürtel. Die abgestandene Luft in der Stube bekam ihr heute ganz und gar nicht.

»Nur eine hat sich in all der Zeit getraut, das Kind zu behalten und wegzulaufen«, fuhr Theresa in ihrem Bericht fort. »Die kleine Lyss mit den blonden Zöpfen – ich würde zu gern wissen, wie es ihr und ihrem verliebten Zimmermann ergangen ist!« Sie rieb ihre kalten Hände aneinander.

»Hat Adrian van Gent denn nichts dagegen unternommen?«, kam es vom Herd. »Sieht ihm gar nicht ähnlich.«

»Am liebsten hätte er mich wohl lebendig in der Luft

zerrissen. Und natürlich hat er versucht, mir die Schuld zuzuschieben. Aber ich hab mich einfach dumm gestellt. So hat er nichts aus mir herausbekommen, obwohl er immer wieder nachgebohrt hat. Nicht ein Wort hab ich ihm verraten.«

»Die beiden haben den Mut besessen, den ihr nicht aufbringen könnt, dein Willem und du.« Meline stellte einen dampfenden Krug auf den Tisch. »Weshalb eigentlich nicht?« Prüfend und nachdenklicher als sonst ruhten ihre dunklen Augen auf Theresa. »Ihr liebt euch doch. Oder hat sich daran inzwischen etwas geändert?«

»Natürlich nicht!«, fuhr Theresa auf.

»Warum seid ihr dann so feige?«, fragte Meline.

»Vielleicht, weil Willem von Kindheit an nicht anders gewohnt ist, als zu gehorchen. Manchmal wagt er sogar winzige Schritte in Richtung Freiheit. Doch bevor es ernst werden könnte, rennt er jedes Mal schnell wieder zurück und duckt sich erneut unter Adrians Fittiche.«

»Und du, Theresa? Du wolltest Wehmutter werden, erinnerst du dich noch, mit Leib und Seele? Dieses Haus am Brand – ist das wirklich das Leben, das du führen willst?«, fragte sie eindringlich. »Denk noch einmal gründlich nach!«

»Ohne Willem kann ich nicht sein«, erwiderte Theresa. »Er braucht mich und ich ihn, das weiß ich. Das bedeutet, ich muss mich ihren Regeln fügen, was mich andererseits halb um den Verstand bringt. Bald könnte alles noch schwieriger werden. Hinter den Mauern der Bischofspfalz scheinen sie etwas gegen die guten Christen auszubrüten. Nachdem die Magistra in unsere Versammlung geplatzt ist, hat mich ohnehin monatelang der Albtraum geplagt, sie würden uns alle bei der nächsten Gelegenheit ins Loch werfen. Ich hoffe nicht, dass er sich jetzt bewahrheitet!«

»Wie kannst du dabei nur so ruhig bleiben?«, rief Meline. »Du musst die Stadt verlassen, solange es noch geht! Was hält dich bei diesen Menschen, Theresa? Du glaubst doch nicht einmal, was sie glauben.«

Theresa ließ die Schultern sinken. »Ich gehöre zu Willem. Wir haben Hochzeit gefeiert, auf unsere Weise. Allein das zählt.«

Meline berührte sie an der Schulter, als müsse sie ihr noch etwas Wichtiges sagen, schloss dann aber unverrichteter Dinge den Mund. Sie stand auf, ging wieder zum Herd und begann in einem Topf zu rühren. Nach einer Weile kehrte sie an den Tisch zurück.

»Das ist dein letztes Wort?« Ihre Lippen zitterten. »Ich muss das wissen!«

Theresa nickte, auf einmal noch bleicher als bisher. »Ja«, sagte sie. »Das ist mein Weg. Wenn ich nur diese scheußliche Übelkeit endlich los wäre, die mich ganz kraftlos und benommen macht. Kurz nach Weihnachten hat es angefangen. Und auch jetzt gerade wieder kommt mir alles hoch …«

»Du willst, dass ich dir helfe?« Meline ließ sie nicht ausreden. »Jetzt gleich?«

»Wenn du kannst – ja.«

»Die Muhme wird bald schlafen. Geh doch noch einmal zu ihr und wünsch ihr gute Nacht! Ich rühr dir inzwischen das Richtige zusammen.«

Das Gebräu, das Theresa schließlich trinken musste, war so bitter, dass sie es kaum hinunterbrachte, doch Meline ruhte nicht eher, bis sie zwei Becher davon geleert hatte.

»Und jetzt auf dem schnellsten Weg nach Hause!«, befahl die Wehmutter. »Ohne irgendwo sonst noch herumzustromern, verstanden?«

»Mir wird gerade noch viel übler«, sagte Theresa matt. »Hast du mir etwa Gift eingeflößt?«

»Versuch, es auf jeden Fall bei dir zu behalten! Bald wirst du alles hinter dir haben, vertrau mir!« Sie kramte zwischen ihren Gewandfalten. »Hier. Für alle Fälle. Wenn du keine Wirkung spürst, brühst du dir das im Beutel morgen mit heißem Wasser auf, lässt es ein Ave Maria lang ziehen, seihst es ab und trinkst davon noch einmal zwei Becher.«

Theresa bekam ein Säckchen in die Hand gedrückt. Dann schob Meline sie beherzt ins Freie.

Zurück im Haus am Brand, wollte Theresa nur noch allein sein. In ihr war solch eine Unruhe, dass sie schon fürchtete, nicht einschlafen zu können. Ihr Bauch war hart, der Kopf wie taub. Sie floh regelrecht ins Bett, schloss die Augen und hoffte auf Erlösung.

Doch plötzlich waren da lauter Stimmen, hell und klagend, die sie aufweckten. Theresa riss die Augen auf. Die Mauern waren verschwunden, es war helllichter Tag, und sie stand auf einmal da, wo sie niemals hatte sein wollen: auf dem »Friedhof der verlorenen Kinder«. Der Acker sah aus, als hätte ein grober Pflug ihn aufgerissen. Kein Stein lag noch an seinem Platz. Leinenfetzen flatterten im Wind, Leinen, in das eingewickelt gewesen war, was doch niemals das Licht des Tages hätte erblicken dürfen. Die Fetzen flogen zu ihr, von unsichtbarer Hand bewegt, legten sich auf ihren Kopf, um ihren Hals, bis sie keine Luft mehr bekam. Sie wollte schreien und weglaufen, doch sie konnte kein Glied bewegen, und ihr Mund blieb stumm …

Mit einem Schrei schoss Theresa hoch, und dann begriff sie allmählich. Es war ein böser Traum gewesen, der sie gequält hatte. Aber auch im Zustand des Wachseins ging es ihr alles andere als gut. In ihrem Bauch wühlte ein dumpfer Schmerz, der sich verstärkte. Als sie ihre Schenkel berührte, fasste sie in Blut. Sie lag in einer regelrechten Lache.

So viel klumpiges Blut – woher kam es?

Sie schüttelte den Kopf, als die Wahrheit sich in ihr Gehirn fraß, langsam und unbarmherzig wie eine eiserne Winde, die weiter und weiter gedreht wird. Das plötzliche Aussetzen des Mondflusses – sie hatte es dem kargen Essen zugeschrieben oder der ständigen Angst, die über ihnen schwebte. Wenn sie ehrlich war, hatte sie es gar nicht richtig wahrhaben wollen. Dabei hätte sie allen Grund zum Grübeln gehabt. Willem und sie waren unvorsichtig gewesen, mehr als einmal. Daher diese Übelkeit, die sie nicht hatte zuordnen können und wollen.

Die Schmerzen wurden immer unerträglicher. Was um Himmels willen hatte Meline ihr da nur eingeflößt?

Theresa tastete nach dem Beutel, riss ihn auf und roch am Inhalt. Zerstoßener Petersiliensamen! Sie erkannte ihn erst, als sie das feine Pulver durch die Finger rinnen ließ.

Ich sehe es immer zuerst an den Augen, ob eine schwanger ist oder nicht. Melines heisere Stimme schien sie in der Stille der nächtlichen Kammer zu verhöhnen. *Ich sehe es eben – und damit basta!*

Deshalb hatte die Wehmutter sie so forschend angestarrt! Deshalb hatte sie gemeint, ihr helfen zu müssen. Meline hatte geglaubt, sie sei zu ihr gekommen, um das Kind loszuwerden, dabei hatte sie sich doch nicht einmal selbst eingestanden, dass sie schwanger war!

Theresa versuchte sich zu bewegen, doch ihr Leib war ein einziger Schmerz. Schlimmer aber war die Pein, die ihr Innerstes erfasste. Sie hatte ihr eigenes Kind getötet!

Ihr Herz versank in Finsternis.

✤

BINGEN – FRÜHLING 1160

Dass Arnold von Selenhofen sich mit zahlreichen Bewaffneten in seine Binger Bischofsresidenz zurückgezogen hatte, um die Mainzer in die Knie zu zwingen, war wie ein Lauffeuer durch die ganze Stadt gegangen. Natürlich hatten diese Nachrichten auch das Kloster auf dem Rupertsberg erreicht. Die Magistra, die eine fiebrige Lungenerkrankung gezwungen hatte, ihre Predigtreise abzubrechen und sich zu Hause gesund pflegen zu lassen, sog begierig jede Neuigkeit auf. Um sie möglichst schnell wieder genesen zu lassen, hatte Schwester Benigna die Geschwächte einer regelrechten Rosskur unterzogen, sie ins Bett verbannt und mit bitteren Meisterwurzaufgüssen so lange drangsaliert, bis Hildegard es eines Tages zu viel wurde.

»Ich kann aufstehen«, behauptete sie, ohne sich um Benignas und Clementias Proteste zu kümmern, und riss sich die Kette aus braunem Sarderstein vom Hals, die zu tragen die Infirmarin sie genötigt hatte. »Und mein Fieber ist auch längst vorbei. Ruft Josch! Er soll mich zum Erzbischof fahren.«

»Du wirst dir den Tod holen, geliebte Mutter ...«

»Ach was! Wenn mich eines erst richtig krank macht, dann ist das dieses müßige Herumliegen. Wozu hat der gütige Gott uns Arme und Beine geschenkt? Damit wir handeln. Und damit wir laufen. Und genau das werde ich jetzt tun.«

Der Winzer war einsilbiger als sonst, und Hildegard musste sich regelrecht anstrengen, die Unterhaltung in Fluss zu bringen, während sie das Kloster hinter sich ließen. Erst als sie auf die Wingerte und die anstehenden Frühlingsarbeiten zu sprechen kam, lockerte sich seine Zunge ein wenig, und doch spürte sie seine ungewohnte Zurückhaltung.

Schließlich entschloss sie sich zum Angriff. Es nützte ja nichts, noch länger um den heißen Brei herumzureden.

»Ich mache mir große Sorgen um Theresa«, sagte sie. »In Mainz ist sie an die falschen Leute geraten. Das könnte sie in Lebensgefahr bringen.«

Josch brummte Unverständliches, während er stur nach vorn schaute.

»Wir hätten besser auf sie aufpassen sollen«, fuhr Hildegard fort. »Ein Versäumnis, das ich mir schon oft genug vorgeworfen habe. Aber es betrifft auch Eva und dich. Sie war so jung und unerfahren. Sie hätte unserer besonderen Fürsorge bedurft.«

Er räusperte sich mehrmals. »Wie hätten wir vollbringen können, was nicht einmal Ihr vermocht habt?«, sagte er dann ungewohnt offen. »Verzeiht, Herrin, aber in diesem Mädchen stecken so viel Kraft und ein so starker Wille. Die lässt sich nicht von dem abbringen, was sie sich einmal in den Kopf gesetzt hat. Das hat auch unser Neffe zu spüren bekommen.«

»Peter, der Küfer?«, fragte sie überrascht. »Ich dachte, das mit den beiden sei aus und vorbei.«

Josch schüttelte bedächtig den Kopf, und plötzlich fiel ihr auf, dass seine Schläfen grau geworden waren.

»Sie hat ihn verhext«, murmelte er. »Peter kann an nichts anderes mehr denken. Als er zum letzten Mal in Mainz war, da hat sie ihn …«

»Dein Neffe hat Theresa getroffen?«, fiel Hildegard ihm ins Wort. »Wann? Du hast mir bis heute kein Wort davon gesagt.«

»Ich wollte alte Wunden nicht wieder aufreißen«, murmelte er bedrückt. »Dieses Mädchen hat uns allen kein Glück gebracht. Sogar meine Eva will nichts mehr von ihr wissen. Das hab ich bei meinem Weib noch nie erlebt.«

»So ist sie noch immer bei diesen Ketzern?«, beharrte die Magistra. »Rede endlich!«

»Ja«, sagte Josch, »so hat Peter es uns erzählt. Sie muss sehr abweisend zu ihm gewesen sein. Und dann hat dieser Flame sie zurück in sein Lagerhaus gezerrt.«

Nun blieb die Magistra stumm, bis sie vor der Bischofsresidenz angekommen waren, aber in ihrem Kopf jagten sich die Gedanken. Hatte sie damals in Mainz zu früh aufgegeben, als sie im Haus des Stoffhändlers gewesen war? Waren ihr vielleicht nicht die richtigen Worte in den Sinn gekommen? Der Verlust Theresas war wie eine Wunde, die sich nicht mehr richtig schließen wollte: so gut wie kein Tag, an dem ihr Theresa nicht in den Sinn kam.

Sofort fiel Hildegard jetzt auf, dass das Anwesen einer Festung glich. Das große Tor war verrammelt, überall liefen Bewaffnete herum, und wäre sie nicht angemeldet gewesen, man hätte sie sicherlich niemals zu Arnold vorgelassen.

Sie erschrak, als sie ihm schließlich gegenüberstand, so gealtert erschien er ihr. Der Körper schlaff und merkwürdig aufgeschwemmt, die Augen so tief in den Höhlen, dass sie fast schwarz wirkten. Jetzt müsste sich sogar Schwester Benigna anstrengen, wenn sie ihm noch Heilung bringen wollte.

»Ich hab sie alle einsperren lassen«, rief er, kaum hatten sie die ersten Grußworte getauscht. »Kanonikus Dudo war so freundlich, an meiner Stelle die ersten Verhöre zu übernehmen. Bist du nun endlich zufrieden, geliebte Tochter? Ich wünschte nur, ich könnte mit all meinen Feinden auf diese Weise verfahren!«

»Wovon redet Ihr, Exzellenz?«, fragte Hildegard, die ahnte, worum es ging.

»Von den guten Christen. Einige konnten sich offenbar

noch rechtzeitig absetzen und sind spurlos verschwunden, doch wenigstens sitzen zehn von ihnen in den unterirdischen Verließen von Sankt Jakob, wo die Ratten an ihnen nagen. Dieser Spuk wird also bald vorüber sein, und ich kann nur hoffen, der andere auch.«

Theresa, war das Einzige, was die Magistra auf einmal noch denken konnte. War sie geflohen? Oder gehörte sie zu den Eingekerkerten? Sie konnte ihn ja kaum danach fragen.

»Wieso weilt Ihr nicht in Mainz, Euer Exzellenz?«, fragte sie, als er sie in einen behaglich eingerichteten Raum geführt hatte, den ein großes Kaminfeuer erwärmte.

»Das will ich dir gern sagen. Bevor die Aufrührer nicht zu Kreuze gekrochen sind, und zwar bedingungslos, setze ich keinen Fuß mehr in diese Stadt.« In seinen Augen war ein merkwürdiges Flackern, das sie an Totenlichter erinnerte, die sich im Wind bewegten. »Sie sollen bereuen, was sie mir angetan haben, und sich unter der Strafe beugen, die sie verdienen. Verweigern sie das, wird sie das Schlimmste treffen.«

Aus einem Schreiben Hugos wusste Hildegard, wie umfangreich der Katalog war, den Arnold ersonnen hatte: Harmschar der Aufrührer, barfuß und in Büßergewändern durch die ganze Stadt, Verbannung der führenden Ministerialiengeschlechter aus Mainz, bis er ihnen eines Tages gnädig die Rückkehr erlauben würde, Wiederaufbau der zerstörten und abgebrannten Gebäude, Zahlung einer enormen Summe als Wiedergutmachung, deren Höhe ihr schier den Atem genommen hatte.

»*Er will seine Gegner brechen*, hatte Hugo geschrieben, *was sich gegen ihn richten könnte. Für Arnold von Selenhofen geht es nur um seinen Stolz, den er als besudelt betrachtet. Dabei übersieht er freilich, dass sein schlimmster Feind ihm wie die*

Laus im Pelz sitzt: Kanonikus Dudo. Während der Erzbischof gegen die anderen streitet, kann der in Seelenruhe die Schlinge zuziehen ...«

»Und Kanonikus Dudo?«, fragte Hildegard vorsichtig. »Ein begabter, aber auch sehr ehrgeiziger Mann, der genau weiß, was er will. Wie steht er eigentlich zu dem Ganzen?«

»Hätte ich mehrere wie ihn an meiner Seite, ich müsste mich nicht Nacht für Nacht schlaflos im Bett wälzen«, erwiderte Arnold. »Dudo ist mein zweiter Petrus: ein Fels in der Brandung. Ohne ihn wäre ich verloren.«

Was sollte sie ihm darauf entgegnen? Offenbar wollte er nicht sehen, welche Natter er an seinem Busen genährt hatte.

»Dem geschlagenen Feind die Hand zu reichen, zeichnet den wahrhaft Großen aus«, sagte sie. »Auch wenn es unserer menschlichen Natur manchmal schwerfallen will. Dann sollten wir uns daran erinnern, dass der Schöpfer uns nach Seinem Ebenbild erschaffen hat. Verzeiht Er in seiner unendlichen Güte nicht immer wieder unser sündiges Tun?«

Die schütteren Brauen Arnolds hatten sich zornig zusammengezogen.

»Spar dir die Mühe, mich umstimmen zu wollen!«, rief er aufgebracht. »Es wird dir nicht gelingen. Dieses Mal sind sie zu weit gegangen. Ich verlange Unterwerfung. Mit weniger werde ich mich nicht zufriedengeben. Und wenn erst einmal die starken Truppen des Löwen hier eingetroffen sind ...«

Ein Klopfen an der Tür unterbrach ihn. Ein Bewaffneter kam herein und flüsterte Arnold etwas zu.

Das müde, gelbliche Gesicht wirkte plötzlich erleichtert.

»Herzog Heinrichs Männer!«, sagte er. »Er hat tatsächlich Wort gehalten. Unter ihrem Schutz fühle ich mich gleich sehr viel sicherer. Jetzt kann ich den Mainzern entgegentreten – sobald meine Bedingungen zur Gänze erfüllt sind.«

Es hatte keinen Sinn, sich weiter anzustrengen, er würde ja doch nicht zuhören. Arnolds Aufmerksamkeit galt nun ausschließlich Brünnen, Schwertern und Speeren. Hildegard küsste den Bischofsring und ging. *Richte dich also zu Gott empor, denn deine Zeit kommt schnell* – die Botschaft des Lebendigen Lichts erschien ihr plötzlich in den blanken Himmel geschrieben.

Der Innenhof hatte sich plötzlich in ein Heerlager verwandelt. Die meisten Männer waren jung und schwer bewaffnet. Hildegard konnte durchaus verstehen, dass deren Anwesenheit den Erzbischof zuversichtlicher machte. Ihr dagegen bereitete so viel kampfbereites Eisen eher Unbehagen. Sie war schon vor dem Tor angelangt, als ihr Blick auf einen jungen Ritter fiel, der sie fassungslos anstarrte. Zuerst wollte sie die Stirn runzeln und ihn zornig anfunkeln, um ihm zu zeigen, was sie von solch einer Unverfrorenheit hielt, dann aber zögerte sie, weil etwas in ihr anschlug.

Diese blitzblauen Augen. Das zerzauste blonde Haar. Er war so viel größer und um einiges stattlicher geworden, aber waren seitdem nicht auch viele Jahre ins Land gegangen?

»Gero?«, fragte sie zögernd. Er konnte kein Ritter sein – und doch stand er vor ihr in Gambeson und Brünne, mit gegürtetem Schwert.

Der junge Mann erblasste und wich unwillkürlich zurück. Neben ihm stand ein dunkelhaariger Ritter, einige Jahre älter, der ihn besorgt musterte.

»Gero von Ortenburg?«, ergänzte sie ihre Frage. »Gero – das bist du doch!«

»Wo ist meine Schwester?«, rief Gero. »Ist sie noch immer hinter Euren Klostermauern begraben?«

»Ich wünschte, dem wäre so«, erwiderte Hildegard. »Aber Theresa hat sich leider für einen gefährlichen Weg entschieden, der sie womöglich hinter Kerkermauern geführt hat.«

»Was soll das heißen?« Gero kam langsam näher. Auch die anderen Umstehenden wurden langsam aufmerksam.

»Komm auf den Rupertsberg!«, sagte Hildegard leise. »Dann wirst du mehr erfahren.«

»Ins Kloster? Damit Ihr mich noch einmal rauswerfen könnt? Ich denke gar nicht daran!«, rief Gero patzig. »Wir sind gekommen, um den Erzbischof von Mainz zu schützen – und genau das werden wir auch tun.«

»Im Jakobskloster zu Mainz könnte sie gefangen sein«, flüsterte Hildegard und musste dabei ihren ganzen Stolz vergessen. »Tief unten, wo die alten Verließe sind. Rette sie, Gero! Ich hoffe beim Allmächtigen, es ist dafür noch nicht zu spät.«

※

MAINZ – JUNI 1160

Die einen hatten längst gestanden, allerdings diejenigen, auf die es ihm weniger ankam, und dass die anderen weiterhin verstockt blieben, brachte Dudo von Tag zu Tag mehr in Rage. Er spürte, wie ihm die Zeit davonlief, denn die gefangenen Ketzer im Jakobskloster waren ja nur das eine seiner Probleme. Das weitaus größere und das, was ihn von der Erfüllung seiner ehrgeizigen Träume trennte, hieß Arnold von Selenhofen; der hockte seit Wochen in St. Alban, als sei er dort festgewachsen.

»Rede endlich!« Dudo gab der jungen Frau vor ihm einen Stoß. »Die Dürre hat dich der schwersten Vergehen beschuldigt. Wenn du den Mund nicht aufmachst, kann es nur noch schlimmer werden.«

Theresa starrte zu Boden. Die langen Wochen im Loch hatten sie mürbe und dünnhäutig gemacht, Hunger und Schmutz ein Übriges getan. Inzwischen war sie an Ratten und Ungeziefer gewöhnt. Sie roch nicht einmal mehr, wie sehr sie stinken musste.

Was wollte er noch von ihr?

Sie hatte niemals zu den guten Christen gehört. Allein ihre Liebe zu Willem hatte sie zu ihnen geführt und dazu gebracht, bei ihnen auszuharren. Sie durfte nicht an den Geliebten denken, sonst würde sie nur wieder zu weinen beginnen, und das wollte sie nicht vor diesem Kirchenmann. Sollte er doch poltern und drohen! Sie hatte ihr Kind verloren. Was konnte sie noch berühren?

Alles in ihr war längst gestorben.

»Du hast die ungeborenen Kinder getötet.« Dudos Worte waren wie Peitschenhiebe. »Und du hast sie, um dein Verbrechen zu verbergen, anschließend auch zu diesem verfluchten Ort gebracht, den ihr den ›Friedhof der verlorenen Kinder‹ nennt …«

»Nein!«, schrie Theresa. »Nein! Nein!« Sie stürzte zu Boden und bewegte sich nicht mehr.

Dudo musste ein Lächeln unterdrücken. Sie war beinahe so weit. Noch ein Verhör, und sie würde alles gestehen, was man ihr in den Mund legte.

Ein Klopfen an der Tür.

»Kanonikus?« Der eintretende Mönch verbeugte sich ehrfurchtsvoll. »Ich komme vom Erzbischof. Heute Abend wird er mit einigen aus seinem Schutztrupp Sankt Alban verlassen, um hierher ins Kloster Sankt Jakob zu kommen. Sorgt dafür, dass alles für ihn bereit ist!«

Dudo legte die Fingerspitzen behutsam aneinander.

»Seine Exzellenz kann sich ganz auf mich verlassen«, sagte er. »Richte ihm das bitte aus!«

Der Mönch verschwand.

»Bringt sie zurück in die Zelle!«, wies Dudo die beiden Wächter an, die schweigend zugesehen hatten. »Später werde ich sie noch einmal gründlich in die Mangel nehmen.«

✣

»Wie sollen wir nur in diesem Labyrinth Theresa finden?« Missmutig stieß Gero mit seiner Stiefelspitze gegen die Mauer. »Wir hätten längst schon hierherreiten und nicht so viel kostbare Zeit verstreichen lassen sollen!«

»Der Herzog hat uns befohlen, den Erzbischof zu schützen«, entgegnete Freimut. »Arnold von Selenhofen hat das Jakobskloster wohlbehalten erreicht. Damit ist dieser Auftrag nun erledigt, obwohl ich nicht verstehen kann, dass der Erzbischof darauf bestanden hat, so viele unserer Männer in Sankt Alban zurückzulassen. Er wird schon seine Gründe haben! Jetzt sollten wir erst einmal herausfinden, ob deine Schwester auch wirklich hier ist.«

»Sie muss hier sein!«, rief Gero. »Sonst hätte die Magistra es doch nicht gesagt. Man hat sie schon lange eingekerkert. Vielleicht ist sie sterbenskrank oder halb verhungert. Wenn wir sie nicht befreien können …«

»Und die anderen Ketzer? Sie haben doch nicht nur Theresa eingesperrt.«

»Was scheren mich die anderen? Auf sie kommt es an! Theresa ist wie die Sonne nach einem Regentag, fröhlich, stark und mutig. So viele Jahre hab ich sie nicht mehr gesehen, und wenn ich mir nun vorstelle, dass wir womöglich zu spät kommen …« Gero wandte sich rasch ab.

»Wir sollten am besten strategisch vorgehen«, schlug

Freimut vor. »Tief unten, hat die Magistra gesagt. In den alten Verließen. Dort suchen wir nach deiner Schwester.«

»Sie werden sie kaum freiwillig herausgeben«, gab Gero zu bedenken.

»Und wenn schon! Das wollten die Cremasker auch nicht mit ihrer Stadt – und dennoch haben wir sie schließlich erobert und dem Erdboden gleichgemacht.« Beherzt löste Freimut eine brennende Fackel aus ihrer Halterung. »Die werden wir im Bauch der Hölle gut gebrauchen können. Gehen wir!«

✢

Die Andacht war vorüber, das einfache Abendessen beendet. Arnold von Selenhofen hatte sich von der Tafel erhoben, die er mit den Benediktinern brüderlich geteilt hatte, und war auf dem Weg zum Abthaus, als sich plötzlich hinter ihm Stimmengewirr erhob.

»Wo ist er?«, hörte er jemanden schreien. »Gebt ihn heraus, diesen Hundsfott, der unserem Mainz nichts als Schulden und Verderben gebracht hat!«

Erschrocken schaute der Erzbischof sich um. Als hätte er den stummen Hilferuf vernommen, stand plötzlich Dudo vor ihm.

»Es sind so viele, Eure Exzellenz«, sagte er. »Die Meingoten haben ganze Arbeit geleistet. Handwerker, Bauern – und alle wollen Euch an den Kragen!«

»Sie sind hier? Im Kloster? Um mir etwas anzutun?« Arnold schnappte nach Luft.

Der Kanonikus nickte. »Doch das werde ich nicht zulassen«, sagte er. »Folgt mir – ich bringe Euch hier raus!«

»Wohin?«, rief Arnold, schon halb im Laufen, weil die wütenden Stimmen immer näher kamen.

»Hinauf in den alten Glockenturm. Dort wartet Ihr, bis sie wieder abgezogen sind. Danach verschwinden wir durch einen unterirdischen Geheimgang.«

Sie hasteten durch die Nacht, bis sie vor der Kirche standen. Der Erzbischof blinzelte nach oben.

»Ich weiß nicht«, sagte er. »So weit hinauf in die Lüfte … Ich bin alles andere als schwindelfrei.«

»Beeilt Euch!« Fast gewaltsam schob Dudo ihn weiter. »Ich gehe inzwischen Verstärkung holen. Warum habt Ihr nicht gleich mehr Männer mitgebracht?«

Arnold machte sich plötzlich steif. »Weil Ihr mir doch dazu geraten habt«, sagte er. »›Lasst den Großteil der Männer in Sankt Alban!‹, so Eure Worte. Habt Ihr das schon vergessen, Kanonikus?«

»Nach oben!«, rief Dudo. »Sonst kriegen sie Euch doch noch zu fassen!«

Kaum war der Erzbischof außer Sichtweite, machte Dudo kehrt und lief den Verfolgern entgegen.

»Die Ratte sitzt in der Falle«, sagte er. »Jetzt fehlen nur noch Pech und Schwefel.«

✣

Der Gestank brachte sie schließlich ans Ziel, der Gestank nach Fäkalien und langsam verrottendem Menschenfleisch. Je weiter Gero und Freimut kamen, desto strenger wurde er.

»So erbärmlich hat es ja nicht einmal vor Crema gestunken.« Gero bemühte sich, nur noch ganz flach zu atmen. »Was haben sie nur mit ihnen gemacht?«

»Ein paar Monate ohne Wasser schaffen das von ganz allein«, knurrte Freimut. »Der größte Feind des Menschen ist und bleibt nun einmal der Mensch. Deine arme Schwester – wir bereiten dem hier jetzt ein schnelles Ende!«

Die beiden Wächter vor Theresas Verließ schlugen sie mit den Fäusten zusammen und fesselten sie danach so gründlich, dass sie sich nicht mehr rühren konnten. Knebel zwischen den Zähnen hinderten sie am Schreien. Um an den Schlüssel zu kommen, hatte Gero dem jüngeren der beiden Wächter zwei Finger gebrochen.

Jetzt aber zitterte seine Hand beim Aufschließen.

Theresa wich ängstlich zurück, als sie die beiden Gestalten vor sich sah.

»Theresa!« Geros Stimme drohte auf einmal zu versagen. »Ich bin hier, um dich zu holen. Komm! Du brauchst keine Angst mehr zu haben!«

Mit weit aufgerissenen Augen starrte sie Freimut an, der die Fackel hochhielt, und rührte sich nicht von der Stelle.

»Mein Freund«, rief Gero. »Nein, mein Bruder. Freimut hat mir beigebracht, wie man ein Ritter wird. Du kannst ihm vertrauen, Schwester. Er hat mir schon einmal das Leben gerettet!« Er griff nach ihrer Hand und zog die Widerstrebende weiter.

»Ich gehe nicht ohne ihn.« Theresa blieb stehen. »Nicht einen einzigen Schritt!«

»Ohne wen?«, fragte Freimut.

»Willem. Er ist im Verließ gegenüber. Wenn ihr ihn nicht mitnehmt, bleibe ich auch hier.«

»Rettet uns! Hilfe!«, hörte man auf einmal einen Mann schreien. »Holt uns hier heraus! Ich werde Euch dafür reich belohnen.«

»Das ist Adrian«, sagte Theresa tonlos. »Willems Onkel.«

Sie taumelte, suchte vergeblich nach einem Halt. Freimut drückte die Fackel Gero in die Hand. Dann fing er die Ohnmächtige in seinen Armen auf.

✣

Dunkle Schwaden und beißender Rauch hatten den Erzbischof zum Abstieg gezwungen. Eine unheilvolle Idee – denn am Fuß der schmalen Turmtreppe erwarteten ihn bereits die Verschwörer. Fäuste trafen seine Schläfe, Tritte seinen Brustkorb, derbe Stiefel brachen ihm die Hände. Schließlich ließen ihn die Verschwörer einfach liegen und rannten davon.

Sie hatten ihr Ziel erreicht. Doch der Erzbischof von Mainz war noch nicht ganz tot.

Als er einen Schatten über sich spürte, riss er ein blutverklebtes Auge auf. Beim Versuch zu sprechen, spuckte er einige Zähne aus.

»Warum?«, gurgelte er schließlich.

»Weil ich nun mal der Bessere bin«, sagte Dudo kalt. »Und deine Selbstherrlichkeit ein Ende haben muss. Das hier hab ich mir bis zuletzt aufgespart.«

Er zog sein schlankes Messer heraus und trieb es Arnold direkt ins Herz.

»Fahr zur Hölle!«, sagte er. »Auf Nimmerwiedersehen, Arnold von Selenhofen!«

Das Geräusch von Stiefeltritten ließ den Mörder zusammenfahren. Er duckte sich und verschwand im Schutz der Nacht.

✣

Als die Befreiten das Kloster längst verlassen hatten, standen Gero und Freimut vor der verunstalteten Leiche des Erzbischofs.

»Wir werden uns vor dem Herzog verantworten müssen«, sagte Freimut bedrückt. »Wir hätten ihn schützen müssen. Wir haben versagt. Ich hoffe nur, dass wir Herzog Heinrichs Gunst nicht für immer verloren haben.«

»Wir hatten schließlich Besseres zu tun«, erwiderte Gero. »Ein Ritter hat für die Schwachen zu kämpfen. Hast du nicht gesehen, was sie aus meiner schönen, stolzen Schwester gemacht haben?«

»Man hat sie der Ketzerei angeklagt ...« Freimut wollte nicht zugeben, wie tief Theresas Bild sich trotz der kurzen Begegnung in ihm eingebrannt hatte.

»Theresa eine Ketzerin? Dass ich nicht lache!«, rief Gero. »Sie ist viel klüger als ich. Niemals würde sie diesen Seelenfängern auf den Leim gehen!«

Plötzlich bückte er sich und berührte das Messer, das zwischen Arnolds Rippen steckte.

»Das kenne ich.« Seine Stimme klang dumpf. »Ich weiß, wem es gehört. Gewisse Dinge vergisst man niemals.«

»Ein gewöhnliches Messer? Du irrst dich sicherlich. Sei kein Dummkopf, Gero!«

Der junge Ritter schüttelte stumm den Kopf. Ein Stachel in meinem Fleisch, dachte er. Ein spitzer Stachel, von dem ich mich eines Tages befreien werde.

Drittes Buch
ERNTEN

🙰 1161 BIS 1163 🙰

Acht

TRIER – HERBST 1162

»Pressen!«, rief Theresa. »*Pressen!*«

Das Gesicht der Gebärenden verzerrte sich vor Anstrengung. Schweiß stand in hellen Tropfen auf ihrer Stirn, die Theresa mit einem Tuch abtupfte, sobald die Wehe vorüber war.

»Ich kann nicht mehr!«, stöhnte die Frau. »Meine Kraft ist ...«

»Du ahnst nicht einmal, welche Kräfte noch in dir stecken«, sagte Theresa und träufelte ein paar Tropfen Wasser auf die aufgesprungenen Lippen. »Komm schon, Hanna, du hast es bald geschafft! Ich kann das helle Köpfchen schon sehen.«

Die nächste Wehe schob das Kind heraus, und sofort ertönte ein lauter, empörter Schrei.

»Was ist es?«, rief Hanna. »Ein Sohn?«

»Ein rosiges, gesundes Mädchen«, sagte Theresa. Sie klemmte die Nabelschnur ab, rieb das Kind trocken, hüllte es in warme Tücher und legte es neben seine Mutter.

»Sie hat Simons Nase. Und seine blauen Augen!«, sagte Hanna aufgeregt. »Hast du gesehen, wie wunderschön sie ist?«

»Wie hätte sie auch hässlich werden können bei dieser Mutter?«, erwiderte Theresa lachend. »Es ist ja noch nicht einmal dunkel geworden, so schnell ist es gegangen. Siehst du, deine ganze Angst war umsonst. Ich hab dir gleich gesagt, dass dir die Geburt nicht schwerfallen wird.«

»Danke, dass du gekommen bist! Die jüdische Hebamme ...« Hannas Lächeln war verschwunden. »Es zieht plötzlich wieder so jämmerlich in meinem Leib, als würde es noch weitergehen«, sagte sie. »Aber mein Kind ist doch schon da!«

»Die Nachgeburt«, sagte Theresa. »Manchmal kann es schmerzhaft sein, bis sie ausgestoßen ist.«

Doch als ihre Hände behutsam nach unten tasteten, berührten sie etwas Faustgroßes, das sich leicht herauswölbte und im nächsten Augenblick mit einem Schwall platzte.

Fruchtwasser lief heraus.

Vor Überraschung blieb Theresa zunächst stumm, bis sie endlich ihre Sprache wiedergefunden hatte.

»Da kommt ja noch ein Zweites!«, rief sie. »Pressen, Hanna, pressen!«

Mit dem Gesicht nach unten wurde ein kleiner Junge geboren, der stark röchelte, Fruchtwasser spuckte und eine Art dünnes Miauen von sich gab, bevor er einen Klaps auf den Hintern bekam und endlich schrie. Auch er wurde abgenabelt und gesäubert, musste jedoch kräftiger und länger abgerieben werden als sein Schwesterchen, bis auch seine bläulichen Händchen und Füßchen rosig geworden waren, und er Hanna warm eingehüllt in den anderen Arm gelegt werden konnte.

»Da hast du deinen Sohn«, sagte Theresa. »Auch er ist ganz gesund.«

Plötzlich stand Simon in der Tür, ein Bär von einem Mann, dessen bärtiges Gesicht vor Freude zu zerfließen schien. Hinter ihm schob sich Joshua ins Zimmer, ein schmaler, dunkler Junge mit scheuen Mandelaugen.

»Lebt sie noch?«, hörte Theresa ihn angstvoll flüstern. »Oder ist Hanna etwa auch ...«

Sie packte den Jungen und zog ihn in eine feste Umarmung.

»Natürlich lebt sie«, sagte sie. »Und du Glückspilz hast gerade auf einen Schlag zwei neue Geschwisterchen bekommen. Ist das etwa kein Wunder?«

Der Junge schien ihre Wärme zu genießen und ließ sich die schützenden Arme nur allzu gern gefallen, bis er sich auf einmal abrupt aus ihnen befreite.

»Mama war auch nicht gleich tot.« In seinem Gesicht stritten Hoffnung und Angst. »Aber dann hat sie plötzlich nicht mehr zu bluten aufgehört, und das Kleine …«

Sein Blick glitt zu den besudelten Leinentüchern, nicht gerade der passende Anblick für einen furchtsamen Zehnjährigen, wie Theresa fand, vor deren Augen plötzlich wieder die bedrückenden Bilder jener Nacht im Kloster standen, die sie bis heute verfolgten. Deshalb hatte sie sich entschlossen, Wehmutter zu werden. Wie glücklich sie sich schätzen konnte, jetzt endlich wieder Leben zu ermöglichen, anstatt es verhindern zu müssen!

»Ihr Männer geht jetzt am besten hinaus.« Resolut schob sie Vater und Sohn aus der Gebärstube. »Und sobald alles ganz zu Ende ist, rufe ich euch. Einverstanden?«

»Aber wenn Hanna doch …«, hörte sie Joshua draußen noch einmal aufbegehren, bis der väterliche Bass ihn zum Verstummen brachte.

Jetzt wäre es eigentlich Zeit für die Nachgeburt gewesen, doch die Wöchnerin schien keinerlei Kontraktionen zu haben. Ihr verklärter Blick glitt von dem Mädchen in ihrem rechten Arm zu dem Jungen, der links von ihr lag.

»Meine Judith!«, flüsterte sie. »Und mein Ruben!«

»Spürst du denn noch gar nichts?«, fragte Theresa nach einer Weile besorgt, weil es ihr inzwischen zu lange dauerte.

»Glück – und das gleich fuderweise!«

»Gib einem der beiden die Brust«, empfahl Theresa, weil Eva ihr beigebracht hatte, dass das Einschießen der Muttermilch die Nachgeburt in Gang setzen konnte.

Ruben schien zu müde zum Trinken, Judiths winzige Lippen aber schlossen sich fest um die Brustspitze. Hanna stieß ein leises Stöhnen aus, dann begann sie erneut zu lächeln.

»Wie gierig sie trinkt! Was aber, wenn jetzt auch er hungrig wird? Wird meine Milch dann für beide reichen?«

»Gib euch Zeit«, sagte Theresa, »den Kindern und dir selbst! Es wird ein Weilchen dauern, bis ihr euch aneinander gewöhnt habt. Daran solltest du denken, Hanna, wenn dir mittendrin alles über den Kopf zu wachsen droht. Vertrau dir! Dein Körper hat zwei Kinder getragen. Er wird dir auch die Milch für zwei schenken.«

Ein dankbares Nicken war die Antwort. Man hörte die Kleine friedlich schmatzen.

»Und?«, fragte Theresa schließlich. »Spürst du jetzt etwas?«

»Vielleicht ein zartes Ziehen. Mehr ist es nicht.«

Das reichte bei Weitem nicht aus. Theresa wurde immer unruhiger. Viel länger konnte sie nicht mehr warten, wollte sie Hanna nicht in Gefahr bringen. Im Kopf ging sie alles durch, was die beiden Wehmütter, bei denen sie gedient hatte, ihr beigebracht hatten. Sie war keine fertig ausgebildete Hebamme, doch das wusste nur sie allein. Niemand in Trier konnte erfahren haben, dass sie ihre Lehrzeit niemals abgeschlossen hatte. Die alte Wehmutter war gerade wie viele andere Trierer am Fleckfieber gestorben, als Willem und sie auf ihrer Flucht die Stadt an der Mosel erreicht hatten. Allen war es damals wie eine göttliche Fügung erschienen, dass die junge Frau des flämischen Händlers ausgerechnet Hebamme war.

Seitdem riefen sie Theresa, sobald ihre Stunde gekommen war. Sie galt als die neue Wehmutter von Trier, und es gab weit und breit niemanden mehr, den sie bei schwierigen Fällen hätte zurate ziehen können. So würde sie nun ohne Rückversicherung jenen speziellen Griff anwenden müssen, den Meline ihr nur ein einziges Mal vorgemacht hatte.

Und wenn er misslang?

Das durfte nicht geschehen, wenn sie einen aufgeregten kleinen Jungen, der ungeduldig vor der Tür hin und her trippelte, nicht noch unglücklicher machen wollte.

»Ich werde dir jetzt leider wehtun müssen«, sagte sie zu Hanna. »Aber es dauert nicht lang, wenigstens das kann ich dir versprechen. Du wirst es ebenso schnell vergessen haben wie die Schmerzen zuvor.« Sie spreizte ihre Hand, um sie geschmeidiger zu machen.

Hanna musterte sie besorgt.

»Es ist doch alles in Ordnung?«, fragte sie leise. »Wenn nicht, dann musst du es mir sagen.«

Theresa nahm die beiden Kinder und legte sie nebeneinander in die Wiege neben dem Bett.

»Du bekommst sie gleich wieder zurück«, sagte sie. »Stell die Beine auf! Alle beide! Schaffst du das? Ja, so ist es gut.«

Von außen rieb sie leicht in Höhe der Gebärmutter, um eine Wehe auszulösen. Als es so weit war, legte sie den Daumen auf die Vorderwand, während die übrigen Finger die Rückseite umfassten, und begann zu drücken.

Ein schriller Schmerzensschrei.

Unbeirrt griff Theresa nach der Nabelschnur und zog behutsam an ihr. Jetzt endlich löste sich die Secundia, wie Hebammen die Nachgeburt nannten. Sie fing sie in einer Schale auf, trug sie ans Fenster und untersuchte sie eingehend im Licht des späten Nachmittags.

Dazu stülpte sie die Eihäute nach unten und versuchte sich ein Bild von der Vollständigkeit zu machen. Die kindliche Seite war blaurot, glatt und spiegelnd, die mütterliche Seite fleischig und von dunklerem Rot. Die Secundia war groß, aber makellos an den Rändern, worauf es besonders ankam. Nicht ein Stück fehlte.

»Alles genau so, wie es sein sollte.« Erleichtert wandte Theresa sich der jungen Mutter zu. »Deine Zwillinge haben sich einen Mutterkuchen geteilt. Weißt du, was das bedeutet? Ein Leben lang werden sie die allerbesten Freunde sein, so sagt man wenigstens.«

Zu ihrer Verblüffung begann Hanna laut zu schluchzen. Und der kleine Ruben wachte auf und krähte jämmerlich los.

»Du musst doch keine Angst haben«, versuchte Theresa die junge Mutter zu beruhigen, hob die Kinder aus der Wiege und legte sie wieder neben die Wöchnerin. »Jetzt kann sie dir keiner mehr nehmen.«

»Das ist es nicht.« Tränen rannen über Hannas Gesicht. »Es ist nur, weil du mir geholfen hast, ohne zu fragen. Die jüdische Hebamme hatte sich nämlich geweigert zu kommen. Was hätte ich allein nur tun sollen?«

»Weil ihr heute Sabbat feiert?« Auch nach den mehr als zwei Jahren, die sie nun schon in Trier lebten, verstand Theresa noch immer viele der komplizierten Vorschriften nicht, an die ihre jüdischen Nachbarn durch ihre Religion gebunden waren.

»Einer Jüdin hätte sie auch am Sabbat beim Gebären beistehen müssen, weil der Schutz des Lebens das höchste Gut ist. Aber für mich gilt das nicht. Weil ich nämlich … keine Jüdin bin. Aber ich liebe meinen Simon von ganzem Herzen, auch wenn ich ihn niemals heiraten kann.«

»Du bist keine Jüdin?«, wiederholte die Wehmutter verwundert. »Und auch nicht Simons Ehefrau?«

»Willst du die ganze Geschichte hören?«, kam es schwach vom Wochenbett.

»Morgen«, entschied Theresa. »Wenn ich wiederkomme, um die Zwillinge und dich zu versorgen. Jetzt aber wollen wir Simon und Joshua nicht länger warten lassen!«

Sie hatte nicht weit zu gehen, um das schmale Haus zu erreichen, in dem sie hier lebten. Hinaus durch die Judenpforte, dann weiter um die beiden nächsten Ecken, bis sie in der schattigen Brotgasse angelangt war, wo die Gebäude sich so dicht gegenüberstanden, dass selbst im Hochsommer kaum Sonne einfiel. Anfangs hatte Theresa sich daran gestört, doch im Lauf der Zeit dachte sie nicht mehr daran. Der Name der Gasse hatte ihr gleich gefallen, denn er klang nach Leben und Nahrung, vielleicht sogar nach Hoffnung, die wie ein zartes Pflänzlein in ihr zu keimen begonnen hatte.

Heute freilich war dieses Pflänzlein kräftig gebeutelt worden. Sie hatte große Angst um Hanna gehabt, Hanna, die mit einem jüdischen Mann lebte, aber selbst keine Jüdin war – und trotzdem den Mut besessen hatte, Kinder zu bekommen!

Ob Willem von diesem Geheimnis wusste?

Wenn ja, dann hatte er ihr gegenüber niemals auch nur die winzigste Andeutung fallen lassen. Dabei war er oft mit Simon ben Jehuda zusammen, dem Einzigen in Trier, der seine neue Walkmühle mit Silber und guten Vorschlägen tatkräftig unterstützt hatte. Durch Zufall war er dem aufgeschlossenen jüdischen Fernhändler begegnet, mit dem er die Leidenschaft für Stoffe teilte, und irgendwann hatte er dann den Mut gefasst, ihm von seinem kühnen Vorhaben zu erzählen.

Simon hatte die Idee von Anfang an gefallen. Er war es auch gewesen, der Willem ins Mühlenviertel gebracht hatte, nur ein paar Meilen von Trier entfernt, wo am Ufer des Zewener Bachs einige Wassermühlen in Betrieb waren. Eine davon hatten sie gekauft und nach Willems Plänen zur Walkmühle umbauen lassen.

Das Geschäft lief gut an. Die Qualität der gewalkten Stoffe übertraf sogar alles, was Willem früher in Mainz hergestellt hatte, und er hoffte inständig, dem Juden so bald wie möglich das Geld, das der ihm vorgestreckt hatte, zurückzahlen zu können. Was freilich bedeutete, dass er seine ganze Kraft der Mühle widmen musste, oft bereits in der Morgendämmerung auf seiner temperamentvollen Maultierstute nach Zewen ritt und erst wieder nach Hause kam, wenn der Mond schon am Himmel stand.

Heute erwartete Theresa ihn ungeduldiger als sonst. Was, wenn er gar nicht direkt von der Mühle kam, sondern noch einen Abstecher in die Fleischgasse gemacht hatte, wo sich in einer schäbigen Absteige einige Huren einquartiert hatten und dort ihre Freier empfingen? In letzter Zeit war Willem oft so müde und abgeschlagen gewesen, dass ihr dieser Gedanke schon mehr als einmal durch den Kopf gegangen war.

Unruhig hantierte sie in der Küche, rückte den Suppentopf zurecht, in dem ein kräftiger Eintopf garte, und prüfte, ob das Brot noch weich genug war. Sie hatte das Gericht mit Hühnerfleisch zubereitet, das Willem seit einiger Zeit aß, um Kraft für seine anstrengende Arbeit zu schöpfen, wenngleich es ihm nicht besonders zu schmecken schien. Auch Eier, Milch und Käse mied er nicht länger, obwohl Theresa niemals ganz das Gefühl loswurde, er tue es allein ihretwegen.

Ob er wirklich mit der Vergangenheit abgeschlossen hatte? Jedes auch noch so winzige Abrücken von den gestrengen Geboten der guten Christen erwärmte ihr Herz, jedes fröhliche Lachen auf seinem Gesicht stimmte sie hoffnungsfroh, auch wenn sie beide noch immer kein Priester offiziell getraut hatte. Theresa war entschlossen, damit so lange zu warten, bis Willem auch wirklich innerlich bereit war. Wenigstens gehörten Brotsegnung und vor allem diese schreckliche öffentliche Beichte der Vergangenheit an. Irgendwann würden vermutlich auch die quälenden Albträume der Kerkerhaft verblassen ebenso wie die Schuldgefühle, dass sie Adrian und Magota unterwegs zurückgelassen hatten, um ihr eigenes Glück zu wagen.

Wie anders hätten sie handeln können? Nur so gab es die Aussicht auf eine gemeinsame Zukunft – zumindest hatte Theresa seit dem letzten Sommer fest daran geglaubt. Der Mann, den sie liebte, schien auf dem besten Weg zurück ins Leben. Sie waren keine Außenseiter mehr und teilten kein furchtbares Geheimnis, das sie von allen anderen trennte. Jetzt unterschied sie kaum etwas von den restlichen Bürgern Triers.

Aber bedeutete das auch, dass Willem wie viele andere Männer heimlich zu den Hübschlerinnen schlich?

Prüfend schaute Theresa an sich hinunter. Sonderlich anziehend sah sie nicht aus. Das Gewand mit den Spuren von der Entbindung lag im Korb, um am nächsten Waschtag am Moselufer kräftig geschrubbt zu werden. Doch was sie jetzt trug, war wenig kleidsam: ein sauberes, kastenförmiges Hemd, über dem ein grünliches loses Überkleid saß, das lediglich ein schmaler Ledergürtel zusammenhielt. Weil das Geld nach ihrer Flucht so knapp gewesen war, hatten sie sich anfangs mit dem Einfachsten begnügen müssen, was Theresa nicht viel ausgemacht hatte. Nur das rote Festkleid der Mutter, das in Mainz zurückgeblieben war, fehlte ihr manchmal.

Aber wäre es jetzt, nachdem es aufwärtsging, nicht langsam an der Zeit, Hanf und grobes Leinen hinter sich zu lassen? Ada hatte ihr von klein auf eingeschärft, dass eine Frau sich stets anziehend kleiden sollte. Theresa hatte diesen Ratschlag nur vergessen, weil es Wichtigeres gegeben hatte. Wichtig war vor allem, zu überleben. Und dabei möglichst keine Spuren zu hinterlassen, die Adrian verfolgen konnte.

Deshalb auch der Weg nach Westen. Deshalb Trier, wo sie bislang auf keine Mitglieder der guten Christen gestoßen waren, die sie hätten verraten können.

Theresa schüttelte den Kopf. An den schäbigen Stoffen lag es nicht, dass sie sich Sorgen um ihre Liebe machen musste, das wusste sie natürlich. Es war diese Fremdheit, die sich immer wieder zwischen sie und Willem schob, sobald sie an das Ungeborene denken musste, das sie durch Melines eigenmächtiges Handeln verloren hatte. Die Mainzer Wehmutter hatte es gut gemeint, hatte ihr in einer offenbar bedrängten Lage helfen wollen – und sie dabei doch so tief verletzt. Aus Angst, erneut zu empfangen und noch einmal Ähnliches durchmachen zu müssen, hatte Theresa Willem abgewiesen, sobald er sich ihr zu nähern versuchte, und scheinbar hatte er sich klaglos in ihre Entscheidung gefügt. Sie jedoch traute diesem Frieden schon länger nicht mehr.

Zwar waren Willem durch Adrian von Kindheit an Keuschheit und Enthaltsamkeit als höchste Tugenden gepredigt worden, doch dank der Liebe zu ihr hatte er die Wonnen der körperlichen Lust sehr wohl zu schätzen gelernt. Man konnte nur das vermissen, was man kannte und liebte. Und dass Willem das tat, spürte Theresa, selbst wenn er ihr gegenüber niemals davon sprach.

Wie lange hielt ein gesunder Mann solchen Entzug aus, ohne sich auf anderem Weg Erleichterung zu verschaffen? Und lag nicht genug an Schrecklichem hinter ihnen, um ihm endlich in ihren Armen seliges Vergessen zu schenken?

Theresa löste den Zopf, den sie trug, um während der Geburten möglichst ungestört arbeiten zu können. Am letzten Markttag hatte sie aus einem plötzlichen Impuls heraus an einem der Stände einen geschnitzten Kamm aus Hirschhorn gekauft, den sie nun so lange durch ihr dunkles Haar zog, bis es seidig und knisternd auf ihre Hüften fiel.

Sie war gerade damit fertig, als die Tür aufging. An dem Leuchten in Willems geheimnisvollen Augen, die sie noch immer in den Bann zogen wie bei der allerersten Begegnung, erkannte sie, dass ihre Überraschung offenbar gelungen war.

✣

RUPERTSBERG – HERBST 1162

O König, es ist sehr nötig, dass Du vorsichtig handelst. Ich sehe dich nämlich in einer geheimnisvollen Schau wie ein Kind und wie einen unbesonnen lebenden Menschen vor den lebendigen Augen Gottes. Trotzdem aber hast Du noch Zeit zur Herrschaft über irdische Belange. Hüte Dich aber, dass der himmlische König Dich nicht wegen der Blindheit Deiner Augen, die nicht recht sehen, wie Du das Zepter zum richtigen Regieren in Deiner Hand halten sollst, niederstreckt! Sieh auch darauf, so zu sein, dass die Gnade Gottes in Dir nicht versiegt!

»Ist das nicht etwas zu hart dem Kaiser gegenüber?« Bruder Volmar sah die Magistra bedenklich an.

»Ich finde, er hat recht mit seinem Einwand, hochwürdige Mutter«, schaltete sich nun auch Schwester Hedwig ein. »Zumal wir ja noch immer auf den kaiserlichen Schutzbrief hoffen. Erst wenn wir auch diese Urkunde in Händen halten, wird unser Glück vollständig und die Zukunft dieses Klosters für alle Zeit gesichert sein.«

Hildegard erhob sich. Jeder Zoll ihrer Haltung verriet den Unmut, der in ihr aufstieg.

»Bin ich jetzt nur noch von Kleinmütigen umgeben?«, rief sie. »Wie könnt ihr es wagen, so berechnend zu denken? Das Lebendige Licht, das mir diese Worte eingab, kennt weder Titel noch Rang. Vor ihm sind alle Menschen gleich: Sünder und doch Geschöpfe Gottes, die Er von ganzem Herzen liebt. Einzig und allein aus Liebe lässt es Friedrich Barbarossa diese Warnung zukommen. Er steht in der Verantwortung, das Schisma, zu dem er selbst beigetragen hat, so schnell wie möglich wieder zu beenden. Denn wie jeder menschliche Körper nur ein Haupt haben kann, das ihn lenkt, so bedarf auch die heilige Kirche eines einzigen würdigen Nachfolgers Petri, der ihre Geschicke leitet.«

Sie war in ihrer Empörung so laut geworden, dass viele der gerade noch eifrig gebeugten Köpfe von ihren Schreibpulten hochschreckten. Niemals zuvor war es im Scriptorium so voll gewesen, weil immer mehr Frauen die Aufnahme in das Kloster auf dem Rupertsberg begehrten; mehr als fünfzig Nonnen lebten inzwischen hier. Nicht nur Adelige, sondern auch viele Mädchen und Frauen aus Ministerialienfamilien oder einfachem Bürgerstand wollten Bräute Christi werden. Doch war die Magistra bislang ihren Prinzipien treu geblieben und hatte alle abgewiesen, die nicht von edler Geburt waren. Gott hat die Menschen mit Bedacht unterschiedlichen Ständen zugeordnet, die sie ein Leben lang nicht verlassen sollten, so lautete ihre tiefste Überzeugung. Und dennoch tat ihr es in der Seele leid, so viele fromme Bewerberinnen vor den Kopf stoßen zu müssen. Die Lösung, überlegte sie, könnte eines Tages ein zweites Kloster sein, dem Rupertsberg angegliedert, in dem auch nichtadelige Schwestern nach der *regula Benedicti* lebten und arbeiteten. Doch bis es einmal so weit war, mussten erst noch viele andere Schwierigkeiten aus dem Weg geräumt werden.

»Niemand von uns würde sich jemals anmaßen wollen, die Weisheit des Lebendigen Lichts anzutasten«, lenkte Hedwig ein, die wusste, wie nachtragend die Magistra sein konnte, wenn sie sich geärgert hatte. »Es ging uns einzig und allein um die Art der Formulierung …«

»Was wahr ist, bedarf keinerlei Schnörkel oder Umschreibungen«, unterbrach sie Hildegard. »Schlichtheit ist und bleibt das prächtigste aller Kleider.«

Doch der Einwurf aus zwei so unterschiedlichen Mündern schien sie nachdenklich gemacht zu haben, denn sie nahm noch einmal Volmars Abschrift zur Hand und las sie stirnrunzelnd durch.

»Alles bleibt, wie es ist.« Sie ließ das Pergament sinken. »Allerdings werde ich einen Zusatz anfügen, der dem Kaiser zeigen soll, wie sehr uns sein Heil und seine Zukunft am Herzen liegen.«

Sie wandte sich an Schwester Lucilla und begann laut zu diktieren: »Schreib!«

O Diener Gottes, möge der Heilige Geist Dich belehren, dass Du gemäß Seiner Gerechtigkeit lebst und richtest. Wenn Du das getan, wirst Du von Deinen Feinden niemals überwunden werden, wie auch David niemals überwunden werden konnte, weil er all seine Gerichte in Gottesfurcht vollzog.

Und wisse, dass ich Gott aus ganzem Herzen bitten werde, Er möge Dich trösten durch einen Ihm wohlgefälligen Erben und wunderbar an Dir Seine Barmherzigkeit erweisen, damit Du durch ein gutes und gerechtes Leben in dieser Zeitlichkeit verdienst, nach dem Tod von Ihm hinübergeführt zu werden in die Ewigen Freuden.

»Beziehst du dich auf jenes spezielle Schreiben, das die Kaiserin durch ihre engste Vertraute an uns geschickt hat?«, fragte Schwester Hedwig, als die anderen schon auf dem Weg zur Messe waren. »Hat dir Eva mit ihrem Wissen bei der Beantwortung ein wenig helfen können?«

»Beatrix von Burgund wurde mit dem Kaiser vermählt, als sie noch ein halbes Kind war«, erwiderte die Magistra. »Es spricht für ihn, dass er ihr in der Frage der Nachkommenschaft zunächst Zeit gelassen hat. Andere Herrscher hätten sich in gleicher Lage gewiss weniger rücksichtsvoll verhalten. Sie muss sich keine Sorgen machen. Empfangen kann sie ja! Zwei Söhne hat sie ihm bereits geschenkt, wenngleich der Allmächtige diese Kinder nach seinem unerfindlichen Ratschluss sehr jung wieder zu sich genommen hat.«

»Jetzt aber braucht sie dringend einen Thronfolger, der am Leben bleibt, sonst könnte ihr womöglich das gleiche Schicksal drohen wie ihrer Vorgängerin. Sie steht unter einem gewissen Druck. So hört es sich jedenfalls für mich an.« In Hedwigs Augen glomm auf einmal ein seltsamer Schimmer. Dachte sie gerade an die Kinder, auf die sie verzichtet hatte, weil sie aus freien Stücken ein Leben in Gott gewählt hatte?

»Ein wenig Geduld kann niemals schaden. Wir haben ihr in unserem Antwortschreiben empfohlen, Perlen zu tragen und pulverisierte Perlen in kleinen Dosen einzunehmen, um erneut schwanger zu werden. Dazu Bäder unter Zusatz von Kräutern heißer Natur wie Beifuß, Wermut, Tausendgüldenkraut und Holunder. Von Benigna kam der Rat, sich am ganzen Körper mit Hasenfett einzureiben, um die Empfängnisbereitschaft zu erhöhen. Am wichtigsten aber ist es, dass ihre Seele wieder in Balance kommt und diese Ausgewogenheit auch behält. Kräftezehrende Ritte über Wochen, um ihrem kriegführenden Gemahl nah zu sein, damit er sie im Feldlager schwängern kann, tragen dazu gewiss nicht bei.«

Hildegards Stimme war scharf geworden, fiel aber wieder in die gewohnte Tonlage zurück, als sie weitersprach.

»Zusätzlich könnte der Kaiser gebratene Hasenhoden verzehren, sobald er, was ja schließlich die Grundvoraussetzung für das Gelingen dieses Plans wäre, wieder diesseits der Alpen weilt.«

Sorgfältig blies Hedwig die letzte Kerze aus. Im vergangenen Winter war durch die Unachtsamkeit einer Novizin ein Feuer im Scriptorium ausgebrochen, dem um ein Haar all die kostbaren Handschriften und Codices des Rupertsbergs zum Opfer gefallen wären. Einzig und allein Schwester Lucillas wache Aufmerksamkeit hatte im letzten Augenblick das Schlimmste verhindern können.

»Was, wie ich hoffe, recht bald der Fall sein wird«, fuhr die Magistra fort, die die Leiterin des Scriptoriums bei allem, was diese tat, nicht aus den Augen ließ. »Zum Wohle nicht nur seiner jungen Gemahlin, sondern auch des ganzen Reiches, das unter seiner jahrelangen Abwesenheit ächzt und stöhnt wie ein vernachlässigtes Weib. Für den Winter ist ein Hoftag in Konstanz anberaumt, wie ich von meinem Bruder erfahren habe. Spätestens dort wird mein Brief Kaiser Friedrich erreichen. Ich hoffe, noch bevor er die aufsässigen Mainzer bestrafen wird, die ihren Erzbischof heimtückisch ermordet haben.«

Seite an Seite liefen sie hinüber zur Kirche.

»Heißt es nicht, es seien die guten Christen gewesen, die jenes scheußliche Verbrechen begangen haben?«, fragte Schwester Hedwig. »Jedenfalls sollen sie nach dem Mord spurlos aus ihren Verließen verschwunden sein.«

»Schon möglich«, sagte Hildegard.

Hedwig warf ihr einen erstaunten Blick zu. Sonst ließ die Magistra keine Gelegenheit aus, um die Schändlichkeit jener Ketzer anzuprangern. Auf nahezu jeder Station ihrer Predigtreisen hatte sie sie mit scharfen Worten gegeißelt. Traute sie ihnen diesen letzten entsetzlichen Schritt etwa nicht zu?

»Du klingst so zögerlich, hochwürdige Mutter!«, sagte Hedwig unsicher. »Das kenne ich gar nicht an dir.«

»Ich werde sie jagen, bis sie vom Angesicht dieser Erde verschwunden sind«, sagte Hildegard grimmig. »Ist es das, was du von mir hören willst?«

»Fürchtest du etwa, Theresa könnte sich noch immer nicht von ihnen gelöst haben? Oder dass sie womöglich sogar an der Planung oder Ausführung des Mainzer Mordes beteiligt war?«

Die Magistra zog die Schultern hoch, als ob sie plötzlich fröstelte. Schwester Hedwig aber war entschlossen, endlich das loszuwerden, was ihr schon lange auf dem Herzen lag.

»Du willst sie also noch immer finden«, sagte sie. »Um jeden Preis, so ist es doch! Auf all deinen Predigtreisen hältst du Ausschau, ob Theresa nicht vielleicht in der Menge ist und deinen Worten lauscht. Dafür nimmst du alle nur erdenklichen Strapazen auf dich, sogar eine Reise spät im Jahr, bei der dich schon die ersten Winterstürme beuteln könnten.«

»Wie viel lieber wäre ich hiergeblieben, hier bei euch! Hatte ich nicht schon alle diesbezüglichen Pläne verworfen? Aber du weißt ja, was dann geschehen ist: Schwer krank bin ich geworden, wie jedes Mal, wenn ich mich einem Befehl des Lebendigen Lichts entziehen will. Ich *muss* reisen. Das verlangt Er von mir.«

»Schon jetzt gibt es zahlreiche aufgebrachte Stimmen von Klerikern, die dein öffentliches Predigen als Gotteslästerung anprangern ...«

Hildegard schlug mit der flachen Hand so fest gegen die Kirchentür, dass die andere zusammenfuhr.

»Dann will ich all diesen Schwätzern noch mehr Anlass zum Tuscheln und Lästern geben! Denn ab jetzt werde ich nicht mehr nur vor den Kirchen predigen, sondern auch drinnen, und zwar direkt von der Kanzel«, rief sie. »Hillin, Erzbischof von Trier, ist bereit, die Pforten seines Doms für mich zu öffnen. Nun, was sagst du jetzt?«

»Aber das wird doch nur noch mehr Ärger geben! Hast du daran nicht gedacht?«

»Hedwig, was ist mit dir? Ich erkenne dich ja gar nicht wieder«, sagte Hildegard.

Tiefes Rot färbte Hedwigs Wangen. »Ich bin dir lästig, nicht wahr? Meine Fragen und Bedenken, eigentlich alles, was ich sage. Darf ich dich deshalb nicht nach Trier und Metz begleiten? Bruder Volmar wird unterwegs sicherlich brav den Mund halten und dich nicht mit Ähnlichem behelligen.«

Sogar im Dämmerlicht war unübersehbar, wie verschlossen Hildegards Gesicht auf einmal geworden war. Plötzlich bekam Hedwig es mit der Angst zu tun. Sie hatte eine unsichtbare Grenze überschritten, nicht zum ersten Mal. Es ging gar nicht um das Predigen, das war ihr plötzlich klar geworden. Jedes Wort, das Theresa und ihrem ungewissen Schicksal galt, konnte bereits zu viel sein.

»Du bist ja eifersüchtig«, sagte Hildegard leise. »Aber das brauchst du nicht zu sein! Meine Liebe gehört doch euch allen. Das müsstest du eigentlich wissen, geliebte Schwester, nach all unseren gemeinsamen Jahren hinter diesen Mauern.«

»Manchen aber gehört sie ein wenig mehr.« Als hätte sich ein sorgfältig verschlossenes Wehr geöffnet, sprudelten nun die Worte ungehemmt aus Hedwig heraus: »Erst war es Richardis von Stade, die so hoch in deiner Gunst stand, dass du darüber beinahe uns andere vergessen hättest, später dann kam Theresa von Ortenburg, obwohl sie nicht einmal die Ewigen Gelübde abgelegt hatte, während ich immer nur ...«

»Eifersucht ist eine glitschige Schlange, die sich so lange um unser Herz windet, bis sie alles Gute, das darin wohnt, erstickt hat. Ihr Atem ist giftig; er verdirbt, was eben noch unschuldig und rein war. Ihr kann lediglich die Liebe Widerstand leisten. Sie macht uns stark und ermahnt uns, uns nicht kampflos der Viper Eifersucht zu ergeben.«

Ohne zu überlegen, fiel Hedwig vor Hildegard auf die Knie und senkte ihren Kopf.

»Gehorsam, ich weiß, hochwürdige Mutter«, murmelte sie reuevoll. »Und tiefe Scham, weil du mich mit solch niederträchtigen Gefühlen ertappt hast. Ich bitte dich von ganzem Herzen um Vergebung. So alt bin ich schon geworden – und hab in all der Zeit noch immer nicht gelernt, in Demut meiner geliebten Abatissa zu vertrauen!«

Zu Hedwigs Überraschung neigte Hildegard sich über sie und küsste sie leicht auf die Stirn.

»Gott hat uns nach seinem Bild erschaffen«, sagte sie. »Und dabei doch jeden auf ganz ureigene Weise geformt. Darum ist die Welt auch wie ein Garten, in dem die unterschiedlichsten Blumen blühen. Bleib du ruhig eine üppig rote Trompetenblume, Hedwig, die keiner übersehen kann, weil sie sich überall bemerkbar macht! Dann werden in deinem Schatten auch weiterhin schüchterne Veilchen und zarte Primeln ihren Platz finden können.«

✤

LOMBARDEI – HERBST 1162

Nun ritt er an der Seite von Rainald von Dassel durch das bezwungene Land und konnte von Tag zu Tag deutlicher spüren, wie berauschend Macht sich anfühlt. Heute waren sie noch in Verona, wo sie die *podestà* zu höheren Abgaben für Fluss-, Mühlen- und Wegbenutzung zwangen, ein paar Tage später schon in Lodi, wo mit gleicher Härte vorgegangen wurde. Im Brennpunkt aller Überwachung standen jene lombardischen Städte, die sich so frech gegen die Ansprüche des Kaisers erhoben hatten. Büßen sollten sie dafür, je länger und je heftiger, desto besser, erst recht, nachdem im Frühling nach endloser Belagerung Mailand gefallen und teilweise zerstört worden war.

Dass er so unmittelbar daran teilhaben durfte, erfüllte Dudos Herz mit Stolz. Dabei hatte sein überstürzter Aufbruch aus Mainz vor mehr als zwei Jahren eher einer Flucht geglichen. Sein waghalsiger Entschluss, jenseits der Alpen bei dem neu gewählten Kölner Erzbischof vorzusprechen, der mit dem kaiserlichen Heer Mailand belagerte, war purer Not entsprungen. Doch länger als unbedingt nötig am Ort des Verbrechens auszuharren, war ihm zu gefährlich erschienen. Denn dass der Kaiser, zutiefst in die Niederwerfung der aufständischen lombardischen Kommunen verstrickt, nicht daran dachte, sich seine Version der Ereignisse in Ruhe anzuhören, geschweige denn vorhatte, ihn irgendwann zum Bischof zu erheben, war ihm sehr schnell aufgegangen.

Inzwischen war Dudo beinahe froh darüber. Mit Konrad von Wittelsbach amtierte nun binnen zweier Jahre bereits der dritte Erzbischof in Mainz. Und auch dessen Sessel schien schon wieder zu wanken, weil er offenbar nicht bereit war, in der heiklen Frage des Schismas die strikte Position einzunehmen, die Friedrich Barbarossa von ihm erwartete. Da hatte Dudo es doch im Dienst Rainald von Dassels um vieles besser getroffen, der als Barbarossas rechte Hand galt und dessen uneingeschränktes Vertrauen genoss.

Gleich beim ersten Zusammentreffen war Dudo von der ungewöhnlichen Physiognomie seines Gegenübers fasziniert gewesen: Der Mann war nur mittelgroß, hatte kleine Füße und auffallend feine Hände, aber auf seinen schlanken Beinen saß ein breiter, athletischer Rumpf. Wer von Dassel von vorn betrachtete, mochte sich von der edlen Nase, den schmalen Lippen und den wachen Augen zunächst täuschen lassen und eher einen Gelehrten als einen Ritter vermuten. Dudo jedoch hatte inzwischen ausreichend Gelegenheit gehabt, seinen neuen Dienstherrn ausgiebig kennenzulernen, und er hatte gelernt, dass Rainalds Stiernacken den erfahrenen Kämpfer verriet, jemand, mit dem man sich besser nicht anlegte, weil er das Schwert ebenso gut beherrschte wie die Feder.

Unbeugsam war sein Wille, beeindruckend seine Rhetorik, ausgezeichnet sein Gedächtnis. Als Erzkanzler für

Italien und Legat der kaiserlichen Majestät ritt er unermüdlich von Stadt zu Stadt, um das enge Netz von Maßnahmen, das Barbarossa angeordnet hatte, zu kontrollieren und, falls notwendig, unbarmherzig straffer zu zurren.

Sein gelehrter, durch ausgiebige Lektüre geschliffener Geist erfasste jede Situation blitzschnell, und dass auch sein neu gewonnener Secretarius Dudo von ungewöhnlich rascher Auffassungsgabe war, schien ihm besonders zu gefallen.

»Lasst Euch nicht einlullen von ihren wortreichen Versicherungen!«, mahnte der Erzkanzler, als sie auf dem Marktplatz von Piacenza verkünden ließen, binnen einer Woche dürften in Stadt und Umland nur noch kaiserliche Münzen in Zahlung genommen werden. »Statt arabischen Goldes werden sie nun deutsches Eisen zu fressen bekommen. Schmecken wird es ihnen nicht, doch schlucken werden sie es trotzdem, es sei denn, sie ziehen es vor zu verhungern, was ich nicht annehme. Das ist erst der Anfang! Ein überzeugendes Beispiel, und wenn wir es hart genug durchsetzen, werden die anderen sich murrend anschließen.«

Rainald von Dassel kümmerte sich weder um die zornigen Blicke, die ihnen galten, noch um wütend erhobene Fäuste, die im Vorbeireiten immer wieder zu sehen waren.

»Sollen sie uns ruhig hassen! Wir sind schließlich nicht hier, damit sie uns lieben, sondern damit sie gehorchen. Seine Majestät Kaiser Friedrich trägt die Krone Roms. Damit hat er Anspruch auf alles, was in diesem Land kreucht und wächst. Wir sind lediglich seine Handlanger, die ihm dabei helfen, diesen berechtigten Anspruch durchzusetzen.«

Eine glatte Lüge, wie Dudo wusste, zumal sich Rainald von Dassel bisweilen aufführte, als wäre er der Kaiser höchstpersönlich. Sein Gambeson war von reichlich Goldfäden durchzogen, die Brünne, die er zur Schau stellte, als befände er sich auf dem Weg in die Schlacht, so fein gewirkt, dass alles, was einst durch die Finger von Sarwürker Thies gegangen war, dagegen wie Lumpenwerk abfiel. Nur die feinsten Speisen kamen auf seinen Tisch, obwohl es ihm auch nichts auszumachen schien, zwischendrin von Wasser und hartem Brot zu leben. Kaum war jedoch diese Phase beendet, rührte er wieder nur die edelsten Weine an und forderte Dudo auf, ausgiebig mit ihm zu speisen und zu trinken.

»Ihr taugt mir«, sagte er eines Tages zu seinem Secretarius, als sie auf dem Weg nach Pisa waren, das als Verbündeter gewonnen werden sollte, um die oppositionellen Kräfte zum Einlenken zu zwingen. »Ich mag hungrige Männer wie Euch, die sind leichter zu entzünden als die satten. Wenngleich es da auch etwas gibt, das mich an Euch irritiert. Eines Tages werde ich herausfinden, was es ist. Bis dahin mögt Ihr mir dienen, und wenn Ihr das weiterhin so gut erledigt wie bisher, soll es auf Dauer gesehen Euer Schaden nicht sein.«

Vor Aufregung fand Dudo in dieser Nacht keinen Schlaf, obwohl der Palast, in dem Bischof Villani den kaiserlichen Legaten und seine Begleiter pflichtschuldig untergebracht hatte, prächtiger ausgestattet war als alles, was er bislang gesehen hatte. Doch nicht nur gespickter Kapaun, fetter Entenbraten, gebackener Karpfen und allerlei Getier aus dem Meer, gefolgt von überdekoriertem Zuckerzeug, lagen ihm schwer im Magen. Was ihn vor allem plagte, war die Entscheidung, wie seine weitere Zukunft sich gestalten sollte. Das Aroma von Macht war ihm inzwischen zur Genüge bekannt, und er hatte binnen weniger Monate mehr gelernt als früher in Jahren. Arnold von Selenhofen war ein Zauderer gewesen, jemand, der sich nur schwer entscheiden konnte und ständig Angst hatte, das Falsche zu tun. Da war ein Rainald von Dassel aus ganz anderem Holz geschnitzt.

Doch neben diesem Riesen, wenngleich auch von kleiner Gestalt, konnte einem auf Dauer schnell die Luft zum Atmen knapp werden. Außerdem hatte Dudo allmählich genug von dem unsteten Leben im Sattel, und von Dassel unternahm keinerlei Anstalten, nach Köln zurückzukehren, um dort als Erzbischof zu amtieren. Bislang hatte er sogar darauf verzichtet, sich von Gegenpapst Victor VI., dem Kandidaten Barbarossas, zum Erzbischof salben zu lassen. Italien schien seine große Leidenschaft zu sein, und die Lombarden immer noch weiter in die Knie zu zwingen, war inzwischen geradezu seine Obsession geworden.

Seit Wochen schon begann eine Idee sich in Dudos Kopf zu formen, so schillernd und betörend, dass er Angst bekam, sie könnte vorschnell zerplatzen wie eine Seifenblase: Was von Dassel in Köln dringend brauchte, war ein Mann seines Vertrauens, der dort während seiner Abwesenheit das Domkapitel in Schach hielt und seine Geschäfte führte. Es gab keinen Geeigneteren als ihn, davon war Dudo überzeugt. Doch würde auch der Erzkanzler sich dieser Ansicht anschließen?

Während der zähen Verhandlungen mit den Vertretern Pisas, die anderentags im Bischofspalast anliefen und bald schon zeigten, dass die Pisaner schachern und feilschen würden, um das Beste für sich herauszuschlagen, kreisten Dudos Gedanken einzig und allein um diesen Punkt. Auch später noch, als er mit von Dassel bei Kerzenlicht an einer üppig gedeckten Tafel Spanferkelbraten und Nonnenpfürzchen verspeiste, konnte er an nichts anderes mehr denken, blieb einsilbig und ganz und gar mit sich selbst beschäftigt.

»Ein Silberstück für Eure Gedanken!« Rainalds wohltemperierte Stimme holte ihn wieder in die Gegenwart zurück. Die üppigen, stark parfümierten Huren, von Villani fürsorglich bestellt, hatte Dudo nach einem kurzen Blick angeekelt hinauswerfen lassen. Fette italienische Weiber waren offenbar nicht nach seinem Geschmack. Ob er Knaben bevorzugte? Viele Kirchenmänner teilten diese Vorliebe. »Worüber genau sinniert Ihr schon den ganzen Abend, Secretarius? Doch wohl kaum über die Fallstricke, die wir zwischen den Zeilen in unser künftiges Vertragswerk mit den Pisanern einbauen werden, ohne dass sie es zunächst bemerken.«

Was eigentlich hatte Dudo zu verlieren?

Erst einmal in Köln etabliert, könnte er dort ein Netz von Abhängigkeiten und Verbindlichkeiten knüpfen, das irgendwann zu stark sein würde, um von außen zerrissen zu werden. Er würde seine leeren Taschen füllen und alles daransetzen, um beizeiten einen einflussreichen Posten in der Nähe des Kaisers zu erringen. Außerdem gab es da noch diese offene Rechnung mit den guten Christen, die in Mainz durch ihre überraschende Flucht seine Pläne schmählich durchkreuzt hatten. Und lebte angeblich nicht ausgerechnet in der schönen Stadt am Rhein die größte Gemeinde dieser gefährlichen Teufelsanbeter, die sich Kirche der Liebe schimpften? Ihnen den Garaus zu machen, würde ganz besonderes Vergnügen bereiten.

»Da Ihr mich jetzt so direkt fragt, Exzellenz«, erwiderte Dudo mit angestrengtem Lächeln, »sollt Ihr auch eine offene Antwort erhalten.« Sein Fuchsgesicht begann vor innerer Erregung zu glühen. »Ich möchte Euch meine Unterstützung zu Füßen legen, meinen Verstand – ja, mein ganzes Leben.« Zu seiner eigenen Überraschung gelang ihm das Kunststück, selbstsicher und demütig zugleich zu klingen. Das *musste* der richtige Weg sein! »Natürlich nur, falls Ihr Bedarf dafür habt.«

Rainald von Dassel neigte als Zeichen seines Einverständnisses leicht den schmalen Kopf.

»So redet!«, sagte er. »Ihr habt mich neugierig gemacht, worauf Ihr Euch etwas einbilden könnt, denn das haben bislang außer Seiner Majestät nur wenige Männer zustande gebracht.«

Dudo schickte ein stummes Stoßgebet zum Himmel. Dann begann er, seine Vorschläge sorgfältig auszubreiten.

✤

TRIER – SPÄTHERBST 1162

Die Woche hatte schlecht begonnen, und es schien, als würde jeder neue Tag nur weitere Unbill bringen. Willem war zum ersten Mal nicht eher als in den Morgenstunden von der Mühle nach Hause gekommen, bleich vor Erschöpfung und vollkommen ausgehungert, weil einige der Männer nicht zur Arbeit erschienen waren und er sich auf die Schnelle um Ersatz hatte kümmern müssen, damit die Stoffe rechtzeitig fertig wurden. Er hatte die Neuen anweisen müssen und war selbst mit eingesprungen, was ihn offenbar bis in die Träume verfolgte, denn er atmete stoßweise, schnarchte laut und ließ auch Theresa nicht zur Ruhe kommen.

Den ganzen folgenden Tag über war sie unkonzentriert und missmutig, ließ Dinge fallen, was ihr sonst so gut wie nie passierte, und zuckte zusammen, sobald jemand vorbeiging oder anklopfte. Als es dunkel wurde, hörte sie auf einmal laute Männerstimmen vor dem Fenster.

»Passt doch auf – ja, vorsichtig! Ihr müsst ihn fester halten, sonst fällt er nach vorn.«

Sie flog zur Tür, eine unbestimmte Angst im Herzen, die sich leider allzu schnell bestätigte: Willem, der schlaff zwischen zwei von Simons Knechten hing, während der Fernhändler ihn von hinten stützte.

»Man hat ihn überfallen und übel zusammengeschlagen«, rief Simon. »Du musst ihn verbinden. Er blutet am Kopf und hat wohl auch einen Zahn verloren.«

»Bringt ihn nach oben!« Theresas Stimme zitterte. »Und legt ihn dort vorsichtig auf unser Bett!«

Die Männer gehorchten, dann schickte Simon sie nach Hause.

»Sollen wir nicht lieber den Bader rufen?«, fragte er, während Theresa Willem behutsam untersuchte.

»Mit seinen widerlichen Blutegeln wird er hier wohl kaum etwas ausrichten können.«

Willem hatte ein Veilchen am rechten Auge abbekommen und mehrere tiefe Kratzer im Gesicht, als hätte ein wütendes Raubtier ihn angefallen. Größere Sorgen bereitete Theresa die dicke Beule am Hinterkopf, die immer weiter anschwoll. Da er schmerzerfüllt röchelte, als sie ihm das Hemd ausziehen wollte, holte sie die Schere aus ihrem Geburtskorb und schnitt es kurzerhand der Länge nach auf.

»Sie müssen hart gegen seine Rippen getreten haben.« Simon klang besorgt. »Wieder und immer wieder. Vier Männer. Schmutziges Lumpenpack, nur mit dem Allernötigsten auf dem Leib. Kein Jude würde jemals so verdreckt herumlaufen, aber unter euch Christen scheint so etwas möglich zu sein. Ich hab sie noch wegrennen sehen, wollte mich aber lieber erst um Willem kümmern, statt sie zu verfolgen. Hoffentlich ist nichts gebrochen!«

Wie dringend hätte sie jetzt Schwester Benigna und ihr fundiertes Wissen gebrauchen können! Der Gedanke an die freundliche Nonne mit dem großen Herzen ließ Theresas Augen feucht werden. Im Gedenken an ihre einstige Lehrerin hatte sie eine kleine Sammlung von Heilkräutern zusammengetragen, die sie bei Schwangeren und Wöchnerinnen gelegentlich einsetzte. Welch jämmerliche Auswahl im Gegensatz zu Benignas liebevoll gepflegtem Klostergarten! Doch wenn sie nur genau genug überlegte, fand sich bestimmt etwas, was Willem helfen konnte.

»Willem? Tut das weh?« Sie drückte gegen seinen Brustkorb, erst von links, dann von rechts. Eine Art Jaulen drang aus seinem Mund.

»Ich fürchte, doch«, sagte sie zu Simon gewandt. »Mehr als eine Rippe scheint verletzt zu sein. Ich werde ihm Umschläge aus Arnika und Beinwell auflegen. Und einen Tee aus Tausendgüldenkraut bekommt er auch. Den Rest muss die Natur erledigen.« Sie legte Willem ihre kühle Hand auf die Stirn. »Wer macht denn so etwas? Du hast doch keiner Menschenseele etwas getan!«

Willem schüttelte den Kopf, als sei er nicht in der Lage zu antworten, und Theresa drang für den Moment nicht weiter in ihn.

»Versuch jetzt zu schlafen!«, sagte sie, als Simon gegangen war und sie ihren Liebsten versorgt hatte. »Morgen allerdings will ich dann genau wissen, was passiert ist.«

Doch als er schließlich zu sprechen begann, rau und unwillig, als koste jedes Wort große Anstrengung, konnte sie kaum glauben, was sie zu hören bekam.

»Die Walkleute?«, wiederholte sie kopfschüttelnd. »Aber warum denn nur?«

»Während sie auf mich einprügelten, haben sie geschrien, ich hätte ihnen die Arbeit gestohlen«, erwiderte Willem rasselnd. »Und damit auch das Brot für ihre Kinder. Bevor meine Mühle in Betrieb ging, haben Tag für Tag ihre Füße das geleistet, was nun meine Räder erledigen.«

»Hattest du mir nicht erzählt, dass sie bis über die Waden im Urinsud stampfen mussten, bis die Wolle fermentiert war?«

Er nickte.

»Wie kann man so eine Arbeit nur vermissen?«, rief Theresa. »Ich verstehe sie nicht!«

»Sie hassen mich dafür, weil es nun anders geworden ist. Viele Menschen mögen eben keine Veränderung. Alles soll immer so bleiben, wie es ist, sonst bekommen sie Angst.« Willem schwieg erschöpft.

Besorgt betrachtete sie ihn. Die Verletzungen würden wieder heilen. Sogar die Beule am Kopf schien schon etwas kleiner geworden zu sein. Doch was war mit seinen inneren Wunden? Gerade eben hatten sie unabhängig voneinander begonnen, Trier als neue Heimat anzunehmen.

War dieses kurze Glück womöglich schon wieder vorbei?

Der Gedanke daran arbeitete wie ein Mühlrad in ihrem Kopf weiter, als sie wenig später ins Judenviertel lief, weil Hanna sie um einen Besuch gebeten hatte. Die Zwillinge hatten sich prächtig entwickelt, zumal der kleine Ruben seine Geburtsschwäche überwunden hatte und inzwischen Judith an Gewicht sogar übertraf. Allerdings quälte ihn seit einigen Tagen ein heftiger Schnupfen, der bei jedem Niesen das ganze Körperchen wie im Krampf schüttelte.

»Hast du ihnen denn auch genügend Farnkraut in die Wiege gelegt?«, fragte Theresa als Erstes, weil sie von Meline wusste, dass diese Pflanze Neugeborene vor Krankheit und bösem Zauber schützte.

Hanna nickte. »Aber leider scheint es nur bei Judith gewirkt zu haben«, flüsterte sie. »Vielleicht, weil ich keine echte Jüdin bin und mein Sohn daher am achten Tag nach seiner Geburt eigentlich gar nicht hätte beschnitten werden dürfen.«

»Das weiß doch keiner außer mir!«, sagte Theresa. »Und meine Lippen sind versiegelt. Darauf kannst du dich verlassen.«

Inzwischen kannte sie die Einzelheiten von Hannas verzwickter Geschichte: die christliche Magd, die sich in ihren verwitweten jüdischen Dienstherrn verliebt hatte, obwohl sie eigentlich in seinem Haus gar nicht hätte arbeiten dürfen und es kaum fassen konnte, dass ihre Liebe von ihm erwidert wurde; die ständigen Heimlichkeiten, die beide halb um den Verstand gebracht hatten, weil sie ständig vor einer Entdeckung zitterten, bis sie schließlich den mutigen Entschluss fassten, Speyer zu verlassen und in Trier, wo niemand sie kannte, einen Neuanfang zu wagen.

»Jella, die Hebamme, scheint jemandem aus Speyer begegnet zu sein, der seinen Mund nicht halten konnte. Aus Ärger, dass du mich entbunden hast, hat sie dann zu reden begonnen. Wenn sie jetzt in der ganzen Gemeinde herumerzählt, dass ich …«

»Kopf hoch und lächeln!«, sagte Theresa, nachdem sie Hanna getrocknete Honigwurz gegeben hatte, aus der diese ihrem kleinen Sohn Tee zubereiten sollte. »Das wird sie alle irgendwann zum Schweigen bringen. Nimm dir ein Beispiel an mir! Ich lächle auch, obwohl sie gestern meinen Mann zusammengeschlagen haben, und ich viel lieber weinen würde.«

»Entschuldige, dass ich dich nicht gleich danach gefragt habe!«, rief Hanna. »Simon hat mir natürlich davon erzählt. Aber ich war so sehr mit meinen eigenen Sorgen beschäftigt. Wie geht es Willem? Muss er sehr leiden?«

»Halb so schlimm, wie es zunächst ausgesehen hat. Er wird wieder gesund werden, und der Backenzahn, den er verloren hat, war ohnehin schon faul. Was aber, wenn sie es wieder tun, Hanna? Wenn sie nun versuchen, uns gewaltsam aus Trier zu vertreiben?«

Die Freundin umarmte sie innig. »Das würde ich niemals zulassen«, sagte sie. »Und Simon auch nicht. Vor allem nicht, nachdem du uns diese beiden Augäpfel geschenkt hast.«

Für einen kurzen Moment war Theresa versucht, Hanna die ganze Wahrheit zu verraten, all die Geheimnisse, die sie seit Jahren wie eine Zentnerlast mit sich herumschleppte: dass sie das Kloster verlassen hatte, um mit Willem zu leben, der zu den guten Christen gehörte und daher keine Frau lieben und schon gar nicht heiraten durfte, dass man sie getrennt voneinander eingekerkert und hart verhört hatte, sie aber dank Geros Hilfe gemeinsam fliehen konnten und unterwegs Willems einzigen Verwandten verlassen hatten, damit er ihre Liebe nicht töten konnte; wie inständig sie Hanna um ihr doppeltes Glück beneidete; und dass auch sie sich nichts sehnlicher wünschte als ein Kind von Willem, das freilich seinem Glauben gemäß weder empfangen noch geboren werden durfte, weil die leibliche Welt vom Teufel stammte und nur Geistiges zur Schöpfung des guten Gottes gehörte.

Was für ein heilloses Durcheinander, das die andere doch nur verwirrt und bedrückt hätte!

So schwieg sie lieber und ließ sich von Hannas weichen Armen einfach nur halten und wärmen. Irgendwann schlich sich Joshua zu ihnen, den sie in ihre Mitte nahmen, bis er vor Wohlbehagen leise zu summen begann.

Doch der Wind, der Theresas Umhang beutelte, kaum dass sie wieder draußen war, blies unfreundlich und scharf. Im Schutz der Judenpforte blieb sie stehen, um das Kleidungsstück enger zu wickeln. Da spürte sie plötzlich eine Berührung an ihrer Schulter.

»Theresa!« Adrian van Gents Stimme klang freundlich, seine dunklen Augen aber blickten so abweisend und kalt wie eh und je, als sie zu ihm herumfuhr. »Da hab ich dich ja endlich!«

Eine eisige Kralle griff nach Theresas Herzen. Hatte sich denn auf einmal alles gegen sie verschworen?

»Adrian, ich ... wir ...« Vergebens rang sie nach Worten. »Was willst du hier?«

»Dich um einen Gefallen ersuchen, Theresa. Einen Gefallen, den du mir nicht abschlagen kannst.«

Er war noch hagerer als in ihrer Erinnerung, doch wie stets in feinstes Tuch gewandet. Die Flucht aus Mainz schien keinen armen Mann aus Adrian van Gent gemacht zu haben. Hatte der Flame bereits vorausschauend gehandelt, als sie alle noch ahnungslos gewesen waren? Es gab inzwischen kaum noch etwas, das sie ihm nicht zutraute.

Hatte sie etwa genickt oder ihn auf andere Weise ermutigt? Jedenfalls sprach Adrian weiter, hastig und eindringlich, als treibe ihn eine unsichtbare Kraft.

»In wenigen Tagen kommt die Magistra vom Rupertsberg nach Trier. Sie wird im Dom predigen und diese einmalige Gelegenheit benutzen, um abermals zum Kampf gegen uns gute Christen aufzurufen. Hindere sie daran, Theresa! Das kann und muss ich von dir verlangen.«

Aus schmalen Augen funkelte sie ihn an. »Wer bist du, Adrian, um dir anzumaßen, so etwas Unmögliches von mir zu fordern? Gar nichts werde ich tun, denn ich bin euch gar nichts schuldig!«

»Du hast mir meinen Neffen gestohlen«, erwiderte er. »Ist das vielleicht nichts? Damit stehst du tief in meiner Schuld.«

»Was redest du da? Willem ist ein erwachsener Mann, der selbst entscheiden kann, was er will, und er liebt mich.

Lass uns endlich in Frieden! Wir haben unser Glück gefunden.«

»Euer Glück?«, wiederholte er gedehnt. »Und das sieht so aus, dass man Willem das Gesicht zerkratzt und die Rippen zertrümmert, weil man ihn und seine Arbeit in dieser Stadt so überaus schätzt?«

»Du warst bei uns zu Hause, bei Willem ...« Fassungslos starrte sie ihn an.

»Natürlich war ich das. Wie sonst hätte ich dich finden sollen? Deinen früheren Hochmut scheinst du tatsächlich abgestreift zu haben, Grafentochter! Ja, ich war in diesem winzigen Verschlag, wo ihr euch wie in einem Rattennest verkrochen habt. Aber Trier hat viele wachsame Katzen, Theresa. Ihre Krallen hätten längst schon zuschlagen können, wenn ich nur gewollt hätte. Natürlich wusste ich, wo ihr seid. Was glaubst du denn! Die guten Christen leben inzwischen beinahe überall im Reich, keusch und fromm, wie unsere Gebote es verlangen, auch, wenn sie sich nach außen hin nicht zu erkennen geben.«

Er reckte seinen mageren Hals.

»Damit dies baldmöglichst ein Ende hat, wirst du die Magistra umstimmen. Wenn sie endlich schweigt, werden auch die übrigen Stimmen gegen uns leiser werden und eines Tages sogar für immer verstummen.«

Er musste einen starken Trumpf gegen sie in der Hand haben, sonst würde er nicht derart selbstbewusst auftreten. Trotz ihres innerlichen Zitterns, das sich nur schwer verbergen ließ, beschloss Theresa, Adrian zu provozieren, um herauszubekommen, worum es sich handelte.

»Und wenn nicht?«, spie sie ihm entgegen. »Willst du uns dann an den Haaren zurückschleifen? Versuch es nur! Wir kuschen nicht länger vor dir.«

»Doch noch immer so hochmütig wie früher? Oder nur

einfach dumm? Dann hör mir jetzt einmal genau zu, Theresa! Nur ein Wort von mir gegenüber dem hiesigen Magistrat, das ihm offenbart, dass er zwar eine Wehmutter wollte, stattdessen aber eine skrupellose Engelmacherin in seinen Mauern aufgenommen hat, und man wird dich mit Schimpf und Schande aus Trier jagen. Dein geliebter Willem würde dich sicherlich begleiten, treu und ehrlich, wie er ist, aber er würde damit auch alles verlieren, was er sich hier aufgebaut hat, und das würde ihn gewiss sehr, sehr traurig machen.« Sein Lächeln fiel dünn aus. »Sieht so dein Traum von Glück aus? Zur Verbrecherin gestempelt, mit einem mutlosen Mann an deiner Seite, ohne Hoffnung und ohne Glauben an sich selbst?«

Wie inbrünstig Theresa ihn hasste! Für einen Augenblick wünschte sie sogar von ganzem Herzen, Adrian hätte Kerker und Flucht nicht überlebt.

»Die Magistra vom Rupertsberg ist eine stolze Frau, die denkt und tut, was sie will«, sagte sie. »Ich habe ihr Kloster verlassen und die Hand zu Versöhnung ausgeschlagen, die sie mir großzügig gereicht hat. Glaubst du vielleicht, sie ist aus Holz? Hassen wird sie mich dafür! Wie kannst du nur auf die abwegige Idee verfallen, sie würde ausgerechnet auf mich hören?«

Er kam ihr so nah, dass sie instinktiv den Atem anhielt, um seine säuerliche Ausdünstung nicht riechen zu müssen.

»Die Liebe ist und bleibt nun mal die stärkste aller Kräfte, Theresa«, sagte er. »Hätten wir unsere Gemeinschaft sonst Kirche der Liebe genannt? Und die Magistra liebt dich. Das war nicht zu übersehen. Enttäusch uns nicht, Schwester in Gott! Du weißt jetzt, was alles davon abhängt.«

✤

Wie groß und eindrucksvoll dieser Hohe Dom zu Trier war!

Beim ersten Besuch musste Hildegard an sich halten, um nicht schutzsuchend wie ein Kind nach Bruder Volmars Kutte zu greifen, so überwältigt fühlte sie sich. Ihr Begleiter schien zu spüren, was in ihr vorging, denn er hielt sich nah genug und wahrte doch gleichzeitig den gebührenden Abstand, den er in all den Jahren niemals verletzt hatte.

Hildegard sank vor dem mächtigen Holzkreuz in die Knie und begann zu beten. Bruder Volmar suchte sein Gespräch mit Gott in einer der Nebenkapellen. Als sie draußen wieder aufeinandertrafen, war die Miene der Magistra noch immer sehr ernst.

»Nicht ein Wort werde ich herausbringen«, klagte sie. »Die Majestät dieser alten Mauern ist viel zu stark. Die älteste Bischofskirche diesseits der Alpen – ich glaube, ich rede doch lieber wie bisher vor der Dompforte zu den Menschen.«

»Damit würdest du sie sehr enttäuschen«, erwiderte er. »Und erst recht Erzbischof Hillin, deinen großzügigen Gönner, der mit dieser Ausnahmegenehmigung einiges riskiert hat.« Eine scharfe Böe zerrte an seinem Umhang. Der Himmel war so schwarz, dass der nächste Schauer nur eine Sache von Augenblicken sein konnte. »Außerdem hast du dir dafür die verkehrte Jahreszeit ausgesucht. Bei dem Wetter stündest du vermutlich binnen Kurzem mutterseelenallein da.«

Sie musste lächeln. Keiner verstand es wie er, ihre Bedenken zu zerstreuen und ihr immer wieder Mut zu machen.

»Du bist solch ein treuer Freund, Volmar«, sagte sie bewegt. »Was würde ich nur ohne dich anfangen!«

»Jeder, der in deiner Nähe sein darf, muss sich ausgezeichnet fühlen.« Er wandte sich rasch ab, um seine Rührung zu verbergen.

Schweigend waren sie danach zum Kloster St. Maria am

Moselufer geritten, wo Volmar die Nacht mit den anderen Benediktinern im Dormitorium verbrachte, während die Magistra auf Wunsch des Erzbischofs im Gästehaus untergebracht wurde.

Hildegard wachte früh auf und betete in der Stille des einfachen Zimmers allein ihre Psalmen, bis ihr eine Morgensuppe aufgetischt wurde, von der sie allerdings nur wenige Löffel hinunterbrachte. Als sie zum Stall ging, um den Weißen zu holen, hatte Bruder Volmar beide Pferde bereits satteln lassen.

Im zähen Morgennebel, der die hügelige Landschaft unwirklich erscheinen ließ, ritten sie die kurze Strecke hinein in die Stadt. Die sonntägliche Ruhe hatte die Gassen leer gefegt, und außer ein paar Zerlumpten, die beizeiten ihre Positionen bezogen, um später von den Kirchgängern Almosen zu erbetteln, war kaum jemand unterwegs. Die Magistra wollte noch ein paar Schritte zu Fuß gehen, um sich weiter zu sammeln, während Volmar die Pferde versorgte. Sie war nicht mehr weit entfernt vom Hohen Dom, als eine junge Frau in einem braunen Walkumhang plötzlich ihre Aufmerksamkeit auf sich zog.

Das lange dunkle Haar, die sprechenden Augen, die schlanke, hochgewachsene Gestalt – für einen Augenblick war es beinahe, als sei Richardis von Stade von den Toten auferstanden.

Hildegard blieb stehen, kniff die Augen zusammen, aber was sie sah, war real.

»Hochwürdige Mutter?«, sagte Theresa leise. »Hab ich Euch jetzt so sehr erschreckt?«

Die Magistra hob die Arme, als wolle sie sie umarmen, und ließ sie unverrichteter Dinge wieder sinken.

»Du lebst!«, rief sie. »Und bist gesund und munter. Wie froh ich bin, dich so zu sehen!«

»Ihr zürnt mir nicht?«, sagte Theresa, der die Verblüffung ins Gesicht geschrieben stand. »Ich war fest überzeugt, Ihr würdet mich bis zum Ende aller Tage aus tiefstem Herzen hassen.«

»Was für ein Unsinn! Ich glaubte dich schon tot oder zumindest in tödlicher Gefahr ...« Sie verstummte. »Dein Bruder«, fuhr sie schließlich fort, »Gero, hat er dich also doch gefunden! So rede, Mädchen! Wie hat er dich befreit?«

»Ihr habt Gero zu mir geschickt?«, rief Theresa. »Ja, er hat mich aus dem Kerker befreit und mir die Flucht ermöglicht. Aber woher wusstet Ihr denn, wo ich war?«

Die Magistra zuckte die Schultern. »Was spielt das jetzt noch für eine Rolle!«, rief sie. »Ich bin so erleichtert, dass du Mainz und diese Ketzerbrut verlassen hast. Wie bist du denn nach Trier gekommen?«

»Die alte Hebamme war gestorben, da bin ich eingesprungen. Willem und ich wollten nämlich ...«, begann Theresa, und augenblicklich verschloss sich Hildegards Gesicht.

»Sag jetzt nicht, dass du noch immer diesem Menschen anhängst, der dich beinahe in den Tod getrieben hätte! Du kannst doch nicht so töricht sein, das Schicksal ein zweites Mal herauszufordern. Nicht immer wird sich ein stattlicher Ritter finden lassen, der dir zu Hilfe eilt.«

»Aber wir lieben uns. Und wir gehören zusammen – für immer. Willem ist mein Mann ...« Theresa verfolgte den Blick der Magistra, der zu ihren Händen geglitten war. »Nein, nein, ich trage noch immer nicht seinen Ring. Kein Priester hat bislang unseren Bund gesegnet, doch vor Gott ...«

»Hüte dich davor, Seinen heiligen Namen leichtsinnig in den Mund zu nehmen!«, rief die Magistra, die bei Theresas Worten kalkweiß geworden war. »Ich hätte dich für klüger gehalten. Konntest gerade noch um Haaresbreite entkommen und weißt noch immer nicht, wohin du gehörst.«

»Willem hat sich geändert, das müsst Ihr mir glauben!«, rief Theresa verzweifelt. »Von seinem Onkel will er nichts mehr wissen. Er hat hier eine Mühle umgebaut, in der er einfache, aber gute Stoffe erzeugt.« Sie packte einen Zipfels ihres Umhangs und streckte ihn Hildegard entgegen. »Überzeugt Euch selbst, wie warm und fest der Walkstoff sich anfühlt! Damit kann vielen Menschen Gutes getan werden, besonders jenen, die keine Truhen voller Silber besitzen. Aber es ist nicht einfach für Willem, weil die Vergangenheit ihn immer wieder einzuholen droht.« Sie fuhr sich mit der Hand über die Augen. »Wenn Ihr nun vielleicht die guten Christen nicht länger in Euren Predigten verdammen würdet …«

»Du verlangst von mir, dass ich dieses Ketzerpack schonen soll? Spar dir deine Worte, Mädchen! Wie konnte ich mich so in dir täuschen? Du gehörst ja noch immer zu ihnen!«

»Nein, das tue ich nicht und hab es auch niemals getan. Allein die Liebe hat mich zu ihnen geführt, mein innigster Wunsch, bei Willem zu sein. Nur seinetwegen flehe ich Euch an. Damit er endlich vergessen und zur Ruhe kommen …«

Sie brach mitten im Satz ab. Es war hoffnungslos. Gegen diese Mauer aus Ablehnung und Misstrauen kam sie nicht an.

Die beiden Frauen schauten sich schweigend in die Augen. Plötzlich begannen die Domglocken zu läuten.

Die Magistra wartete ab, bis das Geläut verklungen war. »Ich weiß nicht, warum ich das tue«, sagte sie dann. »Aber ich will dir noch einmal Gelegenheit zur Umkehr geben. Ich gehe jetzt in dieses Gotteshaus und predige dort den Menschen. Wenn ich damit fertig bin, erwarte ich dich an der Dompforte. Dann reiten wir gemeinsam zurück nach Bingen, wo Eva dich wieder in ihre Obhut nehmen wird. Bedenke es gut, Theresa! Von meiner Seite wird es kein weiteres Angebot geben.«

Hildegard konnte nur hoffen, dass ihr Rücken kerzengerade war, als sie sich umwandte und gemessenen Schritts zum Dom ging, denn sie fühlte sich, als habe sie einen großen Sack mit nassem Holz auf den Schultern zu schleppen. Ein wenig half es, dass sie nach wenigen Momenten Volmars schwere Schritte und sein vertrautes Schnaufen hinter sich hörte.

Erzbischof Hillins feierliches Hochamt streifte sie gleich einem flüchtigen Traumgebilde. Als er ihr schließlich zunickte und sie steifbeinig die Stufen zur Kanzel erklomm, zitterten ihre Knie so heftig, dass sie Angst hatte, vornüberzustürzen. Mit beiden Händen klammerte sie sich an die steinerne Balustrade. Alles vor ihr verschwamm wie im Fieberwahn – Köpfe, Säulen, Segmente – zu einem lodernden Kaleidoskop, das ihr den Atem nahm und ihre Stimme lähmte. Dann jedoch brach plötzlich ein verirrter Sonnenstrahl durch eines der Fenster, und der Tumult in ihr kam zur Ruhe. Jetzt konnten die Worte ungehindert aus ihr strömen, denn sie wusste, das Lebendige Licht leitete und führte sie.

»Die Magister und Prälaten haben die Gerechtigkeit verlassen und schlafen.« Mit jedem Wort gewann die Magistra größere Gelassenheit. »Man neigt dazu, viele Sünden zu vergessen. Daher werden feurige Strafgerichte über die Stadt kommen, wenn die Sünden nicht durch Buße getilgt werden, wie es bei Jonas geschah …«

Die Menschen dort unten in den Kirchenbänken lauschten gebannt, das konnte sie spüren. Doch hatte sie auch ihre Herzen erreicht?

Schweißnass und innerlich noch immer sehr aufgewühlt, verließ Hildegard an Volmars Seite nach dem Hochamt den Dom durch einen Seiteneingang.

Die Gläubigen hatten sich schon zerstreut. Der Blick der Magistra glitt über den verregneten Domplatz. Ein paar Spatzen pickten in den Pfützen nach Futter, sonst war er leer.

Von Theresa keine Spur. Die Pforte, der ihre ganze Hoffnung gegolten hatte, war verwaist.

✤

KONSTANZ – SPÄTHERBST 1162

Jetzt, im November, glich der große See einem grauen Meer. Dicke Schwaden hüllten ihn allmorgendlich ein, und manchmal wurde es früher Nachmittag, bis die Nebel sich lichteten. Ein Paradies für Lachmöwen und Kolbenenten, für Kormorane, Schwäne und Blesshühner – wäre da nicht die große Zeltstadt gewesen, die viel zu nah am Wasser aufgebaut war. Wegen des seit Monaten anberaumten Hoftags waren alle Quartiere der kleinen Stadt überfüllt; so blieb für viele Ritter nur diese notdürftige Unterbringung übrig, die sie freilich seit Langem gewohnt waren.

»Beinahe, als wäre der Krieg noch immer nicht zu Ende!«, schimpfte Gero, als morgens nach dem Aufwachen alles klamm und feucht war. »Unsere Brünnen beginnen zu rosten wie Sau. So gut können wir sie gar nicht mit Fett einreiben, um das wieder wettzumachen!«

»Der Krieg wird schneller wieder beginnen, als uns lieb

sein kann«, sagte Freimut. »Ich traue diesen Lombarden nicht. Jetzt, nachdem das kaiserliche Heer diesseits der Alpen angelangt ist, rebellieren sie doch bestimmt von Neuem.«

»Von mir aus!«, rief Gero und zog die Nase kraus, als er feststellen musste, dass auch seine Stiefel nass geworden waren. »Kämpfen ist mein Leben. Das bin ich schon meinem toten Vater schuldig, der sicherlich stolz wäre, könnte er mich so sehen. Was soll ein Ritter schon im Frieden anfangen? Da wird man doch nur lange vor der Zeit lahm und faul und grau.«

Um sich die Zeit zu vertreiben, während die hohen Fürsten den Hoftag abhielten, hatten die beiden damit begonnen, mit Pfeil und Bogen Wasservögel zu schießen, und anfangs auch gute Beute gemacht. Inzwischen jedoch erhoben sich ganze Geschwader keckernd und gackernd, sobald die zwei nur in Sicht kamen.

»Was mich betrifft, so würde ich gern einmal zur Ruhe kommen«, sagte Freimut. »Von den rastlosen Jahren im Sattel hab ich allmählich genug. Sich irgendwo niederlassen, ein Weib freien, Kinder aufziehen – das stell ich mir sehr schön vor.«

»Du redest wie ein Bauer«, spottete Gero und begann, flache Steine ins Wasser zu werfen, die über die Oberfläche dahinschlitterten und Kreise zogen, wobei er erstaunliche Geschicklichkeit an den Tag legte. »Fehlte nur noch, dass du damit anfängst, von deinen fruchtbaren Äckern zu schwärmen!«

»Dazu müssten sie mir erst einmal gehören! Mich trifft das harte Los des Zweitgeborenen, seitdem ich denken kann – Besitz und Titel sind vollständig an meinen Bruder Ulrich gegangen. Eigentlich war ich für den geistlichen Stand vorgesehen. Da bin ich dann doch lieber Ritter als

Pfaffe geworden.« Er blieb stehen und schaute seinen ehemaligen Knappen eindringlich an. »Was ist eigentlich mit dir? Hast du nicht gesagt, du seiest der einzige Sohn deines Vaters?«

Ein knappes Nicken.

»Dann bist du doch auch sein Erbe, oder nicht?«

»Darüber will ich nicht reden.« Gero hatte es auf einmal sehr eilig. »Eine unschöne Familienfehde, die allen Beteiligten nichts als Unglück gebracht hat. Lassen wir es dabei bewenden!«

»Aber was ist mit deiner Schwester?«, bohrte Freimut nach, der schon öfters genau an diesem Punkt nicht weitergekommen war. »Eine Mitgift steht ihr doch sicherlich zu.«

»Als Katharerliebchen? Vergiss es!« Geros Mund war hart geworden. »Hast du nicht gesehen, was aus Theresa geworden ist, seit sie bei diesen Leuten lebt – ein stinkendes Lumpenbündel, das sich fast aufgegeben hätte! Kurz vor dem Scheiterhaufen war sie bereits. Und hat trotz alldem darauf bestanden, mit jenen Teufelsanbetern zu fliehen, obwohl ich sie bei unserer toten Mutter beschworen habe, sich in unseren Schutz zu begeben. Ich erkenne meine eigene Schwester nicht mehr wieder!«

»Ich fand deine Schwester Theresa mutig und stark.« Freimuts Stimme war weich geworden. »Immer wieder kommt sie mir in den Sinn. So sehr zu lieben ... davon hab ich mein ganzes Leben lang geträumt.«

»Sollen wir gleich in die Stadt reiten? Im Roten Ochsen soll es einen ganzen Stall voll wilder Weiber geben, die Fremde wie uns sehr freundlich willkommen heißen.«

»Dazu ist später noch Zeit genug, wenn dir schon unbedingt der Sinn danach steht. Zuvor aber müssen wir zum Herzog. Du weißt, er wartet nicht gern.«

Die Kunde von Heinrichs Scheidung von Clementia von Zähringen hatte unter den Teilnehmern des Hoftages schnell die Runde gemacht. Mehr als einer fühlte sich an die kaiserliche Scheidung vor einigen Jahren erinnert. Auch damals war nach vielen Ehejahren mit einem Mal das zu enge verwandtschaftliche Verhältnis der Eheleute zum Problem erhoben worden, um die Trennung möglichst schnell zu besiegeln. Falls Herzog Heinrich von Bayern und Sachsen über seine neu gewonnene Freiheit und die Möglichkeit, wieder auf Brautschau zu gehen, erleichtert war, so ließ er sich das nicht im Geringsten anmerken. Ernst und konzentriert machte er seine Ritter mit den neuesten kaiserlichen Beschlüssen vertraut.

»Kaiser Friedrich wünscht endlich Genugtuung für den feigen Mord an Erzbischof Arnold von Selenhofen«, sagte er. »Das Interdikt über die aufständischen Mainzer ist ihm nicht genug, auch wenn es bereits die Schließung der Gotteshäuser, die Einstellung der Messen, das Verstummen der Kirchenglocken, das Versagen von Sakramenten und christlichen Begräbnissen beinhaltet. Damit ist in Mainz das gesamte kirchliche Leben zum Erliegen gekommen. Um der Autorität der Heiligen Römischen Kirche wieder Anerkennung zu verschaffen, will er darüber hinaus ein Exempel statuieren, das abschreckend für alle Zeit wirken soll: Mainz wird alle Privilegien verlieren. Die Mörder Arnolds werden lebenslang verbannt. Die Stadtmauern lässt er schleifen. Nicht ein Stein soll auf dem anderen bleiben.«

Keiner sagte ein Wort. Auf einmal war es so still im Saal geworden, dass man den Regen draußen prasseln hörte.

»Für diese Maßnahmen braucht er ihm absolut ergebene Ritter, die jede seiner Anordnungen überwachen, denn mit Widerstand der einstigen Aufrührer ist durchaus zu rechnen.«

Des Herzogs Blick glitt zu Freimut und Gero, denen plötzlich sehr heiß wurde. Keiner der beiden hatte sich bis heute verziehen, was damals geschehen war. Mochte Arnold selbst für den Anschlag auf sein Leben verantwortlich sein – ihre Aufgabe wäre es gewesen, ihn zu beschützen. Den Unmut Heinrichs über ihr Versagen hatten sie zu spüren bekommen. War nun endlich die Gelegenheit zur Wiedergutmachung gekommen?

»Ich wäre gern dabei.« Freimut von Lenzburg trat einen Schritt nach vorn.

»Ich sowieso!«, rief Gero.

Immer mehr Ritter schlossen sich ihrem Beispiel an. Der Herzog schien zufrieden. Den einen oder anderen würde er später noch persönlich dazu animieren.

»Dann kann ich also meinem kaiserlichen Vetter diese gute Nachricht überbringen«, sagte er. »Er will das Christfest verstreichen lassen und abwarten, bis das neue Jahr begonnen hat. Die Auferstehung des Herrn wird die Stadt Mainz dann arm und nackt wie einst Lazarus erleben müssen.«

✤

KÖLN – WINTER 1162/63

Jetzt war endgültig der Geist jener Teufelshure in ihn gefahren. Magota erkannte es daran, dass er eines Tages ein prächtiges rotes Kleid auf ihr Bett warf und sie anfuhr, sie solle es gefälligst für ihn anziehen. Adrian machte keine Anstalten wegzuschauen, während sie sich umständlich aus ihrem Arbeitsgewand schälte, sondern starrte sie derart schamlos dabei an, dass vor lauter Aufregung kleine rote Flecken auf ihrer bleichen Haut erschienen.

»Das Unterkleid auch«, kommandierte er. »Herunter mit dem widerlichen alten Fetzen!«

Was mochte in Trier geschehen sein? Kein Wort hatte Adrian verraten, als er wieder nach Hause gekommen war, aber er musste die Flüchtigen getroffen haben, das verriet sein verändertes Verhalten. Als Magota sich einmal vergaß und aus Versehen Willems Namen in den Mund nahm, was er ihr strengstens untersagt hatte, holte Adrian aus und schlug ihr so hart ins Gesicht, dass sie das Gleichgewicht verlor und die halbe Treppe hinunterrollte. Aus einer kurzen Ohnmacht erwacht, fand sie ihn neben sich knien. Mit besorgtem Blick schaute er auf sie nieder und kühlte mit einem feuchten Tuch ihre geschwollene Backe.

Ob er dabei war, seinen Verstand zu verlieren? Es gab Tage, da war sie sich beinahe sicher. Doch dann erschien er ihr wieder überlegt und besonnen wie eh und je. Der Mann mit den beiden Gesichtern, die scheinbar nicht zusammenpassten – doch wenn er sich einmal etwas vorgenommen hatte, dann gab es nach wie vor nichts und niemanden, von dem er sich hätte daran hindern lassen.

»Jetzt das rote Kleid!« Seine Stimme war kalt.

Magota hasste das Gefühl der raschelnden Seide auf ihrer erhitzten Haut. Sie hasste das enge Mieder, das zu schnüren er ihr befahl, weil es ihr die Taille zusammenquetschte, bis sie kaum noch Luft bekam, hasste die lange Schleppe, die das Gehen erschwerte, die Stofffülle, die eigentlich zum Tanzen animieren sollte, zum graziösen Schreiten und beschwingten Wiegen, die sie aber bloß zum Weinen brachte, weil sie sich darin noch unansehnlicher fand als sonst. Am meisten aber hasste sie, dass er versuchte, sie in Theresa zu verwandeln. Sie war nicht Theresa – und kein Hurenkleid der ganzen Welt würde sie dazu machen!

Hatte sie nicht bei allen Heiligen geschworen, sich niemals wieder von ihm berühren zu lassen, damals, als die Madonna ihr im allerletzten Augenblick geholfen und sie vor einer Schwangerschaft bewahrt hatte?

Sobald die Strapazen der Flucht vergessen und sie in Köln halbwegs heimisch geworden waren, hatte Magota schweren Herzens diesen Schwur gebrochen. Anfangs aus einem Gefühl heraus, das große Ähnlichkeit mit Mitleid besaß, denn der Verlust Willems hatte Adrian wie ein Schlag getroffen. Dass sein Neffe fähig war, ihn fiebernd in einem schäbigen Gasthaus zurückzulassen und sich mit Theresa aus dem Staub zu machen, hatte er lange nicht verwinden können.

»Jetzt gibt es nur noch uns zwei, mich und dich, geliebte Schwester in Gott.« Sein Blick war der eines streunenden Hundes gewesen, was sie erweicht hatte. Doch kaum hatte sie die kleinste Bereitschaft gezeigt, ging alles viel zu rasch wieder seinen gewohnten Gang. Wie ein brünstiger Bock nahm er sie nach Lust und Laune, ohne sich um ihre Befindlichkeit zu scheren, bestieg sie keuchend, um sie danach fallen zu lassen wie einen schmutzigen Fetzen, während nach außen weiterhin der keusche, streng asketische Schein gewahrt wurde.

Bei den guten Christen Kölns besaß Adrian inzwischen den Ruf eines Märtyrers. Der fromme Diakon, im letzten Augenblick der Kerkerhaft und dem Scheiterhaufen entkommen – solche Neuigkeiten zogen die Gläubigen der Kirche der Liebe an wie einen wimmelnden Bienenschwarm. Das bescheidene Haus in der Vorstadt nahe St. Gereon mit seinen feuchten Wänden und dem undichten Dach, durch das der Regen tropfte, konnte schon bald gegen ein geräumigeres Anwesen im geschäftigen Albansviertel getauscht werden, wo Messerschmiede, Weber, Schildermacher und

Brauer friedlich zusammenlebten. Öffentliche Beichte, Brotsegnungen, ab und zu sogar, wenn jemand auf dem Sterbebett lag, eine Endura, jenes rituelle Fasten zur Reinigung der Seele und Beschleunigung des Ablebens – die Kirche der Liebe konnte sich in Köln ungehemmter denn je entfalten. Spenden, Schenkungen und eine vorsorgliche Verschiebung seiner Besitztümer, für die Adrian vor seiner Festnahme gesorgt hatte, ermöglichten ihnen ein Leben, das dem in Mainz in nichts nachstand – hätte da nicht Willem gefehlt.

Der Schmerz über seinen Verlust brachte Adrian immer wieder zur Raserei. War es wieder einmal besonders schlimm, schloss Magota sich in ihrer Kammer ein, weil sie dann sogar um ihr Leben fürchtete.

In Adrians Augen lag die Schuld allein bei Theresa. Sie hatte ihm Willem entfremdet und zur Wollust verführt. Sie war dafür verantwortlich, dass aus seinem Neffen nicht wie vorgesehen ein *perfectus* geworden war, ein Hüter der Kirche der Liebe, der den anderen mit gutem Beispiel voranging, sondern ein liebeskranker Tropf, der auch noch gewagt hatte, gegen seinen eigenen Onkel, den Diakon, aufzustehen.

Als Adrian Willem schließlich ausfindig gemacht hatte, begann eine bessere Phase, doch sie währte nicht lange, weil er unschlüssig war, mit welchen Mitteln er den Neffen zurückgewinnen könne. Unzählige Briefe setzte er auf, ohne jemals einen von ihnen abzuschicken. Ständig kamen geheime Boten aus Trier, um zu berichten, was Willem tat und mit wem er verkehrte. Besonders seine Nähe zu dem Juden Simon war Adrian ein spitzer Dorn im Auge.

»Hat er denn alles vergessen, was ich ihn jemals gelehrt habe?«, schrie er. »Ausgerechnet mit einem aus dem Mördervolk unseres Herrn lässt er sich ein!«

Unruhig begann er nun, auch Auskünfte über Simon ben Jehuda einzuziehen, die zunächst im Sand verliefen. Schließlich jedoch fand er heraus, dass dieser heimlich mit einer Christin zusammenlebte, die er nun offenbar auch noch geschwängert hatte – das waren brauchbare Informationen, die Adrian sich für später aufhob.

Dann erreichten weitere Flüchtlinge Köln. Ob sie nun aus Kitzingen oder Schweinfurt kamen, aus Würzburg oder Wertheim – überall, so berichteten sie, donnerte die Posaune Gottes gegen die guten Christen, die in der Folge bald eine Fülle verschiedenster Maßnahmen zu spüren bekamen. Selbst an Orten, wo sie seit Langem ungestört hatten leben und ihrem Glauben nachgehen können, blies ihnen seit Hildegards zorniger Offensive ein eisiger Wind entgegen.

Schließlich wurde bekannt, dass die nächste Station der Magistra Trier sein würde. Das war der Moment, in dem Adrian sich entschlossen hatte, Theresa mit seinem Verlangen direkt anzugehen. Ob er Erfolg damit gehabt hatte, wusste Magota nicht, denn ihr verriet er keine Silbe über den Ausgang. Sie selbst glaubte nicht daran. Hildegard und dieses Teufelsweib Theresa waren aus ähnlichem Holz geschnitzt, die eine so stur wie die andere, und keine ließ sich etwas von anderen sagen. Wäre es nach ihr gegangen, hätte Magota von beiden niemals im Leben mehr etwas gehört. Doch das war leider unmöglich: Die Magistra hockte noch immer auf ihrer Mitgift, von der sie ihr bis heute keinen Kreuzer zurückgegeben hatte. Und Theresa war der Grund, dass Adrian ihr das rote Hurenkleid aufzwang, das ihn jedes Mal in Ekstase versetzte, sobald sie es trug.

Dass er in den letzten Tagen ein merkwürdiges Lächeln aufsetzte, wenn er sie darin ansah, machte die Sache noch schlimmer. Offenbar brütete er etwas aus. Und Magota konnte beileibe nicht sicher sein, dass es sich nicht gegen sie richten würde.

✤

TRIER – JANUAR 1163

»Theresa, komm! Schnell!«

Es war Simon, der mit beiden Fäusten an ihre Tür schlug, so heftig, als sei ein ganzes Heer von Teufeln hinter ihm her.

»Was ist passiert?«, rief sie voller Angst. »Doch nicht Willem?«

»Die Mühle, Theresa, sie brennt! Ich hab für dich eine Stute mitgebracht. Los, steig auf!«

Sie trieben die Maultiere zur Höchstleistung an, doch der Weg nach Zewen schien dennoch endlos. Schon von Weitem sahen sie die schwarze Rauchsäule, die in den blanken Winterhimmel stieg. In der Nacht hatte es geschneit, und als sie näher kamen, war der weiße Grund rund um die Mühle von verkohlten Balkenresten gesprenkelt.

Willem saß ein Stück abseits, den Kopf in den Händen vergraben, ein Bild hilflosen Kummers.

Theresa lief zu ihm, wollte ihn tröstend umfangen, er aber stieß sie zurück.

»Geh weg!«, schrie er tränenüberströmt. »Fass mich nicht an! Es ist alles verloren. Siehst du das denn nicht?«

Hilfesuchend wandte sie sich zu Simon um.

»Die Männer aus dem Dorf haben zu löschen versucht«, sagte der. »Aber sie kamen wohl zu spät. Die Brandstifter haben ganze Arbeit geleistet.«

»Man hat eure Mühle abgefackelt?«, fragte Theresa mit erschrockenen Augen.

Simon nickte. »Der Überfall auf Willem war wohl erst der Anfang. Sie wollen, dass wir gehen. Noch deutlicher konnten sie es uns kaum zeigen.«

»Aber was soll denn jetzt nur werden?«, murmelte sie verzweifelt. »Das ganze Geld, das du uns geliehen hast! Unser Leben, unsere Zukunft …«

»Wir gehen fort von hier.« Hatte Willem das gerade gesagt? »Ich kann nicht länger in Trier leben. Mein Entschluss steht fest.«

»Aber wohin denn, Willem? Und womit? Wir haben doch nichts mehr!«

»Das wird sich zeigen. Hast du nicht einmal gesagt, Kinder würden überall geboren?« Die Spur eines Lächelns huschte über sein verrußtes Gesicht.

Theresa schluckte. Die Vorstellung, nach mühsamen Anfängen hier alles verlassen zu müssen, war schwer, doch solange sie zusammenblieben, konnte ihnen nichts geschehen.

»Vielleicht hast du ja recht«, sagte sie, während sie sanft ihre Hand auf seine Schulter legte, und dieses Mal ließ er es sich gefallen. »Wir können gemeinsam überlegen …«

»Das hab ich bereits getan. Für uns beide«, setzte er rasch hinzu. »Und du mach dir keine Sorgen, Simon! Du wirst alles zurückbekommen. Jeden einzelnen Kreuzer.«

Simon ben Jehuda, der ihnen schweigend zugehört hatte, schien ebenso verblüfft wie Theresa.

»Du hast die Entscheidung schon getroffen, Willem?«, fragte er. »So schnell?«

»Ja. Ich musste. Köln. Es ist Köln.« Er klang alles andere als froh.

»Köln?«, wiederholte Theresa. »Wieso denn ausgerechnet Köln?«

»Weil wir da … Wir werden es besser haben.« Willem erhob sich abrupt. »Ich muss jetzt nach dem Lager schauen.

Vielleicht lässt sich doch noch irgendetwas daraus verwenden.«

Theresa wollte ihm nach, doch auf einmal überfiel sie heftige Übelkeit. Ihr Magen schien sich umzustülpen. Etwas Saures schoss in ihren Schlund. Sie beugte sich nach vorn und erbrach in einem hellen Schwall die Reste des Mittagessens in den Schnee.

Neun

KÖLN – FEBRUAR 1163

Der kleine Joshua hatte bitterlich geschluchzt, als sie ihre Maultiere bestiegen, um nach Köln zu reiten, und auch Hanna hatten Tränen in den Augen gestanden, während Simon ben Jehuda sich nach Kräften bemühte, den unausweichlichen Abschied durch fröhliche Zuversicht zu erleichtern.

»Und ihr versprecht auch ganz bestimmt, bei meinem Vetter Saul vorbeizuschauen«, wiederholte er ein ums andere Mal. »Ich habe ihm euer Kommen bereits angekündigt. Saul ist ein erfolgreicher Pelzhändler mit besten Beziehungen weit über das Judenviertel hinaus, der euch beim Einleben in Köln bestimmt behilflich sein kann.«

Theresa gab sich alle Mühe, den dicken Kloß in ihrem Hals hinunterzuschlucken. Jetzt war sie beinahe froh darüber, dass sie seit Tagen von einer fiebrigen Erkältung geplagt wurde, die sie alles, was um sie herum geschah, durch eine Art dichten Schleier wahrnehmen ließ. Trotz des Suds aus getrockneten Pappelknospen, die Schwester Benigna ihr einst als fiebersenkend ans Herz gelegt hatte, wollten Gliederschmerzen und Mattigkeit nicht von ihr weichen. Sie hatte Willem sogar darum gebeten, den Aufbruch zu verschieben, bis sie sich wieder besser fühle, doch davon wollte der nichts wissen.

»Die Karren mit unseren Sachen sind schon unterwegs«, sagte er. »Wenn wir uns nicht beeilen, fallen sie womöglich noch Räubern oder Wegelagerern in die Hände. Wir packen dich warm ein und rasten unterwegs, so oft du nur willst. Dann wirst du den Ritt sicherlich gut überstehen.«

Unübersehbar, wie eilig er es auf einmal hatte. Nicht einmal der Schnee, der in den letzten Tagen reichlich in dicken Flocken vom Himmel gefallen war und die Straßen glatt und gefährlich machte, schien ihn aufhalten zu können. Unübersehbar auch, dass es ihn auf einmal zu stören schien, dass sie keine Reitpferde besteigen konnten, sondern mit Maultieren vorliebnehmen mussten. Seine Stute, die ihm während der Trierer Jahre treu gedient hatte, bekam mehrmals die Peitsche zu spüren, weil es ihm zu langsam voranging, während Theresa froh darüber war, dass das lammfromme Tier, auf dem sie saß, sich nicht schneller bewegte.

In ihrer Erinnerung erschien ihr die Zeit bis zu ihrer Ankunft in Köln wie ein einziger endloser Wintertag, eiskalt und mit trübem Licht, weil die Sonne hinter dicken Wolken nur ab und zu zaghaft hervorgelugt hatte. Noch immer hingen die Ausdünstungen des alten Strohs in ihrer Nase, das sie als Nachtlager mit ein paar vereinzelten Reisenden in den Herbergen geteilt hatten, und die starken Gerüche von Grütze, Braten und heißem Wein, womit sie sich unterwegs in den Gasthäusern und Schenken gestärkt hatten.

Theresa, fiebrig und meistens leicht benommen, hatte ständig nach innen gelauscht, um in Kontakt mit dem winzigen Wesen zu kommen, das sich in ihr eingenistet hatte. Manchmal war sie versucht, die Entscheidung, alle Vorsicht fahren zu lassen und noch einmal ein Kind zu empfangen, aus tiefstem Herzen zu bereuen. Wie hatte sie nur so leichtsinnig sein können? Noch vor Kurzem hatte es ausgesehen, als würde ein erfülltes gemeinsames Leben in

Trier vor ihnen liegen – was aber würde sie nun in Köln erwarten?

Seit die Mühle in Flammen aufgegangen war, hatte Willem wieder sehr oft seine abweisende Maske aufgesetzt, die ihr Angst einjagte oder sie wütend machte, weil sie ihn dann nicht mehr erreichen konnte. Fragen, die sie an ihn stellte, beantwortete er ausweichend, oder er tat, als habe er sie überhört. Deshalb hatte sie ihm bislang noch nichts von ihrer Schwangerschaft erzählt, so schwer ihr dies auch gefallen war.

Ein wenig Erleichterung verspürte sie beim Anblick des Rheins. Der große Strom, an dessen Ufern sie schon in Bingen und Mainz dem Spiel der Wellen zugesehen und die Schiffe beobachtet hatte, erschien ihr wie ein starkes Band, das sich durch ihr ganzes Leben schlängelte. Und hatte sie nicht ausgerechnet auf einer schwankenden Rheinfähre zum ersten Mal in Willems rätselhafte Augen geschaut?

Als sie Köln schließlich erreichten, war ihr Fieber stark angestiegen, und sie hatte Schüttelfrost. Doch Willem lehnte ihren zaghaften Vorschlag ab, als Erstes ins Judenviertel zu reiten und dort Simons Vetter Saul um Unterschlupf zu bitten, bis sie wieder gesund wäre. Er trieb vielmehr die Maultiere weiter, bis er plötzlich vor einem ansehnlichen Haus am Heumarkt haltmachte.

Fürsorglich half er Theresa beim Absteigen, wobei sie eine neue Welle von Übelkeit erfasste, gegen die sie tapfer anzukämpfen versuchte. Willem stützte sie und führte sie zur Tür.

»Unser neues Zuhause!« Stolz schwang in seiner Stimme. »Gefällt es dir?«

Wie hatte er das alles nur aus der Ferne zustande gebracht? Als sie das Anwesen in Augenschein nahmen, erkannte Theresa überall Gegenstände aus ihrem bescheidenen Trierer Haushalt, die hier allerdings sehr viel besser zur Geltung kamen und plötzlich gar nicht mehr ärmlich wirkten: die Kannen, die Töpfe, die Truhen, die kupfernen Kandelaber, der alte Tisch mit seinen Astlöchern, alles stand bereit, als habe es nur auf sie gewartet. Das Haus war heller, die Räume höher, und die Herdstelle besaß sogar einen Kamin, durch den der Rauch abziehen konnte. Ein flackerndes Feuer sorgte für angenehme Wärme.

»Aber wovon sollen wir das alles bezahlen?«, murmelte sie, erleichtert, dass die Übelkeit wenigstens für den Augenblick vorüber war, während Willem sie aus den feuchten Kleiderschichten schälte und in trockene Decken hüllte. »Die Schulden bei Simon, der Wegfall deiner Einkünfte ...«

»Nichts, worum meine kranke Liebste sich heute Gedanken machen müsste.« Sanft schob er sie dick eingemummt auf die Treppe, die zum nächsten Stockwerk führte, wo die Schlafkammer war. »Spürst du das?« Durch eine Bodenluke drang die Wärme nach oben. Zudem hatte jemand neben der Bettstatt ein Kohlenbecken aufgestellt, in dem rötliche Glut leuchtete. Und eine dicke Pelzdecke aus Marderfell lag auch da, die mehr als einladend wirkte. »Das mit dem Frieren hat jetzt für alle Zeit ein Ende!«

Theresa fiel geradezu auf den seidigen Pelz, so erschöpft war sie, und sie schlief sehr schnell ein. In wirren Fieberträumen meinte sie, eine weibliche Stimme zu hören, die ihr Suppe und etwas zu trinken anbot, und einmal glaubte sie sogar zu spüren, wie ihr Kopf behutsam angehoben und ihr etwas Heißes eingeflößt wurde, das sie mühsam schluckte.

Als sie am nächsten Morgen erwachte, war der Platz neben ihr leer. Hinter ihren Schläfen pochte ein greller Schmerz, und die Kehle war rau wie Schmirgelleinen. Mühsam kroch sie aus dem Bett, schaffte es aber nicht einmal bis zur Tür.

»Schlüpf besser gleich wieder unter deine Decken!« Die Frau, die ihr lächelnd den Weg verstellte, war klein, nicht mehr ganz jung und untersetzt. Auf den ersten Blick mochte sie eine leise Ähnlichkeit mit Meline besitzen, doch ihre penibel geflochtenen Haare waren hellbraun, nicht grau meliert, und das dunkle Kleid wies nicht einen einzigen Flecken auf. »Ich bin Marlein, eure Nachbarin, und will nach dir sehen, weil dein Mann mich darum gebeten hat. Wie geht es dir, Theresa?«

»Willem«, flüsterte Theresa, weil das Sprechen so wehtat. »Wo ist er?«

»Bald wieder zurück, das soll ich dir von ihm ausrichten. Ich hab dir Andorntee gebraut und einen Laib frisches Brot gebracht, damit du schnell wieder zu Kräften kommst.«

Theresa trank dankbar. Zum Essen hatte sie keine rechte Lust.

»Hast du all diese kleinen Wunder hier vollbracht?«, krächzte sie mühsam. »Wie freundlich von dir, wo du uns doch noch gar nicht gekannt hast!«

Eine wegwerfende Geste. »Gebietet der Glaube uns nicht, mildtätig und barmherzig zu sein, auch und gerade Fremden gegenüber?«, sagte Marlein, während Theresa ein kalter Schauer den Rücken hinunterlief.

Diese Worte hatte sie schon einmal gehört. Doch wann? Und von wem? In ihrer jetzigen Verfassung war sie zu schwach, um sich daran zu erinnern.

»Ihr werdet euch in Köln schnell wohlfühlen«, fuhr Marlein fort. »Dafür werden wir schon sorgen.«

»Wir?«, entfuhr es Theresa. »Bist du denn keine Witwe? Ich dachte nur, dein dunkles Kleid …«

»In gewisser Weise – ja. Und jetzt schlaf weiter! So wirst du am schnellsten wieder gesund.«

Irgendwann am späten Nachmittag weckte sie Willems Stimme. Schlaftrunken öffnete sie die Augen. Ihn im Dämmerlicht so nah bei sich zu spüren, ließ eine Woge von Glück in ihr aufsteigen. Plötzlich waren die düsteren Gedanken der letzten Zeit verflogen. Es war gar nicht so wichtig, wo sie mit Willem lebte, Hauptsache, sie beide waren zusammen. War jetzt nicht genau der richtige Moment, um ihm von dem Kind zu erzählen, das sie von ihm erwartete?

Sie öffnete schon den Mund, als er seine Hand auf ihre Stirn legte.

»Fühlt sich schon ein wenig kühler an«, sagte er. »Hat Marlein sich um dich gekümmert?«

»Tee und Brot hat sie mir gebracht, aber ich hab nichts essen können.« Sie streckte sich. »Inzwischen bin ich allerdings so hungrig, dass ich ein halbes Kalb verschlingen könnte.«

Willem lachte. »Ein Kalb hat sie dir wohl kaum gebraten, aber immerhin eine würzige Suppe gekocht, die ich dir gleich auftischen werde.« Er streichelte ihre Wange. »Es geht dir also wieder besser. Wie sehr mich das freut!«

Theresa hielt seine Hand fest, bevor er sie ihr entziehen konnte, und schnupperte daran.

»Riecht ganz stark nach Pferd«, sagte sie erstaunt. »Wo bist du denn die ganze Zeit gewesen?«

»Hab ein gutes Geschäft gemacht«, sagte er. »Zwei Maultiere gegen ein stattliches Ross. Sollte eigentlich meine Überraschung für dich sein.«

»Du hast unsere Stuten verkauft?«, fragte Theresa verblüfft. »So schnell? An wen denn?«

»An … Leute, die du nicht kennst.« Da war sie wieder, jene Maske, die sie so hasste, weil sie sie von allem ausschloss. »Das Wichtigste ist doch, dass wir endlich wieder ein Pferd haben, damit ich mich bald nach einer neuen Mühle umsehen kann. So steht jetzt in unserem kleinen Stall gleich hinter dem Haus ein Wallach, der sogar ein wenig an deinen alten Weißen erinnert. Brauner hab ich ihn genannt, und der Name scheint ihm zu gefallen – und dir auch, wie ich hoffe.«

Sie ließ sich ins Kissen zurücksinken und schloss die Augen. Ein Weilchen würde sie ihr Geheimnis noch für sich behalten. Es musste erst der richtige Moment kommen, um Willem einzuweihen.

Wie er wohl reagieren würde?

Ein Gedanke, der ihr die nächsten Tage nicht aus dem Kopf ging, als das Fieber immer weiter sank, bis es schließlich ganz verschwunden war. Was zurückblieb, war ein leichtes Schwindelgefühl, wie Theresa es schon von der ersten Schwangerschaft her kannte – und eben diese unberechenbare Übelkeit, die sie jederzeit überfallen konnte.

Dennoch gab sie sich Mühe, sich nach außen hin nichts anmerken zu lassen, was gar nicht so einfach war, weil Marleins neugierige Blicke ihr überallhin folgten. In den Tagen der Krankheit war die Nachbarin eine große Unterstützung gewesen, hatte eingekauft, gekocht und aufgeräumt, jetzt aber wurde Theresa ihre ständige Anwesenheit im Haus, die sie zumeist allein ertragen musste, weil Willem häufig unterwegs war, allmählich zu viel. Wenn sie sich bei Willem erkundigen wollte, reagierte er unwillig und wurde schnell ärgerlich, weshalb sie beschloss zu warten, bis er von sich aus erzählen würde, was ihn derart umtrieb.

»Du willst wirklich schon auf den Markt?« Marleins Hand griff bereits wieder bevormundend nach dem Korb. »Das kann doch ich erledigen!«

»Deine Freundlichkeit haben wir mehr als genug beansprucht.« Theresa hielt den Korb fest. »Die frische Luft wird mir guttun. Außerdem ist es an der Zeit, dass ich meine neue Umgebung kennenlerne.«

Doch sie hatte ihre Kräfte deutlich überschätzt. Schon nach ein paar Schritten raste ihr Herz, und kalter Schweiß trat auf ihre Stirn. Dabei war sie gerade mal bis zu den ersten Marktständen gekommen, wo Geflügel, Wild und Eier angeboten wurden. Sollte sie einen Fasan kaufen? Auch Schnepfen, Birkhühner, Wildenten und Fischreiher waren kopfunter an großen Haken aufgereiht, und in geflochtenen Weidenkäfigen duckten sich lebende Hasen. Auf der heimatlichen Burg hatte Wild oftmals auf dem Speiseplan gestanden, weil ihr Vater als Graf das Jagdrecht in den Ortenburger Wäldern besaß. Allerdings wusste Theresa nicht genau, wie man all diese Tiere zubereitete, damit es auch halbwegs schmeckte, deshalb ging sie unschlüssig weiter.

Butter, Käse – und dort drüben begann der Fleischmarkt, wo es Innereien, Schinken, Speck und Schmalz zu kaufen gab. Alles war so weitläufig hier, dass der Trierer Markt ihr dagegen winzig erschien. Es wimmelte von Menschen, und plötzlich wurde ihr bewusst, in welch große Stadt sie gekommen war. Die vielfältigen Eindrücke und Gerüche verwirrten sie zusehends, und ihr Korb war noch immer gähnend leer.

»Salm!«, hörte sie plötzlich einen Händler aus voller Kehle schreien. »Frischer Salm und grüne Heringe – beides so günstig wie nie zuvor!«

Die laute Stimme zog Theresa an, und der Mann grinste verschmitzt, als sie langsam näher kam. Jetzt trennte sie nur ein kleines Stück von seinem Stand, wo eine Mutter mit zwei lebhaften Kindern wartete, die sich gegenseitig herumschubsten, sowie eine magere Frau, die beim Feilschen heftig mit beiden Händen gestikulierte. Als sie empört nach Luft schnappte, weil der Fischhändler mit seinem Preis offenbar nicht weiter heruntergehen wollte, wandte sie Theresa ihr scharfes Profil zu.

Magota! Der Schreck lähmte Theresa für einen Augenblick. Dann trat sie schnell ein paar Schritte zurück.

Magota kaufte den Fisch dennoch und schien mit ihren Einkäufen am Ende, denn sie verließ zügigen Schritts den Markt. Theresa konnte nicht anders, als ihr zu folgen, hielt jedoch einigen Abstand. Sie kamen an einer Kirche vorbei, an Läden und Werkstätten, auch an der eines Sarwürkers, sodass Theresa augenblicklich Gero wieder in den Sinn kam. Ein Gedanke, den sie lange Zeit bewusst vermieden hatte.

Wie enttäuscht er damals gewesen war, als sie sich für Willem und ein Leben mit diesem Mann entschieden hatte, nachdem er ihnen so mutig zur Freiheit verholfen hatte! Womöglich hatte sie damit ihren kleinen Bruder für immer verloren.

Für ein paar Augenblicke war sie offenbar zu sehr in ihre schmerzvollen Erinnerungen vertieft gewesen, denn als sie nun aufschaute, war Magota verschwunden. Theresa blieb vor einem stattlichen zweistöckigen Haus stehen, dessen schwere Eichentür leicht angelehnt war.

Ob Magota hier wohnte?

Auf die Antwort dieser Frage musste sie nicht lange warten. Plötzlich fiel ihr auch wieder ein, woher sie Marleins Worte von der Mildtätigkeit und Barmherzigkeit Fremden gegenüber kannte, die sie so sehr beunruhigt hatten. Warum war sie nicht auf der Stelle misstrauisch geworden? Die Krankheit und der innigliche Wunsch, alles möge sich doch noch zum Guten fügen, hatten sie offenbar geblendet. Ähnlich einer Maus, die saftigen Speck wittert und darüber jede Wachsamkeit vergisst, war sie direkt in die Falle gerannt.

»Willkommen, Schwester in Gott!«, sagte Adrian van Gent mit verzerrtem Lächeln und trat zur Seite, um ihr den Weg ins Haus freizumachen. »Der verlorene Sohn hat bereits den Weg zurück zum gütigen Vater gefunden. Und nun bist endlich auch du zu uns gekommen! Alle Wege führen stets zu dem Einen.«

✥

RUPERTSBERG – FEBRUAR 1163

Die erste Gestalt sprach: Ich bin die Liebe – caritas –, bin die Herrlichkeit des Lebendigen Gottes. Die Weisheit hat in mir ihr Werk gewirkt, und die Demut, die im lebendigen Quell verwurzelt ist, ist meine Gehilfin; mit ihr ist der Friede verbunden. Ich habe ja den Menschen entworfen, der in Mir gleich einem Schatten verwurzelt war, wie man den Schatten eines jeden Dinges im Wasser erblickt. Daher bin Ich auch der lebende Quell, weil alles, was geschaffen ist, wie ein Schatten in Mir war. Nach diesem Schatten ist der Mensch mit Wasser und Feuer gebildet, wie auch Ich Feuer und lebendiges Wasser bin. Deshalb hat der Mensch in seiner Seele die Fähigkeit, alles zu ordnen, wie er will.

Alle im Scriptorium lauschten andächtig. Volmar und die frommen Schwestern schätzten und liebten die Visionen der Prophetin vom Rhein, doch was das Lebendige Licht ihr als Letztes eingegeben hatte, übertraf alles Vorherige.

Plötzlich schien vergessen, was während der vergangenen Monate den Alltag im Kloster so hart und schwierig gemacht hatte: die eisige Faust des schneereichen Winters, der viele der Schwestern krank und schwach hatte werden lassen, die ständige Sorge, wie lange der neue Erzbischof von Mainz in der Gnade des Kaisers bestehen konnte und was im Fall seines Sturzes aus ihrem Konvent werden würde, die schier endlose Schlange Hungriger, die aus Bingen den Weg über die Drususbrücke nahmen und an die Klosterpforten pochten, um ein paar Essensreste geschenkt zu bekommen, die die Nonnen selbst kaum entbehren konnten.

»Lies weiter, Volmar!«, rief Benigna beseelt. »Niemals haben meine Ohren Schöneres vernommen.«

Der Mönch strich liebevoll über seine Abschrift, und plötzlich lag ein stolzer Ausdruck auf seinen faltigen Zügen.

»Ich habe den besten Buchmaler weit und breit in Kenntnis gesetzt, denn die Visionen der hochwürdigen Mutter sollen aufs Trefflichste in Bilder umgesetzt werden. Meister Wolframs Antwort steht noch aus, doch ich bin sicher, er wird sich unserem Ersuchen nicht verschließen können.«

Er räusperte sich ausführlich, dann fuhr er fort.

In mir, der Liebe, hat sich alles gespiegelt. Mein Glanz zeigt die Gestaltung der Dinge, wie der Schatten die Gestalt anzeigt. Und in der Demut, die meine Gehilfin ist, ging auf Anordnung Gottes die Schöpfung empor. In derselben Demut hat Gott sich zu mir hinabgeneigt, um die trockenen Blätter, die abgefallen sind, in der Glückseligkeit emporzuheben, in der Er alles tun kann, was Er will. Weil Er jene aus Erde geformt hatte, hat Er sie daher auch nach dem Fall erlöst.

Denn der Mensch ist vollkommen das Gebilde Gottes. Er blickt auf zum Himmel und tritt auf die Erde, indem er sie beherrscht; er befiehlt allen Geschöpfen, weil er durch die Seele zur Höhe des Himmels schaut. Deshalb ist er durch sie auch himmlisch; durch seinen sichtbaren Leib aber ist er irdisch. Alles, was Gott gewirkt hat, hat Er in Liebe, in Demut und in Frieden vollendet, damit auch der Mensch die Liebe hochschätzt, nach der die Demut strebt und Frieden hält, um nah bei Gott zu sein.

Schwester Lucilla begann vor Rührung zu weinen, obwohl sie selbst es gewesen war, die diese Worte erstmals aus Hildegards geheimer Sprache, die bisher nur Richardis hatte übersetzen können, in reines, fehlerfreies Latein übertragen hatte.

»Als ob der Allmächtige direkt zu einem spräche, hochwürdige Mutter«, rief sie. »Wie stolz und glücklich ich bin, dir bei diesem großen Werk dienen zu dürfen! Weißt du schon, welchen Titel es tragen soll?«

»Dazu muss es erst einmal fertig werden, und das wird noch dauern«, erwiderte die Magistra, »denn nach meinem Dafürhalten bin ich mit diesem Visionszyklus erst am Anfang. Wer weiß, was noch alles kommen wird! Ich bin nur die demütige Magd, die die Worte des Herrn empfängt. Doch wenn du mich schon so fragst – ja, ich habe tatsächlich bereits einen Titel im Sinn: ›Liber divinorum operum – Das Buch der Gotteswerke‹.«

Auch Benigna schien äußerst bewegt, zudem stand ihr die Sorge über den schlechten gesundheitlichen Zustand der Magistra ins Gesicht geschrieben.

»Du trinkst doch regelmäßig meinen Herzwein?«, rief sie. »Und nimmst die kleinen Kügelchen ein, die ich zu deiner Stärkung geformt habe? Alle darin enthaltenen Wirkstoffe einzeln auszuführen, wäre jetzt zu langwierig. Aber du kannst dich darauf verlassen: Ich habe das Beste vom Besten zusammengestellt, vor allem, um deinem armen malträtierten Kopf Linderung zu verschaffen.«

Schwere Migräneschübe, begleitet von starker Übelkeit, hatten Hildegard schon seit Kindertagen zugesetzt; doch die Anfälle nahmen in letzter Zeit an Häufigkeit und Intensität noch zu.

»Offenbar der Preis, den ich für die Botschaften des Lebendigen Lichts zu entrichten habe.« Die Magistra versuchte ein kleines Lächeln, dabei war sie so blass und schmal wie selten zuvor. »Ich strecke meine Hände nach Gott aus, um wie eine Feder, die ohne Schwerkraft im Wind treibt, von ihm getragen zu werden.«

»Eine Feder, die deutlich an Gewicht zulegen sollte, wenn sie die Strapazen der nächsten Zeit heil überstehen will.« Das kam von Schwester Hedwig, die wieder einmal ihre Zunge nicht länger im Zaum halten konnte. »Mit deinen Visionen, geliebte Mutter, beschenkst du uns alle reich. Doch wenn du jetzt auch noch zum Kaiser in die Ingelheimer Pfalz reiten willst, um die Zukunft unseres Klosters zu sichern, solltest du in stabilerer körperlicher Verfassung sein.«

»Danach fragt das Feuer nicht, das ich vom Himmel empfange. Es durchdringt mein Gehirn und setzt mein Herz wie eine Flamme in Brand. Und wisst ihr, was das Seltsame daran ist?« Auf einmal schien Hildegards Gesicht faltenlos, und die hellen Augen blitzten übermütig. »Jeder Schmerz und alle Traurigkeit sind in diesen kostbaren Augenblicken von mir genommen. Plötzlich bin ich wieder ein junges Mädchen und keine ältere Frau mehr, die viele Zipperlein plagen.«

Die Schwestern mussten lachen, so viel Mut und unbändige Lebensfreude strahlte sie auf einmal aus.

»Zumal ja noch wichtige Aufgaben vor mir liegen«, fuhr Hildegard fort. »Vom Domkapitel in Köln habe ich eine dringliche Anfrage erhalten. Sie erbitten meine Predigt in ihrer Stadt, wo sich heimlich immer mehr Ketzer niedergelassen haben, um ihren verderbten Riten zu frönen. Scheint, als hätten die guten Christen, die man aus Mainz vertrieben hat, dort allzu rasch eine neue Heimat gefunden. Die wackeren Kirchenmänner ersuchen mich, die Menschen aufzurütteln und auf den rechten Weg zu Gott zurückzuführen.«

Was die Magistra dabei allerdings für sich behielt, war die Unterschrift, die sie unter jenen Zeilen gelesen hatte: Dudo, Dompropst zu Köln.

Im ersten Augenblick hatte sie ihren Augen nicht recht trauen wollen. Er musste sich bei Rainald von Dassel eingeschmeichelt haben, der lange mit dem kaiserlichen Heer in Italien gelegen hatte. Wie aber war es zu diesem raschen Aufstieg gekommen nach all dem Schrecklichen, was in Mainz geschehen war?

In dieser Angelegenheit musste sie sich dringend mit ihrem Bruder Hugo besprechen, der glücklicherweise auch unter Erzbischof Konrad von Wittelsbach seinen Posten als Mainzer Domkantor behalten hatte.

Forschend glitt ihr Blick über die Gesichter der frommen Schwestern, die sich um sie versammelt hatten. Für die Reise nach Köln brauchte sie spezielle Unterstützung.

»Wer bin ich, um mich solch einer Bitte zu verschließen? Ich werde also Köln in meine Predigtreisen einbeziehen, dabei aber auch die Städte Boppard, Andernach, Siegburg und Werden berücksichtigen, die nicht allzu weit entfernt liegen.«

»Das alles willst du dir wirklich zumuten?« Schwester Hedwig klang zutiefst besorgt. »Du könntest unterwegs krank werden, das fremde Essen nicht vertragen, schlecht schlafen, überfallen und ausgeraubt werden und vielleicht sogar noch Schlimmeres erleiden müssen ...«

Die Magistra hatte sich erhoben, ging zu ihr und legte ihr beruhigend die Hand auf die knochige Schulter.

»Könnte, hätte, würde«, sagte sie lächelnd. »Wie recht du doch mit allem hast, was du gerade aufgezählt hast, Hedwig! Mitten im Leben sind wir vom Tod umfangen und ruhen dennoch stets sicher in Gottes gütiger Hand. Aber ich nehme deine Sorgen sehr ernst und will ihnen Rechnung tragen, so gut ich es vermag.«

Hildegard wandte sich langsam um. Dabei fiel ihr Blick auf die kleine rundliche Frau inmitten der Schwestern, die aus Bescheidenheit sofort die Augen niederschlug.

»Deshalb wird mich auf dieser Predigtreise Schwester Benigna begleiten, dann hab ich meine Infirmarin gleich mit dabei.« Ihr Lächeln vertiefte sich. »Zum Glück hat sie ihre Schülerin Afra seit Jahren in allen Gebieten der Heilkunde bestens unterwiesen. Falls also eine von euch während meiner Abwesenheit erkranken sollte, was ich nicht hoffen will, ist sie dennoch in den allerbesten Händen.«

Über Benignas Gesicht ging ein Strahlen, das die ein wenig groben Züge verschönte.

»Ich werde eine Reiseapotheke zusammenstellen, mit der wir für alle Notfälle gerüstet sind«, rief sie eifrig und begann vor lauter Aufregung mit ihren kräftigen Armen zu rudern. »Am besten fange ich gleich damit an.« Mit diesen Worten lief sie hinaus.

Voller Rührung schaute Hildegard ihr nach. Wie die Kinder sollten wir alle sein, dachte sie, gleichgültig, wie viele Jahre wir auf dem Buckel haben: offen, freundlich, ohne jeden Arg. So hat der Allmächtige den Menschen erschaffen, bevor Satan auf den Plan trat und die Saat der

Versuchung in das menschliche Herz pflanzte. Bei manchen von uns allerdings ist sein schändliches Tun offenbar bis heute erfolglos geblieben. An einer so frommen, schlichten Seele wie Schwester Benigna würden die Dämonen der Hölle sich bis in alle Ewigkeit vergeblich die Zähne ausbeißen.

✢

MAINZ – MÄRZ 1163

Seit Tagen loderten immer wieder Brände in der Stadt, doch keine feindliche Eroberhand hatte sie gelegt, sondern sie waren von den Rittern des Kaisers auf dessen ausdrücklichen Befehl hin verursacht worden. Gründlich und ohne jedes Anzeichen von Nachsicht wurden die Wohnsitze all derer in Schutt und Asche gelegt, die sich gegen den ermordeten Erzbischof Arnold von Selenhofen erhoben hatten. Besonders schwer traf es das Geschlecht der Meingoten, die von Anfang an gegen dessen Wahl rebelliert hatten, weil sie einen Mann aus den eigenen Reihen auf dem Bischofssitz bevorzugt hätten. Da die meisten von ihnen bereits aus der Stadt geflohen waren, um sich weiterer Bestrafung zu entziehen, musste der kümmerliche Rest der Zurückgebliebenen nun mit ansehen, wie all das in Flammen aufging, was ihre Vorfahren erworben und aufgebaut hatten.

Dabei kam es immer wieder zu ergreifenden Szenen: Frauen und Kinder zogen weinend und schreiend durch die Straßen und beklagten lauthals ihr Schicksal; andere Meingoten wollten ihre Häuser um keinen Preis verlassen und mussten erst mit Waffengewalt aus ihnen vertrieben werden. Die ganze Stadt stank nach Brand, und das Greinen der Betroffenen wollte bis in die Nacht hinein kein Ende nehmen. Barbarossa aber hielt ungerührt weiterhin seinen Hoftag ab und verschloss seine Ohren allem Bitten und Flehen. Auch Konrad von Wittelsbach, der neu gewählte Erzbischof, rührte keinen Finger, um die Not seiner Bürger zu lindern, sondern verschanzte sich mit dem Kaiser und den anderen hohen Reichsfürsten in seinem schwer bewachten Bischofssitz.

Gero und Freimut waren zunächst heilfroh gewesen, dass Herzog Heinrich sie mit einer ganz anderen Aufgabe betraut hatte. Ihnen und einer größeren Schar Ritter oblag die Zerstörung der Stadtmauer, was sich allerdings als zähes, mühsames Geschäft herausstellte, denn die massiven Steinquader erwiesen sich als erstaunlich widerstandsfähig gegen alle Arten von Wurfgeschossen. Zwar verfügten die Krieger seit der Belagerung der lombardischen Kommunen über reichlich Erfahrung im Stürmen von Stadtmauern, aber es zeigte sich, dass es eine andere Sache war, gegen einen Feind anzukämpfen, der einen von oben mit Pech, siedendem Öl oder Pfeilhagel bedrohte, als wehrlosen Menschen das zu nehmen, was sie lange Zeit als Schutz und Schirm vor drohender Gefahr betrachtet hatten.

»Was soll die Leute nun künftig schützen?«, fragte Gero, als er abends neben Freimut im Zelt auf der Mainaue lag. »Der nächste Feind, der Mainz bezwingen will, hat ungestörten Zutritt zu der alten Bischofsstadt.«

»Der Kaiser hat diese harte Strafe über die Mainzer verhängt, und er weiß genau, was er da tut«, erwiderte Freimut schlaftrunken. »Immerhin wurde der Erzbischof – sein Stellvertreter und der wichtigste Fürst im ganzen Reich – feige ermordet. Wenn er jetzt kein Exempel statuiert, macht diese schreckliche Tat womöglich noch Schule. Dann wäre künftig kein Fürst oder Edelmann seines Lebens mehr sicher, sobald seine Herrschaft dem Volk nicht länger passt.«

»Ich weiß, wer es wirklich getan hat«, sagte Gero leise und erschrak über seine eigenen Worte. »Den wahren Mörder sollte man mit aller Härte bestrafen – nicht all diese anderen Menschen.«

Freimut setzte sich abrupt auf. »Was soll das heißen? Wir haben doch gemeinsam den toten Arnold aufgefunden!«

»Und zwischen seinen Rippen steckte ein Messer – du erinnerst dich noch?«

»Ganz genau.«

»Ein Messer, das ich leider nur allzu gut kenne. Denn mit ihm musste ich einmal mein Leben verteidigen und das einer wehrlosen Schwangeren dazu, damals in Bingen, als ich noch ein halbes Kind war. Sein Besitzer war Dudo, der Kanonikus. Er muss das Messer später offenbar zurückerhalten haben. Da war ich aber schon fort.«

»Wieso rückst du erst jetzt mit dieser seltsamen Geschichte heraus?«

»Weil ich keinerlei Beweise habe. Aber du, mein Freund, du glaubst mir doch?«

»Und wie und wo ...«

Gero ließ ihn nicht ausreden. »Es macht jetzt keinen Sinn, in Einzelheiten zu kramen, die schon so lange zurückliegen. Es war Dudos Messer, das Arnold getötet hat. Das schwöre ich bei meiner Schwerthand.«

Eine Weile blieb es still im Zelt.

»Wenn du dir so sicher bist, sollte der Kaiser das unbedingt erfahren«, sagte Freimut schließlich. »Oder Herzog Heinrich, den du gegebenenfalls als Vermittler einschalten könntest. Zögere nicht länger, Gero! Denn kommt es später doch heraus, und du hast geschwiegen – das würden sie dir gewiss niemals verzeihen.«

»Ich trete doch nicht vor den Herzog oder gar den Kaiser mit bloßen Anschuldigungen und Vermutungen«, fuhr Gero auf. »So ein Verhalten wäre eines edlen Ritters unwürdig. Beweise brauche ich, dann werde ich reden. Oder besser noch, ein Geständnis.«

»Aber wie willst du das anstellen? Dieser Dudo hat Mainz offenbar längst verlassen, und selbst wenn es dir gelingt, ihn aufzustöbern, wirst du ihn doch schwerlich dazu bringen, etwas zu gestehen, das ihn den Kopf kosten wird.«

»Glaubst du, das alles wüsste ich nicht?« Gero klang verzweifelt. »Immer wieder zermartere ich mir das Hirn, wie es gelingen könnte – und komme trotzdem keinen Schritt weiter. Doch aufgeben werde ich niemals, das steht für mich fest. Eines Tages ist Dudo fällig. Und wenn ich noch mein halbes Leben darauf warten muss.«

Am nächsten Tag rückte der Tribock gegen die Mainzer Stadtmauer vor, eine riesige Wurfmaschine, gebaut aus solidem Eichenholz; zwischen zwei senkrechten Stützen hing waageähnlich ein langer Balken, an dessen einem Ende sich ein bleibeschwerter Kasten befand. Am anderen Ende war mit Ketten eine Art eiserner Löffel angebracht, der als Schleuder fungierte. Nun wurde das Geschoss – ein zentnerschwerer Stein – in die Schale der Schleuder gehievt und das eingepflockte Spannseil durch gezielte Hammerschläge gelöst. Daraufhin schnellte der beschwerte Kasten auf seine Unterlage aus Wollsäcken, während der andere Arm des Balkens emporflog und sein Geschoss gegen die Mauer schleuderte. Ohrenbetäubendes Krachen, und die Mauer hatte ein großes, hässliches Loch.

Wieder und wieder wurde der Tribock frisch geladen, gespannt und erneut abgefeuert. Zusätzlich rückten in gleichmäßigem Abstand aufgestellte Rammböcke der Befestigung zu Leibe, dicke Baumstämme, deren Ende mit riesigen Metallspitzen verstärkt war.

Eine knappe Woche dauerte es, bis der Kaiser endlich zufrieden war. Gewandet in einen scharlachroten Mantel, der schon aus weiter Entfernung wie eine Flamme leuchtete, inspizierte Friedrich Barbarossa auf seinem Streitross das Ergebnis. Von der einst so stolzen Stadtmauer waren nur Trümmer übrig geblieben, die Türme gefallen, die Tore zerstört. Mainz hatte den Aufstand gegen Arnold von Selenhofen mit dem Verlust seines Schutzes und zahlreicher anderer Privilegien teuer bezahlt.

Kaum einer der verängstigten Bürger zeigte sich auf den Gassen, als der Kaiser und seine Fürsten aufbrachen, um nach Ingelheim zu reiten, wo der Hoftag mit weiteren Urteilen und Beschlüssen sein Ende finden sollte.

In der blanken Märzluft über ihnen kreiste ein riesiger Krähenschwarm. Ab und zu ließ einer der Vögel ein heiseres Krächzen hören. Es war, als ob sie die abziehenden Ritter, die innerhalb weniger Tage so viel Trauer und Schmerz über die Stadt gebracht hatten, auf ihrem Weg begleiten wollten.

Die schwarzen Wächter der Vollstrecker. Todesboten.

Eine Vorstellung, die Gero kalte Schauder über den Rücken jagte.

✣

KÖLN – MÄRZ 1163

Als Theresas Welt in sich zusammenstürzte, fand sie sich wieder am Grund eines steilen Kraters, aus dem sie nur mühsam und mit blutenden Händen und Füßen wieder nach oben zu klettern vermochte. Im Nachhinein hätte sie nicht einmal sagen können, was schlimmer gewesen war: Adrians unverhohlene Schadenfreude, seinen Neffen wieder an sich gebunden zu haben, oder Willems Reaktion auf ihre Entdeckung.

Er versuchte sich zu verteidigen, und als sie ihm zutiefst enttäuscht Vorhaltungen machte, wurde er erst wütend, dann weinerlich.

»Was hätte ich denn anderes tun sollen?«, rief er. »Wir hatten alles verloren! Hätte ich vielleicht zulassen sollen, dass sie uns in den Schuldturm werfen? Simon ben Jehuda kann bei all seiner Freundlichkeit sehr unangenehm werden, wenn seine Kredite nicht rechtzeitig zurückbezahlt werden. Davor wollte ich uns und vor allem dich bewahren!«

Als sie trotz seiner Tränen nicht nachließ und immer weiter in ihn drang, kam nach und nach die ganze Wahrheit ans Licht. Dass Willem gleich nach dem Brand an Adrian geschrieben, ihn heimlich in Trier getroffen und um Hilfe gebeten hatte, die jener nur zu gern gewährte – allerdings zu seinen Bedingungen, dazu gehörte ebenso die zügige Umsiedlung nach Köln, wo Adrian des Neffen Hilfe in der Gemeinde der guten Christen erwartete, die ständig wuchs; desgleichen Willems Wiedereinstieg in den gemeinsamen Handel. Als Gegenleistung dafür gab es das komfortable Haus am Heumarkt, das Pferd, das ebenfalls der Onkel bezahlt hatte, sowie ein gewisses Grundkapital, um das Gespenst der Armut fürs Erste von ihrer Schwelle zu verbannen.

»Und was wird aus deiner neuen Walkmühle und den Stoffen für einfache Leute?«, hatte Theresa ihm entgegengeschleudert, traurig und zornig über all die Lügen, mit denen er sie wochenlang abgespeist hatte. »Bist du bereit, deine Ideale so billig zu verkaufen?«

»Ganz und gar nicht! Ich hab mich lediglich wieder auf sie besonnen, Theresa. Und sag jetzt nicht, ich hätte dir jemals etwas vorgemacht! Du hast von Anfang an gewusst, mit wem du es zu tun hast – und trotzdem meine Nähe gesucht, ungeachtet all meiner Warnungen.«

Diese Aussage verschloss ihr den Mund, tagelang. Was sollte sie dem Mann auch antworten, der sie derart hintergangen hatte, aber dessen Kind sie trug?

Natürlich war auch Marlein Teil des Komplotts, eine der eifrigsten Anhängerinnen der Kirche der Liebe, wie sich herausstellte, darauf erpicht, jeden von Theresas Schritten zu beobachten, um alles so schnell wie möglich an Adrian zu berichten. Witwe, wie Theresa zunächst angenommen hatte, war sie keineswegs, sie lebte vielmehr seit Jahren mit ihrem Mann in keuscher Beziehung, um den Geboten der guten Christen zu genügen, die die Ehe strikt ablehnten.

Wo und wie konnte Theresa einen Ausweg finden?

Der Besuch im Judenviertel, zu dem sie sich in ihrer Not entschloss, brachte sie nicht weiter. Saul ben Mose war ein freundlicher, magerer Mann mit schweren Lidern und einer Halbglatze, der äußerst erleichtert schien, dass das Paar seine Hilfe bislang nicht in Anspruch genommen hatte; seine Frau Deborah schien so verschüchtert, dass sie kaum den Mund aufbrachte. Die drei Kinder der beiden, von denen Hanna ihr vorgeschwärmt hatte, bekam sie erst gar nicht zu Gesicht.

Sie tauschten ein paar Höflichkeiten aus, dann fragte Saul mit dünner Stimme, ob Adrian van Gent vorhabe, weiterhin im Pelzhandel zu expandieren.

»Adrian?«, wiederholte Theresa ungläubig. »Da müsst Ihr Euch irren! Er lehnt jeden Fleischgenuss ab und würde doch niemals die Felle toter Tiere …«

Gerade noch rechtzeitig biss sie sich auf die Lippen, bevor sie auch noch die guten Christen erwähnte. Plötzlich fügten sich in ihrem Kopf bislang verstreute Mosaikteilchen zu einem bestürzenden Ganzen. Adrian musste sich ja selbst nicht die Finger schmutzig machen. Dafür hatte er Willem. Genau das war es, was Adrian für seinen Neffen vorgesehen hatte: den Juden, die ihm so sehr zuwider waren, Konkurrenz zu machen.

»Nein, nein, ich irre mich gewiss nicht«, sagte Saul. »Der Flame hat schon viele Felle aufgekauft. Überall, wo man hinkommt, ist er bereits gewesen.«

Jetzt blieb Theresa nur noch, Unverbindliches zu murmeln und sich schnell zu verabschieden. Sie lief nach Hause, mit einer Wut im Bauch, die immer weiter wuchs. Dort angekommen, rannte sie die Treppe hinauf, packte die Marderdecke, riss sie vom Bett und trampelte zornentbrannt auf ihr herum.

Stunden vergingen, bis Willem sich endlich zeigte. Doch dann ließ sie ihm kaum Zeit zum Luftholen, sondern schrie ihm ihre Wut und ihre Verzweiflung ins Gesicht.

»Du sollst den Pelzhandel für Adrian übernehmen, richtig?«

Willem sah sie erschrocken an.

»Woher weißt du ...«

»Ich weiß es eben. Deshalb hat er dich nach Köln gelockt. Merkst du denn nicht, was dein Onkel vorhat?«

»Pelze sind ein lohnendes Geschäft und passen gut ...«

»Die Felle toter Tiere – und das aus dem Mund eines guten Christen, der sich vor Milch ekelt und weder Eier noch Fleisch anrühren will, um bloß nicht aus Versehen eine gefangene Seele zu verspeisen! Was ist dann mit den Seelen jener Marder und Biber, jener Eichhörnchen und

Füchse, denen man die Haut abgezogen hat? Wie scheinheilig ihr doch seid!«

Er starrte unglücklich zu Boden. »Sie sind bereits tot, und Adrian meint ...«

»Adrian meint! Adrian sagt! Hast du eigentlich noch einen eigenen Kopf zum Denken? Wo ist mein Willem geblieben, der mit seinen Stoffen die Menschen kleiden und wärmen wollte? Ich erkenne dich nicht wieder!«

»Er hat schon so viel investiert. Ich kann ihn jetzt nicht enttäuschen.« Willem klang wie ein trotziges Kind.

»Eines Tages wird er dich damit erpressen, weißt du das? So wie mich mit dem ›Friedhof der verlorenen Kinder‹. Dein Onkel hat gedroht, mich beim Trierer Magistrat anzuschwärzen, wenn ich nicht die Magistra beschwöre, ihre Predigten gegen die guten Christen einzustellen.« Sie stieß ein knurrendes Lachen aus. »Natürlich ist sie nicht darauf eingegangen, warum sollte sie auch! Und trotzdem hat sie mir noch einmal die Hand gereicht. Wie dumm ich doch war, sie abermals zurückzuweisen!«

Sein Gesicht verfiel bei ihren Worten. »Du willst wieder zurück ins Kloster? Aber das darfst du nicht! Ich brauche dich doch so sehr, Theresa!« Bittend streckte er die Hände nach ihr aus.

Theresa machte einen Schritt zurück, weil sie seine Berührung jetzt nicht ertragen konnte. Da spürte sie es zum ersten Mal: eine zarte Bewegung in ihrem Bauch, wie das Schlagen kleiner Flügel.

Das Kind – es hatte sich bewegt!

»Was ist mit dir?«, rief Willem. »Du siehst auf einmal aus, als wärst du gar nicht mehr hier.«

Sie musterte ihn stumm. Er war ein Träumer, ein schwankendes Rohr im Wind, das sich nur allzu leicht beherrschen ließ, vermutlich niemals dazu fähig, Adrians mächtigen Schatten abzustreifen und etwas Eigenes zu wagen. Und dennoch verband sie beide das Schönste, was zwei Menschen miteinander teilen konnten. Wie traurig sie war, dass sein Verhalten ihr den Mund verschloss. Allzu lange freilich würde sie ihr Geheimnis nicht mehr für sich behalten können. Über kurz oder lang würde ihr Körper sie verraten. Bis dahin musste sie eine Lösung gefunden haben.

»Ich bin sehr müde«, sagte Theresa, froh um den kurzen Aufschub, der ihr noch blieb. »Lass uns schlafen gehen!«

Doch am anderen Morgen überfielen sie die quälenden Gedanken aufs Neue. Rastlos ging sie von Raum zu Raum, nachdem Willem wortkarg aufgebrochen war. Sie hatte ihr Gefängnis lediglich vertauscht, wenngleich das Haus, in dem sie dank Adrians Gnade lebten, ungleich komfortabler war als der verrottete Kerker, aus dem Gero sie befreit hatte.

Wo ihr Bruder wohl stecken mochte? Was hätte sie jetzt nicht alles darum gegeben, wenigstens seine frechen Sprüche hören zu können!

Ihre innere Unruhe hielt an, bis ein paar Tage später eine aufgeregte Frau an die Tür klopfte.

»Schnell!«, rief die Frau. »Du bist doch Wehmutter?«

Theresa nickte befangen.

»Dann beeil dich ... meine Schwester ... das Kind kommt ...«

Im Laufschritt, mit dem schweren Korb voller Geburtsutensilien in ihrer Rechten, erfuhr Theresa unterwegs alles Notwendige. Es ging um Neslin, die ihr drittes Kind zur Welt bringen sollte, aber auf einmal von unerklärlichen Ängsten befallen war. Unwillkürlich kam Theresa dabei ihre Mutter in den Sinn, die die dritte Schwangerschaft mit dem Tod bezahlt hatte. Dennoch bemühte sie sich, Zuversicht zu verbreiten, und Neslins Schwester Margret sog die mutmachenden Worte begierig wie ein Schwamm in sich auf.

»Warum hat sie nicht die hiesige Hebamme gerufen?«, fragte Theresa, als sie vor dem Haus in der Bovenmurenstraße angekommen waren.

»Eine hässliche alte Vettel mit schmutzigen Händen und Haaren auf den Zähnen.« Margret verzog angeekelt das Gesicht. »Das Kleine muss doch bei seinem Eintritt in die Welt nicht als Erstes des Teufels Großmutter zu Gesicht bekommen!«

Die Eröffnungswehen hatten bereits vor einiger Zeit eingesetzt, und als Theresa die Gebärende untersuchte, fand sie alles zu ihrer Zufriedenheit vor. Der Muttermund war bereits bis auf einen Saum vollständig geöffnet, und da sie wusste, dass Neslin, die Frau des Gewandschneiders, schon zweimal geboren hatte, stellte sie sich auf eine eher kürzere Spanne ein.

»Wird es sterben?« Aus weit geöffneten Augen starrte Neslin sie an. »Dann musst du es noch unbedingt taufen, damit es nicht in die Hölle fährt!«

»Was redest du da für einen Unsinn? Das Kleine liegt richtig, du bist eine erfahrene Mutter und stehst im allerbesten Saft. Du wirst eine einfache Entbindung haben.«

»Das glaube ich nicht.« Neslin begann zu weinen, schielte dabei aber die ganze Zeit zu ihrer Schwester. »Es wird ein böses Ende nehmen, das spüre ich.«

Schließlich wusste sich Theresa keinen anderen Rat, als Margret zu den beiden kleinen Buben zu schicken, die in der Küche warteten, und sich neben Neslin zu setzen.

»Jetzt aber endlich heraus damit!«, sagte sie streng. »Mit dieser Zentnerlast auf deiner Seele kannst du dein Kind gar nicht zur Welt bringen.«

Die Tränen flossen immer heftiger.

»Gut möglich, dass es ein Bankert ist«, flüsterte die Frau des Gewandschneiders. »Von dem rothaarigen Spielmann, mit dem ich mich letzten Sommer leichtsinnig in den Rheinauen vergnügt habe. Königin der Nacht, so hat er mich genannt und für mich ein eigenes Lied geschrieben. Wenn mein Franz das erfährt, wird er mich zum Teufel jagen.«

»Das ist dem Kleinen, das jetzt ins Leben will, ganz und gar egal. Du bist seine Mutter, oder nicht?« Neslin nickte erschrocken. »Das ist das Einzige, worauf es jetzt ankommt.«

»Aber wenn es auch ein Rotschopf wird ...«

»Und wenn schon! Meistens fallen die Haare ohnehin noch einmal aus, und was dann nachwächst, weiß der Allmächtige allein. Bedenken wären früher angebracht gewesen. Jetzt wirst du erst einmal anständig kreißen!«

Offenbar waren Theresas ermahnende Worte auf fruchtbaren Boden gefallen, denn die Gebärende schwieg und schien sich nun ganz auf die Vorgänge in ihrem Körper zu konzentrieren. Nach einiger Zeit setzten die Übergangswehen ein, die den Muttermund ganz öffneten. Neslin erhob sich vom Bett und kauerte sich breitbeinig auf den Boden, wozu Theresa sie ermutigt hatte, weil sie wusste, dass es dann oft leichter ging.

Während der Presswehen stieß Neslin markerschütternde Schreie aus. Bald war bereits der Kopf zu sehen. Eine weitere Wehe – die Schultern. Dann rutschte das neue Menschlein zwischen ihren Beinen heraus.

Theresa klemmte die Nabelschnur ab und verband die Nabelenden mit einem fettgetränkten Stück Leinen. Danach rubbelte sie das Kind kräftig ab. Mit einem lauten Schrei begrüßte das Neugeborene das Leben.

»Und seine Haare, sie sind doch nicht rot?«, rief Neslin, während sich die Nachgeburt ankündigte.

»Willst du nicht zuerst wissen, was du bekommen hast?«, fragte Theresa zurück. »Ein wunderschönes kleines Mädchen – mit einem Wust dunkler Locken.«

Die Dankesbezeugungen der Mutter wollten kein Ende nehmen, als hätte es einzig und allein an Theresas Geschick gelegen, dass sie keinen Rotschopf geboren hatte. Sie bestand darauf, dass der Gewandschneider die Wehmutter großzügig entlohnte, und verlor offenbar keine Zeit, ihre Nachbarinnen zu unterrichten, denn schon wenige Tage später wurde Theresa erneut zu einer Geburt gerufen.

Willem zog unwillig die Brauen hoch, als sie ihren Korb nahm und zur Tür ging.

»Hältst du das wirklich für klug?«, fragte er.

»Die guten Christen verdammen Zeugung und Geburt. Ich nicht«, erwiderte sie ruhig. »Du liebst eine Wehmutter, so nennt man die Frauen, die Leben schenken. Oder tust du das etwa gar nicht mehr?«

»Wie kannst du nur so reden!«, fuhr er auf. »Ich möchte nur nicht, dass du dich in Gefahr begibst. Wäre es nicht besser, lieber unerkannt zu bleiben ...«

»Das muss man nur, wenn man etwas auf dem Kerbholz hat. Warte nicht auf mich! Es kann spät werden.«

Atemlos, weil sie schnell gelaufen war, kam sie bei der Gebärenden an. Die Frau hieß Jonata und war jung und schmal, hatte erschrockene Augen und ein fleckiges, unnatürlich aufgetriebenes Gesicht. Immer wieder krümmte sie sich vor Schmerzen und umklammerte dabei angstvoll ihren Bauch.

»Wie lange geht das schon so?«, fragte Theresa, während sie sie vorsichtig abtastete.

»Seit den frühen Morgenstunden. Zwischendrin war es so schlimm, dass ich dachte, ich muss sterben.«

»Dein Erstes?« Was sie da vorfand, gefiel ihr ganz und

gar nicht. Der Bauch war selbst für eine so magere Frau viel zu klein, der Muttermund trotz der langen Zeit der Wehen noch zu wenig geöffnet.

»Ich hab schon ein Mädchen mit fast drei Jahren. Jetzt wartet mein Mann voller Ungeduld auf den Sohn, der einmal seine Schmiede übernehmen soll. Er wird doch sicherlich gesund sein? Du musst alles tun, damit er gesund ist!«

Nachdenklich wiegte Theresa ihren Kopf. »Wann hat das Kind sich zum letzten Mal bewegt?«, fragte sie.

Die Frau begann auf der Stelle zu weinen.

»Antworte mir, Jonata! So genau wie möglich. Ich muss das wissen.«

»Vor einigen Tagen«, schluchzte sie. »Irgendwann. Ich weiß es nicht mehr so genau. Seitdem ist es ganz ruhig. Es schläft bestimmt, weil es doch Kraft braucht, um zur Welt zu kommen.«

»Wann war dein letztes Geblüt?«

Verzweifeltes Schulterzucken. »Vielleicht um Allerheiligen …« Jonata war vor Schluchzen kaum noch zu verstehen.

Gerade mal sechs Monate, keinerlei Kindsbewegungen seit Tagen und dann auch noch diese schmerzhaften Wehen – das Kind musste so schnell wie möglich aus dem Bauch der Mutter!

In solchen Fällen hatte Meline Schlangenknöterich empfohlen, an dem die Gebärende riechen sollte, doch Theresa hatte diese Pflanze leider nicht zur Hand. Stattdessen verabreichte sie Jonata gestoßenen Salbei und legte einen warmen Umschlag mit Beifuss auf ihren Leib. Als die Wehen schneller aufeinanderfolgten, aber noch immer sehr schmerzhaft blieben, versuchte Theresa es mit Evas Spezialrezept: Myrrhe in Wein gelöst, gemischt mit Honig und Öl.

Immer wieder streckte der Kindsvater seinen struppigen Kopf in die Gebärstube, und jedes Mal schob Theresa ihn energisch wieder hinaus.

»Du tust ihr doch nichts an?«, sagte der Schmied säuerlich. »Wenn ihr oder dem Kind etwas zustößt, wirst du mich kennenlernen!«

Viele, viele Stunden ging es so, und erst, nachdem Theresa eine ganz kleine Dosis Mutterkorn eingesetzt hatte, kam schließlich das Kind.

Es war winzig, blau und leblos. Nicht einmal die Nottaufe konnte sie ihm noch spenden: ein kleiner Junge, gestorben vor der Zeit.

Jonata versank in Tränen. Trotzdem legte Theresa ihr das Kleine, das sie in ein weiches Tuch gewickelt hatte, in den Arm, und die Mutter wiegte es sanft. Hermann, der Schmied, konnte und wollte nicht fassen, was die Wehmutter ihnen jetzt zu sagen hatte: dass manche Kinder im Mutterleib abstarben, weil sie krank oder missgebildet waren, dass der Mutterkuchen sie nicht genügend versorgt oder eine mehrfach um den Hals gewickelte Nabelschnur sie erstickt hatte.

»Mein Sohn ist aber nicht missgebildet. Und die Nabelschnur hatte er auch nicht um den Hals.« Die Stimme des Schmieds war laut geworden.

»Siehst du nicht, wie winzig klein er ist?« Theresa hielt ihm tapfer stand. »Er hat ja noch nicht einmal fertige Fingernägel! Jonata hat ihn ausgestoßen, weil er schon in ihrem Leib nicht mehr lebte. Sonst hätte er sie vergiftet und schließlich auch getötet.«

»Das behauptest du doch nur, um deinen Kopf zu retten.« Immer drohender baute Hermann sich vor Theresa auf. »Ich will deine Gräuelmärchen nicht länger hören. Mein Weib ist klein und zart. Wie sollte sie da ein großes

Kind bekommen? Ich glaube vielmehr, du hast meinen Sohn auf dem Gewissen. Mit deinen verdammten Zaubermitteln hast du ihn umgebracht. Weil du deine Kunst nämlich nicht richtig verstehst. Oder mit dem Teufel im Bunde bist.«

»Lass sie in Frieden, Hermann!«, bat Jonata flehend. »Sie hat doch ihr Bestes getan!«

»Ihr Bestes? Hast du jetzt vollkommen den Verstand verloren, Frau? Unser Sohn ist tot, das hat sie zustande gebracht! Womöglich ist sie gar keine Wehmutter, diese Dahergelaufene, die außer deiner Neslin keiner im Viertel richtig kennt. Wieso hast du nicht wie beim ersten Mal die alte Berte gerufen, die schon so viele Kinder geholt hat? Dann würde unser Junge jetzt noch leben.«

»Weil Berte stinkt und säuft.« Jonata rannen Tränen über die Wangen. »Und ich es nicht ertragen hätte, wenn sie mich noch einmal berührt.« Sie wandte sich an Theresa. »Könntest du ihn vielleicht für den Sarg herrichten? Ich bringe es einfach nicht über mich.«

Theresa nickte und nahm ihr das Kind behutsam aus den Armen.

»Du wirst ihn nie mehr anfassen!« Der Schmied entriss ihr den leblosen kleinen Körper und presste ihn besitzergreifend an seine breite Brust. »Hinaus aus unserem Haus, du verfluchtes Weib! Ich werde dafür sorgen, dass dir ab sofort alle Türen in Köln verschlossen bleiben. Darauf kannst du dich verlassen.«

Theresa griff nach ihrem Korb und ging steifbeinig hinaus. Alles tat ihr weh, die Beine, der Rücken, der Schoß. Es war beinahe, als hätte sie selbst das tote Kind aus ihrem Körper ausgestoßen.

Unterwegs blieb sie stehen und begann plötzlich am ganzen Leib zu zittern. Die Kälte kroch unter ihre Kleidung, wollte sie bei lebendigem Leib in einen Eisblock verwandeln. Dann aber spürte sie erneut die federzarten Bewegungen des Ungeborenen, sanft und doch ausdauernd, als ob es ihr Mut machen wollte. Ein Lächeln stahl sich in ihr angestrengtes Gesicht.

Mein kleiner Verbündeter, dachte Theresa bewegt. Dieses Mal soll dir nichts Böses zustoßen, das verspreche ich dir!

✣

INGELHEIM – APRIL 1163

… nos interventu et petitione dominae Hildegardis venerabilis abatissae – auf Antrag und Bitte der ehrwürdigen Herrin Hildegard, Äbtissin …

Hildegards Augen waren auf einmal so feucht geworden, dass das Weiterlesen kaum noch möglich war. Beinahe wäre ihr die heiß ersehnte Schutzurkunde des Kaisers aus den flatternden Händen gefallen.

»Darauf habt Ihr lange gewartet.« Die Stimme des Kaisers klang freundlich. »Doch nun wird Eure Geduld reich belohnt, hochwürdige Mutter. Die Urkunde enthält alles, was Ihr gefordert habt: die bereits von Erzbischof Arnold festgelegten Privilegien des Klosters auf dem Rupertsberg, einschließlich der freien Vogtwahl. Ich bin sogar noch um einiges weitergegangen. Kein Reichsbeamter darf auf den Besitz Eures Konventes jemals Abgaben erheben. Das Kloster, die frommen Schwestern sowie deren gesamter Besitz werden meinem besonderen kaiserlichen Schutz unterstellt.«

»Ihr seid sehr gütig, Majestät«, erwiderte Hildegard mit enger Kehle, weil Jubel und grenzenlose Erleichterung sie zu überwältigen drohten. »Der Allmächtige im Himmel wird an diesem besonderen Tag seine ganz besondere Freude an Euch haben.«

Ihr Blick flog über die beeindruckende Zeugenliste, die das Dokument besiegelte. Unterschrieben hatten nicht nur die Erzbischöfe von Mainz, Magdeburg und Salzburg sowie die Bischöfe von Würzburg, Bamberg, Brixen, Lüttich, Utrecht und Münster. Ihnen schlossen sich auch zahlreiche weltliche Fürsten an, allen voran Herzog Heinrich von Bayern und Sachsen, gefolgt von Pfalzgraf Konrad, Ludwig, dem Landgraf von Hessen und Thüringen, sowie dem Graf von Leiningen.

»Im ganzen Reich spricht man inzwischen von der Posaune Gottes«, fuhr der Kaiser fort, der Hildegard aus der Aula regia, wo die feierliche Übergabe der Urkunde stattgefunden hatte, in einen kleineren Raum geleitete, in dem eine reich gedeckte Tafel auf den Ehrengast wartete. »Euer Ruhm wächst von Monat zu Monat. Was Euer Schriftverkehr und die Abschrift Eurer Visionen begonnen haben, vollenden Eure Predigtreisen offenbar. Ihr seid eine allseits berühmte Frau geworden.«

»Daran liegt mir nichts«, erwiderte sie. »Ich bin eine Dienerin Gottes, die ihr Leben am liebsten in Demut und Stille verbringen möchte. Doch das Lebendige Licht hat mich zu etwas anderem ausersehen. Widersetze ich mich seinem Auftrag, schlägt es mich unerbittlich mit Krankheit. So bleibt mir nur, mich zu fügen und ihm zu gehorchen. Deshalb werde ich meine Predigten auch weiterhin fortsetzen, und zwar schon sehr bald.«

Der Kaiser wirkte eher skeptisch. Bevor er jedoch etwas erwidern konnte, ging die Tür auf, und Beatrix von Burgund, seine Gemahlin, flog geradezu an Hildegards Seite.

»Wie glücklich ich bin, Euch endlich zu sehen!«, rief sie und ergriff in einer Gefühlsaufwallung Hildegards Hände. »Euer Schreiben trage ich Tag für Tag wie eine Reliquie oder ein kostbares Amulett bei mir, wisst Ihr das? Gleich ein Dutzend Abschriften hab ich mir davon erstellen lassen, damit es auf keinen Fall verloren gehen kann.«

Ihre zarte Haut glühte, so sehr hatte die Freude sie erhitzt. Beatrix wirkte noch immer sehr mädchenhaft mit ihrem ovalen Gesicht, der geraden Nase und den vollen, geschwungenen Lippen, die Lebens- und Sinnenfreude verrieten. Ein leuchtend blaues Seidenkleid mit silbernen Brokatborten um Ausschnitt und Handgelenke bildete einen reizvollen Gegensatz zu ihrem weizenblonden Haar, das leicht gelockt war. Um den Hals trug sie einen dicken Strang weißer Perlen, der der Magistra sofort ins Auge gefallen war.

Das frische Rot auf den Wangen der Kaiserin vertiefte sich, als sie Hildegards prüfenden Blick bemerkte.

»Natürlich hab ich all Eure Anweisungen gewissenhaft befolgt«, rief sie. »Perlen auf der Haut – und zerstoßene Perlen zu allen Mahlzeiten. Das war noch das Einfachste. Das mit dem Hasenfett dagegen war für mich eine große Überwindung. Und was der Kaiser erst tun sollte, war eher …« Sie hielt plötzlich verschämt inne.

»Eurem Strahlen entnehme ich, dass die Empfehlungen dennoch hilfreich gewesen sind«, sagte Hildegard lächelnd, obwohl die schmale Taille der jungen Frau noch nichts Verräterisches preisgab.

»Das waren sie. Der Kaiser und ich werden einen Thronfolger haben«, sagte Beatrix. »Um Martini soll er zur Welt kommen. Habt tausend Dank, dass Ihr Euch mit Eurem kostbaren Wissen unserer angenommen habt!«

»Die Perlen verraten nicht, ob es ein Knabe oder Mädchen wird«, sagte Hildegard vorsichtig, weil ihr der kaiserliche Überschwang ein wenig zu weit ging. »Aber ich wünsche Euch von ganzem Herzen ein gesundes Kind und eine leichte, schnelle Geburt, Majestät.«

»Es *wird* ein Junge.« In die Augen der Kaiserin hatte sich plötzlich ein ängstlicher Ausdruck geschlichen. »Ich weiß das so genau, denn ein Traum hat ihn mir bereits gezeigt: einen großen, kräftigen Sohn mit Friedrichs rotem Haar.«

Der Kaiser räusperte sich. »Sie ist jedenfalls überglücklich, und ich bin es auch«, sagte er, während Diener damit begannen, die Speisen aufzutragen. Offenbar hatte vor Kurzem eine kaiserliche Jagd stattgefunden, denn aus den meisten Schüsseln und Platten stieg der Duft von Wild, was Hildegards empfindlicher Magen sofort registrierte. Sie würde sich auf die Regel des heiligen Benedikt berufen und die Speisen nur kosten, damit würde sie es sich mit niemandem verderben. »Ebenso wie die Fürsten des Reiches«, fuhr Friedrich fort. »Nach all den kriegerischen Anstrengungen und Entbehrungen der vergangenen Jahre wäre es bitter, auf einen Thronfolger verzichten zu müssen, der einmal das weiterführt, was der Vater in Gang gesetzt hat. Der Preis, den wir zu entrichten hatten und haben, ist hoch genug. Das betrifft nicht nur mich und die Herzöge, sondern auch all unsere anderen tapferen Krieger.«

Er zögerte, schien zu überlegen und trank erst einen Schluck Wein, bevor er weiterfuhr.

»Man sagt, das Lebendige Licht enthülle Euch manchmal Dinge, die noch ungeschehen sind und weit in der Zukunft liegen. Hat es Euch schon einmal etwas über mich offenbart?«

Jetzt kam es wieder auf jedes Wort an, das sie preisgab. Hugo hatte sie angefleht, so diplomatisch wie möglich zu sein, trotzdem hätte Hildegard gern in aller Offenheit gesprochen.

»Die Nachrichten aus Mainz haben mich äußerst bestürzt«, sagte sie. »Natürlich haben die Mörder Arnolds ihre gerechte Strafe verdient, doch menschliches Unglück und Leid stimmen mich immer sehr traurig.«

»Ihr weicht meiner Frage aus, hochwürdige Mutter!« Der Kaiser hatte den Fasanenschenkel sinken lassen und starrte sie zwingend an. »Von der Prophetin vom Rhein hätte ich anderes erwartet.«

»Ihr sollt die Wahrheit hören.« Ihre Stimme war sehr ruhig. »Ja, es gab tatsächlich eine Schau, in der das Lebendige Licht mir Euch gezeigt hat. Da wart Ihr ein wenig wie ein unbesonnenes Kind, das wild nach allen Seiten schlägt, um seinen Willen um jeden Preis durchzusetzen. Ihr habt den Menschen und Städten diesseits und jenseits der Alpen Eure Macht und Stärke eindrucksvoll bewiesen. Wäre es jetzt nicht an der Zeit, sie auch einmal Eure Milde spüren zu lassen?«

Friedrich wirkte plötzlich nachdenklich, und auch Beatrix' fröhliche Miene war ernst geworden.

»Denn alle Macht und Herrschaft beruhen auf Gott allein«, fuhr Hildegard fort. »Ihm gemäß müssen die Völker zurechtgewiesen und beurteilt, und es müssen ihnen die Wege der Gerechtigkeit aufgezeigt werden. Wer es aber verachtet, so zu handeln, wird demgemäß vom himmlischen Richter gerichtet. Gib acht darauf, König, so zu sein, dass die Gnade Gottes in dir nicht versiegt!«

Mit geschlossenen Augen sank sie in sich zusammen, plötzlich äußerst matt und erschöpft.

»Ihr habt Euch zu sehr verausgabt, geliebte Mutter!«, rief Beatrix erschrocken, während der Kaiser nach Hildegards Ausführungen eher ein wenig säuerlich dreinschaute.

»Bitte kommt wieder zu Euch und stärkt Euch geschwind! Soll ich einen Medicus rufen lassen ...«

Hildegard wehrte ab.

»Es wird gleich wieder vorbei sein«, sagte sie. »Nur noch ein paar Augenblicke! Das Lebendige Licht kennt weder Ruhe noch Schonung. Wer wüsste das nicht besser als ich?«

Doch auch nachdem sie sich vom Herrscherpaar verabschiedet hatte und hinaus in die warme Nachmittagssonne getreten war, wo Bruder Volmar für den Nachhauseritt schon auf sie wartete, blieb ihr Gang noch immer unsicher. Sie reichte Volmar die Urkunde, die ein Strahlen auf seinem Gesicht hervorrief und die er dann sorgfältig zwischen dicken Schweinslederfolianten verwahrte.

»Sollen wir vielleicht zunächst ein Stück zu Fuß gehen?«, schlug er vor. »Dann kann dein Körper langsam wieder zu Kräften kommen.«

»Du klingst, als hättest du gerade deine Lehre bei Benigna abgeschlossen«, sagte Hildegard scherzend. Doch sie folgte seinem Vorschlag und ließ zu, dass er den Weißen und seine Stute am Halfter führte, während er neben ihr herging.

»Bist du jetzt zufrieden?«, fragte er nach einer Weile. »Jetzt, nachdem alle deine Wünsche in Erfüllung gegangen sind?«

»Was das Kloster und die Schwestern betrifft – natürlich. Aber es gibt so viele andere Dinge, die mich bedrücken. Zufriedenheit? Das ist ein Wort, das mir leider sehr fremd ist ...«

Zwei Reiter kamen ihnen entgegengaloppiert. Bei ihrem Anblick war Hildegard plötzlich mitten auf dem Weg stehen geblieben.

»Gero«, flüsterte sie. »Gero von Ortenburg.«

Der junge Ritter, der sie ebenfalls sofort erkannt hatte,

stieg ab; der dunkelhaarige, ein wenig ältere Gefährte an seiner Seite tat es ihm nach.

»Wie ist es dir ergangen?«, rief Hildegard. »Du hast deine Schwester befreit ...«

Ein Schatten legte sich auf Geros Gesicht. »Sie kommt nicht los von jenen Teufelsanbetern«, sagte er. »Dabei hab ich alles versucht. Aber woher wisst Ihr das?«

»Ich habe Theresa gesehen«, sagte Hildegard. »In Trier. Erst vor wenigen Monaten. Und es ist leider genau so, wie du sagst. Ich habe deiner Schwester die Hand gereicht und sie zur Umkehr beschworen. Aber sie hat mein Angebot ausgeschlagen.«

»Sie taumelt ihrem eigenen Untergang entgegen. Wie kann sie nur so blind und vernagelt sein!«, rief Gero. »Ich verfluche den Tag, an dem wir jenen beiden Flamen auf der Rheinfähre begegnet sind, die uns zu Eurem Kloster übergesetzt hat. Wahrscheinlich hat Willem schon damals das Gift in ihr junges Herz geträufelt.«

»Ich werde nicht ablassen, diese Ketzer zu verfolgen«, sagte Hildegard. »Binnen Kurzem breche ich auf zu einer neuen Predigtreise, die mich in viele Städte am Rhein führen wird. Dompropst Dudo hat mich ersucht, auch in Köln die Menschen vor der gefährlichen Irrlehre der guten Christen zu warnen ...«

Der junge Ritter war aschfahl geworden, und auch sein Begleiter wirkte plötzlich blasser.

»Dudo? Etwa jener Kanonikus aus Mainz?«, rief Gero, und es schien, als würde er die Worte nur mühsam über seine Lippen bringen. »Der ehemalige Sekretär des toten Erzbischofs?«

Hildegard nickte. »Du kennst ihn?«, fragte sie.

Die beiden Männer tauschten einen langen Blick.

»Dreimal bin ich ihm bereits begegnet«, erwiderte Gero. »Und hatte doch niemals Anlass, ihn sonderlich zu schätzen.«

Für einen Augenblick schien es, als wolle die Magistra etwas darauf erwidern, aber dann blieb sie doch stumm. Nur ihr Blick, der auf Gero ruhte, hatte sich verändert, als sähe sie ihn plötzlich mit anderen Augen.

»Wann genau werdet Ihr in Köln sein, hochwürdige Mutter?«, fragte Geros Begleiter.

»Zum Pfingstfest«, erwiderte Hildegard, erstaunt über seine präzise Frage. »Und möge der Heilige Geist in mich fahren, damit meine Zunge in Flammen spricht!«

✢

KÖLN – APRIL 1163

Die Ketzer hatten sich geweigert, Schutzgeld zu bezahlen. Dahinter konnte nur einer stecken: Adrian van Gent. Dass er in Köln untergeschlüpft war, hatte Dudo schon länger vermutet; nun aber hatte er endlich Gewissheit. Verschafft hatte sie ihm Clewin, der blutjunge Domkantor der Stadt, den er sich seit seiner Amtsübernahme zum Adlatus herangezogen hatte, nachdem ihm dessen ungewöhnliche Fähigkeiten aufgefallen waren.

Äußerlich hätte man die beiden für Vater und Sohn halten können, so ähnlich waren sie sich: schlank, mit wachen Fuchsgesichtern und einer Körperhaltung, die immer schien, als wären sie halb auf dem Sprung. Wie Dudo entstammte auch Clewin nur einer Ministerialenfamilie, was er durch Fleiß, Klugheit und nimmermüde Anstrengung wettzumachen versuchte. Altersmäßig trennten sie fast zwanzig Jahre, sodass der Jüngere alles, was Dudo von sich gab, begierig in sich aufsog.

»Wir müssen klug vorgehen«, sagte Dudo, nachdem er die Neuigkeit erfahren hatte. »Denn der Teufel ist mit diesen Leuten, und das verleiht ihnen eine gewisse Stärke. Niemals kann man sich bei ihnen vollkommen sicher sein, auch wenn man glaubt, sie schon im Sack zu haben. Erst wenn sie brennen, wird der Spuk endlich vorbei sein.«

Er hatte Clewin eine gereinigte Version der Mainzer Ereignisse geliefert und dabei durchblicken lassen, welch frevelhafte Rolle die guten Christen wohl beim Tod Arnolds gespielt hatten, ohne sie direkt zu beschuldigen.

»Aber warum hat man sie dann nicht verfolgt, ergriffen und hinrichten lassen?«, fuhr der junge Domkantor auf. »Der Tod eines Gottesmannes gehört doch zu den schwersten Verbrechen!«

»Dazu muss man ihrer erst einmal habhaft werden. Sie sind listig wie die Schlangen und verschlagen wie Krötenbrut. Hier in Köln sind sie offenbar über einen längeren Zeitraum um einiges vorsichtiger vorgegangen als damals in Mainz, wo sie mit ihren widerlichen Riten halb öffentlich aufgetrumpft haben. Das allerdings könnte sich bald ändern, jetzt, wo dieser van Gent hier das Ruder übernommen hat, ein Mann, der weder Gottesfurcht kennt noch Scham. An ihn müssen wir uns halten, dann gelangen wir direkt zum Kern des Bösen. Ist er erst einmal unschädlich gemacht, werden auch die anderen wie verfaultes Stroh in sich zusammenfallen.«

Clewin hob erstaunt die rötlichen Brauen. »Das klingt ja beinahe, als würdet Ihr ihn fürchten«, sagte er und schrak zusammen, als Dudo seine Faust auf den Tisch donnern ließ.

»Satan muss man fürchten«, rief er und genoss die Wirkung seines Auftritts auf den jungen Mann. »Und jener Mann ist in meinen Augen die Ausgeburt des Bösen.«

Er wandte sich zum Fenster, ließ einige Augenblicke verstreichen. Der Anblick des Domgartens, in den der Frühling voll Einzug gehalten hatte, war immer wieder dazu angetan, ihn zu besänftigen und zu ergötzen. An welch geschützten Platz es ihn doch verschlagen hatte! Wenn er es klug anfing, war dies ein Platz, der als Sprungbrett für noch höhere Ziele dienen konnte.

Als er sich wieder zu Clewin herumdrehte, war sein Ausdruck gelassen.

»Er versteckt seinen Bocksfuß hinter frommem Gerede«, sagte er. »Das macht ihn umso gefährlicher, weil es viele anzieht, besonders die Weiber. Die guten Christen rühmen sich, keine Besudelung des Fleisches zuzulassen, fühlen sich bereits auf Erden als Heilige, die sich aller Unzucht enthalten. Auf diese Weise verschafft sich Adrian van Gent seinen Zulauf. In Wahrheit jedoch verhält es sich ganz anders: Sie huren und sündigen alle, da bin ich mir ganz sicher.« Seine Augen funkelten. »Er und seine Anhänger sind wie ein Geschwür, das aus Köln herausgebrannt werden muss, damit die Stadt wieder frei atmen kann.«

»Ihr wollt ihnen den Prozess machen, Dompropst?«

»Ja, das werde ich, und zwar im Namen des Erzbischofs und Erzkanzlers für Italien, der mir dafür Handlungsfreiheit erteilt hat. Wenn Rainald von Dassel in einigen Monaten in seine Stadt zurückkehrt, soll er sie wieder sauber und fromm vorfinden. Eine tüchtige Verbündete wird uns dabei zur Seite stehen.«

Dudo deutete auf das Schreiben, das auf dem Tisch vor ihnen lag.

»Zum Pfingstfest hat die Magistra vom Rupertsberg ihre Predigt zugesagt. Aus anderen Städten ist bereits die Kunde zu mir gedrungen, wie tief sie mit ihren Worten die

Herzen der Menschen zu erregen vermag, was ihr gewiss auch in Köln gelingen wird. Unsere Arbeit ist einfacher zu verrichten, wenn die ganze Stadt hinter uns steht.«

»Die Prophetin vom Rhein kommt zu uns nach Köln?« Clewin schien sehr beeindruckt.

»Ich kenne sie seit langen Jahren«, sagte Dudo beiläufig. »Sie kann durchaus ihren eigenen Kopf haben, doch im Kampf gegen diese Höllenbrut waren wir uns stets einig. Um das Schwert der Gerechtigkeit noch treffsicherer zu führen, bräuchte ich allerdings weitere Einzelheiten. Wollt Ihr Euch für mich noch einmal auf gewissenhafte Suche begeben? Damit kann ich nur einen Mann wie Euch beauftragen, der mein Vertrauen genießt.«

»Wenn es der großen Sache dient – verfügt gern über mich!« Clewin verneigte sich leicht vor dem Älteren.

»Der Aufenthaltsort des Flamen, der sich Diakon schimpft, ist uns inzwischen bekannt. Doch es gibt da auch noch einen Neffen, Willem van Gent, der eines Tages sein Nachfolger in der Teufelssekte werden soll. Gut möglich, dass er noch immer mit seiner Kebse zusammenlebt, einer gewissen Theresa von Ortenburg, die schon einmal dicht vor dem Scheiterhaufen stand, nachdem sie aus dem Kloster geflohen war. Ja, sogar ehemalige Nonnen und Adelige hat Adrian van Gent in seinen teuflischen Bann gezogen«, rief Dudo, als er sah, dass Clewins Blick zweifelnd wurde. »Findet heraus, ob und, wenn ja, wo in Köln sich diese beiden aufhalten! Ich gehe davon aus, dass es unweit des alten van Gent sein wird.«

Er lächelte dünn.

»Willem ist die Achillesferse seines Onkels, ein schwacher, kraftloser Mann, in jeder Beziehung von ihm abhängig. Allerdings liebt Adrian ihn wie einen Sohn. Haben wir erst einmal diesen Willem, ist auch Adrians Stärke gebrochen, und die restlichen Mitglieder der Kirche der Liebe werden wie ein verirrter Fischschwarm in unser Netz strömen.«

✤

Am Anfang war es Theresa nicht aufgefallen, so sehr war sie mit sich selbst beschäftigt gewesen, doch irgendwann konnte sie es nicht länger übersehen: Das ganze Viertel schien sich gegen sie verbündet zu haben. Hermann, der Schmied, schien seine Drohung wahr gemacht und gegen sie aufgehetzt zu haben, wen immer er zu fassen bekam. Die Leute schauten weg, wenn sie ihr auf der Straße begegneten, Mütter zogen ihre Kinder näher zu sich heran. Mehr als einer kreuzte die Finger zum Abwehrzauber, sobald sie ihm entgegenkam.

Jonata, der sie noch ein paarmal einen Besuch abstattete, weinte, als Theresa sie eines Tages direkt darauf ansprach.

»Hermann ist wie von Sinnen«, sagte sie. »Ich hab es ihm verboten, aber er hört nicht auf mich. Anzeigen will er dich, hat er herumgeschrien, anzeigen als Mörderin unseres Sohnes. Ich weiß, dass dich keinerlei Schuld trifft. Unser Kind war bereits tot. Doch wie soll ich ihn nur davon überzeugen?«

Theresa wurde ganz flau bei diesen Worten. Unauffällig lockerte sie ihren Gürtel. Das Kleine schien schon länger keine Lust mehr zu haben, sich weiterhin zu verstecken. Ihr Bauch wuchs von Tag zu Tag. Was sollte nur werden, wenn herauskam, dass sie keine fertig ausgebildete Wehmutter war?

In Köln kennt dich niemand, versuchte sie den Aufruhr in ihrem Inneren zu beruhigen. Bis auf Adrian und Magota, setzte eine höhnische Stimme hinzu. Welche Genugtuung es für sie doch wäre, dich hinzuhängen!

»Wie geht es dir?«, fragte sie laut, weil das verweinte Gesicht und die müden Augen Jonatas ihr ganz und gar nicht gefielen.

»Wie soll es mir schon gehen? Manchmal ist es um mich herum so schwarz, dass ich kaum noch atmen kann. Und wenn ich dann Hermann poltern und wüten höre, wird es noch schlimmer. Die ganze Zeit über fühle ich mich so schuldig, das ist am schlimmsten. Als hätte ich einen großen Fehler begangen.«

»Du hast alles ganz richtig gemacht«, sagte Theresa und berührte kurz Jonatas feuchte Wange. »Und du bist nicht allein.« Sie rief das kleine Mädchen herein, das verschüchtert mit einem Lumpenball vor der Tür gespielt hatte. »Du hast ein Kind, Jonata, das dich braucht und liebt. Vergiss mir das bitte nicht!«

Schweren Herzens trat sie den Heimweg an, erleichtert, dass ihr unterwegs nur wenige Passanten begegneten. Willem würde bestimmt noch eine ganze Weile auf sich warten lassen; er verbrachte jetzt die meiste Zeit in Adrians neuem Kontor, wo sie über Zahlenreihen und Plänen brüteten, um den Pelzhandel weiter in Schwung zu bringen.

Doch zu ihrer Überraschung war er bereits zu Hause.

»Marlein war gerade hier«, rief er. »Mit alles anderen als guten Nachrichten.«

Theresa legte ihr Tuch ab, stellte den Einkaufskorb beiseite und ging in die Küche. Dort stand eine Schüssel mit Linsen, die fertig gelesen werden mussten.

»Ich hab dich doch gewarnt!«, rief er ihr hinterher. »Immer wieder. Aber du wolltest ja nicht auf mich hören. Sie sind alle gegen dich, Theresa, weil ein Säugling gestorben ist, den du entbunden hast. Warum musstest du so weit gehen? Hättest du nicht klüger sein können?«

Ganz langsam drehte sie sich zu ihm um. Ihre Augen

waren dunkler als sonst, ein Zeichen, das ihn eigentlich hätte warnen müssen.

»Klüger?«, wiederholte sie gedehnt. »Weißt du, was geschieht, wenn ein Kind im Leib der Mutter abstirbt, noch bevor es geboren wird? Es zersetzt sich wie jeder Leichnam und vergiftet sie nach und nach, bis sie elend zugrunde geht. Ich musste Jonata helfen. Das gehört dazu, wenn man eine Wehmutter ist.«

»Warum hörst du damit nicht endlich auf?«, rief er. »All dieses Fleisch, das auf die Erde drängt, all dieser Kummer und Schmerz, den es immer wieder verursacht. Ich bin dessen müde, Theresa, so unendlich müde!«

»Dafür hast du dir allerdings einen denkbar schlechten Augenblick ausgesucht, Willem van Gent.« Ihre Stimme war kalt, während sie den Gürtel löste, den sie zuvor eilig enger gezogen hatte. Als hätte das Kleine in ihrem Leib plötzlich die Erlaubnis dazu erhalten, wölbte es sich stärker heraus. Jetzt sah man, dass Theresa schwanger war. Keine List der Welt hätte dies länger verbergen können.

Willems Blick wurde ungläubig, als er auf ihren Bauch fiel, dann begann er den Kopf zu schütteln, konnte gar nicht mehr damit aufhören.

»Doch, es ist wahr«, sagte Theresa. »Glaub es ruhig, Willem! Ich trage dein Kind. Unser Kind.«

Zehn

KÖLN – MAI 1163

Wehmütig dachte Theresa an den großen Metallspiegel auf der Ortenburg zurück, vor dem Ada sich in ihrem roten Prachtkleid stets gedreht und gewendet hatte, wenn ein Fest bevorstand. Welch hilfreiche Dienste er ihr jetzt hätte leisten können! Dann allerdings fiel ihr wieder ein, was Meline gesagt hatte: Keine Schwangere darf in einen Spiegel schauen, sonst sieht sie in ihr offenes Grab.

»Wir beide halten ohnehin nichts von diesem Aberglauben«, flüsterte sie dem Kleinen zu, während sie sich ein breites Stoffstück so fest wie möglich um den Bauch band, um ihn einigermaßen zu kaschieren. »Es muss leider sein, aber nur noch dieses eine Mal!«

Sie ließ Unterkleid und Kleid darüberfallen und schaute von oben an sich hinab. Es konnte einigermaßen so durchgehen, wenngleich einem aufmerksamen Betrachter ihre Schwangerschaft trotzdem auffallen würde. Die Brüste waren voller geworden und schmerzten, sobald ein steifer Stoff sich an ihnen rieb. Außerdem hatte das Kleine begonnen, sich munterer zu bewegen, oft zu den unmöglichsten Zeiten, und trat dann kräftig zu. Sie konnte nur hoffen, dass es heute ruhiger sein würde.

Plötzlich schien sich etwas Dunkles auf sie zu senken. Wie hatte sie sich nur überreden lassen können, Adrians Haus noch einmal zu betreten? Aber Willem hatte so dringlich geklungen, dass sie sich überwunden und schließlich doch eingewilligt hatte.

Seitdem er wusste, dass Theresa ein Kind erwartete, schlich er umher wie ein geprügelter Hund. Nur für einen kurzen Augenblick war nach ihrer Eröffnung etwas in seinen rätselhaften Augen aufgeblitzt, das sie an Freude oder zumindest Überraschung erinnert hatte, dann jedoch verschloss sich sein Gesicht, erstarrte zur Maske, die er bis heute nicht wieder abgelegt hatte. Kein einziges Mal hatte er sie gefragt, wann das Kind zur Welt kommen solle, als wären Schwangerschaft und Geburt ganz und gar ihre Angelegenheit, was sie abwechselnd wütend und traurig machte.

Dennoch gab es in ihr noch immer Hoffnung.

Vielleicht musste einfach mehr Zeit verstreichen, bis Willem sich an den Gedanken werdenden Lebens, das er auch noch selbst gezeugt hatte, gewöhnen konnte, beides Vorstellungen, die ihm von Kindesbeinen an als sündhaft und verabscheuungswürdig eingetrichtert worden waren. Er wird lernen, dich zu lieben, versprach Theresa immer dann dem Ungeborenen, wenn sie wieder einen von Willems wunden Blicken auf sich spürte. So, wie er auch gelernt hat, mich zu lieben.

Dennoch waren ihre Beine schwer, als sie sich auf den Weg hinüber ins Albansviertel machte, und je näher sie Adrians Haus kam, umso bleierner wurden sie. Dabei hätten diese letzten Maitage strahlender nicht sein können. Es war so warm, dass man den nahenden Sommer schon spürte, und ein wolkenloser Himmel spannte sich blank wie Email über den Dächern. Die Türen vieler Werkstätten und kleiner Läden, an denen sie vorbeikam, standen weit offen; Stimmen, eifriges Hämmern und Feilen drangen nach draußen.

Gerade noch rechtzeitig sprang Theresa zur Seite, als jemand den Inhalt seines Nachtgeschirrs aus dem Fenster kippte, und sie zog die Nase kraus, weil es beim Weitergehen nach verfaulten Abfällen stank, die man wohl schon vor Tagen auf die Gasse geworfen hatte.

Dann hatte sie ihr Ziel erreicht.

Breitbeinig stand Adrian in der Tür, untadelig in dunkles Tuch gewandet, das Gesicht bleich und angespannt.

»Sei gegrüßt, Schwester in Gott!«, sagte er. »Das Haus des Vaters steht allen offen, die um Einlass ersuchen.«

Theresa folgte ihm schweigend.

Einiges hatte sich verändert, seit sie vor einigen Wochen zum ersten Mal hier gewesen war. Im Versammlungsraum fehlten die zahlreichen unbequemen Hocker, stattdessen stand dort ein großer Eichentisch, um den ein paar Stühle gruppiert waren. Während Adrian ohne weitere Erklärung nach nebenan verschwand, stellte sie sich hinter einen, die Lehne fest umklammernd, was den Bauch verdeckte und ihr gleichzeitig einen gewissen Halt gab.

Eine kluge Entscheidung, denn als Adrian nach Kurzem zurückkam, stockte ihr der Atem.

An seiner Seite ging Magota, die er allerdings mehr zog und zerrte, gehüllt in ein rotes Kleid, das ihr wie eine grelle Kopie von Adas früherem Prachtgewand schien. Grob stieß er Magota voran, sodass sie stolperte, sich im langen Rock verhedderte und beinahe zu Boden stürzte. Sie musste heftig mit den Armen rudern, um einigermaßen das Gleichgewicht zu halten.

»Der Teufel hat sich in dieser Frau eingenistet«, rief Adrian. »Das Sündenkleid zeigt ihre Schuld. Sie muss Reue zeigen und Buße tun, um wieder in die Gemeinschaft der Kirche der Liebe aufgenommen zu werden.«

Es dauerte ein paar Augenblicke, bis Theresa begriff.

»Du bist schwanger?«, fragte sie.

Magota presste die Lippen aufeinander und starrte zu Boden.

»Und du wirst dafür sorgen, dass keine Seele erneut im Fleisch gefangen bleibt«, schrie Adrian, zu Theresa gewandt. »Beende diese Qual. Beende sie rasch! Das verlange ich von dir.«

»Ich werde Magota erst einmal in Ruhe untersuchen«, sagte Theresa nach einer Weile. »Dann weiß ich mehr.« Was konnte sie noch vorbringen, um Zeit zu gewinnen? Das Kleine versetzte ihr einen kräftigen Tritt, als scheine es ihre wachsende Ratlosigkeit zu spüren.

»Geht nach nebenan! Dort seid ihr ungestört.«

Magota atmete scharf aus, ein Geräusch, das Theresa wie eine Klinge durch den Körper fuhr. Niemals waren die ehemalige Nonne und sie Vertraute oder gar Freundinnen gewesen, doch jetzt verband sie etwas, das mehr zählte als kindische Eifersucht oder alter Zwist.

»Sie muss in unser Haus kommen. Wo sonst könnte ich ihr helfen?« Theresa gelang es, Adrians wütendem Blick standzuhalten. Ihre Knöchel wurden weiß, so fest umschloss sie das harte Holz der Lehne.

Adrian musterte die beiden Frauen abwechselnd, dann begann er zu Theresas Überraschung zu nicken.

Später wusste sie nicht mehr, wie sie nach Hause gekommen war, auf dem ganzen Weg drückte sie beide Hände auf den Bauch, um das Wichtigste, das sie besaß, zu beschützen. Adrian schien von ihrer Schwangerschaft nichts bemerkt zu haben, aber das bedeutete lediglich einen Aufschub. Denn Theresa war überzeugt, dass er Magota binnen Kurzem eigenhändig bei ihr abliefern würde.

Doch als es zu dämmern begann, erschien Magota allein. Das rote Kleid hatte sie inzwischen gegen ein schlichtes Gewand aus ungefärbtem Leinen vertauscht, in dem sie so hager und trübsinnig wirkte wie eh und je. Ihre magere Gestalt schien unter dem festen Stoff zu verschwinden. Sehr weit fortgeschritten konnte die Schwangerschaft noch nicht sein.

»Bild dir bloß nichts ein!«, rief Magota ihr statt einer Begrüßung entgegen. »Ich bin nur hier, weil er es verlangt hat. Das Kind in meinem Bauch – es gehört mir, mir ganz allein, verstanden?«

»Für was hältst du mich eigentlich? Ich bin eine Wehmutter, eine Frau, die Leben schenkt. In Trier habe ich viele Kinder auf die Welt geholt und auch in Köln wieder damit begonnen, hier, gleich bei uns im Viertel. Die Frauen rufen mich inzwischen, wenn ihre Wehen einsetzen, mich, die Fremde. Weil sie mir vertrauen.«

Magotas Misstrauen hielt an, das war unübersehbar.

»Was willst du jetzt tun?«, fragte Theresa.

»Das geht dich gar nichts an. Und bleib mir bloß vom Leib mit deinen verfluchten Teufelskräutern, sonst schreie ich auf der Stelle das ganze Viertel zusammen, das dir angeblich so sehr vertraut!«

»Warum so feindselig, Magota? Was hab ich dir getan?«

Gellendes Lachen. »Das fragst ausgerechnet du? Vom ersten Tag an hast du dich mit aller Macht in den Vordergrund gedrängt, schon damals, im Haus am Brand, damit ich blass wirke und deine Sonne nur umso heller strahlt. Warum glaubst du, hat er mich schließlich gezwungen, das rote Kleid anzuziehen – dein Hurenkleid –, wenn er mich besteigen wollte?«

»Adrian …?«

»Natürlich Adrian, wer sonst! Seinen Neffen hast du zur Sünde verführt, und damit hast du auch in ihm die Wollust geweckt. Alles deine Schuld, du verdammte Heuchlerin!

Mit deinen ach so unschuldigen Augen, deinen schwarzen Teufelshaaren und deinen üppigen Brüsten in raschelnder Purpurseide machst du die Männer verrückt, bis sie nicht mehr wissen, was sie tun ...« Magota wandte sich ab und brach in wildes Schluchzen aus.

Theresa ließ ihr Zeit für ihren Schmerz.

Sie griff unter ihr Kleid, lockerte die feste Binde und atmete erleichtert durch. Erst nach einer Weile trat sie hinter Magota und berührte sie leicht an der Schulter.

»Nimm sofort deine schmutzigen Hände weg!« Wütend fuhr Magota zu ihr herum. Als ihr Blick tiefer glitt, weiteten ihre Augen sich plötzlich vor Erstaunen.

»Du bist selber schwanger? Weiß er das?«

Theresa schüttelte den Kopf.

»Und schon so weit! Aber wie hast du das nur angestellt? Gerade eben hat man doch noch gar nichts gesehen!«

»Eine Leibbinde kann offenbar kleine Wunder bewirken.« Theresa machte einen Schritt auf die andere zu. »Wirst du es ihm sagen?«

Ein Schulterzucken.

»Tu es nicht!«, bat Theresa, die plötzlich Angst in sich aufsteigen spürte. »Hilf mir, nur dieses einzige Mal, jetzt, wo wir beide doch demnächst Mütter sein werden. Adrian wird es ohnehin bald erfahren. Doch bis dahin ...«

»Und Willem?«, fiel Magota ihr ins Wort.

»Willem liebt mich, er wird auch unser Kind lieben«, sagte Theresa, nach außen hin um vieles zuversichtlicher, als ihr tatsächlich zumute war.

»Noch mehr als seinen Onkel, den Diakon, der ihm von Kindheit an den Vater ersetzt hat?« Jetzt klang Magota höhnisch. »Ein Onkel, der alles für seinen geliebten Neffen tun würde? Sogar dessen Walkmühle von ein paar Handlangern abfackeln lassen, damit der verlorene Sohn schnellstens wieder dorthin zurückkriecht, wo er hingehört.«

»Das erfindest du doch bloß, um dich wichtig zu machen!« Theresa konnte plötzlich kaum noch sprechen.

»Ich wünschte, du hättest recht.« Schwerfällig wie ein altes Weib ging Magota zur Tür. »Aber du hast dir einen schwachen Mann ausgesucht, zu schwach für ein eigenes Leben. Und sag später nicht, ich hätte dich nicht gewarnt!«, lauteten ihre Abschiedsworte. »Willem wird sich immer für seinen Onkel entscheiden. Bis zum allerletzten Atemzug.«

Theresa ließ sich auf den Boden sinken und rührte sich nicht mehr, bis Willem nach Hause kam.

»Wieso kauerst du hier so allein im Dunkeln?«, fragte er, während er eilig ein paar Kerzen an der Ofenglut entzündete. »Bist du krank? Ist etwas geschehen?«

»Magota war hier«, sagte sie tonlos. »Ich soll ihr Kind wegmachen. Das hat Adrian verlangt.«

Er zog die Stiefel aus, hob einen Topfdeckel und ließ ihn wieder sinken, als er bemerkte, dass sie offenbar kein Essen vorbereitet hatte.

»Und was wirst du jetzt tun?« Seine Stimme war brüchig.

»Das ist alles, was du dazu zu sagen hast?« Mühsam stand Theresa wieder auf. Ihre Beine brannten und piekten, weil das Blut nur langsam wieder zu zirkulieren begann. Doch was war dieser unbedeutende Schmerz schon gegen das, was in ihr brannte? »Ich höre keinerlei Überraschung in deiner Stimme. Weil du nämlich bereits über alles Bescheid wusstest. So ist es doch, Willem: Du hast mich ins Haus deines Onkels geschickt, damit ich ein Ungeborenes töten soll – mit deinem Kind im Bauch!«

Er mied ihren Blick, starrte stattdessen auf seine bloßen Füße.

»Du weißt, wie ich darüber denke«, murmelte er. »Immer wieder dieses unselige Gefängnis im Fleisch! Ich wünsche mir so sehr, dass alle Seelen frei sein können. Nah bei Gott, dem Allmächtigen, der sie aus dem reinen Geist heraus erschaffen hat.«

»Dann ist unser Ungeborenes für dich auch nichts als eine gefangene Seele?«, flüsterte Theresa ungläubig. »Du glaubst noch immer daran, nach allem, was zwischen uns geschehen ist?«

Er rührte sich nicht.

»Antworte gefälligst!« Jetzt schrie sie.

»Warum erlöst du uns nicht?« Sein Blick bettelte um ihr Verständnis. »Sowohl Magota – als auch uns beide? Du verfügst doch über das notwendige Wissen dazu. Besinne dich, Theresa! Wir zwei könnten wieder so glücklich miteinander sein, gäbe es da nicht dieses im Fleisch gefesselte Wesen, das uns entzweit.«

»Dein Onkel kann dich formen und gestalten wie weiches Wachs. Du bist nichts als seine Lumpenpuppe. Weißt du eigentlich, wie weh mir diese Erkenntnis tut, Willem?«

»Theresa, ich …«

»Schweig! Deine Zewener Mühle hat er auf dem Gewissen. Adrian hat die Brandstifter bestellt und entlohnt …«

»Du lügst!«, rief er. »Das kann niemals sein!«

»Du weißt genau, dass ich die Wahrheit sage. Magota hat es mir gestanden – und noch vieles mehr. Adrian hat den Brand legen lassen. Vielleicht lässt er ja auch noch dieses Haus abfackeln, damit das Kleine und ich jämmerlich zugrunde gehen und du ihm endlich wieder so gehörst, wie er es verlangt: mit Haut und Haaren.«

»Hör auf damit – sofort!« Willem presste die Hände auf die Ohren. »Du weißt ja nicht mehr, was du da sagst.«

»Und ob ich das weiß! Niemals zuvor in meinem Leben

hab ich klarer gesehen.« Plötzlich war alles in Theresa ruhig und kalt. »Lauf doch zu ihm, so wie du es bislang immer getan hast! Adrian hat sicherlich eine passende Erklärung zur Hand. Mich aber verschone gefälligst damit. Ich kann deinen Anblick nicht länger ertragen!«

Willem starrte sie an wie eine Erscheinung, dann drehte er sich um und rannte barfüßig in die Nacht hinaus, als seien ihm tausend Teufel auf den Fersen.

✢

KÖLN – PFINGSTEN 1163

Ihr Herz raste. Die Hände waren eiskalt.

Dabei hätte das Kölner Domkollegium die Magistra vom Rupertsberg kaum freundlicher empfangen können. Seit Dudo sie jedoch beiseitegenommen und um eine Unterredung unter vier Augen gebeten hatte, fühlte sie sich wie benommen. Es nützte wenig, dass sie in dem kleinen Nebenzimmer, in das er sie geführt hatte, sofort ans weit geöffnete Fenster getreten war, um hinunter in den Bischofsgarten zu schauen, wo eine frühsommerliche Blütenpracht sich aufs Herrlichste entfaltete.

Drinnen schien es trotzdem nach Verrat und Tod zu riechen, und das lag an dem schlanken Mann in seinem schweren braunen Samtmantel, der mit freudlosem Lächeln vor ihr stand.

»Wir haben triftigen Grund zur Annahme, dass sich unter den hiesigen Ketzern zwei Eurer ehemaligen Nonnen befinden, hochwürdige Mutter.«

Warum hatte sie nicht Benigna gebeten, sie zu begleiten? Allein schon die Gegenwart der gütigen Schwester hätte sie getröstet.

»Nun, im Albansviertel haben wir Eure ehemalige Schwester Magota aufgespürt und gleich nebenan am Heumarkt diese Theresa ...«

»Was wollt Ihr, Dompropst? Mir wieder gewitzte Vorschläge unterbreiten, wie Ihr ohne lange Umwege auf den erzbischöflichen Stuhl gelangen könnt? Damals war es Mainz, wenn ich mich recht entsinne – geht es heute um Köln?«

Sie hatte ihn getroffen, schwer sogar, das erkannte sie an dem Schatten, der über sein Gesicht hinwegzog. Doch erstaunlich schnell gewann Dudo seine Fassung zurück.

»Mainz stand in jenen Tagen kurz vor einem Aufstand«, sagte er. »Allein die tiefe Sorge um die Menschen dort hatte mich zu diesem ungewöhnlichen Schritt veranlasst. Und ist es nicht tatsächlich so gekommen, wie ich damals prophezeit habe? Eine Stadt ohne Mauern, geschlagen mit dem Interdikt, vom Zwist ihrer Bürger zerrissen!«

»Schlimmer noch. Denn wir haben einen toten Würdenträger zu beklagen – Erzbischof Arnold von Selenhofen, gestorben durch feige Mörderhand.« Hildegards Blick gewann an Schärfe, und endlich waren auch ihre Hände wieder ruhig. Jetzt konnte sie anbringen, was ihr Bruder Hugo ihr anvertraut hatte. »Sagt man nicht, Ihr hättet ihn aufgefunden?«

»Ich kam leider zu spät. Der Abschaum hatte bereits gewütet – die Kerker waren aufgebrochen, alle Ketzer entflohen. Sie müssen Mitwisser gehabt haben, kundige Helfershelfer, die im rechten Augenblick zur Stelle waren. Nur so lässt sich das Ganze überhaupt erklären.«

»Dann macht Ihr also jene guten Christen für das schreckliche Verbrechen verantwortlich?«

Bedenklich wiegte Dudo seinen schmalen Kopf. »Tatsächlich spricht vieles dafür«, kam es glatt über seine Lippen. »Sie wussten, dass der Scheiterhaufen auf sie wartete – und ihr Hass gegen uns war groß. Was hatten sie noch zu befürchten? Eine Meinung, die übrigens auch Seine Exzellenz Erzbischof Rainald von Dassel teilt. Um Ähnliches in Köln zu vermeiden, hat er mich beauftragt, seine Stadt radikal von der Ketzerbrut zu befreien. Er selbst wird leider erst in einigen Monaten zurück sein können. Der Kaiser braucht die starke Hand seines italienischen Erzkanzlers noch eine Weile in den besiegten lombardischen Kommunen.«

»Das alles liegt beinahe drei Jahre zurück. Wäre es da nicht schon längst an Euch gewesen, den Prozess gegen die Ketzer zu eröffnen?«, fragte Hildegard. »Wenn Ihr Euch ihrer Täterschaft schon so sicher seid.«

»Unglücklicherweise hatten sie sich zunächst in verschiedene Richtungen zerstreut, um uns hinters Licht zu führen, bis sie leichtsinniger wurden, wie hungrige Maulwürfe zurück ans Licht kamen und wir sie schließlich doch wieder aufspüren konnten. Was soll ich Euch noch sagen?«

Er breitete seine Hände in einer ergebenen Geste aus.

»Ihr wisst doch selbst am besten, wie diese Kreaturen sind: verschlagen und hinterlistig, aber durchaus gewitzt. Wer sie stellen will, muss damit rechnen, dass sie einem wie Schlangenbrut entgleiten. Wir mussten erst vieles fein säuberlich gegen sie zusammentragen, Steinchen für Steinchen, um sie überführen zu können. Jetzt aber sind wir so weit. Alles ist bereit. Bald wird der Dom voller Menschen sein, die Euch ungeduldig erwarten, und wenn Ihr in Eurer heutigen Predigt auch diese Ketzer an den Pranger ...«

»Ich eigne mich nicht zum Handlanger, Dompropst«, fiel die Magistra ihm ins Wort. »Falls Ihr darauf spekuliert haben solltet. Was ich zu sagen habe, strömt direkt aus meinem Herzen. Das Lebendige Licht allein legt mir die Worte in den Mund und niemand sonst!«

Ihr Abscheu gegen ihn war stärker als jemals zuvor. Inzwischen bereute sie aus tiefster Seele, dass sie der Einladung nach Köln überhaupt gefolgt war. Wie hatte sie diesem Menschen auch nur einen einzigen Augenblick trauen können? Doch jetzt gab es kein Zurück mehr. Die Menschen dieser Stadt sollten zu hören bekommen, was sie zu sagen hatte.

Dudo spürte offenbar, was Hildegard bewegte, denn plötzlich verneigte er sich demütig.

»Offenbar habt Ihr mich gerade falsch verstanden, Abatissa! Verzeiht mein Ungestüm, das Euch befremdet haben muss! Nichts läge einem schlichten Gottesdiener wie mir ferner, als der allerseits gerühmten Prophetin vom Rhein Vorschriften …«

Hildegard gelang gerade noch ein knappes Nicken. Danach verließ sie wortlos den Raum.

✣

Von der Löwenburg im Siebengebirge aus ritt die kleine Schar bewaffneter Männer nach Köln. Johann Graf zu Sponheim gehörte ihr an zusammen mit seinem Vetter Eberhard von Sayn, beide erklärte Gegner des Kölner Erzbischofs, begleitet von Freimut von Lenzburg und Gero von Ortenburg. Herzog Heinrich von Bayern und Sachsen hatte den Trupp verpflichtet, nachdem Freimut infolge des Zusammentreffens mit der Magistra Einlass in sein Gemach in der Pfalz zu Ingelheim begehrt und ihm dort offenbart hatte, was Gero ihm anvertraut hatte.

Der Herzog war ein ebenso schweigender wie aufmerksamer Zuhörer gewesen und traf dann eine rasche Entscheidung. Die harten Maßnahmen gegen die Stadt Mainz, von seinem kaiserlichen Vetter veranlasst, hatten niemals seine Billigung gefunden. Zudem war ihm die ungeniert zur Schau getragene Selbstherrlichkeit des Erzkanzlers von Italien, der das Schisma weiter schürte, schon seit Langem ein Dorn im Auge. Bereits mit dessen Vorgängern auf dem Bischofsstuhl war es immer wieder zu Grenzscharmützeln gekommen, weil ein kleiner Teil des Kölner Kirchenbesitzes direkt an das sächsische Herzogtum stieß. Die beiden letzten Male hatte Heinrich dabei den Kürzeren gezogen, was ihn immer noch schmerzte. Wenn es nun gelang, den Statthalter Rainald von Dassels, jenen Kölner Dompropst Dudo, eines schweren Verbrechens zu überführen – was könnte ihm gelegener kommen?

Die Tage der kaiserlichen Triumphe in Italien waren in Heinrichs Augen endgültig vorbei. Jetzt ging es wieder um das Reich diesseits der Alpen. Ein Reich, das nur weiterbestehen konnte, wenn es starke Herzöge hatte, die es friedlich Seite an Seite mit Friedrich Barbarossa regierten.

»Ihr werdet die Augen offen halten und lediglich eingreifen, wenn es unbedingt sein muss.« Die tiefe Stimme des Herzogs klang Freimut noch im Ohr. »Geht der Einsatz daneben, habe ich nichts damit zu tun. Gelingt es Euch aber, den Schuldigen zu überführen, wie Ihr so kühn behauptet, werde ich Euch reich entlohnen. Gero von Ortenburg erhält sein Erbe zurück. Und auf Euch wartet ein Lehen in meinem bayerischen Herzogtum, das nicht nur Euer und Euer Nachfahren Auskommen sichern wird.«

Freimut hatte Gero gegenüber bislang nicht ein Wort davon verraten, was er inzwischen bereute. Deshalb ließ er sich nun hinter den Trupp zurückfallen, um seinen Gedanken nachzuhängen. Er kannte den jungen Ritter nur allzu gut, diesen Ausbund an Temperament, Mut und Entschlossenheit, der inzwischen sein bester Freund geworden war, aber noch immer ausschlagen konnte wie ein junger

Hengst, der zum ersten Mal das Eisen spürt. Nein, er hatte richtig gehandelt! Je weniger Gero wusste, desto besser.

Doch als sie sich den Kölner Stadttoren näherten, erschien Freimut auf einmal undurchführbar, was er dem Herzog noch vor Kurzem so kühn in Aussicht gestellt hatte. Schon wollte er die anderen zur Umkehr bewegen, da erschien wieder jenes Bild vor seinen Augen, das ihm seit damals in Mainz unvergesslich geblieben war: langes, dunkles Haar, große Augen, ein Frauengesicht, trotz der unübersehbaren Spuren von Angst und Kerkerhaft so lebendig und anziehend, wie er es noch nie zuvor gesehen hatte ...

Er zwang sich in die Wirklichkeit zurück. Trier, fiel ihm ein, du Träumer, wach endlich auf! Die Magistra hat Trier gesagt! Jetzt gab Freimut seinem Pferd die Sporen und holte rasch zu den anderen auf.

✥

Dudo wollte gerade den Bischofspalast verlassen, als sein Secretarius Clewin plötzlich anklopfte.

»Ein aufgeregtes Weib«, sagte er, die Stirn bedenkenvoll gerunzelt, »das sich nicht abweisen lassen will. Sie besitzt die Dreistigkeit zu behaupten, sie kenne Euch seit Langem und es handle sich zudem um eine Angelegenheit auf Leben und Tod, die keinerlei Aufschub dulde.«

»Aber doch nicht ausgerechnet jetzt!«, rief Dudo. »Die Magistra – ich muss dringend zum Dom ...«

Magota hatte den schmächtigen Secretarius einfach zur Seite geschoben. Wie gebannt starrte Dudo sie an. Sie trug ein grellrotes Kleid mit einigen hässlichen Flecken, in dem sie wie eine Flamme leuchtete.

»Rettet mich!«, rief sie. »Das seid Ihr mir schuldig, nach allem, was ich Euch an Silber verschafft habe. Denn nun wollen sie an mein Leben und an das des Ungeborenen, das ich trage. Ihr müsst mir helfen, das gebieten die Gesetze der heiligen Kirche.«

»Du bist schwanger?«, fragte Dudo. »In diesem Aufzug – was hat das alles zu bedeuten?«

»Mein Kind soll leben. Und ich will es auch, endlich ohne diese Angst, diese Schuld, diese unerbittlichen Gebote, die kein Mensch auf Dauer befolgen kann. Ich hab mich losgesagt von ihnen und alles widerrufen. Dieses Kleid soll meinen Schritt hinaus in die Welt schreien.«

Sie warf ihr dünnes mausfarbenes Haar nach hinten, eine Geste, die bei anderen Frauen anmutig wirken konnte, bei ihr aber nur jämmerlich aussah.

»Wenn Ihr mir Schutz gewährt, könnt Ihr alles von mir erfahren, was Ihr nur wollt, alles über jene Ketzer, die sich gute Christen nennen. Ich werde keinen von ihnen schonen, das verspreche ich. Nehmt Ihr mein Angebot an?«

Dudo wich zurück. Sie roch nach Weib und Sünde. Ihm grauste regelrecht vor ihr. Wäre da nicht Clewin gewesen, der alles mit großen Augen verfolgte, er hätte ihr womöglich sogar ins Gesicht geschlagen. Mit großer Anstrengung zwang er sich zur Mäßigung, obwohl alles in ihm nach dem Gegenteil schrie.

Was konnte Magota ihm bieten, was er noch nicht wusste? Er musste sie provozieren, das war die einzige Möglichkeit, um es herauszufinden.

»Du bist zu spät dran«, sagte er hart. »Warum bist du nicht früher zu mir gekommen? Inzwischen kennen wir alle Verstecke, wir werden eure Unterschlupfe schon bald wie Rattennester ausräuchern. Ich kann dir nicht mehr helfen. Zusammen mit den anderen wirst du untergehen.«

Er wandte sich ab. Ihr Anblick in diesem schmutzigen Fetzen war mehr, als er ertragen konnte.

»Auch nicht, wenn ich Euch jemand Besonderen ans Messer liefere? Theresa von Ortenburg zum Beispiel, den Liebling der Magistra.«

»Wir wissen längst, wo sie sich aufhält.« Seine Stimme klang müde. »Du sagst uns nichts Neues. Sie zu ergreifen und einzusperren, ist lediglich eine Frage der Zeit.«

»Das glaubt Ihr bloß«, rief Magota. »Aber Ihr täuscht Euch. Diese Theresa ist viel schlauer, als Ihr denkt. Sie wird sich verstecken, das hat sie mir zu verstehen gegeben. Wenn Ihr mir und meinem Ungeborenen aber den Schutz gewährt, den ich von Euch fordere, werdet Ihr erfahren, wo sie zu finden ist.«

Von der Tür aus machte Clewin ihm unmissverständliche Zeichen. Der junge Mann hatte Theresa auf Dudos Anordnung hin gesucht und schließlich aufgespürt. Nur zu verständlich, dass er sie jetzt auch festgenommen und verurteilt wissen wollte.

»Dann rede meinetwegen«, sagte Dudo nach einem tiefen Seufzer. »Doch wenn du versuchen solltest, mir Lügen aufzutischen, dann gnade dir Gott!«

✢

Der Platz vor dem Dom war schwarz von Menschen. Sie standen dicht an dicht, sodass den beiden Frauen nur eine schmale Gasse blieb, um zwischen all den Leibern bis zum Portal zu gelangen. Die Magistra hörte Schwester Benigna, die tapfer die Vorhut bildete, schwer schnaufen, und plötzlich änderte sie ihren Entschluss.

Die Lehren jener, die sich gute Christen nannten, verabscheute sie aus ganzem Herzen, und dennoch legten diese Ketzer bei ihrer Kritik am sündigen, machtgeilen Klerus den Finger auf die offene Wunde. Gäbe es keine solchen

Männer wie Dudo, dann wäre der Zulauf zu den guten Christen um vieles geringer. Jemand wie er durfte sich nicht anmaßen, sich Diener Gottes zu nennen. Ihm und seinesgleichen wollte sie nun, hier, mitten auf dem Domplatz, eine Predigt zuteilwerden lassen, die sie niemals vergessen würden.

Sie räusperte sich, dann begann sie zu reden: »Der da war und Der kommen wird, spricht zu den Hirten der Kirche: Geliebte Söhne, die ihr nach der ausdrücklichen Weisung des Herrenwortes Meine Herde weidet, warum schämt ihr euch nicht, während doch alle anderen Kreaturen die Vorschriften, die sie von ihrem Meister haben, nicht vernachlässigen, sondern erfüllen?«

Es war still geworden auf dem großen Areal. Keiner, der ihre Worte nicht förmlich in sich aufgesogen hätte. Es war, als ob die Menschen hier seit Langem auf sie gewartet hätten. Auf jemanden wie sie, der endlich aussprach, was ihre Herzen schon die ganze Zeit bewegte.

Hildegard wurde plötzlich von einem Schwindelgefühl ergriffen, doch sie kämpfte dagegen an und überwand es schließlich nach ein paar tiefen Atemzügen. Hinter sich spürte sie die warme, wohltuende Nähe Benignas.

Sie war nicht allein.

Und ihr stärkster Verbündeter, das Lebendige Licht, ließ die Worte ungehindert auf ihre Zunge strömen.

»Ich habe euch eingesetzt wie die Sonne und die übrigen Lichter, damit ihr den Menschen leuchtet durch das Feuer der Lehre, damit ihr glänzt durch euren guten Ruf und die Herzen brennen macht. So habe Ich es in der ersten Weltzeit gemacht. Abel habe Ich auserwählt, Noah geliebt, dem Abraham Mich gezeigt, Moses zur Aufstellung der Gesetzes mit Meiner Erleuchtung durchtränkt und die Propheten als Meine geliebten Freunde eingesetzt …«

Die Magistra wurde immer lauter, als würde sie von einer starken unsichtbaren Kraft gespeist.

»Eure Zungen aber sind stumm beim laut rufenden Posaunenschall der Stimme des Herrn. Ihr liebt nicht das heilige Erkennen, das gleich den Sternen einen eigenen Kreislauf hat. Deshalb fehlen bei euren Predigten dem Firmament der Gerechtigkeit Gottes die Lichter, wie wenn die Sterne nicht leuchten. Ihr seid Nacht, die Finsternis aushaucht, und wie ein Volk, das nicht arbeitet und aus Trägheit nicht im Licht wandelt. Wie eine nackte Schlange sich in ihre Höhle verkriecht, so begebt ihr euch in den Gestank niedrigen Viehs. Ihr schaut ja nicht auf Gott und verlangt auch nicht, Ihn zu schauen. Ihr blickt vielmehr auf eure Werke und urteilt nach eurem Gefallen, indem ihr nach Belieben tut und lasst, was ihr wollt.«

Hildegards Brust entrang sich ein tiefer Seufzer.

»Ach, ihr solltet der Berg Simon sein, auf dem Er wohnt. Aber das seid ihr nicht! Sondern was immer euer Fleisch verlangt, das tut ihr. Die Macht Gottes wird eure von Bosheit hochgereckten Nacken niederzwingen und zunichtemachen, was durch Windstoß aufgebläht ist. Denn ihr erkennt weder Gott, noch fürchtet ihr den Menschen, noch verachtet ihr die Ungerechtigkeit, sodass ihr danach verlanget, sie in euch zu vernichten …«

Die Menschen um sie herum hatten längst zu reagieren begonnen. Hildegard hörte, wie immer mehr Stimmen laut wurden. Die Masse war nicht länger unbeweglich und gebannt lauschend, sondern zum Leben erwacht.

»Ein Erzbischof, der noch nicht einmal die Priesterweihe besitzt«, hörte sie eine frische junge Männerstimme gleich neben sich. »Meint sie den vielleicht mit ihren Worten?«

»Fette Äbte und Prioren, die sich die Bäuche vollschlagen, ohne an uns Hungrige zu denken«, keifte ein Weib. »Wie abgrundtief ich sie doch alle hasse!«

Doch Hildegard war mit ihrer Abrechnung noch lange nicht am Ende angelangt.

»Was sagt ihr jetzt?«, rief sie und meinte plötzlich Dudo zu erkennen, der sich weit nach vorn gedrängt hatte, wie sie es nicht anders von ihm erwartet hatte. »Ihr habt keine Augen, wenn eure Werke den Menschen nicht leuchten im Feuer des Heiligen Geistes und ihr ihnen das gute Beispiel nicht immer wieder vorlebt. So aber lasst ihr euch durch jeden daherfliegenden weltlichen Namen lahmlegen. Bald seid ihr Soldaten, bald Knechte, bald Possenreißer. Mit eurem leeren Getue aber verscheucht ihr bestenfalls im Sommer einige Fliegen ...«

Beifall brandete auf, lange und anhaltend.

»Gib es ihnen!«, hörte Hildegard jemanden schreien. »Reiß ihnen die Maske vom Gesicht! Sie sind der Ausbund an Schlechtigkeit, der uns aussaugt und peinigt.«

»Ihr müsstet die starken Eckpfeiler sein, die die Kirche stützen. Allein, ihr seid zu Boden geworfen und kein Halt für die Kirche, sondern flieht in die Höhle eurer Lust. Und wegen eures ekelhaften Reichtums und Geizes unterweist ihr eure Untergebenen nicht und gestattet nicht, dass sie bei euch Belehrung suchen, indem ihr sprecht: ›Wir können unmöglich alles schaffen.‹ Ihr solltet eine Feuersäule sein, den Menschen vorauszuziehen – doch stattdessen ist der Teufel Gast bei euch ...«

Wen hatte Dudo da neben sich? Ein dürres Weib in einem feuerroten Kleid! Die Magistra kniff die Augen zusammen. Schon seit Längerem musste sie Geschriebenes weit von sich halten, um es entziffern zu können, doch dass die einstmals so treuen Diener ihr nun auch den Dienst versagten, wenn sie in der Ferne scharf sehen wollte, war neu für sie. Dann jedoch erkannte sie die Frau, und es fuhr in sie wie ein Flammenschwert.

Magota – im roten Sündenkleid der toten Ada!

Die Worte schienen Hildegards Kehle sprengen zu wollen. Die Magistra erbrach sie geradezu wie ein Körper, der sich von verdorbener Speise reinigen muss, um wieder heil und gesund zu werden.

»Denn der Teufel ist bei diesen Leuten«, schrie sie. »Jene, die sich gute Christen nennen, verflucht sollen sie sein! Im Hochmut ihres aufgeblähten Geistes behaupten sie: ›Wir übertreffen alle.‹ Und hinterher treiben sie doch insgeheim Wollust. So kommen ihre Verdorbenheit und ihre Ketzerei offen ans Tageslicht …«

Griff Magota nicht gerade nach Dudos Arm, als wolle sie sich auf ihn stützen? Waren die beiden etwa längst im Bunde, während er Hildegard vorhin noch mit demütigen Worten und Gesten zu täuschen versucht hatte?

Magotas derbe Züge verschwammen vor den Augen der Magistra und wichen unversehens dem klaren Antlitz Richardis', vor das sich dann wiederum Theresas Gesicht schob. Glich sie nicht plötzlich wie ein Ei dem anderen ihrer toten Mutter? Es war, als wären sie alle drei eine einzige Gefährtin und innigst geliebte Tochter, die Hildegard für immer verloren hatte.

»Ihr Menschen, die ihr den unverfälschten reinen Glauben habt, schaut auf Gott! Hört auf die Worte der Priester, die Seine Satzungen halten und bewahren. Vertreibt jene Ketzer aus den unseligen Höhlen und Schlupfwinkeln, denn sie wollen euch verführen …«

»Ich kenne eines dieser verfluchten Weiber! Mein Kind hat sie bei der Geburt getötet und meine arme Jonata beinahe mit dazu.« Die Augen des kräftigen Mannes funkelten vor Wut. »Ich bin nur ein einfacher Schmied, doch den Schwefelgestank der Hölle, der von jenem Weib ausströmt, den hab ich gleich gerochen. Kommt mit mir! Ich weiß, wo sie wohnt – am Heumarkt. Wir knöpfen sie uns vor!«

»Der Geist Gottes spricht«, fuhr Hildegard fort, die ein zunehmend ungutes Gefühl überkam, weil sie mit solch heftigen Reaktionen nicht gerechnet hatte. »Wer diese Meine Worte vernimmt und aus Nachlässigkeit nicht versteht, den wird das Schwert Gottes mit großer Drangsal töten ...«

Ein Schrei wie aus einer einzigen Kehle:

»Tötet die Satansbrut! Macht alle mit dem Gottesschwert nieder, die sich gute Christen nennen! Auf zum Markt!«

Der Mob war in Bewegung geraten. Alles schob und trampelte vorwärts, ohne nach rechts oder links zu schauen. Die Magistra konnte sich kaum noch auf den Beinen halten, so stark war der Sog. Allein Benignas kräftige Arme, die sie festhielten, sorgten dafür, dass sie von den anderen nicht mitgerissen wurde wie ein welkes Blatt.

Als Hildegard in das Gesicht ihrer treuen Infirmarin schaute, fand sie es tränennass.

»Jetzt werden sie alle umbringen«, flüsterte Schwester Benigna. »Gott sei unserem armen Mädchen gnädig!«

✤

»Wir müssen sie finden, bevor sie unter die Röcke der Magistra kriechen kann«, rief Adrian. »Die Äbtissin vom Rupertsberg ist in der Stadt, diese Gelegenheit wird ihre ehemalige Tochter nicht ungenutzt verstreichen lassen. Theresa weiß zu viel. Und jetzt, wo auch noch Magota spurlos verschwunden ist ...«

»Warum lässt du Theresa nicht endlich in Frieden?«, sagte Willem müde. »Ich habe sie doch schon verloren. Genügt dir das noch immer nicht?«

Das Haus, das er für Theresa und sich mit solch großen Hoffnungen eingerichtet hatte, schien plötzlich entweiht. Der Herd war kalt. Gegenstände, die früher ihre Ordnung gehabt hatten, waren wild durcheinanderverstreut. Etwas Muffiges lag in der Luft. Man spürte, dass seit Tagen niemand mehr hier gewesen war.

»Bist du jetzt ganz von Sinnen?« Adrians Faust fiel polternd auf die Tischplatte. »Taub und blind hat sie dich gemacht, deine Grafentochter, dir Liebe vorgegaukelt, um dich vom rechten Glauben abzubringen. Deinen Onkel im Stich zu lassen, so weit hat sie dich gebracht!«

»Ein Onkel, der in Flammen aufgehen ließ, was mir so sehr am Herzen lag …«

»Was sie getan hat, wiegt um vieles schwerer. Keiner darf sich heimlich bei uns einschleichen und alles kennenlernen, um uns dann bei nächster Gelegenheit zu verraten. Theresa kann uns in Lebensgefahr bringen, hast du daran schon gedacht?«

Die Hände fuhren über sein Gesicht, als müssten sie etwas abwischen.

»Nie wieder ins Loch!«, fuhr er fort. »Diese Zeit voller Angst und Schmerz sitzt mir noch immer tief in den Knochen. Wie mühevoll war unser Neuanfang! Und wäre da nicht das starke Band der Kirche der Liebe gewesen, das uns gehalten und getragen hat, wir wären heute womöglich armselige Bettler, die am Straßenrand die Hand ausstrecken müssen. Also denk gefälligst nach: Wo könnte sie sich verkrochen haben?«

»Ich weiß es nicht.« Willem barg den Kopf in seinen Händen. »Lass mich! Ich kann nicht mehr.«

»Beweg dich und schau nach! Steht das Ross, das ich bezahlt habe, noch im Stall – lebendig?«

Willem gehorchte, wenngleich schwerfällig, und kam bald wieder zurück.

»Der Braune ist da und hat alles, was er braucht«, sagte er. »Wasser und genügend Heu.«

»Dann kann sie noch nicht allzu weit sein.« In Adrians Gesicht zuckte es, so angespannt war er. »Hast du Marlein schon ausgefragt? Vielleicht hat sie ja etwas gesehen.«

»Die weiß auch nichts. Außerdem hat Theresa sie gemieden, seit sie wusste, dass Marlein zur Gemeinde gehört.«

»Eines unserer treuesten Mitglieder!«, rief Adrian. »Ich wünschte nur, wir hätten mehr wie sie, vor allem in diesen Zeiten der Bespitzelung und Verfolgung. Geh sie trotzdem holen! Marlein soll uns helfen. Frauen wird ein Haus leichter geöffnet als einem unbekannten Mann. Deine Theresa muss irgendwo in der Nähe sein. Ich kann sie förmlich riechen.«

Mit ungeduldigen Schritten durchmaß Adrian Raum um Raum, öffnete die Truhen und versetzte allen Dingen, die ihm im Weg waren, ungeduldige Tritte.

»Der Hebammenkorb!«, rief er plötzlich. »Den sehe ich nirgendwo.«

»Sie wird ihn mitgenommen haben«, sagte Willem. »Jetzt, wo sie ihn selbst bald brauchen ...« Er verstummte, doch es war bereits zu spät.

Adrian baute sich drohend vor ihm auf. »Du willst doch damit nicht etwa sagen, dass Theresa ebenfalls schwanger ist?«, schrie er. »Von dir? Du hast ihr ein Kind gemacht, du Verlorener?«

»Nicht anders als du Magota ...«

Die Maulschelle, die Adrian ihm versetzte, riss Willem

den Kopf zur Seite. Er wischte sich den dünnen Blutfaden ab, der ihm aus dem Mund rann. Seine Augen brannten.

Der Onkel hatte ihn vor vielen Jahren zum letzten Mal geschlagen, kurz nach dem Tod der Eltern, als Willem noch ein Junge war und von der Nachbarin ein Stück Lebzelter stibitzt hatte, weil wegen des kargen Essens, an das er sich erst gewöhnen musste, die Gier nach etwas Süßem zu übermächtig geworden war. Danach hatte Adrian über Tage nicht mehr mit ihm gesprochen, so lange, bis Willem die erste öffentliche Beichte abgelegt und seine Schuld vor allen anderen Mitgliedern der Gemeinde bekannt hatte.

Jetzt waren die Gefühle von damals mit einem Schlag wieder zurück und drohten, ihn abermals zu überwältigen. Wut. Angst. Und Scham. »Finde sie!«, flüsterte Adrian und hielt das Ohr seines Neffen grob gepackt, als befürchte er, Willem könne plötzlich Fersengeld geben. »Schaff mir die Hure wieder her, und zwar schnell – das bist du mir schuldig!«

✢

»Geht es wieder, Mutter?« Besorgt schaute Schwester Benigna in das kreidebleiche Gesicht der Magistra, die erschöpft am Domportal lehnte. »Hätte ich jetzt nur mein Öl aus Gariofiles, den kleinen, schlauen Gewürznelken, zur Hand! Dünn in die Schläfe gerieben, würde es dich schnell wieder munter machen.«

Der Schwächeanfall hatte Hildegard plötzlich übermannt, nachdem der Platz vor dem Dom sich geleert hatte.

»Was habe ich nur getan?«, flüsterte Hildegard. »Ich wollte sie aufrütteln, mahnen und wieder sehend machen – aber doch nicht das!«

»Du hast das getan, was das Lebendige Licht dir aufgetragen hat. Du bist seine Prophetin. Durch dich spricht es zu uns allen. Und jedes einzelne Wort, das aus deinem Munde kam, war reine, lautere Wahrheit.«

Benigna neigte sich fürsorglich zu ihr.

»Diese Aufregung eben war einfach zu viel. Ich werde dich jetzt hinüber zum Bischofssitz bringen. Dort kannst du dich ausruhen. Komm, stütz dich ruhig fester auf mich! Es sind ja nur ein paar Schritte.«

»Warte!« Die Magistra hob den Arm abwehrend. »Diese Männer dort drüben … Wink sie geschwind herbei!«

Gero und Freimut näherten sich rasch. Beide trugen Gambeson und Schwert, waren aber ohne Brünne und Helm.

»Was ist mit Euch?«, rief Gero, als sie vor den Nonnen standen. »Hat man Euch niedergeschlagen? Dann werden wir die Übeltäter verfolgen und bestrafen.«

Hildegard schüttelte den Kopf.

»Es ist nichts«, sagte sie. »Meine Krankheit heißt Alter, doch das spielt jetzt keine Rolle. Aber dass du hier bist …« Ihr Blick glitt nach oben. »Der Himmel muss meine Gebete erhört haben.«

»Was meint Ihr damit? Ich verstehe nicht ganz …« Gero hatte plötzlich wieder das Gesicht des bockigen kleinen Jungen, wie damals auf dem Rupertsberg.

»Die Magistra hat gerade auf dem Domplatz gepredigt«, erklärte Schwester Benigna. »Dem verderbten Kölner Klerus hat sie die Maske vom Gesicht gerissen und im gleichen Atemzug eindringlich vor der Teufelsbrut gewarnt, die sich gute Christen nennen. Daraufhin kam es zu einem Tumult. Alle, die gerade noch ergriffen zugehört hatten, sind auf einmal blindlings losgestürmt, zu den Häusern ebenjener Ketzer …«

»Nichts anderes haben die verdient!«, rief Gero. »Sollen sie ruhig brennen. Ich hasse diese Teufelsbrut aus tiefster Seele.«

»Aber deine Schwester ist unter ihnen«, sagte die Magistra. »Theresa.«

»Sagtet Ihr nicht, Ihr wäret ihr in Trier begegnet?«

Von Freimut, der bislang geschwiegen hatte, kam plötzlich ein seltsamer Laut.

»So war es auch«, erwiderte Hildegard. »Doch das liegt Monate zurück. Inzwischen muss sie nach Köln gelangt sein. Dompropst Dudo hat gesagt, dass sie …«

»Was hat dieser Mann mit Theresa zu tun?«, mischte sich nun Freimut ein, der bei Hildegards Worten blass geworden war.

»Er will den guten Christen den Prozess machen. Nicht nur wegen ihres Irrglaubens, sondern auch weil er sie für die Mörder Arnolds hält. Er hat die Ketzer heimlich beobachten lassen und weiß inzwischen alles über sie: Wie viele sie sind. Wo sie wohnen …«

»Er lügt«, rief Gero. »Der Teufel steckt in ihm, so ist es doch! Dudo hat den Erzbischof von Mainz auf dem Gewissen. Er und kein anderer ist Arnolds Mörder.«

»Woher willst du das wissen?« Die Magistra starrte ihn ungläubig an.

»Weil ich an jenem Abend im Jakobskloster Dudos Messer zwischen Arnolds Rippen gesehen habe. Ein Messer, das ich sehr gut kenne. Und das ich nicht vergessen werde, solange ich lebe.«

»Wo ist Theresa?« Freimuts Stimme zitterte leicht. »Hat Dudo Euch das auch verraten, hochwürdige Mutter?«

»Am Heumarkt. Dort soll sie wohnen. Findet sie – rettet sie!«

»Du bringst die Magistra und ihre Begleiterin in Sicherheit, Gero!« Unüberhörbar, dass Freimut gewohnt war zu befehlen. »Ich suche inzwischen nach Theresa.«

»Aber wirst du sie denn auch wiedererkennen? Du hast sie doch nur ein einziges Mal gesehen!«

»Das werde ich.« Der Ritter klang grimmig. »Mach dir darüber keine Sorgen! Und jeder, der auch nur den Versuch unternimmt, Hand an sie zu legen, soll mein Schwert zu spüren bekommen.«

✤

In der winzigen fensterlosen Kammer war es inzwischen so heiß geworden, dass Theresa nach Luft schnappte. Längst hatte sie ihr Kleid abgestreift, doch auch das leinene Unterkleid klebte regelrecht am Körper. Zunächst war ihr Neslins Vorschlag, sie bei sich zu verstecken, wie eine himmlische Fügung erschienen. Inzwischen aber fühlte sie sich eher wie eine Maus in der Falle.

Ein Klopfen an der Tür ließ Theresa zusammenschrecken. Neslins fröhliche Stimme jedoch beruhigte sie gleich wieder.

»Ich hab dir verdünnten Hollersaft gebracht«, sagte sie, den schlafenden Säugling mit einem Tuch vor die Brust gebunden. »Sonst verdurstest du mir hier noch!«

Nachdem sie erfahren hatte, dass ihre Wehmutter schwanger und in Not war, hatte Neslin sofort Hilfe angeboten. Und auch Franz, ihr Mann, war damit einverstanden gewesen.

»Ich hab eine Überraschung für dich«, sagte sie. »Ein Kleid, in dem ihr beide auch noch für die nächste Zeit genügend Platz haben werdet. Vielleicht willst du dich zuvor noch waschen? Es ist schon alles vorbereitet!«

Wie gut es tat, das enge Mauseloch endlich verlassen zu können! In der Küche streifte Theresa das Unterkleid ab, das vom Schweiß schon unangenehm roch, wusch sich von Kopf bis Fuß mit kaltem Wasser und schlüpfte dann in das, was der geschickte Gewandschneider für sie angefertigt hatte: ein neues, weit geschnittenes Unterkleid mit breiten Trägern. Darüber kam eine einfache Cotte in zartem Grün, mit Keilen an beiden Seiten, die für genügend Weite sorgten. Die Ärmel hatten an der Schulter eine Lochreihe, durch die man kleine Bänder fädeln konnte, und ließen sich somit leicht abnehmen.

»Franz hat dem Färber gesagt, er soll frische Birkenblätter verwenden«, sagte Neslin voller Stolz. »Gar nicht so einfach, wenn der Stoff gleichmäßig Farbe annehmen soll. Aber ich hab Franz gesagt, dass das Kleid schön werden muss. Schön für die Frau, die uns so glücklich gemacht hat!«

Theresa und sie tauschten einen raschen Blick. Der Schopf der kleinen Elsa war dank gütiger Fügung dunkel wie bei der Geburt geblieben, und somit war das Geheimnis, das den rosthaarigen Spielmann betraf, für immer tief im Herzen der Wehmutter begraben.

»Sag deinem Franz, er hat mir mit seinem Geschenk eine große Freude bereitet. Jetzt können wir beide endlich wieder leichter atmen.« Theresa lächelte, dann lauschte sie nach draußen. »Was ist das denn für ein Aufruhr auf der Gasse?«, sagte sie. »Klingt ja beinahe, als wäre die halbe Stadt auf den Beinen.«

Neslin zuckte die Achseln. »Seitdem Elsa auf der Welt ist, komm ich gar nicht mehr viel aus dem Haus«, sagte sie. »Aber warte – sollte heute nicht die Prophetin vom Rhein im Dom predigen? Vielleicht hat es ja damit etwas zu tun.«

»Die Magistra ist in Köln?« Theresas Augen schienen plötzlich übergroß. »Dann muss ich zu ihr! Sie wird mir bestimmt helfen.«

»Du kennst sie?«, fragte Neslin erstaunt.

»Aus einem anderen Leben. Als ich noch blind vor Liebe war und nicht begriffen habe, wie gut sie es mit mir meint. Wie tief ich sie verletzt haben muss! Ich kann nur hoffen, dass ihr Herz ebenso groß ist wie ihr Geist.«

Jetzt fuhren beide Frauen zusammen, denn plötzlich stand Jonata in der Küche, schweißnass, mit aufgelösten Flechten.

»Du musst weg von hier, Theresa!«, schrie sie. »Sofort! Sie sagen, du hättest mein Kind getötet, weil du eine Ketzerin bist. Hermann hat die Meute aufgewiegelt und zu deinem Haus geführt, wo sie vor lauter Wut darüber, dich nicht zu fassen zu bekommen, alles kurz und klein geschlagen haben. Jetzt sind sie ausgeschwärmt, um dich zu finden ...«

»Zurück in die Kammer!«, rief Neslin. »Dort wird dich keiner finden.«

Doch Theresa schüttelte den Kopf. »Die Zeit des Versteckens ist vorbei«, sagte sie. »Weder bin ich eine Mörderin, noch hab ich jemals zu denen gehört, die sich gute Christen nennen. Ich will auf der Stelle zur Magistra. Bei ihr werden mein Kind und ich in Sicherheit sein.«

Sie ging zur Tür, war mit einem Schritt schon draußen, als das Geschrei anschwoll. Neslin bekam sie am Kleid zu packen und zog sie resolut zurück in die Küche.

»Sie werden dich steinigen, Theresa«, sagte sie. »Bei lebendigem Leib. Denk an dein Kleines! Du bist jetzt für euch beide verantwortlich.«

✦

Inzwischen rannten sie. Die Meute war ihnen immer dichter auf den Fersen.

Einer hatte sie sehr schnell wiedererkannt, ein frommer Mann, der einige Male zu den Versammlungen der guten

Christen gekommen war, dann aber plötzlich weggeblieben war.

»Die Metze des Flamen!«, hatte er geschrien und mit dem Finger auf Magota gezeigt. »Ergreift sie – dann wird auch der verfluchte Ketzerdiakon nicht mehr weit sein ...«

Magota hatte inzwischen die Schuhe verloren und sich die Sohlen böse zerschnitten. Eine Weile fühlte sie sich stark und kräftig, als könne sie ihr Schicksal besiegen, dann jedoch begann es, zwischen ihren Rippen zu stechen, und der Atem wurde ihr knapp. Neben sich hörte sie Dudo keuchen, der versprochen hatte, sie an einen sicheren Ort zu bringen, aber inzwischen ebenfalls zum Gejagten geworden war.

Waren sie nicht gerade im Kreis gelaufen?

All die Kölner Gassen und Plätze, durch die sie in glücklicheren Tagen geschlendert war, schienen nur noch Teile eines verwirrenden Labyrinths zu sein, aus dem es keinen Ausweg gab. Die wilde Hatz führte vorbei an den Fleischbänken, streifte Gemüse- und Käsemarkt und mündete schließlich in den Kornmarkt, der sich nach hinten immer weiter verengte. In der kleinen Budengasse wurden sie gestellt.

Von beiden Seiten näherten sich aufgebrachte Männer und Frauen, einige mit Knüppeln oder Äxten in der Hand. Andere hatten unterwegs große Steine gesammelt, die sie nun angriffslustig schwenkten.

»Haltet ein!«, rief Dudo, dem blanke Todesangst ins Gesicht geschrieben stand. »Hört mir doch zu, gute Leute! Ihr begeht einen großen Fehler. Ich bin euer Dompropst, der dieses Ketzerweib auf den Scheiterhaufen bringen wird.«

»Und ich Seine Heiligkeit, der Papst in Rom!«, schrie ein junger Mann zurück. »Einer von den vielen, die jetzt regieren.«

Die Meute lachte johlend.

Magota schrie plötzlich schmerzerfüllt auf und sackte in sich zusammen, beide Hände auf den Leib gepresst.

»Hat der Teufel gerade wieder seinen haarigen Schwanz in dich gestoßen?«, rief eine Frau. »So klingt das nämlich, wenn zwei Satansbraten schwarze Hochzeit miteinander feiern.«

»Dagegen hilft nur eines: Buße tun.«

Der erste Stein flog.

Dudo traf er an der Schulter, es folgte ein zweiter, der mitten auf seine Brust prallte. Dem Dompropst entrang sich ein dünnes Stöhnen, das die Menge nur noch weiter anfeuerte.

»Auf sie!«, schrie jemand. »Habt ihr nicht eben die alte Nonne gehört? Wir sind Gottes Schwert – *wir*!«

Immer mehr Steine wurden geworfen, immer dichter prasselten sie hintereinander auf Magota und Dudo nieder, die vergeblich versuchten, sich dagegen zu wehren.

Schon bald erwischte Magota einer an der Schläfe. Mit einem Ausdruck ungläubigen Erstaunens sank sie zu Boden, zuckte noch einmal, dann lag sie still. Zwischen ihren mageren Schenkeln färbte sich der grelle Stoff dunkel.

Dudo sah ihren Sturz aus den Augenwinkeln und war für einen Moment abgelenkt. Jemand packte ihn von hinten, riss ihn grob hinunter auf das schmutzige Pflaster.

Jetzt traten sie von allen Seiten auf ihn ein, gegen seine Rippen, in den Unterleib, auf die Brust, den Hals, bis ein letzter gezackter Stein, der seitlich seinen Schädel traf, alles Leben in ihm zum Erlöschen brachte.

✤

Wäre er doch die Magistra und ihre Begleiterin nur losgeworden, um endlich das zu tun, wonach es ihn schon so lange verlangte: Dudo zu suchen und ihn zur Rede zu stellen. Doch anstatt sich von ihm an den Toren des Bischofssitzes zu verabschieden, wie Gero gehofft hatte, war Hildegard plötzlich stehen geblieben.

Diese Haltung und diesen Blick kannte er. So hatte sie auch damals ausgesehen, als sie ihm eröffnet hatte, dass er das Kloster verlassen müsse und zu Sarwürker Thies abgeschoben werden solle.

»Wie könnte ich hinter dicken Mauern Ruhe finden, solange Theresa in Gefahr ist?«, rief Hildegard und machte sich entschlossen erneut auf den Weg. »Du kannst tun, was du willst.« Das war an Benigna gerichtet. »Ich aber will dabei sein, um wenigstens das Schlimmste zu verhindern.«

Unversehens kam Clewin herausgelaufen, der besorgt war, weil Dudo noch immer nicht zurückgekehrt war.

»Ich habe bereits das Domkapitel verständigt«, sagte er. »Sie wollen Büttel ausschicken, um die Ketzer zu verhaften und in den Gereonsturm zu werfen. Ich weiß doch, wie viel dem Propst an einem geordneten Verfahren gelegen ist. Für die Justiz des gemeinen Volkes bringt er keinerlei Verständnis auf.«

Er eilte in den Bischofssitz zurück.

»Dann lasst uns gehen!« Auf einmal wirkte Gero sehr ungeduldig. »Am Heumarkt, habt Ihr vorhin gesagt? Vielleicht sind wir ja schneller als die Büttel!«

Bei drückender Hitze liefen sie durch die engen Gassen. Es stank nach Abfall und Schweiß; Ratten huschten über den Weg. Der Heumarkt, den sie schließlich erreichten, war wie leergefegt. Einige Haustüren standen offen und offenbarten, wie rücksichtslos die Menge gewütet und geplündert hatte.

»Wir kommen zu spät!« Schwer atmend blieb Schwester Benigna stehen und wischte sich mit dem Ärmel den Schweiß von der Stirn. »Sie müssen schon vor uns da gewesen sein. All dieses Gerenne – ich fürchte ernsthaft um deine Gesundheit, hochwürdige Mutter ...«

»Ich hab mich selten frischer gefühlt!« Hildegards Gesicht war blass, verriet aber Entschlossenheit, und sie stapfte munter weiter. »Wo noch könnte Theresa sein? Dudo hat auch das Albansviertel erwähnt ...«

Jetzt hätte Gero die anderen Ritter gut gebrauchen können. Aber Freimut und er hatten sich bewusst als Spähtrupp abgesetzt, ohne zu ahnen, was ihnen bevorstand.

»Ich kenne den Weg dorthin nicht ...« Gero wagte nicht, sich von den beiden Frauen zu entfernen, die ohne ihn vollkommen schutzlos waren. »Aber wartet – dort vorn liegt etwas!«

Zwei leblose Körper inmitten verstreuter Steinbrocken.

Die tote Frau hatte die Augen geschlossen und schien noch im Tod ihren Leib zu umklammern. Ihr rotes Kleid verunzierte ein breites Band aus getrocknetem Blut. Der männliche Tote starrte blicklos in den blanken Himmel. Seinen Schädel hatte ein gezackter Stein zertrümmert.

Fassungslos beugte Gero sich über ihn. »Dich einfach so davonzumachen!«, rief er. »Ich wollte dich angeklagt, verurteilt und bestraft sehen!«

Die Magistra berührte sanft seine Schulter. »Das Richten hat ein Höherer übernommen«, sagte sie. »Der, der eines Tages über uns alle zu Gericht sitzen wird.«

Dann kniete sie sich neben die tote Magota in den Staub und begann zu beten.

✦

Voller Entsetzen starrten Neslin und Jonata ihr hinterher, doch Theresa hatte sich Neslins Gebände um den Kopf gewickelt und war einfach losgelaufen. Mit der festen Haube und dem neuen Kleid fühlte sie sich einigermaßen sicher. Die Magistra musste im Dombezirk untergebracht sein, und selbst wenn nicht, dann könnte sie dort um Schutz und Hilfe bitten.

Die lärmenden Massen schienen sich wie durch Zauberhand zerstreut zu haben: Jetzt waren die Gassen beinahe leer, und wer ihr entgegenkam, sah eine adrett gekleidete Bürgerin in den mittleren Monaten ihrer Schwangerschaft, die es eilig zu haben schien. Theresa war bereits bis zur Trankgasse gekommen, als plötzlich aus einer Nebengasse fünf Männer traten und ihr den Weg verstellten.

»Ergreift sie!«, hörte sie Adrian schreien. »Bindet sie – sie darf uns nicht entkommen!«

Unwillkürlich versuchte Theresa rückwärts zu entweichen, doch die nächste Häuserwand war nicht weit. Sie war eingekesselt, jede Flucht schien unmöglich. Die enge Haube war ihr plötzlich unerträglich. Mit einem Ruck riss sie sie herunter.

»Lass mich gehen, Adrian!« Ihre Stimme zitterte. »Du hast gewonnen. Ich verlasse die Stadt – ohne Willem.«

»Du wirst nirgendwo hingehen!«, zischte er. »Und niemandem etwas erzählen, dafür werde ich sorgen.« Hasserfüllt starrte er auf ihren Bauch. »Du hast das Leben meines Neffen zerstört. Ohne dich hätte er längst meine Nachfolge …«

Ein Schrei ließ ihn zusammenfahren.

Freimut hatte mit seinem Schwert eine Bresche geschlagen. Mit ein paar Schritten war er bei Theresa und baute sich schützend vor ihr auf. Adrians Männer schienen unentschlossen, was sie tun sollten, doch er erteilte weiterhin seine Befehle.

»Worauf wartet ihr noch? Wir sind doch in der Übermacht – schlagt ihm das Schwert aus der Hand!«

Der Erste, der es zaghaft versuchte, bekam einen Hieb in den Arm. Den Nächsten traf das Schwert ins Bein.

Freimut schien ganz ruhig dabei, als habe er alle Zeit der Welt, die Angreifer abzuwehren.

»Feiglinge!«, schrie Adrian und stürzte sich nun selbst auf den Ritter, der ihn freilich mit seinem gezückten Schwert in Schach hielt. »Wieso hilft mir denn keiner?«

Verzweifelt schaute er sich um. Sein Gesicht verfinsterte sich, als er den Trupp der Stadtbüttel erkannte, der sich ihnen näherte. In ihrer Mitte führten sie zwei Gefesselte: Marlein und Willem, sein Rücken war gebeugt, sein Gesicht aschfahl wie das eines alten, gebrochenen Mannes.

»Willem«, flüsterte Adrian. »Mein Junge! Was haben sie mit dir gemacht?«

Theresa begann zu weinen.

»Er hat sich nicht einmal gewehrt«, rief der Anführer. »Und wenn ihr schlau seid, dann lasst ihr es auch bleiben.«

Die beiden Verletzten machten keinerlei Anstalten zu fliehen, und auch die zwei anderen Männer ließen sich ohne Widerstand die Fesseln anlegen.

Adrian bebte am ganzen Körper vor Wut.

»So stich doch zu!«, schrie er Freimut an. »Diese Hure hat offenbar auch dir bereits ihr Gift eingeträufelt. Aber ich fürchte mich nicht – der gute Gott wird uns alle retten.«

»Deine Ketzerreden werden sie dir schnell austreiben!« Vier Büttel stürzten sich gleichzeitig auf Adrian, rissen ihm die Arme nach hinten und banden ihn mit starken Stricken.

Jetzt erst entspannte sich Freimuts Gesicht.

»Und was ist mit dem Weib?«, rief einer der Büttel. »Gehört sie auch zu dieser Ketzerbrut?«

»Siehst du nicht meinen Bauch?« Theresas Gesicht war nass von Tränen, ihre Stimme aber klang gefasst. »Die guten Christen verbieten Ehe und Schwangerschaft. Keiner von ihnen liegt Weibern bei. Ich kann also gar nicht zu ihnen gehören!«

»Sie lügt«, schrie Adrian. »Glaubt ihr kein Wort! In meinem Haus hat sie gelebt, meinen Neffen hat sie …« Ein Knebel brachte ihn zum Schweigen.

»Wir sollten so schnell wie möglich hier weg«, sagte Freimut halblaut zu Theresa, die Willem mit verzweifelter Miene anstarrte.

»Ich kann ihn doch jetzt nicht so zurücklassen«, flüsterte sie. »Unser Kind …«

»Du kannst ihm nicht mehr helfen«, sagte Freimut mit einer wilden, kühnen Hoffnung im Herzen. »Vielleicht später. Auf andere Weise.«

✶

KÖLN – JUNI 1163

Es war der schwerste Gang, der Theresa jemals im Leben bevorgestanden hatte, und hätte sie im gemeinsamen Gebet mit der Magistra nicht zuvor Kraft schöpfen können, sie hätte ihn vermutlich nicht zu Ende gebracht. Lange hatten sie miteinander geredet, schonungslos, in aller Offenheit, dann hatte Hildegard ihr vergeben.

Doch jetzt war die Prophetin vom Rhein fort, aufgebrochen zu den weiteren Stationen ihrer Predigtreise – und Theresa war ganz auf sich gestellt. Nicht einmal Gero wollte sie als Begleiter haben, und auch Freimuts angebotene Unterstützung hatte sie abgelehnt.

Der Weg zum Gereonsturm schien endlos. Immer wieder meinte Theresa unterwegs neugierige Blicke auf sich zu spüren, doch sie wusste, dass dieses Gefühl lediglich ihrer Einbildung entsprang.

Der Aufruhr in Köln war vorüber, die Toten waren begraben. Schuldige ließen sich keine dingfest machen. Wer an den Exzessen teilgehabt hatte, legte die Beichte ab und schwieg. Gero hatte vor den versammelten Domherren eine ausführliche Erklärung über die Umstände des Mordes an Erzbischof Arnold von Selenhofen abgegeben und seine Aussage mit einem Eid bekräftigt. Abschriften des Pergaments waren an den Kaiser, an Herzog Heinrich von Bayern und Sachsen sowie an Konrad von Wittelsbach und dessen Mainzer Domkapitel gegangen.

Einstimmig hatten die Kölner Domherren einen neuen Propst gekürt, Damian von Rechenberg vom Stift St. Gereon, der die Sechzig schon überschritten hatte und als besonders rechtschaffen und fromm galt.

Der größte Teil der Ketzer, die sich gute Christen nannten, hatte während der Stunden des Aufruhrs das Weite gesucht. Der Rest – sechs Männer und eine Frau – saß seitdem im Loch. Man hatte sie vernommen, peinlich verhört und alle ihre Aussagen protokolliert. Obwohl ihnen der Tod im Feuer drohte, hatte keiner von ihnen bislang Anstalten gemacht, den gefährlichen Irrglauben zu widerrufen. Dennoch hatte Theresa die Hoffnung noch nicht aufgegeben. Willem *musste* Vernunft annehmen, sonst würde er zusammen mit den anderen in den Tod gehen.

Schließlich erreichte sie den Gereonsturm, der die gefürchtetsten Verließe der Stadt barg, über die man nur im Flüsterton sprach. Für einen Augenblick kehrten jene Schreckensbilder der Mainzer Haft zurück, und aus ihrem Körper schien plötzlich die ganze Kraft zu weichen.

Mit aller Macht stemmte Theresa sich dagegen. Ich lebe, dachte sie, und trage neues Leben in mir. Nichts und niemand kann uns etwas anhaben.

Hug, der Henker, hatte sie offenbar schon erwartet.

Nachdem er kurz genickt hatte, verschwanden die beiden Silberstücke in seiner schwieligen Hand. Dann ließ er Theresa eintreten.

»Dort drüben«, sagte er und deutete auf ein dunkles Loch. »Da geht es hinunter in die Hölle.«

Wie tief es war und wie schwarz! Schwindel erfasste Theresa, doch es gab kein Zurück mehr.

»Geht Ihr voran!«, sagte sie. »Wenn ich falle, dann wenigstens auf Euch.«

Ein knurrendes Lachen, danach kletterte er hinunter. Sie folgte ihm, doch die Sprossen waren feucht, und ihre Sohlen rutschten mehr als einmal von dem glitschigen Holz ab.

»Macht bloß langsam«, rief Hug. »Ein Weib mit gebrochenem Hals kann ich beim besten Willen hier nicht gebrauchen.«

Als sie am Fuß der schier endlosen Leiter ankamen, wurde es eine Spur heller. Weit über ihnen stahl sich ein Strahl Sonnenlicht durch ein Gitter.

Genügend Licht, um, nachdem der Henker Willems Zelle aufgeschlossen hatte, zu erkennen, in welch erbarmungswürdigem Zustand dieser sich befand. Das Gesicht abgezehrt, die Hände blutverkrustet, der Körper schwach und elend. Die Füße hatte man ihm eng aneinandergebunden – doch wohin hätte er hier unten schon fliehen können? Er lag auf einer schmalen Pritsche, von der er sich auch bei Theresas Anblick nicht erhob. Es stank so bestialisch, dass sie nur flach atmen konnte.

»So lange, wie man braucht, um drei Ave Maria zu beten«, sagte Hug. »Sonst muss ich Nachschlag verlangen.«

Damit ließ er die beiden allein.

»Du hättest nicht kommen dürfen«, sagte Willem matt. »Ich hasse es, dass du mich so siehst.«

»Ich musste!« Sie kniete sich vor ihn, ohne sich um den

Schmutz und den Gestank zu kümmern, obwohl das Kleine, dem diese Haltung nicht zu gefallen schien, ihr kräftige Tritte versetzte. »Widerrufe, Willem! Ich bitte dich von Herzen! Noch kannst du gerettet werden.«

»Ich, ein Ketzer und Bischofsmörder? Wer sollte daran Interesse haben?«

»Des Mordes werdet ihr nicht mehr verdächtigt, keiner von euch. Mein Bruder Gero hat das Messer wiedererkannt, mit dem Arnold von Selenhofen im Jakobskloster getötet wurde, und alles feierlich vor Zeugen beeidet. Dudo war es, Dudo, der Kanonikus, den der Mob dieser Stadt beim Aufruhr getötet hat.« Ihr Tonfall wurde noch flehender. »Jetzt geht es nur noch um Ketzerei. Und wenn du …«

»Nur?«, unterbrach er sie. »Was du Ketzerei nennst, bedeutet mein Leben. Von Kindheit an habe ich daran geglaubt und danach gelebt. Jetzt werde ich dafür in den Tod gehen. Das bin ich meinem Onkel schuldig.«

»Gar nichts bist du!« Sie packte seine Schultern und rüttelte ihn. »Wach endlich auf, Willem! Adrian hat Wasser gepredigt und Wein genossen, Keuschheit gefordert und Wollust gelebt, deine Mühle angezündet und unsere Liebe zerstört, Ungeborene zum Sterben verdammt und dabei selbst ein Kind gezeugt …«

Willems wunder Blick glitt zu ihrem Bauch, den inzwischen keine Leibbinde der Welt mehr hätte unsichtbar machen können.

»Warum hast du nicht auf mich gehört?«, sagte er leise. »Wir hätten so glücklich sein können, nur du und ich …«

»Widerrufe!«, unterbrach sie ihn. »Ich weiß doch, dass du gezweifelt hast, und könnte es sogar beeiden. Sag dich los von den guten Christen, und du wirst leben, Willem! Draußen scheint die Sonne, und die Vögel singen. Willst du das niemals wieder erleben?«

»Dann wirst du mit mir gehen, in dieses schöne neue Leben, Theresa, an meiner Seite?« Seine rätselhaften Augen, die ihr die Welt bedeutet hatten, schauten sie fragend an.

Die rettende Lüge lag ihr bereits auf der Zunge, doch um des Kindes willen, das ihren Leib bald verlassen sollte, brachte Theresa sie nicht über die Lippen. Sie schüttelte den Kopf.

»Ich werde endlich nach Hause gehen, zurück an den Ort, wo ich geboren und aufgewachsen bin und wo auch das Kleine geborgen zur Welt kommen kann. Du musst es um deinetwillen tun, Willem! Widerrufe! Nur so gibt es einen neuen Anfang für dich, und du wirst …«

»Schweig!«, fuhr er auf. »Du lügst, denn du hast mich längst verlassen. Adrian hatte recht. Du hast mich niemals geliebt. Das weiß ich jetzt.«

»Löse dich von ihm, Willem, sonst droht dir das Feuer!«

»Geh!« Seine Stimme brach. »Der Tod ist nichts als ein Durchgang. So hab ich es von Adrian gelernt, und daran glaube ich bis heute. Das reinigende Feuer wird mich erlösen, diesen schmutzigen, stinkenden Körper vernichten. Dann ist meine Seele frei, und ich bin endlich bei Gott.«

Tränenüberströmt ließ sie ihn zurück.

Der Henker musste sie mit ganzer Kraft auf der Leiter nach oben hieven, sonst hätte sie den Aufstieg nicht geschafft. Draußen taumelte sie ins Helle, geblendet vom Sonnenlicht, und sog die frische, saubere Luft tief in sich ein, als könnte sie sie trinken.

Das Wiehern eines Pferdes drang an ihr Ohr. Als sie den Kopf wandte, sah sie Freimut von Lenzburg neben dem Tier stehen, der sie besorgt musterte.

»An solch einem Tag solltest du nicht allein sein, Theresa«, sagte er. »Steig auf! Ich bringe dich nach Hause.«

✤

Ein paar Tage später hielt der Schinderkarren, auf dem schon einige Gefangene versammelt waren, vor dem Gereonsturm. Hug und sein Gehilfe packten Willem und warfen ihn wie ein Bündel auf den Wagen.

Adrian van Gent, im Büßerhemd, reckte seinen mageren Hals.

»Steh auf wie ein Mann, Willem, und juble!«, rief er. »Die elende Gefangenschaft des Fleisches ist bald zu Ende. Die guten Christen gehen aufrecht in ein besseres Leben.«

Willem rührte sich nicht.

»Er wird nichts mehr spüren«, versicherte der Henker, als Freimut wie verabredet zu ihm trat und ihm einen Lederbeutel zusteckte, den Hug eilig unter seinem roten Kittel verschwinden ließ. »Auf meine Hände ist Verlass. Wenn das große Feuer auf dem Judenbüchel an seinen Zehen leckt, ist er längst tot. Die anderen dort droben sind viel schlechter dran. Und jetzt lasst mich vorbei! Meine Arbeit muss sorgfältig getan werden.«

Langsam ging Freimut zurück zu seinem Pferd. »Es gibt keine stärkere Kraft als die Liebe«, hatte die Magistra zum Abschied gesagt und ihn mit dem Zeichen des Kreuzes gesegnet. »Wenn Ihr ebenso mutig wie klug seid, bleibt Ihr Theresa zunächst ein treu sorgender, zugewandter Freund, der nichts verlangt und alles gewährt. Vergessen, was geschehen ist, kann sie wohl nie, doch das Erlebte wird sich nach und nach setzen und eines Tages zu fruchtbarem Humus werden, auf dem wie in einem Garten Frisches sprießen und schließlich reifen kann. Das Kind wird ihr dabei helfen, weil sie durch seine Augen die Welt neu erlebt – und wieder zu lieben lernt.«

Die Liebe ist die stärkste Kraft auf Erden, dachte Freimut, als er aufstieg. Wie recht sie doch hat, die Prophetin vom Rhein!

Epilog

ORTENBURG – HERBST 1163

Der Tod war sein Freund geworden, zumindest für eine lange Zeit, denn jenes Gesicht, das er vor Jahren nach der Schlacht für das des Todes gehalten hatte, gehörte dem Mann, der sein Lebensretter gewesen war. Nasrin hatte ihn unter den Leichen hervorgezogen, geborgen, gewaschen und verbunden, mit Arzneien versorgt und mit Speisen gefüttert, die er nie zuvor gekostet hatte.

Nach und nach verheilten die Wunden; er bekam neue Kleidung und musste sich wie ein ungelenkes Kind das Gehen wieder erobern. Als seine Genesung weitere Fortschritte machte, begann er die fremde Sprache zu lernen und zeigte sich erstaunlich anstellig dabei. Vielleicht, weil immer öfter Safira scheinbar zufällig vorbeikam, Nasrins heranwachsende Tochter, die fröhlich zu glucksen begann, wenn er die Worte wieder einmal falsch betonte.

Kaum war sie zur Frau gereift, wurden sie ein Paar.

Die Leute im Dorf hatten sich längst an den Fremden mit der hellen Haut und den blauen Augen gewöhnt, der inzwischen ihre Gewänder trug, der redete, wie sie redeten, und betete, wie sie zu beten gewohnt waren.

Vom Kämpfen hatte er nur noch die ersten Jahre geträumt, doch die Bilder einer dunkelhaarigen Frau mit ernsten Augen und zweier Kinder, die verweint zu seinem Pferd aufschauten, hielten sich hartnäckig.

Irgendwann beschloss er, die drei ganz zu vergessen und

nicht mehr zurückzukehren in ein Zuhause, das mehr und mehr vor ihm verschwamm, angefüllt mit Vorstellungen und Sitten, die er kaum noch verstand.

Die Jahre erschienen ihm glücklich und erfüllt. Safira schenkte ihm zwei Kinder, ein Mädchen, das sie Abal nannten, und Kasib, den Sohn, der, sobald er laufen konnte, jeden Stock aufhob und damit wild herumfuchtelte.

Niemals war er zufriedener gewesen.

Dann hielt das Fieber Einzug in sein Dorf – und mit ihm die Not. In nahezu jedem Haus klopfte es an, legte seine heiße Hand zunächst auf die Alten, dann auf die Kinder.

Abal und Kasib starben. Safira war so untröstlich darüber, dass sie sich in den Brunnen stürzte, weil sie nicht mehr leben wollte.

Nasrin legte sich ins Bett, um nie wieder aufzustehen.

Er allein blieb als Einziger übrig.

Der Tod war zurück, und das Gesicht, das er ihm nun zeigte, vermochte der Ritter nicht länger zu ertragen. Er verkaufte seine gesamte Habe und erstand dafür ein Pferd. Mit ihm begab er sich auf den endlosen Weg zurück, in eine Welt, die ihm fremder erschien, je näher er ihr kam.

Unterwegs wurde er überfallen und ausgeraubt, er erkrankte schwer und wäre mehrmals beinahe an brackigem Wasser gestorben, doch der Tod zog sich wieder zurück, denn die Reise war noch nicht zu Ende.

Die Ortenburg erreichte der Ritter an einem sonnigen Septembermorgen. Die Luft war klar und kühl, und man roch, dass der Herbst begonnen hatte. Das Tor stand einladend offen. Er ritt in den Burghof, als sei er nur zur Jagd unterwegs gewesen.

Die junge Frau mit dem langen dunklen Haar, die gerade ein Kind an der Brust hatte, schaute auf, als sie ihn kommen hörte, dann öffnete sich ihr Mund zu einem lauten Schrei.

Ada – wie jung und schön sie war!

Im nächsten Augenblick wusste er, dass dies Theresa sein musste, ein Mädchen noch, als er das Kreuz genommen hatte, und inzwischen zur Frau gereift.

Ein blonder junger Mann im Waffenrock kam angelaufen, sein Schwert in der Hand. Er stutzte, als der Ritter langsam abstieg, und runzelte die Stirn. Dann lief er auf ihn zu und umarmte ihn stürmisch, während ein zweiter Mann mit dunklen Haaren ein Stück entfernt stehen blieb.

»Vater!«, rief Gero. »Du lebst! Du bist zu uns zurückgekehrt!«

Später saßen sie beisammen und redeten, bis alles in des Ritters Schädel sich drehte, als ob er auf dem Rand eines bunten Kreisels gefangen wäre.

Musste alles wieder von vorn beginnen?

Er hatte seine Frau verloren und eine Enkelin bekommen. Sein Bruder hatte ihm den Besitz geraubt und ihn wieder verloren, als er vor der Zeit gestorben war. Sein Sohn war zum Ritter geschlagen worden und von der gleichen Leidenschaft durchdrungen, die einst auch in seinen Adern geglüht hatte. Dessen Freund, der vom bayerischen Herzog gleich in der Nachbarschaft ein Lehen erhalten hatte, liebte Theresa von ganzem Herzen und würde sie irgendwann freien. Seine Tochter war einer großen Heiligen begegnet, von der sie geformt und erzogen worden war. Sie hatte sich mit ihr überworfen, wieder ausgesöhnt und stand nun für immer unter deren Schutz.

Die nächtliche Kühle des Herbstabends spürte Robert von Ortenburg nicht mehr, als er todmüde aufs Lager sank. Plötzlich wurde es lau im Raum, und der Himmel über ihm öffnete sich, wurde weit und blau. Der Tod hatte ein hageres bräunliches Gesicht. Seine Nase war gekrümmt. In den schwarzen Sichelaugen glaubte der Ritter eine Spur von Schalk zu lesen. Er hatte keine Angst vor dem Tod. Er kannte ihn ja.

So vieles hatten sie geteilt!

Er atmete tief aus, spürte, wie leicht er dabei wurde, und es war genau so, wie er es seit jeher erhofft hatte.

Jetzt, endlich, erlöste ihn das ersehnte Dunkel, tief und grenzenlos.

Historisches Nachwort

Hildegard von Bingen ist ein Phänomen. Man könnte meinen, der 90. Psalm sei speziell für sie geschrieben: »Denn tausend Jahre sind für dich wie der Tag, der gestern vergangen ist ...«

Diese Frau, 1098 (wohl) in Bermersheim in der Pfalz geboren und 1179 als Einundachtzigjährige in ihrem Kloster auf dem Rupertsberg gestorben, hat in den letzten Jahrzehnten eine unvorstellbare Popularität gewonnen. »Die berühmteste Frau des Mittelalters« ist geradezu zur Kultfigur geworden. Unzählige wollen von ihrem Ruhm profitieren. Es gibt »Hildegard-Medizin«, »Fasten nach Hildegard«, »Hildegard-Kochbücher« und »Hildegard-Apotheken«; sogar die CD »Vision« mit Hildegard-Musik schaffte es in den Neunzigerjahren bis an die Spitze der amerikanischen Charts.

Allerdings hat sie selbst niemals im Leben ein Rezept für Dinkelbrot verfasst, und von strengem Fasten hielt sie denkbar wenig. Ob ihre Kompositionen zu ihren Lebzeiten jemals aufgeführt wurden, bleibt ungewiss. Und ihre medizinischen Anweisungen sind Manuskripten entnommen, die erst Jahrhunderte nach ihrem Tod aufgezeichnet wurden. Welcher Leser hingegen kennt ihre drei Visionsbücher und den umfangreichen Briefwechsel, den sie mit den Mächtigen ihrer Zeit mutig und unerschütterlich führte, wirklich?

Wer also war diese Hildegard von Bingen?

Hildegard wurde 1098 als zehntes Kind der Edelfreien Hildebert und Mechthild von Bermersheim bei Alzey geboren. Als Achtjährige gaben sie ihre Eltern – sozusagen als den »Zehnten an Gott« – in die Obhut der Adeligen Jutta von Sponheim, die später als Reklusin im Benediktinerkloster auf dem Disibodenberg lebte (einem Männerkloster). Zusammen mit zwei anderen Mädchen unterstanden sie dann als Inklusinnen (wörtlich »Eingeschlossene«) dem Kloster, folgten in ihrem Tagesablauf dem der Mönche und verrichteten wie diese die Stundengebete. Damals galten die Benediktinerklöster als Hochburgen von Wissenschaft und Kunst, und für Mädchen war dies die einzige Möglichkeit, daran teilzuhaben. Jutta führte Hildegard in die Texte der benediktinischen Regeln und der Heiligen Schrift ein, lehrte sie Psalmengesang sowie Liturgie und brachte ihr (wenngleich offenbar ein wenig unsystematisch) Latein bei.

Mit vierzehn Jahren entschied sich Hildegard für das klösterliche Leben, legte das monastische Gelübde nach der Regel des heiligen Benedikt ab und empfing den Schleier im Nonnenkonvent des Disibodenberges. Nach Juttas Tod wurde sie 1136 zur Magistra gewählt. Visionen, die sie seit ihrem dritten Lebensjahr hatte, versuchte sie erfolglos zu verdrängen, bis ihr 1141 eine Stimme befahl, diese aufzuschreiben. Als sie diesem Befehl nicht folgte, erkrankte sie schwer. Sie wandte sich um Rat an Bernhard von Clairvaux, der ihr in einem sehr diplomatisch gehaltenen Schreiben riet, das zu tun, was die Stimme ihr befehle. Später hat sie diesen Brief »überarbeiten lassen«, man könnte auch sagen: gefälscht, und nun enthält er plötzlich sehr viel mehr Lob und Anerkennung für ihre Gaben.

Wahrscheinlich ist es auch Bernhards Einfluss zu verdanken, dass Papst Eugen III. bei der Synode von Trier

1147 aus Hildegards Schriften vortrug und sie (eine Frau!) damit im Rahmen der Kirche gesellschaftsfähig machte.

Hildegard und ihr Ruf wurden zum Magnet für adelige Töchter von nah und fern, und bald waren die Räumlichkeiten des Disibodenberges erschöpft. In einer Vision, und damit undiskutierbar, wurde Hildegard der Rupertsberg bei Bingen am Rhein (nah an allen großen Fernstraßen) als neuer heiliger Ort offenbart – ein Ziel, das sie von nun an mit eisernem Willen verfolgte. Die Mönche, allen voran Abt Kuno, erhoben Protest, wollten weder die publikumswirksame Seherin noch die kostenlose Arbeitskraft der Nonnen verlieren. Doch Hildegard ließ sich nicht abhalten, kämpfte und warb, bis sie schließlich um 1150 mit circa zwanzig Nonnen auf den Rupertsberg umsiedelte, wo erst der Grund urbar gemacht werden musste, ehe schließlich Kloster und Kirche gebaut werden konnten. Es folgte eine schwierige, entbehrungsreiche Zeit, in der einige der adeligen Schwestern sich enttäuscht abwandten und in andere Klöster strebten.

Das alles konnte Hildegard verkraften – was ihr aber am meisten zusetzte und eine Wunde schlug, die niemals mehr heilen sollte, war um 1151 der Verlust ihrer Lieblingsnonne Richardis von Stade. Diese blitzgescheite junge Frau von edlem Geblüt, verwandt mit dem Hochadel halb Europas, war Hildegards große Liebe; sie unterstützte sie maßgeblich bei ihren ersten Visionsaufzeichnungen. Als Richardis, offenbar angestiftet von ihrer gleichnamigen Mutter, die anfangs eine der großen Gönnerinnen Hildegards war, nun ihrerseits das Amt einer Magistra in einem Konvent bei Bassum nahe Bremen anstrebte und dieses dank der Unterstützung ihres Bruders Hartwig von Stade, des Erzbischofs vom Bremen, auch tatsächlich erhielt, wollte Hildegards Schmerz nicht mehr enden. Himmel und Hölle setzte sie in Bewegung, schrieb an Erzbischöfe, den Kaiser und sogar den Papst – und musste sich doch zähneknirschend und nach wie vor uneinsichtig fügen.

Selbst wenn Richardis gewollt hätte, sie hätte nicht mehr zurückkommen können. Sie war knapp dreißig, als sie am 27. Oktober 1152 in Bassum vermutlich an Brustkrebs starb.

Hildegard fiel in ein tiefes, tiefes Loch – und genau hier setzt mein Roman ein …

Doch noch einmal zurück zur Zeit Hildegards, von vielen pauschal »Hochmittelalter« benannt. Welchen Wendepunkt gerade das 12. Jahrhundert für die europäische Geschichte darstellte, hat sich offenbar noch nicht gründlich genug in allen Köpfen eingenistet. Kaum ein Bereich, in dem nicht bahnbrechende Veränderungen stattgefunden hätten, die sich alle gegenseitig beeinflussten. Es wurde wärmer; die Bevölkerung wuchs beachtlich an, Bauern verwendeten neue, produktivere Techniken, Wälder wurden gerodet, neue Weinberge angelegt, zahlreiche Dörfer und Städte gegründet. In diesen Städten entwickelten sich eine Bürgerkultur und ein neues Wirtschaftsmodell, das von Wettbewerb und Geld geprägt war. Mit den Ministerialen wurden erstmals Unfreie zu einem neuen Stand, der dem Adel Konkurrenz zu machen begann.

Auch die Religion fing an sich zu verändern. Traditionelle Riten, kirchliche Institutionen, Autoritäten und Amtsträger wurden nicht länger fraglos akzeptiert. Der Ruf nach Reformen wurde unüberhörbar; eine neue Frömmigkeit brach sich Bahn, die sich vom bislang verehrten Herrschergott abwandte und im leidenden, Mensch gewordenen Christus ihr Heil für die Bürden des Diesseits suchte.

Als Konsequenz all dieser Veränderungen in Welt und Kirche erhielt der Einzelne mehr Freiheiten, mehr Verantwortung und größere Möglichkeiten, sein Leben zu gestalten. Auch Frauen bot sich nun die Möglichkeit, ihre religiösen Bedürfnisse vielfältig zu leben. Sie schlossen sich Wanderpredigern an, gingen als Eremitinnen in die Einsamkeit und drängten wie nie zuvor in die Klöster. Viele, sehr viele fanden allerdings auch ihren Halt in den ketzerischen Bewegungen jener Zeit, vor allem bei den Katharern, die sich selbst »gute Christen« nannten und ihre Religion »Kirche der Liebe«. Sie lehnten die Amtskirche ab und frönten einem strengen, leibfeindlichen Dualismus.

Prägend für diese Zeit war auch die heftige Auseinandersetzung zwischen Kaiser und Papst, die einen neuen Höhepunkt erreichte. Beim ersten Kreuzzug waren beide noch im Kampf gegen die Ungläubigen vereint, denen man das Heilige Land mit dem Schwert gewaltsam entreißen wollte. Als der zweite Kreuzzug von 1147–1149 kläglich scheiterte, hinterließ er eine geschwächte, geschlagene Ritterschaft. Trotzdem erhob bald darauf allein Friedrich Barbarossa nacheinander drei Gegenpäpste: Die Zeit des Schismas hatte begonnen.

Aber auch seinen eigenen Noblen konnte der Kaiser nicht wirklich trauen – allen voran Heinrich dem Löwen, dem stolzen Herrscher über die Herzogtümer Bayern und Sachsen, der ihm später auf breiter Front den Gehorsam verweigern sollte. Dazu kam Friedrichs mühsamer Kampf gegen die Rebellion der oberitalienischen Städte, die den Kaiser – kaum anders als seinen Vor-vor-vorgänger Otto I. – regelrecht zu einem Kaisertum im Sattel zwangen: Kaum hatte Barbarossa einem Widersacher den Rücken gekehrt, stand schon der nächste gegen ihn auf.

Dichtung und Wahrheit

Die meisten der geschichtlichen Fakten in diesem Roman sind historisch belegt, wenngleich ich mir bei den Geschehnissen in Köln einige dichterische Freiheiten erlaubt habe. Von Unruhen ist nichts überliefert, doch habe ich die Predigt Hildegards im Wortlaut wiedergegeben. Einen Dompropst Dudo hat es zwar nicht gegeben, erwiesen ist aber die endlose Abwesenheit von Reinald von Dassel, der im Ganzen kaum mehr als fünfzehn Monate in Köln weilte und tatsächlich erst fünf Jahre nach der Wahl zum Erzbischof die Priesterweihe erhielt.

DIE PERSONEN

Reale Personen der Geschichte sind Hildegard von Bingen, Richardis von Stade, Kaiser Friedrich Barbarossa, seine Frau Beatrix sowie alle in der Erzählung vorkommenden Erzbischöfe. Auch der Mord an Arnold von Selenhofen ist historisch belegt. Der ihn meuchelnde Dudo entsprang allerdings, wie gesagt, meiner Fantasie. Gleiches gilt für die im Roman vorkommenden Nonnen und natürlich auch für die Katharer, von denen nur überliefert ist, dass sie »Flamen« waren. Ob damals in Köln sieben oder mehr von ihnen ins Feuer mussten, darüber streiten sich die Quellen. Festzustehen scheint aber, dass ihre Verurteilung und Hinrichtung im Sommer 1163 unmittelbar mit der Predigt der Magistra zusammenhängen.

Erfunden sind Theresa von Ortenburg und ihr Bruder Gero, angeblich weitläufig mit Richardis von Stade verwandt. Ein Grafentum Ortenburg in Niederbayern hat es jedoch sehr wohl gegeben. Freimuts neues Lehen, das Heinrich der Löwe ihm in meinem Roman schließlich verleiht, liegt nicht weit entfernt in Machendorf, ebenfalls Niederbayern.

MÜNCHEN – EINE NEUE GRÜNDUNGSLEGENDE?

Jeder, der in München zur Schule geht, lernt schon als Kind, wie es zur Gründung der Stadt kam: Heinrich der Löwe fackelte 1158 die Föhringer Brücke ab, um dem Bischof von Freising die Maut der Salzfuhrwerke zu entziehen.

Wie aber, wenn es ganz anders gewesen wäre?

Der Philosoph, Kunsterzieher und langjährige Mitarbeiter des Museumspädagogischen Zentrums München, Dr. Freimut Scholz, hat dazu eine aufsehenerregende Theorie ins Spiel gebracht. Aufgrund einer Neuinterpretation der Augsburger Vereinbarung (früher Augsburger Schied genannt) sowie des Regensburger Urteils weist er nach, dass die Föhringer Brücke 1158 noch stand, sich Heinrich der Löwe also ganz anderer Mittel bedienen musste, um seiner Neugründung München zum Aufschwung zu verhelfen.

Mich haben diese Thesen so überzeugt, dass ich Freimut und Gero in diesen Konflikt verwickelt habe.

KATHARER ODER DIE GUTEN CHRISTEN

Die Literatur zu dieser gnostisch inspirierten Sekte füllt Bände – inzwischen auch im belletristischen Bereich. Ihre Anhänger zeichnet eine außerordentliche Leibfeindlichkeit aus, denn nach ihrem Glauben ist alles Fleischliche Werk des bösen Gottes (also des Teufels) und nur die Geistwelt vom guten Gott geschaffen. Sie lehnen Ehe und Geschlechtlichkeit ab, verwerfen Zeugung und Geburt und enthalten sich aller Speisen, die durch Zeugung entstanden sind.

Was lag da näher, als sich im Zusammenhang mit den guten Christen mit dem Thema Abtreibung zu beschäftigen, das eigentlich nur die logische Weiterführung ihrer Wertvorstellungen ist? Ich weiß sehr wohl, dass dies ein schwieriges Thema ist, das an viele Grenzen von Moral und Philosophie stößt – und das mir auch während des Schreibens immer wieder zugesetzt hat. Dennoch wollte ich diesen Faden aufnehmen, weiterspinnen und einmal zeigen, wie sich Ideologie »von innen« in einer Sekte des 12. Jahrhunderts angefühlt haben könnte ...

DIE UNHEILIGE HEILIGE

Heilig gesprochen wurde Hildegard von Bingen übrigens nie. Eine angestrebte Heiligsprechung kurz nach ihrem Tod versandete in den Akten des Papstes. Trotzdem wird sie bis 1968 im römischen Kalender als »heilig« aufgeführt. In den Herzen vieler Menschen ist sie es bis heute geblieben.

Ausgewählte Literaturempfehlungen

Nach Verfasserlexikon. Nicht berücksichtigt: kleinere Werke, für die es keine eigenständigen deutschen Ausgaben gibt, wie die kleineren theologischen und hagiografischen Schriften, z.B. »Lingua ignota« und »Pseudepigrapha«.

WERKE HILDEGARDS
MIT DEUTSCHER ÜBERSETZUNG

»Scivias«: Wisse die Wege. Der heiligen Hildegard von Bingen, hg. und übers. von Maura Böckeler, Salzburg 1975

»Liber vitae meritorum«: Der Mensch in der Verantwortung. Das Buch der Lebensverdienste, hg. und übers. von Heinrich Schipperges, Salzburg 1972

»Liber divinorum operum« (»Liber de operatione Dei«): Welt und Mensch. Das Buch »De operatione Dei«, hg. und übers. von Heinrich Schipperges, Salzburg 1965

»Ordo Virtutum« und Lieder: Lieder. Nach den Handschriften hg. von Pudentiana Barth, M. Immaculata Ritscher und Joseph Schmidt-Görg, Salzburg 1969

»Liber subtilitatum diversarum naturarum creaturarum«: Naturkunde. Das Buch von dem inneren Wesen der verschiedenen Naturen in der Schöpfung, hg. und übers. von Peter Riethe, Salzburg 1959

»Liber compositae medicinae« (»Causae et curae«): Heilkunde. Das Buch von dem Grund und Wesen und der Heilung der Krankheiten, hg. und übers. von Heinrich Schipperges, Salzburg ⁴1984

»Epistolae«: Briefwechsel. Nach den ältesten Handschriften übers. von Adelgundis Führkötter, Salzburg 1965

Barbara Beuys: Denn ich bin krank vor Liebe. Das Leben der Hildegard von Bingen, München 2004 – stellvertretend für die vielen, vielen anderen Hildegard-Biografien

Stefan Burkhardt: Mit Stab und Schwert. Bilder, Träger und Funktionen erzbischöflicher Herrschaft zur Zeit Kaiser Friedrich Barbarossas, Ostfildern 2008

Gerhard Rottenwöhrer: Die Katharer. Was sie glaubten, wie sie lebten, Ostfildern 2007

Freimut Scholz: Die Gründung der Stadt München. Eine spektakuläre Geschichte auf dem Prüfstand, München 2008

Danksagung

Mein herzlicher Dank geht an die Historikerin Bettina Kraus, die mich auf großartige Weise bei der Literaturbeschaffung und -bewältigung zu diesem Projekt unterstützt hat, für alle logistischen Details sorgte und nicht müde wurde, kritische Fragen zu stellen.

Danke auch an die Hebamme Eva Hirmer, die mir in Fachfragen mit Rat und Ausdauer zur Seite stand.

Bedanken möchte ich mich bei dem Sarwürker Stefan Rayh, der mich in sein altes Handwerk eingeführt hat und mir sogar Zangen und Originalflechtwerk schickte.

Danke an meine Freundin Marie, die unter schwierigen Umständen liebevoll und geduldig mit mir auf den Spuren Hildegards in Bingen wandelte.

Mein Dank geht an den Kunsthistoriker Thomas Zimmermann, der mir sein historisches Bingen zeigte, und vieles über Hildegard verriet, was anderenorts leider immer noch falsch tradiert wird.

Danke an Dr. Freimut Scholz, der mir seine bahnbrechenden Theorien zur Gründung Münchens erläuterte. Ihm zu Ehren trägt auch Theresas Ritter den schönen Namen Freimut.

Wieder bedankt seien herzlichst Sabine, Pollo, Hannelore, Babsi und Michael, meine tollen Erstleser, und vor allem meine geliebte Freundin Angelika, die während der Entstehung des Romans ganz plötzlich verstorben ist.
Ich vermisse dich so, Angelika!